दोस्त की तरह

विशाल बाँयले

BlueRose Publishers

प्रथम प्रकाशित मार्च 2021

ISBN: 978-93-5427-229-5

BLUEROSE PUBLISHERS

www.bluerosepublishers.com

info@bluerosepublishers.com

+91 8882 898 898

Cover Design:

Shivangi lohia

Typographic Design:

Namrata Saini

Distributed by: BlueRose, Amazon, Flipkart, Shopclues

संदर्भ

यह उपन्यास लेखक के हृदय में उमड़ती कल्पनाओं का प्रतिदर्श मात्र है। इसका मुख्य उद्देश्य आधुनिक हिन्दी भाषा के प्रति पाठकों में अभिरुचि पैदा करना और हिन्दी साहित्य को बढ़ावा देना है। वाक्यों की भावनात्मक प्रभावशीलता बढ़ाने के लिए उपन्यास में कुछ अन्य भाषाओं के शब्दों का भी प्रयोग किया गया है।

यह उपन्यास शराब, सिगरेट, तम्बाकू या किसी भी प्रकार के नशीले पदार्थ के सेवन को समर्थन नहीं देता। कथानक में 'नशा' व्यक्ति की एक कमजोरी के रूप में प्रदर्शित किया गया है।

इस उपन्यास का उद्देश्य समाज की नई पीढ़ी की आधुनिक विचारधारा और समाज के पारंपरिक मूल्यों के मध्य सामंजस्य स्थापित करना है। इसका उद्देश्य पाठकों के व्यक्तिगत जीवन में भी रिश्तों के स्नेह का रस भरना है और अपनों के प्रति प्रगाढ़ प्रेम जागृत करना है।

अनुक्रमणिका

प्रस्तावना

ये समंदर की लहरें, देखा जाए तो कितनी शांत नजर आती हैं, पर यदि गौर से देखा जाए तो इनसे ज्यादा विचलित दुनिया में कोई और चीज़ नहीं। यहाँ जागने के लिए किसी अलार्म घड़ी की आवश्यकता नहीं पड़ती, ये लहरें मुझे अपने संगीत से रोज़ाना समय से पहले ही उठा देती हैं।

मगर आज मुझे इनके शोर की जरा सी भी जरूरत महसूस नहीं हुई, क्योंकि उसका संदेश पढ़ते ही मैं सो नहीं पाया। जानना चाहते हैं यह संदेश किसका था? यह संदेश था मेरी प्यारी कियारा का, जिसकी आँखों में इतनी गहराई है कि यह समंदर भी उनके आगे छोटा लगे और जिसके हृदय में इतनी सच्चाई है कि ये पवित्र लहरें भी उसके आगे फीकी लगें।

"हेल्लो सागर, कैसे हो तुम? वहाँ का मौसम कैसा है? व्यवसाय ठीक चल रहा है या नहीं?

तुम्हें अगर लगता है कि इस संदेश में ऐसी बातें लिखी हो तो यह तुम्हारी गलतफहमी है, मैं तो फिर से तुम्हें मेरी ही स्वार्थ सिद्धि के लिए यह संदेश भेज रही हूँ।

फोन पर जब तुम अपने अड़ियल स्वाभाव में इस बात के लिए मुझे साफ़ मना करते हो, मुझे तुम पर बहुत गुस्सा आता है, मन करता है कि वहीं आकर तुम्हें सबक सिखा दूँ, पर ऐसा मुमकिन नहीं है, इसीलिए इतना कुछ लिखने का कष्ट कर रही हूँ।

अब खुद को ज्यादा लिखने की तकलीफ ना देते हुए मैं सीधे मुद्दे पर आती हूँ।

तुम सोचते हो कि हमारे बीते वक्त के बारे में हमारे बच्चों को मालूम नहीं पड़ना चाहिए, इससे उनके दिमाग पर नकारात्मक प्रभाव भी पड़ सकता है, पर ऐसा नहीं है।

मैं चाहती हूँ कि बच्चे अपने माता-पिता की हर छोटी-बड़ी गलती से सबक लें, ताकि वें स्वयं के जीवन में उन गलतियों को दोहराने से बच सकें।

लेकिन यह मुमकिन तभी होगा ना जब हम उन्हें अपने जीवन की हर अच्छी-बुरी, छोटी-बड़ी घटनाओं के बारे में बताएँगे।

तो क्या हुआ उसे मालूम भी चले कि मैं तुम्हें पसंद करती थी, सभी के जीवन में एक ना एक बार यह समय जरूर आता है, और पसंद तो मैं आज भी तुम्हें उतना ही करती हूँ, तो इसमें छुपाने वाली क्या बात है? तुम अच्छी तरह से जानते हो कि हमारा रिश्ता गंगा के जल सा पवित्र है, तो फिर तुम्हें किस बात का डर है सागर?

मैं चाहूँ तो चाँद-सितारे भी उसकी झोली में भर दूँ, मेरी परी है वो, उसके एक इशारे पर दुनिया की हर नायाब चीज़ उसके कदमों में रख देने के काबिल हूँ मैं, पर यह दिन उसकी जिंदगी का सबसे ख़ास दिन है तो इस दिन उसे एक आम तोहफा देकर भला मैं क्या करूँगी?

मेरी बेटी अब नए रिश्तों से जुड़ने जा रही है, वो रिश्ते जो आने वाले वक्त में शायद मुझसे भी बढ़कर हो, और मैंने रिश्ते निभाना तो तुमसे सीखा है, यकीन मानो अगर हर कोई रिश्तों को तुम्हारी तरह अहमियत देना सीख ले तो समाज में कहीं भी कोई भी रिश्ता ना टूटे।

हमने उसे हमेशा से पलकों पर बैठा कर रखा है, कभी किसी चीज़ की कमी महसूस नहीं होने दी, उसे कभी कोई जिद करने ही नहीं दी क्योंकि उसके जिद करने से पहले ही हम दोनों उसकी आँखों के सामने वह ला कर रख देते थे, इसीलिए मैं चाहती हूँ सागर जब वो अपने नए परिवार से जुड़े तो रिश्तों के महीन धागों को मजबूती से पकड़ना सीखे।

बादलों में पली है वो, उसे जमीन की कठोरता का एहसास थोड़ा कम है। मैंने उसे अच्छे संस्कार और अच्छी शिक्षा भले ही दी हो पर वह अभी जिंदगी के कटु अनुभवों से अनजान है।

मैं चाहती हूँ तुम उसे जीना सिखाओ, जैसे तुमने मुझे सिखाया है, मैं चाहती हूँ तुम उसका आत्मविश्वास और उसकी प्रेरणा बनो जो उसे जीवन के किसी भी विकट मोड़ पर असफल ना होने दे। मेरे लिए ना सही, तुम्हारी विशू के लिए मेरी यह प्रार्थना स्वीकार कर लो।

मैं उसकी शादी में तुम तीनों का और इस किताब का बेसब्री से इंतज़ार कर रही हूँ, जो तुम यह संदेश पढ़ने के बाद भावनाओं में बहकर मेरे लिए लिखने वाले हो।

सुधीर की ओर से ढेर सारा प्यार और नए व्यवसाय व नए जीवन के लिए ढेर सारी शुभकामनाएँ।"

"तुम्हारी कियारा"

"वो कहती है कि मैं कुछ नहीं कहता, पर फिर भी हर वक्त उसे मेरा ज़िक्र सुनकर तसल्ली मिलती है।"

हाँ दोस्तों, हम सभी के जीवन में कुछ लोग ऐसे होते हैं जो सबसे ज्यादा मायने रखते है, जो हमारे जीवन के हर अच्छे बुरे समय में हमारे साथ खड़े नजर आते हैं, जिनके लिए हमारे चेहरे की सच्ची मुस्कुराहट के सिवाय और कुछ मायने नहीं रखता।

यह कहानी एक पागल लड़की के लिए है, जो मिली तो अनजाने में थी पर इतना कुछ दे गई जितना तो कोई अपना भी ना दे सके, इसीलिए तो वो मेरे लिए मेरे अपनों से भी बढ़कर है।

वो चाहती है कि मैं अपने बारे में लिखूँ, जो खुद के बारे में सोचता तक नहीं।

आज से ठीक दो महीने बाद विशाखा की शादी है। वो चाहती है कि विशाखा को यह कहानी तोहफे के रूप में दे।

अजीब है ना, भला कोई माँ अपनी बेटी को उसकी शादी पर ऐसा तोहफा देती है क्या? पर उसकी सोच सबसे अलग है, जो उसे दुनिया की सबसे अलग लड़की बनाती है।"

"मेरा नाम सागर कुमार है, मैं पेशे से कोई लेखक या कवि नहीं हूँ, ना ही मैंने साहित्य के विषय में कोई डिग्री हासिल की है(हर कहानी को शुरु करने से पहले यह सब बोलना जरूरी होता है ताकि लेखन के दौरान होने वाली प्रत्येक छोटी-बड़ी गलती को नजरअंदाज किया जा सके, मगर मुझे वाकई लिखने का कोई अनुभव नहीं है), मैं तो केवल एक आम इंसान हूँ जो चाहता तो वहाँ एक बहुत ही शानदार रुतबे से भरा हुआ जीवन व्यतीत कर सकता था पर शायद समय को यही मंजूर था, शायद मैं हमेशा से जानता था कि एक दिन मुझे वहाँ से आना ही पड़ेगा, शायद इसीलिए यह जगह मेरे जीवन का आखिरी पड़ाव बन गई।

मेरा परिवार भारत में है, मेरी माताजी ने अपनी सारी उम्र समाजसेवा करते हुए व्यतीत कर दी, मेरे पिता के कारोबार के विषय में ज्यादा कुछ कहने को नहीं है क्योंकि उन्होंने किया तो बहुत कुछ मगर स्थाई रूप से कुछ नहीं किया। मेरे भैया-भाभी के विषय में क्या लिखूँ... शब्द कम पड़ जाते हैं। मेरा वहाँ एक प्यारा सा परिवार और है, जिसमें कियारा-सुधीर, उनकी दोनों बेटियाँ विशाखा और वेदांशी, एक भाई जैसा दोस्त, उसकी पत्नी व बच्चे शामिल हैं।

पच्चीस वर्ष तक एक असामान्य नौकरी करने तथा एक असामान्य जीवन बिताने के बाद मैं एक सामान्य मौत मरने के लिए अपने देश, अपने परिवार और अपने दोस्तों को छोड़ इन शांत लहरों के आगोश में आ बसा।

मैंने अपने जीवन में कियारा से बहुत कुछ पाया है, इतना कि अगर लौटाना चाहूँ तो एक जन्म और लेना पड़े, मगर उसने मुझसे कभी कुछ नहीं माँगा, सिवाय मेरी मुस्कराहट के, तो फिर मैं भला उसकी यह छोटी सी ख़्वाहिश कैसे अधूरी छोड़ दूँ?

यह असामान्य परिस्थितियों से भरी हुई एक सामान्य सी कहानी है, कठोर रास्तों की सरल सी मंज़िल है, छोटे से लम्हे की तलाश में बीती एक उम्र-भर का किस्सा है, किसी समय इस कहानी का कोई भी अंश अगर तुम्हारे हृदय को ठेस पहुँचाए तो मैं उसके लिए माफ़ी चाहता हूँ विशू बेटा, मगर यही हकीकत है हमारे बीते हुए समय की, जिसे तुम्हारी मम्मी तुम्हारी शादी के तोहफे के रूप में तुम्हारे सामने पेश करना चाहती है।

हो सके तो इसे बस बीते वक्त का एक छोटा सा खेल समझकर भुला देना, और सीखना चाहो तो इसमें सीखने हेतु तुम्हारे लिए बहुत कुछ है, जैसा कि कियारा को लगता है।

मैं सिर्फ तुम्हारे और कियारा के लिए इस कहानी को शब्दों का रूप दे रहा हूँ जिसे शायद मैं खुद याद भी नहीं रखना चाहता।

मेरी और तुम्हारी आंटी की ओर से तुम्हें शादी की ढेर सारी शुभकामनाएँ और ढेर सारा प्यार।"

चलो तो फिर यह कहानी उसी लड़की से शुरु करता हूँ जिससे ज्यादा प्यार मैंने जीवन में किसी से नहीं किया।

अध्याय 1

"मानसिक असंतुलन"

जीवन में संतुलन बहुत जरूरी है, चाहे वो शारीरिक हो या मानसिक, मेरा शारीरिक संतुलन तो ठीक था मगर जिस दिन उसे पहली बार देखा, मैं अपना मानसिक संतुलन थोड़ा सा खो बैठा।

पंद्रह वर्ष पूर्व:

आज मैं अनन्या के साथ पहली बार उसकी अभिभावक-अध्यापक संगोष्ठी में उसके साथ गया। उसकी कक्षाध्यापिका श्रीमती मेघना तोमर बहुत लंबे समय से मुझसे मिलने के लिए उत्साहित थी। इस तरह के उच्च स्तरीय विद्यालयों में बच्चों की छोटी से छोटी गतिविधियों पर भी खासा ध्यान दिया जाता है तथा उनकी हर समस्या से परिजनों को अवगत करवाया जाता है।

हम कक्षा में प्रविष्ट हुए, अनन्या मेरे साथ चल रही थी, मैंने उसका हाथ पकड़ा मगर उसने झटके से अपना हाथ खींच लिया और मेरी तरफ गुस्से से देखा।

मुझे देखकर श्रीमती मेघना अभिवादन के लिए खड़ी हुई,

"हेल्लो सर ! हमेशा से सुना था आपके बारे में, आज पहली बार मिलने का मौका मिला है, आपका बहुत बहुत स्वागत है", उन्होंने कहा।

"बहुत बहुत धन्यवाद मैडम, अनन्या आपकी बहुत तारीफ करती है", मैंने कहा।

"सच में !", मेघना मैडम आश्चर्यचकित मुस्कराहट के साथ अनन्या की तरफ देखती हुई बोली।

"महोदय, आपकी बेटी बहुत होनहार है। बस इसका गुस्सा थोड़ा कम करवाएँ, इसके गुस्से से तो विद्यालय में सभी को डर लगता है",

"और बताओ प्यारी सी गुड़िया, आज आपकी मम्मी कहाँ हैं जो आप पापा को परेशान करने लाए हो", उन्होंने अनन्या के गाल प्यार से खींचते हुए कहा।

"सही कहा आपने मैडम, हो सकता है मैं इनकी बेटी हूँ मगर यह मेरे पापा नहीं हैं", अनन्या ने कहा।

हम एक पल के लिए स्तब्ध रह गए और मैं एक गहरी सोच में डूब गया। माहौल को सामान्य बनाने के लिए मैडम ने बात बदल दी, और अनन्या के परिणाम और व्यवहार के विषय में मुझसे चर्चा करने लगी।

मगर अब मैं मानसिक रूप से उस कक्षा में उपस्थित नहीं था। मैं सबकुछ सुन तो रहा था पर एक गहरी सोच में डूब गया था। यह बात जो इस छोटी सी बच्ची के मुँह से निकली थी, यह वही बात थी जो मुझे इतने वर्षों से अन्दर ही अन्दर खाए जा रही थी।

समय के अभाव का बहाना बनाकर मैंने मेघना मैडम से विदा ली, पर जो कुछ भी मेरे अन्दर चल रहा था, उसे मेरी आँखों में साफ़ पढ़ा जा सकता था। तत्पश्चात मैंने अनन्या को सुरक्षित घर छोड़ दिया और अपने दफ्तर की ओर निकल गया।

दफ्तर से घर के पंद्रह मिनट के रास्ते के बीच में मुझे मेरी पूरी जिंदगी किसी फिल्म की तरह नजर आ रही थी। मैंने दफ्तर के सामने पार्किंग में कार जरूर रोकी पर बर्फ की तरह उसमें जमा रहा। मैं बहुत देर तक बाहर नहीं निकला और अपनी ही सोच में डूबा रहा।

मेरे मन में बस एक ही सवाल बार-बार उठ रहा था, "क्या मैंने जो किया, वो सही था ?"

****

"मैं जानती हूँ सागर, जितना प्यार तुम मुझसे करते हो उससे कहीं गुना ज्यादा अनन्या से करते हो, मगर क्या वो तुम्हें कभी अपना सकेगी?"

"तुम्हारी जिंदगी तो अभी-अभी शुरु ही हुई है, मुझे डर है कि कहीं हम दोनों की वजह से यह खराब ना हो जाए",

"जिंदगी में तुमसे ज्यादा प्यार मुझे किसी ने नहीं दिया, तो फिर मैं बदले में तुम्हें जिंदगी भर का दर्द कैसे दे सकती हूँ", उसके यह शब्द मेरे कानों में गूँज रहे थे।

****

अब यादें मुझे मेरे बचपन में ले आई, जहाँ मैं अपने घर, अपनी माँ और अपने पिता को देख सकता था।

गंदी गालियों के साथ एक जोरदार थप्पड़ की आवाज़ से मेरी नींद खुली, मैं घबरा कर दूसरे कमरे में भागा। यह मेरे पापा थे, जो हर रोज़ की तरह मेरी माँ को बुरी तरह से पीट रहे थे।

मेरी उम्र उस समय पंद्रह वर्ष थी, मेरा शरीर थोड़ा लंबा जरूर था पर बहुत ही दुबला-पतला सा था, लेकिन फिर भी मैं मेरी माँ का ढाल था, और हथियार भी। मैंने चिल्लाते हुए उनका हाथ पकड़ लिया।

"हाथ मत उठाना, वरना मैं जान से मार दूँगा",

"मेरी माँ पर हाथ उठाने की हिम्मत कैसे हुई", कहते हुए मैंने अपनी पूरी ताकत से उसे दीवार की तरफ धक्का दिया।

वह बीच वाले हॉल में आ गिरे और मैंने मम्मी वाले कमरे को बाहर से बंद कर दिया।

अगले ही पल उन्होंने मुझे खींचकर एक थप्पड़ मारा, मैं सीधा जमीन पर गिरा।

"साले माँ के चमचे, गंदी माँ की गंदी औलाद",

"तेरी इतनी हिम्मत कि मुझ पर हाथ उठाए", कहते हुए वो मुझे लात-घूँसों और थप्पड़ों से बुरी तरह से पीटने लगे।

मेरी माँ के रोने-चीखने की आवाज़ें मैं पीछे से सुन सकता था।

"मेरे बेटे को छोड़ दो, जितना मारना है मुझे मारो पर उसे छोड़ दो। छोटा है वो अभी, आपके हाथ जोड़ती हूँ, उसे छोड़ दो, बेटा तुझे मेरी कसम, दरवाज़ा खोल", दरवाज़े को अन्दर से पीटती हुई माँ बिलख रही थी।

मगर ना मेरे पिता के हाथ रुक रहे थे, ना उनकी ज़ुबाँ थम रही थी। तभी मेरे मुँह से खून की कुछ बूँदें फर्श पर गिरी, और मेरे पापा के हाथ रुक गए,

इसीलिए नहीं कि उन्हें मेरी परवाह थी, बल्कि इसीलिए कि उन्हें भय था कि मुझे कुछ हो गया तो उन्हें गिरफ्तार ना कर लिया जाए।

गालियाँ बोलते हुए वो मुख्य दरवाज़े के पास आ गए। मैं जैसे-तैसे उठा, और अपने शरीर की पूरी ताकत से उन्हें बाहर की ओर धक्का देकर अन्दर से दरवाज़ा बंद कर लिया।

अब कुछ वक्त के लिए हम सुरक्षित थे। मैंने मम्मी वाले कमरे का दरवाज़ा खोला, मेरी माँ बुरी तरह रोते हुए मुझसे लिपट गई। मैं उन्हें चुप करवाने में लगा हुआ था, अपनी साड़ी के पल्लू से वो मेरे मुँह से बहता खून साफ कर रही थी और मैं अपने रुमाल से उनकी नाक से बहता खून साफ कर रहा था।

कुछ वक्त आँसू बहाने के बाद वह थोड़ी शांत हुई और मैंने उन्हें ब्रेड और नमकीन खिलाकर सुला दिया।(ब्रेड और नमकीन हमारे घर का नियमित भोजन था। सप्ताह में लगभग चार दिन हम यही खाकर पेट भरा करते थे क्योंकि पापा के क्रोध के चलते रसोई में जाकर खाना बनाना संभव नहीं होता था) मैं अपनी कविताओं वाली किताब खोलकर कोने में जाकर चुपचाप बैठ गया।

पढ़ते-पढ़ते मैं वहीं सो गया और सुबह उठा तो देखा भैया आ चुके थे, हमेशा की तरह। मम्मी उनसे कहीं चलने की बात कर रही थी, किसी मंदिर पर शायद।

बेबस और लाचार लोग अपनी समस्याओं के हल के लिये, या यूँ कह लीजिए खुद को झूठी दिलासा देने के लिए मंदिर-मस्ज़िद ही तलाश करते हैं।

मेरे भैया का नाम साहिल है और इस समय वह दिल्ली से अपनी स्नातक की पढाई कर रहे थे। मेरे जीवन को बीज से वृक्ष का रूप प्रदान करने में सबसे बड़ी भूमिका भैया ने ही निभाई। हमेशा की तरह भैया को मुझ पर बहुत तरस आ रहा था और मेरे पापा पर बहुत गुस्सा, मगर वो चाहकर भी कुछ नहीं कर सकते थे।

मम्मी ने उन्हें बाज़ार से कुछ सामान लाने भेज दिया, जितने में ही पापा मौका देखकर घर में घुसे और मेरी मम्मी के पैरों में गिरकर माफी माँगने लगे।

थोड़ी देर के औपचारिक भावनात्मक नाटक के बाद माँ ने उन्हें माफ़ कर दिया, हर बार की तरह। यह सब तमाशे हमारे घर में रोज़ के थे, और शायद हमारे परिवार की पहचान बन गए थे।

एक दिन सब सही हो जाएगा, बस उस एक दिन का इंतज़ार करते-करते अधिकांश लोग अपनी सारी जिंदगी लाचारी में बीता देते हैं, और किसी तरह का ठोस कदम नहीं उठा पाते।

मेरे परिजन भी कुछ इसी तरह की उम्मीद से बँधे हुए थे। किसी ने मेरी माँ को राय दी कि हमें जम्मू जाना चाहिए, वैष्णो माता के मंदिर में, वहाँ माँगी मुरादें हर हाल में पूरी होती हैं।

बस फिर क्या था, गर्मी की छुट्टियाँ तो चल ही रही थी। हमने मेरे पापा के व्यवहार में थोड़ा सुधार होने इंतज़ार किया और चल दिए जम्मू।

तीन दिन के मुश्किल सफ़र के बाद हम वैष्णो माँ के दरबार में आ तो गए, पर माँगते क्या? मुझे तो पूरा यक़ीन था कि कुछ सही नहीं होने वाला है, मैं बस वहाँ अपनी मनोदशा को थोड़ा सा ठीक करने आया था।

आख़िर मन्नतें माँगने से ही जंग जीत ली जाती तो लोग सीमा पर भला अपना खून क्यों बहाते, और एक तरह से हम भी तो किसी जंग में ही थे, बदक़िस्मती से हमारे खिलाफ हमारे अपने ही थे, एकदम महाभारत की कहानी की तरह।

मेरे छोटे से दिमाग में इस तरह के बड़े-बड़े विचार अक्सर घूमते रहते थे, मैं उम्र के हिसाब से थोड़ा ज्यादा सोचता था, यह 'अवगुण' मुझमें जन्मजात था।

खैर... हम कुछ दिनों की यात्रा के बाद फिर से घर लौट आए।

(संत जॉनसन स्कूल, दसवीं कक्षा में मेरा पहला दिन)

वैसे तो इस विद्यालय में मेरा दाखिला एक वर्ष पूर्व ही हो चुका था, परन्तु अभी हम गर्मी की छुट्टियाँ पूरी करके नए सत्र में आए ही थे। यह दसवीं कक्षा के नए सत्र में मेरा पहला दिन था। मैं दस-बारह दिन की अतिरिक्त छुट्टियों के बाद विद्यालय में आया था। आज के दिन विद्यालय में काफी नए चेहरे नजर आ रहे थे।

"ओये ! कहाँ मर गया था इतने दिनों तक ?" मैंने अपनी नई कक्षा में जाकर अपना बस्ता रखा ही था कि विहान ने मेरे कंधे पर हाथ रखते हुए कहा, जो मेरे बचपन का मेरा सबसे अजीज मित्र था।

"नहीं भाई... परिवार के साथ बाहर गया हुआ था घूमने", मैंने कहा।

"ओहो, क्या बात है। चल अब, घंटी बज चुकी है, प्रार्थना का समय हो चुका है", विहान ने कहा।

"भाई, वो मेरी जान की दुश्मन सीमा मैडम ने विद्यालय छोड़ा कि नहीं ?" मैंने पूछा।

"तू क्या सोचता है बेटे... तुझे इतनी जल्दी उनसे रिहाई मिल जाएगी? वो तेरी नानी माँ अभी भी यहीं है और तेरे लिए सबसे बड़ी खुशखबरी है कि इस साल वह हमारी कक्षाध्यापिका हैं", उसने कहा।

"अबे मर गया यार, साला मैं इस वर्ष यहाँ से टी.सी. ले लेता तो ही फायदे में रहता", मैंने अपना माथा पकड़ते हुए कहा।

"तुझे रोका किसने है? अभी भी वक्त है बेटा, समय रहते कट ले यहाँ से, वरना उन्होंने तुझे काट ना दिया ना तो मेरा नाम बदल देना", कहते हुए विहान जोर से हँसा।

हम बात करते-करते बाहर आए ही थे कि मेरी नजर उस पर पड़ी, मैं अपनी बात कहते-कहते एकदम से रुक गया और किसी मूर्ति की तरह वहाँ खड़ा हो गया।

सफ़ेद टीशर्ट और नीली स्कर्ट में हाथ में बैडमिंटन का रैकेट थामे एक खूबसूरत सी लड़की अपनी साइकिल में ताला लगा रही थी और उसके चेहरे पर बिखरती उन जुल्फों से कुछ ऐसे परेशान नजर आ रही थी जैसे कि उस वक्त के लिए उसका उनसे बड़ा दुश्मन दुनिया में कोई और नहीं। धूप में उसका चेहरा ऐसे चमक रहा था मानों किसी बर्फ से ढके पहाड़ पर अभी अभी सुबह हुई हो। उसके होंठ, इतने गुलाबी कि सामने आ जाए तो गुलाब का फूल भी पानी माँगे। इस छोटे से विद्यालय में बवाल मचवाने को उसकी गहरी निगाहें ही काफी थी।

वो दिन मेरी जिंदगी का शायद पहला दिन था जब मैंने अपने दिल को जोर से धड़कते हुए महसूस किया। मैं उसे तब तक एक नजर से देखता रहा जब तक वह मेरी आँखों के सामने से ओझल ना हो गई।

जैसे ही वो अपनी कक्षा में गई, मेरी नजर विहान पर पड़ी जो आँखें फाड़े मुझे अजीब तरह से घूर रहा था।

उसने कुछ कहा नहीं बस अपनी गर्दन को इस तरह से हिलाते हुए मुझसे सवाल किया कि 'क्या'?

"कुछ नहीं, यह लड़की जो अभी अपनी कक्षा में गई क्या तू उसका नाम जानता है ?" मैंने पूछा।

"इसने इस वर्ष हमारी ही कक्षा में दाखिला लिया है, और यह बैडमिंटन की खिलाड़ी है, पर मैं इसका नाम नहीं जानता। वैसे तू क्यों पूछ रहा है?" उसने पूछा।

"कुछ नहीं, बस ऐसे ही पूछ रहा था", मैंने कहा।

इस बात को सुनकर वो फिर से मुझे अजीब सी निगाहों से घूरने लगा।

"अबे पहले पूरा बड़ा हो जा फिर करना यह प्यार-मोहब्बत, चल चुपचाप", विहान ने मुझे डाँटते हुए कहा।

"मैंने तो तुझसे सिर्फ उसका नाम पूछा साले, और तू सीधे प्यार-मोहब्बत पर पहुँच गया... वाह भाई वाह!" मैंने कहा।

विहान हँसने लग गया और मुझसे कहने लगा "हाँ हाँ मैं तुझे अच्छे से जानता हूँ।"

तत्पश्चात हम प्रार्थना के लिए अपनी पंक्ति में खड़े हो गए। मैं अपनी आदत के अनुसार सबसे पीछे खड़ा हुआ था, मैं कक्षा के अन्य छात्रों की अपेक्षाकृत थोड़ा अधिक लंबा था इसीलिए मुझे स्थान भी वहीं मिलता था। हमारे साथ ही हमारी कक्षा की छात्राओं की पंक्ति भी लगा करती थी।

मेरी किस्मत देखिए, उसी समय उसका आकर मेरे साथ में खड़ा होना हुआ। उसने प्रार्थना के लिए अपने हाथ जोड़े, पर कुछ देर बाद अपनी आँखें खोल कर मुझे अजीब सी नजरों से देखने लगी। एक पल को मैं समझ नहीं पाया कि यह मुझे इस तरह क्यों देख रही है, पर अगले ही पल मुझे याद आया कि विद्यालय के सभी बच्चे हाथ जोड़े प्रार्थना की स्थिति में खड़े हो गए हैं, और मैं अपनी जेब में हाथ डाले खड़ा-खड़ा उसकी ओर लगातार देखे जा रहा हूँ, होश में आते ही मैं थोड़ा सा घबराया और मैंने जल्दी से अपने हाथ जोड़कर आँखें बंद कर ली।

यह वो दिन था जब मैंने पहली बार उसे देखा था, और पहली बार महसूस किया कि मैं अपना मानसिक संतुलन थोड़ा सा खो चुका हूँ।

अब हम प्रार्थना समाप्त करके अपनी कक्षा में लौट आए, वह लड़कियों की पंक्तियों में सबसे पीछे बैठी थी, और मैं लड़कों के भाग में सबसे पीछे विहान के साथ बैठा हुआ था, हमारा एक मित्र जलज भी हमारे साथ

बैठा हुआ था। मैं तिरछी नज़रों से बार-बार उसे देखे जा रहा था और मैडम द्वारा बच्चों की उपस्थिति दर्ज करने का इंतजार कर रहा था कि इसी बहाने मुझे उसका नाम पता चले। फिर अचानक से मैडम ने कहा "झील अग्रवाल", और उस तरफ से एक मीठी सी आवाज उठी "यस मैडम"

ओह 'झील', कितना प्यारा नाम था, बिल्कुल मेरे नाम से मिलता-जुलता, एक वक्त को लगा कि हम दोनों एक ही हैं।

इसी बीच मैं अपनी कॉपी के आखिरी पन्ने पर उसका नाम तीन-चार बार लिख चुका था जितने में मैडम ने मेरा नाम लिया, मगर मेरा ध्यान तो कहीं और ही था। मैडम जानती थी कि मैं कक्षा में उपस्थित हूँ इसीलिए उन्होंने दो-तीन बार मेरा नाम पुकारा, मगर मैं अपने ही काम में उलझा हुआ था जितने में विहान ने मुझे कोहनी से मार कर जगाया, और मैं हड़बड़ाते हुए बोला, "हाँ मैडम, मैं उपस्थित हूँ।"

मैडम ने मुझे गुस्से में देखा और चिल्लाई, "हाँ तुम शारीरिक रूप से जरूर यहाँ उपस्थित हो पर अपना दिमाग शायद घर पर ही छोड़ आए हो।"

मैडम की यह बात सुनकर सभी बच्चे जोर से हँसने लगे। मुझे एक पल को बहुत जोर से गुस्सा आया, लेकिन अगले ही पल मेरा गुस्सा शांत हो गया जब मैंने तिरछी निगाहों से उसकी तरफ देखा।

मैडम की बात सुनकर झील भी धीरे-धीरे मुस्कुरा रही थी। ना जाने क्यों जिंदगी में पहली बार उस दिन मुझे खुद की बेइज्जती करवाने में ही सुकून मिला, शायद सुकून उसे मुस्कुराते हुए देखना था।

थोड़ी देर उसे लगातार देखने के बाद अचानक उसकी आँखें मुझसे मिली। कुछ देर तो मैं उसे नजरें मिलाए देखता रहा, फिर थोड़ी देर बाद मैंने घबराकर अपनी गर्दन झुका ली। शायद उसे ज्ञात हो चुका था कि मैं लगातार उसे देख रहा हूँ। मैं कुछ समय तक ऐसे ही सिर झुकाए बैठा रहा।

अब मुझमें इतनी हिम्मत नहीं थी कि उससे दोबारा नज़रें मिला सकूँ, पर जैसे ही अपनी कॉपी में थोड़ी देर पहले के लिखे हुए उसके नामों पर नजर पड़ी, मेरी गर्दन अपने आप उसकी ओर घूम गई। वह अब भी मेरी ही ओर एक गुस्से भरी नजर से देख रही थी मगर मैंने कहा ना, आज

मेरा मानसिक संतुलन ठीक नहीं था, तो मैं भी उसे नजर मिलाकर देखने लगा।

मुझे नहीं पता था विहान मेरी इन सभी हरकतों पर नजर रखे हुए है, और उसके साथ-साथ सीमा मैडम भी।

"सागर खड़े हो", सीमा मैडम जोर से चिल्लाई।

मैं हड़बड़ाकर खड़ा हुआ।

"जहाँ मैं पढ़ा रही थी, ठीक उसके आगे से पढ़ना शुरु करो", उन्होंने कहा।

(यह लगभग हर अध्यापक में पाई जाने वाली एक सामान्य कला है उस विद्यार्थी को रंगे हाथों पकड़ने की जिसका ध्यान आपकी कक्षा में ना हो।)

मैंने विहान से किताब माँगने का बहाना किया, वह भी कितना महान दोस्त था, उसी पंक्ति पर अपनी अंगुली रखते हुए मुझे किताब दी जहाँ से मुझे पढ़ना था।

मैंने पढ़ना शुरु किया, मगर सीमा मैडम से बचना शायद मेरे लिए नामुमकिन था, उन्होंने मुझे रोकते हुए पूछा,

"तुम्हारी किताब कहाँ है?"

"माफ़ करना मैडम, मैं घर भूल आया", मैंने कहा।

"तो शायद तुम यहाँ किसी की बारात में खाना खाने आए हो, है ना",

"अभी के अभी मेरी कक्षा से बाहर निकल जाओ", मैडम ने गुस्से से बौखलाते हुए कहा।

सभी बच्चे एक बार फिर से मेरी ओर देखकर हँसने लगे, पर मैंने जाते-जाते झील की ओर देखा, उसके चेहरे पर चिंता के भाव थे।

यकीन मानो उस वक्त मुझे ऐसा लगा कि अगर मेरी हर गलती की सजा यही हो तो मैं हर रोज यह गलती करने के लिए तैयार हूँ। ना जाने क्यों बड़ी खुशी के साथ मैं बाहर निकला और उसके बारे में सोचते-सोचते कब सीमा मैडम की क्लास समाप्त हो गई, मुझे पता ही नहीं चला।

यह अवस्था सच में मेरे पागलपन की शुरुआत थी।

आने वाले दो-तीन दिन इसी तरह से उसे चोरी-छिपे देखते हुए बीत गए, उसे भी इस बात का एहसास था मगर वह किसी तरह की प्रतिक्रिया नहीं दे रही थी, फिर अचानक से किस्मत मुझ पर मेहरबान हो गई और मुझे उससे बात करने का मौका मिल ही गया।

उस दिन हमारी कक्षा में कोई अध्यापक नहीं था। सभी बच्चे शोरगुल और मस्ती करने में लगे हुए थे। हमें इस बात का जरा भी अंदाज़ा नहीं था कि हमारी प्रधानाचार्या सिस्टर लूसी कक्षाओं के दौरे पर निकली हुई हैं। तभी झील ने कागज़ का एक हवाईजहाज़ बनाया और उसे दरवाज़े की ओर फेंका, बदक़िस्मती से सिस्टर लूसी का उसी समय हमारी कक्षा के बाहर आना हुआ। अन्दर से आए उस कागज़ के हवाईजहाज़ को देख कर सिस्टर लूसी क्रोध से बौखला उठी और सीधे हमारी कक्षा में आई। सभी बच्चे हड़बड़ाकर अपने स्थान पर खड़े हो गए।

"बैठो सभी, और जिसने भी इसे बाहर फेंका है, वह ईमानदारी से खडा हो जाए", उन्होंने चिल्लाते हुए कहा।

मैंने पलटकर झील की ओर देखा, वह बुरी तरह से सहम उठी थी, उसके माथे पर पड़ रही सलवटें उसके भय के प्रतीक की भाँति प्रतीत हो रही थी।

"ठीक है, ऐसे समझ में नहीं आएगा तुम लोगों को, मैं नीचे कैमरे में देख कर आती हूँ। तुम लोगों का इलाज कैसे करना है मुझे अच्छी तरह से मालूम है", उन्होंने कहा।

इससे पहले घबराकर झील कुछ करती, मैं अपने स्थान से खड़ा हो गया। मेरे दोस्त मुझे आश्चर्य से देखने लगे और झील की समझ से तो सबकुछ बाहर था।

"मुझे माफ़ कर दीजिए सिस्टर, यह मैंने फेंका था", मैंने कहा।

"सागर यहाँ आओ", उन्होंने गुस्से में मुझसे कहा।

मैं चुपचाप बाहर निकलकर उनके पास चला गया। उन्होंने अपनी छड़ी निकाली और मुझे हाथ सामने लाने को कहा। मैं समझ गया था अब मेरी बहुत बुरी तरह से पिटाई होने वाली है क्योंकि सिस्टर लूसी के गुस्से से तो सारा विद्यालय खौफ खाता था। उन्होंने मुझ पर डंडे बरसाना शुरु किए। मैंने नजर घुमाकर झील की ओर देखा, उसके दोनों हाथ उसके चेहरे पर थे और उसकी मृगनयनी काया पर सुशोभित नयन पूर्णतया भीग चुके थे। मैं था कि मुस्कुराते हुए मार खाए जा रहा था।

हालांकि मैं पहले भी सिस्टर लूसी से बहुत बार पिट चुका था मगर आज उनके मारने का अंदाज़ थोड़ा बदला हुआ सा लगा। आज वह मुझे बहुत धीरे से मार रही थी मानो जैसे मारने का दिखावा कर रही हों, मगर उस समय तो मेरे दिमाग पर यह लड़की ही छाई हुई थी जिसने मुझे इतना कुछ समझ पाने का मौका नहीं दिया।

मेरे हाथों पर थोड़े डंडे बरसाने के बाद सिस्टर लूसी ने सभी बच्चों को चेतावनी दी और मुझे नीचे उनके दफ्तर में जाने को कहा। 'हे भगवान अब और क्या करने वाली है यह मेरे साथ?' मैं इसी डर के साथ उनके कमरे में दाखिल हुआ, कमरे में कोई नहीं था और मैं उस समय इतना नासमझ था कि सीधे ही सिस्टर की कुर्सी के सामने रखी दो कुर्सियों में से एक पर बैठ गया। मुझे वाकई मालूम नहीं था कि बगैर इज़ाज़त के ऐसे किसी के भी दफ्तर में बैठा नहीं जाता।

"अरे, आप कहें तो चाय और समोसे भी मँगवा दूँ", सिस्टर ने कहते हुए कमरे में प्रवेश किया।

"मैं कुछ समझा नहीं सिस्टर", मैंने कहा।

"खड़े हो जाओ बदतमीज़ लड़के, वरना अच्छे से समझा दूँगी", वह बुरी तरह से चिल्लाई।

मैं हड़बड़ाकर खड़ा हो गया और उनसे अपनी गलती के लिए क्षमायाचना करने लगा।

"चुप रहो, मैं जानती हूँ तुमने वो कागज का बनाया हुआ हवाईजहाज़ नहीं फेंका था", उन्होंने कहा।

उनकी बात सुनकर में सकपका गया और पहले से और अधिक घबरा गया।

"तो अब बताओ मुझे, तुमने उस लड़की की गलती का भार अपने ऊपर क्यों लिया", उन्होंने पूछा।

मेरी जुबान पर तो मानो ताला जड़ चुका था, मेरे पास सिस्टर लूसी के प्रश्नों का कोई जवाब नहीं था। मैं बस खड़े-खड़े काँप रहा था। इसी बीच उनका कोई जरूरी कॉल आया और उन्होंने मुझसे बाहर जाने का इशारा किया। मैंने चैन की साँस ली और कमरे से बाहर आया। बाहर आते ही मुझे मेरे सामने झील नजर आई और उसे देखकर मैं मुस्कुराने लगा।

"तुम पागल हो क्या सागर? तुमने ऐसा क्यों किया?" झील ने मेरे पास आकर पूछा।

"ताकि तुम्हें किसी तरह की परेशानी ना हो", मैंने कहा।

"पर क्यों", उसने अपनी भौहें उचकाते हुए पूछा।

"वो तो मुझे भी नहीं पता", मैं अपने बालों में हाथ फेरते हुए बेवकूफों की तरह हँसने लगा।

"मुझे माफ़ कर दो, मेरी वजह से तुम्हें मार पड़ी", उसने कहा।

"कोई बात नहीं झील, तुम्हें माफ़ी माँगने की जरूरत नहीं है", मैंने कहा।

उसने आश्चर्य से मुझे देखते हुए पूछा, "तुम्हें मेरा नाम कैसे पता?"

मेरी चोरी पकड़ी गई और मुझे उसे बताना पड़ा कि मुझे किस प्रकार उसका नाम पता चला।

मैंने एक और तीर छोड़ते हुए कहा कि, "बहुत प्यारा नाम है तुम्हारा, मेरे नाम से काफी मिलता है।"

मगर मुझे नहीं पता था यह लड़की मुझसे दो कदम आगे निकलेगी, उसने तुरंत जवाब दिया, "नाम मिलते हैं तो यह मत सोचना कि दिल भी मिल जाएँगे।"

एक मिनट के लिए तो मैं बर्फ की तरह जम गया और झील जोर से हँसने लगी। मुझे उससे इस तरह के जवाब की बिल्कुल भी अपेक्षा नहीं थी। मैं किसी सोच में खोया हुआ था कि उसकी आवाज़ मेरे कानों में पड़ी,

''ओ हेल्लो, कहाँ खो गए सागर? मैं सिर्फ तुमसे मजाक कर रही थी", उसने कहा।

"हाँ झील... तुम्हारे मजाक भी तुम्हारी तरह जानलेवा हैं", मैंने कहा।

"ओह... तो जनाब शायर मिज़ाज के लगते हैं", झील ने मुस्कुराते हुए कहा।

"नहीं नहीं... आज पहली बार ही बना हूँ", मैंने कहा।

मेरी इस बात पर हम दोनों जोर से हँस दिए। उस दिन से झील और मेरे बीच बहुत गहरी दोस्ती हो गई। हम ज्यादा से ज्यादा वक्त एक-दूसरे के साथ बिताने लगे।

जितना खुश वह बाहर से नजर आती थी, अन्दर से नहीं थी।

छोटी सी उम्र में दर्द ने उसका ठिकाना भी ढूँढ़ ही लिया था। उसकी मम्मी पारिवारिक अनबन की वजह से उन लोगों से अलग रहती थी, जिस उम्र में एक बेटी को अपनी माँ की सबसे ज्यादा जरूरत होती है, उस उम्र में उसने अकेले रहना सीख लिया था।

दर्द को हमदर्द ढूँढने में कहाँ देर लगती है। हम दोनों भी जल्द ही एक-दूसरे के हमदर्द बन गए। मुझे अब लगने लगा था कि अगर मैं जिंदगी में कहीं भी दर्द से जुदा रहूँगा, तो शायद इसके पास ही रहूँगा। वह किसी उच्चस्तरीय दर्दनाशक की तरह थी, उसके नजर आते ही मुझे मेरी तकलीफों का एहसास होना बंद हो जाता था।

खैर दसवीं बोर्ड की परीक्षाएँ पास आ गई। परीक्षा के दिनों में मेरी क़िस्मत मुझ पर खास तौर से मेहरबान रहती थी। साल-भर का ख़राब माहौल एक तरफ और परीक्षाओं के पंद्रह-बीस दिनों का माहौल एक तरफ। उन दिनों मुझे तैयारी के लिए इनामस्वरूप बहुत ख़राब माहौल मिलता था, लड़ाई-झगड़े और खून-ख़राबा एक मिनट के लिए बंद नहीं होता था, मुझे पढ़ता हुआ देखकर शायद मेरे पिता की गुस्सैल शक्तियाँ परवान छूती थी।

अक्सर ऐसा होता था कि मुझे और मेरी माँ को घर से धक्के देकर बाहर निकाल दिया जाता था। मैं बाहर बने स्नानघर में लगे बल्ब की रोशनी में पढता रहता और माँ बाहर ही फर्श पर सोती रहती।

इस तरह की मनोदशा में भी शांत होकर पढ़ लेने के पीछे मेरी माँ के जीवनभर का संघर्ष, मेरे भैया के द्वारा मिली हिम्मत और मेरा कठोर आत्मविश्वास छुपा था।

झील भी हर एक परिस्थिति से वाकिफ़ थी और मेरे लिए बहुत चिंतित रहती थी। उस दिन मैं परीक्षा संपन्न होने के बाद आँखों में आँसू लिए पार्किंग में अपनी साइकिल के पास खड़ा था। तभी झील ने आकर मुझसे कहा, "यह पेपर भी बिगड़ गया ना?"

"हाँ झील, पर तुम्हें कैसे पता?" मैंने पूछा।

"कोई बात नहीं सागर। तुमसे जितना हो सकता था, तुमने उससे कहीं गुना ज्यादा किया है, अब परेशान होने की जरूरत नहीं है", उसने कहा।

"झूठी दिलासा देने के लिए तुम्हारा बहुत-बहुत शुक्रिया", मैंने कहा।

"अरे बुद्धु। अब भी उदास हो, मेरी बात ध्यान से सुनो, घर में किसी ना किसी का विलेन होना भी तो जरूरी है, वरना बच्चा हीरो कैसे बनेगा?" उसने कहा।

यकीन मानिए झील द्वारा कही इस छोटी सी बात ने उस दिन के बाद से कभी मेरे रास्तों के बीच मेरे पिता को नहीं आने दिया। मेरी परिस्थितियाँ तो नहीं बदली, मगर मेरी सोच बहुत अच्छी तरह से बदल चुकी थी।

खैर, गिरते-पड़ते जैसे-तैसे परीक्षाएँ पूर्ण हुई और मुझे उम्मीद से बेहतर परिणाम मिला। सभी खुश थे और मुझे अगली कक्षा में प्रवेश करने पर बधाई दे रहे थे।

दसवीं कक्षा पास करने के बाद का समय एक विद्यार्थी के जीवन में बहुत मायने रखता हैं क्योंकि अब उसे चयन करना होता है कि वह किस विषय द्वारा अपने करियर की शुरुआत करेगा।

मुझे बचपन से साहित्य में बहुत रुचि थी और मेरी मम्मी ने मुझे सलाह दी कि मैं हिन्दी और अंग्रेजी साहित्य को अपने मुख्य विषय के रूप में चुनूँ।

मैं स्वयं भी आगे की पढाई इन्हीं विषयों में करना चाहता था, पर किशोरावस्था में लिए गए गलत निर्णय जीवनभर परेशान करते हैं। मैंने भी कुछ इसी तरह का कार्य किया, शायद यह शुरुआत थी जब मैंने खुद के पैरों पर कुल्हाड़ी मारना सीखा था और मेरी यह आदत जीवन में लंबे समय तक मेरे साथ रही।

शाम का समय था। हम सभी बैठक कक्ष में बैठे-बैठे चाय पी रहे थे, भैया दिल्ली से आज ही घर लौटे थे और मेरी पढाई के संदर्भ में मुझसे बातें कर रहे थे, तभी मम्मी के फोन की घंटी बजी।

मम्मी ने फोन उठाया और पूछा, "आप कौन बोल रहे हैं?"

यह झील का फोन था।

"नमस्ते आंटी जी... मैं झील बोल रही हूँ, क्या मेरी सागर से बात हो सकती है?"उसने पूछा।

मम्मी ने अजीब सी मुस्कराहट के साथ मुझे फोन थमाते हुए कहा, "ले भाई सागर, तेरा फोन आया है।"

मैं झील का नम्बर देखकर चौंक गया। मैं अक्सर उससे मम्मी के फोन से ही बात किया करता था क्योंकि उस वक्त मेरे पास कोई फोन नहीं था।

हम मेरी मम्मी के सोने के बाद चुपके से एक-दूसरे को संदेश भेजा करते थे, मगर आज मैं चौंक गया कि झील ने सीधे ही फोन कैसे कर दिया।

मैं छत पर आ गया और बोला, "क्या तुम ठीक हो, ऐसे अचानक से कॉल करने के पीछे कोई वजह?"

"हाँ... मैं बिल्कुल ठीक हूँ, पर खुद को तुमसे बात करने से रोक नहीं पा रही थी, इसीलिए मैंने फोन कर दिया", उसने कहा।

"बोलो क्या बात है?" मैंने पूछा।

"सागर... तुम्हें पता है ना हमें कल विद्यालय बुलाया है, विषय-चयन के लिए", उसने कहा।

"हाँ मुझे पता है झील, मैं इसी बारे में आज तुमसे बात करना चाह रहा था", मैंने कहा।

"तो सागर, क्या सोचा है फिर तुमने?" उसने पूछा।

"मैं कला-संकाय का चयन करूँगा झील, हिन्दी और अँग्रेज़ी साहित्य। मेरे मम्मी और भैया भी इस निर्णय से खुश हैं।"मैंने कहा।

"पर सागर..."

"पर क्या?" मैंने पूछा।

"मुझे विज्ञान पसंद है, मैं अब आगे विज्ञान और गणित ही पढ़ना चाहती हूँ", उसने कहा।

"अच्छा विषय है झील, मेरी शुभकामनाएँ तुम्हारे साथ हैं", मैंने कहा।

"तो तुम भी मेरे साथ विज्ञान ही क्यों नहीं चुन लेते?" उसने पूछा।

"तुम तो जानती ही हो, गणित मेरे बस का नहीं, और विज्ञान में मेरी कोई खास रुचि नहीं है, शायद मुझे साहित्य ही पढ़ना चाहिए।"

मैं कक्षा का एकमात्र ऐसा विद्यार्थी था जो परीक्षाओं में गणित के सवालों को संदर्भ पुस्तकों में से रट कर उत्तीर्ण होता था, मुझे गणित जरा भी समझ नहीं आती थी।

"हाँ तुम्हें वही करना चाहिए जो तुम्हें पसंद हो, तुमने सही निर्णय लिया है सागर", उसने कहा।

तत्पश्चात थोड़ी यहाँ-वहाँ की बातें करने के बाद उसने फोन रख दिया।

अगले दिन विद्यालय में-

"भाई। मैंने आवेदन पत्र भर दिया है, और विज्ञान-गणित लिया है, तू कौनसा विषय चुन रहा है?" विहान ने पूछा।

"हाँ भाई। मैं भी विज्ञान-गणित ही भर रहा हूँ", मैंने कहा।

विहान एक पल को खुश हुआ, पर फिर कुछ सोचने लगा।

"क्या तू मजाक कर रहा है?" उसने पूछा।

"नहीं तो, ऐसे क्यों पूछा रहा है?" मैंने पूछा।

"मेरा मतलब है कि गणित तुझसे हल होती नहीं है, और तू गणित ही चुन रहा है, तेरे पास इससे ज्यादा अच्छे विकल्प हैं", उसने कहा।

"मुझे विज्ञान पसंद है विहान", मैंने कहा।

"तुझे साहित्य पसंद है, और तू यह चुन रहा है। इस निर्णय के पीछे 'वो' ही है ना सागर?" उसने पूछा।

"अबे पागल हो गया है क्या, यह मैं खुद की मर्ज़ी से कर रहा हूँ, झील का इससे कोई लेना-देना नहीं", मैंने कहा।

मगर मैं उसे झुठला भी नहीं सकता था। सच्चे दोस्तों से सत्य कभी नहीं छुपता। विहान सही था, यह सब मैं झील की वजह से कर रहा था। अगर मैं साहित्य लेता तो हमारी कक्षाएँ अलग हो जाती और एकमात्र विद्यालय ही तो था, जहाँ वो मेरे पास होती थी। मैं खुद को अब उससे जरा-सा भी अलग नहीं कर सकता था, इसीलिए मैंने अपने आवेदन पत्र में विज्ञान भर दिया, झील को भी मेरे इस निर्णय से काफी आश्चर्य हुआ।

यहाँ से बर्बादी शुरु होती है, या यूँ कह लीजिए यह वो समय था जहाँ से मैंने खुद के बारे में सोचना बंद करके जीवन में एक के बाद एक गलत निर्णय लिए।

मेरे परिजन मेरे इस निर्णय से सोच में पड़ गए। मुझे यह विषय पसंद है और मैंने सोच-समझकर ऐसा किया है, यह बात मैं मम्मी को समझाने में सफल रहा, मगर भैया से कुछ नहीं छुपा था। मेरे हर कार्य के पीछे की वजह उन्हें पता होती थी। माँ खुश थी पर वो मेरे इस काम से जरा भी खुश नहीं थे।

काफी देर से जब वो मुझे घूरे जा रहे थे तब मैंने पूछा, "क्या हुआ भैया?"

"यह सब क्या चल रहा है और वह लड़की कौन है?" उन्होंने पूछा।

"क्या... कौनसी लड़की ! आप कहना क्या चाह रहे हो?" मैंने अनजान बनने का नाटक करते हुए पूछा।

"देख तू मम्मी को, परिवार वालों को, तेरे दोस्तों को और सारे जमाने को बेवकूफ बना सकता है, पर मुझे नहीं। मैं जानता हूँ तूने यह सब उस लड़की के पीछे ही किया है", उन्होंने कहा।

उनकी बात सुनकर मेरी उनसे बात करने की हिम्मत नहीं हुई और मैं वहाँ से उठकर चला गया।

अगले दिन दिल्ली वापस जाते हुए उन्होंने मुझसे कहा, "देख भाई, तू जिंदगी में जो करना चाहता है कर, जो बनना चाहता है बन, पर अपनी पढाई और भविष्य के बीच में कभी किसी को मत आने देना।"

मैंने उनकी बात का कोई जवाब नहीं दिया बस 'हाँ' में अपना सिर हिला दिया।

अब हम ग्यारहवीं कक्षा में प्रवेश कर चुके थे। अब मोहब्बत परवान चढ़ रही थी और मेरा ध्यान पढाई से हटता जा रहा था। मैं ज्यादा से ज्यादा समय झील से बात करने में और उसके बारे में सोचते-सोचते गुज़ारने लगा। यहाँ तक कि अब बात इतनी बढ़ चुकी थी कि मेरी मम्मी और भैया ने भी मुझे उससे बात ना करने की हिदायत दे दी। मगर जिस दरिया में मैं गिरा था, वहाँ अपनी दिशा में तैरना मेरे लिए मुमकिन नहीं था। मैं बस लहरों के साथ साथ बहता जा रहा था।

विहान का नज़रिया इस बारे में अलग था। उसे लग रहा था कि मैं कुछ ज्यादा ही सोच रहा हूँ, उसे लग रहा था कि यह एक-तरफ़ा है, झील के अन्दर मेरे लिए इस तरह की भावनाएँ नहीं है।

इस बात की पुष्टि करने के लिए उसने मुझसे कहा, "बहुत हुआ यार, अब वक्त आ गया है कि तेरी आँखें खोल दी जाए।"

"क्या मतलब? मैं कुछ समझा नहीं", मैंने कहा।

"अब तुझे अपने दिल की बात झील से कह देनी चाहिए, उसके मन में क्या है मालूम चल जएगा", उसने कहा।

"नहीं... यह सही वक्त नहीं है, और ना ही अभी मैं इसके लिए तैयार हूँ", मैंने कहा।

फिर विहान के काफी समझाने और हौसला देने के बाद मैं झील से बात करने के लिए राज़ी हुआ।

मैं झील के पास गया और बोला, "मुझे कुछ जरूरी बात करनी है, छुट्टी के बाद कक्षा के बाहर ही मेरा इंतज़ार करना।"

एक क्लास के बाद घंटी बजी और सभी अपना बैग उठाकर तेज़ी से बाहर की ओर निकले, मैं बाहर आया, झील मेरा ही इंतज़ार कर रही थी।

"कहो... ऐसी क्या जरूरी बात करनी थी?" झील ने पूछा।

"कुछ नहीं", मैंने कहा और अपना सिर नीचे झुका लिया।

"सागर, क्या तुम ठीक हो?" उसने पूछा।

"हाँ मैं ठीक हूँ", मैं बुरी तरह से काँप रहा था और मेरी धड़कनों की रफ़्तार मेरे काबू में नहीं आ रही थी।

"तो बोलो सागर, क्या कहना चाहते हो?" उसने पूछा।

मैंने हिम्मत करके सिर ऊपर उठाया और उससे नज़रें मिलाई, आज मुझे कुछ भी करके उससे यह बोलना ही था।

"मैं बोल रहा था झील कि इतना समय हो गया है, मैं दिन-भर तुमसे बातें करता रहता हूँ, तुम्हारे बारे में सोचता रहता हूँ", मैंने कहा।

"तो क्या हुआ, जो भी कहना है, स्पष्ट कहो", उसने कहा।

"तुम अच्छी तरह से जानती हो ना झील कि मैंने यह विषय भी तुम्हारे लिए ही चुना है", मैंने कहा।

"हाँ... मैं जानती हूँ और जानना चाहती हूँ कि आज तुम इस तरह की बातें क्यों कर रहे हो?"उसने पूछा।

"क्योंकि मुझे तुमसे कहना है..."

"क्या कहना है सागर?"उसने पूछा।

मैंने एक लंबी साँस भरी, मन में स्मरण किया 'जय बजरंग बली', और बोल दिया, "मैं तुमसे प्यार करता हूँ झील", मैंने कहा और फिर से अपना सिर नीचे झुका लिया।

कुछ देर के लिए झील चुप हो गई और मेरी तरफ अजीब सी नज़रों से देखने लगी।

"ओये बुद्धु... मेरी तरफ देखो, तुम पागल हो गए हो? ऐसी बातें कहाँ से आईं तुम्हारे अन्दर", उसने हँसते हुए कहा।

"झील ! क्या तुम मुझसे प्यार करती हो?"मैंने पूछा।

"मैं यह सब नहीं सोचती सागर, तुम पागल हो, पढाई में ध्यान लगाओ, अभी यह सब करने की उम्र नहीं आई है", उसने कहा।

जीवन में एक बात हमेशा याद रखना दोस्तों, अगर तुम्हारी मोहब्बत के इज़हार का कोई लड़की जवाब दे कि 'तुम पागल हो', तो उसी वक्त पीछे मुड़ो, और वहाँ से भाग लो, और जितना दूर हो सके, निकल लो। इस तरह की लड़कियाँ अक्सर कत्ल करवा देती हैं।

झील ने मेरा हाथ पकड़ा और कहा, "चलो अब, देर हो रही है", और हम नीचे आ गए।

अब विहान का नजरिया स्पष्ट हो गया था। उसने सीधे शब्दों में मुझे कह दिया था "संभल जा अब भाई, तेरा प्यार एक तरफ़ा है।"

मगर मेरे अन्दर तो कुछ अलग ही किस्म का पागलपन चल रहा था। मैं सोच रहा था कि अगर वो मुझसे प्यार नहीं करती, तो उसने मुझे साफ़-साफ़ मना क्यों नहीं किया। झील मुझसे जरूर प्यार करती है, पर कहने से डरती है।

भगवान की कसम... इस सोच ने मेरी जिंदगी की अच्छी तरह से लगा दी!

अध्याय 2

"दोस्त की तरह मोहब्बत"

"सबसे ज्यादा दर्द उन्हीं के टूटने पर होता है, वो रिश्ते जो कभी पूरी तरह बने ही ना हों।"

मैं झील के विचारों में इतना डूब गया था कि मुझे बाहर की खबर नहीं थी। इस बात से मेरे अपने बहुत चिंतित थे। जो मेरे बारे में जानते थे, वो मुझे समझाने में लगे थे और जो नहीं जानते थे उन्हें कुछ समझ में नहीं आ रहा था, और समझ तो मुझे भी नहीं आ रहा था कि उसे पाने के पीछे मैं क्या कुछ खोता जा रहा हूँ।

किताबें छोड़कर अब मैं शे'र-ओ-शायरी पढ़ने में लगा था और कुछ फिल्मों ने इस आग में घी डालने का काम किया।

झील जिस तरह मेरे पास अपना वक्त गुज़ारती थी, उसे देख कर मुझे पूरा यक़ीन था कि वह भी मुझे चाहती है। हम घंटों तक फोन पर बातें किया करते, विद्यालय में भी सारा दिन एक-दूसरे के साथ रहते, पर एक दिन इस कहानी ने नया मोड़ ले लिया।

झील पिछले दो-तीन दिनों से काफी सज-सँवरकर विद्यालय आ रही थी। मैंने उसे इतना ख़ूबसूरत शायद ही पहले कभी देखा हो, वह ज्यादा से ज्यादा मुझसे बात करने की कोशिश में लगी रहती थी।

शायद मेरी नजर में यह मेरे लिए सकारात्मक संकेत थे, पर अक्सर ऐसा होता है कि हकीकत हमें हमारी उम्मीदों के बेहद करीब लाकर अचानक से बदल जाती है। ऐसा ही कुछ घटित होने वाला था। झील ने मुझसे कहा कि आज मध्यांतर में उससे दूसरी मंजिल पर मिलूँ, उसे मुझसे एक जरूरी बात करनी है।

मैं बेसब्री से मध्यांतर का इंतज़ार करने लगा। मुझे यक़ीन था कि कुछ अच्छा होने वाला है, वहीं दूसरी ओर विहान को भय था कि मेरे साथ कुछ बुरा होने वाला है।

खैर मैं घंटी बजते ही झील के पास दौड़ता हुआ गया।

"कहो, क्या कहना चाहती थी", मैंने हाँफते हुए पूछा।

"अरे एक मिनट साँस तो लो, और तुम दौड़ क्यों रहे थे?" झील ने पूछा।

"नहीं... बस वो ऐसे ही, तुम बताओ ना, जो बोलने वाली थी, वो बोलो", मैंने कहा।

"सागर... राहुल यहाँ तीन दिन से आया हुआ है और आज वह मुझसे मिलने आ रहा है, छुट्टी के बाद", उसने शर्माते हुए कहा।

"कौन राहुल?" मैंने आश्चर्य से पूछा।

"राहुल मेरा बॉयफ्रेंड है। मुझे माफ़ कर देना सागर, मैंने यह तुम्हें पहले नहीं बताया, पर आज बहुत हिम्मत करके आई हूँ तुम्हारे पास", उसने कहा।

मैं कुछ वक्त के लिए खामोश हो गया। मुझे याद भी नहीं कि वो क्या बोले जा रही थी। उसकी आवाज अवश्य ही मेरे कानों में पड़ रही थी मगर मुझे कुछ सुनाई नहीं दे रहा था।

"तो फिर मैं कौन हूँ तुम्हारा झील?" मैंने उसकी बात को बीच में से काटते हुए पूछा।

"ओह तुम... तुग तो मेरे सबसे प्यारे दोस्त हो, मेरे दिल के सबसे पास कोई है, तो वो तुम हो", झील ने मेरे कंधे पर हाथ रखते हुए कहा।

ऐसा पहली बार हुआ जब मुझे उसका छूना बुरा लगा। मैं फ़ौरन वहाँ से निकल गया। झील पीछे से आवाज देती रही पर मैं जल्दी से नीचे आ गया। मैं गुस्से से पागल हुए जा रहा था। मुझे समझ नहीं आ रहा था कि उस वक्त मुझे क्या करना चाहिए। उस दिन मैंने झील से नजर तक नहीं मिलाई।

छुट्टी के बाद जब मैंने करीब छः फुट लंबे, गेहुँए रंग के चेहरे पर काला चश्मा लगाए और नीली शर्ट पहने उस लड़के को झील के पास देखा तो मैं एक मिनट के लिए वहीं रुक गया। वह विद्यालय के बाहर उसे लेने आया था। झील ने उस वक्त मुझे नजरअंदाज कर दिया।

वो उसके साथ काफी खुश नजर आ रही थी या शायद होने का दिखावा कर रही थी भगवान जाने, मगर मैं पूरी तरह से टूट चुका था।

मैं विद्यालय के पास ही बने कैफ़े में जाकर बैठ गया। मुझे आशंका थी कि वो दोनों यहीं आकर बैठेंगे। मैंने मेरे सामने रखी कॉफ़ी के कप को छुआ तक नहीं और काफी समय तक वहीं बैठा बैठा अपनी वेदना से जूझता रहा। थोड़ी देर बाद अवनि मुझे ढूँढती हुई अन्दर आई जो मेरी सहपाठी और छोटी बहन की तरह ही थी और झील की अच्छी दोस्त भी थी। उसमें बचपना कूट-कूटकर भरा था और बात-बात पर मेरी टाँग-खिंचाई करना उसके पसंदीदा कार्यों में से एक था।

"यहाँ देवदास बने क्यों बैठे हो भैया?"अवनि ने पूछा।

"अभी मेरा मूड खराब है अवनि, जा यहाँ से", मैंने कहा।

"ऐसे कैसे चली जाऊँ, अभी तो आपका खर्चा करवाना है मुझे", उसने कहा।

मैंने उसकी बात का कोई जवाब नहीं दिया और ऐसे ही बैठा रहा। उसने अपने लिए कॉफ़ी मँगवाई और कुछ देर तक मुझसे कुछ नहीं बोली।

"आपने झील के बॉयफ्रेंड को देखा, कितना सुंदर है ना भैया", उसने कहा।

"हम्म... मेरे सामने उसकी बातें मत कर", मैंने कहा।

"भैया... कितना रोमांटिक है वो यार, उसने जाते-जाते झील के होंठो को चूम लिया, मैंने खुद अपनी आँखों से देखा", उसने कहा।

यह बात सुनकर मैंने अपना आपा खो दिया और गुस्से में कप उठाकर फर्श पर फेंका, जो टुकड़े-टुकड़े हो गया। अवनि डर गई और फ़ौरन वहाँ से उठकर चली गई। मैंने अपने दोनों हाथों से अपना चेहरा छुपा लिया। थोड़ी ही देर में किसी ने आकर मेरी कॉलर पकड़ी, यह कैफे का प्रबन्धक था।

"माफ़ करना भैया, मेरा दिमाग ठिकाने पर नहीं है। मैं कल आकर आपको नुकसान का भुगतान कर दूँगा", मैंने कहा।

"कहीं से भी ला, मगर अभी के अभी मुझे पैसे चाहिए", उसने गुस्से में कहा।

मैंने उससे विनती की और अगले दिन पैसे चुकाने तक अपनी नई साइकिल गिरवी रखकर मैं वहाँ से चला आया।

मैं सीधा घर आ गया। मेरी आँखों से बहते आँसू रुकने का नाम नहीं ले रहे थे। सारा दिन कमरे में खुद को बंद करके मैं फूट-फूटकर रोया।

थोड़े दिन तक मैंने झील से बिल्कुल बात नहीं की। मुझे रोजाना उसके एक-दो संदेश मिलते थे पर मैं उनका कोई जवाब नहीं देता। मैंने झील की तरफ देखना तक बंद कर दिया। यह उससे सहा नहीं जा रहा था। थोड़े दिन के इंतजार के बाद उसका सब्र टूटा और उसने शाम को मेरी मम्मी के नंबर पर फोन किया। किस्मत से उस समय फोन मेरे पास ही रखा था, मैंने फोन उठाया,

"बहुत अच्छे से निभा रहे हो दोस्ती सागर", झील ने उदासी भरे अंदाज़ में कहा।

"हम दोस्त नहीं हैं झील", मैंने कहा।

"ओह हाँ, मैं भूल गई थी, तुम अब मेरे साथ क्यों रहोगे? तुम्हें पता जो पड़ गया कि मेरी जिंदगी में कोई और भी है", उसने कहा।

"हम्म... शुक्र है सबकुछ बड़ी जल्दी पता पड़ गया", मैंने कहा।

"पर शायद तुम्हें यह नहीं पता कि कोई मेरे सबसे ज्यादा करीब है, तो वो वो तुम हो। उससे ज्यादा मुझे तुम्हें खोने से डर लगता है, बस गलत यह हुआ है कि तुमने मेरी जिंदगी में आने में थोड़ी देर कर दी",

"खैर छोड़ो, मैं तुम्हें यह सब क्यों बता रही हूँ, मुझे ना समझ पाने के लिए तुम्हारा बहुत बहुत शुक्रिया सागर", उसने कहा।

मेरा दिमाग फिर से ख़राब हो गया। मैं उसकी बातों में बुरी तरह से उलझता जा रहा था। वो मेरा बुरा कभी नहीं चाहती थी मगर खुद भी अपने आप में बहुत ज्यादा उलझी हुई थी।

"और अगर मैं तुम्हारी जिंदगी में पहले आया होता तो?" मैंने पूछा।

"तो उसकी जगह आज तुम होते सागर", उसने कहा।

उसकी इस बात से खुश होना है या रोना है, मुझे समझ नहीं आया, मैं बौखला उठा।

"तुम मुझसे क्या चाहती हो झील?" मेरी बातों में पीड़ा साफ झलक रही थी।

"मैं बस तुम्हें खोना नहीं चाहती सागर, मैं चाहती हूँ कि तुम हमेशा मेरे साथ रहो, मुझे गिरने से बहुत डर लगता है, और मैं नहीं चाहती कि जब भी मैं गिरूँ, मुझे उठाने के लिए तुम्हारे हाथ आगे ना आएँ",

"मैं अपने उसूलों के खिलाफ जाकर तुम्हें अपना तो नहीं सकती, पर किसी भी कीमत पर तुम्हें खो भी नहीं सकती",

"प्लीज सागर, तुम्हारे बिना मैं बहुत अकेली पड़ जाऊँगी, मुझे अकेला मत छोड़ो", उसने सिसकते हुए कहा।

जो मुझमें थोड़ा कुछ होश बचा था ना, वो भी अब इसकी बातें सुनकर गायब हो गया, फिर भी मैंने एक बार और मसले को सुलझाने का प्रयास किया।

"यह किस तरह की बातें कर रही हो तुम?"

"मैं आखिरी बार तुमसे पूछ रहा हूँ झील, क्या तुम मुझसे प्यार करती हो या नहीं?" मैंने पूछा।

"मुझे नहीं पता सागर", उसने कहा।

अब मुझे उस पर जोर से गुस्सा आया।

"प्यार करती हो तो 'हाँ' कहो, वरना मुझे साफ़-साफ़ मना करो, क्योंकि अब मेरी समझ में कुछ नहीं आ रहा है झील", मैं जोर से चिल्लाया।

"इस बात का जवाब ना मैं तुम्हे 'हाँ' में दे सकती हूँ ना ही 'ना' में,

"हाँ मुझे बस इतना ही मालूम है कि मुझे तुमसे एक दोस्त की तरह मोहब्बत है",

"इससे आगे मुझसे कोई सवाल मत करना", उसने कहा और फोन रख दिया।

'दोस्त की तरह मोहब्बत', यह क्या होती है? इस लड़की को दोस्ती और प्यार में फर्क नहीं पता क्या? मैं भला क्या करता, मैं अपनी ही मोहब्बत में बुरी तरह से उलझकर रह गया था। मैं हताश बैठा-बैठा इन्हीं सवालों के साथ जूझ रहा था। इस लड़की को समझने के लिए ना मेरे पास न्यूटन का दिमाग था, ना शेक्सपीयर के जज़्बात। मैंने सब कुछ वक्त के हाथों में

छोड़ना मुनासिब समझा और जो जैसे चल रहा था, उसे वैसे ही चलते रहने दिया।

अब परिस्थितियाँ पहले की तुलना में थोड़ी सी बदल गई थी। जब झील ने मुझे उसके और राहुल के रिश्ते के बारे में नहीं बताया था, मैं तब तक बहुत खुश था मगर अब नहीं।

राहुल और झील की उम्र में छः वर्ष का अंतर था। वह एक नौकरीपेशा युवक था और झील ग्यारहवीं कक्षा में पढ़ने वाली अल्पवयस्क लड़की। मुझे राहुल, झील के लिए सही नहीं लगता था। हालांकि झील उम्र में मुझसे दो वर्ष बड़ी थी मगर मुझे इस बात से जरा भी फर्क नहीं पड़ता था।

अब हमारे बीच पहले जैसा रिश्ता नहीं रहा। शायद झील के लिए मैं अभी भी वही था, मगर मेरे लिए झील पहले जैसी नहीं रही। वो अक्सर मुझसे तभी बात करती थी, जब उसका राहुल से झगड़ा हो जाया करता था या वह किसी बात से परेशान होती। तब वो मुझसे इस अंदाज में बात करती थी जैसे उसकी जिंदगी में मुझसे अधिक अहमियत किसी की नहीं है और जैसे ही उसका और राहुल का रिश्ता फिर से सामान्य हो जाता, वो मुझे नजरअंदाज करना शुरु कर देती।

मगर मैंने आपको शुरु में ही बताया था ना कि झील से मिलने के बाद मेरा मानसिक संतुलन थोड़ा बिगड़ गया था। मैं सबकुछ जानते हुए भी दिन-रात झील से बात करने के मौके ढूँढता रहता। इन सब बातों के चलते कब हमारी ग्यारहवीं कक्षा की परीक्षाएँ पूरी हो गई, मुझे पता नहीं चला।

मेरी छुट्टियाँ भी झील के बारे में सोचते-सोचते, और उसके आस-पास भटकते हुए गुज़र गई। फिर परीक्षा परिणाम से सामना हुआ। मैंने इस बार अपने जीवन का सबसे ख़राब प्रदर्शन किया। मेरी द्वितीय श्रेणी से सब हताश थे। मेरे भैया और मम्मी को एहसास हो गया था कि अब मेरा ध्यान पढाई से हट चुका है।

मेरे भैया ने मुझे खुद के साथ इस शहर से अलग ले जाना चाहा, मगर मैंने मम्मी का ध्यान रखने का हवाला देते हुए भैया को साफ़ मना कर दिया और भैया से बाहरवीं कक्षा की परीक्षा में बेहतर अंक लाने का वादा करते हुए जैसे-तैसे मुझे कोटा से पढ़ाने के लिए मना लिया।

मैंने अब दूसरी बार जिंदगी में खुद के पैरों पर कुल्हाड़ी मारी थी, शायद झील से दूर होने का मेरे भैया और मेरी किस्मत ने मुझे एक मौका दिया था पर मैं चाहकर भी खुद को उससे अलग नहीं कर पाया।

नया सत्र प्रारंभ हुआ और हम बाहरवीं कक्षा में आ गए। समय लगातार बदल रहा था पर मैं वहीं का वहीं था। ना मैं खुद का अच्छा सोच रहा था ना ही बुरा। दरअसल मैं झील के सिवाय कुछ सोच ही नहीं रहा था।

समय ने थोड़ा और रंग बदला और झील और मेरे बीच तनाव पैदा होना प्रारंभ हो गया। अब मेरे जज़्बातों से उसे तकलीफ होने लगी और कई बार मेरे यह जज़्बात हम दोनों के बीच झगड़े की वजह बनने लगे।

झील और राहुल का रिश्ता भी कोई खासा ठीक नहीं चल रहा था। अक्सर ऐसा होता था कि वह राहुल की किसी गलती का गुस्सा मुझ पर उतारा करती।

उसने अब मुझसे अधिक से अधिक दूरी बनाना शुरु कर दिया। उससे थोड़ी देर बात करने के लिए भी मुझे उसके आगे पागलों की तरह गिड़गिड़ाना पड़ता था।

मेरे लगभग दस फोन काटने के बाद वह मेरा एक फोन उठाती। मेरा विद्यालयकाल भी पूरा होने वाला था। यह वर्ष भी इसी तरह गुजर गया। अब मेरा ध्यान पढ़ने से ज्यादा कसरत करने में लगने लगा। इसकी वजह भी झील ही थी। मैं खुद को राहुल की तुलना में अधिक आकर्षक दिखाने का प्रयास करना चाहता था।

मुझे खुद से कोई उम्मीद नहीं थी कि मैं भैया से किया हुआ वादा पूरा कर पाऊँगा। यह वो समय था जब पूरे विद्यालय में झील के नाम के साथ मेरा नाम जोड़ा जाने लगा। यह बातें झील को बेहद परेशान कर रही थी।

इसी तरह धीरे-धीरे समय बीतने लगा और हमारा विदाई समारोह निकट आ गया। अब हम विद्यालय में कुछ ही दिनों के मेहमान थे। झील और मेरे रिश्ते में फिर से हल्का-फुल्का सुधार आया, शायद इस वजह से कि हमारे विद्यालय के दिन पूरे होने वाले थे। हम दोनों को ही मालूम था कि हमारा साथ अब ज्यादा समय का नहीं बचा है।

विदाई समारोह वाले दिन हम सभी आकर्षक कपड़ों में सज-धज कर विद्यालय आए। मैंने जब झील को देखा, तो बस देखता ही रह गया। उसने नीले रंग की साड़ी पहनी थी जो शायद उसकी मम्मी की थी, जिसे पहने झील आज के दिन बला की ख़ूबसूरत लग रही थी।

आज तो मैंने हद ही पार कर दी। मैं पूरे विद्यालय के विद्यार्थियों और अध्यापकगणों के सामने भैया के फोन(चूँकि उस समय मेरे पास कोई कैमरे वाला मोबाइल नहीं था इसीलिए मैं विशेषतः आज के लिए भैया से बहुत मिन्नतें करके उनका फोन अपने साथ लाया था) से उसकी तस्वीरें ले रहा था।

सारे शिक्षक और विद्यार्थी मुझे आँखें फाड़-फाड़कर देख रहे थे, यहाँ तक कि सिस्टर लूसी भी क्रोधित नज़रों से मुझे घूर रही थी, इस कारण झील भी बहुत असहज महसूस कर रही थी।

विहान के समझाने के बावजूद मैं नहीं रुका। मुझे लगा कि मेरे पास जो वक्त बचा है, वो सिर्फ यही है, इसके बाद शायद झील से बात करने का मौका भी ना मिले। मैं उसके पास गया और उसे सबसे अलग बुलवाया।

वैसे तो मेरे पास उससे बात करने के लिए कोई खास मुद्दा नहीं था। मुझे पहले ही पता था कि मेरे सवालों के ज़वाब मुझे क्या मिलने वाले हैं, पर फिर भी मैंने सोचा कि आज इस बारे में अच्छे से बात करके एक-दूसरे की उलझन दूर कर लेते हैं।

झील गुस्से में मेरे पास आई।

"बोलो सागर, तुम्हें मुझसे क्या बात करनी है?" उसने पूछा।

"एक तो तुम वैसे ही इतनी खूबसूरत लग रही हो, और ऊपर से ऐसे गुस्से में लाल होकर मेरे पास आई हो तो मुझे समझ नहीं आ रहा कि तुमसे डरूँ या मोहब्बत करूँ", मैंने कहा।

"हाँ तभी तो तुम तमाशा बना रहे थे सबके सामने मेरा, तुम्हारा भी सही है", व्यंगात्मक हँसी के साथ उसने कहा।

"मुझे माफ़ करना झील, मैं नहीं जानता कि अब मुझे बार-बार तुम्हें देखने का मौका मिलेगा या नहीं, बस इसीलिए जी भरके तुम्हारी तस्वीरें ले रहा था। तुम्हारे बाद यही वो यादें होंगी जिन्हें देखकर मैं अपना समय गुज़ार सकूँगा", मैंने कहा।

"मैं कहीं नहीं जा रही हूँ सागर, बस हमारी विद्यालय की पढाई पूरी हो रही है", उसने कहा।

"हाँ... और मुझे लग रहा है जैसे मेरी जिंदगी खत्म हो रही है", मैंने कहा।

मैं इस तरह के वाक्य घर से रट कर नहीं आया था, उस समय यह सब ना जाने कैसे मेरे मुँह से निकल रहा था।

"तुम पागल हो गए हो सागर। अब जल्दी कहो जो कहना चाहते हो", उसने बेरुखी भरे अंदाज़ में कहा।

"झील... जितना खुश तुम मेरे साथ रहती हो, उतना खुश तुम्हें राहुल कभी नहीं रख सकता, तुम्हें मुझसे ज्यादा कोई और नहीं चाहता, यह बात तुम भी जानती हो, फिर क्यों सब कुछ जानते हुए भी तुम मुझसे दूर जा रही हो", मैंने कहा।

मेरी इस बात को सुनकर झील भड़क गई, आज शायद वो मुझसे झगड़ने ही आई थी और अवसर मैंने उसे स्वयं ही दे दिया।

"कान खोलकर सुन लो तुम सागर, कभी भी मेरे और राहुल के बीच में आने की कोशिश मत करना। गलत थी मैं जो तुम्हें पसंद करने लगी थी, तुम मेरी जिंदगी से दूर रहो, मैं हाथ जोड़ती हूँ तुम्हारे आगे", उसने कहा।

"तुम बेवजह मुझसे झगड़ा क्यों कर रही हो, मैं तुम्हें सिर्फ वही तो बता रहा हूँ जो तुम्हारे लिए सही है", मैंने कहा।

"हो गया तुम्हारा? दूध पीती बच्ची नहीं हूँ जो अपने सही-गलत की जानकारी मुझे तुमसे लेनी पड़े",

"अब मैं जा रही हूँ, मुझे आज के बाद कोई फोन या संदेश मत भेजना, तुम तो दोस्ती के भी लायक नहीं हो",

"और हो सके तो इन सब फालतू की बातों से अपना ध्यान हटाकर अपनी पढ़ाई पर ध्यान दो, तुम एक होनहार विद्यार्थी हो", उसने कहा और वहाँ से चली गई।

उसने अपनी बातों से मेरा बहुत दिल दुःखाया था। मैंने अब अपना ध्यान झील पर से हटाकर भैया से किये हुए वादे पर लगा दिया और सबकुछ एक तरफ रखकर अपनी पढाई पर ध्यान देने लगा, मगर अब भी कहीं ना कहीं झील की यादें मेरा रास्ता रोक रही थी।

घर के माहौल में तो कोई बदलाव नहीं था। यहाँ तमाशे रुकने का नाम नहीं लेते थे, पर अब मैंने इन परिस्थितियों को झेलना सीख लिया था।

आख़िरकार परीक्षाएँ शुरु हुईं। मैं अपना शत-प्रतिशत दे रहा था, और यह विषय तो मेरे लिए किसी चुनौती से कम भी नहीं था।

झील ने मेरी तरफ देखना तक बंद कर दिया था, मगर मेरे अन्दर से झील को निकाल पाना तो लगभग नामुमकिन था। मैं आधे वक्त में जल्दी से जल्दी अपना काम खत्म करता और आधा वक्त बैठा-बैठा उसे देखता रहता।

इसी तरह परीक्षाएँ भी पूरी हो गई। हमारी छुट्टियाँ पड़ चुकी थी, झील से मेरा किसी तरह का कोई संपर्क नहीं बचा था। अब मैंने अपना पूरा ध्यान कसरत करने में लगा दिया।

झील से दूर हो जाने की भड़ास को अब मैं जिम में निकाल रहा था। बहुत कम समय में ही मेरी काया-पलट हो गई।

इसी बीच परिणाम घोषित हुआ और मैंने उम्मीद से बेहतर अंक हासिल किए। मेरे परिजन खुश थे, सभी को लग रहा था समय रहते मेरी आँखें खुल चुकी हैं, लेकिन यह तो बस एक शुरुआत थी, अभी तो इस लड़की के पीछे एक महासमर होना बाकी था!

अध्याय 3

"फ़ितूर या नशा"

'फितूर और नशे में बहुत बारीक़ सा अंतर होता है। जिस तरह नशा चढ़ जाने पर इंसान का अपने मस्तिष्क से नियंत्रण हट जाता है, ठीक उसी प्रकार किसी फितूर की गिरफ्त में गए व्यक्ति का भी अपने दिल और दिमाग पर कोई काबू नहीं होता, फर्क सिर्फ इतना है कि नशा एक निश्चित समय के बाद अपने आप उतर जाता है लेकिन फितूर, फितूर तो उतरने में एक उम्र ले लेता है। मेरे फितूर ने भी मुझे कहाँ पहुँचाया, इसका बखान यह कहानी बहुत अच्छे से करेगी।'

अब भैया ने स्नातक के लिए मेरा दाखिला दिल्ली के जवाहर लाल नेहरु विश्वविद्यालय में करवाने का निर्णय लिया। वह कुछ भी करके मुझे यहाँ के बुरे वातावरण से बाहर निकालना चाहते थे ताकि मैं अपना भविष्य बना सकूँ। उन्हें हर समय इस बात की चिंता रहती थी कि मैं तनाव में आकर गलत रास्तों पर ना चलने लगूँ, मगर जिंदगी में जब-जब सही कदम उठाने का मौका आया, मैंने खुद को गर्त में धकेला, यह मेरी फितरत बन गई थी।

मैं उसे भूला तो नहीं था, मगर मुझे उससे दूर रहने की आदत पड़ चुकी थी। मेरे लिए अब संभव था कि झील से बात किए बिना रह सकूँ, तब शायद समय को फिर से मेरी परीक्षा लेने की सूझी। मैं ऐसे ही एक दिन बैठा-बैठा मम्मी का मोबाइल छेड़ रहा था तभी मुझे उसमें झील का दो दिन पहले का संदेश मिला।

'फ्री हो तो एक बार कॉल कर सकते हो प्लीज', इस संदेश के बारे में मम्मी ने मुझे कुछ नहीं बताया, शायद अब मेरे घर में कोई नहीं चाहता था कि मैं दोबारा झील से बात करूँ।

रात के करीब दस बजे के आसपास मैंने उसके नम्बर पर फोन किया और उस तरफ से उस प्यारी सी आवाज को एक बार फिर से सुनकर मेरी धड़कन तेज हो गई।

"हेल्लो", झील ने कहा।

"मैं सागर बोल रहा हूँ", मैंने कहा।

"पता है मुझे, तुम्हारी आवाज नहीं भूल सकती मैं", उसने कहा।

"मैंने तुम्हारा संदेश देखा, सब ठीक है? तुम किसी तरह की परेशानी में तो नहीं?" मैंने पूछा।

"परेशानी में तो हूँ ना, तुम मुझे छोड़कर जो जा चुके हो", उसने कहा।

"तुमने ही मना किया था झील कि तुम्हारे रास्ते में ना आऊँ और ऐसा हो सकता है क्या कि मैं तुम्हारे निर्णय को ठुकरा दूँ", मैंने कहा।

झील का गला भर आया और उसने कहा, "मैं नाराज हो जाऊँ तो तुम मनाओगे भी नहीं, मेरी तरफ पलटकर भी नहीं देखोगे, जो सागर मेरा था, वो ऐसा तो बिल्कुल नहीं था।"

बस उसका यह कहना हुआ और गाड़ी फिर से पटरी से उतर गई।

"सागर तब भी तुम्हारा था और आज भी तुम्हारा ही है, बस तुमने ही उसकी ओर देखना बंद कर दिया है", मैंने कहा।

"हाँ, मैंने देखना बंद कर दिया था, नहीं करती तो तुम शायद बारहवीं कक्षा पास भी नहीं कर पाते", उसने कहा।

"मेरे ख़्याल से तुमने ऐसा राहुल की वजह से किया था झील", मैंने कहा।

"तुम पागल हो क्या? तुम्हें वाकई ऐसा लगता है कि मैं किसी और की वजह से तुम्हें नज़रंदाज़ करूँगी?"

"तुम शायद नहीं जानते मुझे कितनी फ़िक्र रहती है तुम्हारी, मैं तुम्हारे बारे में जितना सोचती हूँ, उतना तो शायद तुम खुद भी अपने बारे में नहीं सोचते सागर", उसने कहा।

झील की बात सुनकर मेरे दिल में उसके लिए मोहब्बत पहले से कई गुना ज्यादा बढ़ गई। वह सच में मेरी बहुत परवाह करती थी। उसे मेरे अच्छे-बुरे का अंदाज़ा मुझसे कहीं गुना ज्यादा था। मैं एक बार फिर अपने दिल पर से नियंत्रण खो बैठा।

"तुमने अब आगे क्या करने का सोचा है सागर?" उसने पूछा।

"मैं यह शहर छोड़ रहा हूँ झील, मेरे भैया मुझे अपने साथ दिल्ली ले जाना चाहते हैं, अब मेरी आगे की पढ़ाई वहीं से होगी", मैंने कहा।

मेरी बात सुनकर झील का मन बैठ गया।

"ओह ! बहुत अच्छी बात है सागर", उसने उदासी भरे स्वरों में कहा।

"तुम खुश नहीं हो झील?" मैंने पूछा।

"हाँ खुश हूँ ना सागर, मैं बहुत खुश हूँ, तुम अपनी जिंदगी में आगे बढ़ो तो मुझसे ज्यादा खुश भला और कौन हो सकता है", उसने कहा।

"तुम आगे क्या करने वाली हो?" मैंने पूछा।

"मेरे परिजन तो मेरा दाखिला यहीं राजकीय महाविद्यालय में करवा रहे हैं, उनका मानना है कि शिक्षा के क्षेत्र में पूरे कोटा में इससे बेहतर संस्थान और कोई नहीं।"

"खैर छोड़ो सागर, तुम बस अपना ध्यान रखना", उसके बाद थोड़ी इधर-उधर की बातें करके उसने फोन रख दिया।

मगर मेरे सॉफ्टवेयर में तो फिर से वायरस घुस गया था। अब मैं झील के साथ तीन वर्ष महाविद्यालय में बिताने के सपने देखने लगा। अब जो मैंने किया मेरी बर्बादी की ओर दूसरा कदम था, शायद इससे बड़ा गलत निर्णय मैंने अपने जीवन में पहले कभी नहीं लिया।

पतंगें को चाहे कितने भी उजाले क्यों ना दिखा दो, वो फिर भी राख़ तो शमाओं में गिरकर ही होता है। मेरे साथ भी कुछ ऐसा ही चल रहा था। मैं जानता था कि इस रास्ते पर उम्र भर की तकलीफ के सिवाय और कुछ नहीं है, फिर भी ना जाने क्यों मैं अपने दिल पर काबू नहीं कर पा रहा था।

उस रात मैंने भैया को फोन किया,

"हेल्लो भैया !"

"क्या हुआ? इतनी रात को कैसे फोन किया? घर पर सब ठीक है?" उन्होंने पूछा।

"हाँ भैया घर पर सब ठीक है, मुझे आपसे कुछ बात करनी है", मैंने कहा।

"तू तो ठीक है ना?" उन्होंने पूछा।

"हाँ मैं एकदम ठीक हूँ, मैं कहना चाहता हूँ कि मेरा दाखिला कोटा से बाहर मत करवाओ। मैं मम्मी के पास रहना चाहता हूँ, आप भी जानते हो उनके पास हम दोनों में से किसी ना किसी का होना बहुत जरूरी है", मैंने कहा।

"तू घर की चिंता छोड़, हम अभी वही कर रहे हैं, जो तेरे लिए सही है", उन्होंने कहा।

"नहीं भैया, मुझे कुछ हासिल करना होगा तो मैं यहाँ रहकर भी कर लूँगा, पर मुझसे यह शहर और हमारा घर नहीं छोड़ा जाएगा, आप कृपया करके मुझे समझने की कोशिश करो", मैंने कहा।

मेरे भैया सब समझ रहे थे, पर चुप थे। आख़िर यह मेरी जिंदगी थी, मैं कब तक गलत रास्तों पर भागता रहता और वह कब तक मुझे खींच कर वापस लाते रहते। भैया ने मुझसे इस बारे में ज्यादा बहस नहीं की और मेरी बात मान गए। उन्हें पता था कि जिस दिन मैं ठोकर खाकर गिरूँगा, मुझे अपने आप सही रास्तों की समझ आ जाएगी और मैं भी यह जानता था कि मैं जब भी गिरूँगा, भैया मुझे संभाल लेंगे।

मैंने अपना आवेदन पत्र कोटा के सरकारी महाविद्यालय में जमा करवा दिया और अच्छे अंक होने की वजह से मेरा चयन भी पहली सूची में ही हो गया पर उस सूची में झील का नाम नहीं था। मुझे मालूम था कि कुल पाँच सूचियाँ जारी होंगी पर तीसरी सूची में भी नाम ना आने के बाद झील का हौसला टूट गया और उसके परिजनों ने उसका दाखिला लड़कियों के एक निजी महाविद्यालय में करवा दिया। मुझे यह बात चौथी सूची जारी होने के बाद मालूम हुई, जिसमें झील का नाम सातवें स्थान पर था।

बड़ी आसानी से उसने कह दिया कि उसका दाखिला दूसरे महाविद्यालय में करवा दिया गया है, जबकि वो इस बात को अच्छी तरह से जानती थी कि मैं यहाँ सिर्फ उसी के लिए आया था।

अब झील और मेरे रिश्ते में फिर से दरार आ गई। मैं उसके पीछे पूरी तरह से पागल हो चुका था। झील मुझसे इतना परेशान हो गई कि उसे अपना फोन नम्बर तक बदलना पड़ा। मैं उसे लगातार फोन करता जब तक वो जवाब ना दे। रोज़ाना उसे अनगिनत संदेश भेजता। मुझे बस हर समय उससे बात करने का फितूर चढ़ा रहता था।

मैं इतना पागल हो चुका था कि मेरा फोन नम्बर अवरुद्ध करने के बावजूद मैं अपने दोस्तों के मोबाइल से उसे फोन करने लगा। झील मुझसे बुरी तरह से परेशान हो चुकी थी मगर फिर भी किसी तरह की प्रतिक्रिया नहीं दे रही थी।

उसके बाद मैंने उसके करीब जाने का एक बेहद बुरा रास्ता अपनाया, जिस रास्ते ने उस समय मेरी सफलता के लगभग प्रत्येक रास्ते को बंद कर दिया।

मैं यह बात अच्छी तरह से जानता था कि झील मेरी बहुत परवाह करती है। इस बात का गलत फ़ायदा उठाकर मैंने शराब पीना शुरु कर दिया। शराब से शुरु होकर धीरे-धीरे मैं उस स्तर पर पहुँच गया जहाँ शहर का लगभग कोई नशा मुझसे अछूता ना रहा।

मैं ऐसे लोगों के संपर्क में आ गया जिनके साथ देख मेरे सभी पुराने दोस्तो ने मुझसे किनारा कर लिया।

जो इंसान कभी नशे से हद से ज्यादा नफरत करता था, वह अब हर रोज़ किसी लड़की के घर के सामने बैठकर शराब पीने लगा।

यही नहीं, महाविद्यालय में मैं राजनीतिक दलों के संपर्क में आ गया, और वैसे भी मेरा महाविद्यालय तो युवाओं का गढ़ था। पूरे शहर में सबसे ज्यादा राजनीति अगर किसी महाविद्यालय में होती थी तो वह एकमात्र कोटा का राजकीय महाविद्यालय ही था।

मैं वो इंसान था जो एक वर्ष पहले उम्र में खुद से छोटे लोगों से भी विनम्रता से बात करता था, और अब हाल यूँ था कि मेरे अन्दर किसी के लिए कोई इज़्ज़त नहीं बची थी। मैं छोटे-बड़े हर इंसान से बदतमीज़ी करने लगा।

हर सुबह की शुरुआत शराब की बोतल से होती थी और हर दिन का अंत किसी ना किसी का नुकसान करके होता था। महाविद्यालय में मेरी छवि इतनी ख़राब हो गई कि मेरे अपने दोस्तों ने भी मुझसे किनारा कर लिया।

झील की नज़रों से कुछ नहीं छुपा था, क्योंकि मैं जो कुछ कर रहा था खुले आम कर रहा था, और असल वजह तो यही थी कि मैंने जो कुछ भी शुरु किया, उसे दिखाने के लिए ही किया।

इस बात से मेरे परिजन बहुत चिंतित थे और झील भी। आख़िर एक दिन उसका सब्र टूटा और उसने मुझे फोन किया।

"क्या मैं तुमसे कुछ बात कर सकती हूँ?" झील ने पूछा।

"क्या बात है... जो मेरा नाम तक सुनना पसंद नहीं करते, वो आज खुद मुझसे बात करने आए हैं, कहो झील कहो, क्या बात करनी है तुम्हें", मैंने कहा।

"दो साल से देख रही हूँ तुम्हें, आखिऱ चल क्या रहा है तुम्हारे अन्दर जो..."

"तुम", मैंने उसकी बात को बीच में काटते हुए कहा।

"देखो सागर... तुम अपनी जिंदगी मेरी वजह से ख़राब कर रहे हो, तुम इस बात को अच्छी तरह से जानते हो", उसने कहा।

"झील... मेरी जिंदगी बस वहीं तक थी जो तुम्हारे साथ गुज़री, अब तो बस मैं वक्त गुज़ार रहा हूँ", मैंने कहा।

"यह सब बातें फिल्मों में अच्छी लगती है, वास्तविक जीवन में हमें सबके लिए जीना होता है सागर, और तुम तो अभी खुद के लिए भी नहीं जी रहे, दूसरो के लिए क्या जियोगे", उसने कहा।

"ऐसा क्या कर रहा हूँ मैं, जो तुम्हें इतना परेशान कर रहा है?" मैंने पूछा।

"जिस नशे की लत ने तुम्हारे घर को तहस-नहस कर दिया, आज तुम स्वयं उस रास्ते पर चलने लगे हो, तुम क्या थे और क्या बन चुके हो",

"बेशर्मी की हद तो देखो, तुम रोजाना मेरे घर के पास बैठकर शराब पीते हो, मेरे पापा अच्छी तरह से जानते हैं तुम्हें, किसी दिन उन्होंने देख लिया तो क्या होगा?"

"अपने चेहरे पर ठंडा पानी डालो और होश में आओ, आखिऱ तुम चल किस तरफ रहे हो, सोचो यह रास्ता तुम्हें लेकर कहाँ जाएगा?" उसने कहा।

"इन सब बातों का क्या फायदा? तुम्हें फर्क कहाँ पड़ता है, पड़ता होता तो दो वर्षों में देखती मेरी तरफ, आती मेरे पास, संभाल लेती मुझे",

"पहले जो कुछ तुम्हें दिखाने मात्र से शुरु किया था, अब वो मेरी मजबूरी बन चुका है, तब कहाँ थे झील तुम्हारे यह आदर्शवादी विचार", मैंने कहा।

"परवाह तो आज भी उतनी ही करती हूँ, जितनी पहले करती थी, इसीलिए आज आई हूँ तुम्हें सही रास्ता दिखाने। तुम मेरे लिए क्या हो, यह मैं तुम्हें कभी समझा नहीं सकती, बस इतना समझ लो कि मैं तुम्हें इस तरह से खुद को बर्बाद करते नहीं देख सकती",

"आज भी सब कुछ है तुम्हारे हाथों में, पर तुमने ही गलत रास्ते चुने हैं खुद के दर्द से भागने के लिए", उसने कहा।

"सब कुछ हाथों में होते हुए भी बस में कुछ नहीं, अजीब होता है ना खुद की आग से राख़ होना", मैंने कहा।

"तुम और तुम्हारी ये शायराना बातें मेरी समझ से बाहर हैं", उसने कहा।

"हाँ... खैर तुमने मुझे समझा होता तो आज शायद हम कहीं और होते", मैंने कहा।

"नहीं बोल सकते तुम इस तरह की बातें मुझे। सब समझती हूँ, इसीलिए आज भी यहाँ हूँ, तुम्हारे साथ खड़ी हूँ। नहीं समझती तो पलटकर देखती भी नहीं तुम्हारी तरफ", उसने कहा।

झील मुझसे बात कर रही थी। इसी बीच कब शाहिद मेरे पास आकर बैठ गया, मुझे मालूम तक नहीं चला। उस समय शाहिद अपने फोन पर नफीस से बातें कर रहा था और मुझे एहसास तक नहीं हुआ कि झील भी उसकी बातें कान लगाकर सुन रही है।

"भाई कहाँ हो आप? माल उठा लिया है, सागर भाई भी साथ ही हैं और कस्टमर लगातार फोन किए जा रहा है", शाहिद ने कहा।

नफ़ीस ने इस बात का क्या जवाब दिया, मैं नहीं जानता। मैं बस झील से अपनी दर्द भरी बातें करने में लगा था और वह मेरे पीछे से आ रही आवाज़ों पर गौर करने में लगी थी।

"नहीं भाई, इस बार एकदम कड़क है, आपको यकीन नहीं आता तो खुद आकर जाँच लो", शाहिद ने कहते हुए फोन रखा।

मुझे इस बात का ज़रा भी अंदाज़ा नहीं था कि झील यह सब सुन रही है। शाहिद के फोन रखते ही मुझे उस तरफ से बौखलाते हुए झील की आवाज़ सुनाई दी।

"तुम कर क्या रहे हो और इस वक्त कहाँ हो?" वह चिल्लाई।

"कक् कुछ भी तो नहीं कर रहा, मैं तो अपने दोस्तों के पास अपने कॉलेज के बाहर बैठा हूँ", मैंने हड़बड़ाते हुए कहा।

"वहीं रुकना, मैं आ रही हूँ", उसने कहा।

"रात के ग्यारह बज रहे हैं झील, तुम्हारा दिमाग तो ठिकाने पर है?" मैंने कहा।

मेरी बात खत्म होने से पहले फोन कट चुका था। सर्दी में मेरे माथे से पसीने की बूँदें टपक रही थी। यह मुझसे कितनी बड़ी गलती हो गई, झील ने मेरा वह सच भी जान लिया जो मैंने दो साल से कभी उसके सामने नहीं आने दिया।

मेरा घबराहट के मारे बुरा हाल था। मैंने अपनी जेब से सिगरेट निकाली और उसे जलाया। मुझे इस बात का ज़रा भी अंदाज़ा नहीं था कि झील इतनी रात गए सच में वहाँ आ जाएगी। थोड़ी देर और मैं वहाँ अपने दोस्तों से बातें करने लगा जितने में नफ़ीस का फोन आया। मैं उससे बात कर ही रहा था कि किसी ने पीछे से मेरे कंधे पर हाथ रखा। मैं पीछे मुड़ा कि एक जोरदार थप्पड़ पड़ने के साथ-साथ मेरी सिगरेट भी मेरे मुँह से निकलकर सड़क पर गिर पड़ी। यह झील थी।

आज पहली बार किसी ने मुझ पर बीच सड़क पर हाथ उठाया था, वो भी मेरी अपनी मोहब्बत ने। मेरी तो जैसे चेतना ही जा चुकी थी। अगले ही पल वो मुझे गले से लगाकर फूट-फूटकर रोने लगी। मेरी भी आँखों से आँसू निकल आए। मैंने उसे जैसे-तैसे चुप करवाया और महाविद्यालय के अन्दर लेकर आया।

हम मुख्य द्वार के पास बने बगीचे में बैठ गए।

"तुम इतना कैसे गिर सकते हो सागर कि ऐसे रास्तों पर चलने लगे, अब लग रहा है कि शायद मैं तुम्हें जानती ही नहीं हूँ", उसने कहा।

मैं कुछ भी नहीं बोल पा रहा था, बस मेरी आँखों से आँसू टपक रहे थे। झील ने मेरे आँसू पोंछे और एक बार फिर से मुझे गले से लगाकर बैठ गई। जिंदगी में यह पहली बार हुआ था जब उसने मुझे गले से लगाया।

"सब मेरी गलती है सागर, मेरे स्वार्थ ने आज तुम्हें इस जगह लाकर खड़ा कर दिया। जब-जब जिंदगी ने मुझे रुलाया, मुझे तुमने संभाला, और जब तुम्हें मेरी जरूरत महसूस हुई, मैंने तुम्हें ठुकरा दिया", उसने कहा।

मैंने उसके होंठो पर हाथ रखते हुए कहा, "बिल्कुल चुप, तुम्हें हक़ है कि थप्पड़ क्या मेरी जान तक ले लो, पर तुम्हें जरा सा भी हक़ नहीं कि तुम मेरे सामने खुद के लिए इस तरह की बातें कहो",

"इन सब चीज़ों का जिम्मेदार मैं खुद हूँ, मैंने खुद अपने लिए यह रास्ता चुना है", मैंने कहा।

"ऐसा क्यों सागर?" उसने पूछा।

"जब तुमने मुझसे बात करने के सारे रास्ते बंद कर दिए, अपना फोन नम्बर तक बदल लिया, तब इस घिनौने रास्ते पर पहली बार मैंने अपने कदम बढाए",

"मैं हमेशा से जानता था कि तुम्हें मेरी बहुत परवाह है, मुझे लगा कि मैं कुछ गलत करूँ तो तुम मुझे जरूर रोकोगी, और बदक़िस्मती से मैं महाविद्यालय में इस तरह के लोगों के संपर्क में आ गया",

"शुरुआत शराब से हुई थी झील पर मैंने नहीं सोचा था कि मैं इस तरह के ड्रग्स लेना शुरु कर दूँगा",

"धीरे-धीरे मुझे पैसों की बहुत जरूरत पड़ने लगी। मुझे घर से इतने पैसे नहीं मिलते थे कि इस तरह के महँगे नशों का खर्चा उठा सकूँ। तभी मुझे शाहिद मिला। उसने मुझे नफ़ीस से मिलाया। नफ़ीस को कॉलेज की मेरी छवि और घटनाओं के बारे में पहले से जानकारी थी",

"उसने मुझसे कहा कि हम साथ मिलकर काम करें तो मैं बहुत पैसा कमा सकता हूँ और अपनी जरूरतें आसानी से पूरी कर सकता हूँ। तब तक मेरे दिल-ओ-दिमाग पर इस लत ने बुरी तरह से कब्ज़ा जमा लिया था",

"मैं ना चाहते हुए भी उसके प्रस्ताव को ठुकरा नहीं पाया, और आज वहाँ पहुँच गया हूँ जहाँ तुमसे नज़रें तक नहीं मिला सकता", मैंने कहा और अपने चेहरे को अपने हाथों से ढक लिया।

दरअसल आज मेरी आँखें खुली थी, आज मैं पहली बार खुद को उस जगह देखकर बहुत बुरा महसूस कर रहा था। झील ने मेरी इस नशीली नींद पर ठंडे पानी का काम किया था।

आज मैं अपनी ही नज़रों में बहुत ज्यादा गिर चुका था। मुझे लगा कि आज यह बस दिलासा दे रही है, कल फिर से मुझे अपने हाल पर छोड़ देगी, मगर उसने जो किया वो मेरी उम्मीद के परे था।

"आधी रात हो चुकी है झील, अब तुम्हें घर जाना चाहिए, तुम्हें इतनी रात गए इस तरह बाहर नहीं आना चाहिए था", मैंने कहा।

"अब मैं सुबह ही घर जा पाऊँगी सागर, मैं पापा से कहकर आई हूँ कि निकिता(उसकी दोस्त) की मम्मी की तबियत ख़राब है, सभी उन्हें अस्पताल लेकर गए हैं और वह घर पर अकेली है, इसीलिए मैं आज रात उसके पास ही रुकूँगी", उसने कहा।

उसने घर पर झूठ बोला और इतना खतरा मोल लेकर मेरे पास आ गई, सिर्फ और सिर्फ मेरे लिए। मैं यह सब सोच रहा था जितने में झील की आवाज़ से मुझे होश आया।

"कहाँ खो गए तुम?" उसने पूछा।

"नहीं कुछ नहीं, तुम ठीक हो अब झील? और इतना रोई क्यों?" मैंने पूछा।

"पता नहीं सागर मुझे क्या हो गया था, खुद पर गुस्सा भी आ रहा था और रोना भी, समझ नहीं आ रहा था करूँ तो क्या करूँ", उसने कहा।

"इतना प्यार करती हो तुम मुझसे?" मैंने पूछा।

अब झील चुप हो गई।

"क्या हुआ झील? कुछ बोल क्यों नहीं रही हो?" मैंने पूछा।

"सागर... अगर मेरे दिल में तुम्हारे लिए कुछ हुआ भी तो मैं तुम्हें कभी नहीं बताऊँगी, मेरा तुम्हारे साथ रहना किसी हाल में ठीक नहीं है",

"जब मिले नहीं थे ना हम, तुम्हारा जीवन कितना सुखद था, और आज देखो मैंने तुम्हें क्या बना दिया है। हम कभी साथ नहीं रह पाएँगे सागर, बस इस बात को तुम समझ लो", उसने कहा।

"मत रहना साथ, पर बहुत प्यार करती हो, यह जानता हूँ मैं", मैंने कहा।

"हाँ... मैं तुमसे प्यार करती हूँ सागर, मगर एक दोस्त की तरह", उसने कहा।

"प्यार सिर्फ प्यार होता है झील, इसके कोई प्रकार नहीं होते और तुम जानती हो, हमारा रिश्ता दोस्ती से ज्यादा है", मैंने कहा।

"वो जो भी है, उसे वही रहने दो, मैं तुम्हारे हाथ जोड़ती हूँ। आगे बढ़ गया ना तो हम दोनों को ले डूबेगा", उसने कहा।

"यह मेरे सवाल का जवाब नहीं है झील", मैंने कहा।

"कहा ना सागर, कुछ होगा भी दिल में तो भी नहीं बोलूँगी। मैं नहीं चाहती कि तुम मेरे पीछे अपनी जिंदगी ख़राब कर लो। तुम मुझसे बहुत प्यार करते हो, पर मैं तुम्हें बदले में वो प्यार नहीं दे सकती",

"मैं बस मेरे हक़ से तुमसे एक वादा माँगना चाहती हूँ", उसने कहा।

"माँगो झील, मैं तुम्हारे लिए कुछ भी कर सकता हूँ", मैंने कहा।

"तो फिर मुझसे वादा करो कि आज से और अभी से यह सभी गोरख धंधे बंद कर दोगे, मेरा यक़ीन करो इस लत से बाहर निकलने में मैं तुम्हारी हर तरह से मदद करूँगी", उसने कहा।

"वादा करता हूँ झील, मैं यह सब छोड़ दूँगा", मैंने कहा।

झील ने ख़ुशी से मेरे माथे को चूम लिया। उसके चेहरे पर मेरे लिए चिंता के भाव साफ़ नजर आ रहे थे, साथ ही मेरे वादे से मिली ख़ुशी भी।

"अब मुझे जोर से नींद आ रही है सागर", झील ने उबासी लेते हुए कहा।

"अच्छी हवा चल रही है झील, आज इस बेंच के सिवाय मैं तुम्हें सोने के लिए और कोई बिस्तर नहीं दे सकता। वैसे भी सुबह होने में थोड़ा ही वक्त है, तुम मेरी गोद में सिर रखकर सो जाओ", मैंने कहा।

झील मान गई। मैंने उसे अपनी जैकेट निकाल कर ओढ़ा दी और वह मेरी गोद में सिर रखकर लेट गई।

"मेरे सोने के बाद मुझे यहाँ अकेला छोड़ गए तो जान से मार दूँगी तुम्हें", उसने कहा।

"हा हा हा ! कहीं नहीं जाऊँगा तुमसे दूर, अब बिना कुछ कहे सो जाओ", मैंने हँसते हुए कहा।

झील ने अपनी आँखें बंद की और थोड़ी ही देर में सो गई।

चालाक तो बहुत है, जवाब माँगा तो इसे नींद आने लग गई। वैसे एक घण्टे से बैठे-बैठे मेरा सिर खाए जा रही थी, पर कुछ भी हो, मैं जानता हूँ यह प्यार तो मुझसे ही करती है। मैं मन ही मन मुस्कुराते हुए यह सब सोच रहा था।

मैंने वो रात उस प्यारे से चेहरे पर बिखरती जुल्फों को समेटते-समेटते गुज़ार दी। इतना दूर जाकर जब कोई इतना पास आ जाए तो दिल पँख लगाकर उड़ने लगता है। आज से पहले मैं इस लड़की के इतना करीब कभी नहीं गया। यही वजह थी कि मेरा दिल इतना जोरों से धड़क रहा था कि उसकी आवाज़ को शायद झील ने भी महसूस कर लिया होगा।

सुबह करीब छः बजे झील की आँख खुली। मैं उसे ही देख रहा था।

"सुप्रभात प्रिय", मैंने कहा।

वह हड़बड़ा कर बैठ गई, जैसे रात से किसी सपने में हो।

"अब मुझे जाना चाहिए सागर", उसने कहा।

मैंने महाविद्यालय के चौकीदार को फोन किया और एक पानी की बोतल मँगवाई। झील ने अपना मुँह धोया और थोड़ा सा पानी पिया, फिर उसने जाने के लिए कहा और मैंने भी उसे रोकना ठीक नहीं समझा। उसने अपनी स्कूटी चालू की और चली गई।

उस दिन के बाद से मैंने अपने सभी बुरे धंधे बंद कर दिए और इस तरह के सभी लोगों से संपर्क खत्म कर दिए। थोड़े समय के बाद मैंने अपनी इस लत से भी निजात पा लिया जिसको छोड़ने में विहान ने मेरा बहुत साथ दिया, और झील तो थी ही।

अधिकांश ऐसा होता जब मैं शाम के समय झील के घर पर ही रहता। हम दोनों ही शतरंज खेलने के शौक़ीन थे। झील अक्सर मुझे शाम को अपने घर शतरंज खेलने और बातें करने के लिए बुला लिया करती क्योंकि वह अच्छी तरह से जानती थी कि मुझे नशा करने की तलब सबसे ज्यादा शाम के समय ही लगती थी।

झील का भाई उससे उम्र में एक वर्ष बड़ा था। वह अक्सर हमारे पास बैठकर हमें शतरंज खेलते हुए देखता रहता और झील को छेड़ता रहता।

झील के पिताजी को भी मेरे रोज़ाना आने से कोई परेशानी नहीं थी। वह एक सज्जन और आदर्शवादी विचारधारा वाले पुरुष थे। हमें कभी उन्हें

हमारे रिश्ते पर सफाई देने की आवश्यकता ही नहीं पड़ी। धीरे धीरे मैं उनके परिवार के सदस्य की तरह उनसे घुल-मिल गया।

कुछ वक्त तक हम दोनों लगातार संपर्क में रहे। इसी बीच हमारे रिश्ते में काफी सुधार आ गया मगर इस सुधरते रिश्ते को भी किसी की नजर लग रही थी। कोई था जो हमारी नजदीकियों से खुश नहीं था। वह कोई और नहीं, झील का बॉयफ्रेंड राहुल ही था!

अध्याय 4

"उसका छोड़ जाना"

आपके साथ ऐसा हुआ है या नहीं, मैं नहीं जानता मगर मेरे साथ अक्सर ऐसा होता था कि जीवन में मुझे जब भी कुछ सही होने की उम्मीद दिखाई पड़ती थी तब कुछ ना कुछ ऐसा घटित हो जाता था, जो सबकुछ फिर से बिगाड़ कर रख देता था।

इसी प्रकार की परिस्थितियों ने मुझे ख़ुशी के लम्हों को शक की नज़रों से देखने पर मजबूर किया। धीरे-धीरे मेरा विश्वास सुखद समय पर से उठने लगा। मैंने ख़ुशी के मौकों पर खुशी व्यक्त करना लगभग छोड़ दिया क्योंकि मैं अब पूर्वानुमान लगा लिया करता कि इसके ठीक बाद अवश्य ही कुछ ना कुछ बुरा होगा।

झील और राहुल का रिश्ता अब बिगड़ने लगा था। झील जैसे-तैसे अपनी तरफ से हर संभव कोशिश करने के साथ उस रिश्ते को बचाने में जुटी हुई थी, पर धीरे-धीरे वह थकने लगी। राहुल उससे छोटी-छोटी बातों पर झगड़ा करने लगा। झील के हर एक दोस्त से बात करने से उसे पाबंद करने लगा और इस सूची में सबसे ऊपर मेरा ही नाम था।

झील अब भी कोशिश करती रही कि वो राहुल को खुश रख सके और उसने राहुल की हर बात माननी शुरु कर दी। मैनें भी उसके व्यक्तिगत मामले के बीच में पड़ने की कोशिश नहीं की पर राहुल की आदतों में फिर भी सुधार नहीं आया।

परिणामस्वरूप एक दिन तंग आकर झील ने इस रिश्ते को यहीं खत्म करने का फ़ैसला किया। राहुल तो जैसे स्वयं आज़ाद होना चाहता था। उसने झील को रोकने की जरा भी कोशिश नहीं की।

अब मैं बहुत ख़ुश था। मुझे लगने लगा था कि मेरे इतने वर्षों का इंतज़ार अब खत्म हुआ है। अब झील मुझे अपना लेगी और खुलकर अपनी मोहब्बत का इज़हार करेगी।

मैंने झील से नजदीकियाँ बढ़ाना शुरु कर दिया और ज्यादा से ज्यादा उसके आस-पास रहने लगा।

झील इस वर्ष स्नातक उत्तीर्ण करने वाली थी और मेरा स्नातक पूर्ण होने में अब भी एक वर्ष बाकी था क्योंकि मैं पिछले दो वर्षों से कुल पाँच विषय में अनुत्तीर्ण चल रहा था। इसका कारण यह था कि मैं लंबे समय से अपनी पढ़ाई से किनारा करके एक अलग ही फितूर में जी रहा था।

हालांकि अब मेरी आँखें खुल चुकी थी मगर मैं जानता था कि मुझे स्नातक स्तर उत्तीर्ण करने में एक वर्ष का समय और लगेगा चाहे मैं कुछ भी क्यों ना कर लूँ।

झील का स्नातक पूर्ण हुआ और उसने मुझे बताया कि वह अब आगे की पढाई करने हेतु जयपुर शहर में जा रही है। मेरा दिल मानो बैठ सा गया, फिर भी मैंने उसके इस निर्णय को समर्थन दिया और उसे ख़ुशी-ख़ुशी यहाँ से विदा किया।

झील ने वहाँ जाकर मुझसे संपर्क थोड़ा कम कर दिया, पर मैं कभी-कभी उससे बात कर लिया करता था। मैंने उसे पहले की तरह परेशान करना बंद कर दिया था क्योंकि शायद अब मुझमें थोड़ी परिपक्वता आ चुकी थी।

मैं झील से कम बात किया करता था, मगर जब-जब भी उससे बात करता उसे अपनी मोहब्बत का एहसास जरूर करवाया करता। झील को अब मेरे जज़्बातों से तकलीफ़ होना बंद हो गई।

हमारे बीच सबकुछ सही चल रहा था या क्या पता मुझे सब सही चलने का भ्रम हो रहा था, मगर झील अब अपने अकेलेपन में मुझे तलाशने लगी थी।

वह अब भी खुलकर मुझसे इस तरह की बातें नहीं करती थी। मैं जब भी उससे इस तरह का कुछ सवाल करता, वह मेरी बात को घुमा देती या फोन रख देती।

इसके बाद जो घटित हुआ, उसने हम दोनों को एक अदृश्य सी डोर से बाँध दिया, जो शायद ना हुआ होता तो इस सफर की मंज़िल कुछ और होती।

चौबीस जनवरी की बात है, मैंने झील को रात के करीब साढ़े ग्यारह बजे फोन किया।

"क्या बात है? इतनी रात गए फोन किया, तुम ठीक तो हो?" झील ने पूछा।

"हाँ... मैं ठीक हूँ झील, बस तुमसे बात करने का मन हो रहा था इसीलिए तुम्हें फोन कर दिया", मैंने कहा।

"अच्छा ! वैसे आज मैं भी सोच रही थी कि तुम्हें फोन करूँ", झील ने कहा।

मैं थोड़ी देर तक उससे यहाँ-वहाँ की बातें करता रहा और जैसे ही ठीक बारह बजे, मैंने कहा, "जन्मदिन की बहुत-बहुत शुभकामनाएँ प्रिय, अपनी सारी जिंदगी तुम ऐसे ही मुस्कुराती रहो, यह दुआ करता हूँ, जहाँ भी रहो खुश रहो।"

झील बहुत खुश हो गई।

"ओह प्यारे सागर... तुम्हें याद था। मुझे सबसे पहले बधाई देने के लिए तुम्हारा शुक्रिया", झील ने कहा।

हम ऐसे ही प्यार भरी बातें करते रहे मगर कुछ देर बाद वह उदास हो गई और मैंने उससे इस उदासी की वजह पूछी।

"आज परिवार की बहुत याद आ रही है, काश आज मेरा कोई अपना मेरे पास होता", उसने कहा।

"मैं हूँ ना झील, तुम्हारे पास", मैंने कहा।

"तुम तो हमेशा रहोगे सागर, तुमसे कभी दूर नहीं जाया जा सकता है, सामने होते तो अभी तुम्हें गले से लगा लेती", उसने कहा।

"तुम्हारे इसी प्यार पर मुझे बहुत प्यार आता है झील", मैंने कहा।

"हम्म, चलो अब आराम कर लो, सुबह बात करते हैं, अपना ध्यान रखना सागर, शुभरात्रि", उसने कहा और फोन रख दिया।

बस थोड़ी सी मोहब्बत क्या जता लूँ, इसे भागने की लगती है, अवश्य ही सींग लगे हैं मेरे सिर पर और दैत्यों वाले दाँत भी बाहर निकले हुए होंगे, मैंने मन ही मन सोचा।

पिछले चार-पाँच वर्षों से झील अपना जन्मदिन राहुल के साथ मनाती थी, पर इस बार राहुल नहीं था। मैंने झील को इस बार थोड़ा अच्छा महसूस करवाने का सोचा। मैं सुबह जल्दी ही जयपुर के लिए निकल गया, दोपहर के करीब एक बजे उसके महाविद्यालय के बाहर पहुँच कर मैंने उसे फोन किया।

"और शरारती लड़की, कहाँ बवाल मचा रखा है", मैंने कहा।

"कहीं नहीं बंदर, पुस्तकालय में बैठी हूँ और किताबों के साथ जन्मदिन मना रही हूँ", उसने कहा।

"अच्छा यह सब छोड़ो और सुनो, मैंने तुम्हारे लिए एक तोहफा भेजा है जो तुम्हारे कॉलेज के द्वारपाल के पास रखा है, जाकर ले लो उसे", मैंने कहा।

"यार तुम भी ना, अजनबियों की तरह औपचारिकताएँ कर लिया करो बस। क्या जरूरत थी फालतू खर्चा करने की, शादी तो मैं फिर भी तुमसे नहीं करुँगी", उसने हँसते हुए कहा।

"ठीक है बाबा मत करना, पर तोहफा तो ले लो। किसी ने खोल कर देख लिया तो अच्छा नहीं लगेगा", मैंने कहा।

"यहाँ कोई है जो जुर्रत कर सके मेरे तोहफे को हाथ लगाने की, अब रुको जाकर देखने दो कि पागल इंसान ने क्या भेजा है", उसने कहा।

उसने फोन काट दिया और पाँच मिनट बाद बाहर आई। मैं मुख्य द्वार पर ही उसका इंतज़ार कर रहा था। मुझे देखकर झील ख़ुशी से झूम उठी और उछलती हुई आकर मेरे गले से लग गई।

"क्या मेरी झील को तोहफा पसंद आया?" मैंने पूछा।

"इससे प्यारा तोहफा तुमने आजतक कभी नहीं दिया मुझे, यहाँ आने के लिए बहुत-बहुत शुक्रिया 'पागल' !" उसने कहा।

"आज तुम व्यस्त नहीं हो तो कहीं चले?" मैंने पूछा।

"बताओ कहाँ लेकर चलोगे तुम मुझे?" उसने पूछा।

"आज तुम्हारा दिन है झील, आज तुम जहाँ चाहोगी हम वहाँ चलेंगे", मैंने कहा।

"ठीक है, तो फ़िलहाल हम फिल्म देखने चल रहे हैं, आगे का उसके बाद तय करेंगे", उसने कहा।

हम पास ही बने एक मॉल में गए, और वहाँ एक हॉलीवुड फिल्म के टिकट लिए। फिल्म को लगे हुए काफ़ी समय हो गया था इसीलिए हॉल में भीड़ बहुत कम थी।

झील मेरे पास बैठी-बैठी मेरे बालों से मस्ती कर रही थी और मैं उसे रोकने की व्यर्थ कोशिश रहा था, पर वह मेरे सारे बाल ख़राब करके ही रुकी। फिल्म बहुत उबाऊ थी, इसीलिए थोड़ी सी बात करने के बाद ही झील को नींद आने लगी।(मैंने शायद बताया नहीं कि उसे खाना और सोना बहुत पसंद था, उसे दिनभर हर जगह नींद आती थी)

थोड़ी ही देर में वो मेरे कंधे पर सिर टिकाकर सो गई, और शायद गहरी नींद में चली गई। मेरे लिए यह किसी बिन माँगी मुराद के पूरा होने से कम नहीं था। मैं तो चाहता था कि झील सारी जिंदगी मेरी इन बाँहों में ही आराम करती रहे।

खैर शाम के सात बजे फिल्म खत्म हुई और मैंने झील को नींद से जगाया। उसके बाद हम बाहर आ गए और मैंने झील से कहा कि हमें अब 'केपटाउन रेस्टोरेंट' चलना है।(मैंने पहले से ही वहाँ झील के लिए केक और भोजन की व्यवस्था कर रखी थी)

"हाँ क्यों नहीं, मुझे भी अब भूख लगी है सागर", उसने कहा।

हम करीब आठ बजे के आस-पास वहाँ पहुँच गए। प्रवेश द्वार पर 'हैप्पी बर्थडे झील' के पोस्टर को देख वह चौंक गई और बड़ी-बड़ी आँखें किए मुझे घूरने लगी।

मैंने उसका हाथ पकड़ा और कहा, "अब चलोगी भी या मुझे ऐसे ही घूरती रहोगी।"

उसके चेहरे की खुशी साफ़ तौर से देखी जा सकती थी, लिफ्ट में उसने मुझसे पूछा, "यह सब कब किया तुमने?"

"तुम अब कोई सवाल नहीं करोगी और चुपचाप मुझे अपना काम करने दोगी", मैंने कहा।

हम जब बैठक कक्ष में पहुँचे तो भोजनालय के प्रबंधक व कर्मचारियों द्वारा झील का बहुत ही प्यारा स्वागत किया गया। उसे सभी ने बारी-बारी आकर जन्मदिवस की बधाइयाँ दी और गुलाब के फूल भेंट किए। झील की ख़ुशी उसकी निग़ाहों से छलकने लगी। मैंने उसे गले से लगा लिया।

इसके बाद केक लाया गया और मैंने बहुत ही हसीन अंदाज़ में झील से केक कटवाया। हॉल में चल रहे संगीत ने माहौल में जैसे मोहब्बत झोंक दी।

केक काटने के बाद झील ने मुझसे कहा, "आज जन्मदिन है मेरा, मुझे आज के दिन इतना खास किसी ने भी महसूस नहीं करवाया, मैं तुम्हारा शुक्रिया अदा करती हूँ सागर",

"पर अब तुम चुपचाप मेरी एक इच्छा पूरी करो", उसने कहा।

"कहो झील, तुम्हारी प्रत्येक इच्छा को पूरा करना मेरा दायित्व है", मैंने कहा।

"मुझे आज पीनी है", उसने कहा।

"तुम्हें मजाक सूझ रहा है ना झील?" मैं चौंका।

"नहीं, अब चुपचाप व्हिस्की मँगवाओ", उसने कहा।

मैंने झील और मेरे लिए व्हिस्की मँगवाई। बातें करते-करते कब हम तीन-चार पेग गटक गए, हमें पता नहीं चला। अब झील की आवाज़ लड़खड़ाने लगी और मुझे भी थोड़ा सुरूर चढ़ने लगा।

"अब तुम और नहीं पियोगी झील", मैंने कहा।

"मुँह बंद रखो अपना और पेग बनाओ चुपचाप, मैं तुम्हारे साथ हूँ, तुम यहाँ हो मेरे पास, अब मुझे किसी बात की परवाह नहीं है", उसने कहा।

झील की बातों से मुझे ख़ुशी भी हो रही थी और फिक्र भी। मैंने झील का एक बहुत ही हल्का पेग बनाया और उसे हिदायत दे दी कि अब वो और पीने की जिद जरा भी ना करे, झील ने मेरी बात मान ली और मैंने उसकी पसंद का भोजन मँगवाया।

भोजन आते-आते मैं दो पेग और पी गया। अब मेरा सिर भी चकराने लगा और मुझे नशा चढ़ने लगा। भोजन शुरु करने से पहले मैंने एक निवाला झील को खिलाने के लिए अपना हाथ आगे बढ़ाया। उसे शायद मस्ती सूझ रही थी। उसने मेरा हाथ जोर से काट लिया। मैंने उसकी नाक

को जोर से दबाया तब जाकर उसने मेरी अंगुलियों को बख्शा। उसके बाद हमने भोजन समाप्त किया।

हिसाब-किताब करने के बाद हम लिफ्ट की तरफ बढ़े। झील मेरा हाथ पकड़कर चल रही थी। मैंने भी अपनी अंगुलियाँ उसकी अंगुलियों में उलझा रखी थी। लिफ्ट का दरवाजा खुला और मैंने नीचे जाने के लिए बटन दबाया। झील मुझे एकटक देखे जा रही थी।

मैंने उससे पूछा, "क्या हुआ झील?"

उसी समय वो मेरे पास आई और मेरे गाल को चूम लिया,

"तुम्हारा बहुत-बहुत शुक्रिया प्रिय", उसने कहा।

मेरे शरीर को तो मानो एक हज़ार वॉल्ट का झटका लग गया। मेरे दिमाग ने काम करना बंद कर दिया और मुझे साँस आना बंद हो गई। इसी बीच झील फिर से मेरे पास आई और उसने मेरे दूसरे गाल को चूम लिया। अब मैं अपने काबू में नहीं था। मेरी नसों में खून बहुत तेज़ी से ऊपर से नीचे दौड़ रहा था। जीवन में मेरी इस तरह की हालत पहले कभी नहीं हुई थी।

लिफ्ट निम्नतम स्तर पर आई, मगर मैंने फिर से पाँचवीं मंज़िल का बटन दबा दिया।

"क्या हुआ?" उसने पूछा।

मैंने उसकी बात का कोई जवाब नहीं दिया। दरवाज़ा बंद होते ही मैंने उसे पकड़ कर अपने पास खींचा और अपने होंठ उसके होठों से मिला दिए। एक पल के लिए झील ने मुझे रोकना चाहा पर उसके बाद वो भी मुझे पागलों की तरह चूमने लगी।

शायद यह मेरी जिंदगी के सबसे खूबसूरत पल थे। इससे बेहतर मैंने पहले कभी खुद को महसूस नहीं किया था। एक अजीब से नशे ने हम दोनों को जकड़ लिया। लिफ्ट जितना धीमे ऊपर बढ़ रही थी, हमारी साँसें उतनी ही तेज़ी से एक-दूसरे से टकरा रही थी, मानो वें भी हमारी तरह आलिंगनबद्ध हो।

लिफ्ट जब दोबारा पाँचवी मंज़िल पर आई तो हमें होश आया। हम अलग हुए और झील ने अपनी गर्दन नीचे झुका ली। हम फिर से नीचे आ गए।

बाहर हमारी टैक्सी हमारा इंतज़ार कर रही थी। हम दोनों पीछे वाली सीट पर बैठ गए। अब झील मुझसे नज़रें नहीं मिला रही थी, ना ही कुछ बोल रही थी, मुझे इतना तो ज्ञात था कि वह शरमा बिल्कुल भी नहीं रही, उसकी यह बात मुझे बहुत परेशान कर रही थी। मैंने झील के हाथ पर अपना हाथ रखा। उसने तुरन्त अपना हाथ मुझसे अलग कर दिया।

अब मैं दूसरी तरफ देखने लगा और झील से थोड़ा दूर खिसक गया। झील भी दूसरी तरफ अपनी खिड़की में देखने लगी, जिससे गाड़ी में सन्नाटा पसर गया।

(ओह, यह पछतावे की भावना, जब भी थोड़ा कुछ सही होने जाता है, लड़कियों में यह भावनाएँ क्यों आ जाती हैं? इसकी यह भावना आज अवश्य ही कोई बवाल करवाएगी।)

अब हम झील के निवास स्थान के पास पहुँच गए। मैंने चालक से रुकने को कहा। हम दोनों उतरे और वह लौट गया। रात के क़रीब ग्यारह बजे थे। मैंने झील से लौटने की बात कही।

"इतनी रात में कैसे जाओगे सागर? आज यहीं रुक जाओ, मेरे पी.जी. में तीन कमरे हैं और दो साझेदार अपने घर गई हुई है। अभी यहाँ एक ही है, जो अबतक सो चुकी होगी। तुम आज यहीं पर रुक जाओ, सुबह निकल जाना", उसने कहा।

"नहीं झील मेरा जाना जरूरी है, कल मेरी परीक्षा है", मैंने कहा।

"तुम्हारा दिमाग तो ठिकाने पर है? तुमने मुझे बताया क्यों नहीं? कल तुम्हारी परीक्षा है और आज तुम यहाँ आ गए", उसने कहा।

"तुमसे मिल लिया ना झील, यही सबसे ज्यादा मायने रखता है मेरे लिए। अब सबकुछ अच्छा होगा", मैंने कहा।

"तुम मेरे पीछे अपने भविष्य के साथ खिलवाड़ करना कब बंद करोगे सागर?" उसने गुस्से में कहा।

"वर्तमान में सुख पाने के लिए कभी-कभी मैं भविष्य को दांव पर लगा लेता हूँ झील, और मेरा तो सारा सुख तुमसे ही है, यकीन मानो अब सबकुछ अच्छा होगा", मैंने कहा।

"मैं तुम्हें भेजना तो नहीं चाहती लेकिन अब तुम्हारा जरा भी समय खराब करना ठीक नहीं है। ध्यान से जाना सागर, और आज के लिए मैं फिर से

तुम्हारा शुक्रिया अदा करती हूँ। तुम आए तो मुझे बहुत अच्छा लगा", उसने कहा।

"आज का दिन मैं अपने जीवन में कभी भुला नहीं पाऊँगा, अब मुझे निकलना चाहिए प्रिय", मैंने कहा।

मैंने झील को गले से लगाया पर शायद उसे यह ठीक नहीं लगा। वह जल्दी से मुझसे अलग हो गई। मैं सब समझ रहा था। मैंने झील से विदा ली और चल दिया। तभी झील ने फिर से मुझे आवाज़ दी और मैं पीछे मुड़ा।

"सागर !"

"हाँ बोलो झील", मैंने कहा।

झील मेरे पास आई और बोली, "मुझे तुमसे कुछ कहना है।"

मैं मन ही मन खुश हो गया, चलो आज इसमें हिम्मत तो आई कम से कम दिल की बात कहने की।(मैं उसे देखते हुए सोच रहा था।)

"सागर ! मैं कहना चाहती हूँ कि..."

"अब कहो भी, इतना इंतज़ार क्यों करवा रही हो?" मैंने कहा।

"सागर, आज हमारे बीच जो कुछ भी हुआ उसे तुम भुला देना, वो सिर्फ एक गलती थी", उसने कहा।

"तुम पागल हो गई हो क्या झील?" मैंने ऊँचे स्वरों में कहा।

"हाँ सागर, थोड़ी देर पहले हो गई थी, मगर अब होश में हूँ, इसीलिए तुम्हें यह सब बता रहीं हूँ, उसने कहा।

"मगर उस लिफ्ट में मैंने जो भी किया, गलती से नहीं किया झील", मैंने थोड़ा झुँझलाते हुए कहा।

"मैं कहाँ कह रही हूँ कि तुमने कुछ गलत किया सागर, मैं बस इतना कह रही हूँ कि गलती मुझसे हुई है", उसने कहा।

"मतलब तुम्हें मोहब्बत नहीं है मुझसे, यह सब महज़ एक भूल थी, है ना", मैंने कहा।

"ऐसा नहीं है सागर। मैं तुमसे प्यार करती हूँ, पर उस तरह नहीं जैसा तुम सोचते हो, तुम्हारी जगह मेरे अन्दर सबसे खास है, और हमारा रिश्ता सबसे ज्यादा पवित्र है",

"पर हम 'उस' रिश्ते में कभी नहीं आ सकते, काश मैं तुम्हें ठीक से समझा पाती", उसने कहा।

"मेरी जिंदगी में अगर राहुल नहीं होता तो तुम होते, तुमने आने में थोड़ी देर कर दी, यह शब्द किसके थे झील?" अब मैं उससे चिल्लाते हुए बात करने लगा।

"शांत हो जाओ सागर। यह सब मैंने ही कहा था, मैं इस बात से नहीं पलट सकती, ना ही ऐसा कभी चाहूँगी। तुम बस ठंडे दिमाग से मेरी बात को समझो", उसने मेरा हाथ पकड़ते हुए कहा।

"मतलब अब राहुल नहीं है तो किसी और का आना तुम्हें मंज़ूर होगा, मगर मेरा नहीं",

"चाहती क्या हो तुम मुझसे? ना दूर जाना चाहती हो, ना पास आने देती हो",

"तुम्हारे पास सात वर्ष गुज़ार दिए मैंने, और ताज्जुब इस बात का है कि मुझे अभी तक नहीं पता कि हम दोनों के बीच क्या रिश्ता है", मैंने कहा।

"कोई रिश्ता नहीं है सागर हमारे बीच और जो है वो हर रिश्ते से ऊपर है",

"तुम बहुत अच्छे हो, तुमसे ज्यादा प्यारा मुझे कोई नहीं मिला, मेरे जीवन में जो स्थान तुम्हारा है उसे कोई नहीं ले सकता",

"मैं खुद चाहती हूँ कि हमेशा तुम्हारे साथ रहूँ, पर मैंने हमेशा से महसूस किया है कि मेरा पास आना तुम्हारी जिंदगी में कितनी उथल-फुथल मचा देता है",

"मैं नहीं चाहती कि मेरी वजह से तुम्हारी जिंदगी तबाह हो जाए, भले ही हम दोनों कितना भी एक-दूसरे को चाह लें पर हमारा कोई भविष्य नहीं है सागर",

"मैं तुम्हें मुझ से भी बेहतर इंसान के साथ देखना चाहती हूँ, जिसके तुम लायक हो, मैं तुम्हारे लायक नहीं हूँ। किस्मत ने तुम्हारे लिए मुझसे और ज्यादा बेहतर चुन रखा है", उसने कहा।

"ओह, तो तुम ज्योतिषी हो, तुम्हें पता है मेरा भविष्य किसके साथ अच्छा है, किसके साथ नहीं",

"इतना महान बनने की जरूरत नहीं है झील, इतना त्याग करने का दिखावा मत करो",

"हिम्मत लाओ अपने अन्दर की बात को साफ़ जाहिर करने की, तुम्हारी इसी आदत ने हम दोनों से हमारे सात वर्ष छीन लिए। नहीं करती तो साफ़ कहो ना कि नहीं है मोहब्बत मुझसे, मैं 'ना' सुनने को भी तैयार हूँ, तब भी था और आज भी हूँ, मगर तुम्हारे अन्दर यह बोलने की हिम्मत क्यों नहीं है?" मैंने कहा।

"चुप हो जाओ तुम, अब इससे आगे और कुछ नहीं कहोगे",

"हाँ नहीं है हिम्मत, तुम्हें खोने की हिम्मत होती ना तो पहली बार में ही तुम्हें साफ़ मना कर दिया होता",

"तुम्हें खोने की तो मुझमें थोड़ी भी हिम्मत नहीं है सागर, और ना ही मैं कभी तुम्हें अपना सकूँगी",

"तुम्हारा यही एक सवाल ऐसा है जिसका जवाब मैं सारी उम्र नहीं दे पाऊँगी... सुना तुमने", झील ने जोर से चिल्लाते हुए कहा।

अब मैं अपना सिर पकड़ कर वहीं सड़क पर बैठ गया, मैंने अपने बाल बहुत बुरी तरह से नोंच रखे थे। मुझे झील पर बहुत तेज़ गुस्सा आ रहा था। झील भावुक हो गई और मुझे उठाने की कोशिश करने लगी।

"एक बार फिर से जन्मदिन की बधाई हो झील,

कितना प्यार किया है तुमसे यह तुम शायद ही कभी समझ पाओ, पर जिस दिन भी समझोगी, रोती हुई मेरे पास आओगी, चाहे तुम्हें समझने में सात की जगह सत्तर वर्ष ही क्यों ना लग जाएँ", मैंने झील से आँख मिलाते हुए कहा और चल पड़ा।

झील रोती रही पर मैंने पलटकर नहीं देखा और वहाँ से चला गया। शायद इससे पहले मैंने कभी झील पर इतना गुस्सा नहीं किया था।

मैं रेलगाड़ी के दरवाज़े पर खड़ा था, और वह अपनी पूरी रफ़्तार के साथ दौड़े जा रही थी, मानो मुझे झील से जल्दी से जल्दी बहुत दूर ले जाना चाहती हो। मेरी आँखों से बार-बार आँसू टपक रहे थे और मैं अपने हाथ

से उन्हें साफ़ किए जा रहा था। तभी मेरे फोन पर एक संदेश आया। यह संदेश झील का ही था।

"प्यारे सागर, मेरे इस तरह के बर्ताव के लिए मुझे माफ़ करना, मैंने तुम्हारा बहुत दिल दुःखाया है, मैं जानती हूँ कि तुमसे ज्यादा चाहने वाला मुझे इस जन्म में कहीं नहीं मिलेगा, पर मैं मजबूर हूँ,

मैं नहीं चाहती तुम्हें उम्र भर तकलीफों से झूझना पड़े, और यह भी सच ही है कि तुम्हें खो दिया तो मैं कभी खुश नहीं रह पाऊँगी,

एक बार अपने स्वार्थ की वजह से तुम्हें बर्बाद कर चुकी हूँ पर इस बार नहीं होने दूँगी, तुम बहुत क़ाबिल हो सागर, खुद के लिए और अपनी मम्मी के लिए एक मजबूत मुक़ाम हासिल करो। मेरी शुभकामनाएँ तुम्हारे साथ हैं। मैं जा रहीं हूँ सागर क्योंकि तुम्हें अब और नहीं तड़पा सकती, आज हिम्मत कर रही हूँ, अगर आज रुक गई तो तुम्हें बर्बाद कर दूँगी,

तुमसे विनती करती हूँ कि मुझसे कभी संपर्क करने की कोशिश मत करना। यही हमारे लिए सही है, और हो सके तो मुझे माफ़ करने की कोशिश करना। अलविदा प्रिय !"

मैंने सोचा शायद आज मैंने जरूरत से ज्यादा प्रतिक्रिया दिखा दी, झील नाराज़ है इसीलिए यह सब बोल रही है, पर उसने आज मेरा बहुत दिल दुःखाया है। इस वक्त तो मैं किसी हाल में उससे बात नहीं करूँगा।

हमेशा की तरह थोड़े दिन बाद सब सही हो जाएगा। अभी झील से कुछ भी कहना ठीक नहीं है। थोड़े दिन बाद वह अपने आप मुझसे बात कर लेगी मगर मैंने यह नहीं सोचा था कि इस बार वह मुझसे सच में दूर चली जाएगी।

मैंने जब तक उससे संपर्क करने की कोशिश नहीं की, मैं उसे मुझसे दूर जाने का समय देता रहा, और जब मैंने उससे संपर्क करना चाहा, तब तक शायद बहुत देर हो चुकी थी !

अध्याय 5

"दो अजनबी"

जिंदगी के सबसे मजबूत और खूबसूरत रिश्ते अनजाने में ही मिलते हैं। आपके साथ ऐसा हुआ है या नहीं मगर मैंने अपने जीवन में यह बात बड़ी अच्छी तरह से महसूस की है।

कुछ दिनों तक जब झील का फोन नहीं आया तब मैंने उसे फोन किया। झील का नम्बर बंद था। मैंने सोचा अभी थोड़ी देर बाद चालू कर लेगी। मैंने रात में उसके नम्बर पर फिर से फोन किया। उसका फोन अब भी बंद आ रहा था। अब मुझे चिंता होने लगी।

मैंने उसके नम्बर पर संदेश भेजे, 'मुझे माफ कर दो झील, मुझसे बात करो, सिर्फ एक बार फोन करो, मुझे बहुत चिंता हो रही है' और इस तरह के कई संदेश, मगर वे सभी उसे प्राप्त नहीं हुए।

अगले ही दिन मैं उसके घर गया। बाहर ताला लगा हुआ था। मैंने आस-पास के लोगों से जानकारी जुटाई तो पता चला सभी किसी शादी में गए हुए हैं, पर मुझे कुछ भी करके झील से बात करनी थी।

इसी बीच मेरे परिवार के साथ एक हादसा हुआ, जिसने मुझे काफी समय तक कोटा से दूर कर दिया। मेरे पिता की अचानक तबियत बिगड़ गई और यहाँ के एक निजी अस्पताल में जाँच के बाद सामने आया कि हद से ज्यादा शराब पीने की वजह से उनके यकृत का पचास प्रतिशत से ज्यादा हिस्सा खराब हो चुका है। चिकित्सक ने उन्हें शीघ्र-अतिशीघ्र अहमदाबाद में भर्ती करवाने के निर्देश दे दिए।

हम लोग उन्हें अहमदाबाद लेकर चले गए पर समस्या यह थी कि भैया के पास ज्यादा छुट्टियाँ नहीं थी और यहाँ आकर पता चला कि उन्हें करीब डेढ़-दो माह के लिए यहाँ भर्ती रखा जाएगा।

भैया की एक प्रतिष्ठित बहुराष्ट्रीय कम्पनी में नई नौकरी लगी थी और उनपर कार्यभार बेहद ज्यादा था। मैंने भैया से कहा कि उन्हें अपना काम संभालना चाहिए, यहाँ सबकुछ मैं संभाल लूँगा।

काफी देर तक बहस करने के बाद मैं भैया को समझा पाने में सफल हुआ। अब मैं दो माह तक यहीं रुकने वाला था और यहाँ अस्पताल में रुकने की व्यवस्था भी ठीक-ठाक थी।

भैया हर रविवार को अहमदाबाद आते। हम जैसे-तैसे परिस्थितियों के साथ समन्वय स्थापित करने में लगे थे। इसी बीच मैं झील को लगातार संदेश और ईमेल भेजता रहा पर उसने अपना नम्बर बंद कर दिया था और शायद अपना ईमेल खाता भी।

अब मैं पागल हुए जा रहा था। इतना पास आकर वो एकदम से इतना दूर कैसे हो सकती है। मैं दिन-रात उसी की सोच में डूबा रहता था। मैंने उसकी कुछ सखियों से संपर्क किया पर किसी के पास उसकी कोई जानकारी नहीं थी। झील ने सभी से संपर्क तोड़ दिया था।

जैसे-तैसे समय बीता और मेरे पिता को अस्पताल से छुट्टी दे दी गई। अब हम उन्हें लेकर कोटा लौट आए और सुबह करीब नौ बजे कोटा पहुँचकर मैं दस बजे जयपुर के लिए रवाना हो गया। मैंने किसी से कुछ नहीं कहा कि मैं कहाँ जा रहा हूँ और क्यों जा रहा हूँ, बस मैंने मम्मी से जाते हुए कह दिया कि मैं कल वापस आऊँगा और उनके सवालों का जवाब दिए बिना घर से निकल पड़ा।

करीब दो बजे मैं जयपुर पहुँचा और सीधे झील के निवास स्थान पर गया। वहाँ उसकी मित्र से मुझे मालूम चला कि झील बहुत समय पहले ही यहाँ से जा चुकी है और उसने महाविद्यालय भी छोड़ दिया।

मैं दौड़ता हुआ वापस कोटा की ट्रेन में बैठा और रात के करीब नौ बजे कोटा पहुँचा। मैं सीधे झील के घर पर गया, जहाँ अब भी ताला लगा हुआ था। मैंने उसके पड़ोस वाली दुकान पर पूछा तो उन्होंने मुझे बताया कि झील के परिवार ने अभी पंद्रह-बीस दिन पहले ही यह मकान बेच दिया है और दिल्ली जाकर बस गए हैं। मैंने उनका दिल्ली वाला पता माँगा तो उन्होंने कहा कि वह तो उनके पास भी नहीं है।

अब मेरे पैरों तले ज़मीन खिसक रही थी। मैं सीधे बार में पहुँचा और व्हिस्की के लगातार सात-आठ पेग गले से उतार लिए। अब प्याले में मेरे

आँसू टपक-टपक कर गिर रहे थे। मैं बिना रुके पिए जा रहा था और बिना रुके रोए जा रहा था।

बार में काम करने वाला रवि मेरा दोस्त ही था और उसने मेरे पास आकर मुझसे सवाल किया। मेरे मुँह से एक शब्द नहीं निकल रहा था और मेरी आँख से आँसू एक पल को नहीं थम रहे थे।

उसने मुझे और पीने से रोका तो मैं उठ खड़ा हुआ और पैसे देकर ठीक सामने बने बार में जाकर बैठ गया। रवि ने ही शायद विहान को फोन किया या वह संयोग से वहाँ आया मैं नहीं जानता, मैं बैठा-बैठा पागलों की तरह पी रहा था और एकदम से विहान ने मेरे हाथ से गिलास छीना।

"उठ! खड़ा हो, और चल यहाँ से", विहान ने कहा।

"भाई ! तू यहाँ कैसे? आ बैठ मेरे पास", मैंने आँखों से आँसू पोंछते हुए कहा।

"घर गया था सुबह, अंकल जी को देखने। भैया से पता चला आप महाराज सुबह से गायब हो, और अगले दिन लौटने का बोलकर निकले हो", उसने कहा।

इतने में मैंने एक पेग और बनाया। विहान ने मेरे हाथ से दोबारा गिलास छीन लिया।

"अब बस भी कर भाई... क्या हुआ है साफ़-साफ़ बता मुझे", उसने कहा।

मैं उसके गले लगकर बुरी तरह रोने लगा, इतना जोर से कि यहाँ आस-पास बैठे सभी लोग मेरी तरफ घूरने लगे। विहान ने जैसे-तैसे मुझे शांत किया और थोड़ा सा पानी पिलाया।

उसे अब बहुत ज्यादा चिंता होने लगी।

"कुछ तो जरूर गलत हुआ है भाई... अब बता मुझे", उसने कहा।

मैंने एक साँस में विहान को झील के जन्मदिन से लेकर अब तक की सारी कहानी बता दी और गिलास उठा कर एक साँस में शराब को गले से उतार लिया। अब मैं नशे में चूर हो चुका था। विहान ने मुझसे कहा, "इस बारे में कल बात करेंगे, अभी हमें यहाँ से चलना चाहिए।"

मैं खड़ा हुआ और लड़खड़ाकर जोर से गिरा। विहान ने फ़ौरन मुझे उठाया। उसने मुझे फिर से बैठाया और पैसे देकर वापस आया।

मैं झील के बंद पड़े नम्बर पर बार-बार फोन मिला रहा था। विहान ने मुझसे मेरा फोन लेकर अपनी जेब में डाला और मुझे अपने कंधे का सहारा देकर उठाया। उसके बाद हम कहाँ गए और कैसे गए, मुझे नहीं पता पर सुबह जब मेरी आँख खुली, मैं विहान के कमरे में था।

"सुप्रभात भैया !", यह समीर की आवाज़ थी (विहान का छोटा भाई)

मैं उठा और आँखें मसलते हुए बोला, "ओये हम रात में कितनी बजे आए और तेरा भाई कहाँ है?"

"भैया बाहर गए हैं कुछ सामान लेने", उसने कहा।

"अच्छा, अंकल जी और आंटी जी कहाँ हैं?" मैंने पूछा।

"पापा-मम्मी दो दिन से शादी में जोधपुर गए हुए हैं", उसने कहा।

अब मुझे थोड़ी चैन की साँस आई।

"कल कितनी पीकर आए थे भैया आप? और यह झील कौन है?" समीर ने पूछा।

"ओये छोटू। तू काम कर अपना, वरना पिटाई खाएगा मुझसे। चल पानी ला मेरे लिए", मैंने हँसते हुए कहा।

उसके जाने के बाद मैंने फोन देखा। मेरा फोन मम्मी और भैया की मिसकॉल्स से भरा हुआ था। मैंने भैया को फोन किया,

"उतर गया तेरा नशा और फितूर दोनों?" भैया ने पूछा।

"नहीं भैया, मैं तो विहान के घर पर था, और मैंने कोई नशा-वशा नहीं किया", मैंने हड़बड़ाते हुए कहा।

"मुझे पता है तू विहान के घर पर था, उसी ने फोन करके बताया", उन्होंने कहा।

"तो फिर उसी ने आपसे कहा ना कि मैंने पी रखी है?" मैंने पूछा।

"नहीं वो तो तेरी आवाज़ से मालूम चल गया था, तुमने घर की और घरवालों की इज़्ज़त करना बंद कर दिया है। मैं नहीं जानता तेरे अन्दर क्या चल रहा है, पर जो भी है शायद वो मुझसे और मम्मी से भी ज्यादा बढ़कर है तेरे लिए जिसके पीछे तूने हमारी परवाह करना बंद कर दिया है", उन्होंने कहा।

"नहीं भैया। ऐसा नहीं है, आप गलत समझ रहे हो मुझे", मैंने कहा।

"जल्दी से घर आ, बाकी बातें घर पर होंगी", उन्होंने कहा।

मैंने विहान को फोन करके बताया कि मैं जा रहा हूँ, और उसकी मोटरसाइकिल उठाकर निकल गया।

मैं घर आया और सीधे अपने कमरे में जाकर लेट गया। आखिर उसे कहाँ तलाश करूँ किसकी मदद लूँ, मुझे कुछ समझ में नहीं आ रहा था। मैंने अपने तकिए से अपना मुँह ढक लिया और उसके बारे में सोचने लगा। आखिर वो ऐसा कर क्यों रही है? वो खुद भी नहीं चाहती कि मुझसे अलग हो, और प्यार भी मुझ ही से करती है, तो फिर क्या वजह है जो उसने ऐसा किया? मैं खुद से सवाल करता रहा।

"अभी तक नींद पूरी नहीं हुई क्या तेरी?" भैया ने कहा।

मैंने अपने चेहरे से तकिया हटाया और उन्हें देखने लगा।

"कब सोया था रात में?" उन्होंने पूछा।

"करीब बारह बजे भैया", मैंने कहा।

"आँखे तो ऐसे सूझ रही है, जैसे नींद में भी रो रहा हो", उन्होंने कहा।

मैं चुप हो गया और अपनी नज़रें झुका ली।

"चल अब जल्दी से तैयार हो जा, उदयपुर निकलना है, शाम पाँच बजे की ट्रेन है", उन्होंने कहा।

"उदयपुर क्यों? मैं कहीं नहीं जा सकता इस समय", मैंने कहा।

"तुझसे पूछ नहीं रहा हूँ मैं, बता रहा हूँ तुझे कि हम चल रहे हैं। हर जगह तेरी मनमानी नहीं चलेगी, और वैसे कल तू जयपुर क्या लेने गया था?" उन्होंने पूछा।

मैं अब बुरी तरह से घबरा गया।

"आपको कैसे मालूम चला भैया?" मैंने पूछा।

"पता रखना पड़ता है। खासकर जब छोटा भाई आशिक़ों की तरह एक शहर से दूसरे शहर भटकना शुरु कर दे... पता रखना ही पड़ता है", उन्होंने कहा।

(ओह वो भैया का स्टेशन वाला दोस्त कमल, शायद उसी ने रायता फैलाया है, मैंने मन ही मन सोचा।)

"आपको कमल भैया ने बताया?" मैंने पूछा।

"क्या फर्क पड़ता है कमल ने बताया या किसी और ने, मगर मुद्दे की बात यह है कि तुम वहाँ थे", उन्होंने कहा।

"भैया, मैं आपको सब समझा दूँगा, पर अभी बस मुझे इतना बताओ कि हम उदयपुर क्यों चल रहे हैं और आपने इस बारे में मुझे पहले क्यों नहीं बताया?" मैंने पूछा।

"जब तू हम से बिना पूछे इस तरह दूसरे शहरों में भटक सकता है तो हम भी तुझे बिना बताए इस तरह के फैसले ले ही सकते हैं", उन्होंने कहा।

"हम मतलब... और कौन चल रहा है साथ?" मैं चौंका।

"मामाजी और मामीजी। एक रिश्ता आया है मेरे लिए, हम उनके घर जा रहे हैं। मम्मी यहीं रहेगी पापा के साथ, इसीलिए तुझे साथ चलना है, और मम्मी साथ भी चलती तो भी मैं तुझे लेकर जाता", उन्होंने कहा।

दर्द भरे दिल को अब थोड़ी सी ख़ुशी मिली। भैया ने जीवन में अकेले बहुत संघर्ष किया था, अब उन्हें किसी का साथ मिलने जा रहा था। आखिरकार घर में खुशियाँ आने वाली थी। यह सब सोचकर मैं थोड़ा खुश हुआ और जाने की तैयारी करने लगा।

शाम के पाँच बजे हम उदयपुर के लिए रवाना हुए। मेरे दिमाग में तो अभी भी झील के अलावा और कुछ नहीं चल रहा था, जितने में मेरी मामी जी ने अपने फोन में मुझे एक लड़की की तस्वीर दिखाई।

"यह कौन है?" मैंने पूछा।

"साधना नाम है, तुम्हारे भैया को पसंद आ गई तो यह तुम्हारी होने वाली भाभी होंगी", मामीजी ने कहा।

मैंने एक पल को उन्हें गौर से देखा। बड़ी-बड़ी आँखें, जो शायद उनके चेहरे का प्रमुख आकर्षण थी, होठों पर एक शांत मुस्कान और शालीनता से भरा हुआ चेहरा।

"इन्होंने भैया को 'ना' कह दिया तो", मैं जानबूझकर थोड़ा ऊँची आवाज़ में बोला।

"नहीं कहेगी, रिश्ता वहाँ से आया है", मामीजी कुछ कहती इससे पहले ही भैया बोले।

"आपको देखकर लगता तो नहीं है वो 'हाँ' कहेंगी", मैंने कहा।

सभी हँसने लगे और भैया ने हमेशा की तरह मजाक में मेरे एक घूँसा मारा। बातों-बातों में कब उदयपुर आ गया, मालूम नहीं चला। हम रात के करीब नौ बजे वहाँ पहुँचे। हम सब बाहर की ओर निकल रहे थे, जितने में मेरी नजर एक पुस्तक विक्रेता की दुकान पर पड़ी।

"आप लोग बाहर चलो, मैं आता हूँ", मैंने कहा।

"जल्दी आना हम मुख्य द्वार पर इंतज़ार कर रहे हैं", मामाजी ने कहा।

"भैया 'स्ट्रेंजर्स' किताब मिलेगी?" हम दोनों ने लगभग एक साथ पूछा।

(यह पुस्तक तब नई-नई प्रकाशित हुई तथा काफी सुर्खियों में थी, और शायद वो भी मेरी ही तरह उपन्यासों में रुचि रखती थी।)

मैनें नजर उठाकर उसकी तरफ देखा। लगभग मेरे ही कद की लड़की, रंग ऐसा कि दूध भी फीका लगे, कमर तक आते बाल, और हाँ पतली कमर। निग़ाहें ऐसी कि एक बार मिला ले तो सम्मोहित कर दे। उसका सौंदर्य दरिया में तैरती किसी हंसिनी के जैसा था। उसके हाथ पर लगी मेहँदी मुझे लुभा भी रही थी और ना जाने क्यों डरा भी रही थी।

आती-जाती रेलगाड़ियों के शोर के बीच भी जब मैंने उसे देखा तो सुन्न सा पड़ गया। चंद लम्हों के लिए ही सही मगर मेरी नज़रें उसके चेहरे पर कैद हो गई। उसने मुझे एक पल को देखा और फिर अपनी नज़रें झुका ली। मैंने भी उसकी तरफ से अपना ध्यान हटाया।

"किताब तो मिल जाएगी पर मेरे पास फिलहाल एक ही है", दुकानदार बोला।

"कोई बात नहीं, आप यह मैडम को दे दीजिये, मैं बाद में ले लूँगा", मैंने कहा।

"अरे नहीं। पहले आपने माँगा था, इस किताब को खरीदने का हक़ आपका है। कृपया 'लेडीज फर्स्ट' वाली औपचारिकता ना करें", उसने अपनी सुरीली सी आवाज़ में कहा।

"नहीं, मैं औपचारिकता नहीं कर रहा हूँ। आप ले लीजिए, मुझे इसकी कोई विशेष जरूरत नहीं है, और वैसे हम दोनों ने एकसाथ ही माँगा था", मैंने कहा।

"हा हा हा... तो फिर मैं ही ले लेती हूँ, मैं पढ़ लूँ, उसके बाद मुझसे ले जाना आप", उसने मुस्कुराते हुए कहा।

"ओह... मैं आपसे अब छोटी सी किताब लेने एक शहर से दूसरे शहर आऊँ, थोड़ा महँगा सौदा नहीं हो गया यह", मैंने कहा।

"सो तो है, मगर मैं इस शहर से नहीं हूँ। वैसे मेरा नाम कियारा है", उसने अपना हाथ आगे बढ़ाते हुए कहा।

"ओह, आपका तो नाम भी आपके सौंदर्य से मेल खाता है, वैसे मेरा नाम सागर है", मैंने हाथ मिलाते हुए कहा।

"अरे... आपका तो नाम भी आपकी आँखों से मेल खाता है", कियारा ने कहा।

"और आपकी बातें भी आपके व्यवहार की तरह अच्छी हैं कियारा जी", मैंने कहा।

"मुसाफिरों की बातें अच्छी ही लगती हैं सागर जी", उसने कहा।

(कमाल की लड़की है, मेरे हर तरह के सवाल का जवाब है इसके पास, मैंने मन ही मन सोचा।)

"वैसे मैं भी इस शहर से नहीं हूँ। आप कहाँ से हैं?" मैंने पूछा।

"मैं जयपुर से हूँ", उसने कहा।

"ओह... आप भी जयपुर से हैं", मैंने कहा।

"क्यों आप भी ज़यपुर से हैं?" उसने पूछा।

"नहीं नहीं। मैं तो कोटा से हूँ, पर जयपुर से मेरा एक अनजान रिश्ता है", मैंने कहा।

"अनजान रिश्ते का तो पता नहीं, पर मुझसे मिलने के बाद जयपुर से आपका एक दोस्ती वाला रिश्ता जरूर बन गया है, मैं राजस्थान यूनिवर्सिटी से एम.बी.ए. कर रही हूँ", उसने कहा।

"मैं कोटा यूनिवर्सिटी से इस साल अपनी एम.एस.सी. पूरी करने वाला हूँ", मैंने कहा।

"मेरे नाना-नानी कोटा से ही हैं, मैं अक्सर छुट्टियों में कोटा आती हूँ", उसने कहा।

"इस बार आओ तो जरूर मिलना, मैं कोटा का सबसे बेहतरीन कॉफ़ी कैफे जानता हूँ, शायद आपको पसंद आए", मैंने कहा।

"हा हा हा। आपका बहुत-बहुत शुक्रिया मगर मैं कॉफ़ी नहीं पीती, और जो पीती हूँ, वो कभी फुर्सत में मिलकर पियेंगे, फिलहाल तो मुझे जयपुर के लिए ट्रेन पकड़नी है, और इस किताब के लिए आपका शुक्रिया", उसने हँसते हुए कहा।

"मेरा सौभाग्य है कियारा जी। आपसे मिलकर ख़ुशी हुई, आपकी यात्रा मंगलमय हो", मैंने कहा।

"मुझे भी बहुत ख़ुशी हुई सागर। आपका मोबाइल नम्बर दीजिए मुझे, मैं कोटा आकर आपको फोन करूँगी", उसने कहा।

फिर हम दोनों ने अपने-अपने नम्बर साझा किए और कियारा मुझसे विदा लेकर अपने प्लेटफार्म की ओर चल पड़ी। मैं उसे जाते हुए देखता रहा।

'क्या कर रहा है, ये झील नहीं है', मैंने मन ही मन सोचा।

मैं भी बाहर आ गया जहाँ सभी मेरा इंतज़ार कर रहे थे। भैया ने पास ही के एक होटल में किराए से तीन कमरे ले लिए। हम सभी अपने-अपने कमरे में गए। कुछ देर बाद भैया ने मुझे नीचे हॉल में भोजन करने के लिए बुलवाया, पर मैंने 'भूख नहीं है' कहकर उन्हें टाल दिया।

मैंने प्रबंधक से चुपचाप एक बियर मँगवाई, और सीधे लिफ्ट के जरिये होटल की छत पर आ गया। मैं फिर से झील की यादों में डूब गया। बढ़ते सुरूर के साथ उसकी यादें भी बढ़ती जा रही थी। आधी रात ही चुकी थी, थोड़ी देर बाद मेरे मोबाइल पर झील के नम्बर से एक संदेश आया।

'जन्मदिन की बहुत-बहुत शुभकामनाएँ प्यारे सागर, माफ़ करना बिना कुछ बताए तुमसे दूर चली आई, मगर मैंने वही किया है जो तुम्हारे लिए सही है, उम्मीद करती हूँ कि अब तक तुम मुझे भुला चुके होगे, हमेशा खुश रहना और अपना ध्यान रखना।'

उसका संदेश देखकर मेरे होश उड़ गए। मैंने खुद को एक थप्पड़ मारा कि कहीं मैं नशे में तो नहीं। नहीं, यह वाकई झील का संदेश था। मैंने तुरन्त उसके नम्बर पर फोन लगाया।

यह क्या, इसने तो फिर से नम्बर बंद कर दिया। दरअसल मुझे जन्मदिन की बधाई देने के लिए ही झील ने अपना नम्बर चालू किया था। मैंने उसे बहुत बार फोन किया पर कोई फायदा नहीं हुआ। उसके बाद मैंने पागलों की तरह झील के बंद पड़े नम्बर पर करीब एकसाथ सौ से भी ज्यादा संदेश भेजे मगर कोई जवाब नहीं मिला।

मैं झील में इतना डूब चुका था कि खुद का जन्मदिन तक भूल गया। आखिर इसके दिमाग में चल क्या रहा है? चाहती क्या है मुझसे, ऐसा व्यवहार क्यों कर रही है? दिमाग खराब हो गया है क्या इसका? दुनिया में अगर किसी को समझना नामुमकिन है तो शायद वो यही लड़की है।

मैं ऐसे ही कुछ सवालों के साथ घिरे हुए नीचे आया और जैसे ही अपने कमरे की बत्ती जलाई सभी ने एक सुंदर से केक के साथ मेरा स्वागत किया। भैया ने उस दिन तोहफे में मुझे एक प्यारा सा मोबाइल दिया। हमने थोड़ी देर जश्न मनाया और उन लोगों के साथ मैं कुछ वक्त के लिए झील को भूल गया। कुछ समय बाद सभी सोने चले गए।

मेरी आँखों से तो नींद कोसों दूर थी। सोचते-सोचते कब सुबह हो गई, पता ना चला। दुनिया में अगर कोई अधिक नींद से परेशान हो तो मैं उसे सलाह दूँगा कि किसी से मोहब्बत कर ले।

खैर छोड़ो, मैं फिलहाल हालातों से सौदा करने में लगा हुआ था।

सुबह हम सभी तैयार होकर दिए हुए पते पर पहुँचे। बहुत ही सुंदर घर था उनका, जो एक सभ्य परिवार की परिभाषा दे रहा था। हमारा बहुत अच्छा स्वागत किया गया। हम नीचे बैठक कक्ष में बैठे थे। तभी अंकल जी ने आवाज़ दी और मेरी होने वाली भाभीजी चाय के कप लेकर सीढ़ियों से नीचे उतरी। मैं भैया की तरफ देख रहा था। उन्हें देखकर भैया का मुँह किसी बड़ी गुफा की तरह खुला रह गया। मैंने उन्हें कोहनी मारकर इशारा किया तब वो होश में आए। तस्वीर से कई गुना ज्यादा सुंदर और सुशील मेरी भाभी वास्तविकता में थी। उन्होंने नीचे आकर मेरे मामाजी और मामीजी के चरणस्पर्श किए। देखने मात्र से ही मालूम पड़ रहा था कि वें कितनी सभ्य और शांत स्वभाव की हैं। मुझे यकीन था कि भैया इन्हें 'ना' नहीं कहेंगे, हाँ वो भैया को मना कर दें तो अलग बात है।

थोड़ी यहाँ-वहाँ की बातों के बाद अंकल जी ने भोजन का आग्रह किया। भोजन तैयार था और मेरी भाभी ने अपने हाथों से बनाया था। हम भोजन करने बैठे। इतना स्वादिष्ट खाना शायद ही मैंने जीवन में पहले कभी खाया हो। अब मैं दुआ करने लगा कि यह रिश्ता मंजूर हो जाए क्योंकि मैं सारी उम्र भाभीजी के हाथ का इतना स्वादिष्ट भोजन करना चाहता था।

आख़िरकार हमने वहाँ से विदा ली और उन्होंने हमें रेलवे स्टेशन तक छोड़ने की व्यवस्था की। इतना अच्छा परिवार तो शायद भैया को पूरे देश में कहीं नहीं मिलता। हम प्लेटफार्म पर अपनी ट्रेन का इंतज़ार कर रहे थे। मैंने भैया से पूछ ही लिया कि उन्हें यह रिश्ता पसंद आया या नहीं।

उन्होंने मुस्कुराते हुए 'हाँ' में अपनी सहमति जाहिर की। हम सभी बहुत खुश हो गए कि अब इतने अरसों की तकलीफों के बाद घर में खुशियाँ आने वाली हैं। मैं तो पहले से ही जानता था कि मेरे भ्राताश्री किसी भी सूरत में इस रिश्ते के लिए ना नहीं कहने वाले। मैं सारे रास्ते भैया की शादी और तैयारियों के विषय में सोचता रहा। झील को मालूम चलता तो वो भी कितना खुश होती। शादी में उसका भी तो होना जरूरी है, पर उसे वापस लाऊँ कहाँ से? वो मेरे संदेश फुर्सत में फोन चालू करके पढ़ती है, इसी उम्मीद में मैंने उसके नम्बर पर दो-तीन संदेश भेजकर भैया की शादी की बात कह दी।

लेकिन अब मेरी मनोदशा में थोड़ा परिवर्तन आ गया। ना जाने क्यों आज मैं इतना दुःखी नहीं था जितना पिछले कुछ दिनों से चल रहा था। इसकी वजह झील का संदेश आना नहीं था और ना ही भैया की शादी, वजह थी कियारा। उदयपुर रेलवे स्टेशन पर सिर्फ पाँच मिनट के लिए मैं उससे मिला, मगर वो पिछले दो दिन से मेरे दिमाग में घूम रही थी। ऐसा नहीं था कि मैं पहली बार मिलते ही उसे पसंद करने लग गया था, मगर कियारा में कुछ तो खास था, कुछ तो ऐसा जरूर था कि कोई भी उससे एक बार मिल ले तो ना चाहते हुए भी उसकी ओर खिंचता चला जाए। उसकी आँखों में एक विशेष प्रकार का आकर्षण था, जिसने मुझे सम्मोहित सा कर दिया।

मैं बार-बार उसके फोन नम्बर को देख रहा था। मैं उससे एक बार बात करना चाहता था, परन्तु मेरे मन में यह शंका थी कि अगर उसे आगे होकर फोन कर दिया तो उसके सामने अपनी छवि ना ख़राब कर बैठूँ।

झील के बाद यह एकमात्र लड़की थी जिसके सामने मुझे अपनी छवि की परवाह हुई, मगर क्यों? फिलहाल तो इसका जवाब मेरे पास नहीं था !

अध्याय 6

"नया मौसम"

मौसमों का बदलना देखा है ना आपने। तेज़ धूप हो या बारिश, मौसम कैसा भी हो, अच्छा हो या बुरा, बदलता जरूर है। मेरे जीवन में भी यहाँ मौसम ने एक खूबसूरत सी करवट ली।

हमें घर लौटे कुछ दिन बीत चुके थे। फिर एक दिन मम्मी के पास उदयपुर से फोन आया और भाभीजी के पापा ने इस रिश्ते को मंजूरी दे दी। हमारे छोटे से परिवार में ख़ुशी की एक बड़ी लहर दौड़ गई। अब दोनों पक्ष शादी के लिए उचित दिन तलाशने में लग गए, और आखिऱकार इक्कीस नवम्बर का दिन तय हुआ। भैया की शादी में अब पाँच महीने बाकी रह गए थे और हमें बहुत सी तैयारियाँ करनी थी। इसी बीच मेरी परीक्षाएँ भी संपन्न हो गई। अब मैं सभी कार्यों के लिए तैयार था। झील से मेरा अभी तक किसी तरह का कोई संपर्क नहीं हो पाया था, शायद वह अब दिल्ली में अपने परिवार के साथ अच्छी तरह से रम चुकी थी।

एक दिन मैं घर पर बैठे-बैठे क्रिकेट मैच देख रहा था कि मेरे मोबाइल की घंटी बजी।

"हेल्लो", मैंने कहा।

"हेल्लो हैंडसम, क्या हाल-चाल हैं आपके?" किसी लड़की की आवाज़ थी।

"आप कौन बोल रहीं हैं?" मैंने पूछा।

"इतनी जल्दी भूल भी गए, अरे मैं कियारा बोल रही हूँ", उसने कहा।

"ओह क्या बात है कियारा। आपको कैसे भूल सकता हूँ मैं? कैसे हो आप?" मैंने पूछा।

"मैं ठीक हूँ सागर। आप कैसे हो, और कहाँ हो?" उसने पूछा।

"मैं भी एकदम ठीक हूँ और फिलहाल कोटा में ही हूँ", मैंने कहा।

"जयपुर से 'अजनबी रिश्ता' तोड़ चुके हो क्या ज़नाब?" उसने पूछा।

"हा हा हा... नहीं वो बात नहीं है पर इन दिनों थोड़ा व्यस्त होने की वज़ह से जयपुर नहीं आ पाया", मैंने हँसते हुए कहा।

"हाँ मैं जानती थी कि आपको समय नहीं मिलेगा, इसीलिए मैं खुद ही आपसे मिलने कोटा आ गई", उसने कहा।

"वाह क्या बात है... आपने तो दिल जीत लिया। आपका बहुत-बहुत शुक्रिया, आप बताइए मैं कहाँ आऊँ?" मैंने कहा।

"यह 'आप-आप' वाली औपचारिकता बंद करो और शाम को छः बजे मुझे मॉडर्न टाउन पार्क के बाहर मिलो", उसने कहा।

"हा हा हा... ठीक है कियारा, मैं तुम्हें शाम को वहाँ मिलता हूँ", मैंने कहा।

"हाँ अब ठीक है। चलो बाय, शाम को मिलते हैं", उसने कहा।

शाम को ठीक छः बजे मैं मॉडर्न टाउन पार्क के बाहर पहुँच गया और वहाँ से कियारा को फोन किया।

"कहाँ हो तुम, मैं पहुँच गया हूँ", मैंने कहा।

"अपने पीछे देखो", उसने कहा।

लाल रंग की कुर्ती और नीली जीन्स पहने कियारा बहुत सुंदर लग रही थी। मैं तो उसे दूसरी बार देखकर भी सम्मोहित सा हो गया। उसने मुझे हाथ से इशारा किया, और मेरे पास आई। हमने एक-दूसरे से हाथ मिलाया।

"तुम जब भी मिलती हो पहले से ज्यादा खूबसूरत लगती हो", मैंने कहा।

"इसी बात का व्युत्क्रम तुम्हारे ऊपर भी लागू होता है", उसने कहा।

मैंने एक पल को उसे घूरा और हम एक साथ जोर से हँसे।

"मजाक कर रही हूँ सागर, सजने-धजने में इतनी मेहनत ना करते तब भी तुम इतने ही सुंदर दिखाई देते", उसने कहा।

"शुक्रिया तुम्हारा ! कहाँ घूमना चाहोगी, आदेश करो", मैंने कहा।

"मैं पहले ही कोटा अच्छे से घूम चुकी हूँ। फिलहाल तो बियर पीने का मन है, ले चलो किसी अच्छी सी जगह", उसने कहा।

मैंने आश्चर्य से उसकी तरफ देखा।

"क्या हुआ, आज से पहले कभी किसी लड़की को पीते हुए नहीं देखा?" उसने पूछा।

"नहीं ऐसी बात नहीं है, मगर तुम्हें भी पीना पसंद है?" मैंने पूछा।

"क्यों? किसी और को भी तुम्हारे साथ पीना पसंद है?" उसने पूछा।

"नहीं ! कुछ नहीं ! तुम्हें एक बहुत अच्छी जगह पर लेकर चलता हूँ", मैंने कहा।

"ठीक है, पर ज्यादा शोर-शराबे वाली जगह मत ले चलना", उसने कहा।

वह मेरी मोटरसाइकिल पर बैठी और मैं 'दी चम्बल रेस्तरॉं' की तरफ चल दिया जो अपनी खूबसूरती के लिए सारे कोटा शहर में मशहूर था। उसकी छत पर भी बार था जहाँ से चम्बल नदी का बेहद पास का बड़ा ही खूबसूरत नज़ारा दिखाई देता था।

करीब बीस मिनट में हम वहाँ पहुँच गए और मैं कियारा को सबसे ऊपर ले आया।

"क्या पीना चाहोगी तुम?" मैंने पूछा।

"मेरे लिए एक बियर मँगवा लो, और तुम खुद के लिए जो चाहो वो मँगवा लो", उसने कहा।

मैंने दो बियर और साथ में कुछ हल्का-फुल्का खाने के लिए मँगवाया।

"कितना प्यारा नज़ारा है, और इस नदी को देखो, जो अपने शोर के लिए बदनाम है, वो आज कितनी शांत है, ठीक तुम्हारी तरह सागर। वैसे भी तुम तो हो ही सागर, और समंदर तो होता ही शांत है", उसने कहा।

"तुम्हें शायद मालूम नहीं समंदर में उठने वाले तूफान ही सबसे ज्यादा तबाही मचाते हैं, वो सिर्फ दूर से शांत नजर आता है। उतर कर देखो, डूब ना जाओ तो कहना", मैंने कहा।

"नहीं अभी नहीं। जिस दिन तैरना सीख जाऊँगी, उतर कर जरूर देखूँगी", उसने अपना प्याला उठाते हुए कहा।

(ना जाने क्यों इसकी बातें मुझे झील की याद दिला रही थी, उसे भी इसी तरह की गहरी-गहरी बातें करने का बड़ा शौक था।)

"कहाँ खो गए?" कियारा ने पूछा।

"नहीं बस मैं यह सोच रहा हूँ कि तुम तो मुझे इतना अच्छे से जानती भी नहीं, और मेरे साथ इतने आराम से पी रही हो", मैंने कहा।

"मैं सूरत से सीरत पढ़ लेती हूँ सागर। तुम पहले लड़के हो जिसके साथ मैं बियर पी रही हूँ", उसने कहा।

"ओह... तो मतलब मैं मान लूँ कि मैं भरोसेमंद इंसान हूँ", मैंने कहा।

"यह तो तब पता चलेगा जब मैं हद से ज्यादा नशे में चली जाऊँगी", उसने कहा।

"हा हा हा... तुम दिल खोलकर पी सकती हो, भरोसा रखो मुझपर", मैंने कहा।

"भरोसा है, तभी तो यहाँ हूँ। खैर यह सब छोड़ो, कुछ अपने बारे में बताओ। तुम्हारी गर्लफ्रेंड के बारे में बताओ", उसने कहा।

"तुम इतने यक़ीन के साथ कैसे कह सकती हो कि मेरी कोई गर्लफ्रेंड है?" मैंने पूछा।

"तुम्हारीं आँखों में गौर से देखो तो नजर आता है, तुम अकेले नहीं हो सागर", उसने कहा।

"अभी तक तो तुमने मेरी आँखों में गौर से देखा भी नहीं और कह दिया कि मैं अकेला नहीं हूँ", मैंने कहा।

"ना जाने क्यों, मुझे नजर आ रहा है", उसने कहा।

"मैं अकेला तो हूँ कियारा। वो साथ तो नहीं है, फिर भी हर पल मेरे साथ है, और वो मेरी गर्लफ्रेंड नहीं है, शायद मैं खुद नहीं जानता कि वो क्या है मेरी", मैंने कहा।

"ओह... तुम्हारा मतलब एक तरफ़ा मोहब्बत", उसने कहा।

"नहीं कियारा, एक तरफ़ा होती तो बात इतनी ना होती। सिर्फ मैं ही नहीं हूँ अधूरा, अधूरी तो 'वो' भी है, एक तरफ़ा होती तो कम से कम 'वो' तो पूरी होती", मैंने कहा।

"बहुत ही उलझन भरी मोहब्बत है, नशा चढ़ने से पहले ही उतार रही है यह तो", उसने कहा।

"हम्म... यह अधूरी मोहब्बत है कियारा", मैंने कहा।

"मोहब्बत अधूरी छूट जाए तो शिक़ायत कैसी,

हर नदी समंदर में मिले, यह जरूरी तो नहीं", कियारा ने कहा।

मैं आँखें फाड़कर उसे देखने लगा। कियारा की बातें सुनकर ऐसा लग रहा था कि जैसे मैं किसी लड़की से नहीं बल्कि आईने में खुद से बातें कर रहा हूँ।

"अरे इतनी बुरी लगी क्या मेरी शायरी जो ऐसे आँखें फाड़-फाड़कर मुझे देखे जा रहे हो, खा तो नहीं जाओगे ना", उसने हँसते हुए कहा।

"नहीं कियारा, बहुत ही खूबसूरत शे'र था... तुम्हारी तरह। तुम एकदम मेरे जैसी हो", मैंने कहा।

"ओह नहीं। क्या मैं वाकई इतनी बदसूरत हूँ?" उसने तंज कसते हुए कहा।

हम दोनों उसकी इस बात पर जोर से हँस दिए।

"वैसे तुम इसे कुछ अलग तरीके से मत सोचना, मगर मैं इस बार कोटा सिर्फ तुमसे मिलने आई हूँ", उसने कहा।

"इस बात से मैं बहुत खुश हूँ कियारा, आख़िर कोई तो है, जो मुझसे मिलने की चाहत रखता है। तुमने यहाँ आकर बहुत अच्छा किया क्योंकि मैं खुद थोड़े दिनों में जयपुर आने वाला था, तुम्हें मेरे भैया की शादी का निमंत्रण देने", मैंने कहा।

"बहुत बहुत बधाई हो सागर, मगर निमंत्रण तो तुम्हें जयपुर आकर ही देना होगा, सस्ते में मत निपटो यहाँ", उसने कहा।

"हा हा हा... आपका हुक्म सर-आँखों पर। मैं जल्द ही जयपुर आऊँगा", मैंने कहा।

बातों-बातों में हम कब दो-दो बियर पी गए हमें पता नहीं चला। कियारा वाशरूम के लिए उठी और फिर से सिर पकड़कर बैठ गई।

"क्या तुम ठीक हो?" मैंने पूछा।

"हाँ, बस मेरा सिर चकरा रहा है जोरों से। क्या तुम मुझे वाशरूम तक ले जा सकते हो?" उसने पूछा।

मैंने उसे सहारा देकर उठाया और वॉशरूम तक लेकर गया। अब मुझे चिंता होने लगी कि इस हालत मैं यह घर कैसे जाएगी। मैं वाशरूम के बाहर इंतज़ार कर रहा था तभी मुझे अन्दर किसी के जोर से गिरने की आवाज़ सुनाई दी। मैंने कियारा को आवाज़ दी पर उसने कोई जवाब नहीं दिया। अब मेरे पास लड़कियों के वॉशरूम में घुसने के अलावा कोई दूसरा विकल्प नहीं बचा था। भगवान का नाम लेकर मैं अन्दर घुस गया। कियारा पैर पकड़ कर फर्श पर बैठी हुई थी।

"तुम ठीक तो हो ना कियारा", मैंने उसे अपने कंधे के सहारे से उठाया।

"पैर मैं बहुत जोर से दर्द हो रहा है सागर, मैं चल नहीं पाऊँगी", उसने कहा।

"मैं तुम्हें गोद में उठाकर बाहर ले चलूँ?" मैंने पूछा।

कियारा ने 'हाँ' में अपना सिर हिलाया। मैंने उसे गोद में उठाया और बाहर आ गया। उस बार में बैठे सभी लोगों की नज़रें हम पर थी।(एक समय था जब विद्यालय का बस्ता उठाने में इतना जोर आता था कि पूछो मत, और आज पैंतालीस किलोग्राम की लड़की को गोद में उठाये हुए मैं ऐसे चल रहा था मानो जैसे खाली हाथ चल रहा हूँ, सब इसे मोह-माया क्यों कहते हैं, मुझे आज समझ में आया।)

मैंने बारटेंडर से मरहम और थोड़ी बर्फ मँगवाई। कियारा को अभी भी दर्द हो रहा था। फिर मैंने उसके पैर पर थोड़ी बर्फ लगाई और मरहम लगा दी। अब उसे थोड़ी राहत मिली। वह मुझे बहुत ही भावुक नज़रों से देखे जा रही थी।

"खाने में क्या पसंद करोगी कियारा?" मैंने पूछा।

"यहाँ से चलना है सागर। क्या तुम आज रात मेरे साथ कहीं बाहर रुक सकते हो? मैंने आज तक कभी इतनी नहीं पी और इस हालत में मैं घर नहीं जा सकती", उसने कहा।

"हम दोस्तों ने एक घर किराये पर ले रखा है, जिसे हम पार्टी करने के काम में लेते हैं, अभी वह खाली पड़ा है। तुम चाहो तो वहाँ आराम कर सकती हो", मैंने कहा।

"हाँ सागर वहाँ ले चलो। मैं घर पर सूचना दे देती हूँ कि आज मेरी दोस्त के पास रुक रही हूँ", उसने कहा।

मैंने कियारा के लिए भोजन पैक करवाया और खुद के लिए एक बियर ली। उसे अब भी चलने में थोड़ी परेशानी हो रही थी, और ऊपर से वह पूरी तरह से होश में भी नहीं थी। मैं उसे सहारा देकर लिफ्ट तक आया। चलती लिफ्ट में वो मुझे बिना नजर हटाए टकटकी लगा कर देखे जा रही थी।

मुझे झील के जन्मदिन का समय याद आ गया। उस दिन भी हम इसी तरह से लिफ्ट से उतर रहे थे, जिस लिफ्ट ने शांति से चल रही जिंदगी में भूचाल ला दिया। लिफ्ट का दरवाज़ा खुला, पर मैं किसी और ही सोच में डूबा हुआ था।

"फिर से ऊपर चलने का इरादा है क्या?" उसने मेरा हाथ पकड़ते हुए कहा।

"नहीं, कुछ याद आ गया था", मैंने कहा।

मैंने मोटरसाइकिल चालू की और कियारा को बैठाया। मैं हमारे घर की तरफ चल दिया। यह हल्दीघाटी चौक के पास के इलाके में बना हुआ मकान था। हम वहाँ पहुँचे। मैंने ताला खोला और कियारा को सहारा देकर वहाँ तक लाया, मगर वो दरवाज़े पर ही रुक गई।

"क्या हुआ?" मैंने पूछा।

"मुझे ठीक से जानते तक नहीं और इतना कर रहे हो मेरे लिए सागर", उसने कहा।

"यह सारी बातें हम घर में बैठकर करें मैडम", मैंने कहा।

कियारा अन्दर आई और अपना बैग रखकर घर को चारों तरफ से देखने लगी।

"अगर तुम यहाँ अच्छा महसूस नहीं कर रही हो तो हम मेरे घर भी चल सकते हैं", मैंने कहा।

"नहीं सागर। मैं तो यह सोच रही हूँ कि इतने सुंदर मकान को कोई केवल पार्टी करने लिए किराए पर कैसे दे सकता है, यह तो रहने लायक जगह है", उसने कहा।

"दरअसल यह हमारे एक दोस्त का मकान है, वह अपने परिवार के साथ बाहर रहता है, इसीलिए हमें यह घर किराये पर दे रखा है। मैं यहाँ बहुत कम आता हूँ पर मेरे दोस्त कई बार अपनी-अपनी गर्लफ्रेंड्स के साथ यहीं रुकते हैं", मैंने कहा।

"झील में बहते पानी की तरह साफ़ दिल है तुम्हारा सागर", उसने कहा।

"हम्म झील... झील ही तो है कियारा, जिसमें डूबा हुआ हूँ मैं", मैंने लंबी साँस भरते हुए कहा।

"क्या मतलब?" उसने पूछा।

"कुछ नहीं कियारा। बस एक परेशानी है। कमरे का पंखा ख़राब पड़ा है। छत पर एक पलंग लगा है, मैं तुम्हारा बिस्तर वहाँ लगा देता हूँ, तुम खुली हवा में सो जाना", मैंने कहा।

"नहीं ! मैं अकेले छत पर नहीं सोने वाली, वो भी इस अनजान मकान में... मुझे डर लगेगा सागर", उसने कहा।

"तुम्हें अकेला नहीं छोड़ रहा कियारा। मैं वहीं पास में बैठा-बैठा अपनी बियर खत्म करूँगा, और तुम भोजन करके सो जाना", मैंने कहा।

कियारा मान गई और मैं उसे ऊपर ले आया। मैंने कियारा के पलंग पर गद्दा बिछाया, उसके लिए भोजन परोसा, और पास ही पड़ी कुर्सी पर अपनी बियर खोल कर बैठ गया।

"कितना खूबसूरत नज़ारा है सागर, तुम सच में मुझे बहुत प्यारी जगह लेकर आए हो", उसने कहा।

"तुम्हें यहाँ किसी तरह की कोई परेशानी नहीं होगी, अब भोजन कर लो", मैंने कहा।

"अकेले नहीं खाऊँगी। ज्यादा नख़रे मत दिखाओ तुम समझे", उसने कहा।

मैंने एक निवाला तोड़ा और उसे अपने हाथ से खिलाया।

"अब तो खाओगी ना", मैंने कहा।

उसकी आँखे छलक रही थी, पर शायद आँसू बाहर निकलने को राज़ी नहीं थे। वो एक नाजुक सी कली थी, भला कब तक अपने आँसू रोक

पाती, मेरी तरह पत्थर दिल थोड़ी ना थी। कियारा मेरे गले से लगकर रोने लगी।

"क्या तुम ठीक हो?" मैंने उसे थपकी देते हुए कहा।

"हाँ, माफ़ करना सागर, मुझे मेरी मम्मी की याद आ गई थी। वे भी ऐसे ही प्रेम से मुझे खाना खिलाती हैं", उसने कहा।

चाहे कियारा बात को कितना भी घुमाए मगर मैं उन आँसुओं के पीछे की वजह अच्छे से समझ रहा था। मैंने उसके आँसू पोंछे और उसे थोड़ा पानी पिलाया।

"तुम्हारे मम्मी-पापा भी जयपुर में ही रहते हैं ना कियारा?" मैंने पूछा।

"हाँ, मैं जयपुर अपने पापा के साथ रहती हूँ। पिछले दो वर्षों से मेरी मम्मी अपनी नौकरी की वजह से हमसे दूर हरियाणा में हैं, इसीलिए मुझे उनकी बहुत याद आती है, कभी-कभी बहुत अकेला महसूस होता है सागर", उसने कहा।

"कोई बात नहीं। तुम अकेली नहीं हो अब, तुम्हें मेरे जैसा नालायक़ दोस्त जो मिल चुका है", मैंने कहा।

कियारा हँसने लगी और मैंने उसे अपने हाथों से भरपेट भोजन करवाया, अब मैंने अपनी बोतल उठाई और दो-तीन घूँट पिए।

"तुम्हारीं टंकी भरती नहीं है क्या जो एक और ले आए हो?" कियारा ने कहा।

"रुकना तो मैं भी चाहता हूँ मगर कोई गले से लगाकर रोकने वाला ही नहीं है कियारा", मैंने कहा।

अचानक ना जाने उसे क्या हुआ, वो एकदम से मेरे पास आई और मेरे माथे पर चूम लिया। मैं एक मिनट के लिए स्तब्ध रह गया। मैं तुरन्त वहाँ से खड़ा हो गया और वॉशरूम का बहाना करके नीचे आ गया।

मेरा सारा सुरूर एक झटके में गायब हो गया। मैंने नीचे कमरे में आकर एक सिगरेट जलाई और पलंग पर किसी लाश की तरह गिर गया, कुछ ही देर में पूरा कमरा धुएँ से भर गया।

"यह ठीक नहीं हो रहा है। यह जगह सिर्फ झील की है। कियारा मुझे पसंद करने लगी है, पर उसे नहीं पता कि इस रास्ते पर उसे कितना दर्द मिलेगा। उसे रोकना चाहिए। मेरे पापों की सजा मैं उसे नहीं भोगने

दूँगा।"(इस तरह के ख्यालों से मैं बाहर तब आया जब पूरी सिगरेट खत्म हो गई और उसके सुलगते किनारे से मेरी अंगुलियाँ जल गईं।)

अब मैं छत पर गया। कियारा को शायद नींद आ चुकी थी, मैंने उसे चादर ओढ़ाई और उसके पास ही कुर्सी लगाकर अपनी बियर की बोतल लेकर बैठ गया। मेरा नशा पूरी तरह से उतर चुका था और मुझे होश में आने से डर लग रहा था। मैंने सारी रात कियारा के पास बैठकर बियर पीते हुए गुज़ार दी।

जब मेरी आखिरी सिगरेट खत्म हुई तब मैंने घड़ी में समय देखा। सुबह के चार बज चुके थे, मैं उसी कुर्सी पर आँखें बंद किए बैठ गया और मुझे मालूम नहीं चला कि मेरी आँख कब लग गई।

मेरी अंगुलियों पर हुए छोटे से घाव को कोई छू रहा था। मुझे हल्का-सा दर्द हुआ और मेरी नींद खुल गई। यह कियारा थी जो मेरी अंगुलियों पर कोई क्रीम लगा रही थी।

"ओह, तुम उठ गई?" मैंने कहा।

"और तुम सारी रात नहीं सोए", उसने कहा।

"मैं सो गया था कियारा, तुम्हारे पास ही सो रहा था", मैंने कहा।

"मैंने जब-जब आँखें खोल कर देखा, तुम हाथ में बोतल लिए पता नहीं कौन से ख्यालों में खोए हुए थे", उसने कहा।

"हाँ कियारा, नींद ही नहीं आई। खैर, यह सब छोड़ो। तुम नहाकर तैयार हो जाओ, वॉशरूम में सभी सुविधाएँ हैं। फिर हम चलते हैं यहाँ से", मैंने कहा।

कियारा नीचे चली गई और मैं उगते हुए सूरज से आँख मिलाने लगा। कियारा के तैयार होने के बाद मैंने भी स्नान किया और हम घर में ताला लगाकर उसके घर की ओर निकल पड़े।

कियारा के नाना-नानी मॉडर्न टाउन पार्क के पीछे ही रहते थे, उसने मुझे पार्क के बाहर ही गाड़ी रोकने को कहा।

"मैं यहाँ से पैदल चली जाऊँगी, सागर। हमारा घर यहाँ से पास ही है", उसने कहा।

"तुम्हारा बहुत-बहुत शुक्रिया, कियारा। मुझे इतनी प्यारी दोस्त देने के लिए", मैंने कहा।

"शुक्रिया तो मुझे तुम्हारा अदा करना चाहिए। तुम जयपुर कब आ रहे हो मेरे पास?" उसने पूछा।

"शादी के निमंत्रण-पत्र छपते ही चला आऊँगा... और तुम्हें अपने साथ कोटा वापस लाऊँगा। इस शादी में तुम्हें किसी भी हाल में आना है", मैंने कहा।

"निमंत्रण-पत्र की औपचारिकता मत करना, मैं वैसे ही आ जाऊँगी। और हाँ, यह रखो। तुम्हारे लिए है", उसने अपने बैग से एक तोहफा निकालते हुए मुझे थमाया।

"इसमें क्या है, कियारा?" मैंने पूछा।

"जो भी है, तुम्हारा ही है। बाद में देख लेना। अभी मैं निकलती हूँ, मुझे दोपहर में जयपुर निकलना है", उसने कहा।

"ध्यान से जाना, प्रिय", मैंने उसे गले लगाते हुए कहा।

"मेरे बस में होता तो कल की रात ख़त्म ही नहीं होने देती सागर, मगर अब दिल बैठ-सा रहा है", उसने कहा।

"मायूस क्यों होती हो? तुम मुझे जब भी पुकारोगी, मुझे अपने सामने पाओगी। मैं वादा करता हूँ कियारा", मैंने कहा।

कियारा के चेहरे पर एक मुस्कान आई और वह चली गई। मैं भी अपने घर लौट आया। घर आते ही मैंने वह तोहफा खोलकर देखा।

"स्ट्रेंजर्स" यह वही किताब थी जिसने हम दो अजनबियों को मिलाया और ऐसा मिलाया कि हम उम्र के अंत तक एक-दूसरे के साथ रहे। मैं उसे देखकर मुस्कुराया और उसे अपने दराज में रखकर किसी काम से बाहर निकल गया।

अध्याय 7

"उसका अपनापन"

किनारे पर बैठकर समंदर में पत्थर फेंक रहा था मैं, आखिर जाता भी तो कितनी दूर।

झील को ढूँढने की मेरी नाक़ाम कोशिशें जारी थी। इसी बीच मैंने एक दिन बाज़ार में निकिता को देखा। निकिता विद्यालय में हमारे साथ ही पढ़ती थी और झील की सबसे अच्छी दोस्त थी। विद्यालय काल समाप्त होने के बाद मेरा उससे कभी कोई संपर्क नहीं हुआ था, लेकिन मुझे अच्छी तरह से पता था कि वह झील के संपर्क में है।

"निकिता, झील कहाँ है?" मैंने उसके पास जाकर पूछा।

"तुम कौन हो?" निकिता ने पूछा।

"अरे, मैं सागर ! मुझे नहीं पहचाना तुमने?" मैंने कहा।

"ओह, इतने बदल जो गए हो, कैसे पहचानती सागर? कैसे हो तुम... और ना कोई हेल्लो, ना हालचाल लिया, बस सीधे झील... पुराना फ़ितूर आजकल परवान पर है शायद", उसने कहा।

"नहीं निकिता, ऐसा नहीं है। हम साथ थे बहुत अच्छे से और वो एकदम से चली गई, बिना कुछ बताए।"

"बस एक बार मिलना चाहता हूँ उससे। आठ महीने हो गए हैं, उसकी कोई खबर नहीं। मैं तुमसे विनती करता हूँ, मुझे उसका फोन नम्बर दे दो, निकिता", मैंने कहा।

"हाँ, उस लिफ्ट ने तुम्हें कहाँ लाकर पटका है, मैं अच्छी तरह से जानती हूँ सागर", उसने कहा।

"जब इतना सब जानती हो, तो मेरी मदद कर दो ना निकिता", मैंने उसके सामने अपने हाथ जोड़ते हुए कहा।

"माफ़ करना सागर, मैं तुम्हारी मदद नहीं कर सकती। झील सिर्फ मुझसे बात करती है और उसने मुझे उसका नम्बर तुम्हें देने से सख्त मना किया है", उसने कहा।

"झील इस वक्त कहाँ है, बस इतना बता दो। मैं उससे मिल लूँगा और उसे इस बात का एहसास भी नहीं होने दूँगा कि मुझे यह तुमसे पता चला है", मैंने कहा।

"उसकी नौकरी लग चुकी है और वह आईसीआईसीआई बैंक, सेक्टर सतरह-सी, चंडीगढ़ में है", उसने कहा।

"वाह... मेरी झील की नौकरी लग गई और मुझे मालूम तक नहीं, तुम्हारा बहुत-बहुत शुक्रिया निकिता, मैं तुम्हारा यह एहसान जीवनभर नहीं भूलूँगा", मैंने कहा।

"उसे पता नहीं चलना चाहिए कि तुम्हें यह सब मैंने बताया है। जल्दी से उसके पास जाओ और उससे हमेशा के लिए दूर हो जाओ।"

"मैं नहीं चाहती तुम्हारी जिंदगी इसी रास्ते पर गुज़र जाए। तुम काबिल हो, सही जगह पर पहुँचाओ खुद को। यहाँ तुम्हें सिर्फ बर्बादी मिलेगी", उसने कहा।

(मैं सोच में पड़ गया कि जिस लड़की ने कभी सीधे मुँह मुझसे बात तक नहीं की, वह आज मेरी जिंदगी में किसी दार्शनिक की भूमिका क्यों निभा रही थी? आखिर झील ने इससे ऐसा कहा क्या है?)

"उसके पास जाकर उससे दूर कैसे हो जाऊँगा निकिता?" मैंने पूछा।

"तुम जब उससे मिलोगे, तुम्हें सबकुछ मालूम चल जाएगा, सागर। ध्यान रखना अपना, अब चलती हूँ मैं, मुझे देर हो रही है", उसने कहा।

"तुम्हारा बहुत-बहुत शुक्रिया निकिता, अपना ख़याल रखना", मैंने कहा।

मैं निकिता की बातों को समझ नहीं पाया। मैं वही सब सोचते-सोचते सड़क पार कर रहा था, इसीलिए मुझे सामने से आती हुई कार नजर नहीं आई। उसने मुझे जोर से टक्कर मारी। मैं उछलकर एक तरफ गिरा। मेरे दोनों हाथ छिल गए और बायाँ पैर तो मानो टूट कर अलग ही हो गया हो, इतना दर्द हो रहा था। मैं सड़क के बीचोंबीच पड़ा हुआ था

और हिल भी नहीं पा रहा था। मुझे मेरी नाक की तरफ कुछ गर्म-गर्म महसूस हुआ, तभी मेरी शर्ट पर नाक से बहते खून के गर्म छींटे गिरने लगे, मेरे चारों और भीड़ जमा हो गई। जिस कार से मैं टकराया था उसमें से दो लड़के निकल कर आए और मुझे सहारे से उठाया।

मैं दर्द से छटपटा रहा था। उन्होंने फ़ौरन मुझे अपनी कार में बैठाया और अस्पताल की तरफ चल दिए। मैं बोलने जैसी हालत में नहीं था। मैं किसी पत्थर पर गिरा था जिससे टकराकर मेरी नाक में बहुत गहरा घाव हो गया था और मेरा एक पैर भी क़रीब-करीब टूट चुका था।

आपातकालीन विभाग में लाते ही डॉक्टर ने मुझसे पूछा, "क्या आपने थोड़ी सी भी शराब पी है?"

मैंने ना में सिर हिलाया। उसके बाद उन्होंने मुझे कोई इंजेक्शन लगाया और अचानक मेरा होश चला गया।

जब मेरी आँख खुली तो मेरे पास मेरे माता-पिता, भैया और सभी परिवार के सदस्य थे। मैंने दरवाज़े की तरफ देखा, वहाँ दोस्तों की कतार सी लगी थी। मैंने मम्मी की तरफ फिर से देखा, जो आँसू बहा रही थी। भैया ने उन्हें चुप करवाया।

"अबे मेरी शादी से तीन महीने पहले ही तुझे अपना मुँह तुड़वाना था, अब भूल जाना मेरी साली को", भैया ने कहा।

मैंने हँसना चाहा पर दर्द की वजह से हँस नहीं पाया। उन्होंने मेरा हाथ पकड़ा और मुझे चुप रहने का इशारा किया। मैं महसूस कर सकता था कि वह बाहर से शांत नजर आ रहे थे मगर भीतर से बहुत घबराए हुए थे। खैर, उस वक्त वे ही कमज़ोर पड़ जाते, तो माँ को कौन संभालता।

मेरी नाक के निचले हिस्से में पाँच टाँके लगे थे और मेरे बाँये पैर के घुटने की हड्डी टूटी थी जिसपर बेहोशी में प्लास्टर भी चढ़ा दिया गया था। बाहर वो दोनों लड़के भी खड़े थे जिनकी कार से मैं दुर्घटनाग्रस्त हुआ और जो मुझे यहाँ तक लाए। मैंने इशारे में भैया से कहा कि उन लोगों से कुछ मत कहना, गलती मेरी है। थोड़ी देर बाद वे दोनों मेरे कमरे में आए और मुझसे हाथ मिलाया।

"आप जल्दी दुरुस्त हो जाओगे, भाई", उनमें से एक ने कहा।

मैंने उन्हें इशारे में धन्यवाद दिया और वो लोग वहाँ से चले गए। अब एक-एक करके विहान और मेरे बाकी दोस्त मुझसे मिलने लगे। उस

दिन ऐसा लग रहा था, मानो अस्पताल में कोई रैली चल रही हो। उस दिन महसूस हुआ कि कितने लोग मोहब्बत करते हैं मुझसे।

इश्क़ इंसान को कितना निकम्मा बना देता है, यह मुझे उस दिन मालूम चला। एक तरफ सभी को मेरी चिंता खाए जा रही थी, वहीं दूसरी तरफ मैं अपनी नाक और पैर तुड़वाकर अस्पताल में पड़ा-पड़ा सोच रहा था कि काश झील तक यह खबर चली जाए, तो वह दौड़ती हुई मेरे पास आ जाएगी।

मुझे नींद की दवाएँ दी गई थी ताकि मैं ज्यादा-से-ज्यादा आराम कर सकूँ। थोड़ी ही देर में मुझे फिर से नींद आ गई।

अगली सुबह मुझे अस्पताल से छुट्टी दे दी गई और हम घर आए। आज मुझे महसूस हो रहा था कि मैं कितने शानदार तरीके से टूटा हूँ, शरीर के हर कोने में मुझे दर्द हो रहा था। सुबह के करीब ग्यारह बजे दरवाज़े पर दस्तक हुई और मेरे कानों में मेरी मम्मी की आवाज़ पड़ी - "अन्दर आओ बेटी", भैया और मैंने एक साथ उस तरफ देखा, कियारा अन्दर आई।

"नमस्ते भैया, मैंने ही कल आपसे बात की थी", कियारा ने कहा।

"ओह हाँ, बैठिए... पहले बताया होता तो हम आपको लेने आ जाते। घर ढूँढने में ज्यादा परेशानी तो नहीं हुई?" भैया ने पूछा।

"नहीं भैया, कोई परेशानी नहीं हुई", उसने कहा।

(कियारा बात भैया से कर रही थी और घूर मुझे रही थी।)

"इसकी तबीयत कैसी है?" उसने पूछा।

"खुद ही देख लीजिए, अपने कर्मों का परिणाम भोग रहे हैं जनाब", भैया ने हँसते हुए कहा और कमरे से बाहर चले गए।

कियारा मेरे पास आई। उसकी व्याकुल आँखों से आँसू टपक कर मेरे छिले हुए हाथ पर गिरा। पता नहीं ऐसा क्यों लगा कि जैसे उस जगह मुझे दर्द होना बंद हो गया हो। मैंने अपना हाथ उसके आँसू पोंछने के लिए बढ़ाया तो उसने मेरा हाथ पकड़ लिया। उसकी आँखें किसी पानी के बड़े से दरिया की तरह दिखाई दे रही थी।

"मरा नहीं हूँ जो इतना रो रही हो... और तुम्हें किसने बताया?" मैंने धीरे से कहा। अब मैं धीरे-धीरे बोल पा रहा था।

"मैंने फोन किया था कल शाम को तुम्हें, भैया ने सब बताया ", उसने कहा।

वह अपने आँसू पोंछकर मेरे पास बैठ गई।

"तुम इतना क्यों परेशान हुई? मैं ठीक हूँ एकदम", मैंने कहा।

"अच्छी तरह से दिख रहा है कितने ठीक हो। हाथ-पैर तुड़वाकर पड़े हो और रोबोट की तरह बात कर रहे हो। तुम्हें कुछ हो जाता ना, तो मैं तुम्हें जान से मार देती", उसने कहा।

"मुझे कुछ हो जाने के बाद मुझे कैसे मार पाती तुम?" मैंने मुस्कुराते हुए पूछा।

"मुँह बंद रखो तुम अपना", उसने कहा।

"क्या नाम है बेटा आपका?" मम्मी ने कमरे में प्रवेश करते हुए पूछा।

"जी, कियारा शर्मा", कियारा ने कहा।

"जितनी सुंदर दिखती हो, उतना ही सुंदर नाम है", मम्मी ने कहा।

कियारा ने शर्म से अपना सिर झुका लिया। भैया भी तभी हाथों में कियारा के लिये जल व नाश्ता लेकर अन्दर आए।

"जयपुर में कहाँ रहते हो आप?" भैया ने पूछा।

"भैया, मैं राजस्थान यूनिवर्सिटी से एम.बी.ए. कर रही हूँ। मेरे पिता जयपुर में ही आबकारी विभाग में कार्यरत हैं और हम मालवीय नगर में रहते हैं", उसने कहा।

"इतनी होनहार लड़की को, यह नालायक़ दोस्त कहाँ से मिल गया?" मम्मी ने पूछा।

"आंटी जी, हम उदयपुर में मिले थे और वहीं हमारी दोस्ती हुई", कियारा की इस बात पर भैया ने मुझे तिरछी निग़ाहों से देखा।

(हे भगवान इतने सवाल तो शायद उसे कोई पाकिस्तान में गिरफ्तार करके भी ना करे, जान लोगे क्या सब के सब छोटी सी बच्ची की, मैंने मन में सोचा।)

यह प्रत्येक भारतीय परिजन की निशानी है, उनके जवान बेटे की कोई दोस्त घर पर मिलने क्या आ जाए, उससे ऐसे पूछताछ करते हैं जैसे वह किसी खुफिया एजेंसी की कोई महिला जासूस हो।

"आपको शादी की अग्रिम बधाई भैया", कियारा ने कहा।

"शादी की बधाई तो आपको शादी में आकर ही देनी होगी कियारा", भैया ने कहा।

"हाँ, तुझे अपने सभी दोस्तों को निमंत्रण देना है। कियारा बेटी को तो हम निमंत्रण दे चुके हैं, वो तेरी दोस्त झील को न्योता देना भी मत भूलना", मम्मी ने कहा।

(झील का नाम सुनते ही कियारा मेरी तरफ देखने लगी।)

"न्योते देने लायक हो तो जाए पहले यह अभी तो इसे अपने पैरों पर चलने में भी कम-से-कम एक महीने का समय लगेगा", भैया ने कहा।

मैं कियारा की ओर देख रहा था। झील का नाम सुनते ही उसके अन्दर मेरे परिजनों से मिलने की ख़ुशी अचानक से गायब हो गई। अब वह किसी की बात को ध्यान से नहीं सुन रही थी और किसी अलग सोच में डूबी हुई थी।

"खाने में क्या पसंद है बेटी?" मम्मी ने कियारा से पूछा।

"नहीं आंटी जी, मैं भोजन नहीं करुँगी। बस सागर को देखने आई थी, अब मैं निकलती हूँ", उसने कहा।

"तुम पहली बार हमारे घर आई हो और हम तुम्हें बिना भोजन करे यहाँ से जाने देंगे, क्या तुम्हें सच में ऐसा लगता है?" मम्मी ने कहा।

"आप आज ही लंबा सफ़र तय करके आए हो, आज आप यहीं रुकिए। हम कल भेजेंगे आपको", भैया ने कहा।

"नहीं भैया, मेरे नाना-नानी और मामाजी यहीं कोटा में रहते हैं, मैं अभी उनके घर जाऊँगी और कल निकलूँगी जयपुर के लिए", उसने कहा।

"ठीक है तो पहले भोजन कर लो, फिर साहिल आपको आपके घर छोड़ देगा। मैं भोजन तैयार करती हूँ, आप तब तक सागर के पास बैठो", मम्मी ने कहा।

भैया और मम्मी वहाँ से उठकर रसोईघर की तरफ चल दिए।

"झील वही है ना सागर, वो अनजान रिश्ता और अधूरी मोहब्बत?" कियारा ने पूछा।

"हाँ कियारा। मेरे घर में सभी उसके बारे में जानते है", मैंने कहा।

"हम्म... मुझे मम्मी और भैया से मिलकर बहुत अच्छा लगा", उसने कहा।

"हाँ, वो तो है ही। मुझे तुमसे कुछ बात करनी है", मैंने कहा।

"यहाँ किसी बारे में बात नहीं करेंगे सागर, पहले तुम ठीक से बोलने लग जाओ, तब बात करेंगे", उसने कहा।

"जो दर्द इतने वर्षों से मैं सहन कर रहा हूँ, मैं वो तुम्हें नहीं दूँगा कियारा", मैंने कहा।

"तुम बता रहे हो, तो मुझे ज्यादा दर्द हो रहा है", उसने कहा।

"मैं सब ठीक कर दूँगा, मुझे थोड़ा-सा वक्त चाहिए", मैंने कहा।

"खुद को ठीक कर लो पहले, उसके बाद कुछ ठीक करना", उसने कहा।

मैंने कियारा के हाथ पर अपना हाथ रखा।

"मुझपर तरस क्यों खा रहे हो सागर? मैं तुम्हें कहीं से लाचार नजर आ रही हूँ क्या? तुम चिंता मत करो, मैं कभी तुम्हारे और झील के बीच में नहीं आऊँगी", उसने कहा।

कियारा की बातों का मेरे पास कोई जवाब नहीं था, मैं बस उसे देखे जा रहा था। मुझे कियारा से अब बहुत ही गहरा लगाव हो गया था।

"तुमने मेरी जिंदगी को जीने लायक बना दिया है कियारा", मैंने कहा।

कियारा ने अपने गले से बँधा एक ताबीज़ खोला और मेरे गले में बाँध दिया।

"इसने आजतक हर मुसीबत से मेरा बचाव किया है, अब यह तुम्हारी रक्षा करेगा। मैं रहूँ ना रहूँ, इसे कभी खुद से अलग मत होने देना, सागर", उसने कहा।

"यह सब क्यों कर रही हो तुम?" मैंने पूछा।

"इस 'क्यों' का जवाब जानने की कोशिश मत करो। यह हम दोनों को तकलीफ देगा", उसने कहा।

"क्या तुम थोड़े दिन हमारे घर पर ही रुक सकती हो?" मैंने पूछा।

"मेरे बस में हो तो सारी जिंदगी तुम्हारे साथ रहूँ, मगर हर पल तुम्हारे पास नहीं रह सकती हूँ ना प्रिय। इसीलिए तो आज अपनी रूह को तुम्हारे पास छोड़कर जा रही हूँ। यूँ समझ लो कि मैं इसी ताबीज में बँधी हूँ। यह हमेशा मुझे तुम्हारे पास रखेगा", उसने कहा।

"तुमसे अच्छा कोई मुझे मेरे जीवन में कभी नहीं मिला, मुझे मिलने के लिए तुम्हारा बहुत-बहुत शुक्रिया कियारा", मैंने कहा।

"अच्छे इंसानों को अच्छे इंसान ही मिलते हैं। खैर, मुझे बताओ तुमने वह किताब पढ़ी?" उसने पूछा।

"अभी तक नहीं कियारा। मैंने उसे अपनी अलमारी में संभाल कर रखा है", मैंने कहा।

"ओह तभी... क्या तुम वो किताब मुझे लौटा सकते हो?" उसने पूछा।

"नहीं, मैं तुम्हें उसकी जगह एक नई किताब दे दूँगा, पर वो नहीं दे सकता। उस किताब ने मुझे तुमसे मिलाया था, मेरे लिए वो बहुत मायने रखती है", मैंने कहा।

"अच्छा बाबा, रख लो। मगर इतना मत बोलो, दर्द होगा तुम्हें", उसने कहा।

थोड़ी देर इधर-उधर की बातें करने के बाद भैया ने भोजन परोसा। कियारा, मम्मी के हाथों का बना भोजन देख बहुत खुश हो गई। मेरे लिए तो दूध और दलिया था क्योंकि मैं भोजन चबाने जैसी हालत में नहीं था।

कियारा ने मम्मी और भैया के साथ भरपेट भोजन किया। भोजन करने के बाद कियारा ने वापस जाने की बात कही और भैया ने उसे छोड़ने के लिए अपनी कार बाहर निकाली। मुख्य द्वार पर वह मेरे परिवार के सभी सदस्यों से मिली। मैं तो उसे विदा करने बाहर भी नहीं आ सकता था। मैं खिड़की से उसे देख रहा था।

"मैं सागर से मिलकर आती हूँ भैया, आप दो मिनट रुकें", उसने कहा।

वह मेरे कमरे में आई और उसने मेरे पास आकर मेरे बालों में हाथ फेरते हुए मेरे माथे पर चूम लिया।

"जल्दी ठीक हो जाओगे तुम और जल्दी अपने पैरों पर चलकर मेरे पास आना। मैं तुम्हारा इंतज़ार कर रही हूँ। अपना ध्यान रखना", उसने कहा।

"तुम भी ध्यान से रहना, मेरी प्यारी सी गुड़िया। मैं जल्द ही तुम्हारे पास आऊँगा और वो भी अपने पैरों पर चलकर", मैंने कहा।

कियारा ने मुझे गले से लगाया और चली गई। उसे मेरी हद से ज्यादा परवाह थी और मुझे उसका इस तरह से प्यार जताना बेहद सुकून देता था। उसके जाते ही ना जाने क्यों, पर मेरी निगाहें भीग गईं।

अगले कुछ दिन मेरे लिए बेहद मुश्किल साबित हुए, मगर मेरी माँ और भैया के प्यार ने मेरे घाव उम्मीद से जल्दी भर दिए। एक महीने बाद मेरा प्लास्टर भी उतर गया और मैंने चलना शुरु कर दिया। मगर अभी भी मुझे चलने में बहुत दर्द होता था।

अब भैया की शादी के लिए बहुत कम समय बचा था। मैं तैयारियों में लगा हुआ था, पर अन्दर-ही-अन्दर चंडीगढ़ जाने का मौका भी ढूँढ रहा था, और मुझे मौका वह मिल ही गया।

इसी बीच मेरी सिविल सेवा परीक्षा का केन्द्र दिल्ली आया। मैंने घर पर झूठ बोला कि मेरा परीक्षा-केंद्र चंडीगढ़ में है। मेरे पास दो रास्ते थे - या तो मैं दिल्ली में परीक्षा देने जाता, या मैं झील के पास चंडीगढ़ जाता।

मुझे चुनाव करना था और मैंने आपको बताया ना कि खुद के पैरों पर कुल्हाड़ी मारने की मुझे आदत पड़ चुकी थी। मैंने वही किया, जो उस दौर से गुजरता हर कोई सरफिरा आशिक़ करता। मैंने ठान लिया कि मैं झील के पास जाऊँगा। आखिर एक साल से मैं उससे मिला नहीं था और उसके लिए बहुत ही ज्यादा तड़पा था, अब वक्त आ गया था कि उसे अपनी जिंदगी में वापस लाया जाए।

भैया ने मेरा चंडीगढ़ के लिए ट्रेन में आरक्षण कर दिया। इस तरह अपनों को धोखा देकर झील के पास जाने में मेरा दिल तो बुरी तरह से पसीज रहा था, लेकिन मैं अपने उस गलत निर्णय पर कायम रहा।

अध्याय 8

"टूटता दिल"

धोखा एक ऐसी चीज़ है जो किसी अनजान व्यक्ति के साथ भी किया जाए तो इंसान को ठोकर जरूर मिलती है। मैं तो अपने परिवार के साथ, अपने अजीज रिश्तों और अपने भविष्य के साथ धोखा करने चला था, भला मुझे ठोकर क्यों ना मिलती।

अब समस्या यह थी कि मैं वहाँ चला भी जाऊँ, तो झील से किस तरह मिलूँ? अगर मैं सीधे ही उसके बैंक में गया और उससे मिल लिया तो वह जान जाएगी कि मुझे उसका पता निकिता से मिला है। मैं नहीं चाहता था कि वह मेरी वजह से निकिता से दोस्ती तोड़ ले।

मैंने एक तरकीब सोची। मैंने भैया से उनका पुराना आईसीआईसीआई बैंक का एटीएम कार्ड ले लिया। नौ अक्टूबर शाम पाँच बजे कोटा से चंडीगढ़ के लिए रवाना हुआ, दस अक्टूबर को दिल्ली में मेरी परीक्षा थी। रात के करीब एक-दो बजे ट्रेन दिल्ली स्टेशन पर रुकी। मेरे पास अब भी मौका था कि मैं दिल्ली रुक कर परीक्षा दे दूँ और झील से मिलने का कोई दूसरा मार्ग तलाश करूँ, मगर सही रास्तों की पहचान तो ठोकर लगने के बाद ही होती है और बहुत जल्द ही मुझे मेरे सफर की पहचान होने वाली थी।

खैर, ट्रेन दिल्ली स्टेशन से रवाना हुई और मैं सुबह के करीब सात बजे चंडीगढ़ पहुँचा। स्टेशन पर बने विश्राम-गृह में तैयार हुआ और सेक्टर सतरह की तरफ निकल पड़ा।

सुबह के करीब नौ बजे मैं आईसीआईसीआई बैंक, सेक्टर सतरह पर पहुँचा। बैंक खुलने में अभी भी एक घण्टा बाकी था। मैं वहीं पास बने बगीचे में बैठ गया और बैंक खुलने का इंतजार करने लगा। परन्तु बैंक

खुलते ही उसमें प्रवेश करने पर भी झील को शक हो जाता। मुझे कम से कम दोपहर के बारह बजे तक तो इंतजार करना ही था।

मैंने जैसे-तैसे वक्त गुजारा और बारह बजे के बाद बैंक के अन्दर गया। मुझे विश्वास था कि झील अन्दर ही होगी और कहीं ना कहीं से मुझे देख ही लेगी। मैंने अपनी जेब से भैया का एटीएम कार्ड निकाला और सीधे अन्दर जाकर कैश काउंटर पर एक लड़की से कहा, "मेरा यह एटीएम कार्ड काम नहीं कर रहा है, कृपया आप इसे जाँचकर बताएँ।"

मैं नजर झुकाए खड़ा था। मैं नहीं चाहता था झील को जरा भी शक हो और मेरी योजना विफल हो जाए।

कार्ड की जाँच करने के बाद लड़की ने कहा, "महोदय इस कार्ड की चिप खराब हो चुकी है, इसीलिए यह काम नहीं कर रहा है। आप कृपया नया एटीएम कार्ड जारी करवाएँ।"

मैं उससे नया कार्ड जारी करने की प्रविधि पूछने लगा, इतने में ही एक आवाज ने मेरा ध्यान खींचा - "सागर"

यह झील की आवाज थी। मैंने मुड़कर उसकी तरफ देखा और फिर से होश खो बैठा। मेरी मोहब्बत मेरे सामने थी और जीवन के एक कामयाब स्तर पर थी। उसने सफ़ेद शर्ट और काली जीन्स पहनी थी और गले में बैंक का नारंगी रंग का पहचान-पत्र लटका रखा था। मैं झील को जब भी देखता, मंत्रमुग्ध सा हो जाता था।

मैं बड़े लंबे समय के बाद उसे देख रहा था, मन कर रहा था कि उसके पास जाऊँ और उसे गले से लगा लूँ।

"तुम यहाँ क्या कर रहे हो, सागर?" झील ने मेरे पास आते हुए मुझसे पूछा।

"झील... कहाँ-कहाँ नहीं ढूँढा तुम्हें और सोचा नहीं था कि तुम मुझे इस तरह से चंडीगढ़ में मिलोगी"

"कहाँ थी तुम अब तक? और कहाँ चली गई थी मुझे बिना बताए? और तुम यहाँ क्या कर रही हो?" मैंने लगातार प्रश्न किए।

झील ने मेरा हाथ पकड़ा और मुझसे कहा, "चलो, बाहर चलकर बात करते हैं।"

हम बाहर स्थित एक जलपान गृह में आकर बैठ गए, झील ने हम दोनों के लिए कॉफी मँगवाई।

"पहले तुम बताओ सागर, तुम यहाँ क्या कर रहे हो?" झील ने पूछा।

"आज मेरी परीक्षा थी पास ही के प्रेसीडेंसी स्कूल में। मुझे एटीएम से थोड़े पैसे निकालने थे, इसीलिए मैं यहाँ आया था। मगर एटीएम कार्ड के ठीक से काम नहीं करने की वजह से मुझे भीतर आकर उसका निरीक्षण करवाना पड़ा", मैंने कहा।

"तुम्हें देखकर बहुत खुशी हो रही है, पर तुम्हें क्या लगता है, मुझसे झूठ बोल सकते हो तुम? यहाँ सिर्फ मुझसे मिलने आए हो ना? और शायद तुम्हें मेरा पता निकिता से मिला है। मैं तुम्हारी आँखों को पढ़ना जानती हूँ सागर", उसने कहा।

मैं भावुक हो गया और झील के गले लग गया। अपने आँसुओं को रोक पाना मेरे काबू से बाहर था। झील ने मुझे फ़ौरन खुद से अलग किया और अपना रुमाल मेरी तरफ बढ़ाया। मैंने खुद को संभाला।

"क्यों किया तुमने यह सब? तुम रह सकती हो मेरे बिना, पर मैं तुम्हारे बिना नहीं रह सकता हूँ, क्या तुम नहीं जानती? फिर तुम्हें किसने हक दिया इस तरह बिना कुछ कहे चले जाने का?" मैंने पूछा।

"मैं तुम्हारे सभी प्रश्नों के उत्तर दूँगी सागर, परन्तु अभी जो चल रहा है शायद उस सत्य को स्वीकारना तुम्हारे लिए मुश्किल होगा।"

"मेरा फर्ज है कि मैं तुम्हें हकीकत से रूबरू करवाऊँ, मैं तुम्हारी भावनाओं के साथ नहीं खेल सकती", उसने कहा।

झील ने एक कागज पर कुछ लिखा और मुझे दिया।

"यह मेरे घर का पता और मोबाइल नम्बर है सागर, आज शाम को आठ बजे तुम आ जाना। तुम्हारा रात्रि का भोजन हमारे घर पर ही है।"

"फिलहाल मुझे जाना होगा क्योंकि अभी मुझे बहुत काम है। हम शाम को मिलते हैं, तब तक तुम इस खूबसूरत शहर का भ्रमण करो", उसने कहा।

मैं झील को बैंक में छोड़कर उसी बगीचे में आकर बैठ गया। मैं चंडीगढ़ घूमने-फिरने नहीं आया था, मैं तो अपनी जिंदगी में झील को वापस लाने आया था।

मैं बगीचे में ही लेट गया और कुछ देर सो गया। फोन की घंटी से मेरी नींद खुली, यह भैया का फोन था।

"तेरी परीक्षा संपन्न हुई?" भैया ने पूछा।

"हाँ भैया, अभी थोड़ी देर पहले परीक्षा-केंद्र से बाहर आया हूँ", मैंने कहा।

"कैसी रही परीक्षा?" उन्होंने पूछा।

"ठीक रही भैया", मैंने कहा।

"ठीक है। थोड़ी देर कहीं आराम कर ले और कुछ खा ले, वापसी की ट्रेन शाम के सात बजे है", उन्होंने कहा।

"भैया, मैं कल सुबह की ट्रेन से वापस आऊँगा, आज रात मैं चंडीगढ़ ही रुकूँगा", मैंने कहा।

"क्यों, क्या हुआ?" उन्होंने पूछा।

"आज परीक्षा-केंद्र पर मुझे मेरा पुराना दोस्त आतिश मिला। वो अपने परिवार के साथ यहीं रहता है। वो मुझसे जिद कर रहा है कि आज मैं चंडीगढ़ में उसके घर पर रुकूँ।"

"दिनभर वो मुझे चंडीगढ़ घुमाएगा और मैं रात में वहाँ रुककर सुबह की ट्रेन में वापस बैठ जाऊँगा, अगर आप इजाजत दो तो", मैंने कहा।

"तुझे लगता है क्या कि मैं इसकी इजाज़त नहीं दूँगा। आराम से घूम और ध्यान रखना अपना। पैसों की जरूरत हो, तो बता देना", उन्होंने कहा।

जो लोग हमपर आँख बंद करके विश्वास करते हैं, उनके साथ विश्वासघात करने में दिल बुरी तरह से पसीजता है और मैंने तो हमेशा से यही किया था। दूसरों को खुश रखने के पीछे मैंने हमेशा अपनों का दिल दुःखाया।

जिंदगी ने मुझे इन सभी बातों का बहुत अच्छा सबक दिया, लेकिन इस समय नहीं। मैंने जैसे-तैसे वक्त गुजारा और झील के बैंक की छुट्टी होने का इंतजार करने लगा।

चार बज चुके थे। मुझे पता था कि अब वह बैंक से निकलेगी। मैं उसे दफ्तर से निकलते हुए देखना चाहता था, मगर चुपके से। मैं बैंक के बाहर खड़े एक नींबू-पानी के ठेले पर चला गया। बैंक बंद हो चुका था और सभी कर्मचारी एक-एक करके बाहर निकल रहे थे।

तभी झील भी बाहर आई और सड़क के किनारे पर खड़ी हो गई। उसने किसी को फोन किया और इंतजार करने लगी। मैं सड़क के दूसरी तरफ से उसे ही देखे जा रहा था, तभी मोटरसाइकिल पर एक लड़का उसके पास रुका। झील उसके पीछे बैठी और वहाँ से चली गई।

यह लड़का कौन था? मैं नहीं जानता था, ना ही मैंने इससे पहले कभी उसे झील के साथ देखा था। मेरे अन्दर बहुत से प्रश्न उठ रहे थे जिनके उत्तर सिर्फ झील के पास थे। इसलिए मैंने तय किया कि आज मैं उसके घर अवश्य जाऊँगा।

करीब सात बजे मैं उसके दिए पते पर निकला। मैंने रास्ते में एक रेड वाइन की बोतल खरीदी और थोड़ी ही देर में सेक्टर पच्चीस पहुँच गया। मैंने झील को फोन किया और वाइन की बोतल अपने बैग में रख ली क्योंकि मैं नहीं जानता था कि झील यहाँ अपने परिजनों के साथ रहती है या अकेली। मगर मेरे दिमाग में तो केवल वह लड़का घूम रहा था जो झील को दफ्तर लेने के लिए आया। कुछ देर घंटी जाने के बाद झील ने फोन उठाया।

"कहाँ हो सागर?" झील ने पूछा।

"तुम्हारे घर के बाहर खड़ा हूँ झील", मैंने कहा।

"एक मिनट रुको, मैं आती हूँ", उसने कहा।

कुछ समय बाद झील बाहर आई। यह एक पाँच मंजिला इमारत थी जिसमें चौंथी मंज़िल पर झील का फ़्लैट था।

"तुम्हें देखकर बहुत खुशी हो रही है सागर", उसने कहा।

"सारी खुशी यहीं जाहिर करोगी या मुझे अन्दर भी लेकर चलोगी", मैंने कहा।

"हाँ आओ ना... मैंने आज तुम्हारे लिए बहुत कुछ बनाया है", उसने कहा।

मैं झील के पीछे-पीछे चल रहा था। वह एक लिफ्ट की ओर बढ़ी और चार नम्बर का बटन दबाया। लिफ्ट धीरे-धीरे ऊपर चढ़ने लगी। ना जाने क्यों मुझे ऐसा लग रहा था कि झील को मुझसे मिलने की इतनी खुशी नहीं हुई है जितनी हमेशा से हुआ करती थी। लिफ्ट का द्वार खुला और हम बाहर निकले। उसने सामने फ्लैट नंबर चार सौ दो के बाहर जाकर घंटी बजाई, दरवाजा उसी व्यक्ति ने खोला जो झील को लेने दफ्तर आया था। उसने कपड़े भी वही पहने थे।

"ओह सागर ! आपका बहुत-बहुत स्वागत है", उसने कहा।

"शुक्रिया आपका, क्या आप मुझे जानते हैं?" मैंने पूछा।

"झील ने काफी कुछ बताया है आपके बारे में। आप झील के सबसे अच्छे दोस्त हैं तो हमारे भी सबसे अच्छे दोस्त हुए, पधारिए", उसने मेरी तरफ अपना हाथ बढ़ाते हुए कहा।

"आपका शुभ नाम?" मैंने हाथ मिलाते हुए पूछा।

"मेरा नाम मोहित जैन है", उसने कहा।

मैं अन्दर गया और उन्होंने मुझे बैठक-कक्ष में लगे सोफे पर बैठाया। मेरी समझ में कुछ नहीं आ रहा था। मेरे दिमाग में प्रश्नों की झड़ी सी लगी थी। झील जानती थी कि मैं इस वक्त क्या सोच रहा हूँ। तभी मैंने दीवार पर लगी झील और मोहित की तस्वीर को देखा, शायद यह किसी पर्यटन स्थल की तस्वीर थी। बर्फ से ढके पहाड़ इशारा कर रहे थे कि वे दोनों किसी मनोरम पर्यटन स्थल पर हैं। किन्तु उस समय मेरे लिए वादियाँ मायने नहीं रखती थी, मायने रखता था तो उस तस्वीर में झील के साथ किसी और व्यक्ति का होना जो उसकी बाँहों में बाँहें डाले खड़ा है।

"सागर जी, परीक्षा कैसी रही?" मोहित ने पूछा।

"उम्मीद के विपरीत", मैंने झील की ओर देखते हुए कहा।

"कोई बात नहीं सागर जी, कभी-कभी ऐसा होता है", मोहित ने कहा।

"आपसे मैं पहले कभी मिला नहीं हूँ, झील ने भी कभी परिचय नहीं करवाया", मैंने कहा।

"मिलते भी कैसे? झील से मैं स्वयं ही एक वर्ष पहले ही मिला और हमारे रिश्ते को तो अभी थोड़ा समय ही हुआ है", उसने कहा।

"कैसा रिश्ता?" मैंने अपनी त्योरियाँ चढ़ाते हुए पूछा।

झील ने जवाब देना चाहा पर उसके बोलने से पहले ही मोहित ने कहा, "आपको झील ने बताया नहीं? मैं झील का बॉयफ्रेंड हूँ और यहीं चंडीगढ़ में एक स्टील प्लांट में इंजीनियर के पद पर कार्यरत हूँ।"

"क्या बात है... झील ने तो मुझसे कभी इस राज के बारे में जिक्र ही नहीं किया", मैंने कहा।

मेरे दिल में चलते तूफान को झील मेरी आँखों में अच्छी तरह से देख पा रही थी और थोड़ा सहम भी रही थी। वह मेरे लिए पानी लेकर आई और हमारे साथ आकर बैठ गई। मुझे उसपर बहुत ज्यादा गुस्सा आ रहा था, पर मैं मोहित को यह महसूस नहीं होने देना चाहता था। इसलिए मैंने एक साँस में पानी का पूरा गिलास खाली कर दिया। पर जो आग मेरे भीतर लगी थी, उसे भला यह चंद बूँदें क्या ठंडा कर पाती?

मैंने अपने बैग से रेड वाइन की बोतल निकाली और मोहित के हाथ में देते हुए कहा, "इसी खुशी में आपके और झील के लिए मेरी तरफ से यह छोटा सा उपहार स्वीकार करें"

"अरे इसकी क्या जरूरत थी सागर जी, आप हमारे मेहमान हैं और हम मेहमानों से उपहार नहीं लेते, अपितु उन्हें देते हैं", मोहित ने कहा।

"मुझे मेरा उपहार झील पहले ही दे चुकी है, मोहित जी", मैंने कहा।

मोहित को मेरी बात समझ में नहीं आई और उसने असमंजस में झील की ओर देखा। झील ने बात घुमाते हुए मुझसे पूछा, "और बताओ सागर, घर पर सब कैसे हैं?"

मैंने उसके सवाल को नजरअंदाज करते हुए सामने दीवार पर लगी तस्वीर की ओर इशारा करते हुए पूछा, "यह तस्वीर किस जगह की है?"

"दरअसल, यह एक महीने पहले की तस्वीर है। हम लोग मेरा जन्मदिन मनाने हिमाचल गए थे जहाँ रोहतांग में हमने यह तस्वीर ली", मोहित ने कहा।

"आपको जन्मदिन की विलंब से ढेर सारी शुभकामनाएँ", मैंने कहा।

"बहुत-बहुत धन्यवाद आपका, आप क्या पीना चाहेंगे?" उसने पूछा।

"झील तो जहर भी पिला देती है, फिलहाल मैं आपकी पसंदीदा व्हिस्की पीना पसंद करूँगा", मैंने कहा।

"हा हा हा... झील ने मुझे आपके बारे में बहुत कुछ बताया है, मैं भलीभाँति जानता हूँ आप दोनों की दोस्ती कितनी गहरी है", उसने ठहाका लगाते हुए कहा।

मगर मुझे जरा सी भी हँसी नहीं आ रही थी। भले ही मोहित को मेरी बातें मजाकिया लग रही थी लेकिन जो समझ रहा था, वह बहुत अच्छी तरह से समझ रहा था कि मेरे अन्दर से ऐसा क्यों निकल रहा है।

मोहित ने व्हिस्की की बोतल और तीन गिलास टेबल पर रखे। उसने दो पेग बनाए और तीसरा बनाने ही वाला था कि झील ने उसे रोक लिया।

"आज मैं सागर के द्वारा लाई गई वाइन ही पीना पसंद करूँगी", उसने कहा।

मुझे पता था कि झील यह सब मुझे अच्छा महसूस करवाने के लिए कर रही है, परन्तु वो भी जानती थी कि उसकी यह कोशिश किसी काम की नहीं।

"तो कैसे मिले आप दोनों?" मैंने एक घूँट पीकर पूछा।

"हाँ, क्यों नहीं, झील ने तो आपको बताया नहीं, इसलिए उसका यह अधूरा काम मैं ही पूरा किए देता हूँ। दरअसल, मैं झील से जयपुर में हमारी एक दोस्त चेतना की शादी में मिला था। झील को पहली बार देखा और दीवाना सा हो गया। शायद उसे भी मेरी दीवानगी पर तरस आया और मुझे 'हाँ' कहने से खुद को रोक नहीं पाई", मोहित ने कहा।

"हाँ, मना भी कैसे करती, उसके जीवन में तो कोई प्यार करने वाला कभी था ही नहीं", मैंने कहा।

मेरे मुँह से निकलता हर एक शब्द झील के दिल में किसी तीर की तरह घाव कर रहा था। मैंने एक साँस में गिलास में भरी शराब खत्म की और मोहित ने मेरा दूसरा पेग बना बना दिया।

"फिर तुम चंडीगढ़ कैसे आई?" मैंने झील से पूछा।

"मेरी बैंक परीक्षा का परिणाम आया सागर और मुझे गुड़गांव में नौकरी मिली। पर मोहित चाहता था कि मैं चंडीगढ़ में नौकरी करूँ। इस विभाग में मोहित के काफी अच्छे संबंध हैं, जिनकी सहायता से मेरा तबादला इसी शहर में हो गया", झील ने कहा।

"क्या तुम्हारे पिताजी को इस बारे में पता है?" मैंने फिर से अपना प्याला खत्म करते हुए पूछा।

"नहीं सागर, अभी हम दोनों ने घर पर बात करने का फैसला नहीं किया", उसने कहा।

मोहित ने एक पेग और बनाया जिसे मैंने दोबारा एक घूँट में खत्म कर दिया।

"आराम से सागर जी, किसी तरह की कोई चिंता हो, तो आप हमें बता सकते हो। हम दोनों आपके लिए ही हैं", मोहित ने कहा।

"ऐसी कोई बात नहीं है मोहित जी। मेरी परीक्षा ठीक नहीं हुई, इसलिए मेरा दिमाग खराब हो रहा है", मैंने कहा।

"अरे, तो क्या हुआ। अगली बार और अच्छे से मेहनत करके देना, मेरी शुभकामनाएँ आपके साथ हैं", उसने कहा।

"आपका शुक्रिया मोहित जी", मैंने कहा।

"तुम्हारे चेहरे पर यह निशान कैसे सागर?" झील ने पूछा।

"अभी दो महीने पहले मैं एक सड़क दुर्घटना का शिकार हो था। उसमें मेरा बाँया पैर टूट गया था और मेरे चेहरे पर गहरी चोट आई थी", मैंने कहा।

"ऐसे कैसे सागर? क्या तुम पूरी तरह स्वस्थ हो? तुमने मुझे बताया क्यों नहीं?" झील ने व्याकुल होकर पूछा।

"बताया तो तुमने भी बहुत कुछ नहीं", मैंने कहा।

झील चुप हो गई और नीचे देखने लगी, इतने में मोहित का फोन बजा,

"हाँ जी बोलिए। जी अच्छा सर। मैं पंद्रह मिनट में पहुँचता हूँ।"

"क्या हुआ? किसका फोन था?" उसके फोन रखते ही झील ने पूछा।

"मेरे दफ्तर से फोन था झील, सर को कुछ दस्तावेज फ़ौरन पहुँचाने हैं। आप लोग बैठो, मैं थोड़ी देर में आता हूँ", उसने कहा।

"मैं साथ चलूँ?" मैंने पूछा।

"नहीं, आप आराम से बैठिए और झील से बातें कीजिए। मैं थोड़ी देर में आता हूँ", उसने कहा।

मोहित के जाने के बाद मैंने बोतल उठाई और पूरे प्याले को शराब से लबालब कर दिया।

"बस भी करो सागर, कितना पियोगे", झील ने कहा।

मैंने उसकी बात का कोई जवाब नहीं दिया और गिलास उठाकर पीने लगा। झील मेरे पास आकर बैठी। उसने मेरे कंधे पर हाथ रखा, मैंने उसका हाथ झटक दिया।

"मैं जानती हूँ सागर कि मुझसे बहुत बड़ी गलती हुई है। मुझे तुम्हें यह सब बता देना चाहिए था", उसने कहा।

"अब तुम्हें छोड़ने में आसानी होगी झील", मैंने कहा।

"मैं जानती हूँ तुम इस वक्त बहुत गुस्से में हो, पर मैं यह भी जानती हूँ कि तुम मुझसे रिश्ता कभी नहीं तोड़ सकते", उसने कहा।

"हाँ तुम्हारा सही है, तुम हज़ारों रिश्ते जोड़ती रहो और मुझे तो एक रिश्ता तोड़ने का भी हक नहीं। मेरे माथे पर कुछ लिखा हुआ है झील, जो तुम्हें बचपन से साफ़ नजर आता था, बस मैंने ही पढ़ने में देर कर दी", मैंने ऊँचे स्वरों में कहा।

"शांत रहो, मैं विनती करती हूँ। मैं हमेशा से यह बात जानती थी कि मैं तुम्हारे लायक नहीं हूँ", उसने कहा।

"हाँ, तुम तो मुझे मुझसे ज्यादा जानती हो। तुम्हें सब पता है कि कौन मेरे लायक है, कौन नहीं। और तुम इतनी महान हो कि मेरी ख़ुशी लिए तुमने अपनी मोहब्बत का बलिदान दे दिया", मैंने कहा।

"मेरी जिंदगी में जो तुम्हारी जगह है, वो कोई और कभी नहीं ले सकता। पर मुझे यह अच्छे से पता है कि तुम्हारी जिंदगी में मेरी कोई जगह नहीं", उसने कहा।

अब मुझे झील के ऊपर बहुत तेज़ गुस्सा आया। मैंने शराब को गले से उतारकर गिलास इतनी जोर से टेबल पर रखा कि उसके दो टुकड़े हो गए और मेरे हाथ में घाव हो गया।

"पागल हो गए हो क्या सागर? यह क्या किया तुमने, खून बह रहा है तुम्हारे हाथ से?" झील चिल्लाई।

"यह जो बातों को घुमाकर किसी को फँसाने का हुनर तुम्हारे अन्दर है न, वाकई लाजवाब है", मैंने झील की पिछली बात का जवाब देते हुए कहा।

"तुम मुझे अनाप-शनाप बकना बंद करोगे? कोई फँसाया नहीं है मैंने तुम्हें और अब तो मैं खुद तुमसे दूर जा चुकी हूँ। तुम्हें इस बात से इतना फर्क नहीं पड़ना चाहिए", उसने कहा।

"फर्क तो मुझे अब तुम्हारी किसी भी बात से जरा सा भी नहीं पड़ता। मैं तुमसे पूछूँगा तक नहीं कि तुम मेरे बारे में क्या महसूस करती हो। सिर्फ मेरी एक बात का जवाब सच्चे मन से देना, फिर जो चाहे करना, जिंदगी तुम्हारी है", मैंने कहा।

तभी मेरे फोन की घंटी बजी, यह कियारा का फोन था।

"कहाँ हो तुम?" कियारा ने पूछा।

"तुम्हारे आसपास ही हूँ, बोलो।"

"कहाँ हो तुम बताओ ना? मुझे आज सुबह से कुछ अच्छा महसूस नहीं हो रहा, अजीब सा डर लग रहा है, तुम ठीक तो हो ना?" उसने कहा।

"मैं चंडीगढ़ हूँ कियारा और ठीक हूँ एकदम। तुम क्यों घबरा रही हो?" मैंने पूछा।

"क्या? तुम चंडीगढ़ में क्या कर रहे हो? तुम ठीक नहीं हो, मुझे तुम्हारे पास अभी आना है", उसने कहा।

"दिल का कैंसर निकलवाने आया था। तुम्हें यहाँ आने की कोई जरूरत नहीं है, मैं कल तुम्हारे पास ही आ रहा हूँ", मैंने कहा।

"मैं इंतज़ार कर रही हूँ सागर, मेरे पास आ जाओ। बहुत चिंता हो रही है तुम्हारी", उसने कहा।

"आ रहा हूँ। तुम चिंता मत करो और आराम कर लो। सुबह होने से पहले मैं तुम्हें वहाँ मिलूँगा", मैंने कहा।

"ठीक है। अपना ध्यान रखना और फोन बंद नहीं होना चाहिए तुम्हारा", उसने कहा।

"शुभरात्रि प्रिय", मैंने कहा।

"कौन थी वो लड़की?" झील ने पूछा।

"मैं तुम्हें बताना जरूरी नहीं समझता", मैंने कहा।

"अब तुम हद पार कर रहे हो", उसने कहा।

"मेरी हद कहाँ तक है तुम्हें अंदाज़ा नहीं और उसे अगर पार कर गया, तो तुम्हारे लिए अच्छा नहीं होगा। अब मेरे एक सवाल का जवाब दो ताकि मैं जल्दी से जल्दी अपनी रूह को तुम्हारी गिरफ्त से निकालकर यहाँ से निकलूँ", मैंने कहा।

"पहले तुम्हारे हाथ पर पट्टी बाँधने दो, उसके बाद जो पूछना हो, पूछ लेना सागर", उसने मेरे खून से सने हाथ को पकड़ते हुए कहा।

"तुम जिस-जिस के साथ, जितना-जितना रहना चाहती हो, रहो। मुझे अब कोई मतलब नहीं, पर मुझे एक बात का जवाब दो।"

"अगर तुम मेरा साथ कभी चाहती ही नहीं थी, तो उस दिन जो उस लिफ्ट में हुआ, वो क्या था?" मैंने उससे अपना हाथ छुड़वाते हुए पूछा।

"वो प्यार ही था। 'दोस्त की तरह' मैं तुमसे अब भी बेइंतहा मोहब्बत करती हूँ सागर",

"तुम बस मुझे समझ नहीं पाए इतने वर्षों से। तुम्हें मोहब्बत करने से भी मैंने कभी नहीं रोका, एक 'दोस्त की तरह' तुम मुझसे हमेशा प्यार कर सकते हो", उसने कहा।

यह 'दोस्त की तरह मोहब्बत' वाली बात मैं पहले भी कई बार झील के मुँह से सुन चुका था, पर मेरे सवाल का जवाब जब झील ने इस तरह से दिया तो मैं गुस्से से बौखला उठा और मैंने अपने शब्दों से अपना नियंत्रण खो दिया।

"तुम्हारा तो बिल्कुल सही है, तुम्हारे शब्द भी तुम्हारी तरह सटीक हैं"

"दोस्त की तरह तुम मुझसे प्यार कर सकते हो"

"दोस्त की तरह तुम मुझे चूम सकते हो"

"एक दिन यह भी बोल देना, कि दोस्त की तरह मेरे साथ सो जाओ", मैंने कहा।

"बहुत हुआ सागर, अब मुँह बंद करो अपना", झील चिल्लाई।

"तुम चुप रहो। तुम्हारे मुँह से एक शब्द भी नहीं निकलना चाहिए और अब जो बोल रहा हूँ वो कान खोलकर सुनो। दूर गई हो न, तो दूर ही रहना। एक के साथ क्या, एक हज़ार के साथ रहो, मुझे परवाह नहीं। पर मेरी ज़िंदगी से दूर रहो।"

"बहुत खेल चुकी तुम, अब और खेलने नहीं दूँगा। बहुत हैं दुनिया में, जाकर कोई दूसरा खिलौना ढूँढो", मैं चिल्लाते हुए खड़ा हुआ और अपना बैग उठाया।

"रुको सागर, यहाँ बैठो। मैं विनती करती हूँ, तुम कहीं नहीं जा रहे। मैं मोहित को क्या जवाब दूँगी?" झील ने मेरा हाथ पकड़ते हुए कहा।

"दूर रहो मुझसे। तुम्हारा छूना अब मुझे ज़ख्मी करता है। अब माफ़ करो मुझे और तुम्हारे पति से कह देना कि मेरी ट्रेन का समय हो गया था", मैंने कहा।

"पति नहीं है वो मेरा, सागर", उसने कहा।

"जो भी है... तुम्हारा हमबिस्तर... मुझे मतलब नहीं है", मैंने कहा और उठकर बाहर आ गया।

अध्याय 9

"चंडीगढ़ः जख्म या मरहम"

कभी-कभी ज़िंदगी हमें कुछ सिखाने की कोशिश करती है, किसी इंसान के माध्यम से नहीं, अपितु किसी स्थान के माध्यम से। जिस तरह की जीवनशैली मैंने अपना रखी थी, उसे देखकर तो लगता था कि मुझे शिक्षण की बहुत अधिक आवश्यकता थी।

समय से बड़ा शिक्षक आखिर कौन होता है। इसे अब समय का खेल ही समझूँ या कुछ और, जो मुझे इस शहर की ओर खींच लाया, मगर यकीन मानिए कि यहाँ से जाते-जाते इस शहर ने मुझे बहुत कुछ दे दिया, इतना कुछ जिसकी मैंने कभी अपने स्वप्न में भी कल्पना नहीं की।

लिफ्ट में रुमाल निकाल कर मैंने अपने खून से लथपथ हाथ पर बाँधा और बाहर आ गया। मैं गुस्से से पागल हुए जा रहा था और मेरे दिमाग ने काम करना बंद कर दिया था।

मैं पहले ही नशे में चूर था। मैं सड़क पर आकर रुका और पास में एक दुकान पर जाकर सिगरेट जलाई।

"यहाँ पास में कोई बियर बार है क्या?" मैंने पूछा।

"यहाँ से दाएँ जाओ और आगे चौराहे से करीब तीन सौ मीटर चलने पर आपको बार मिल जाएगा", दुकानदार ने कहा।

"धन्यवाद भाईसाहब। इस शहर में कम से कम आप तो सच्चे हो", मैंने कहा।

मेरी बातें उसके सिर के ऊपर से गईं, पर वह मुस्कुरा कर रह गया। मेरे अन्दर बस झील और उसकी बातें घूम रही थी। आज से पहले शायद ही मैंने खुद को इतना गुस्से में महसूस किया हो। मैं उसके बताए रास्ते पर करीब दस मिनट पैदल चला और बियर बार पहुँच गया।

मैंने अन्दर से एक बियर खरीदी और फिर से सड़क पर आ गया। मैं पीता-पीता सड़क पर चल रहा था और भूल चुका था कि यह मेरा शहर नहीं, चंडीगढ़ है। मुझे उस बियर को खत्म करने में चंद मिनट का समय लगा।

"वो प्यार ही था सागर, मैं तुमसे 'दोस्त की तरह' मोहब्बत करती हूँ", मेरे कानों में झील की आवाज़ गूँज रही थी।

तभी मेरी आँखों के सामने मोहित और झील की तस्वीर आई। मुझे इतना जोर से गुस्सा आया कि मैंने उस खाली बोतल को पूरी ताकत से फुटपाथ पर फेंका और उसके टुकड़े-टुकड़े हो गए।

मेरी किस्मत तो थी ही इन दिनों मुझपर मेहरबान, पास में ही एक पुलिस की जीप खड़ी थी, उसमें से तीन पुलिसवाले उतरे और भागते हुए मेरे पास आए।

मैंने कितनी बड़ी गलती की थी, इसका मुझे अंदाज़ा नहीं था। यह चंडीगढ़ शहर था, यहाँ किसी का सिर फोड़ दो तो इतनी सजा नहीं मिलेगी जितनी सड़क पर गंदगी करने वालों को मिलती है। यहाँ कोई सड़क पर चलते थूक नहीं सकता और मैं तो खुलेआम बोतल फोड़ रहा था।

"नाम क्या है तेरा?" एक पुलिसकर्मी ने मेरी कॉलर पकड़ते हुए कहा।

"सागर नाम है मेरा और कॉलर से हाथ हटाओ। भाग नहीं रहा हूँ मैं"(मुझे कम उम्र से ही पुलिसवालों से हद से ज्यादा नफरत थी और इसीलिए मैं प्रशासनिक सेवा ज्वाइन करना चाहता था ताकि एक दिन इनके सिर पर बैठ सकूँ)

"अरे ओये, नवाब है क्या कहीं का? जानता भी है किससे बात कर रहा है? तमीज से बात कर", उसने कहा।

"तमीज से बात करने की जरूरत फिलहाल तुझे है", मैंने कहा।

तभी उसने खींच कर मेरे गाल पर एक तमाचा मारा।(यह मेरे जीवन में पहली बार हुआ था कि किसी बाहर वाले ने मुझपर हाथ उठाया, यह तमाचा मेरे गाल पर नहीं, मेरे स्वाभिमान पर लगा था। मेरा मन हुआ कि एक जोरदार थप्पड़ उसके गाल पर जड़ दूँ, पर मैं उस समय एक वर्दीधारी पर हाथ नहीं उठा सकता था।)

"अश्वनी सिंह, एक दिन इस काम का हिसाब चुकाएगा तू", मैंने उसका नाम पढ़ते हुए कहा।

"आपको हमारे साथ पुलिस स्टेशन चलना होगा", तीसरे पुलिसकर्मी ने तहजीब के साथ कहा।

"आपका बात करने का तरीका सही है सर, आप भी समझ रहे होंगे कि मैं इन लोगों से इस तरह से क्यों बात कर रहा था", मैंने कहा।

"कहाँ से आया है तू?" अश्वनी सिंह ने पूछा।

"कोटा से", मैंने कहा।

"यहाँ क्या कर रहा है?" उसने पूछा।

"परीक्षा देने आया था", मैंने कहा।

"प्रवेश-पत्र दिखा", उसने अपने अड़ियल स्वभाव में कहा।

मैंने प्रवेश-पत्र दूसरे पुलिसकर्मी को दिया जो तमीज से बात कर रहे थे।

"आपकी तो आज दिल्ली में परीक्षा थी, आप यहाँ क्या कर रहे हो?" उन्होंने पूछा।

मैं कुछ कहता उससे पहले अश्वनी सिंह ने मेरी कॉलर पकड़ी और चिल्लाया, "तेरे लिए इस वक्त सच बोलना ही ठीक है, अगर तू अपनी हड्डियाँ नहीं तुड़वाना चाहता तो"।

अब मुझे उसपर दोबारा जोरदार गुस्सा आया।

"रॉक गार्डन में बियर पीने आया था। सड़क पर तोड़ी है ना बोतल, किसी के सिर पर तो नहीं फोड़ी, ज्यादा वर्दी की अकड़ मत दिखा और गिरफ्तार कर मुझे।"(मेरा व्यवहार ऐसा जरा भी नहीं था, पर उस समय मेरा दिमाग ठिकाने पर नहीं था। मुझे नहीं पता था मैं किसे क्या बोल रहा हूँ, मगर मुझे इतना तो पता चल गया था कि थोड़ी ही देर में मेरे साथ बहुत बुरा होने वाला है।)

उन्होंने मुझे जीप में बैठाया और थाने की तरफ चल दिए। रास्ते में प्रकाश जी(वो एकमात्र पुलिसकर्मी जिनमें वर्दी का घमण्ड नहीं था) मुझसे मेरे परिवार और परिजनों के विषय में सवाल करते रहे। मैं सही से जवाब भी सिर्फ उन्हें ही दे रहा था, अश्वनी सिंह और बाकी सभी तो सिर्फ पुलिस थाना पहुँचने का इंतज़ार कर रहे थे।

थाने पर गाड़ी रुकी और मेरा मोबाइल जब्त कर लिया गया, अब पीटने की रस्म निभाई जाने वाली थी जो बहुत जल्द ही निभाई गई। अश्वनी सिंह और बाकी के ईमानदारों ने अपना-अपना कर्तव्य विधिवत् रूप से निभाया सिवाय प्रकाश जी को छोड़कर, कनिष्ठ होने के कारण वह किसी का विरोध भी नहीं कर पाए।

मुझे अच्छी तरह से पीटने के बाद मेरे बयान लिए गए। मैं उन्हें नहीं बता सकता था कि मैं चंडीगढ़ क्यों आया था। भले ही मैं गुस्से में क्यों ना था, मगर मुझे यह मंज़ूर नहीं था कि झील को अश्वनी सिंह जैसे लोगों के सामने खड़ा करूँ। मैं किसी भी हाल में झील का नाम नहीं ले सकता था और घूमने आए लोग यहाँ सड़क पर खुलेआम बियर की बोतल भी नहीं फोड़ते, मेरे पास उनके सवालों के कोई जवाब नहीं थे।

मेरी चुप्पी मेरी मुसीबतें और बढ़ाने वाली थी, पर "अब जो होगा देखा जाएगा, झील को तो किसी हाल में मैं यहाँ नहीं आने दूँगा", इसी सोच के साथ मैं फिर से हवालात में जाकर बैठ गया। रात के करीब दो बजे तक सभी ने बारी-बारी मुझपर हाथ साफ किया। किसी ने अपनी बीवी का गुस्सा निकाला तो किसी ने अपना नशा उतारा, किसी ने मनोरंजन के तौर पर तो किसी ने बेवजह, पर सभी ने अपनी-अपनी बारी का भरपूर लुत्फ़ उठाया।

मैंने महसूस किया कि रात में गिरफ्तार किए गए और वहाँ मौजूद करीब-करीब सभी कैदियों के साथ इसी तरह का व्यवहार किया जा रहा था। हालांकि मैं बेकुसूर था और चाहता तो अपने कुछ पुराने संपर्कों का इस्तेमाल करके वहाँ से फ़ौरन रिहा हो सकता था, लेकिन मैंने ऐसा नहीं किया, मैं जानबूझकर उन्हें अपने ऊपर हाथ उठाने का मौका दे रहा था।

दरअसल झील के घर से लौटने के बाद मैं खुद को मोहब्बत करने की सजा दे रहा था, गलत इंसान से मोहब्बत करने की सज़ा, अपने बड़े भाई और माँ से झूठ बोलने की सज़ा, विहान की बात ना मानने की सज़ा और अपने भविष्य से जुआ खेलने की सजा।

आज मेरा सबकुछ टूटा था, दिल भी, शरीर भी और आत्मसम्मान भी। मैं वहीं फर्श पर लेट गया और नशे में होने की वजह से थोड़ी ही देर में गहरी नींद में चला गया।

सुबह के करीब दस बजे मुझे किसी ने हिलाया, यह प्रकाश जी थे। मैं बैठा और मेरी नजर हवालात के बाहर थानेदार की कुर्सी पर पड़ी। मेरे होश उड़ गए, मेरे सामने मेरे भैया थे। वो कुछ कागजों पर हस्ताक्षर कर

रहे थे। उनके पास दो सिपाही और खड़े थे तथा थानेदार अपनी कुर्सी पर बैठा था।

मैंने नजर घुमाई तो मुझे बाहर मामाजी नजर आए, किसी से फोन पर बात करते हुए। प्रकाश जी ने मुझे बाहर चलने के लिए कहा, पर मेरी हिम्मत नहीं हो रही थी कि भैया के पास जा सकूँ।

मैं उठा और मैंने महसूस किया कि मेरे शरीर के अंग-अंग में जोरदार दर्द हो रहा है, मैं जैसे-तैसे चलकर हवालात से बाहर आया और एक गिलास पानी पिया।

मैं खड़ा-खड़ा भैया और थानेदार की बातें सुन रहा था, "इसने बीच सड़क पर बियर की बोतल फोड़ी, सार्वजनिक स्थल पर हंगामा किया, हमारे कर्मचारियों के साथ बदतमीज़ी की। आप लोग सभ्य परिवार से हो इसीलिए इसे छोड़ रहे हैं, वरना यह लंबा अन्दर जाता..." वगैरह-वगैरह।

भैया ने एक माफीनामा लिखा जिस पर मुझसे हस्ताक्षर करवाए गए। छः महीने के लिए मुझ पर चंडीगढ़ ना आने की पाबंदी लग गई। भैया ने थानेदार को जुर्माने के पाँच हज़ार रूपये दिए, उसके बाद मुझे रिहा किया गया। यह सब देख मेरा दिल बुरी तरह से पसीज रहा था।

थाने के प्रवेश द्वार पर मैंने अश्वनी सिंह को देखा और मेरी आँखें गुस्से से लाल हो गईं। उसने हाथ से मुझे अपने पास आने का इशारा किया, मैं उसकी ओर बढ़ा।

"ऐसा पागलपन दोबारा मत करना। तुम एक विद्यार्थी हो, अपना भविष्य बनाओ। कल रात में ही बिना बदतमीज़ी किए अपने घरवालों से बात करवा देते तो यह नौबत नहीं आती", उसने कहा।

न मुझे उसकी सांत्वना की जरूरत थी और ना ही मैं उसकी बातों पर गौर कर रहा था। मैं बस चुपचाप खड़ा था क्योंकि शब्दों से जवाब देना मेरी फितरत में नहीं थी।

"जो भी हुआ उसके लिए माफी चाहता हूँ, कल रात हम दोनों के स्वाभिमान टकरा रहे थे। अपना ध्यान रखना और कभी भी चंडीगढ़ में कोई परेशानी हो तो मुझे याद कर लेना", उसने मेरे कंधे पर हाथ रखते हुए कहा।

"आपका धन्यवाद, आपका मुझपर एहसान मुझे हमेशा याद रहेगा", मैंने तंज कसा और चल दिया।

भैया मुझसे कुछ नहीं बोल रहे थे और चुपचाप चल रहे थे, उनकी यह ख़ामोशी अपने भीतर क्रोध की प्रचण्ड अग्नि दबाए बैठी थी। हम पुलिस थाने से बाहर आए, मामाजी ने सबसे पहले अपनी चुप्पी तोड़ी,

"तू ठीक है ना, तेरे साथ कुछ किया तो नहीं इन लोगों ने?" मामाजी ने पूछा।

"ठीक तो होगा ही, आखिर दिल्ली में होने वाली सिविल सेवा परीक्षा यह चंडीगढ़ में पास करके आया है", मेरे कुछ बोलने से पहले ही भैया बोले।

"भैया मुझे माफ़..."

मेरी बात पूरी होती उससे पहले ही भैया ने खींचकर मेरे गाल पर एक तमाचा मारा, मामाजी ने उन्हें रोका।

"मैं इसी लायक हूँ भैया", मैंने कहा।

"नाम से बुलाया कर अब तू मुझे, तू इस लायक नहीं है कि मुझे भैया बोले", भैया ने कहा।

भैया की इस बात ने मेरे दिल में बहुत गहरा घाव कर दिया, अब मेरे पास कुछ कहने के लिए शब्द नहीं थे। हम लोग एक रिक्शा में बैठे और रेलवे स्टेशन की तरफ चल दिए। मामाजी यहीं रुक रहे थे क्योंकि उन्हें दफ्तर के काम से शाम को कहीं निकलना था। मैं डर के मारे काँप रहा था कि भैया के साथ अकेले कैसे जाऊँगा, मैं अब उनकी नज़रों में पूरी तरह से गिर चुका था।

खैर, हम ट्रैन में आकर अपने-अपने स्थान पर बैठ गए, मैं भैया से नजर नहीं मिला रहा था। मेरे शरीर पर हर जगह लाल-नीले निशान पड़ गए थे, मेरी गर्दन पर नाखूनों के निशान थे और मेरा चेहरा तक नीला पड़ गया था। मैं अपनी बर्थ पर आँखें बंद करके लेट गया। थोड़ी देर बाद भैया ने मेरे हाथ पर हाथ रखा, उसके बाद उन्होंने मेरे बालों में हाथ फेरा, शायद वह मेरी हालत से वाकिफ़ हो चुके थे।

मैंने आँखे नहीं खोली और सोने की कोशिश करने लगा, पर नींद मेरी आँखों से कोसों दूर थी। मेरे ऊपर उठा हर एक हाथ मेरी नज़रों के सामने घूम रहा था। मैं अब झील के बारे में जरा भी नहीं सोच रहा था, मैं बस बीती रात का हर एक लम्हा याद कर रहा था। मेरे आत्मसम्मान पर गहरा घाव हुआ था जो अब भरना आसान नहीं था। मुझे अब यकीन था कि वे सभी लोग इसकी कीमत बहुत जल्दी चुकाने वाले हैं।

चंडीगढ़ से कोटा का वह सफर कैसे कटा मुझे याद नहीं, पर रात के करीब ग्यारह बजे हम घर पहुँचे। भैया ने मम्मी को इस बारे में कुछ नहीं बताया था, मैं थोड़ी देर सबसे मिला और सीधे ऊपर छत पर आकर बैठ गया। मैंने अपना फोन देखा, उसमें सुबह से शाम तक कियारा की करीब बीस से अधिक मिस-कॉल्स थी, लेकिन मेरा इस वक्त किसी से बात करने का मन नहीं था। वो रात भी छत पर बैठकर खुद के साथ हुए हादसे को याद करते हुए गुज़र गई।

अगले दिन शाम के करीब सात बजे विहान का फोन आया,

"कहाँ है सागर? परीक्षा कैसी रही?" उसने पूछा।

"परीक्षा तो अच्छी ही हुई, मेरे साथ यह होना भी जरूरी था भाई", मैंने कहा।

"कोई कांड हुआ है क्या फिर से?" उसने पूछा।

"नहीं, सब ठीक है", मैंने कहा।

"मैं लेने आ रहा हूँ तुझे, हम चल रहे हैं", उसने कहा।

"कहाँ चल रहे हैं भाई?" मैंने पूछा।

"बियर पीने" (विहान मेरे साथ तब ही पीता था जब उसे लगता था कि मेरी गाड़ी पटरी से उतर गई है और उसे दोबारा पटरी पर लाने की आवश्यकता है।)

थोड़ी देर बाद वह मेरे घर आया और हम उसी बार की तरफ चल दिए जहाँ मैं कियारा को लेकर गया था। मैंने रास्ते में उससे कुछ भी नहीं बोला। उसकी बातों का जवाब भी मैं बस 'हाँ' या 'ना' में दे रहा था।

वहाँ पहुँचकर हमने एक शांत कोना ढूँढा और एक-एक बियर लेकर बैठ गए। हमेशा के विपरीत आज मैं जरा सी भी नहीं पी रहा था और विहान मुझे देखकर घूँट मारे जा रहा था।

"परीक्षा नहीं दी तो तू था कहाँ?" विहान ने पूछा।

"तुझसे किसने कहा कि मैंने परीक्षा नहीं दी?" मैंने पूछा।

"तुझे लगता है क्या कि मुझसे कुछ छुपा हुआ है, वो भी तेरे बारे में?" उसने कहा।

जिंदगी में कुछ लोग होते हैं न, जो आँखों से ही सबकुछ पढ़ लेते हैं, हमें समझने के लिए उन्हें हमारे शब्दों की जरूरत नहीं होती। विहान, कियारा और भैया मेरे जीवन के उन्हीं लोगों में से थे।

"मैं चंडीगढ़ था भाई", मैंने कहा।

"मतलब तुमने झील का पता लगा ही लिया", उसने कहा।

"हम्म... कुछ और बात कर ना यार", मैंने कहा।

"तेरी आँख के नीचे के काले निशान बता रहे हैं कि चंडीगढ़ में जरूर कोई ना कोई तमाशा हुआ है... तो चुपचाप बोल, मुझे गुस्सा मत दिला", उसने कहा।

मैंने उसे पिछले दो दिनों की हर एक घटना का वर्णन कर दिया, चंडीगढ़ में जो कुछ हुआ मैंने सब विहान के सामने खोलकर रख दिया।

"भाई... तू ठीक है?" उसने कुछ देर बाद पूछा।

"हाँ, अब बिल्कुल ठीक हूँ भाई, तू चिंता मत कर", मैंने कहा।

"झील को इस बारे में पता है?" उसने पूछा।

"भाड़ में जाए झील। खैर, उसका शुक्रिया। वो नहीं होती तो मैं इस तरह चंडीगढ़ नहीं जाता और मेरा यह अनावश्यक फ़ितूर नहीं उतरता", मैंने कहा।

"इतने वर्षों में पहली बार झील के लिए ऐसा सुन रहा हूँ, वो भी तुझसे। सारी मोहब्बत एक रात में खत्म हो गई क्या भाई?" उसने पूछा।

"मोहब्बत का तो पता नहीं, पर अब एक जंग जरूर शुरु हुई है", मैंने कहा।

"झील से?" उसने पूछा।

"नहीं विहान... खुद से", मैंने कहा।

"इस गाड़ी को आगे से पटरी पर लाने की जरूरत नहीं पड़ेगी", विहान ने मुस्कुराते हुए मेरे हाथ पर हाथ रखा।

"मेरी बियर खत्म हो गई और तूने अभी तक एक घूँट भी नहीं पिया, तेरी तबीयत तो ठीक है ना भाई?" उसने पूछा।

"अब नहीं पी जाएगी। बड़ी मुश्किल से होश में आया हूँ, फिर से नशे में नहीं जाना चाहता। अब तो जिस दिन खुद से दोबारा नज़रें मिलाने लायक हो जाऊँगा, तब ही पियूँगा", मैंने कहा।

"याद रखना सागर, अब एक बहुत अच्छे दौर की शुरुआत होने जा रही है। ठोकरों से कैसा घबराना, यही तो चलने का सलीका सिखाती है।"

"मानता हूँ जो हुआ बहुत बुरा हुआ, मगर भूल जा। ऊँची उड़ानों के परिंदे छोटे-छोटे कंकडों में नुक्स नहीं निकाला करते", उसने कहा।

"हम्म... सही बोल रहा है भाई", मैंने कहा।

"कियारा से बात की?" उसने पूछा।

"उसे भी सब पता चल गया। कल दिनभर फोन करती रही, मैंने आज सुबह ही उससे ठीक से बात की है", मैंने कहा।

"वह बहुत अच्छी लड़की है सागर, झील से कई गुना बेहतर है... और शायद तुझे पसंद भी करती है", उसने कहा।

"मुझे सब पता है भाई, लेकिन मैं खुद की जिंदगी के इस बवाल में उसे कभी नहीं धकेलूँगा। वह जितना मुझसे अलग रहेगी, खुश रहेगी", मैंने कहा।

"अभी जैसा चल रहा है वैसा चलने दे, समय का कार्य समय पर छोड़ दे", उसने कहा।

"हम्म... समय से याद आया, चलते हैं भाई अब। भैया को चिंता हो रही होगी", मैंने कहा।

हम थोड़ी देर में घर आ गए। भैया अब भी चुप थे, मम्मी को भी अब मेरी चिंता होने लगी थी। माँ का दिल है, बिना कुछ कहे सब जान लेता है। मगर उन्होंने मुझसे किसी तरह का कोई सवाल नहीं किया, मेरे बारे में शायद वो सारी बातें भैया से कर चुकी थी।

मैं भोजन करने के बाद फिर से छत पर जाकर बैठ गया। मैंने अपना फोन उठाया और उसमें से झील का नम्बर मिटा दिया। मुझे नहीं पता था कि मैं क्या कर रहा हूँ, पर मुझे इतना जरूर पता था कि एक नए सागर का जन्म हो चुका है।

थोड़ी देर बाद भैया आकर मेरे पास बैठ गए। मैं अब भी उनसे आँखें मिलाने की स्थिति में नहीं था। थोड़ी देर तक हम दोनों ने एक-दूसरे से कुछ नहीं कहा।

"ब्राण्ड कौन सा था वैसे उस बियर का?" भैया ने पूछा।

मैं कुछ बोला नहीं और आँखें फाड़े उन्हें देखने लगा। कुछ पल की खामोशी के बाद हम दोनों एक साथ जोर से हँसने लगे।

"हम से झूठ बोलकर जाने की क्या जरूरत थी, एक बार मुझसे खुलकर बात तो करता, तुझे लगता है क्या कि मैं तुझे रोकता", उन्होंने कहा।

"माफ़ कर दो भैया, मुझसे बहुत बड़ी गलती हो गई", मैंने कहा।

"मुझे कोटा से निकलकर चंडीगढ़ सेक्टर पच्चीस के पुलिस थाने पहुँचने तक की सारी कहानी बता। मैं जानता हूँ यह बवाल एक लड़की के पीछे मचा है", उन्होंने कहा।

मैंने एक साँस में भैया को बीते दो दिनों की सारी घटनाएँ सुना दी, सिवाय इसके कि पुलिस थाने में मेरे साथ क्या-क्या हुआ।

"इस हद का पागलपन आया कहाँ से तुझमें", भैया थोड़ी देर चुप रहने के बाद बोले।

"जो भी था अब निकल गया भैया। मैं आपकी शादी के बाद कुछ समय के लिए जयपुर बसना चाहता हूँ", मैंने कहा।

"अब कियारा के लिए?" उन्होंने पूछा।

"नहीं भैया। मुझे राजस्थान लोक सेवा परीक्षा की तैयारी करनी है", मैंने कहा।

"अगर यह झील या किसी और लड़की के साथ रहने के लिए लिया जाने वाला निर्णय है तो मैं इसकी अनुमति नहीं दूँगा, लेकिन अब अगर तू वाकई जीवन में कुछ करना चाहता है तो तुझे मेरी तरफ से पूरी छूट है", उन्होंने कहा।

"मैंने इस बार सही रास्ता चुना है भैया, अब मैं आपको निराश नहीं करूँगा", मैंने कहा।

"इंसान की काबिलियत उसके चुनाव से ही नजर आती है भाई, एक ही रास्ते पर कुछ लोग लिफ्ट माँगते नजर आते हैं तो कुछ लोग अपने पैरों चलने पर विश्वास करते हैं", उन्होंने कहा।

"आपका बहुत-बहुत शुक्रिया भैया", मैंने कहा।

आने वाले कुछ दिन भैया की शादी की तैयारियों में निकल गए।

बड़े धूमधाम के साथ भैया की शादी हुई। कियारा भी शादी में आई और तीन दिन हमारे साथ ही रही। इसी बीच वो मेरे परिवार से बहुत अधिक घुल-मिल गई। उसे भी मेरे अन्दर एक सकारात्मक परिवर्तन दिखाई दे रहा था।

भाभीजी के आने के बाद तो जैसे हमारे घर में खुशियाँ लौट आईं और हमारा अधूरा परिवार पूरा हो गया। अब मैं जयपुर बसने की तैयारी में जुट गया।

भैया की शादी के करीब तीन दिन बाद मेरे फोन पर एक कॉल आया।

"हेल्लो, कौन बोल रहे हैं?" मैंने पूछा।

"तो तुमने अपने फोन से मेरा नम्बर तक मिटा दिया", यह झील की आवाज़ थी।

"आप कौन बोल रहे हो", मैंने जानबूझकर नाटक करते हुए पूछा।

"सागर... इतना अहंकार भी मत दिखाओ, मैं झील हूँ", उसने कहा।

"अच्छा, तो तुम हो... माफ़ करना, मैं भूल गया था कि जमाने भर का घमण्ड तो सिर्फ तुम्हीं में है", मैंने कहा।

"मैंने जो कुछ भी किया क्या तुम उसके लिए मुझे माफ़ कर सकते हो?"

"मेरा फोन नम्बर होने के बावजूद तुमने इतने समय से मुझसे बात तक नहीं की। मैं जानती हूँ तुम मुझसे बहुत नाराज हो", उसने कहा।

"नाराज़ अपनों से हुआ जाता है, गैरों से नहीं... और जो कुछ हुआ उसके लिए तो मैं तुम्हारा हद से ज्यादा शुक्रिया अदा करना चाहता हूँ। उस रात ने तो मुझे नया जन्म दे दिया झील", मैंने कहा।

"तुम्हारी बातें काँटों की तरह चुभ रही हैं सागर, फिर भी हो सके तो मुझे माफ़ कर देना। मैंने यही बोलने के लिए तुम्हें फोन किया है", उसने कहा।

"चुभा तो मुझे भी बहुत कुछ है, खैर खुश रहो", मैंने कहा।

"इतनी जल्दी है क्या फोन रखने की? व्यस्त हो?" उसने पूछा।

"नहीं... बोलो तुम", मैंने कहा।

"वो तुम्हारी गर्लफ्रेंड थी क्या जिससे तुम फोन पर बात कर रहे थे", उसने पूछा।

"अगर मैं हाँ कहूँ तो?" मैंने पूछा।

"तो फिर मुझ में और तुम में कोई फर्क नहीं है", उसने कहा।

"फर्क तो है झील"

"तुम में और मुझ में बस यही फर्क है। तुमने सारी उम्र चेहरों को तलाश किया है और मैंने आईनों को", मैंने कहा।

"मतलब तुम्हें मोहब्बत है उससे", उसने कहा।

"कुछ रिश्ते प्यार-मोहब्बत से काफी बढ़कर होते हैं, मेरा उससे वही रिश्ता है", मैंने कहा।

"आख़िरकार मेरी जगह अब किसी ने ले ही ली सागर, मैं खुश हूँ तुम्हारे लिए", उसने कहा।

"इस तरह की बातें कर कैसे लेती हो तुम? तुम्हारा मोहित के लिए प्यार कम नहीं हो रहा ऐसी बातों से", मैंने कहा।

"उसका जिक्र मत करो सागर, परेशान हो चुकी हूँ। बहुत शक करता है। तुम्हारे और मेरे रिश्ते पर शक करता है। उस दिन तुम्हारे जाने के बाद बहुत झगड़ा किया उसने मुझसे। मैं तंग आ चुकी हूँ। अभी से इसका यह हाल है तो मैं सोचती हूँ यह आने वाले समय में मुझसे कैसे पेश आएगा", उसने कहा।

"मुझे क्यों बता रही हो यह सब?" मैंने पूछा।

"क्योंकि मुझे तुमसे ज्यादा प्यार कोई और नहीं करता", उसने कहा।

"मुझे तुमसे प्यार 'था' झील, अब नहीं है। तुम जिससे बात कर रही हो वह कोई और है। जिस सागर को तुम जानती थी उसकी मौत चंडीगढ़ में उसी रात हो गई।"(मेरे हृदय में झील के लिए मोहब्बत तो अभी भी थी,

मगर अब मैं उसे अपनी जिंदगी में वापस नहीं लाना चाहता था, इसीलिए उससे इस तरीके की बातें कर रहा था।)

"तुम प्यार करो या ना करो, मेरे लिए अब भी तुम वही हो।"

"तुम्हें तुम्हारी नई जिंदगी मुबारक हो सागर, पर मैं अब भी तुम्हें बहुत याद करती हूँ", उसने कहा।

"इन बातों का कोई फायदा नहीं अब। तुम अपना जीवन जियो, मैं अपना देखता हूँ।"

"तुम चाहे जिसके साथ रहो मुझे मतलब नहीं, पर हमेशा की तरह तुम्हारे दुःख के आँसू पोंछने की नौकरी से अब मैंने इस्तीफा ले लिया है", मैंने कहा और फोन रख दिया।

मैं झील से इस तरह से बात करके बहुत बुरा महसूस कर रहा था, किन्तु इस समय मैंने वही किया जो करना मेरे लिए अतिआवश्यक था।

थोड़े दिनों के बाद मैं जयपुर बस गया। भैया ने मुझे मानसरोवर में किराए पर एक कमरा दिलवाया और मेरे खाने-पीने की व्यवस्था कर दी गई। अब मैंने जल्दी से जल्दी एक अच्छा अनुशिक्षण केंद्र तलाशना प्रारंभ कर दिया। कुछ चुनिन्दा केंद्रों का दौरा करने के बाद पूर्णतः आश्वस्त होकर मेरे निवास स्थान के नजदीक स्थित एक अनुशिक्षण केन्द्र में मैंने दाखिला ले लिया।

मुझे जयपुर आए हुए चार या पाँच दिन हो चुके थे। मुझे माँ की याद सताने लगी। पहली बार मैं उन्हें छोड़कर अकेले उनसे दूर रहने आया था। मन करता था कि वापस लौट जाऊँ, मगर मुझे अपने फैसले पर अडिग रहना था।

मैंने कियारा को मेरे जयपुर बसने वाली बात नहीं बताई थी। एक दिन मैं बैठा-बैठा अपना सामान जमा रहा था कि मुझे मेरे बैग में वह पुस्तक मिली जो कियारा ने मुझे भेंट की थी। मैं फ़ौरन उसे खोलकर बैठ गया मगर उस किताब ने मुझे गहरी सोच में डाल दिया। कियारा ने उस पुस्तक में मेरे लिए बहुत कुछ लिखा था।

पृष्ठ संख्या 1: सागर... मुझे उदयपुर से लौटे हुए आठ दिन हो चुके हैं मगर फिर भी एक अजीब सा अधूरापन महसूस हो रहा है। बहुत मन कर रहा है तुमसे बात करने का, पर तुम्हें आगे होकर फोन करने में थोड़ा झिझक रही हूँ।

पृष्ठ संख्या 3: सुनो ना... तुम्हारा नाम कितना प्यारा है यार।

पृष्ठ संख्या 5: सागर, तुम इतना क्यों याद आ रहे हो? मैं तो तुम्हें जानती तक नहीं।

पृष्ठ संख्या 7: तुम्हारी आँखें तुम्हारे नाम की तरह ही गहरी और खूबसूरत हैं, लेकिन गौर से देखो तो दिखाई पड़ता है ये कितनी उदास हैं।

पृष्ठ संख्या 10: मैं खुद को उदयपुर रेलवे स्टेशन के उस प्लेटफार्म पर ही छोड़ आई हूँ सागर, जहाँ मैंने तुम्हें छोड़ा था। मुझ में इतनी हिम्मत नहीं कि तुमसे बात कर सकूँ, इसीलिए इस किताब में लिखकर महसूस कर लेती हूँ कि मैं तुमसे ही बात कर रही हूँ।

पृष्ठ संख्या 13: यह तुमसे हाथ मिलाने का असर तो नहीं, कहीं तुम्हारी छुअन का तो असर नहीं कि मेरा ही शरीर मेरे नियंत्रण से बाहर जा रहा है। मैं तुम्हारे बारे में सोचती-सोचती पागल हो जाऊँगी सागर।

पृष्ठ संख्या 17: बड़े बाल कितने जँचते हैं तुमपर, मेरी ख्वाहिश है कि मौका मिले तो तुम्हारा सिर अपनी गोद में रखूँ, तुम्हारे इन खूबसूरत से बालों को अपने हाथों से सहलाती रहूँ और जो तुम्हें नींद आ जाए तो सारी रात तुम्हें ऐसे ही देखती रहूँ।

पृष्ठ संख्या 22: कल रात में एक अजीब सा सपना देखा। मैं किसी झील के किनारे बैठे-बैठे शहर की खामोशी से कुछ सवाल कर रही थी, तभी मुझे तुम दिखाई दिए एक बहुत ही खूबसूरत लड़की के साथ, उसकी बाँहों में बाँहें डालकर बैठे हुए। ना जाने क्यों मेरा दिल तब से बेचैन हो उठा है, मेरी नींद गायब हो चुकी है सागर।

पृष्ठ संख्या 29: इतने दिन हो गए हैं, तुम्हारा कोई फोन या संदेश नहीं मिला। तुमने मुझसे बात करने की कोशिश भी नहीं की। शायद कोई और है तुम्हारी जिंदगी में। अगर सच में ऐसा है तो मैं तुम्हारे और उसके बीच में कभी नहीं आऊँगी, यह वादा है मेरा।

पृष्ठ संख्या 38: मैं तुमसे मिलना चाहती हूँ। तुम्हारे ख्यालात ने ही मेरी जिंदगी का अकेलापन दूर कर दिया है, तो तब क्या होगा जब तुम मेरे सबसे अच्छे दोस्त बन जाओगे। मैं तुमसे मिलने जल्द ही आऊँगी सागर।

पृष्ठ संख्या 52: मुझे छुआ तक नहीं है तुमने, आज तुम्हारे ख्याल मेरे जिस्म पर घाव कर रहे हैं।(उसने ब्लेड से अपनी हथेली पर 'एस' लिखा था, यह बात मुझे उसने नशे में काफी समय बाद बताई थी।)

यहाँ मैं अपनें आँसुओं को रोक नहीं पाया। कोई सिर्फ एक मुलाकात में इतना कैसे टूट सकता है? मुझे समझ नहीं आया।

पृष्ठ संख्या 67: "मैं नहीं जानती कि तुम्हें कभी पा सकूँगी या नहीं, पर तुमसे मिलने के बाद मैंने इतना कुछ महसूस किया है जितना कि शायद पहले कभी किसी और के साथ नहीं किया।"

"मैं तुमसे बहुत... नहीं बोल पाऊँगी सागर, मेरी भावनाओं के लिए माफ़ी चाहती हूँ।"

यहाँ से उसने किताब में लिखना बंद कर दिया। मैंने सभी पन्ने ध्यान से पलटकर देखे।

आखिरी पृष्ठ: "हमेशा खुश रहना। बस, इससे ज्यादा और कुछ नहीं चाहती तुमसे। तुम्हें सारी जिंदगी खुश देखना चाहती हूँ और जो उदासी मैंने तुम्हारी आँखों में देखी थी, मैं उसे मिटाकर रहूँगी, ये वादा करती हूँ तुमसे।"

मैंने अपने मुँह को तकिए में दबाया और फूट-फूटकर रोने लगा। मुझे वो सब याद आ रहा था, उसका मुझसे मिलने कोटा आना, वो रात जब बिना किसी भय के वह मेरे साथ रही, उसका मुझपर भरोसा जताना, दुर्घटना की खबर मिलने पर बिना कुछ सोचे अपना शहर छोड़कर मेरे पास चले आना, मेरे ज़ख्मों पर आँसू गिराना, मेरे भैया की शादी और अब यह किताब।

मैं चाहकर भी अपने आँसू नहीं रोक सका। मुझे यह बात हमेशा से पता थी कि मुझसे मोहब्बत करके उसे जीवनपर्यन्त दुःख और तकलीफों के सिवाय और कुछ नहीं मिलने वाला।

मैंने थोड़ी देर बाद अपना फोन उठाया और कियारा को फोन किया।

"कैसी हो प्रिय?" मैंने पूछा।

"रो लिए?" उसने पूछा।

"नहीं तो... पागल हो गई हो क्या?" मैंने कहा।

"तुम्हारी आवाज़ सब बता रही है सागर, तुम झूठ मत बोला करो मुझसे", उसने कहा।

"तुम इतना कैसे जानती हो मुझे?" मैंने पूछा।

"पता नहीं कैसे", उसने कहा।

"भूख लग रही है, खाना खाने चलोगी?" (मैं उसे फ़ौरन देखना चाहता था, इसीलिए उससे भोजन के लिए पूछा)

"क्या तुम कब आए यहाँ और कर क्या रहे हो?" उसने पूछा।

"मिलकर बताऊँ?" मैंने कहा।

"मालवीय नगर आ जाओ, तुम्हें एक बहुत अच्छी जगह लेकर चलती हूँ", उसने कहा।

मैं उसके दिए पते पर पहुँचा। किसी को बिना शराब के सुरूर चाहिए तो कियारा को एक नजर देख ले बस। वह इतनी खूबसूरत थी कि उसके आसपास से गुज़रता हर एक इंसान उसे पलटकर जरूर देखता था। लड़कियाँ भी उसे आँखें फाड़-फाड़कर देखती थी, शायद मन ही मन उसके सौंदर्य से जलती थी।

"ओये देवदास, बताया भी नहीं जयपुर आने से पहले", कियारा ने कहा।

मैंने उसकी बात का जवाब नहीं दिया और उसे गले से लगा लिया। मैं बहुत देर तक उसे गले लगाए खड़ा रहा और खुद के शांत होने का इंतज़ार करता रहा।

"तुम ठीक हो ना सागर?" उसने पूछा।

"तुम्हारे होते हुए कुछ हो सकता है क्या मुझे", मैंने कहा।

"क्या खाओगे, वेज या नॉनवेज?" उसने पूछा।

"नॉनवेज? तुम तो ब्राह्मण हो ना?" मैंने अपनी भौंहें चढाईं।

"तुमसे मिलने के बाद 'भ्रष्ट ब्राह्मण' हो गई हूँ", उसने कहा।

उसकी बात सुनकर हम हँसने लगे। मेरे चेहरे पर मुस्कुराहट लाना उसके लिए बाएँ हाथ का खेल था। हम पास ही बने एक रेस्तराँ में जाकर बैठ गए और भोजन मँगवाया।

"अब बताओगे भी कि तुम यहाँ कैसे आए या मैं तुम्हारा दूसरा पैर फ्रैक्चर करूँ?" उसने पूछा।

"हा हा हा... मैं जयपुर में पढ़ने आया हूँ कियारा", मैंने कहा।

"अरे वाह! यह बात पहले क्यों नहीं बताई मुझे? और कोटा क्यों छोड़ दिया? सब ठीक तो है?" उसने पूछा।

"वहाँ रहने के लिए मेरे पास कोई वजह नहीं है", मैंने कहा।

"और यहाँ शायद झील है?" उसने पूछा।

"नहीं कियारा, झील तो चंडीगढ़ ही है और अब वहीं रहे तो बेहतर है", मैंने कहा।

"तो तुम कर क्या रहे हो यहाँ? पढाई तो तुम कोटा से भी कर सकते हो और मेरे लिए तो तुम आए नहीं हो, इतना मुझे मालूम है", उसने कहा।

"यहाँ तैयारी करने आया हूँ", मैंने कहा।

"किस चीज़ की तैयारी?" उसने पूछा।

"चंडीगढ़ के उस पुलिस स्टेशन ने जिंदगी को कर्ज़दार बना दिया है, उस कर्ज़ को चुकाने की तैयारी करने आया हूँ", मैंने कहा।

"तुम अभी तक उस रात को नहीं भूले, बदले की जिंदगी नहीं जीनी है सागर", उसने कहा।

"उन लोगों से कौन बदला ले रहा है, मैं तो खुद से बदला ले रहा हूँ", मैंने कहा।

"अपने फ़ितूर के पीछे सारी रात मार खाने का बदला?" उसने पूछा।

"नहीं... खुद को इतना नीचे गिराने का बदला", मैंने कहा।

"जब तुम्हें पहली बार देखा था न, यह बात मुझे तभी से पता थी कि तुम पागल हो", उसने कहा।

मैं उसकी बात पर हँस दिया। हमने थोड़ी यहाँ-वहाँ की बातें की और भोजन किया। मैंने कियारा से उस वक्त उस किताब के बारे में कोई जिक्र नहीं किया। मैं उसकी किसी प्रतिक्रिया के लिए तैयार नहीं था और शायद इसी वजह से उस बारे में कोई बात नहीं कर पाया।

उसके बाद हम अपने-अपने घर आ गए और मैं अपनी तैयारी में व्यस्त हो गया। मैंने सबसे पहले अपना मोबाइल नम्बर बदला ताकि दूसरों से थोड़ा कट सकूँ। अब मैं सिर्फ अपने परिजनों, विहान और कियारा के संपर्क में था।

अध्याय 10

"विलय या विरह"

निरुद्देश्य जीवन निरर्थक है। जिस प्रकार जीवित रहने के लिए प्राणवायु आवश्यक है, उसी प्रकार जीवन जीने के लिए किसी उद्देश्य का होना आवश्यक है। मेरे पास मेरे जीवन का लक्ष्य तो हमेशा से था मगर चंडीगढ़ वाले हादसे के बाद यह अत्यधिक स्पष्ट हो गया। मैं एक प्यासे की तरह अपने कुएँ की ओर दौड़ने लगा।

मेरे मोबाइल फोन में झील का नम्बर तक नहीं था, पर मुझे उसका नम्बर इस तरह रटा हुआ था कि कोई पूछ ले तो बेहोशी में भी उठकर बता दूँ।

बहुत मन करता था कि एक बार उससे बात कर लूँ, पर मैंने हमेशा खुद को रोक लिया। भले ही झील मेरी जिंदगी में बहुत मायने रखती थी पर उन दो-तीन वर्षों में मैंने अपने लक्ष्य के बीच में किसी को नहीं आने दिया, अपनी मोहब्बत को भी नहीं।

मैं सुबह-शाम, दिन-रात पढाई में लगा हुआ था और घर से बाहर भी सिर्फ पढ़ने के लिए निकलता था। कियारा हमेशा मेरे लिए कुछ ना कुछ खाने का बनाकर लाती रहती थी। मैं कोटा बहुत कम जाता था और ज्यादा-से-ज्यादा समय जयपुर में ही रहता था। अब मेरी परीक्षा का दिन पास आ गया। मेरी तैयारी के हिसाब से मैं आश्वस्त था कि मैं प्रारंभिक परीक्षा पास कर लूँगा। मैं बहुत उत्साहित भी था, आख़िरकार परीक्षा का दिन आ ही गया।

मैंने मम्मी, भैया-भाभी और बड़ों का आशीर्वाद लिया और परीक्षा केंद्र की ओर चल दिया। दिल की धड़कन थी कि ऐसे दौड़ रही थी जैसे कोई बुलेट ट्रेन। मुझे याद नहीं आता कि उस दिन से पहले मैं शायद किसी परीक्षा में इतना घबराया और सत्य तो यह था कि इससे पहले मैंने कभी किसी प्रतियोगी परीक्षा को इतनी गंभीरता से लिया ही नहीं, तो घबराहट होना तो लाज़िमी थी।

परीक्षा के उन तीन घण्टों के समय के दौरान मुझे मेरी जिंदगी का हर एक गलत निर्णय और हर एक भूल याद आ रही थी। मैं भले ही कड़ी मेहनत करके उस परीक्षा को देने पहुँचा था मगर मैं अभी भी कितना पानी में था, मुझे अच्छी तरह से समझ आ गया।

उस परीक्षा में मेरा प्रदर्शन जरा भी अच्छा नहीं रहा और मुझे समझ आ चुका था कि इतने से कुछ नहीं होने वाला है, अभी मुझे इस दंगल में दोगुनी ताकत झोंकनी पड़ेगी।

मेरी परीक्षा अच्छी नहीं हुई और मैं हताश मन से बाहर आया। मैंने अपना बैग लिया, उसमें से फोन बाहर निकाला और भैया का नम्बर मिलाया।

"हो गई परीक्षा?" भैया ने पूछा।

"हम्म... मुझे माफ़ कर दो भैया, मैं आपकी उम्मीदों पर खरा नहीं उतर पाया", मैंने कहा।

"कोई बात नहीं, एक पेपर ही तो खराब हुआ है, अभी तो पूरी जिंदगी बाकी है। तुझे कम से कम मालूम तो पड़ा कि गलतियाँ कहाँ-कहाँ हुई हैं", उन्होंने कहा।

"आप मेरा मन रखने के लिए ऐसा कह रहे हो, मगर मैं कितना बड़ा लूज़र हूँ यह आप भी जानते हो", मैंने कहा।

"ज्यादा मत बोल और सीधे घर जाकर कुछ खा, फिर अच्छी तरह से नींद ले। बाकी बातें हम कल करेंगे", उन्होंने कहा।

"मुझे कोटा जाना है वापस, यहाँ नहीं रहा जाएगा मुझसे", मैंने कहा।

"क्या बोला? एक बार फिर से बोलना", उन्होंने थोड़ा ऊँचे स्वरों में पूछा।

"कुछ नहीं कुछ नहीं... घर जाकर बात करता हूँ", मैंने अपनी जीभ को दाँतो से दबाया।

"हम्म... अब ठीक है। इतना बुजदिल बनने की जरूरत नहीं है। तू वो सब कर चुका है जो हम कभी सोच भी नहीं सकते थे। इसलिए अब वो कर, जो हम सभी सोचते हैं", भैया ने कहा।

"शुक्रिया भैया", मैंने फोन रख दिया।

मैं कितना ही गर्त में क्यों ना चला जाऊँ, मगर भैया ने कभी मुझ से अपना भरोसा नहीं उठने दिया। मैं घर आ गया और आगे के कुछ दिन मैंने निराशावादी विचारधारा के साथ गुज़ारे। अब पटरी पर लौटने के लिए फिर से किसी बवाल की जरूरत थी और ऐसा जल्द ही हुआ, जो शायद मेरी जिंदगी की खासियत थी कि इसमें बवाल कभी थमते नहीं थे।

****

चौदह फरवरी का दिन था जिसे नया जमाना 'वैलेंटाइन्स डे' अथवा 'मोहब्बत के दिवस' के रूप में मनाता है। कियारा ने मुझसे कहीं बाहर घूमने चलने की ज़िद की। मैंने उसका दिल दुःखाना ठीक नहीं समझा और हम पिंक सिटी मॉल के बाहर आकर बैठ गए।

"सुंदर लग रही हो बहुत", मैंने कहा।

"वो तो मैं हमेशा लगती हूँ, कुछ नया बोलो", कियारा ने कहा।

"मैंने वो किताब पढ़ ली।"(अनायास ही मेरे मुँह से वो बात निकल गई जिसे मैं खुद पिछले कई महीनों से कियारा से छुपा रहा था।)

कियारा थोड़ी देर कुछ नहीं बोली और उसके माथे पर मुझे पसीने की कुछ बूँदे दिखाई देने लगी। उसके दिल की तेज़ दौड़ती धड़कनों को मैं उससे अलग बैठे हुए भी महसूस कर रहा था, उसका गला सूख सा गया।

"तुम ठीक हो?" मैंने उसके हाथ पर हाथ रखते हुए पूछा।

"हाँ सागर, मैं ठीक हूँ। देखो, मैं जानती हूँ तुम्हारे मन में इस समय क्या चल रहा है, पर वो सब मैंने दो वर्ष पहले लिखा था, जब हम मिले ही थे और अब...

"थोड़ी देर शांत रहोगी", मैंने उसके होंठो पर अंगुली रखते हुए उसके बिना रुके निकलते शब्दों को विराम दिया।

कियारा चुप हो गई और नीचे देखने लगी। अब जो मुद्दा उठा ही लिया था तो मुझे बात को निष्कर्ष पर ले जाना जरूरी था। परन्तु मुझे समझ नहीं आ रहा था कि शुरु कहाँ से करूँ।

"सब जानता हूँ मैं... और जानता हूँ कि तुमसे ज्यादा प्यार मुझसे जीवन में किसी ने नहीं किया", मैंने कहा।

"तो जानते हो ना यह इश्क़ मायने नहीं रखता", उसने कहा।

"मेरे लिए रखता है। मेरे लिए मायने रखता है तुम्हारे साथ बिताया हर एक लम्हा। तुमने मेरे लिए जितना किया है अगर लिखने बैठ जाऊँ तो उम्र बीत जाए। मेरे लिए तुम सबसे ज्यादा मायने रखती हो, लेकिन इस बात से मेरा दिल बहुत बुरी तरह से पसीज रहा है कि मैं तुम्हें तुम्हारे हिस्से की खुशियाँ भी नहीं दे पाया", मैंने कहा।

"मैं खुश हूँ सागर, तुम्हारे रूप में मुझे सबसे प्यारा दोस्त मिल गया। और क्या चाहिए जिंदगी से", उसने कहा।

"मैंने वही किया जो मैं कभी नहीं चाहता था कियारा। मैं हम दोनों के बीच में झील को दीवार बनाकर खड़ा नहीं करना चाहता था", मैंने कहा।

"झील और तुम्हारे बीच में मैं आई थी सागर और आज मेरी ख़ुशी के पीछे की वजह तुम हो, तो तुमने सोच भी कैसे लिया कि मैं तुम्हारी खुशियों के बीच में दीवार बनकर खड़ी रहूँगी", उसने कहा।

"मैं उस इंसान के साथ गलत कर रहा हूँ, जिसने हमेशा मेरे जीवन को सही दिशा दी है", मैंने कहा।

"कुछ भी तो नहीं किया है तुमने, सबकुछ मैंने किया है। तुम्हारे पास मैं आई, तुम्हें चाहा मैंने, तुम्हें इस तरह की परिस्थिति में मैंने डाला। तुमने तो बस एक बहुत अच्छे रिश्ते को एक बहुत अच्छी तरह से निभाया है सागर",

"मैं अच्छी तरह जानती हूँ कि मैं झील की जगह कभी नहीं ले पाऊँगी पर तुम्हारे दिल में ये जो मेरी जगह है, मैं इसे कभी खोना नहीं चाहती", उसने कहा।

"जिससे मोहब्बत है वो समझती नहीं, जो समझती है मैं उससे... ऐसा क्यों हो रहा है मेरे साथ?" मैंने अपनी भीगती आँखों को अपने हाथों से मसलते हुए कहा।

"अरे पागल... मेरी तरफ देखो। झील और तुम्हारा सफर कहाँ तक है मैं नहीं जानती, मगर तुम्हारा-मेरा सफर मेरी आखिरी साँस तक चलेगा, यह मुझे अच्छे से पता है", उसने कहा।

"इस गुनाह के लिए क्या तुम मुझे कभी माफ़ कर सकोगी कियारा", मैंने सिसकी लेते हुए पूछा।

कियारा उठी और मुझे गले से लगा लिया। आज हम दोनों एक साथ होकर भी एक-दूसरे के लिए रो रहे थे। मैं उसके लिए रोया, वो मेरी

वजह से रोई। हम दोनों काफ़ी देर तक ऐसे ही एक-दूसरे को बाँहों में भरकर सिसकते रहे। थोड़ी देर बाद हम अलग हुए और मैंने उसके आँसू पोंछे। उसने माहौल को ख़ुशनुमा बनाने के लिए अपने बैग में हाथ डाला और एक तोहफा निकाला।

"तुम बंद करोगी इतने ख़र्चे करना", मैंने कहा।

"आज वैलेंटाइन डे है। जरूरी नहीं कि हर जगह मोहब्बत का जश्न हो, कभी-कभी यह सबसे अजीज रिश्तों के साथ भी मनाया जाता है", उसने कहा।

मैंने फ़ौरन उसे खोला। उसमें एक सुंदर बॉक्स था जिसमें एक बहुत ही प्यारी सी और शायद बहुत ही महँगी घड़ी थी।

"यह सब जरूरी था क्या कियारा?" मैंने पूछा।

"जब से परीक्षा में असफल हुए हो, बोल रहे हो वक्त ख़राब चल रहा है। यह हमेशा तुम्हें सही वक्त दिखाएगी", उसने कहा।

"तुम इतनी प्यारी क्यों हो? चूम लूँ क्या तुम्हें?" मैंने उसके रुई से कोमल गाल को खींचते हुए कहा।

"चुप बदमाश, झील को क्या ज़वाब दोगे? कहीं और मुँह काला करने की जरूरत नहीं", हम दोनों इस बात पर जोर से हँसे।

तभी उसके फोन की घंटी बजी, उसकी मम्मी का फोन था।

"कहाँ हो बेटा?" आंटी जी ने पूछा।

"सागर के साथ पिंक सिटी मॉल में हूँ, आप कहाँ हो?" उसने पूछा।

"हम घर के बाहर खड़े हैं और चाबी तुम अपने साथ ले आई", उन्होंने कहा।

"ओह शिट मम्मा, आपने तो कहा था कि आप लोग शादी में जा रहे हो और रात में देर तक वापस आओगे", कियारा ने अपने पैर पटकते हुए कहा।

"हाँ बेटा, लेकिन आपके पापा को दफ्तर के एक आवश्यक कार्य से फ़ौरन निकलना है, इसीलिए हम आधे रास्ते से वापस लौट आए। अब जल्दी घर आओ, पापा इंतज़ार कर रहे हैं", उन्होंने कहा।

"आधे घण्टे में पहुँचती हूँ मॉम", उसने कहा।

"मुझे जाना होगा सागर। घर की चाबी मेरे पास है, बाहर मम्मी-पापा इंतज़ार कर रहे हैं। मुझे माफ़ करना", उसने कहा।

"कोई बात नहीं प्रिय, मैं चलूँ तुम्हें छोड़ने?" मैंने पूछा।

"नहीं, मैं चली जाऊँगी। तुम परेशान मत हो, हम कल मिलते हैं", उसने कहा।

कियारा चली गई। मैं वहीं मॉल के सामने दीवार पर बैठ गया। मेरे दिमाग में कियारा की बातें घूम रही थी। मुझे उसके बहते आँसू नजर आ रहे थे। मैं बैठा-बैठा अपनी मजबूरियों को कोस रहा था। मैंने बेहतर को पाने के लिए श्रेष्ठ को ठुकराया है, यह मुझे अच्छी तरह से मालूम था। आने वाले समय में कियारा, झील की जगह शायद ले भी लेती अगर उस शाम को मैं पिंक सिटी मॉल नहीं आया होता।

अँधेरा हो चुका था। शाम के करीब सात बजे थे। मैंने अपनी जेब से एक सिगरेट निकाली और जलाई। दो कश मारे और आँखे बंद करके अपने ख्यालों में खो गया। मेरे आसपास से कौन गुज़र रहा है, मुझे कोई खबर नहीं थी।

तभी मेरे हाथ से किसी ने मेरी सिगरेट ली। मैंने आँखें खोली और उसे देखा। एक पल को ऐसे चौंक गया जैसे कोई प्रेत नजर आ गया हो। यह झील थी, जो मेरी तरफ देख नहीं रही थी पर मेरी सिगरेट को अपने पैरों से कुचल रही थी।

मैं कुछ समय के लिए दंग रह गया। मैंने अपनी आँखों को मसला कि कहीं मुझे सिगरेट से नशा तो नहीं चढ़ गया। मगर वो सच में झील ही थी। पीली कुर्ती और नीली जीन्स पहने, हाथ में मॉल की बड़ी सी पॉलीथिन लिए। वही खुले बाल, वही बिखरती जुल्फें, गुलाब से ज्यादा गुलाबी होंठ और आँखों में हल्का सा काजल लगाए वो कुछ यूँ नजर आ रही थी जैसे दोबारा मेरे कत्ल की तैयारी में हो। ऐसा प्रतीत हो रहा था जैसे उस स्थान पर मौजूद सभी रोशनियाँ एक पुंज में केंद्रित हो जाने के बावजूद भी उसके चेहरे के तेज के सामने फीकी पड़ रही हैं।

"तुम यहाँ कैसे?" मैंने पूछा।

अब झील ने मुझसे नजर मिलाई और मुस्कुराने लगी।

"हैप्पी वैलेंटाइन्स डे प्रिय सागर", झील ने कहा।

"तुम्हे भी मुबारक हो झील, मगर तुम यहाँ कैसे?" मैंने फिर से पूछा।

"वैलेंटाइन डे का तोहफा लेने आई थी और तोहफे में तुम नजर आ गए", उसने कहा।

"ओह... तो मतलब अपने बॉयफ्रेंड के साथ आई हो", मैंने कहा।

"मैं मेरे पापा के लिए तोहफा लेने आई हूँ। मोहित से अलग हुए तो एक साल हो गया", उसने कहा।

"ओह... तो अब किसके साथ हो तुम?" मैंने पूछा।

"यह कैसी बकवास है? समझते क्या हो तुम मुझे? मैं एक को छोड़कर दूसरे को पकड़ती हूँ क्या? यही काम बचा है क्या मेरे पास?" झील बुरी तरह से मुझपर झल्लाई।

"मुझे माफ़ करना झील, मेरा दिमाग अभी ठिकाने पर नहीं है। मैंने बिना सोचे ही कह दिया", मैंने कहा।

"अच्छा... तो अब तुम्हें भी मुझसे कुछ कहने से पहले सोचने की जरूरत पड़ने लगी? खैर, तुम जयपुर कब आए? और कर क्या रहे हो तुम यहाँ?" उसने पूछा।

"अन्दर चलो, बैठकर बात करते हैं", मैंने कहा।

झील ने अपने बैग की आधी चेन खोलकर मुझे दिखाई, उसमें एक व्हिस्की की बोतल थी।

"यह अन्दर बैठकर नहीं ले सकते ना, और मुझे अभी पीनी है", उसने कहा।

"तुम मेरे कमरे पर चल सकती हो, यहाँ से ज्यादा दूर नहीं है", मैंने कहा।

"सामने तुम्हें 'बोर्ग होटल' दिख रहा है ना, मैं उसी में ठहरी हुई हूँ। मेरे हिसाब से वो ज्यादा पास पड़ेगा", उसने कहा।

हम झील के होटल की तरफ चल दिए। देखने में तो यह काफी महँगा, पाँच सितारा होटल नजर आ रहा था।

"यह इतनी कितनी अमीर हो गई है", मैंने मन ही मन सोचा। थोड़ी ही देर में हम उसके कमरे में थे। बहुत ही सुंदर कमरा था और होटल की नौवीं मंज़िल पर था जिसकी खिड़की से शहर का पचास प्रतिशत भाग आसानी से दिखाई दे रहा था।

"क्या खाओगे सागर?" झील ने पूछा।

"कुछ नहीं झील, बस थोड़ी देर में निकलूँगा। मेरा भोजन मेरे घर पर तैयार है", मैंने कहा।

"तुम्हें ऐसा लगता है कि तुम मेरी इज़ाज़त लिए बिना यहाँ से जा सकते हो? यह चंडीगढ़ नहीं है", उसने कहा।

"हम्म... चंडीगढ़ को कैसे भूल सकता हूँ", मैंने कहा।

"क्यों? अपनी पुरानी आदत के हिसाब से कोई उड़ता तीर पकड़ा था क्या वहाँ भी?" उसने प्याले में शराब भरते हुए पूछा।

"छोड़ो, तीर कुछ ज्यादा ही नुकीला था, तुम्हारे दिल को जख्मी कर देगा। वैसे मैं शराब नहीं पियूँगा, एक प्याला वापस रख दो", मैंने कहा।

"क्या बात है ! मुझे बिगाड़कर खुद शरीफ़ हो गए। पी लो चुपचाप, वरना मुझे और भी तरीके आते हैं", उसने कहा।

"बस एक पेग", मैंने कहा।

"इस मुद्दे पर बाद में बात करेंगे। तुम बताओ कैसे हो और नम्बर तक बदल लिया। सब ठीक तो है?" उसने पूछा।

"मैं एकदम ठीक हूँ, किसी वजह से नम्बर बदला था। यह सब छोड़ो, तुम बताओ यहाँ कैसे", मैंने अपना प्रश्न दोहराया।

"बताना ही पड़ेगा, वरना एक ही सवाल तुम सारी रात पूछते रहोगे। मेरी पदोन्नत्ति हो गई, तीन दिन के प्रशिक्षण पर आई थी और आज प्रशिक्षण का आखिरी दिन था। कल मैं वापस दिल्ली निकल जाऊँगी", उसने कहा।

"बधाई हो झील और चंडीगढ़ छोड़ दिया तुमने?" मैंने पूछा।

"छोड़ना पड़ा सागर, परेशान हो चुकी थी मोहित से। बहुत ही ज्यादा हिंसक हो चुका था वो मेरे साथ। मेरे साथ काम करने वाले लोगों पर भी शक करने लगा था। मैंने जब चंडीगढ़ छोड़ने की बात कही तो उसने खूब तमाशे किए, मेरे पापा को फोन करके उल्टा सीधा कह दिया। और क्या बताऊँ, क्या कुछ नहीं किया। उसके बाद पापा ने फ़ौरन मुझे दिल्ली बुलवा लिया और मेरा तबादला दिल्ली करवा दिया", उसने कहा।

"इतना सब हो रहा था और तुमने एक बार मुझे बताया तक नहीं", मैंने कहा।

"पानी के साथ लोगे या सोडा मंगवाऊँ?" उसने पूछा।

"बात मत पलटो झील, जवाब दो", मैंने कहा।

"क्या कहती मैं तुमसे? तुम सुनना भी चाहते थे मुझे? किया था तुम्हें फोन, तुमने मुझसे किस तरह से बात की वो आज तक नहीं भूली मैं। तुमने तो मेरी वजह से अपना नम्बर तक बंद कर दिया। मैंने भैया से तुम्हारा नम्बर कितनी बार माँगा, वह भी मुझे टालते रहे और तुम पूछ रहे हो कि मैंने बताया क्यों नहीं", उसने चिल्लाते हुए कहा।

(भैया ने झील से हुई बातों के बारे में कभी मुझसे किसी तरह का जिक्र नहीं किया, इसकी वजह मैं अच्छी तरह से समझता था।)

"मुझे माफ़ करना, मैं बहुत ही अलग रास्ते पर चल रहा हूँ। तुम्हारे बुरे वक्त में तुम्हारा साथ नहीं दे पाया", मैंने कहा।

"कोई बात नहीं। बीती बातें भूलकर आज मेरी पदोन्नत्ति का जश्न मनाओ", झील ने गिलास मेरी तरफ बढ़ाते हुए कहा।

"तुम्हें इस मुकाम पर देखकर बहुत ख़ुशी होती है", मैंने कहा।

"तुम बदल गए हो सागर", उसने कहा।

मैंने एक नजर खुद पर मारी।

"पेट अन्दर करने की जरूरत नहीं है। मुझे पता है मोटे हो गए हो और वैसे मैं तुम्हारे शरीर की बात नहीं कर रही", उसने कहा।

"वक्त के साथ बदलना पड़ता है झील, वरना वक्त हमें पीछे छोड़कर आगे निकल जाता है", मैंने कहा।

"ओह... बड़े दार्शनिक बन रहे हो। तुम शराब का आनंद लो, मैं कपड़े बदलकर आती हूँ। इस कसी हुई कुर्ती में ठीक नहीं लग रहा", उसने कहा।

"मैं अपना गिलास उठाकर बालकनी में चला गया और झील वॉशरूम में। आज की शाम रोज़ की अपेक्षा थोड़ी ज्यादा ठंडी थी। ना जानें क्यों, मैं फिर से पुरानी बातों को याद कर रहा था। मुझे वो दिन याद आ रहा था जब मैंने इस लड़की को पहली बार देखा था। खूबसूरत तो यह आज भी उतनी ही थी, बल्कि अब तो पहले से ज्यादा निखर चुकी थी। मैंने अपना पेग खत्म किया, तभी झील ने मेरे कंधे पर हाथ रखा।

"किस सोच में डूब गए? चलो अन्दर", उसने कहा।

एक सफ़ेद टीशर्ट और काला पायजामा पहना था उसने, मगर उसके सौंदर्य के आगे तो अप्सराएँ भी पानी माँगे। उसके खुले बाल उसकी खूबसूरती पर चार चाँद लगा रहे थे।

"सागर, तुम्हारा इस तरह से खामोश हो जाना मुझे परेशान करता है", उसने कहा।

"ऐसा कब से?" मैंने पूछा।

"उस दिन से, जब पहली बार तुमसे मिली थी", उसने कहा।

मैं उसकी बातें सुनते हुए अपने प्याले में भरी शराब को हिलाए जा रहा था।

"मुझे आज भी याद है कि किस तरह से तुम मेरी शैतानियों का जिम्मा अपने सिर पर ले लेते थे", उसने कहा।

"प्यार था... हद से ज्यादा", मैंने कहा।

"और अब नहीं है?" उसने पूछा।

मैं उसके सवाल को अनसुना करते हुए एक सिगरेट जलाने लगा।

"क्या मेरा किसी और के साथ सोना इसकी वजह बना है?" उसने नज़दीक आकर पूछा।

"तुम्हें अपनी साइकिल में ताला लगाना नहीं आता था झील, दरअसल प्रार्थना सभा में तुम्हारे रोज़ाना देरी से आने के पीछे असली वजह यही थी। तुम बाल सुलझाने के बहाने अपनी दोनों चोटियाँ खोल लेती थी, फिर सबसे नज़रें बचाकर अपने बालों को खोलकर बैठ जाती थी, ठीक वैसे ही, जैसे कि मुझे परांद थे। तुम कक्षा में चोरी-छिपे सुबह ही अपना टिफिन चट कर देती थी। स्नेहा मैडम के डाँटने पर तुम्हारी नाक गुस्से से लाल हो जाती थी। तुम्हें नहीं पता, शायद तुम्हें नहीं पता कि मैं तुम्हें इतना जानता हूँ... और यही वजह है कि शायद तुम्हें नहीं पता मेरी मोहब्बत जिस्मानी रिश्तों से कहीं ऊपर है", मैंने कहा।

मेरी बातों ने शायद झील को हमारा साथ में गुज़रा वक्त याद दिला दिया। वो मेरे बहुत पास आ गई और मुझसे सटकर खड़ी हो गई।

हम एक-दूसरे की तेज़ दौड़ती धड़कनों को आसानी से सुन सकते थे। झील ने मेरे हाथ से सिगरेट ली और उसे बुझा दिया। मैंने फिर एक बार महसूस किया कि मेरे सिर से लेकर पाँव तक मेरा खून तेज़ी से ऊपर चढ़ रहा है और उतर रहा है, जो शायद झील के सिवाय किसी और के साथ महसूस नहीं होता था।

झील मुझसे लंबाई में कम थी, वो अपने पंजों के बल खड़ी हुई और अपने होंठ मेरे होंठो से मिला दिए। उस कमरे में अचानक से ख़ामोशी छा गई। उस वक्त वहाँ सिर्फ दो चीज़ों की आवाज़ सुनाई दे रही थी, पहली घड़ी की टिक-टिक चलती सुई की, और दूसरी हम दोनों की टकराती साँसों की। थोड़ी देर बाद मैं उससे अलग हुआ।

"तुम्हें तो जाना है झील, हमेशा की तरह। तो फिर यह सब क्यों?" मैंने पूछा।

"हाँ, मैं चली जाऊँगी सागर। इस बार शायद हमेशा के लिए चली जाऊँ मगर मुझे इस रिश्ते की आखिरी रस्म अदा करने दो, जिसका मैं नाम तक नहीं जानती", उसने कहा।

"खुद पर काबू रखो झील, तुम होश में नहीं हो", मैंने कहा।

"नशे में तो मैं ना उस लिफ्ट में थी और नशे में ना मैं आज हूँ सागर", उसने मेरी शर्ट की कॉलर को अपने दोनों हाथों से खींचते हुए कहा।

हम फिर से एक-दूसरे के आगोश में खो गए। एक तूफ़ान सा था जो शायद हम दोनों ही एक-दूसरे में दबाए बैठे थे। आखिरकार झील का विलय समंदर में हो ही गया। मेरी जिंदगी अचानक से ऐसा मोड़ लेगी यह मैंने सोचा नहीं था। उस शाम मैं झील से ना मिला होता तो शायद आज जिंदगी कुछ और होती।

अनजान रास्तों की यही तो ख़ासियत है कि कब, किस ओर मुड़ जाएं, ख़बर नहीं, और जिंदगी तो होती ही है उम्र-भर का अनजान सफर।

वो मुझसे जुड़ने आई थी कि बिछड़ने, मुझे नहीं पता। मगर उस रात के बाद पहले जैसा कुछ नहीं रहा। थोड़ी देर अपनी पूरी गति से बहने के बाद तेज़ हवाएँ थम गईं और बारिश की बौछारों ने माहौल को इतना शांत बना दिया, मानो यह हमेशा से ऐसे ही था।

रात के करीब बारह बजे थे, झील मेरी बाँहों में बाँहें डाले ऐसे सो रही थी जैसे कहीं से बड़ा लंबा सफर तय करके वापस लौटी हो। मैं बिना

आवाज़ किए उठा और अपने कपड़े पहनकर एक सिगरेट जलाई। कमरे में चारों ओर सिगरेट का धुआँ व गंध जरूर थी, मगर मेरे जिस्म का हर एक कोना झील की खुशबू से महक रहा था। सिगरेट पीकर मैं अपने जूते पहन ही रहा था कि झील की आँख खुल गई।

"बिना बताए चले जाना। सब समझ रही हूँ सागर, यह तुमने मुझसे ही तो सीखा है, आज यह भी समझ आ रहा है कि मैंने तुम्हें कितना दर्द दिया है", उसने कहा।

"मुझे नहीं पता तुम्हारे दिल में क्या चल रहा है, ना ही मुझे कुछ जानना है। इस बार तुमसे कोई सवाल नहीं करूँगा, ना ही तुम्हें रोकने की कोशिश करूँगा।"

"तुम खुश रहो काफी है, फर्क नहीं पड़ता किसी के साथ भी रहो", मैंने कहा।

"मैं खुश नहीं हूँ सागर", उसने कहा।

"हम्म... ब्रेकअप के बाद अक्सर होता है। थोड़े दिन में सब ठीक हो जाएगा", मैंने कहा।

"नहीं सागर, इन सभी बातों के पीछे 'कर्मा' ज़िम्मेदार है", उसने कहा।

"क्या मतलब है तुम्हारा?" मैंने पूछा।

"सबको अपने-अपने कर्मों का फल यहीं भोगना है। मैंने तुम्हारी मोहब्बत को ठुकराकर तुम्हें ठेस पहुँचाई और देखो हुआ क्या। मैंने जिस जिससे मोहब्बत की, उन सभी लोगों ने मुझे ठुकरा दिया", उसने कहा।

"हो सकता है तुम्हारे तर्क सही हों, मगर यह सब बीत चुका है जो मायने नहीं रखता। और वक्त भले ही कितना भी आगे क्यों ना निकल गया हो, मैं आज भी वहीं हूँ झील। जीवन के किसी भी दौर में मैं तुमसे मुँह नहीं मोड़ सकता। फैसला अब भी तुम्हारा है, अब साथ चलना चाहती हो कि नहीं", मैंने कहा।

"नहीं हो पाएगा मुझसे, मेरे बस में अब कुछ नहीं है सागर", उसने कहा।

"जानता था तुम नहीं कर पाओगी। खैर इसी तरह रिश्ते निभाते गुज़र जाएगी जिंदगी... तुम बर्फ सी जमी रहना, मैं मोम सा पिघलता रहूँगा", मैंने कहा।

"मैं अपनी मजबूरियों को ढाल नहीं बनाना चाहती सागर, मगर इस वक्त सच बोल सकूँ मुझमें इतनी हिम्मत नहीं है", उसने कहा।

"तो फिर यह सब क्यों?" मैंने पूछा।

"तुम्हें पूरी तरह खो देने से पहले एक बार तुम्हें पूरी तरह से पाना चाहती थी सागर। थक गई हूँ मैं, क्या एक रात के लिए मुझे तुम्हारी गोद में आराम मिल सकता है?" उसने मेरा हाथ पकड़ते हुए पूछा।

"नहीं हो पाएगा मुझसे झील, मेरे बस में अब कुछ नहीं है", मैं उसपर तंज कसते हुए कमरे से बाहर निकल गया।

मैं झील के पास से चला आया। सड़कें बारिश और सर्द हवाओं के आग़ोश में थी मगर मैं भीतर से सुलग रहा था। पहली बार लग रहा था कि उसे पाकर खोया है। यह सब उससे अनजाने में तो नहीं हुआ था, वह पूरे होश-ओ-हवास में थी, तो इसके पीछे उसका मक़सद क्या था? दूर जाना ही था तो पास आई क्यों? कहीं किसी बुरे दौर से तो नहीं गुज़र रही है? या बहुत दूर जा रही है कि आखिरी मुलाक़ात को यादगार बना गई? मैं इस तरह के सवालों के बवंडर में घिर चुका था।

मेरे हिस्से में सिर्फ और सिर्फ सवालों की कतारें थी और जवाब एक भी नहीं। मैं अपने घर आया और सीधे जाकर पलंग पर लेट गया। पर उस रात मैं झील के पास से वापस आया भी कि नहीं मालूम नहीं। नींद तो मेरी आँखों से कोसों दूर थी। मेरा बदन उसकी खुशबू से महक रहा था।

मेरी स्थिति किसी झील से निकाल फेंकी गई मछली की तरह थी, मैं बुरी तरह छटपटा रहा था। कुछ वक्त के लिए ही सही मगर आज सागर और झील पूरी तरह से एक हो गए। इस बात से तो मुझे खुश होना चाहिए था न, मगर मैं जरा भी खुश नहीं था। मुझे जो महसूस हो रहा था वो मेरी समझ से बाहर था। मेरा जिस्म उसके नाखूनों से जख्मी था और मेरा दिल उसके शब्दों से।

वो रात जो उसके ख्यालात में गुज़री, उससे लंबी भी कोई रात थी क्या, मुझे मालूम नहीं। मैं सुबह के लिए तरस रहा था, तरस रहा था कि रात का चढ़ा सुरूर सुबह की पहली किरण के साथ उतर जाए, पर शायद यह मुमकिन ना था !

अध्याय 11

"फैसले और फ़ासलें"

"आखिर ज़ेहन में इतने सवाल क्यों हैं? कभी-कभी यह सवाल भी बहुत परेशान करता है।"

खैर, झील जा चुकी थी अपने पीछे बहुत सारे सवाल छोड़कर। इस बार मैंने उसे रोकने की कोशिश नहीं की, ना ही उसे ढूँढने की, क्योंकि मुझे एक प्यारी सी लड़की ने एक बहुत ही प्यारी बात सिखाई थी।

"छोड़कर जाने वालों को जाने दो, आज जो ठुकरा कर चले गए हैं, कल ठोकर लगने पर वापस आएँगे।"

अब मैं सबकुछ भुलाकर फिर से अपनी तैयारी में जुट गया। यह मेरा दूसरा प्रयास था। मैंने मेहनत भी दोगुनी ही की। मैं जी-जान लगाकर अपनी पढ़ाई में जुटा हुआ था।

सभी के जीवन को एक-एक करके नई दिशा मिल रही थी। कियारा भी अपनी पढ़ाई पूरी करके एक बहुराष्ट्रीय कम्पनी में एक अच्छे पद के लिए चयनित हुई। उसने यह खुशख़बरी अपने माता-पिता से भी पहले मुझे आकर सुनाई। उसे देहरादून जैसी खूबसूरत जगह पर एक बहुत ही अच्छी नौकरी मिली थी। उस दिन मैं कियारा के लिये बेहद खुश था और मैंने उसे ढेर सारी शुभकामनाएँ दी। मैं तो बहुत खुश था, मगर कियारा के चेहरे पर वो ख़ुशी दिखाई नहीं दे रही थी।

"क्या हुआ? तुम खुश नहीं हो?" मैंने पूछा।

"अपनों से दूर होने की कैसी ख़ुशी सागर", उसने कहा।

"तुम जानती भी हो कि हम सभी तुम्हें उस जगह देख कर कितना खुश होंगे? थोड़े दिन जरूर मन नहीं लगेगा, पर धीरे-धीरे आदत हो जाएगी प्रिय। जिंदगी में अब कठोर बनने का वक्त आ गया है। अब हर कीमत

पर अपना फर्ज़ अदा करो, हम तुम्हें कभी अकेला नहीं पड़ने देंगे", मैंने कहा।

"मगर तुम तो अभी भी नासमझ बच्चे हो, मैं नहीं रहूँगी तो तुम्हें कौन संभालेगा", उसने अपने मासूमियत भरे अंदाज़ में अपना सिर मेरे कंधे पर टिका दिया।

"यह है ना मुझे संभालने के लिए", मैंने अपने गले में बँधा उसका लॉकिट उसे दिखाते हुए कहा।

हर बार की तरह कियारा ने मुझे गले लगाया। मैं उसके लिए जितना खुश था, उतना ही दुःखी इस बात से भी था कि वो जल्द ही मुझसे बहुत दूर होने वाली है। थोड़ी देर बातें करने के बाद कियारा चली गई। उसे पाँच दिन के भीतर देहरादून में अपनी उपस्थिति दर्ज करवानी थी।

तीन दिन बाद मैं हाथ में गुलदस्ता, एक मिठाई का डिब्बा, उसकी पसंदीदा पुस्तकें और मनपसंद चॉकलेट का पैकेट लिए शाम सात बजे रेलवे स्टेशन गया। आज कियारा देहरादून जा रही थी। मैं उसकी नौकरी लगने वाली बात से बेहद खुश था, पर उसे खुद से दूर जाते देख मेरा मन बहुत भारी हुआ जा रहा था। मुझे अपने आँसुओं को छुपाना था और उसे हँसते हुए विदा करना था क्योंकि मैं जानता था कि उसने मुझे हताश देख लिया तो अपना फैसला बदल बैठेगी।

मैं उसके बताए वक्त पर रेलवे स्टेशन पहुँचा, उसकी ट्रेन प्लेटफार्म पर ही खड़ी थी और कुछ ही देर में कियारा मुझे मिल गई। उसके माता-पिता भी वहाँ मौजूद थे। मैंने जाकर उनका अभिवादन किया।

"तुम सागर हो, है ना?" कियारा की मम्मी ने पूछा।

"हाँ आंटी जी", मैंने कहा।

"ओह यंग बॉय... हमने तो बस हमेशा से तुम्हारे बारे में सुना ही था। यह(कियारा) इतनी बातें जो करती है तुम्हारे बारे में। तुमसे मिलकर ख़ुशी हुई", कियारा के पापा ने कहा।

"मुझे भी आपसे मिलकर बहुत अच्छा लगा अंकल जी", मैंने कहा।

"यह साथ में ताम-झाम कैसा? हमेशा के लिए थोड़ी ना जा रही हूँ", कियारा ने पूछा।

"तुम दोनों बातें करो, हम कुछ खाने का सामान लेकर आते हैं", आंटी जी ने कहा।

उसके माता-पिता हमें वहाँ छोड़कर चले गए और मैं उस खूबसूरत से गुलाब को जी भरके देखने में व्यस्त हो गया।

"क्या सोच रहे हो?" उसने पूछा।

"कुछ नहीं... बस अपना ध्यान रखना तुम। नया शहर है, हर कार्य सावधानी से करना", मैंने कहा।

"मेरा तुमसे दूर जाने का बिल्कुल भी मन नहीं कर रहा। मैं तुम्हें बहुत याद करूँगी सागर", उसने कहा।

"मुझे भी हर वक्त तुम्हारी याद आएगी, पर क्या कर सकते हैं प्रिय। जीवन के नए दौर में आई हो तुम, तुम्हारा आगे बढ़ना अनिवार्य है", मैंने कहा।

"अपना ध्यान रखना बस तुम। मेरी जान बसी है तुम में", उसने कहा।

"जब तक तुम हो, तब तक मुझे मेरी परवाह नहीं है। मेरे जीवन में अगर वाकई कुछ अच्छा हुआ है तो वह सिर्फ मेरा तुमसे मिलना", मैंने कहा।

"मैं जा रही हूँ सागर। अब सबकुछ बदल जाएगा। कुछ बातें हैं, जो मैं कभी कह नहीं पाई, मगर जिंदगी हमें अब जल्द ही अलग करने वाली है। मैं एक अच्छी दोस्त की तरह हमेशा तुम्हारे पास रहूँगी यह वादा है मेरा", उसने कहा।

"ऐसा क्यों कह रही हो? कोई बात तुम्हें परेशान कर रही है तो बोलो मुझे", मैंने कहा।

"कुछ नहीं सागर। बस जल्दी से अपना सपना पूरा करो। मैं तुमसे सिर्फ इतना ही चाहती हूँ। हो सके तो झील को भूल जाओ। मैं आज पहली बार तुमसे ऐसी बात कह रही हूँ क्योंकि अब मुझे महसूस होने लगा है कि तुम एक बहुत ही अच्छे जीवनसाथी के हकदार हो", उसने कहा।

आज पहली बार ऐसा हुआ कि मुझे कियारा की बातें ठीक से समझ नहीं आईं। हमने थोड़ी यहाँ-वहाँ की बातें कीं जितने में अंकल-आंटी आ गये। अब कियारा की ट्रेन के रवाना होने का समय हो चुका था। वो अपने पापा के गले लगकर थोड़ा रोई भी, उन्होंने उसे चुप करवाया। मैंने उसका सारा सामान उसकी सीट पर रखा। कियारा बारी-बारी सबसे

मिली और आखिर में उसने मुझे गले से लगाया। मैं बहुत मुश्क़िल से खुद के आँसुओं को रोक पा रहा था। ट्रेन ने शोर किया(जो मेरे हृदय में मच रहे शोर से थोड़ा कम था) और कियारा दरवाजे पर खड़ी हो गई। सभी ने नम आँखों से उसे विदा किया पर आज मुझे कियारा की निगाहों में कुछ और ही नजर आ रहा था। मैंने इतना उदास उसे पहले कभी नहीं देखा था और मैं जानता था कि इस उदासी की वजह उसका यहाँ से जाना नहीं है।

खैर, कियारा चली गई। अब मैंने भी अंकल-आंटी से विदा लेनी चाही।

"कहाँ जाओगे सागर?" अंकल जी ने पूछा।

"मैं मानसरोवर रहता हूँ अंकल जी", मैंने कहा।

"चलो, हम तुम्हें घर छोड़ते हुए निकल जाएँगे", उन्होंने कहा।

"नहीं, आप लोग बेवजह परेशान ना हों, मैं टैक्सी कर लूँगा", मैंने कहा।

"अरे नहीं, हमारी बेटी के सबसे अच्छे दोस्त हो तुम्हें टैक्सी में कैसे जाने देंगे। अब चलो, इसी बहाने तुमसे थोड़ी बात भी करने का मौका मिल जाएगा", उन्होंने कहा।

मैंने उनकी अवज्ञा करना ठीक नहीं समझा और उनके साथ बाहर आ गया। अंकल जी ने अपनी कार निकाली और मैं पीछे वाली सीट पर बैठ गया। रास्ते में वे मेरे परिवार और मेरी पढ़ाई के विषय में मुझसे चर्चा कर रहे थे। तभी एक ऐसी बात सामने आई जिसने मुझे हिला कर रख दिया।

"बेटा, इतना पास रहते हो फिर भी कभी घर नहीं आते। हम भी तुम्हारे परिजनों की तरह ही हैं", आंटी जी ने कहा।

"कभी मौका नहीं मिला आंटी जी। इस बार कियारा के वापस लौटने पर जरूर आऊँगा", मैंने कहा।

"आना तो है ही। एक तुम ही तो उसके सबसे अच्छे दोस्त हो और उसकी शादी उसके दोस्तों के बिना कैसे होगी", अंकल जी ने कहा।

"शादी?" मैंने चौंकते हुए पूछा।

"हाँ बेटा, इस वर्ष उसकी शादी तय हुई है। वो तो कियारा नौकरी करना चाहती थी तो हम उसकी नौकरी लगने का इंतज़ार कर रहे थे, वरना हमने तो बहुत पहले से तय कर रखा था और खुशकिस्मती से चार महीने बाद उसकी सगाई है", आंटी जी ने कहा।

मैं आँखे फाड़े बस उन्हें घूरे जा रहा था, जैसे किसी बुरे सपने को देखने के बाद अभी-अभी जागा हूँ।

"क्या हुआ सागर? उसने तुम्हें बताया नहीं?" अंकल जी ने पूछा।

"नहीं अंकल जी, उसने कभी इस बात का ज़िक्र मुझसे नहीं किया", मैंने कहा।

"देख रही हो आयुषी(कियारा की माताजी)... कितनी अजीब है अपनी बेटी, अपने सबसे अजीज मित्र से भी इतने बड़े राज़ छुपाती है", उन्होंने कहा।

"बेटा, बात ऐसी है कि हमने तो तीन वर्ष पहले से उसके लिए यह रिश्ता पसंद कर रखा था, मगर वो है कि शादी के नाम से ही साफ़ शब्दों में इनकार कर देती थी। हमने पूछा भी कि अगर उसे कोई और पसंद है तो हमें बताए, पर उसने कभी इस बारे में हम दोनों से खुलकर बात नहीं की। अभी कुछ महीने पहले अचानक ना जाने उसे क्या हुआ कि अपने आप इस रिश्ते के लिए राज़ी हो गई", आंटी जी ने कहा।

मेरे ऊपर तो जैसे सवालों का पहाड़ टूट रहा था, मुझे समझ आ रहा था कि आज तक उसने मना क्यों किया और अब अचानक से राज़ी क्यों हो गई।

"लड़का क्या करता है आंटी जी?" मैंने पूछा।

"सुधीर का पारिवारिक व्यवसाय है। पुणे में उनकी स्टील मिल है, जिसका कार्यभार उसी पर है। वह कियारा के पिता के एक बहुत अच्छे दोस्त का बेटा है। हमसे उनके काफी पुराने संबंध हैं", उन्होंने कहा।

"कियारा खुश है आंटी जी, बस इतना ही काफी है, और आप लोगों ने उसके लिए सबसे बेहतर चुना होगा मुझे यकीन है", मैंने कहा।

"शुक्रिया सागर बेटा। तुमसे मिलकर आज वाकई ऐसा लगा कि कियारा ने एक बहुत अच्छे लड़के को अपना दोस्त बनाया है", अंकल जी ने कहा।

"यह तो आपका बड़प्पन है अंकल जी", मैंने कहा।

खैर, कुछ देर उसकी बातें करने के बाद उन्होंने मुझे मेरे घर के पास उतार दिया और मुझसे घर आने का वादा लेकर चले गए। मैंने उनके जाते ही कियारा को फोन किया।

"क्या बात है? इतना याद कर रहे हो अपनी दोस्त को?" कियारा ने पूछा।

"तुमने तो अपना होकर भी पराया कर दिया यार", मैंने कहा।

"क्या बात है सागर? मुझसे कोई गलती हुई है क्या?" उसने पूछा।

"तुम शादी करने जा रही हो और मुझे बताया तक नहीं", मैंने कहा।

"मुझमें इतनी हिम्मत नहीं थी कि तुम्हें यह बुरी खबर खुद दे सकूँ। मुझे माफ़ कर दो सागर", उसने कहा।

"क्या तुम इस निर्णय से खुश हो?" मैंने पूछा।

"कुछ फैसलों से जबरदस्ती खुश होना पड़ता है", उसने कहा।

"इतनी भी क्या जल्दी थी मुझसे दूर होने की?" मैंने भारी स्वरों में पूछा।

"एक ना एक दिन तो यह होना ही था। और वैसे भी तुम तो झील के हो, मुझे तो किसी का होने दो", उसने कहा।

"अगर मैं कहूँ कि मैं उसका नहीं हूँ, तो?" मैंने पूछा।

"तुम मेरी शादी से एक मिनट पहले भी कह दोगे कि तुम मुझे अपनाना चाहते हो, तो मैं मण्डप छोड़ दूँगी। मगर मैं जानती हूँ सागर कि वो जगह मेरी नहीं है", उसने कहा।

"तुम सबसे श्रेष्ठ हो, मुझे तो सारी उम्र ढूँढने पर भी ना मिल सके तुम जैसी कोई", मैंने कहा।

"मगर तुम्हें श्रेष्ठ से नहीं बेहतर से मोहब्बत है और यही हम तीनों का सच है", उसने कहा।

मैं खुद के आँसुओं पर काबू ना कर पाया और मैंने फोन रख दिया। ऐसा क्यों हो रहा था मेरे साथ? जिससे मोहब्बत थी, वो साथ रहना नहीं चाहती थी और जो सच में मोहब्बत करती थी मैं उसको साथ ला नहीं पा रहा था। कियारा को खोने का ख्याल तक नहीं आया कभी दिल में और जब आज मालूम चला कि मैं उसे खोने जा रहा हूँ तो मेरा हृदय पीड़ा से कराह उठा।

मैं जानता था कि मैं झील को कभी भुला नहीं पाऊँगा, बस यही वजह थी कि मैंने कियारा से कभी रिश्ता नहीं जोड़ा। मैं इतनी प्यारी लड़की को अपनी जिंदगी में लाकर उसकी भावनाओं के साथ खिलवाड़ तो किसी कीमत पर नहीं कर सकता था। अब बाकी रहा दर्द... दर्द तो झेलना ही

था। इस वक्त कमजोर पड़ जाता तो कियारा को उम्र भर का दर्द दे देता और मेरे लिए अपना स्वार्थ उसकी खुशियों से बढ़कर नहीं था।

मैंने आज एक साथ दो अहम फैसले लिए। पहला कि कियारा के रास्ते में कभी नहीं आऊँगा और दूसरा यह कि अगर झील ना मिली तो मैं कभी शादी भी नहीं करूँगा।

वक्त और जिंदगी दोनों ने ही रफ़्तार पकड़ रखी थी। चार महीनें कब निकल गए मालूम नहीं पड़ा। झील ने इस दरमियान मुझसे कोई बात नहीं की, ना ही मैंने उसे फोन किया। कियारा भी कुछ दिनों की छुट्टी लेकर जयपुर लौट आई। मगर मैं अपनी पढ़ाई में व्यस्त होने की वजह से उससे मिल नहीं पाया। आख़िरकार वो मुझे अपनी सगाई का न्योता देने मेरे घर आई।

"यार यह क्या बात हुई, मैं तो तुम्हारी सगाई में आ ही नहीं पाऊँगा", मैंने कार्ड देखते हुए कहा ।

कियारा गुस्से से तिलमिला गई और थोड़ी ही देर में मेरी बात सुनकर फिर से शांत हो गई। दरअसल मेरी परीक्षा ठीक उसकी सगाई वाले दिन थी और मेरा परीक्षा केंद्र भी कोटा ही आया था। मैं चाहकर भी उसकी सगाई में शामिल नहीं हो पाता।

"मन छोटा मत करो और तुम्हें बहुत बहुत बधाई हो", मैंने कहा।

"शुक्रिया, पर जहाँ मुझे तुम्हारी सबसे ज्यादा जरूरत होगी, तुम उस वक्त मेरे साथ नहीं होगे, इसी बात का अफ़सोस है", उसने कहा।

"कोई बात नहीं प्रिय, सगाई ही तो है, तुम्हारी शादी तो मैं मेरे बिना नहीं होने दूँगा", मैंने कहा।

"काश, तुम्हारी बातें सच होती", उसने कहा।

"क्या मतलब है तुम्हारा?" मैंने पूछा।

"कुछ नहीं। मुझे कोटा लेकर चलो, मम्मी-पापा और भैया-भाभी से मिलना चाहती हूँ और उन्हें खुद अपनी शादी का न्योता देना चाहती हूँ", उसने कहा।

"अगर तुम मजाक नहीं कर रही हो तो तुम मेरे साथ चल सकती हो। मैं आज शाम को ही घर जा रहा हूँ", मैंने कहा।

"अचानक से कोटा क्यों जा रहे हो?" उसने पूछा।

"सबकी बहुत याद आ रही है और परीक्षा के बाद मैं वहाँ नहीं रुकूँगा, तो सोच रहा हूँ एक सप्ताह पहले ही चला जाऊँ। तुम साथ चल रही हो, तो बताओ", मैंने कहा।

"मैं डैड से पूछती हूँ", उसने कहा।

कियारा ने अपने पापा से बात की और जैसा कि मुझे यकीन था, उन्होंने उसे मेरे साथ जाने की अनुमति दे दी।

"मैं घर जाती हूँ अभी सागर", उसने कहा।

"छः बजे की ट्रेन है कियारा, देरी मत करना", मैंने कहा।

"ट्रेन में नहीं चलेंगे सागर। पापा ने कहा है कि वो ड्राइवर और कार साथ में भेजेंगे", उसने कहा।

"अंकल जी से कहो कि हम आराम से ट्रेन से चले जाएँगे, परेशान होने की जरूरत नहीं है", मैंने कहा।

"मेरे मामाजी के बच्चों को भी कल साथ में लेकर आना है। तुम तैयार रहना, मैं शाम को तुम्हें लेने आ ज़ाऊँगी", उसने कहा।

शाम के करीब छः बजे एक सफ़ेद मारुती कार मेरे घर के बाहर रुकी। कियारा आ चुकी थी और साथ में उसके पापा ने ड्राइवर भी भेजा था। सात दिन बाद उसकी सगाई थी, पर वो तो उस दिन ही किसी दुल्हन की तरह खूबसूरत लग रही थी। खैर, खूबसूरत तो वो हमेशा से थी मगर इन दिनों उसका निखार चरमसीमा पर था। मैंने अपना सामान बाहर निकाला और अपने कमरे में ताला लगाकर चाबी मिश्रा अंकल(मकान मालिक) को दी। कियारा वहाँ अक्सर आती थी, इसलिए अंकल उसे अच्छी तरह से जानते थे और शायद उन्हें यह ग़लतफहमी भी थी कि वह मेरी गर्लफ्रेंड है, पर मिश्रा अंकल का व्यवहार इतना अच्छा था कि उन्होंने कभी उसके यहाँ आने पर मुझसे सवाल नहीं किया।

कुछ ही देर बाद हम जयपुर से रवाना हुए। हम दोनों पीछे वाली सीट पर बैठे थे। रास्ते में कियारा, सुधीर(उसके होने वाले पति) के बारे में मुझसे बातें कर रही थी। उसने उनकी एक तस्वीर भी मुझे दिखाई। सुधीर जी एक सुंदर दिखने वाले हृष्ट-पुष्ट युवा थे और देखने में मेरे मुकाबले तो कई गुना ज्यादा बेहतर थे। मुझे कियारा के माता-पिता का फैसला सही लगा। उनकी पसंद वाकई अच्छी थी।

"इस बार मैं तुम्हें यह परीक्षा पास करते देखना चाहती हूँ", कियारा ने कहा।

"ऐसा जरूर होगा। तुम कुछ माँगो और मैं ना दूँ, ऐसा हो सकता है क्या", मैंने कहा।

"सच में?" उसने पूछा।

"जब चाहो आज़माकर देख लेना", मैंने कहा।

"खैर छोड़ो, मैंने माँग लिया तो तुम दे नहीं पाओगे... और मैं तुम्हें अपने वादे से मुकरते नहीं देख सकती", उसने कहा।

मैं कियारा की इस बात का कोई जवाब नहीं दे पाया। मैंने अपनी नज़रें घुमा ली और खिड़की की तरफ देखने लगा।

"तुम बस अपना ध्यान रखना और जीवन की हर मुश्क़िल का हिम्मत से सामना करना। मैं जानती हूँ कि तुम बहुत काबिल हो। बड़ी मुश्किल से दूर जा पा रही हूँ तुमसे", कियारा ने मेरा हाथ पकड़कर कहा।

"मुश्क़िल तो मुझे भी बहुत हो रही है कियारा। सबकुछ बहुत जल्दी हो गया, मुझे तो संभलने का मौका ही नहीं मिला", मैंने भारी आवाज़ में कहा।

उसने मेरे कंधे पर सिर रखा, अपनी आँखें बंद कर ली और थोड़ी देर बाद ही सो गई। शायद मैंने जीवन में आखिरी बार कियारा को खुद के इतना करीब महसूस किया था। उसका इस तरह मेरे पास सुकून से सो जाना मुझे बड़ा सुकून देता था। मगर यह सुकून क्षणभंगुर था। मैं जो कुछ खोने जा रहा था, उसकी भरपाई करना मुझे उस वक्त नामुमकिन सा दिखाई पड़ रहा था, पर मैंने जैसे-तैसे खुद को मज़बूत बनाए रखा।

हमारी कार की भाँति मेरे विचारों ने भी रफ़्तार पकड़ रखी थी। मेरे मन में उमड़ रहे विचार द्वंद्व करते रहे और हम कोटा शहर के नजदीक पहुँच गए। मैंने घर पर भैया-भाभी को पहले ही कियारा के आने की सूचना दे दी थी। घर पर मुझसे ज्यादा तो उसके आने का इंतज़ार हो रहा था। मेरे पापा का तो मुझे पता नहीं पर मम्मी और भैया-भाभी उसे बहुत पसंद करते थे।

करीब ग्यारह बजे हम कोटा शहर में दाखिल हुए। कियारा काफी पहले ही जाग चुकी थी। मैं ड्राइवर भैया को मेरे घर का पता बताने में व्यस्त था और वो लड़की अपनी जुल्फें सँवारने में। थोड़ी देर में हम घर पहुँच गए। भैया-भाभी मुख्य द्वार पर ही हमारा इंतज़ार कर रहे थे। कियारा कार से उतरी

और भाभी जी के गले लग गई। उसने भैया के पैर छुए। भैया ने उसे रोकना चाहा कि इतने में मेरी मम्मी बाहर आईं और उसे गले से लगा लिया।

मैं सामान निकालते हुए उन सभी की गतिविधियाँ और चेहरे के हाव-भाव देख रहा था। उन्हें देखकर ऐसा लग रहा था कि शायद वे सभी पहले से ही कियारा को अपनी बहू के रूप में स्वीकार कर चुके हैं, बस किसी पक्ष की पहल का इंतज़ार कर रहे हैं। मगर कहते हैं ना कि जो दिखता है, वो असल में होता नहीं। मैं उस वक्त खुद को इतना कमजोर महसूस कर रहा था कि एक दस किलोग्राम का बैग उठाना मेरे लिए पहाड़ तोड़ने के बराबर था। मैं जैसे-तैसे अन्दर आया और सभी का आशीर्वाद लिया। हमने ड्राइवर भैया को रोकना चाहा पर वो ज़िद करके अपने किसी रिश्तेदार के यहाँ चले गए।

हम हॉल में आकर बैठे। मेरे पिताजी तो हमेशा की तरह पहले सो चुके थे, इस बात से मुझे थोड़ी राहत भी मिली। मम्मी-भैया हमारे पास बैठे थे और भाभी जी रसोई में भोजन की तैयारियों में व्यस्त थी।

"कितने समय के बाद आई हो बेटी, याद नहीं आती क्या हमारी?" मम्मी ने कहा।

"याद तो बहुत ज्यादा आती है आंटी जी, मगर मैं मेरी नौकरी की वजह से फुर्सत नहीं निकाल पा रही थी", कियारा ने कहा।

"हाँ सागर ने हमें बताया था। बहुत-बहुत बधाई हो आपको। हम ईश्वर से प्रार्थना करते हैं कि आप जीवन में प्रगति करते जाएँ", भैया ने कहा।

"आपका बहुत-बहुत शुक्रिया भैया", कियारा ने कहा।

मम्मी ने भी उसे ढेर सारी शुभकामनाएँ दी।

"चलो शुक्र है, तुम्हें फुर्सत तो मिली बेटी। अब तुम्हें यहाँ से लंबे समय तक नहीं जाने दूँगी मैं", मम्मी ने कहा।

"मैं रुकने नहीं आई हूँ आंटी जी, आप सभी को लेने आई हूँ। सात दिन बाद सगाई है मेरी", कियारा ने कहा।

वादियों में जैसे मौसम अचानक से बदल जाता है ना, उसकी बात से उस कमरे के वातावरण का भी ठीक वैसा ही हाल हो गया। खिलखिलाहट, खामोशी में बदल गई। कियारा की सगाई की बात सुनकर मम्मी के चेहरे का रंग आश्चर्य से उड़-सा गया और वो एकदम से चुप हो गईं। मैंने

भैया की ओर देखा, वह भी बेहद गंभीर निगाहों से मुझे देखे जा रहे थे। थोड़ी देर बाद उन्होंने खुद को सहज करते हुए कियारा को बधाई दी।

"मेरी बेटी को बहुत-बहुत बधाई हो। यह तो वाकई बड़ी ख़ुशी की खबर है। हम तुम्हारी शादी में जरूर आएँगे बेटा", मम्मी ने कहा।

सभी उसके ससुराल पक्ष के बारे में उससे बातें करने लग गए। मैं आया, तब से बिल्कुल खामोश था। मैंने किसी से एक शब्द तक नहीं कहा था। मैं बस उन सभी की उम्मीदों पर पानी फिरते हुए देख रहा था, जिसकी एकमात्र वजह मैं खुद ही था।

भाभीजी ने हम सभी के लिए भोजन परोसा। उनके हाथ से बने स्वादिष्ट भोजन को तो कियारा देहरादून में भी याद करती थी और दूसरी तरफ मैं था, जिसके गले से एक निवाला भी मुश्किल से ही उतर रहा था।

"भैया, माना कि मोटे हो गए हो थोड़े और डाइटिंग पर हो लेकिन इसका मतलब यह नहीं कि बिल्कुल ही ना खाओ। भोजन इतना बुरा बनाती हूँ क्या मैं?" भाभीजी ने कहा।

"कोई डाइटिंग पर नहीं है भाभीजी ये मोटा, दिनभर खाता है और दिनभर सोता है", मेरे जवाब देने से पहले ही कियारा बोल पड़ी।

उसकी बात ने सभी के उतरे हुए चेहरों को मुस्कराहट से भर दिया और सभी जोर से हँसने लगे। मैं भी हँसते-हँसते उसे देखने लगा। वह इस तरह मेरे परिवार के साथ बैठी हुई मुझे बहुत प्यारी लगती थी। इस घर में सभी उसे अपनी बेटी की तरह प्यार करते थे। भोजन करने के बाद मैंने कियारा के सोने की व्यवस्था अपने कमरे में कर दी और अपना बिस्तर नीचे बैठक कक्ष में लगा लिया। मैं उसे सुलाकर छत पर आ गया, थोड़ी देर बाद भैया सीढ़ियाँ चढ़ते नजर आए। मैं जानता था कि उनके सवाल क्या होंगे, मगर मैं इस बारे में कोई बात नहीं करना चाहता था।

"कैसा है तू? और पढाई कैसी चल रही है?" भैया ने पूछा।

"मैं बिल्कुल ठीक हूँ भैया। सब अच्छा चल रहा है... और आप लोग कैसे हो?" मैंने पूछा।

"कियारा की शादी के बारे में बताया क्यों नहीं मुझे?" उन्होंने मेरे सवाल को नज़रंदाज करते हुए पूछा।

"मुझे भी कुछ समय पहले ही मालूम चला भैया", मैंने कहा।

"कियारा पसंद है क्या तुझे?" भैया ने पूछा।

"कैसी बातें कर रहे हो भैया? मुझे इस बारे में बात नहीं करनी है", मैंने कहा।

"यह सबकुछ जो चल रहा है, मेरी समझ में नहीं आ रहा है, इसीलिए पूछ रहा हूँ", उन्होंने कहा।

"जो कुछ भी चल रहा है, उसे इसी तरह चलने दो भैया। हमने अगर रोक लिया ना, तो ये उसका चेहरा जो हमेशा से किसी प्यारे फूल की तरह खिलखिलाया नजर आया है, वो हमेशा के लिए मुरझा जाएगा", मैंने कहा।

"ऐसी बात नहीं है। कियारा इस घर में बहुत खुश रहेगी। मम्मी भी उसे बहुत पसंद करती है", उन्होंने कहा।

"यही तो बात है भैया, वो इस घर में तो खुश रहेगी मगर मैं उसे उसके हिस्से की ख़ुशी कभी नहीं दे पाऊँगा", मैंने कहा।

"वो लात मार कर गई थी तेरे, तू उसके पीछे इतनी अच्छी लड़की को ठुकरा देगा? भूल गया चंडीगढ़?" भैया का इशारा झील की तरफ था।

"हाँ लात मारकर गई थी वो, शायद इसीलिए उसने आपको इतने फोन किए और आपने मुझे बताया तक नहीं", मैं अपनी खीज़ ना जाने क्यों भैया पर निकाल रहा था और बात को कहाँ से कहाँ घुमा रहा था।

"जो भी किया, तेरे भले के लिए किया था भाई। तू उसे गलत समझे तो कोई बात नहीं। वैसे भी तू तो खुद में ही उलझा हुआ है, तुझे इस वक्त मैं नहीं सुलझा सकता", उन्होंने कहा।

"मैं पागल हो गया हूँ, किसे क्या बोल रहा हूँ समझ नहीं आ रहा। अनजाने में मेरे शब्दों से आपको ठेस पहुँची हो तो मुझे माफ़ करना भैया", मैंने कहा।

"बहुत प्यारी लड़की है कियारा, तू चाहे तो हम उसके माता-पिता से बात करेंगे। लेकिन कहीं ऐसा ना हो कि अभी की गई देरी की वज़ह से तुझे सारी उम्र पछताना पड़े", उन्होंने कहा।

"जानता हूँ भैया, मैं यह सब जानबूझकर कर रहा हूँ। उसे खुद से दूर करने के पीछे एक बड़ी वजह है। आप चिंता मत करो, सब ठीक होगा", मैंने कहा।

भैया ने मेरे कंधे पर हाथ रखकर मुझे दिलासा दी और नीचे चले गए। अगली सुबह कियारा भी तैयार हुई और अपनी सगाई का निमंत्रण-पत्र मेरे परिजनों को देकर अपनी कार में रवाना हो गई। सभी उसके जाने से दुःखी थे, यह बात मैं अच्छी तरह से महसूस कर सकता था। ताज्जुब की बात तो यह थी कि उसकी शादी की खबर से मेरे पापा को भी ठेस पहुँची।

परिवार के साथ कुछ दिन अच्छे गुज़रे और आख़िरकार मेरी परीक्षा का दिन आ ही गया।

अध्याय 12

"जहरीला वक्त"

विहान ने सिखाया था ठोकर खाना सेहत के लिए अच्छा होता है, काफी हद तक यह बात सत्य भी लगी। मगर क्या हो जब इतनी जोर की ठोकर लगे कि उम्मीदों के साथ साथ हिम्मत भी टूटकर बिखर जाए, उसके बाद फिर से उठ खड़ा होना संभव होता है क्या? फिलहाल जो हुआ उसके बाद संभल पाना मेरे लिए तो लगभग असंभव ही था।

परीक्षा का दिन:

मैं प्रातःकाल जल्दी उठा और नहाकर मंदिर में दीपक जलाया। वैसे तो मैं रोजाना पूजा नहीं करता था परन्तु मैं उम्र के जिस दौर में था उसमें इंसान अपनी स्वार्थ सिद्धि के लिए हर किसी को मक्खन लगाना सीख ही लेता है। मैं भी ईश्वर को थोड़ा मक्खन लगाने में व्यस्त था। खैर मैं तैयार हुआ और अपना प्रवेश पत्र देखने लगा।

यह क्या मेरी परीक्षा तो संत जॉनसन स्कूल में ही थी। आठ वर्ष बाद समय भी दोबारा कहाँ ले आया, मेरा अपना विद्यालय। यही वो जगह थी जिसने मुझे झील से मिलवाया, यहीं पर मैंने अपने जीवन का सबसे अच्छा दौर गुज़ारा था।

मैं निर्धारित समय से करीब एक घण्टा पहले ही विद्यालय पहुँच गया, अभी तक किसी को कक्षाओं में जाने की अनुमति नहीं मिली थी। मैं बाहर बास्केट बॉल के मैदान में गया, मुझे मेरा बीता वक्त ज्यों का त्यों याद आ रहा था।

वह स्थान जहाँ मैंने झील को पहली बार देखा था, मैं वहाँ खड़ा हुआ तो मुझे उसकी खुशबू महसूस हुई, वो कितनी सुंदर लग रही थी उस दिन। प्रवेश द्वार के पास बना छोटा सा कमरा, जहाँ बैठकर हम घण्टों बातें

किया करते थे। हमारे विद्यालय का मंच, जिसके सामने बैठकर मैंने उसे सीटी बजाना सिखाया।

ऐसा लग रहा था जैसे मैं अपने जीवन में नौ वर्ष पीछे लौट गया हूँ। मुझे मेरे आसपास उस छोटे सागर के हँसने-खिलखिलानें की आवाज़ें सुनाई दे रही थी। मैंने प्राचार्य के दफ्तर की ओर नजर घुमाई, मुझे वहाँ सजा में खड़े सागर और विहान नजर आए। वह बरामदा जहाँ हम भागते हुए जूतों के बल फिसलते थे, वहाँ के हर एक कतरे से कोई ना कोई याद जुड़ी हुई थी। कुछ देर बाद घंटी बजी और मैं अपनी कक्षा की ओर बढ़ा। मुझे सीढियाँ चढ़ते हुए नजर आ रहा था उस लड़की का मेरा हाथ थामे नीचे उतरना। मैं उस स्थान से भी गुज़रा, जहाँ पहली बार मैंने उसे अपने दिल की बात कही थी। मैंने पलटकर देखा कि काश झील यहाँ नजर आए। मैं अपनी कक्षा में आकर बैठ गया, 'ग्याहरवीं ए'। आठ साल गुजर गए पर दीवार पर लगी स्वामी विवेकानंद जी की तस्वीर अब भी वैसी ही थी जिस पर शायद उस समय हमारी नजर तक नहीं जाती थी।

परीक्षा शुरु होने वाली थी, अब मैंने अपना ध्यान फिर से अपने लक्ष्य पर केंद्रित किया, इस बार मैं प्रश्न-पत्र को देखकर घबराया नहीं, मुझे खुद से और कियारा से किया हुआ वादा आज पूरा करना था।

परीक्षा प्रारंभ हुई और मैं भूखे शेर की तरह अपने प्रश्न-पत्र पर टूट पड़ा, परीक्षा के दौरान मैंने शायद ही नजर उठाकर ऊपर देखा या कुछ और सोचा। इस बार प्रश्न पत्र समय के अनुपात में कुछ ज्यादा ही बड़ा था जिसे मुझे समय रहते हल करना था, समय कब गुज़रा मालूम नहीं चला। घंटी बजी और अध्यापक सभी की उत्तर पुस्तिकाएँ एकत्रित करने लगे। मैंने समय रहते अपना कार्य पूरा कर लिया, मैं उन्हें उत्तर पुस्तिका जमा करवाकर बाहर की ओर निकला, मेरी परीक्षा उम्मीद से काफी बेहतर हुई, शायद इस बार मेहनत रंग लाई।

बाहर निकलने के साथ ही फिर से पुरानी यादों ने मेरा हाथ थाम लिया। मैं उस प्रत्येक स्थान से होकर गुज़रा जहाँ मैंने झील के साथ समय बिताया था। आज मुझे किसी व्यसनी की तरह उससे बात करने की तलब लग रही थी।

मैं बाहर आया और बैग में से अपना मोबाइल निकाला, झील का नम्बर तो मुझे रटा हुआ था, मैंने उसका नम्बर मिलाया, करीब चार-पाँच घंटी जाने के बाद किसी ने फोन उठाया।

"हेल्लो", किसी आदमी ने कहा।

"क्या मैं झील से बात कर सकता हूँ?"मैंने पूछा।

"आप कौन बोल रहें हैं?"उसने पूछा।

"मेरा नाम सागर है, मैं झील का दोस्त हूँ, कोटा से", मैंने कहा।

"सागर जी मैं झील का पति हूँ, वो किसी काम से बाहर गई है, और अपना मोबाइल घर पर ही छोड़ गई है। मैं उसके लौटते ही उसकी आपसे बात करवाता हूँ", उसने कहा।

"क्या...! झील ने शादी कब की?" मैं सकपका गया।

"हमारी शादी को अभी दो महीने हुए हैं, मेरा नाम प्रभात सक्सेना है, और मैं दिल्ली से हूँ", उसने कहा।

उसकी बात सुनकर मेरे पैरों तले जमीन खिसक गई, मेरे मस्तिष्क ने काम करना बंद कर दिया और मेरी धड़कनों ने अपनी रफ़्तार त्वरित गति से बढ़ा दी। प्रभात सक्सेना मुझसे मेरे बारे में सवाल कर रहा था पर मैं कुछ बोलने की स्थिति में नहीं था। मेरा गला बुरी तरह से सूख गया था और मेरी जीभ मेरे तालुओं से लगभग चिपक सी गई। मैंने फोन रख दिया।

मेरे दाँत गुस्से में एक-दूसरे से इस कदर जकड़े हुए थे कि टूट ही जाएँ। मेरी आँखों में आँसू बन रहे थे मगर बह नहीं रहे थे, मैं क्रोध और पीड़ा से एकसाथ छटपटा रहा था। मैं खुद को तकलीफ देना चाहता था, बहुत ज्यादा तकलीफ।

मैंने गर्मी में धूप से तपती डामर की सड़क पर अपने पैरों की जूतियाँ उतार फेंकी और नंगे पैरों पर वहाँ खड़ा हो गया। कुछ ही देर में मेरे पैरों ने झुलसना शुरु कर दिया। मेरी आँखों से आँसू निकलना शुरु हुए और पैरों से दर्द। मैंने इससे पहले कभी ऐसा पागलपन नहीं किया था। जिस तपती सड़क पर कोई एक सेकण्ड के लिए भी ना खड़ा हो सके, मैं उसपर करीब पाँच मिनट यूँ ही खड़ा रहा। शायद हृदय की पीड़ा शरीर की पीड़ा से कहीं गुना ज्यादा थी, तभी मेरे फोन की घंटी बजी। मैं जब वहाँ से हट रहा था तो ऐसा लगा मानो सड़क से मेरे पैरों को किसी ने बुरी तरह से चिपका दिया हो। जब मैंने अपने पैर उठाए तो देखा कि मेरे पैरों की थोड़ी सी त्वचा झुलसकर वहीं चिपक चुकी है।

मैं अपनी मोटर-साईकिल के पास गया। अब चल पाना मुश्किल हो रहा था, अब मुझे मेरे पैरों में असहनीय दर्द महसूस होने लगा था। मेरे

मोबाइल ने फिर से बजना शुरु किया। मैंने फोन उठाया, यह झील का ही फोन था। मुझे इससे बात नहीं करनी थी पर मैं इसे खरी-खोटी सुनाना चाहता था।

"प्रिय सागर... कैसे हो तुम?" झील ने पूछा।

"तुम कैसी हो? अरे तुम तो मस्त ही होगी... दो महीने से इतनी अच्छी सेक्स लाइफ जो जी रही हो", मैंने झल्लाते हुए कहा।

"अनाप शनाप मत बको। मेरी बात सुनो बस एक बार ठंडे दिमाग से", उसने कहा।

"ताज्जुब है झील, तुम्हारे पास अब भी बोलने के लिए शब्द बचे हैं। पहले तो नहीं थी तुम इतनी बेशर्म, शायद पिछले कुछ वर्षों में हो गई हो", मैंने कहा।

"बस अब बहुत हुआ। मेरे पापा का फैसला था यह, मेरी वजह से उनका इतना अपमान हुआ, उन्हें क्या कुछ नहीं कहा मोहित ने फिर भी वो चुप रहे और मुझसे नाराज़ नहीं हुए, इतना सब होने के बाद भी अपनाया मुझे। उन्होंने हाथ जोड़कर मुझसे यह रिश्ता माँगा तो तुम ही बताओ, क्या मैं उनकी बात को ठुकरा-कर उन्हें तकलीफ दे सकती थी", उसने कहा।

"किसके साथ तुमने क्या सही किया क्या गलत मुझे नहीं पता, बस मुझे इतना पता है कि तुमने मेरे साथ बहुत गलत किया है", मैंने कहा।

"जानती हूँ सागर मैंने तुम्हें बहुत दर्द दिया है इसीलिए आई थी उस रात मैं तुम्हारे पास, तुम्हें एहसास करवाने कि तुम मेरे लिए सबसे बढ़कर हो", उसने कहा।

"दिख रहा है वो तो झील और तुम सोचो कि तुम्हारे बस एक रात साथ बिताने को मैं तुम्हारा एहसान समझकर तुम्हारे गुनाहों को माफ़ कर दूँ तो ऐसा मुझसे बिल्कुल नहीं होगा। खैरात नहीं चाहिए मुझे", मैंने कहा।

"मैं तुमसे बस कहना चाहती हूँ कि मैं हमेशा से तुमसे..."

"बस एक आखिरी एहसान करना मुझपर, मुझे जीवन में कभी फोन मत करना, और हो सके तो मुझे कभी अपनी शक्ल मत दिखाना", मैंने उसकी बात नहीं सुनी और सिसकते हुए फोन रख दिया।

तभी मेरा फोन दोबारा बजा, मुझे झील पर इतना गुस्सा आ रहा था कि मन कर रहा था अपना फोन तोड़कर फेंक दूँ। मैंने मोबाइल कि तरफ नजर घुमाई, यह कियारा का फोन था।

"झंडे गाड़े कि नहीं परीक्षा में इस बार", कियारा ने कहा।

"यह आजकल का ट्रेंड चल रहा है क्या कियारा?" मैंने कहा।

"क्या हुआ सागर?" उसने पूछा।

"झील ने शादी कर ली", मैंने कहा।

मेरी बात सुनकर कियारा कुछ समय के लिए चुप हो गई, मैं मेरे गालों पर फिसलते आँसुओं को गुस्से में पोंछ रहा था।

"देखा जाए तो यह तुम्हारे लिए सही है सागर, मैं तुम्हें उससे बेहतर लड़की के साथ देखना चाहती हूँ", उसने कहा।

"हाँ, वाकई में सबकुछ सही हो रहा है कियारा", मैंने गुस्से में उसका फोन रख दिया।

मैंने जैसे-तैसे अपनी जूतियाँ पहनी और घर की तरफ रवाना हो गया। मैं घर गया और सीधे अपने कमरे में जाकर लेट गया। मेरी मम्मी मेरे लिए पेयजल लाई और मुझसे मेरी परीक्षा के बारे में पूछा। मैं जवाब देने की स्थिति में नहीं था, मेरे मुँह से एक शब्द भी निकलना मुश्क़िल था।

मम्मी को चिंता हुई, उन्होंने भैया को बुलाया, भैया ने भी मुझसे वही सवाल किया। मैंने किसी से कुछ नहीं कहा बस अपने हाथ जोड़ लिए, मैंने अपनी आँखें तक नहीं खोली। उन लोगों ने उस वक्त मुझे अकेला छोड़ना ठीक समझा।

मुझे कुछ भी करके सोना था, वरना मैं अपने आँसुओं को रोक नहीं पाता पर उस वक्त नींद आना लगभग नामुमकिन सा था। मैं उठा और दराज में से दो नींद की गोलियाँ निकाली(हमारे घर में सभी तरह की दवाइयाँ पर्याप्त मात्रा में पड़ी रहती थी), मैंने नजर बचाकर उन्हें सीधा निगल लिया। उसकी एक खुराक ही काफी असरदार होती है, मैंने तो दोगुनी मात्रा में ले ली थी। अब थोड़ी ही देर में मेरी आँखों के सामने धुँधलापन छाने लगा और मेरा सिर चकराने लगा। मैं पलंग पर लेट गया और कुछ ही देर में गहरी नींद में चला गया।

मोहब्बत से बड़ा ड्रग शायद दुनिया में कोई और नहीं है, यह मैंने उस दिन महसूस किया। मुझे इतनी गहरी नींद में भी झील नजर आ रही थी, कभी लगता कि कोई उसे जबरदस्ती छूने की कोशिश कर रहा है, कभी लगता कि जैसे वो मेरी ओर देखकर मुस्कुराते हुए किसी को चूम रही है। मैं तो नींद में भी बुरी तरह से बेचैन होकर तड़प रहा था।(यह बात मुझे जागने के बाद मम्मी से मालूम चली) मुझे सभी ने जगाने की कोशिश की पर मैं गहरी नींद में जा चुका था।

मैं दिन के करीब पाँच बजे सोया था और मैं अगली सुबह नौ-दस बजे के बीच में उठा। मुझे मेरे पैरों में असहनीय पीड़ा का एहसास हुआ और मेरी आँख खुल गई। मैं जागा तो मैंने देखा कि मम्मी आँखों में आँसू लिए मेरे पैरों पर किसी तरह का लेप लगा रही है, भैया और भाभी मेरे पास खड़े खड़े मुझे देख रहे हैं और मेरे पापा पास में कुर्सी लगाए बैठे हैं। मेरे पैरों में बड़े जख्म हो चुके थे पर दिल को मिले ज़ख्म के आगे तो यह कुछ भी नहीं था। भैया गुस्से में मेरी तरफ आए और सीधे मेरी कॉलर पकड़ी,

"तेरी जिंदगी सिर्फ तेरी ही नहीं है समझा", भैया ने कहा।

"मम्म् मैंने क्या किया अब?" मैंने हकलाते हुए पूछा।

"क्या है यह सब? पैर झुलसे पड़े हैं, आया तो नींद की गोलियाँ लेकर पड़ गया। तू समझता क्या है खुद को? एक जरा सी परीक्षा के बिगड़ने पर ऐसी कायरता दिखाएगा तू?" उन्होंने पूछा।

"मेरा पेपर बहुत अच्छा हुआ है", मैंने कहा।

यह सुनकर सभी चौंक गए। कमरे में कुछ देर तक सन्नाटा पसर गया। सभी ने मुझसे इन सब हरकतों के पीछे की वजह जानना चाही पर मैं कुछ भी बोलने लायक स्थिति में नहीं था। मैंने उठकर वॉशरूम में जाना चाहा पर मैं अपने पैरों पर चल नहीं सका। भैया मुझे सहारा देकर वहाँ तक ले गए। मैं जैसे-तैसे दीवार के सहारे खड़ा हुआ और शॉवर चालू कर दिया। शीतल बूँदे जिस्म पर पड़ रही थी तो लग रहा था कि अरसों लंबी नींद अब टूट रही है।

अजीब बात है, कुछ वक्त पहले ही वो मेरे पास थी, मेरे इतना पास कि मानो मेरे ही शरीर का अंश हो और अचानक से इतना दूर चली गई। अब महसूस हो रहा था कि पुराना दौर तो कुछ भी नहीं था, वक्त तो असल में अब पलटा था और ऐसा पलटा कि मैं मुँह की खाकर नीचे

गिरा। मैंने अपने पैरों के सलामत होने का इंतज़ार किया और तीन-चार दिन बाद वापस जयपुर निकल गया।

अब वही करना बाकी था जो मोहब्बत का मारा हर आशिक़ करता है। आने वाले कुछ दिन पागलपन से भरे हुए थे, मेरे दिन मंदिर-मस्ज़िद के सामने बैठे फकीरों के साथ पत्ते खेलते हुए, शाम शराबखानों में मदहोश बैठे हुए और रात अक्सर नशे में किसी सड़क के किनारे सोते हुए गुज़रती थी। खुद को इतना कमज़ोर इससे पहले मैंने कभी नहीं महसूस किया था। इतना तो ना मुझे उस हादसे ने तोड़ा ना ही इतना मुझे चंडीगढ़ के उन पुलिसवालों ने तोड़ा था, जितना मैं अब टूट चुका था।

मैंने सभी से बात करना बंद कर दिया। मैं अपने परिजनों से भी सप्ताह में एक या दो बार बात करता था, वो भी ज्यादातर तब जब मुझे पीने के लिए पैसों की जरूरत होती। मैं बस नशे में डूब रहा था, लगने लगा था कि शायद मेरी मौत हो चुकी है और शायद ये बात कुछ दिनों में सच भी हो जाती अगर भैया उस दिन घर ना आते।

मुझे ठीक से याद नहीं कि मैं कहाँ था मगर मैं एक फुटपाथ पर नशे में धुत्त पड़ा हुआ था, तभी किसी ने मुझे उठाया। मैं नहीं जानता मैं कैसे घर आया। रात के करीब दस बजे के आस-पास मेरी नींद खुली, मैं उठा अपनी आँखे मसली और सीधा अपनी अलमारी की तरफ गया। मैं सारा सामान निकालकर बाहर फेंकने लगा जितने में ही पीछे से आवाज़ आई...

"जो तू ढूँढ़ रहा है वो मेरे पास है।"

(यह भैया की आवाज़ थी जिसे सुनकर मैं बुरी तरह से काँप गया।)

मैंने लाइट जलाई और देखा कि भैया मेरे कमरे के एक कोने में बैठे हुए है, उनके सामने पड़ी टेबल पर एक शराब से भरा प्याला रखा है और उनके हाथ में एक जलती सिगरेट है जिसे वो पी नहीं रहे।

"यह ले, मैंने इसे पहले से ही तेरे लिए जला रखा है", भैया ने सिगरेट मेरी तरफ बढ़ाते हुए कहा।

"भैया आप कब आए?" मैंने हड़बड़ाते हुए पूछा।

"हम दोनों साथ ही घर आए है, तू शायद भूल गया होगा", उन्होंने कहा।

"मुझे माफ़ कर दो... मैं दिन में दोस्तों के साथ पार्टी में गया था, वहाँ मैंने ज्यादा पी ली इसीलिए मुझे कुछ होश नहीं रहा भैया", मैंने कहा।

"अगर तू पार्टी में होता तो तेरे दोस्त शराब की दुकान के सामने तुझे फुटपाथ पर सोता छोड़कर नहीं जाते", उन्होंने कहा।

"भैया सबकुछ मेरे बस से बाहर चल रहा है, मैं इस बारे में कोई सफाई नहीं दे पाऊँगा", मैंने कहा।

"किसके बस में सबकुछ होता है, कुछ बस में नहीं है इसीलिए तो हम इंसान हैं वरना भगवान कहलाने लगते", उन्होंने कहा।

"आपको मैं कहाँ और कैसे मिला? और एकदम से यहाँ कैसे आए आप? घर पर सब ठीक तो है?"मैंने पूछा।

"सब ठीक नहीं है इसीलिए तो यहाँ आना पड़ा", उन्होंने कहा।

"क्या बात है भैया?" मैंने सहमी सी आवाज़ में पूछा।

भैया ने अपनी जेब से एक सफ़ेद कागज़ निकाला और मेरी ओर बढ़ाया, मैंने उसे खोलकर देखा। यह तो मेरा परीक्षा परिणाम था। मैं परीक्षा पास कर चुका था और साक्षात्कार के लिए चयनित हुआ था मगर ना जाने क्यों मुझे उस वक्त ख़ुशी का एहसास नहीं हुआ। मैंने उसे फाड़कर कोने में फेंक दिया।

"फाड़कर फेंक देने से यह बदल नहीं जाएगा सागर", भैया ने कहा।

"अब इतनी हिम्मत नहीं है भैया... जिस वजह से यह सब शुरु किया था वो वजह अब हमेशा के लिए जा चुकी है", मैंने कहा।

"अच्छा कोई बात नहीं मगर मैं एक बात कहना चाहता हूँ। आज ना जाने क्यों महसूस हो रहा है कि तुझे यह बता दिया जाए। तुझे मेरी अंगुलियों को पकड़कर चलना सीखते हुए देखा है मैंने। तुझे गिरते हुए और फिर से उठकर खड़े होते हुए देखा है मैंने। एक अनजान शहर में तुझे अपने हालातों से अकेले लड़ते हुए देखा है मैंने। तुझे अपने सपनों के पीछे रातों जागते हुए देखा है मैंने, वहीं तुझे सड़क के किनारे नशे में बेहोश पड़े देखा है मैंने मगर आजतक कभी तुझसे कुछ नहीं कहा, जानता है क्यों", उन्होंने कहा।

"भैया मेरी समझ में कुछ नहीं आ रहा... क्या बोले जा रहे हो?" मैंने पूछा।

"आठ महीने का था तू, मम्मी के विरोध करने के बावजूद मैं तुझे जबरदस्ती चलना सिखा रहा था, उसी समय तू अचानक से गिर गया, तेरा घुटना छिल गया मगर तूनें रोने के बजाय मेरी ओर दोबारा अपना

हाथ बढ़ा दिया। तब मम्मी ने कहा कि इसे जीवन में कितनी भी बड़ी ठोकर क्यों ना लगे, उठाने कि जरूरत नहीं पड़ेगी", उन्होंने कहा।

"इस बार ठोकर इतनी जोर-की लगी है कि शायद कभी ना उठ पाऊँ, इस बार शायद आप लोगों का भरोसा भी टूट जाएगा", मैंने कहा।

"कहने की बातें है यह सब सागर। जहाँ से मैं देख रहा हूँ, तू इस समय जीवन के उस दौर में है जहाँ से चाहे तो सबकुछ पा सकता है और चाहे तो सबकुछ गवाँ भी सकता है, अंतिम निर्णय तेरा ही है", उन्होंने कहा।

"मैं वैसे भी सबकुछ गवाँ चुका हूँ भैया", मैंने कहा।

"मुझे तो ऐसा नहीं लगता। चल अपना ध्यान रखना और शराब कम पीना, पापा जितना मजबूत लिवर नहीं है तेरे पास", उन्होंने कहा।

भैया अपना बैग ज़माने लगे और एक सफ़ेद कागज़ फिर से मेरी टेबल पर रख दिया। मुझे आश्चर्य हो रहा था कि मुझे इस हाल में देखकर भी उन्हें मुझपर गुस्सा नहीं आया, ना ही उन्होंने कोई प्रतिक्रिया दी। मैंने उस कागज़ खोलकर देखा, यह मेरे परिणाम की एक और प्रति थी।

"कहाँ जा रहे हो? आज रात तो रुक जाओ मेरे पास", मैंने कहा।

"नहीं... मुझे बारह बजे की ट्रेन से सूरत निकलना है", उन्होंने कहा।

भैया ने मुझे गले लगाया और अपना बैग लेकर निकल गए। उनके जाते ही मैं किसी भूखे फ़कीर की तरह उस शराब के प्याले की ओर लपका और उसे एक साँस में खाली कर दिया। मैं दोबारा अपने पलंग पर लेट गया मगर भैया की बातों ने मेरी नींद को मुझसे सारी रात नाराज़ रखा।

लगभग तीन महीने का समय बचा था मेरे साक्षात्कार के लिए, मैंने एक महीने इस बारे में सोचा तक नहीं। मेरी हालत बद से बदतर हुए जा रही थी, घर से मिलने वाले सारे पैसे मैं शराब पीने में उड़ा दिया करता। मैं इस हद तक गिर चुका था कि पैसों के लिए अपने कमरे के सभी सामान बेच दिए, मेरी टेबल, कुर्सियाँ, दीवार पर लगा श्यामपट्ट, मेरी सभी किताबें, और यहाँ तक कि कमरे में लगा मकान मालिक का पंखा भी बेचकर मैं शराब पी गया।

मैंने अपनी सफाई वाली आंटी को पिछले दो महीने से पगार तक नहीं दी थी और उल्टा उनसे दो हज़ार रुपये उधार ले चुका था, परेशान होकर उन्होंने भी सफाई करने आना बंद कर दिया। घर के पास वाले बार में मैं उधार की शराब पीने लगा चूँकि मैं उनका रोज़ाना का ग्राहक बन चुका

था तो उन्होंने मुझे उधार में पिलाना शुरु कर दिया। करीब पाँच या छः हज़ार की शराब उधार में पीने के बाद मैंने वहाँ भी जाना बंद कर दिया।

इतना सब करने के बाद भी मैं झील को भुला नहीं पाया। उसके दिए जख्म तो इतने हरे थे कि उनके सामने बारिशों में जन्मी नई घास भी फीकी लगे। वो मेरी जिंदगी से जरूर जा चुकी थी पर मेरे जेहन और मेरे ख्यालों से जाने का नाम नहीं ले रही थी। मैं उसके बारे में ना सोचूँ इसीलिए नशे में चूर रहता था पर नशे में वो मुझे और ज्यादा याद आती थी। अब लगने लगा था कि शायद यहाँ जिंदगी खत्म हो जाएगी।

वैसे तो मिश्रा अंकल मेरे कमरे के अन्दर कभी नहीं आते थे मगर एक दिन जब बहुत आवाज़ देने के बाद भी मैं बाहर नहीं आया तो अंकल अन्दर आ ही गए। वह कमरे की हालत देखकर दंग रह गए, सामान के नाम पर वहाँ बस एक पलंग और गद्दा था जिस पर में नशे में धुत्त पड़ा था और कोने में दो बैग थे जिनमें मेरे कपड़े थे। सारा फर्नीचर(जो कि मेरी पढाई के लिए भिजवाया गया था) बेच दिया गया था। दीवारें झील के नाम से और कुछ शायरियों से भरी थी, कहीं कहीं थोड़ी बहुत गालियाँ और अनाप शनाप बातें भी लिखी हुई थी, जिन्हें पढ़कर कोई समझ ना पाए कि यह मोहब्बत है या नफरत। जब उनकी नजर ऊपर गई तो वो गुस्से से बौखला उठे और उन्हें गुस्सा आता भी क्यों ना, मैं उनका पंखा तक खोलकर बेच चुका था।

अंकल ने मुझे नींद से जगाया। उनका गुस्सा सातवें आसमान पर था, उन्होंने आज से पहले कभी मुझसे इस अंदाज़ में बात नहीं की थी।

"मुझे नहीं पता तुम्हारे साथ क्या चल रहा है मगर दो घण्टे के अन्दर मुझे मेरा घर खाली चाहिए। तुम दफ़ा हो जाओ यहाँ से इससे पहले कि मैं तुम्हारे घर पर फोन करूँ", अंकल ने बौखलाते हुए कहा।

मैंने मटके में से एक गिलास पानी भरा और अंकल की ओर बढ़ाया, उन्होंने बेमन से वो गिलास लिया और एक घूँट पीते ही वापस थूक दिया।

"बेशर्म लड़के, तूनें मटकी के पानी में भी शराब मिला रखी है और मुझे बड़े आराम से यह पानी पिला रहा है", उन्होंने कहा।

"मुझे माफ़ करना अंकल जी... मुझे याद नहीं रहा कि मैंने इसमें भी शराब मिला रखी है। मैं आपको नाराज़ नहीं करना चाहता था, मेरा यकीन मानिए। बस मेरे जीवन का सबसे बुरा दौर चल रहा है, जिससे मैं उभर नहीं पा रहा हूँ", मैंने कहा।

अंकल ने शराब की खाली बोतलों के ढेर को अपने पैरों से हटाया और बैठ गए, मैं उनके पैरों के पास जाकर बैठ गया।

"अंकल जी... आप बस मुझे तीन दिन का वक्त दे दीजिए, मैं आपसे वादा करता हूँ कि यह घर हमेशा के लिए छोड़कर चला जाऊँगा", मैंने कहा।

"तुम्हें यहाँ से भेजना कौन चाहता है बेटा? तुम्हें अपने बेटे की तरह समझा है हमने। तुम जानते हो ना कि हमारी कोई संतान नहीं है। तुम यहाँ हमारे पास रहते थे तो हम दोनों महसूस करते थे हमारे साथ हमारा अपना बेटा है पर हमसे यह नहीं देखा जाएगा कि हमारा यह घर तुम्हारी बर्बादी की वज़ह बन जाए",

"बुरा दौर सभी के जीवन में आता है बेटा, मगर इसका यह मतलब नहीं है कि तुम हार मान लो और अपना जीवन ही खत्म कर लो। उस दौर से हिम्मत से लड़ने का नाम ही तो जिंदगी है", उन्होंने कहा।

मैंने अंकल को गले से लगा लिया, जिस वजह से वह थोड़े से भावुक हो गए।

"आपने भी कभी मुझे अपने घर की याद नहीं आने दी, मैं आप लोगों को कभी भुला नहीं पाऊँगा अंकल जी", मैंने कहा।

"अगर मुझे कुछ मानते हो तो घर लौट जाओ बेटा, वरना इस शहर में यह अकेलापन खा जाएगा तुम्हें", उन्होंने कहा।

"मैं दो दिन में यहाँ सफाई करके आपको चाबी दे जाऊँगा अंकल जी और थोड़े दिन में आकर यहाँ पंखा वापस लगवा दूँगा", मैंने कहा।

"इसकी कोई जरूरत नहीं है बेटा, तुम खुश रहो बस हमारे लिए इतना ही काफी है", उन्होंने कहा।

थोड़ी बातचीत करने और मुझे समझाने के बाद अंकल चले गए और मैं अपना सामान बाँधने में लग गया। मैंने अगले दिन पूरे कमरे की अच्छे से सफाई की और सभी शराब की बोतलों को बाहर फेंका। अगले दिन शाम को मैंने अंकल को उनके कमरे की चाबी दी और उनसे विदा ली। अंकल-आंटी ने नम आँखों से मुझे विदाई दी और मुझसे घर वापसी का वादा लिया। मैंने अंकल की बात को नज़रंदाज़ करना ठीक नहीं समझा और कोटा के लिए रवाना हो गया।

मैंने अपने आने की खबर किसी को नहीं दी थी। मैं जैसे ही घर पहुँचा मम्मी और भाभी जी मुझे देखती रह गई। मेरे बाल और दाढ़ी इतनी बढ़

चुकी थी कि मैं आम इंसान कम और कोई अघोरी ज्यादा लग रहा था। मम्मी मुझे देखकर अपने आँसू रोक नहीं पाई और रोने लगी। भाभी जी ने उन्हें संभाला। मम्मी और भाभी जी से थोड़ी बातचीत करने के बाद मैं अपने कमरे में आया, जिसकी लाइट जलाते ही मुझे सामने दीवार पर अपने परीक्षा परिणाम की एक प्रति लगी हुई दिखाई दी।

मैं अभी पूरी तरह से सामान्य हुआ भी नहीं था कि मेरी नजर टेबल पर पड़े एक खूबसूरत से शादी के कार्ड पर पड़ी, जिसपर सुनहरे अक्षरों में लिखा था,

"कियारा संग सुधीर"

अध्याय 13

"जब खुद को खो दिया"

कुछ खोने और कुछ पाने का किस्सा तो सारी उम्र चलता रहता है मगर सबसे मुश्किल वक्त वो होता है जब इंसान खुद को ही खो दे, संभल पाना नामुमकिन सा लगता है। मेरे साथ भी ऐसा ही कुछ चल रहा था।

कियारा की शादी में दस दिन बाकी थे, मुझे जयपुर से लौटे हुए भी शायद इतना ही वक्त हो चुका था पर मेरे हालातों में कोई बदलाव नहीं आया। मैंने सगाई वाले दिन से उससे कोई बात नहीं की थी, करता भी कैसे? हिम्मत ही नहीं होती थी उससे बात करने की। कियारा मुझे सैंकड़ो संदेश भेज चुकी थी और रोज़ाना फोन करती थी मगर मैं कोई जवाब नहीं देता।

तभी मेरे फोन की घंटी बजी। यह कियारा का ही फोन था, आख़िरकार मैंने हिम्मत जुटाकर उसका फोन उठा ही लिया, मैं जानता था वह मुझपर बुरी तरह से बरसने वाली है।

"जिंदा हो ना?" कियारा ने पूछा।

"हाँ जिंदा तो हूँ", मैंने कहा।

"मैं दरअसल इसीलिए पूछ रही हूँ कि अगर तुम अब भी जिंदा हो तो क्यों ना मैं ही तुम्हें जान से मार दूँ", उसने कहा।

"शादी की तैयारी कैसी चल रही है कियारा?" मैंने पूछा।

"क्या चल रहा है तुम्हारे अन्दर?" उसने पूछा।

"चल तो कुछ नहीं रहा, बस जल बहुत कुछ रहा है", मैंने कहा।

"झील जा चुकी है सागर, अब मरना चाहते हो क्या उसके पीछे?" उसने पूछा।

"मैं जी भी कहाँ रहा हूँ?" मैंने कहा।

"तुम्हें अंदाज़ा भी है कि तुमने कितनी बड़ी परीक्षा पास की है? तुम्हारे हाथों में सब कुछ होगा अगर तुम चाहो तो", उसने कहा।

"अजीब बात है ना... सब कुछ हाथों में होते हुए भी बस में कुछ नहीं, अजीब होता है खुद की आग से राख होना", मैंने गहरी साँस भरते हुए कहा।

"मेरे पास आ जाओ... मेरी शादी में कुछ दिन ही बाकी है, मैं तुम्हें संभाल लूँगी", उसने कहा।

"तुम्हारी शादी वाले दिन जरूर आऊँगा", मैंने कहा।

थोड़ी देर और मुझे समझाने के बाद कियारा ने फोन रख दिया। सही कह रही थी वो, उसकी शादी में बहुत कम समय बचा था। एक तरफ मैं था जो इस उम्मीद में था कि वक्त जितना हो सके धीरे-धीरे गुज़रे और एक तरफ वक्त था जो दोगुनी गति से बीता और आख़िरकार मुझे उसके विवाह पर ला खड़ा किया।

कियारा की शादी का दिन:

कुछ महीनों पहले मैं परीक्षा देकर लौट आया था मगर मेरी वास्तविक परीक्षा तो आज थी, मेरे त्याग की परीक्षा। मेरा स्वार्थ मुझे कियारा की ओर खींच रहा था और उसके प्रति मेरा लगाव मुझे उससे दूर ले जा रहा था। कियारा की शादी में चलने के लिए मेरे परिवार में से कोई राजी नहीं था क्योंकि मेरे सिवाय किसी के पास इतना कठोर हृदय नहीं था कि उसकी शादी होते देख सके।

औरों के लिए भले ही यह खुशी का अवसर हो लेकिन मेरे परिजनों के लिए यह दुःख की घड़ी थी। होती भी क्यों ना, आखिर आज उस लड़की की शादी थी जिसे वें सभी अपनी पुत्रवधू बनाने की उम्मीद लिए बैठे थे।

आज पूरे तीन महीने बाद शेव करके काँच में खुद की शक्ल पहचान पाना भी मुश्किल सा लग रहा था, मेरे बाल तो अब भी गले तक झूल रहे थे। मैं जाने के लिए तैयार हो चुका था और अपने जूतों के फीते बाँध रहा था।

"तुम्हारे शू लेस बार बार क्यों खुल रहे है?" झील ने पूछा।

"पता नहीं क्या नाटक है", मैंने चिड़चिड़ाते हुए कहा।

"मैं सही ढंग से बाँधू इन्हें?" उसने कहा।

"खुद भी बाँध सकता हूँ झील पर तुम्हारा इतना कहना दिल को छू गया", मैंने कहा।

"एकदम पागल हो तुम सागर", उसने कहा।

(मेरी जिंदगी की हर छोटी-छोटी चीज़ों से उसकी यादें जुड़ी हुई थी, आखिर यही वजह थी कि मुझसे उसे भुलाया नहीं जा सका। मैं अपनी ही सोच में खोया हुआ था तभी एक आवाज़ ने मेरा ध्यान खींचा।)

"शक्ल से ही बेवड़ा नजर आने लगा है", यह विहान की आवाज़ थी।

"ओह... तो आज तुझे फुर्सत मिल ही गई मुझसे मिलने की भाई", मैंने कहा।

(विहान दो वर्षों के लिए इंटर्नशिप करने नासिक चला गया था पर लगातार हम फोन पर संपर्क में रहे, मैंने आज उसे कियारा की शादी में मेरे साथ चलने के लिए बुलाया था।)

"आने में थोड़ी देर हो गई यार, कभी सोचा नहीं था तुझे इस तरह भी देखूँगा। मुझे माफ़ कर दे", उसने कहा।

मैं चुप रहा और हम दो साल बाद फिर से गले मिले। पिछले तीन-चार महीनों में शायद उस दिन पहली बार मुझे थोड़ा सा सुकून महसूस हुआ।

"चल अब निकलना चाहिए, देर हो रही है", मैंने कहा।

हम उसकी चमचमाती हुई सफेद टोयोटा कार में सुबह के करीब आठ बजे जयपुर के लिए रवाना हो गए। विहान मेरे हालातों से अच्छी तरह से वाकिफ था, उसे यह भी पता था कियारा मुझे हमेशा से चाहती है। झील की शादी के बाद से वह अपना ज्यादा समय काम करने के बजाय मुझसे बातें करते रहने में बिताता था।

"यह सब क्यों कर रहा है तू?" विहान ने पूछा।

"क्या मतलब है तेरा?" मैंने भौहें उचकाते हुए पूछा।

"तू एक बार बोल दे बस... कियारा को शादी के दिन वहाँ से ले आएँगे मगर इस तरह अपनी खुशियों की बलि देना सही है क्या? वो भी उस लड़की के लिए जिसने तेरी खुशियों की कभी परवाह ही नहीं की", उसने कहा।

"कियारा भी यही सब कहती है, मैं कह दूँ तो वो शादी वाले दिन भी सबकुछ छोड़कर मेरे पास आ जाए", मैंने कहा।

"तो इसमें गलत क्या है? उसके जैसी लड़की तुझे तेरी पूरी जिंदगी में कभी नहीं मिलेगी। सबकुछ मुझ पर छोड़ दे, बस कियारा से शादी कर ले, मैं तुझसे हाथ जोड़कर विनती करता हूँ मेरे भाई", विहान ने कहा।

"तुझे याद है हम दसवीं कक्षा में थे तब मैंने उसे पहली बार देखा था, तुझे वो दिन तो याद होगा ना। तुझे याद होगा ना छोटी सी उम्र में मैं कैसे एक शहर से दूसरे शहर चक्कर लगा रहा था, उसे ढूँढने की खातिर",

"तुझे याद है वो एक्सीडेंट जब कुछ सोचने तक में मेरा शरीर दर्द कर रहा था पर मैं ऐसी हालत में भी उसके पास जाने की कोशिशें कर रहा था",

"तुझे वो दिन याद है ना जब तू मुझे उस बियर बार से अपने कंधे पर वापस लाया था। चंडीगढ़ तो याद होगा ना तुझे, रात भर वो लोग मेरी खाल उधेड़ते रहे और मेरे अन्दर से झील का नाम तक बाहर नहीं निकला", मैंने कहा।

"हाँ मुझे तेरा यह सारा पागलपन अच्छी तरह से याद है पर इन सब बातों को अब क्यों दोहरा रहा है?" उसने पूछा।

"क्योंकि यह सारा पागलपन सिर्फ झील के साथ हुआ है, उसके अलावा और किसी के साथ नहीं। कियारा बहुत अच्छी लड़की है, यहाँ तक कि झील से कई गुना ज्यादा बेहतर",

"यही वजह है कि मैं उसे उस इंसान के साथ जिंदगी बिताने नहीं दे सकता, जो उसे कभी उसके हिस्से का प्यार ही ना दे पाए", मैंने कहा।

"और कियारा का क्या? वो तो तुझे चाहती है ना", उसने पलटवार करते हुए पूछा।।

"सुधीर बहुत अच्छा लड़का है विहान। वो उसे बहुत खुश रखेगा मुझे पूरा यकीन है। कियारा के लायक सुधीर है सागर नहीं। वो मुझसे कई गुना ज्यादा बेहतर है", मैंने कहा।

"हिम्मत करके देख भाई, मैं तुझे विश्वास दिलाता हूँ तू उसके साथ बहुत खुश रहेगा। आज उसे जाने दिया तो तू जीवनभर पछताएगा", उसने कहा।

"हिम्मत करके ही तो कर रहा हूँ यह सब, यकीन मान मैं जो करने जा रहा हूँ उसके लिए बहुत हिम्मत चाहिए", मैंने कहा।

"उसकी शादी के बाद क्या करेगा तू?" उसने पूछा।

"बहाव के साथ बहना है और क्या", मैंने कहा।

"यह बहाव डुबा देगा तुझे याद रखना", उसने कहा।

"डूब तो मैं कब का चुका हूँ भाई... बाहर निकलने की कोशिश में लगा हूँ। आ पाया तो ठीक... वरना तुम सब की यादों में जिंदा रह लेंगे", मैंने कहा।

"मैंने कभी तुझसे उम्मीद नहीं की थी कि तू इस तरह से हार मानकर ठहर जाएगा", उसने कहा।

"वो उदयपुर में मिली थी मुझसे। जानती तक नहीं थी वो मुझे और जान लुटा गई मुझपर। उसके लिए ठहरना पड़े या किसी ओर भी चल देना पड़े मुझे सब मंज़ूर है भाई", मैंने कहा।

"एक बार ठंडे दिमाग से सोच भाई, तुझे अंदाजा तक नहीं कि तू आज किसे खोने जा रहा है", उसने कहा।

"मेरी जगह आज कियारा होती तो वो भी ऐसा ही करती, हम दोनों के बीच में एक-दूसरे के लिए जितना ज्यादा प्यार है उससे कहीं गुना ज्यादा एक-दूसरे के लिए परवाह है",

"वो कियारा है विहान, उसकी खुशी के आगे मैं एक क्या, हजार सागर कुर्बान कर सकता हूँ। उसे सारी उम्र खुशी देने का वादा किया था मैंने खुद से और जो आज कर रहा हूँ, उसे इस रास्ते की महज़ एक आहुति ही समझ", मैंने साँस भरते हुए कहा।

"आज पहली बार मैं तुझे समझ नहीं पा रहा हूँ सागर", उसने कहा।

"यह सब समझने में वक्त ख़राब मत कर, उलझ जाएगा। यह बता बोतल कहाँ है?"मैंने पूछा।

"कम से कम उसकी शादी में तो पीकर मत जा साले", उसने कहा।

"उसकी शादी है, इसीलिए तो पी रहा हूँ। आज मैं होश में रह गया तो कियारा बर्बाद हो जाएगी", मैंने पीछे वाली सीट के नीचे दबी एक व्हिस्की की बोतल निकाली और पेग बनकर पीने लगा।

"मेरी एक दोस्त है पलक। नासिक में साथ थी मेरे, अभी जयपुर ही है। तू कहे तो कियारा की शादी के बाद उससे मिलवाता चलूँ तुझे?" विहान ने शरारती मुस्कराहट के साथ पूछा।

"अच्छा... और इस महान विचार के पीछे की वजह?" मैंने पूछा।

"दोस्ती कर लो बस... सुंदर है, अच्छे परिवार से है, बहुत ही सभ्य है। बाद में चाहो तो बात आगे बढ़ा लेना", उसने कहा।

"साले कमीने... यहाँ दो लड़कियों के बीच में जिंदगी की लगी पड़ी है, तू तीसरी और डाल मेरी झोली में", मैंने कहते हुए उसके बाल बुरी तरह से खींच लिए।

विहान हँसने लगा, मैं भी थोड़ा मुस्कुरा दिया। उसके मजाक और मेरी मुस्कराहट दोनों ही दिखावटी थे, भीतर से हम दोनों ही बुरी तरह घबराए हुए थे। विहान को डर था कि मैं कियारा को खो ना दूँ, मुझे डर था कि मुझे देखकर कियारा कमजोर ना पड़ जाए। मैं जानबूझकर विहान से मजाक कर रहा था ताकि कियारा पर से उसका ध्यान हटा सकूँ, ठीक उसी तरह जैसे जिंदगी मुझसे मजाक करने में लगी हुई थी। जयपुर पहुँचकर मैंने कियारा को फोन किया और वह फोन उठाते ही मुझपर बरसने लगी।

"जरा सी भी शर्म आती है कि नहीं। यहाँ थोड़ी देर बाद मेरी शादी की रस्में शुरु हो जाएगी और तुम्हारा अभी तक कोई अता-पता नहीं है", कियारा ने कहा।

"अरे मैं जयपुर ही हूँ, तुम्हारी शादी के दिन तुम्हें क्या तोहफा दूँ समझ नहीं आ रहा इसीलिए तुम खुद ही बता दो तुम्हें आज क्या चाहिए", मैंने कहा।

"मुझे जो चाहिए वो किसी बाजार में नहीं मिलेगा। तुम यहाँ आ जाओ बस, मैं तुमसे अपने आप माँग लूँगी", उसने कहा।

"मैं एक घण्टे मैं पहुँच जाऊँगा, तुम चिंता मत करो", मैंने कहा।

"तुम्हारे नाम से वहाँ कमरा आरक्षित है, तुम थोड़ा आराम कर लेना। मैं पार्लर से सात बजे आऊँगी, और सीधे तुम्हारे पास आ जाऊँगी", उसने कहा।

मैंने फोन रखा और हम 'दी रजवाड़ा रिसोर्ट' की तरफ चल दिए। वहाँ पहुँचकर सबसे पहले मैं कियारा के पिताजी से मिला, वह मुझसे मिलकर

बहुत खुश हुए, हम अन्दर आ गए। मैंने एक मोटा पेग मारा और आँखे बंद करके पलंग पर लेट गया। विहान बड़ी गुस्से भरी नज़रों से मुझे घूर रहा था, मैंने उसे कियारा के लिए कोई अच्छा सा तोहफा लेने भेज दिया।

मैं नींद में नहीं था बस अपनी आँखें बंद करके लेटा हुआ था और आज के दिन को जी-भरके कोस रहा था। कुछ देर बाद दरवाज़े पर दस्तक हुई, मैंने आँखे मसलते हुए दरवाज़ा खोला, यह कियारा थी। उसे देखकर ऐसा लग रहा था मानो किसी खूबसूरत गुड़िया को शादी का जोड़ा पहनाकर खड़ा कर दिया गया हो।

उसने गहरे लाल रंग का बेहद खूबसूरत जोड़ा पहना था और सिर पर सुनहरे रंग की खूबसूरत सी चूनर ओढ़ रखी थी। उसके कानों पर दो सुंदर सी बालियाँ झूला झूल रही थी। उसने आज पहली बार अपनी नाक में नथ पहनी थी। उसके हाथों पर लगी सुंदर मेहंदी की बनावट ठीक वैसी ही थी जैसी उस दिन उदयपुर के रेलवे स्टेशन पर उससे पहली मुलाकात में मुझे नजर आई, यह आज बस मुझे लुभा रही थी।

उसका प्यारा सा काजल उसकी खूबसूरत आँखों को ज़माने की नजर से बचाने में लगा था और उसके होंठ गुलाब के फूल की दो पंखुड़ियों के जैसे। सम्मोहित तो उसकी आँखें आज भी मुझे कर रही थी। यकीन मानों मैं उस दिन जरा सा भी होश में होता तो उसे उसी समय वहाँ से कहीं दूर ले उड़ता।

मैं उसे टकटकी लगाए देखे जा रहा था, मेरा बस चलता तो उसे मण्डप में जाने ही ना देता और सारी रात यूँ ही निहारता रहता। कियारा की खूबसूरती को शब्दों में बयान कर पाना संभव ही नहीं था।

"क्या हुआ कभी किसी दुल्हन को नहीं देखा?" कियारा ने कहा।

"इतनी खूबसूरत दुल्हन पहली बार देखी है", मैंने कहा।

कियारा मेरे पास आई और मुझे गले से लगा लिया। हम दोनों की चुप्पी को कुछ समय बाद उसके शब्दों ने तोड़ा।

"मैं आज जा रही हूँ सागर, जब तुम्हें मेरी सबसे ज्यादा जरूरत है मैं उस वक्त में तुम्हें छोड़कर जा रही हूँ", कियारा ने कहा।

"तुम पहले ही बहुत कुछ कर चुकी हो मेरे लिए, तुम मुझे बहुत कुछ सिखा चुकी हो। मैं ऐसे समय में भी मुस्कुरा रहा हूँ तो इसके पीछे की

वजह सिर्फ तुम ही हो कियारा। तुम्हें अफ़सोस करने की जरूरत नहीं है", मैंने कहा।

"तो फिर जो मैं तुमसे चाहती हूँ क्या तुम आज मुझे दोगे?" उसने पूछा।

"हक से माँगो प्रिय... आज तुम्हारी सभी इच्छाओं को पूरा करूँगा मैं", मैंने कहा।

"तुम झील से आखिरी बार कहाँ मिले थे?" उसने पूछा।

"बोर्ग होटल में, जयपुर", मैंने कहा।

"और जब तुम लौटकर आए तो उसे बुरा लगा?" उसने पूछा।

"नहीं कियारा... उसने तो मुझे रोकने की कोशिश तक नहीं की, मगर यह सवाल क्यों कर रही हो आज?" मैंने पूछा।

"जिसे तुम्हारे जाने से तकलीफ़ ना हो, उसे तुम्हारा होना कभी ख़ुशी नहीं दे सकता",

"वो जा चुकी है सागर, जहाँ उसे जाना था। मैं भी अब जा रही हूँ। सभी अपनी-अपनी जिंदगी में आगे बढ़ गए है सिर्फ तुम ही पुराने वक्त के साथ उलझे हुए हो", उसने कहा।

"मेरे बस में कुछ नहीं है कियारा", मैंने साँस भरते हुए कहा।

"बस तुमसे हाथ जोड़कर यही माँगती हूँ, मैं तुम्हें ऐसे धीरे धीरे मरने नहीं दे सकती। अपनी जिंदगी अच्छे से जी लो बस यही चाहती हूँ तुमसे", उसने कहा।

"मेरे जीवन का एक बुरा दौर चल रहा है, मैं उम्मीद करता हूँ कि सब बीत जाएगा। तुम अच्छे से रहना और अपना ध्यान रखना। बहुत प्यारी हो तुम, जिसके साथ भी रहोगी वह तुम्हें बहुत खुश रखेगा मैं अच्छी तरह से जानता हूँ", मैंने कहा।

"मुझे मेरी परवाह नहीं है सागर, तुम हो ना मेरा ध्यान रखने के लिए", उसने कहा।

"मैं सारी उम्र हूँ कियारा", मैंने कहा।

कियारा ने एक बार फिर से मुझे गले से लगा लिया और थोड़ी देर तक कुछ नहीं कहा, तभी उसके फोन की घंटी बजी।

"सब मेरा इंतज़ार कर रहे है सागर, मुझे जाना होगा", उसने कहा।

"हाँ, अब और रुकना मुनासिब नहीं है प्रिय", मैंने कहा।

इस बात का मतलब शायद उसे अच्छी तरह से समझ में आ रहा था। वो अपनी आँखों में आँसू छुपाते हुए चली तो गई, मगर मुझे आईना दिखा गई।

कियारा की शादी की सभी रस्में एक-एक करके पूरी होती जा रही थी और मुझे लग रहा था कि मुझसे बहुत कुछ छूटता चला जा रहा है। मेरा दिल जोरों से धड़क रहा था, मैं उसे खोने से डर रहा था जिसे कभी अपना ही ना सका।

कुछ ही वक्त के बाद उन्होंने फेरों की रस्म भी पूरी कर ली और उम्र-भर के लिए एक-दूसरे का हाथ थाम लिया। अब मेरे जाने का सही वक्त हो चला था। मैंने जाने से पहले सुधीर जी से पहली बार बात की, ताज्जुब इस बात से हुआ कि वह मुझे पहले से जानते थे, शायद कियारा ने शादी से पहले उनसे अपने बारे में सभी बातें खुलकर की थी।

आज मुझे समझ में आ गया कि कियारा ने अपने जीवन का सबसे सही फैसला लिया है। मैंने जाने से पहले आखिरी बार कियारा से बात की, या यूँ कह लीजिए उसे खोने के बाद पहली बार उससे बात की। उसने मुझसे वही वादा लिया और मैं उसे गले से लगाकर लौट आया। मैंने सभी से विदा ली और सुबह के करीब चार बजे विहान और मैं वहाँ से रवाना हो गए।

मैंने रास्ते में शायद ही विहान से किसी तरह की कोई बात की, वह भी पूरे रास्ते चुप था और उसकी ख़ामोशी के पीछे की वजह मैं अच्छी तरह से समझ सकता था।

कुछ घण्टों के लगातार सफर के बाद हम कोटा पहुँच गए, विहान को उसी रात नासिक लौटना था। अब मैं फिर से अकेला होने वाला था पर मैं किसी को रोक भी नहीं सकता था। रोकने का हुनर तो शायद मुझ में था ही नहीं, मैं तो झील को भी जाने से रोक नहीं पाया।

अब उसे भुलाकर जिंदगी में आगे बढ़ने के सिवाय मेरे पास कोई और चारा नहीं था। मुझे पता था उसे भुला पाना मेरे लिए नामुमकिन है मगर अब मुझे अपने चेहरे एक नक़ाब की सख्त जरूरत थी, जिसे देखकर कम से कम मेरे अपनों को थोड़ी राहत जरूर मिलती कि मैं अब आगे बढ़ चुका हूँ।

नक़ाब तो सभी के चेहरे पर होते हैं पर कुछ लोग अपने नक़ाब बचाते बचाते अपना चेहरा ही गवाँ बैठते हैं, झील भी उन्हीं कुछ लोगों में से एक थी। मैं नहीं जानता मैं उसे इतना कैसे जानता था पर यह सच था कि मैं उसे उससे ज्यादा जानता था।

खैर आने वाले कुछ दिन मैंने साक्षात्कार की तैयारी में गुज़ार दिए। कियारा से किये वादे को भले ही पूरा ना कर पाऊँ मगर मुझे अपनी तरफ से शत-प्रतिशत प्रयास करने थे और वादा यह था कि मैं इस परीक्षा के अंतिम पड़ाव को सफलतापूर्वक पूरा कर जाऊँ।

समय बीता और वो दिन भी आ ही गया जिसके लिए मुझसे ज्यादा चिंतित कियारा थी और जिसके लिए मेरे परिजन मुझसे उम्मीद हार कर बैठ चुके थे!

अध्याय 14

"ख्वाब और हकीकत"

ख्वाब और हकीकत के बीच में सिर्फ एक नींद का फर्क होता है, मेरे ख्वाब तो झील के जाते ही टूट गए और नींद कियारा के जाने से टूटी, अब मेरे सामने हकीकत के सिवाय और कुछ नहीं था।

साक्षात्कार का दिन:

जिसे देख रहा था सूट-बूट में क्लीन शेव किए खड़ा था, लड़कियाँ साडी या सलवार सूट में अपना बैचैन सा चेहरा लिए खड़ी थी। एक मुझे छोड़कर वहाँ हर किसी को देखकर कहा जा सकता था कि ये सभी लोग अपनी जिंदगी के लिए कितनी गंभीरता से सोच रहे थे। सभी अपनी-अपनी किताबें उठाए अपने साक्षात्कार की तैयारी में लगे हुए थे। उन सभी के चेहरों पर कोई एक चीज़ समान थी तो वह थी सिर्फ घबराहट, वहीं दूसरी और मैं सड़क के दूसरे किनारे पर खड़ा-खड़ा सिगरेट के धुएँ से छल्ले बनाने में लगा था। मेरी पोशाक और हाव-भाव देखकर कोई भी अंदाज़ा नहीं लगा सकता था कि मैं भी वहाँ साक्षात्कार के लिए आया हूँ। मैंने एक नीली शर्ट और काली जीन्स पहनी थी, मेरी आस्तीन कोहनी तक चढ़ी हुई थी और मैंने अपने जूतों को ठीक से साफ तक नहीं किया था। मेरे गले तक झूलते बालों को आवारगी सूझ रही थी।

एक-एक करके परीक्षार्थी अन्दर जाते रहे, प्रत्येक व्यक्ति को बाहर आने में करीब आधे-पौन घंटे का समय लग रहा था। कुछ चेहरे खुश थे, कुछ शांत तो कोई बाहर आते ही रोया। दुःख होता भी क्यों ना? इस स्तर तक पहुँचने के बाद मेहनत विफल हो जाए तो दुःख होना लाजिमी ही है।

"क्या तुम्हें पता है कि आजकल लिखित परीक्षा पास करने के बाद आपको साक्षात्कार से गुजरना पड़ता है, तब जाकर आपको नौकरी मिलती है", झील ने कहा।

"हाँ झील, मैं अच्छी तरह से जानता हूँ", मैंने कहा।

"तो तुम्हें किसी तरह के साक्षात्कार से घबराहट नहीं होती? मैं तो डर के मारे सब भूल जाऊँ", उसने कहा।

"मुझे तो किसी तरह का डर नहीं लगता", मैंने कहा।

"अच्छा जी... मगर कुछ सवाल तो जरूर ऐसे होंगे जिनका जवाब देना तुम्हें सबसे मुश्किल लगता हो?"उसने पूछा।

"शायद वो एक ही सवाल है जिसका जवाब मुझे नहीं मिलता और शायद वही मेरी जिंदगी का सबसे मुश्किल सवाल है", मैंने कहा।

"और वो सवाल क्या है?" उसने पूछा।

"यही कि मेरा और तुम्हारा रिश्ता क्या है?" मैंने कहा।

"तुम्हारा हर बात पर यही सब शुरु कर देना जरूरी होता है क्या सागर", उसने चिढ़कर कहा।

"मिस्टर सागर कुमार"

"क्या सागर कुमार यहाँ उपस्थित हैं?"

"रोल नम्बर 202608, सागर कुमार कौन हैं?"

एक मैडम के तीन बार आवाज़ देने पर मुझे होश आया और मैं तुरन्त अपनी जगह से खड़ा हो गया।

"हाँ मैडम, मैं हूँ सागर", मैंने कहा।

"अगला साक्षात्कार आपका है, अन्दर आएँ", उन्होंने कहा।

मैं उनके पीछे-पीछे चल दिया। बाहर निकलते हुए एक लड़के ने मुझसे कहा, 'चश्मे वाले से जरा संभल कर रहना'। मैं प्रत्युत्तर में हल्के से मुस्कुरा दिया। मैं निर्देशानुसार उस कमरे में दाखिल हुआ। उस कमरे में चार लोग बैठे थे जिसमें एक महिला भी थी और काले सूट में चश्मा लगाकर एक अधेड़ उम्र का व्यक्ति भी था जिसके लिए वह लड़का मुझे आगाह करके गया था। मैंने प्रवेश करते ही सभी का अभिवादन किया और अपने दस्तावेजों की फाइल उन्हें सौंप दी।

वें चारों मुझे अजीब सी नज़रों से ऊपर से नीचे तक देख रहे थे, शायद मेरी वेशभूषा से मेरे व्यक्तित्व का अनुमान लगा रहे थे। मैं अपनी सीट के

पास जाकर खड़ा हो गया। उन्होंने मुझे अपना स्थान ग्रहण करने के लिए कहा।

"मिस्टर सागर कुमार, आपके दसवीं और बारहवीं कक्षा तक के परीक्षा परिणाम काफी अच्छे है। मुझे यह बताएँ कि आपका दसवीं कक्षा का नामांक क्या था?" जिनके हाथ में मेरे दस्तावेज थे उन्होंने मुझसे पहला सवाल किया।

"00011258", मैंने तुरंत जवाब दिया।

"आपने आखिरी के दो अंक गलत बताए हैं", उन्होंने कहा।

"अरे यार... यह तो झील का नामांक था"(मैंने मन ही मन सोचा)

मुझे वाकई खुद का नामांक याद नहीं था, मगर झील की प्रत्येक कक्षा का नामांक मुझे अच्छी तरह से रटा हुआ था क्योंकि मैं खुद से पहले उसका परिणाम देखा करता था।

"माफ़ी चाहता हूँ महोदय", मैंने कहा।

इसके बाद सभी ने बारी बारी मुझसे विज्ञान, समाजशास्त्र, अर्थशास्त्र, राजनीति विज्ञान और इतिहास के विषय में करीब पंद्रह से बीस सवाल किए। मैंने करीब दस से बारह प्रश्नों का सही उत्तर दिया।

वो चश्मे वाले अंकल तो अभी तक चुप थे, आख़िरकार अब उन्होंने मुझसे पहला सवाल किया।

"क्या आप इस नौकरी के प्रति वाकई गंभीर है?" उन्होंने पूछा।

"सूरत और सीरत में फर्क होता है सर... मैं वो नहीं हूँ जो मैं दिख रहा हूँ, मैं जो वाकई हूँ, किसी वजह से दिख नहीं पा रहा हूँ", मैंने कहा।

"यह पद अपने आप में ही एक वृहत् ज़िम्मेदारी वाला पद है, उस ज़िम्मेदारी के बीच में अगर आपकी 'वो' वजह आ जाए तो मैं आपको इस पद के काबिल नहीं समझता", उन्होंने कहा।

"जिस दिन किसी वजह से मैं इस पद के काबिल नहीं रहा, उस दिन स्वयं ही इससे किनारा कर लूँगा महोदय", मैंने बेबाक रूप से कहा।

"धन्यवाद श्रीमान सागर, अब आप जा सकते हैं", उन्होंने कहा।

मैंने उन सभी सज्जनों का शुक्रिया अदा किया और अपने दस्तावेज लेकर वहाँ से बाहर आ गया, बाहर आकर अपनी कलाई पर बँधी घड़ी की

ओर देखा तो मालूम चला कि मुझे तो बस पंद्रह मिनट में ही वहाँ से विदाई मिल गई, अब मुझे यकीन हो चुका था कि यह नौकरी मेरे हाथ से निकल चुकी है। मैंने अपनी मोटरसाइकिल उठाई और घर लौट आया। घर पर सभी के सवाल एक से थे, मैंने थोड़ी देर सभी से शांति से बात की और अपने कमरे में वापस आ गया। कमरे में आकर मैं सीधे पलंग पर गिरा और गहरी नींद में चला गया।

इस परीक्षा में सफल होने के तो कोई आसार नजर नहीं आ रहे थे और अब शराब पीने के लिए घरवालों की मेहनत कि कमाई खर्च करना भी मुझे गवारा नहीं था। इसीलिए मैंने नौकरी के लिए कुछ निजी कंपनियों में हाथ-पैर मारना शुरु कर दिए। जल्द ही मुझे एक दोस्त के जरिये 'श्री कल्पित फाइनेंस' में नौकरी मिल गई।

मेरे परिजनों ने अब मुझे सरकारी नौकरी के प्रयास करने के लिए समझाना छोड़ दिया। भैया भी अब मुझसे कम ही बात किया करते थे। विहान लगातार मुझे अपने पास नासिक बुला रहा था पर मैं उसे कुछ ना कुछ बहाना करके टाल रहा था।

अब मैं रोज़ाना सुबह सात बजे उठता, दफ्तर के लिए तैयार होता और नौ बजे ऑफिस पहुँच जाता। उसके बाद सारा दिन कम्प्यूटर में ग्राहकों के लेन-देन की प्रविष्टियां करता रहता। मैं शाम को पाँच बजे ऑफिस से छूटकर घर जाता और नहा-धोकर फिर से बाहर निकल जाता। मैं शाम को सीधे रवि के बियर बार में जाता और रात के दस-ग्यारह बजे तक पीकर घर वापस लौट आता और भोजन करके सीधे अपने कमरे में सो जाता।

इस तरह की रोबॉटिक जीवनशैली मुझे बिल्कुल भी पसंद नहीं थी और ना ही मैं अपने जीवन में इस तरह की साधारण नौकरी करना चाहता था पर मैं ज्यादा से ज्यादा खुद को व्यस्त रखने की कोशिश कर रहा था ताकि झील की यादों से उभर सकूँ, लेकिन मैं असफल रहा।

मुझे वह नौकरी करते और उस जीवनशैली के साथ समझौता करते करीब ढाई महीने से ज्यादा का वक्त गुज़र चुका था और अब मुझे इसकी आदत सी पड़ने लगी थी। उस दिन भी मैं हर शाम की तरह बार में बैठा-बैठा शराब से बातें कर रहा था तभी मेरे फोन की घंटी बजी। यह मेरे भैया का फोन था जिसे मैंने उस वक्त काट दिया। उसके बाद भाभीजी का फोन आया जिसे भी मैंने नहीं उठाया। मुझे लगा भैया कोटा आए हैं और मुझे घर बुलवाने के लिए फोन कर रहे हैं।

कुछ देर बाद विहान का फोन आया। वो हर एक-दो दिन में मुझे फोन जरूर करता था मगर आज पता नहीं क्यों उसका फोन देखकर मेरी धड़कनें थोड़ी सी तेज़ हो गई।

"और भाई, याद आ गई मेरी", मैंने कहा।

"अब तो ज्यादा याद करना पड़ेगा एस.डी.ऍम. साहब", उसने कहा।

"अबे आज तूनें भी पी ली क्या?" मैंने पूछा।

"साले तीन घण्टे बाद फ्लाइट है मेरी, पिलाएगा तो अब तू। सोचा तो यह था कि तुझसे सीधे आकर मिलूँ मगर मैं जानता था तू बेवड़ा अपना परीक्षा परिणाम तक देखना भी भूल गया होगा इसीलिए फोन करना पड़ा तुझे", उसने कहा।

"ऐसा क्या हुआ है मेरे भाई", अब मेरा दिल जोरों से धड़कने लगा।

"वही हुआ है जिसे सोचकर तेरी धड़कनें तेरे नियंत्रण से बाहर हुए जा रही है", उसने कहा।

"भाई विश्वास नहीं हो रहा तेरी बातों पर... इतना पागलपन करके भी कोई उस मुक़ाम को कैसे हासिल कर सकता है", मैंने कहा।

"यह सब वो रात-दिन एक करके की हुई मेहनत का नतीज़ा है मेरे भाई और अब मुक़ाम मिला है तो उसका सम्मान कर। आ रहा हूँ मैं, बाकी बातें मिलकर करते है", विहान ने कहा।

विहान ने फोन रख दिया और मेरी साँसे ठहरने लगी। मेरा फोन लगातार बज रहा था, मैं समझ चुका था यह कोई सपना नहीं है, मैंने फ़ौरन अपने फोन में परीक्षा परिणाम निकाला जिसमें चयनित आठ सौ तेरह लोगों की सूची में तीन सौ बहत्तरवाँ क्रमांक मेरा था। मैंने बैठे बैठे सामने रखी मेज को कसकर अपने हाथों से जकड़ लिया कि गिर ना जाऊँ। मेरे पैरों तले तो मानो ज़मीन खिसक रही थी, गला सूख रहा था और हाथ काँप रहे थे। बार में एयर-कंडीशनर ने भरपूर ठंडक फैला रखी थी फिर भी मेरे माथे से पसीने की बूँदें टपक रही थी।

मैंने एक कड़क पेग बनाया और एक साँस में उतार लिया। उसके बाद जो मेरे मुँह से दो शब्द निकले मुझे वो आज भी याद है 'वेल डन'। अब फिर से मेरे फोन कि घंटी बजी और अब मैंने फोन उठाया। यह भैया का ही फोन था।

"कहाँ है तू अभी?" भैया ने पूछा।

"नींबू पानी की दुकान पर", मैंने कहा।

"अभी उतार मत... आज तुझे मेरी तरफ से पूरी छूट है, मुझे गर्व है तुझ पर", उन्होंने कहा।

"मेरा सपना तो आपके मुँह से यह सुनने के बाद पूरा हुआ है भैया। जीवन में इतना संभालने के लिए बहुत बहुत शुक्रिया", मैंने कहा।

"चल अब जल्दी से घर आजा, आज सिर्फ तेरे लिए मैं सब कुछ छोड़कर यहाँ आया हूँ", उन्होंने कहा।

"आ रहा हूँ थोड़ी देर में", मैंने कहा।

आपकी जिंदगी के हर एक उतार-चढ़ाव देखने के बाद भी जो इंसान आपके ऊपर हमेशा इतना भरोसा रखे और आपके साथ हमेशा खड़ा रहे, उस इंसान के मुँह से ऐसा सुनने पर कितनी खुशी होती है, इस बात को शब्दों में व्यक्त कर पाना मेरे लिए तो बहुत मुश्किल है। मैंने फोन रखा ही था कि फिर से घंटी बजी, यह कियारा का कॉल था। मैंने फोन उठाया।

"हेल्लो कियारा कैसी हो तुम?" मैंने पूछा।

"आज कियारा से पहले आपको मैं बधाई देना चाहता हूँ सागर जी", यह सुधीर जी की आवाज़ थी।

"सबकुछ आप लोगों कि दुआओं का ही असर है सुधीर जी, आपका बहुत-बहुत शुक्रिया", मैंने कहा।

"आज सच में बहुत ख़ुशी का दिन है सागर जी। कियारा ने आपके बारे में इतना कुछ बताया है कि लगता है मैं आपको बचपन से जानता हूँ", सुधीर जी ने कहा।

"आप बहुत खुशकिस्मत हैं सुधीर जी कि आपको कियारा जैसी पत्नी मिली। वैसे कहाँ है वो?" मैंने पूछा।

"सच कहूँ तो बहुत देर से तकिए में मुँह छुपाकर रोए जा रही है", उन्होंने कहा।

सुधीर जी कि इस बात पर हम दोनों जोर से हँस दिए। उन्होंने कियारा को आवाज़ दी कि मुझसे बात कर ले और मैंने उसकी रोते हुए प्यारी सी आवाज़ सुनी।

"इस पागल को बोल दो मुझे इससे बात नहीं करनी", कियारा ने कहा।

"रुकिए मैं इसके कान पर फोन लगाता हूँ", उन्होंने कहा।

"हेल्लो कियारा... अरे बस परीक्षा पास की है, मरा नहीं हूँ मैं जो रोए जा रही हो", मैंने कहा।

"तुम्हें पता भी है तुम कितने बड़े पागल हो?" कियारा ने रोते हुए कहा।

"अरे पागल... अपनी नाक से इतना पानी मत बहाओ, तुम्हारे पतिदेव तुम्हें चूमने से मना कर देंगे", मैंने उसे छेड़ते हुए कहा।

"चुप रहो तुम, आज तुमने अपना वादा पूरा कर दिया सागर। मैंने कभी ऐसा नहीं सोचा था कि मुझे किसी बात से इतनी ख़ुशी होगी", उसने कहा।

"इतनी ख़ुशी की वजह एक और भी है सागर जी", सुधीर जी ने फोन लेते हुए कहा।

"ख़बरदार जो इसे कुछ बताया तो", पीछे से कियारा की आवाज़ सुनाई दी।

"अब तो आपको बताना ही होगा सुधीर जी", मैंने उत्सुकतावश कहा।

"बहुत जल्दी आप छोटी कियारा के साथ खेलने वाले हैं", उन्होंने कहा।

"नहीं, छोटे सुधीर के साथ", पीछे से कियारा की आवाज आई।

यह बात सुनकर मेरी तो ख़ुशी का ठिकाना ही नहीं रहा। वो प्यारी सी लड़की एक और नन्हीं सी जान को इस दुनिया में लाने वाली है। ख़ुशी कि असली खबर तो यही थी। आज मेरे पैर जमीन पर नहीं थे, यकीन मानिए ये आसमान में गोते लगा रहे थे। यह वो समय था जिससे अधिक ख़ुशी का अनुभव मैंने जीवन में पहले कभी नहीं किया।

"यह मेरे जीवन की सबसे बड़ी खुशखबरी है सुधीर जी, आप दोनों को बहुत बहुत बधाई हो। कियारा हम सभी को इतना प्यारा सा तोहफा देने के लिए तुम्हारा बहुत बहुत शुक्रिया", मैंने कहा।

"शरमा-कर भाग गई दूसरे कमरे में। इस महीने हम जयपुर आ रहे हैं सागर जी, आपके पास समय हो तो अवश्य मिलिएगा", सुधीर जी ने कहा।

"क्यों नहीं। मुझे आप लोगों का इंतज़ार रहेगा सुधीर जी। अपना और उसका ध्यान रखना, जल्द ही मिलते हैं", मैंने कहा।

सुधीर जी और कियारा से बात करने के बाद मेरी ख़ुशी दोगुनी हो गई। अब मैं घर के लिए निकला। गाड़ी चलाते हुए रास्ते में मुझे ऐसा लग रहा था मानो शहर की हर एक रोशनी मेरा स्वागत कर रही हो। सपनों का पूरा होना यकीनन इंसान को सातवें आसमान पर पँहुचा देता है।

घर पँहुचा तो देखा कि रात के ग्यारह बजे भी सब मुझे बधाई देने के लिए बाहर खड़े है, शायद उस दिन पहली बार मेरे परिजनों को मेरे देर से आने पर नाराज़गी नहीं हुई। ताज्जुब की एक बात और यह भी थी कि घर आते ही सबसे पहले पापा ने मुझे गले लगाया। मैंने सभी का आशीर्वाद लिया, भैया ने तो मुझे आते ही सीने से लगा लिया। उस दिन महसूस हुआ कि चंडीगढ़ वाले हादसे की खरोंचे हकीकत में अब साफ़ हुई है। थोड़ी देर बाद मैं मेरे घर की छत पर आ गया।

झील यह खबर सुनती तो ख़ुशी से पागल हो जाती, यह सोचकर मैंने उसका नम्बर डायल कर दिया मगर अगले ही पल मैंने फोन काट दिया। मैं उसे इस नई जिंदगी का हिस्सा नहीं बनाना चाहता था पर यह मेरी खासियत रही थी कि ना चाहते हुए भी मैंने अपने पैरों पर बार बार कुल्हाड़ी मारी थी।

खैर अब पुराने वक्त से विदा लेने का वक्त था, अब वक्त था उन सभी को ऊपर उठाने का जिन्होंने मेरे बुरे वक्त में मुझपर भरोसा दिखाया। यह नया दौर अपने आप में अजीब सी खासियत लिए हुए था, जिसने शुरु होते ही बहुतों के मुँह बंद कर दिए। मैं देर रात तक छत पर बैठा-बैठा बहुत कुछ सोचता रहा।

"अगर इस ज़िम्मेदारी के बीच में आपकी 'वो' वजह आ जाए तो मैं आपको इस पद के काबिल नहीं समझता", ना जानें क्यों इस बात ने उस रात मुझे चैन से सोने नहीं दिया। साक्षात्कार के दिन उनके द्वारा कही यह छोटी सी पंक्ति मेरे और मेरी खुशियों के बीच में बड़ी सी दीवार बने खड़ी थी।

कुछ देर के चिंतन के बाद मैं अपने कमरे में आया, मैंने एक बड़ा ट्रॉली बैग लिया और उसमें अपने कपड़े ज़माने लगा। मैं कहाँ जाने के लिए सामान जमा रहा था मुझे नहीं पता, बस मुझे कुछ दिन के लिए इस शहर से दूर जाना था।

अगली सुबह उठकर तैयार हुआ और एक इस्तीफा पत्र तैयार करने में लग गया। तभी भैया और मम्मी ने मेरा सामान जमा हुआ देख मुझसे सवाल किए। मैंने बहाना मार दिया कि विहान के दफ्तर के काम से थोड़े दिन के लिए उसके साथ बाहर जा रहा हूँ। उसका नाम लेने के बाद मुझसे किसी तरह की पूछताछ नहीं की जाती थी। ठीक उसी समय घर के बाहर एक कार ने अपने हॉर्न से शोर किया, मैं समझ गया कि नासिक के यात्री कोटा पधार चुके हैं। विहान अन्दर आया और मुझे बड़े जोश के साथ गले लगाया। उसके हाथ में एक मिठाई का डिब्बा भी था जिसे देखकर मैं थोड़ा चौंका।

"यह भ्रष्टाचार कब से फैलाना शुरु कर दिया साले", मैंने कहा।

"अरे यह तो सिर्फ भैया और आंटी जी को दिखाने के लिए है, तेरे लिए तो मेरी कार में कुछ और ही रखा है", उसने कहा।

हमने एक खुराफ़ाती हँसी के साथ एक-दूसरे को ताली दी उसके बाद विहान सभी से मिलने जुलने में व्यस्त हो गया। मेरे परिजन हमेशा से ही उसे देखकर बहुत खुश हो जाते थे। विहान मेरा एकमात्र दोस्त था जो उनकी नजर में काबिल था बाकी सभी को तो वें लोग हिजबुल मुजाहिदीन के आतंकियों जैसा समझते थे।

"कौनसे बिज़नस टूर पर जा रहे हो दोनों, हमें भी नहीं बताओगे क्या?" भैया ने पूछा।

विहान ने आश्चर्यजनक निग़ाहों से मेरी ओर देखा, मैंने उसे चुपके से आँख मार दी।

"कुछ नहीं भैया... प्रशिक्षण है। जल्दी वापस आ जाएँगे", विहान ने कहा।

"ठीक है... ध्यान से जाना और कोई परेशानी हो तो फोन कर देना", भैया ने कहा।

"हाँ भैया, आप चिंता मत करो", उसने कहा।

"वैसे ट्रेन से जा रहे हो या बस से?" उन्होंने पूछा।

विहान ने फिर से सहमी हुई नज़रों से मेरी ओर देखा, मैंने उसे कार का इशारा किया।

"कार से जा रहे है भैया", उसने कहा।

भैया ने संदेहास्पद निग़ाहों से मेरी ओर देखा फिर मुस्कुरा कर चले गए।

"अरे ओ, मरवाएगा क्या मुझे? कहाँ जाने की तैयारी कर रहा है?" उसने पूछा।

"सबसे पहले कल्पित फाइनेंस में इस्तीफा देना है, उसके बाद किसी लंबे सफर पर निकलेंगे। तेरे पास आधे घण्टे का वक्त है, सामान जमा ले अपना सात-आठ दिन का", मैंने कहा।

"तेरा सफर इतना कितना लंबा है कि सात दिन लग जाएँगे और मेरे पास इतनी छुट्टियाँ नहीं है, अगले महीने से कम्पनी की ट्रायल है चेन्नई में, तू पहले ही लात पड़वा", उसने कहा।

"भाई के लिए एक बार खा लेना। अब ज्यादा बहस मत कर और सामान बाँध। मेरी तीन महीने की तनख़्वाह मैं शराब में बर्बाद नहीं करना चाहता", मैंने कहा।

"मगर हम चल कहाँ रहे हैं भाई?" उसने पूछा।

"फिलहाल तो मुझे भी नहीं पता", मैंने कहा।

"मुझे पता नहीं बचपन में उस दिन कौनसे पागल कुत्ते ने काटा था जो मैंने तुझसे दोस्ती की", विहान ने पैर पटकते हुए कहा।

"चल उस कुत्ते को भी ढूँढ़ लेंगे इन सात दिनों में, अब तू चुपचाप आधे घण्टे बाद मुझे कल्पित फाइनेंस के बाहर मिल", मैंने कहा।

"भगवान बचाए मुझे तुझसे... मिलता हूँ एक घण्टे में", उसने कहा।

विहान के जाने के बाद मैंने अपना बैग उठाया और अपने दफ्तर की ओर निकल गया। वहाँ मुझे इस्तीफा देने और अपना बकाया वेतन लेने में करीब एक घण्टे का समय लग गया। मेरे दफ्तर के सभी कर्मचारियों और बॉस ने मुझे बधाईयाँ दी और मेरे उज्जवल भविष्य की कामना की। मुझे अभी तक नहीं पता था मैं कहाँ जाने वाला हूँ। मुझे हमेशा से वादियाँ पसंद थी, बस इतना तो तय था कि मैं किसी पहाड़ियों से घिरे स्थान पर जाने वाला हूँ।

कुछ देर बाद विहान मेरे दफ्तर मुझे लेने पहुँच गया, मैंने सभी से विदा ली और हम अपने सफर के लिए निकल पड़े। इन तीन महीनो में मैंने इतना तो कमा लिया था कि किसी छोटी यात्रा पर जा सकूँ, और साथ में विहान तो था ही।

"अब बता कहाँ चले, तेरे सात दिनों के चक्कर में खुद को जबरदस्ती मलेरिया का मरीज दिखाना पड़ा है", विहान ने कहा।

"चल दिल्ली हाईवे पर ले... आगे का बाद में सोचेंगे", मैंने कहा।

"मन तो आगरा लेने का है, सुना है पागलखाना वहीं है", उसने कहा।

"फालतू बातें मत कर साले शराब लेने दे सबसे पहले", मैंने कहा।

"भाई वो पीछे वाली सीट पर देख, एस.डी.एम. साहब के लिए मेरी तरफ से छोटा सा तोहफा", उसने कहा।

"ब्लैक लेबल... अबे इतनी महँगी कब से पीने लग गया? दो सौ रूपये का क्वार्टर पीने वाले के लिए तीन हज़ार की बोतल लेकर आया है", मैंने कहा।

"अब दो सौ रूपये का क्वार्टर पीने के दिन गए भाई", उसने कहा।

"मुझे ऐसा नहीं लग रहा भाई", मैंने कहा।

"अब क्या हुआ है तुझे?" उसने भौहें चढ़ाते हुए पूछा।

"यार तुझसे कुछ छुपा हुआ नहीं है... इतना सब पा लेने के बाद भी एक कमी सी महसूस हो रही है। वो मुझे अधूरा करके चली गई है", मैंने कहा।

"इस नई जिंदगी को शुरु होने दे, तू थोड़ा व्यस्त हो जाएगा ना तो अपने आप उसके बारे में सोचना बंद कर देगा", उसने कहा।

"नहीं यार, व्यस्त तो मैं अभी भी था। मैं जितना उससे दूर भागने की कोशिश करता हूँ, वो मेरे उतना ही पास आ जाती है", मैंने कहा।

"और कहीं यह तेरा सात दिन का सफर हमें उसके पास तो नहीं ले जा रहा ना। देख अभी तक वो एक बच्चे की माँ बन गई होगी और तुझे कोई नया फ़ितूर चढ़ा है तो मैं तेरे साथ जूते खाने नहीं चल रहा", विहान ने कहा।

"नहीं यार, हम हिमाचल जा रहे हैं। इतना भी पागल नहीं हूँ जो उसका बसा बसाया घर उजाड़ने उसके सामने जाऊँ", मैंने कहा।

"हिमाचल किस ख़ुशी में? साले पागल है क्या? बर्फ़बारी चल रही है वहाँ और हमारे पास गर्म कपड़े भी नहीं है", उसने चिल्लाते हुए कहा।

"अक्टूबर है भाई, इतनी बर्फ नहीं गिरती और चंडीगढ़ से गर्म कपड़े भी खरीद लेंगे चिंता मत कर", मैंने कहा।

"तेरे दिमाग की किसी नस में शराब जम गई है क्या सागर? तुझे घूमने के लिए यही जगह मिली", उसने कहा।

"बहुत सारे सवाल है अन्दर और जवाब एक भी नहीं। मुझे इन सवालों के जवाब चाहिए, वरना चैन से जी नहीं पाऊँगा मैं विहान", मैंने कहा।

"और तुझे लगता है तेरे सवालों के जवाब उन बर्फीली वादियों में छुपे हैं?" उसने पूछा।

"शोर से जन्मे सवालों के जवाब अक्सर ख़ामोशियों में छुपे होते हैं। मेरी जिंदगी में जो शोर झील ने मचाया है, मैं उसे वहाँ दबाने जा रहा हूँ", मैंने कहा।

"तो फिर तुझे अकेले जाना चाहिए था सागर", उसने कहा।

"मैं अब भी अकेले ही जा रहा हूँ", मैंने कहा।

"क्या मतलब", विहान फिर से चौंका।

"देख भाई... मैं नहीं चाहता तू इतनी खूबसूरत जगह पर मेरे साथ बोर होता रहे। इसीलिए हम दिल्ली से मानसी को साथ ले चल रहे हैं।"(मानसी विहान की गर्लफ्रेंड थी, जो कोटा की रहने वाली थी पर उस वक्त वर्धन कॉलेज ऑफ मेडिकल साइंस, दिल्ली से एम.बी.बी.एस. की पढाई कर रही थी।)

"यार तेरा हिल गया है क्या कुछ ऊपर से? वो तेरी तरह पागल नहीं है जो पाँच मिनट में बिना कुछ सोचे, बिना किसी योजना के हिमाचल रवाना हो जाए", उसने कहा।

"प्यार में थोड़ा बहुत पागलपन होना तो लाज़िमी है। प्यार करती है ना वो तुझसे... एक बार पूछकर देख, वो जरूर आएगी", मैंने कहा।

विहान ने कार सड़क के किनारे पर रोकी और आँखे फाड़-फाड़कर मुझे देखने लगा। कुछ देर घूरने के बाद उसने मानसी को फोन किया और फोन का लाउडस्पीकर चालू कर दिया।

"हेल्लो जान, कैसी हो तुम?" विहान ने पूछा।

"पी ली क्या तुमने? अभी कुछ देर पहले ही तो बात हुई थी हमारी", मानसी ने कहा।

"फिर से याद आ गई तुम्हारी", विहान ने कहा।

"आज बहकी-बहकी बातें क्यों कर रहे हो? हो कहाँ तुम?" मानसी ने पूछा।

"मैं अभी कोटा से रवाना हुआ हूँ और तुमसे मिलने दिल्ली आ रहा हूँ", विहान बोला।

"तुम तो अपने नशेड़ी दोस्त के साथ किसी टूर पर जा रहे थे ना, यूँ अचानक से दिल्ली कैसे आ रहे हो? सब ठीक तो है ना?" मानसी ने पूछा।

मैंने विहान को गुस्से में तिरछी निग़ाहों से देखा और उसने मुझे माफ़ी भरे लहजे से। मैंने उसे घूँसा मारते हुए कहा कि, 'काम की बात कर'

"यह कौन क्या बोल रहा है पीछे से?" मानसी ने पूछा।

"हिमाचल घूमने चल रही हो मानसी?" विहान ने पूछा।

"मैंने तुम्हें समझाया है ना कि उनके साथ मत रहा करो, अब नशा उतर जाए तब ही मुझसे बात करना", मानसी ने कहा।

"मैंने नहीं पी है जान। अगले महीने चेन्नई चला जाऊँगा, उसके बाद बहुत कम अवसर मिलेंगे इसीलिए तुम्हारे साथ थोड़ा सा अच्छा वक्त बिताने का मन कर रहा है", विहान ने कहा।

"तुम्हें यह बात पहले बतानी चाहिए थी ना। ऐसे एकदम से थोड़ी ना कुछ होता है, मुझे छुट्टी नहीं मिलेगी और मेरे पास कोई मजबूत बहाना भी नहीं है", मानसी ने कहा।

"प्लीज चल लो ना साथ, तुम नहीं चली तो मुझे पूरा यकीन है कि लौटते वक्त इसके साथ-साथ मैं भी अपना दिमागी संतुलन खोकर वापस आऊँगा", विहान ने कहा।

"घर पर पता चल गया तो मेरी जान निकाल लेंगे, तुम समझ नहीं रहे हो", मानसी ने कहा।

"हेल्लो मानसी... तुम्हारे छोटे दादाजी अभी थोड़े समय पहले गुज़र गए थे ना और तुम परीक्षाओं की वजह से आ नहीं पाई थी, विहान ने बताया था मुझे", मैंने उससे फोन छीनते हुए कहा।

"आप कहना क्या चाह रहे हो?" मानसी ने पूछा।

"कुछ नहीं, बस उन्हें स्वर्ग पहुँचाने का अब सही समय आ चुका है। अपने अध्यापकों से कह दो कि उनका देहांत हो गया है और तुम्हारे चचेरे भाई तुम्हें फ़ौरन लेने आ रहे हैं, बाकी सब हम संभाल लेंगे", मैंने कहा।

"हे भगवान... कहाँ फँसा दिया मुझे... आपके लिए तो सबकुछ मजाक है", उसने कहा।

"मानसी तुम्हें चलना है तो ठीक, वरना हम जयपुर से विहान की दोस्त पलक को ले लेते है, वो तो तैयार भी है", मैंने कहा।

"ख़बरदार जो मेरे होते हुए किसी और को लेकर गए, अब फोन रखो मुझे सामान जमाना है", मानसी ने कहा।

मानसी के फोन रखते ही हम दोनों जोर से हँस पड़े। अब हम सीधे दिल्ली की ओर रवाना हो गए। हमें दिल्ली पहुँचते-पहुँचते रात के आठ बज गए। दिल्ली के बारे में लोग सही कहते हैं कि यह भारत का दिल है। इतने शोर में डूबे होने के बावजूद भी यदि गौर से सुना जाए तो हमें यह शहर धड़कता हुआ सुनाई देता है। अक्टूबर के महीने में भी यहाँ काफी सर्दी महसूस की जा सकती थी। मानसी ने अपने अध्यापकों को हमारे आने की सूचना शाम को ही दे दी थी।

"इतनी रात गए चलना ठीक रहेगा?" विहान ने पूछा।

"अबे इतनी रात में जाएँगे तो किसी को शक भी नहीं होगा। तू बस अपना मुँह बंद रखना और मुझे बात करने देना", मैंने कहा।

कुछ ही देर में हम मानसी के हॉस्टल पहुँच गए। वाक्चातुर्य तो मुझ में बचपन से भरा पड़ा था, मैंने उसके अध्यापकों से बात की और मानसी को छुट्टी दे दी गई। किसी को हम पर जरा सा भी शक नहीं हुआ। मानसी का तो घबराहट के मारे बुरा हाल था, जब तक हम दिल्ली के

बाहर एक ढाबे पर खाना खाने नहीं रुके उसके मुँह से एक शब्द तक नहीं निकला।

"तुम दोनों पागल हो बहुत बड़े वाले", मानसी ने कहा।

"बधाई हो विहान, आख़िरकार यह बोली तो सही", मैंने हँसते हुए कहा।

विहान ने उसे बड़े प्यार से गले लगाया और वह शांत हो गई।

"शहर के बाहर किसी होटल में रात गुज़ार लेते हैं सागर, सुबह जल्दी निकल चलेंगे", विहान ने कहा।

"पागल है क्या? यहाँ से चंडीगढ़ दूर नहीं है और ऐसे हर जगह रुकते रहे तो पहुँच गए हिमाचल तो। तुम दोनों पीछे आराम करो, सुबह जागोगे तब तक हम चंडीगढ़ में होंगे", मैंने कहा।

"साले पीकर गाड़ी चलाएगा तू", विहान ने कहा।

"बेवजह बच्ची को क्यों डरा रहा है? दिन में पी थी पता है ना तुझे और वैसे भी मेरा चंडीगढ़ से पुराना रिश्ता है, तू चिंता मत कर।"(वैसे मैंने अभी भोजन करने से पहले ही चुपचाप दो पेग मारे थे पर मानसी के सामने मुझे झूठ बोलना पड़ा।)

हम दिल्ली से निकल गए। मैं कार चला रहा था, विहान को तो पीछे जाते ही नींद आ गई। मानसी थोड़ी देर मुझसे बात करती रही उसके बाद उसे भी नींद आ गई।

अब कुछ देर के लिए मैं फिर से अकेला हो गया, ठीक वैसे ही जैसे मैं चाहता था। इन आगे-पीछे चलती गाड़ियों से ज्यादा ख्याल तो मेरे मन में चल रहे थे और इन सभी ख्यालों में हर जगह सिर्फ झील थी। मैं उसके जाने से अनजान था या अभी तक उसके जाने की वास्तविकता को स्वीकार ही नहीं कर पाया था मुझे नहीं पता, मगर उसे गए हुए इतना वक्त गुज़र जाने के बाद भी उसका नशा मेरे दिल-ओ-दिमाग से जरा भी नहीं उतरा। ऐसा लग रहा था कि मैं किसी दरिया में दो कश्तियों के बीच तैर रहा हूँ। एक कश्ती में मेरी पुरानी जिंदगी है और एक में नई और यह दोनों जिस दरिया पर तैर रही है वो झील है, जो मुझे अपनी मर्ज़ी से ना तैरने देती है ना डूब जाने। अब मुझे उस दरिया को पार करना था!

अध्याय 15

"सवालों का सफर"

मंज़िलों का मोह तो कभी था ही नहीं मुझे, मैं बस इसी कोशिश में रहा कि सफर खूबसूरत बना रहे, यही वजह थी कि मेरी पूरी जिंदगी सफर में ही गुज़र गई।

यहाँ से एक और सफर की शुरुआत होती है। कुछ लोगों की नजर में शायद इसका यहाँ जिक्र करने का कोई औचित्य नहीं हो मगर यह मेरे जीवन का सबसे महत्वपूर्ण सफर था। इस सफर ने मुझे रास्तों का चुनाव करना सिखाया, इस सफर ने मुझे उस समय चलना सिखाया जब शायद मैं गिरकर फिर से खड़ा होने तक की शक्ति भी गवाँ बैठा था।

सुबह के करीब चार बज रहे थे, मैं रात से लगातार ड्राइव कर रहा था। चंडीगढ़ करीब पंद्रह-बीस किलोमीटर की दूरी पर था, यहाँ तो सर्दी दिल्ली से भी ज्यादा थी। कुछ देर बाद विहान की आँख खुल गई।

"कहाँ पहुँचे भाई?" विहान ने पूछा।

"बस चंडीगढ़ पहुँचने वाले हैं", मैंने कहा।

"किसी होटल में रुकना चाहिए, तुझे भी आराम की जरूरत है", उसने कहा।

"बस स्टैण्ड के पास बहुत मिल जाएँगे। सुबह वहीं से तैयार होकर कुछ गर्म कपड़े लेंगे और रवाना हो जाएँगे", मैंने कहा।

"कुछ ही देर में हम चंडीगढ़ पहुँच गए। इस शहर में घुसते ही जैसे मुझे बीते वक्त में हुए हादसे की बुरी यादों ने जकड़ लिया। इस शहर ने शायद मुझसे मेरी जिंदगी के सबसे बुरे दौर का परिचय करवाया। यह वही शहर था जिसमें मैंने झील को असल में खोया था पर फिर भी मैं इसका शुक्रगुज़ार था। मैं चंडीगढ़ नहीं आता तो शायद आज इस मुकाम

को हासिल नहीं कर पाता। किसी सिक्के की तरह इस शहर के भी दो पहलू थे, इसने मुझसे छीना भी बहुत कुछ और इसने मुझे दिया भी बहुत कुछ।

इसी तरह के ख्यालों के साथ उलझते-जूझते हुए हम सेक्टर इक्कीस बस स्टैण्ड पहुँच गए। मानसी की नींद भी खुल गई और हमने एक अच्छा सा होटल ढूँढ़ लिया। हमने दो कमरे आरक्षित करवाए। सुबह के करीब पाँच बज चुके थे, मैं अपने कमरे में आ गया और सीधा बिस्तर पर जा गिरा पर नींद तो मेरी आँखों से कोसों दूर थी। मुझे यह कमरा झील और मोहित के कमरे जैसा लग रहा था जिसकी दीवार पर लगी उन दोनों की तस्वीर ना जाने क्यों मेरी आँखों के सामने आ रही थी।

मैंने अपनी जेब से लाइटर और सिगरेट का पैकेट निकाला पर उस में कोई सिगरेट नहीं बची थी। मैं बॉलकनी में कुर्सी लगाकर बैठ गया, मुझे वहाँ सर्दी लग रही थी पर मेरा ध्यान तो कहीं और ही था। मैं उस लाइटर को जलाता बुझाता रहा और अपने ही ख्यालों में डूबा रहा। आठ बजे करीब जब मेरे कमरे की घंटी बजी तो मैं वहाँ से उठा और मैंने दरवाज़ा खोला। दरवाज़े पर मानसी और विहान थे।

"क्या हुआ भैया, आप सोए नहीं?" मानसी ने पूछा।

"नींद ही नहीं आ रही थी... तुम लोगों के जागने का इंतज़ार कर रहा था", मैंने कहा।

विहान ने शायद कुछ बोलना चाहा पर मानसी के सामने कहा नहीं।

"मैं नाश्ता मँगवाता हूँ। तू तैयार हो जा, निकलते हैं फिर", उसने कहा।

"हाँ मुझे बस आधे घण्टे का समय दो", मैंने कहा।

मानसी तैयार होने चली गई और विहान नीचे चला गया, मैं भी नहा-धोकर तैयार हो गया। मैं एक दिन से सोया नहीं था मगर फिर भी पता नहीं क्यों मुझे नींद नहीं आ रही थी।

चाय-नाश्ते के बाद सुबह के करीब दस बजे हम होटल से निकल गए। मैं गाड़ी चला रहा था और विहान मेरे पास वाली सीट पर बैठा था। सुबह का वक्त था और बाजार खुलने लगा था, ऐसे में हमें जल्दी कोई मॉल ढूँढना था जिससे जरूरत के कपड़े और सामान लेकर हम वक्त रहते रवाना हो सके। मैंने एक रिक्शा वाले से पूछा तो उसने सेक्टर पच्चीस के एक मॉल का सुझाव दिया जो दिन के पूरे चौबीस घंटे खुला रहता था।

मैं वहाँ अनायास ही पहुँचा या किस्मत मुझे उस जगह से एक बार और रूबरू करवाना चाहती थी मुझे नहीं पता मगर उस जगह ने मेरे अन्दर की हलचल पर अचानक से रोक लगा दी। गाड़ी चलाते चलाते मैंने अचानक से ब्रेक लगा दिए। वो दोनों चौंक गए और मैं कार से बाहर निकलकर खड़ा हो गया। विहान और मानसी मुझसे लगातार सवाल किए जा रहे थे पर मैं किसी अलग ही सोच में खोया हुआ था। मैंने एक सिगरेट जलाई और विहान गाड़ी से बाहर निकला।

"क्या हुआ सागर? सब ठीक तो है?" विहान ने पूछा।

मैंने कुछ नहीं कहा, बस धुआँ उड़ाते हुए हाथ से सामने की ओर इशारा किया। विहान ने सामने देखा, 'पुलिस थाना सेक्टर पच्चीस'। विहान ने मेरे कंधे पर हाथ रखा।

"कभी-कभी बुरी यादों को गले लगाना भी सेहतमन्द होता है भाई", विहान ने कहा।

इतने वर्षों से जिस जगह के नाम से ही ख्यालों में नफरत उतर आती थी, आज जब वहाँ लौटकर आया तो मैं उसका शुक्रिया अदा करके अपने सफर में आगे बढ़ गया।

उसके बाद हम मॉल में गए और कुछ गर्म कपड़े ख़रीदकर करीब बारह बजे शिमला के लिए निकल पड़े। मैं चाहकर भी रास्ते में उन दोनों से किसी तरह कि मस्ती-मजाक नहीं कर पा रहा था। मैं सिर्फ उनकी बातें सुन रहा था और उनके प्रश्नों के जवाब दे रहा था। कालका जिसे हिमाचल का प्रवेश द्वार माना जाता है, उसके आते ही रास्तों ने अपनी खूबसूरती बिखेरना शुरु कर दिया।

मानसी को तो जैसे अभी से ही इन वादियों से मोहब्बत हो गई, वहीं मैं अब और ज्यादा सावधानी से ड्राइव करने लगा। शिमला से करीब तीस-पैंतीस किलोमीटर पहले एक मनोरम सा भोजनालय आया, वहाँ कई सारे वाहन रुके हुए थे। दिन के करीब तीन बज रहे थे, हमने भी वहाँ रुक कर भोजन करना ठीक समझा। हम भोजन करके उठे ही थे कि बारिश शुरु हो गई और पहाड़ों से छोटे छोटे झरनें दिखाई देने लगे। अब लग रहा था हम वाकई जन्नत की ओर जा रहे है।

मानसी और विहान तस्वीरें लेने में व्यस्त थे, और मैं एक बड़ी सी चट्टान पर खड़ा-खड़ा खाई की गहराई का अंदाज़ा लगाने में।

"कूदना है क्या आपको नीचे", मानसी ने मेरा हाथ पकड़ते हुए कहा।

"नहीं... कूद तो मैं पहले ही चुका हूँ, अब तो बस ऊपर आने का रास्ता ढूँढ़ रहा हूँ", मैंने कहा।

"क्या मतलब?" उसने पूछा।

"तुम छोड़ो... उसकी बातें तुम्हारी समझ से बाहर है", विहान ने कहा।

"तुम्हारा दोस्त वाकई बहुत पेचीदा है", मानसी ने फुसफुसाते हुए कहा।

"उसको पूरी तरह से तो मैं भी नहीं समझ पाया कभी", विहान ने कहा।

"हमें चलना चाहिए अब", मैंने कहा।

"अब तू थोड़ी देर आराम कर ले, रात भर से नहीं सोया है। मैं कार चलाता हूँ", विहान ने कहा।

मैंने हामी भर दी और पीछे वाली सीट पर सोने चला गया, कुछ देर उन दोनों की प्यारी-प्यारी बातें सुनने के बाद मेरी आँख लग गई।

"हम यहाँ क्यों आए है?" झील ने पूछा।

"कभी ना भुलाई जा सकने वाली मोहब्बत करने", मैंने कहा।

"कितनी सुंदर जगह है ना, मुझे तो इन गहरी खाईयों से भी इश्क़ होने लगा है सागर", उसने कहा।

"तुम जिस जगह होती हो वो जगह अपने आप खूबसूरत लगने लग जाती है झील... भले ही जानलेवा क्यों ना हो", मैंने कहा।

"मेरा हाथ थामे रखना, ये वादियाँ कहीं तुम्हें मुझ से दूर ना कर दे", उसने कहा।

"कोई तुम्हें मुझसे तब तक जुदा नहीं कर सकता झील जब तक कि तुम खुद ना चाहो", मैंने कहा।

"ऐसा चाहने से अच्छा तो मैं अपनी जान इस गहरी खाई के हवाले करना पसंद करूँगी सागर", उसने कहा।

(मैंने अपने हाथ उसके होंठों पर रख दिए, उसे गले से लगाया और उसके माथे को चूम लिया।)

अचानक से मेरी आँख खुली, सामने देखा तो विहान और मानसी थे। यह एक हसीन ख्वाब था जो शायद हकीकत से जुदा था। जगह तो लगभग वही थी पर आँख खोली तो झील निग़ाहों से ओझल हो गई।

"उठ गया तू। नींद पूरी हुई कि नहीं?" विहान ने पूछा।

"सफर में कहाँ नींद पूरी होती है यार, नींद भी उस सपने की तरह अधूरी रह गई", मैंने कहा।

"क्या मतलब?" मानसी ने पूछा।

"मतलब यह कि अब हम शिमला से ज्यादा दूर नहीं है", मैंने कहा।

"हमें पहले मनाली चलना चाहिए था, मुझे बर्फ से ढके पहाड़ों पर जाना है", उसने कहा।

"हाँ तुम दोनों मनाली ही जा रहे हो। एक दिन शिमला घूम कर अगली सुबह निकल जाना फिर मनाली घूमना और रोहतांग चले जाना और वैसे भी तुम्हारी ख़्वाहिश तो यहीं पूरी होने वाली है", मैंने हमारी यात्रा के दौरान नजर आया पहला बर्फ का पहाड़ मानसी को दिखाते हुए कहा।

"आप हमारे साथ नहीं चल रहे", मानसी ने मेरी बात को नज़रंदाज़ करते हुए कहा।

"मैं तुम दोनों के बीच कबाब में हड्डी नहीं बनना चाहता", मैंने कहा।

"घूमने हम दो नहीं तीन आए है। विहान यह गलत बात है, देखो इन्हें आधे रास्ते साथ आकर अलग जाने की बात कर रहे हैं", उसने नाराज़गी जताते हुए कहा।

"सबकुछ पहले से तय है मानसी, तुम चिंता मत करो, वो यहाँ जिस मक़सद से आया है उसे पूरा करने दो", विहान ने कहा।

"और क्या क्या पहले से तय कर रखा है तुम दोनों ने, मुझे अभी बता दो", मानसी ने खीजते हुए कहा।

"वो तो मेरा भाई तुम्हें मनाली में अच्छी तरह से बता देगा", कहते हुए मैंने विहान को आँख मार दी मगर मानसी ने मुझे ऐसा करते देख लिया।

विहान और मैं जोर से हँसने लगे और मानसी हमें बुरी सी शक्ल बनाकर घूरने लगी। इसी तरह मस्ती मजाक करते हुए हम शाम के करीब पाँच बजे शिमला पहुँच गए। मानसी का सपना तो यहीं पूरा हो गया, हमने सोचा नहीं था कि अक्टूबर महीने में भी यह वादी बर्फ से ढकी हुई मिलेगी। हल्की बारिश माहौल को और सर्द बना रही थी। यहाँ सबसे सुंदर होटल शहर से थोड़ी ऊँचाई पर बने थे, हमने जल्द ही एक खूबसूरत सा होटल ढूँढ़ लिया और अपना सामान लेकर उसमें दाखिल

हुए। यहाँ की साधारण से साधारण वस्तु भी बेहद खूबसूरत थी और हमारा होटल तो यहाँ बने तमाम होटलों का सिरमौर प्रतीत हो रहा था।

हम लोग तैयार होकर शिमला की सैर पर निकल पड़े। हम मॉल रोड़ पर घूम रहे थे। वो दोनों हमेशा की तरह तस्वीरें लेने में व्यस्त थे और मैं चीज़ों को खुद के नज़रिए से जोड़ने में। शहर पर्यटकों से खचाखच भरा हुआ था। हर जगह भीड़ थी और हर जगह शोर फिर भी अगर आप इश्क़ में हो तो इन वादियों की ख़ामोशियों को अच्छी तरह से महसूस कर सकते हैं।

करीब नौ बजे तक हम शहर के लगभग आधे पर्यटन स्थल देख चुके थे मगर मुझे तो कुछ और ही चाहिए था। एक बहुत ही खूबसूरत जगह बने रेस्टोरेंट पर मैंने उन्हें रोका।

"अब तुम दोनों को भूख लग रही होगी, भोजन कर लो", मैंने कहा।

"आपको भूख नहीं लग रही?" मानसी ने पूछा।

"वो होटल चलकर खा लेगा तुम चिंता मत करो", विहान मेरी आँखों का इशारा समझ गया।

अब हम भोजन के लिए बैठ गए, मानसी के जिद करने पर मैंने थोड़ा बहुत खा लिया। वो दोनों एक-दूसरे के साथ बैठे बहुत प्यारे लग रहे थे। मैंने चुपके से अपने फोन में उनकी एक सुंदर सी तस्वीर ले ली। भोजन करने के बाद हम कुछ और अच्छे स्थानों पर गए उसके बाद अपने होटल लौट आए। मैंने वेटर से छत पर एक कुर्सी टेबल और कुछ खाने-पीने का सामान रखवाया, मैं अपने कमरे में गया और बैग में से शराब की एक बोतल लेकर ऊपर आ गया।

इतनी ऊँचाई पर बने पाँच मंजिला होटल की छत से मुझे बादल अपने नीचे तैरते हुए नजर आ रहे थे। मैं एक कोने में जाकर बैठ गया और शुरु हो गया। मुझे मेरे साक्षात्कार के दिन मुझसे कही गई बात फिर से याद आ रही जिसका मैं उस समय तो तन कर जवाब दे आया था मगर हकीकत में अभी तक वो वजह मेरे आत्मविश्वास को कुरेद रही थी, वजह थी झील।

इस समय तक मैं वाकई काबिल नहीं था कि इतनी बड़ी जिम्मेदारी का भार अपने कंधों पर ले सकूँ। अब दो रास्ते थे, या तो उस वजह को मिटा दूँ, या फिर अपनी ज़िम्मेदारी से मुँह मोड़ लूँ।

इस उधेड़-बुन ने रात को सुबह बना दिया, हमेशा की तरह। सुबह के करीब पाँच बजे मैं अपना सामान लेकर नीचे उतरा। मेरा नशा उतर चुका था या चढ़ा ही नहीं मुझे नहीं मालूम मगर मेरी अंतरात्मा पर चढ़े ज्वर में तो कोई गिरावट नहीं थी। होटल का प्रबंधक सोफ़े पर बैठा बैठा अख़बार पढ़ रहा था जो मुझे देखकर चौंक गया।

"क्या बात है सर? नींद नहीं आ रही या यह शहर सोने नहीं दे रहा?" उसने पूछा।

"एक वजह है जो आपके इतने खूबसूरत होटल में भी सोने नहीं दे रही", मैंने कहा।

"क्या मैं आपकी कुछ मदद कर सकता हूँ?" उसने पूछा।

"फिलहाल तो एक कप चाय पिला कर", मैंने कहा।

उसने वेटर को एक कप चाय लाने का आदेश दिया और मेरे पास एक पुस्तिका लेकर आया। उसमें शिमला, मनाली, कुल्लू, मण्डी और रोहतांग जैसे हिमाचल प्रदेश के तमाम खूबसूरत पर्यटन स्थलों की तस्वीरें थी।

"सर अगर आप चाहें तो हमारे होटल के माध्यम से टूर पैकेज ले सकते हैं, उन पर्यटन स्थलों के लिए जहाँ आप भ्रमण के लिए जाना चाहते हैं", उसने कहा।

"मैं तो यहाँ से कहीं नहीं जाने वाला मगर मेरे साथ जो हंसों का सुंदर जोड़ा है मुझे उसके लिए तीन-चार दिनों के लिए हिमाचल के सबसे खूबसूरत स्थानों का पैकेज बताइए", मैंने कहा।

उसने मुझे एक और पुस्तिका दिखाई जिसमें मनाली, रोहतांग और स्पीति घाटी के सबसे मनोरम पर्यटन स्थलों की तस्वीरें थी। मैंने विहान को फोन करके नीचे बुलाया और हमने उसकी पसंद का एक टूर-पैकेज बुक कर लिया जिसमें कुल्लू, मनाली, और रोहतांग दर्रा शामिल थे।

"हनीमून मनाने थोड़ी आए हैं सागर। तू साथ चलता तो हमारा मजा दोगुना होता", विहान ने कहा।

"मैं तुम्हारा मजा किरकिरा करने नहीं आया हूँ भाई, तू मानसी के साथ जा और जिंदगी के खूबसूरत लम्हों का लुत्फ़ उठा", मैंने कहा।

"और यह दो दिन से रात्रि-जागरण किस ख़ुशी में हो रहा है आपका?" उसने पूछा।

"यहाँ सो गया तो सारी उम्र नींद नहीं आएगी भाई। वैसे भी मेरे पास सारा दिन है सोने के लिए। तू अब जल्दी से तैयार हो तुम्हें आठ बजे यहाँ से निकलना है", मैंने कहा।

आठ बजे विहान और मानसी सफर के लिए तैयार हो गए, होटल वालों ने एक ड्राइवर भी उन दोनों के साथ भेजना सुनिश्चित किया क्योंकि विहान यहाँ के जानलेवा सर्पिलाकार रास्तों से अनजान था। मानसी तो मुझसे बात तक नहीं कर रही थी और उसकी नाराज़गी की वजह मैं अच्छी तरह समझ सकता था।

मैं कार में उनका सामान जमा रहा था और कार-चालक से बात कर रहा था। जाने से पहले मानसी उदास चेहरा लेकर मेरे पास आई और मुझे गले लगाते हुए कहा, "आप ध्यान रखना खुद का, और ज्यादा पीना मत"

उसकी बात सुनकर विहान और मुझे हँसी आ गई। विहान ने भी मुझे तरह-तरह की हिदायतें देने के बाद गले से लगाया और वो दोनों मनाली के लिए निकल गए।

अब यहाँ से मेरा सफ़र भी शुरु होना था, मैंने प्रबंधक से शिमला के आसपास के उन सभी स्थलों की जानकारी ली जो पर्वतारोहण के लिए प्रसिद्ध थी। दो-तीन घण्टों कि नींद लेने के बाद तैयार होकर मैं बाजार की तरफ निकल गया और भोजन सामग्रियाँ, एक छोटा तम्बू, टॉर्च व अन्य जरूरी सामान लेकर शाम के करीब पाँच बजे मैं अपने सफर पर निकल गया।

करीब तीन-चार किलोमीटर पैदल चलने के बाद मैं उस जगह पर पहुँच गया जहाँ से मुझे बर्फ़ से ढके विशालकाय पहाड़ पर चढ़ना था। मेरी साँसें तो अभी से फूलने लग गईं थी, सिगरेट पीने का फायदा मुझे आज थोड़ी देर पैदल चलने पर अच्छी तरह से समझ में आ रहा था। यह तो बस शुरुआत थी, मुझे सूरज ढलने से पहले ऊपर पहुँचना था।

ज़िद तो मुझमे बचपन से कूट-कूटकर भरी थी, यह ज़िद ही तो थी जिसने इतना कुछ होने के बाद भी झील को मेरी जिंदगी से निकलने नहीं दिया। करीब दो घण्टे की लगातार चढाई ने अब मुझे काफी ऊपर पहुँचा दिया। आज वाकई मेरी ज़िद मुझे बादलों के भी ऊपर ले आई थी, सूरज ढल चुका था और सर्दी अपनी पराकाष्ठा को पार कर रही थी। मैंने यहाँ रुक जाना ठीक समझा पर मुझे ऊपर की तरफ आग जलती दिखाई दी। शायद कुछ लोग मुझसे पहले वहाँ पहुँच चुके थे। मैं थोड़ा और ऊपर

चढ़ा, यह किसी कॉलेज के विद्यार्थी थे जो उम्र में मुझसे भी कम लग रहे थे। इस समूह में कुछ लड़कियाँ भी थी।

मैं थोड़ा और ऊपर चढ़ गया जहाँ से ये लोग मुझे देख ना सके, इनके आसपास रहता तो मुझे देवदास समझने लगते और तरस खाकर मेरे पास आ जाते और मैं यह रात अकेले बिताना चाहता था। यहाँ काफी जगह थी जो मुझे रात गुज़ारने के हिसाब से ठीक लगी क्योंकि यहाँ बर्फ़ काफी कम थी और थोड़ी हरियाली भी थी।

मैंने कुछ ही देर में अपना तम्बू लगा लिया, अँधेरा हो चुका था, मैंने एक बड़ी सी चट्टान पर थोड़ी सी सफाई की और अपनी महफ़िल सजाकर बैठ गया। यहाँ वो सब था जो मुझे चाहिए था, सुंदर वादियाँ, आग जलाने के लिए सूखी लकड़ियाँ, रात की रोशनी के लिए चाँद-सितारे, साँसों में चुभने को ठंडी हवाएँ और सबसे जरूरी चीज़ ख़ामोशी, जिससे मुझे बहुत सारे सवाल करने थे।

मैं जहाँ बैठा था वहाँ से नीचे एक तरफ बर्फीली वादियों की गोद में सारा शहर ऐसा नजर आ रहा था जैसे एक माँ की गोद में नवजात शिशु और दूसरी तरफ बर्फ से ढकी पहाड़ियाँ अँधेरी रात में भी दूध सी सफ़ेद चमक रही थी।

इस खूबसूरत जगह के सुरूर ने मुझपर शराब का सुरूर नहीं चढ़ने दिया, मैं पीता रहा और उसे अपने जेहन से निकालने की नाक़ाम कोशिशें करता रहा। सर्द हवाओं ने रात को और हसीन बना दिया था, मैंने कुछ लकड़ियाँ जमा की और आग जलाकर बैठ गया। मैं सोच रहा था कि मैंने बेवजह शराबखानों में इतना पैसा उड़ा दिया, जिंदगी का असली नशा तो इस खूबसूरत जगह में छुपा था।

रात गहरी होती रही और वो सभी एक-एक करके अपने अपने तम्बुओं में जाने लगे। कुछ देर बाद जब सभी के हँसने खेलने की आवाज़ें थम गई तब वादी में एक गहरा सन्नाटा पसर गया। मेरी बोतल में अब भी शराब बाकी थी, लग रहा था कि यह मुझपर कोई असर नहीं कर रही।

यूँ तो मैंने कई बार रात को सुबह होते देखा था पर यहाँ की बात कुछ और थी। इस खूबसूरत वादी की जानलेवा ख़ामोशियों ने मुझे इस दुनिया से अलग करके किसी दूसरी ही दुनिया में ले जा पटका था, मेरे जेहन में चल रहे तमाम तूफान और दिल में मच रही हलचल को इस रात ने पूरी तरह से शांत कर दिया।

अजीब बात है, लोग मस्तिष्क को शांत करने के लिए ध्यान-योग का सहारा लेते हैं पर मेरे मर्ज़ की दवा तो इन वादियों में पसरी हुई शांति थी। यह शांति मैं समेट कर अपने साथ ले जाना चाहता था। जब भी जीवन में वक्त मुश्किल हो जाए, हर तरह की आशा निराशा में बदल जाए, खुद पर से भरोसा उठने लगे और दिल-ओ-दिमाग पर सवालों की जकड़ बन जाए तो थोड़ा वक्त निकालकर हमें ऐसी जगह जरूर आना चाहिए, जहाँ हमारे और प्रकृति के बीच कोई और ना हो, क्योंकि हम प्रकृति का ही अंश है, प्रकृति हमें खुद से रूबरू होने का मौका देती है और खुद के वजूद को तलाश करने में मदद करती है।

इस एक रात ने मुझे खुद के इतना करीब लाकर खड़ा कर दिया था जितना तो झील ने जुदा भी नहीं किया। अब लग रहा था कि मैं, मेरा हूँ। अजीब सा आत्मविश्वास जागने लगा था और खुद से हारी हुई उम्मीदें फिर से वापस आने लगी थी।

अजीब है ना, खुद की तलाश करने के लिए कभी-कभी खुद को खोना जरूरी होता है। इस एक रात ने भले ही मुझे सभी रिश्ते-नातों, दोस्तों और दुनिया के तमाम लोगों से अलग करके कहीं और ही ला खड़ा किया हो लेकिन इस रात ने मुझे मेरे सबसे करीब ला खड़ा किया।

कुछ देर बाद सूरज वादियों को लाँघता हुआ ऊपर चढ़ने लगा और उसकी पहली किरण मेरा जिस्म छूकर मुझे जगाने लगी। अब वक्त फिर से लौटने का था किन्तु मैं रात-भर से सोया नहीं था और नींद में इतनी ऊँचाई से नीचे उतर कर अपने हाथ-पैर नहीं तुड़वाना चाहता था। मैंने अपने तम्बू में जाकर थोडी देर आराम करना ठीक समझा।

मेरी आँख लगे शायद एक-डेढ़ घण्टा ही हुआ था कि किसी ने मुझे बाहर से आवाज़ दी। मैं जाग उठा और अपने तम्बू से बाहर निकलकर आया, यह एक पैंसठ-सत्तर वर्ष के बुजुर्ग व्यक्ति थे जिन्हें इतनी ऊँचाई पर देखकर मुझे बड़ा ही आश्चर्य हुआ। इन वादियों से ज्यादा पेचीदा तो कुछ था ही नहीं, कुछ देर पहले जो सूरज निकलने को था वो अब बादलों से पूरी तरह घिर चुका था, सर्द हवाएँ चलने लगी थी और लग रहा था मानो बरसात होने वाली है।

"इतनी ऊपर कैसे चढ़ गए चाचा?" मैंने पूछा।

"रोज़ का काम है बेटा, आप जैसे ना जाने कितने राहगीरों को यहाँ आकर कहवा पिलाता हूँ", उन्होंने मुझे किसी पेय पदार्थ का प्याला थमाते हुए कहा।

"इतनी ऊँचाई पर आप रोज़ाना कहवा बेचने आते हो?" मैंने भौहें उचकाते हुए पूछा।

"हाँ बेटा, इन पहाड़ियों में तो अपनी पूरी उम्र गुज़ार दी मैंने", उन्होंने कहा।

"आपके बच्चे आपको रोज़ाना यहाँ आने से रोकते नहीं?" मैंने पूछा।

"अब क्या बताऊँ, मेरा नाम सुन्दरनाथ है, मैं कुल्लू में कपड़ों की मिल में काम किया करता था, मेरा एक ही बेटा था जो बिलासपुर से मनाली सवारी गाड़ी चलाया करता था, एक बेटी जैसी बहु भी थी जिसके होने से घर स्वर्ग सा लगता था। एक दिन सड़क दुर्घटना में मेरे बेटे की मौत हो गई, उसके सदमे में छः महीने बाद बहु भी चल बसी, अब परिवार के नाम पर मेरे पास मेरा नौ वर्ष का पोता ही बचा है",

"बढ़ती उम्र के साथ हाथों ने भी अपना हुनर खो दिया जिसके फलस्वरूप उन्हें उस मिल में मेरी कोई जरूरत नहीं रही। मैं कुल्लू छोड़कर पोते को यहाँ ले आया, अब यात्रियों को कहवा पिलाकर ही गुज़ारा करना पड़ता है, बस जैसे-तैसे पोते को पढ़ा रहा हूँ, ताकि मेरे जाने के बाद वो बेसहारा ना रहे", उन्होंने एक गहरी साँस भरते हुए कहा।

उनकी बात सुनकर मेरे होश उड़ गए, अगले ही पल मैं भी गहरे दर्द में डूब गया, मुझे उनकी पीड़ा बहुत अच्छी तरह से महसूस हो रही थी, उनके चेहरे पर पड़ रही झुर्रियों की तरह मेरे विचार भी बंट गए और मैं उनके विषय में बहुत कुछ सोचने लगा।

"कहाँ खो गए बेटा?" उन्होंने पूछा।

"रोज़ाना इतना खतरा उठाकर यहाँ आते हो सुन्दर चाचा, ईश्वर ना करे मगर किसी दिन आपके साथ कोई हादसा हो गया तो आपके पोते की जिम्मेदारी कौन उठाएगा?" मैंने पूछा।

"मृत्यु से कैसा भय बेटा? यह तो एक ना एक दिन आनी ही है। मृत्यु तो रोक देती है मगर जो निरंतर चलती रहे उसी का नाम जिंदगानी है। वें सभी लोग जो अपने हृदय की वेदनाओं से ग्रसित रहकर एक ही स्थिति में रुके हुए है मेरी नजर में मृत हैं और रही बात मेरी, अगर मुझे कुछ हो भी जाए तो मेरा पोता उसे अपनी नियति समझ कर सँघर्ष करेगा जैसा मैंने उसे सिखाया है", उन्होंने कहा।

"सबकुछ खोकर भी इतना कुछ कर रहे हो, मेरे पास सबकुछ होते हुए भी मैं रुका हुआ हूँ। आपका बहुत बहुत धन्यवाद सुन्दर चाचा। आपने मेरे उन सवालों का जवाब दे दिया जिनके लिए मैं बड़ी दूर का सफर तय करके इन वादियों के आगोश में आया था", मैंने कहा।

"यहाँ हर कोई खुद की तलाश में आता है बेटा, तुम पहले नहीं हो। वैसे भी तुम्हारे सवालों के जवाब तो आसमान को चूमती इन वादियों ने मुझसे पहले ही दे दिए होंगे", उन्होंने कहा।

"हा हा हा... बिल्कुल सही कहा चाचा, सारे जवाब तो खुद में ही छुपे हुए थे, यह वादियाँ तो बस जरिया बनी हैं और वैसे भी आपका दिल रखना भी तो जरूरी था", मैंने मुस्कुराते हुए कहा।

"हा हा हा... चलता हूँ बेटे, तुम भी समय रहते अपने बोरी-बिस्तर बाँधकर नीचे चले जाओ। तूफान आने वाला है और सत्य कहता हूँ यहाँ के तूफान एक बार गले लगाने के बाद खुद से दूर नहीं जाने देते", उन्होंने कहा।

वो जाने लगे और मैंने पीछे से उन्हें आवाज़ दी, "अरे पर पैसे तो लेते जाओ चाचा"

"तेरे लिए मुफ्त था बेटे", उन्होंने कहा और मुस्कुराते हुए निकल गए।

वो मुफ्त में मुझे कहवा देकर गए या कुछ और मैं नहीं जानता। मैं उसी स्थिति में करीब दस मिनट तक मूर्ति बने बैठा रहा। अब वाकई लौटने का समय था, मुझे अब जीवन आवाज़ दे रहा था। अब सबकुछ ठीक लगने लगा था, ऐसा लग रहा था मानो झील तो जीवन का एक बहुत छोटा अंश है, अभी तो मुझे मेरी जिंदगी में बहुत कुछ देखना था।

मैं नीचे उतर आया और एक सकारात्मक ऊर्जा को साथ लिए अपने होटल की ओर चल दिया। विहान और मानसी तीन दिन बाद लौटने वाले थे, उस दरमियान मैं शिमला में ही रुका। अब मुझे शराब की जरा भी जरूरत महसूस नहीं हुई और मैं सोया भी बड़े सुकून से।

तीन दिन बाद विहान और मानसी भी लौट आए, मानसी के अनुसार तो मैं सही मायनों में अब मुस्कुराया था। विहान के सिर पर से एक बहुत बड़ा बोझ उतर गया, मुझे आने वाले समय के लिए तैयार देखकर वो ख़ुशी से झूम उठा और उस रात हम तीनों ने पहली बार मेरी नौकरी लगने का जश्न मनाया।

अगली सुबह हम दिल्ली के लिए रवाना हो गए, मानसी को सकुशल उसके महाविद्यालय छोड़ने के बाद हम दोनों भी ख़ुशी-ख़ुशी कोटा लौट आए और विहान हमेशा की तरह मेरे सुखद जीवन की कामना करते व मुझे शुभकामनाएँ देते हुए नासिक लौट गया। मैं अपने पद को संभालने और जीवन में आगे बढ़ने एक माह के प्रशिक्षण के लिए जयपुर चला गया।

देखा जाए तो अब सबकुछ ठीक हो चुका था मगर सबसे अहम सवाल तो यह था कि क्या मैं वाकई उन खामोश वादियों में झील को हमेशा के लिए छोड़ आया था? जवाब था 'नहीं'। उसे मेरे भीतर से निकालना असंभव था, कहीं ना कहीं अब भी मेरे जीवन के किसी अंश में झील अपना अस्तित्व कायम किए हुए थी और उस छोटे से अंश ने मेरा परिचय एक बहुत बड़े तूफ़ान से करवाया, जिसका प्रभाव मुझपर जीवन के अंत तक रहा!

अध्याय 16

"नया जीवन"

मैं पुनर्जन्म में विश्वास रखता हूँ, पुनर्जन्म होते हैं मगर मृत्यु से पहले। अपने जीवन को एक नए सफर के लिए एक नए पड़ाव से प्रारंभ करना मेरी नजर में पुनर्जन्म ही है।

यहाँ से मैं अपने दूसरे जीवन के बारे में लिखना प्रारंभ करता हूँ। यकीनन यह एक नया जीवन ही था जो पहले वाले की अपेक्षाकृत अत्यधिक गौरवपूर्ण परन्तु कठोर साबित हुआ। जयपुर में एक महीने के प्रशिक्षण के बाद मेरी प्रथम नियुक्ति झुंझुनू की नवलगढ़ तहसील में हुई। मैं अपने पदग्रहण का दिन आज तक नहीं भूला, एक लाल बत्ती की गाड़ी थी जो त्वरित गति से नवलगढ़ की ओर बढ़ रही थी उसी के साथ-साथ उसमें बैठे एक कम उम्र के लड़के के हृदय में उमड़ रहे विचार भी त्वरित गति से दोलन करने में लगे थे। कार से बाहर निकलते ही उपखंड अधिकारी कार्यालय के गुम्बद पर लहराते तिरंगे झंडे पर मेरी पहली नजर पड़ी, मैंने अपना पहला प्रणाम उसी को किया तत्पश्चात नजर उठाकर सामने देखा।

सामने हाथ में फूल-मालाएँ लिए करीब दो-दर्जन लोग जो शायद मेरे कनिष्ठ थे(क्योंकि इस तहसील में सबसे बड़ा पद मेरा ही था), चंद पुलिसकर्मी, निरीक्षक व थानेदार आदि मौजूद थे। इन सभी लोगों में सिर्फ एक बात समान थी, उम्र में लगभग यह सभी मुझसे बड़े थे। अपने स्वागत कि सभी औपचारिकताएँ पूर्ण होने के बाद मुझे मेरा कक्ष दिखाया गया। यह मेरा दूसरा प्रणाम था, मेरे सामने रखी मेरी कुर्सी को। मैंने टेबल पर मेरी नामपट्टी के पास लगे छोटे से तिरंगे को छुआ और बैठ गया। यकीनन यह दूसरा जीवन ही था, अब मेरे पास पर्याप्त शक्तियाँ थी जिनसे मैं अपने लक्ष्य को पूरा कर सकता था और लक्ष्य था

सफाई। भ्रष्टाचार, पक्षपात, कुरीतियों और अपराधों से मैले हो चुके समाज की सफाई।

यहाँ सबसे पहले मेरा परिचय देश कि सबसे पुरानी समस्या से हुआ, वो थी जातिवाद। यह सब मेरे लिए नया था और घिनौना भी पर यह समाज का छुपा हुआ चेहरा था, जिससे शहरी क्षेत्र लगभग अनजान थे।

मेरी कम उम्र ने भले ही मुझे इस नौकरी का तजुर्बा ना दिया हो पर जिंदगी इतना कुछ दे चुकी थी कि मुझे अब किसी तजुर्बे की आवश्यकता नहीं थी।

इंसान को दो चीज़े शांत कर देती है, बेबसी और सवाल। मैंने बेबस या सवालों से घिरे हुए लोगों को हमेशा शांत देखा था। मैं बेबस नहीं था पर सवालों से तो हर वक्त घिरा था। वहीं दूसरी और बृजमोहन जैसे लोग थे, जिन्हें उनकी बेबसी ने इतना शांत कर दिया था कि उनमें खुद पर हो रहे अत्याचारों के खिलाफ आवाज़ उठाने तक की हिम्मत नहीं थी।

ऐसी ही एक घटना उस दिन मेरे सामने आई। मैं हर रोज़ की तरह अपने समय से थोड़ा जल्दी दफ्तर पहुँचा पर आज की सुबह रोजाना की तरह शांत नहीं थी। रामनिवास के चिल्लाने की आवाज बाहर तक सुनाई दे रही थी।(रामनिवास चौधरी सीकर का रहने वाला एक पैंतीस वर्ष का युवक था और मेरे अधीन कार्यरत था।)

"दिमाग ठिकाने है कि नहीं तेरा? अभी उन्हें आए कुछ ही दिन हुए हैं, वो ठीक से सेटल तक नहीं हुए हैं, उन्हें इन फालतू के विवादों में मत उलझाओ", रामनिवास चिल्लाया।

उसके पास हाथ जोड़े एक बुजुर्ग व्यक्ति एक महिला और दो छोटे बच्चे खड़े थे।

"क्या बात है रामनिवास जी? किस बात का शोर है?" मैंने पूछा।

"सुप्रभात सर... आप इनपर ध्यान मत दीजिए, यह छोटे-मोटे विवाद यहाँ रोजाना के हैं", उसने कहा।

तभी उस बुजुर्ग व्यक्ति ने मेरे पैर पकड़ लिए, मैंने उन्हें फ़ौरन उठाया।

"यह क्या कर रहे हैं आप, आप मेरे पिता की उम्र के हैं", मैंने कहा।

"मेरा नाम बृजमोहन है साहब। बड़ी उम्मीद लेकर आपके पास आया हूँ, मेरी मदद कीजिए मैं हाथ जोड़कर विनती करता हूँ", उन्होंने कहा।

"क्या बात है?" मैंने पूछा।

"कुछ नहीं सर। कोई विशेष मसला नहीं है, आप ध्यान मत दीजिए, तुम्हारे समझ में नहीं आ रही क्या, कहा ना जाओ यहाँ से", रामनिवास फिर से उन लोगों पर चिल्लाया।

"आप चुप रहिए, मैं बात कर रहा हूँ ना", मैंने थोड़ा ऊँचे स्वर में कहा।

"क्षमा करें सर", उसने कहा।

"बृजमोहन जी और इनके परिवार को मेरे कमरे में भेजिए", मैंने कहा।

"जी सर, आप आएँ", उसने कहा।

मैं अपने कमरे में गया और टेबल पर रखे प्लास्टिक के छोटे तिरंगे झंडे को छूकर रोजाना की तरह अपनी कुर्सी पर बैठ गया। रामनिवास उन लोगों के साथ कुछ कानाफूसी करते हुए अन्दर आया।

"कहिए बृजमोहन जी, क्या समस्या है आपके साथ?" मैंने पूछा।

"साहब मैं एक गरीब किसान हूँ, एक समय मेरे पिता जी के पास पांच बीघा जमीन थी जो कि ठाकुर साहब ने हड़प ली और हमारी खेती के लिए थोड़ा सा टुकड़ा छोड़ दिया", बृजमोहन जी ने कहा।

"तो आप वह जमीन वापस पाना चाहते हैं?" मैंने पूछा।

"नहीं साहब हम तो उसे कब का भुला दिए हैं, हम हमारी जोरू के साथ बचे हुए हिस्से पर खेती करते हैं और सब्जियों का ठेला लगाकर गाँव में सब्जी बेचकर गुज़ारा करते हैं। कुछ दिन पहले हम सब्जी बेचते हुए गलती से उनके मोहल्ले से गुज़र गए, सरपंच जी के छोटे भाई हमारे ठेले पर कुछ आदमियों को लेकर आए और हमें जबरन पीटने लगे। हमारी सारी सब्जियाँ नाले में बहा दी और हमारा ठेला भी तोड़ दिए, नीच जात का बोलकर उसे हमारे ही सामने आग लगा दिए", उन्होंने सिसकते हुए कहा।

मैं गुस्से से तिलमिला उठा और रामनिवास पर चिल्लाया, "पुलिस वाले अपनी ऐसी-तैसी करवाते हैं क्या यहाँ?"

"रूढ़िवादिता से घिरा हुआ क्षेत्र है सर, यहाँ आज भी पंचों के कानून चलते है", रामनिवास बोला।

"आपने उनके खिलाफ थाने में शिकायत नहीं की बृजमोहन जी?" मैंने पूछा।

"गए थे साहब मगर थानेदार साहब उन्हीं की बिरादरी के हैं, उल्टा हमें ही दो लप्पड़ लगा कर भगा दिए", उन्होंने कहा।

"हरामखोर हैं साले। रामनिवास जी, चौबीस घण्टे के अन्दर वो सभी लोग हिरासत में होने चाहिए। थाने में आदेश पहुँचाइए और इनके बयान लेकर सभी दोषियों के खिलाफ मुकदमा दर्ज करवाएँ और थानेदार को एक घण्टे के भीतर मेरे समक्ष प्रस्तुत करिए", मैंने कहा।

"हाथ जोड़कर विनती करता हूँ साहब। हमें किसी के खिलाफ कोई शिकायत नहीं करनी है, वो लोग जान से मार डालेंगे। हम गरीब हैं, वो ठेला हमारी रोज़ी-रोटी था, हमें बस एक ठेला दिलवा दीजिए", उन्होंने अपने काँपते हाथों को जोड़कर कहा।

"ऐसे कैसे जान से मार देंगे, मेरे होते हुए कोई छू भी नहीं सकता आपको। आपको आपका हक़ भी मिलेगा और सम्मान भी। निडर रहिए और दूसरों के लिए उदाहरण बनिए", मैंने कहा।

"बड़ी मेहरबानी साहब", उन्होंने कहते हुए फिर से मेरे पैर छूना चाहे पर मैंने उन्हें रोक दिया।

सबसे पहले मैंने बृजमोहन जी को ठेला खरीदने के लिए पैसे दिए, और उसके बाद आई.पी.सी. की धारा 153क(जातिगत भेदभाव तथा असौहार्द के कारण), 334(स्वेच्छा से गंभीर चोट पहुँचाने के कारण) और 425(सामान्य जन को आर्थिक व शारीरिक हानि पहुँचाने के कारण) के तहत सरपंच के भाई गुलाबसिंह और उसके साथियों को गिरफ्तार करवाकर मुकदमा चलवाया और थानेदार शिवचरण को बुलाकर अच्छी-खासी फटकार लगाने के बाद उसके हाथों बृजमोहन जी के पास एक माफीनामा भिजवाया।

मैंने बृजमोहन जी को ठीक उसी नजरिए से देखा था जिस तरह मैं चंडीगढ़ के सेक्टर पच्चीस पुलिस स्टेशन में उस युवान को किसी से गंभीर इश्क़ करने के कारण रात-भर चमड़े के बेल्ट और लात-घूँसों से पिटते हुए देखता था। जितने बेबस आज बृजमोहन जी थे, उतना ही बेबस उस रात मैं भी था। देखा जाए तो हम दोनों में कोई फर्क ही नहीं था क्योंकि सिस्टम ने हम दोनों की जुबान पर लगाम कसा था।

'सिस्टम', जो महज़ एक शब्द नहीं, बल्कि समाज का वो काला साया है जो कमजोरों को नोंचता है और शक्तिशालियों के इशारों पर नाचता है। उस रात इस सिस्टम ने मेरी खाल को उधेड़ा ना होता तो शायद आज मैं खुद को इतना काबिल ना बना पाता की इसे दबा सकूँ।

भले ही अश्वनी सिंह से मैं जीवन में कभी दोबारा नहीं मिल पाया पर उसके जैसे अवगुणों वाले निकम्मे पुलिसवाले को सबक सिखाकर मैंने अनजाने में अपना हिसाब उससे चुकता कर लिया। आज पहली बार खुद को इस औहदे के काबिल देखकर दिल को बेहद सुकून मिल रहा था।

मगर मैं भूल गया कि मुझे यह शक्ति सिस्टम से ही मिली है, मैं सिस्टम का महज़ एक छोटा सा हिस्सा था, उससे ऊपर नहीं। एक बेबस और लाचार गरीब को न्याय दिलाने के इनाम में मुझे अगले ही सप्ताह अपनी टेबल पर तबादले के आदेश मिले।

मैं बैठा-बैठा उस पत्र को ध्यान से देख रहा था और गुस्से से तिलमिला रहा था फिर भी ना जाने क्या बात थी जो मेरे होठों पर मुस्कुराहट बिखेर रही थी। मुझे समाज के कमजोर वर्ग की सेवा करनी थी पर मैंने जिन लोगों का नुकसान किया था वो भी सिस्टम का हिस्सा थे और शायद उस वक्त मुझसे मजबूत हिस्सा।

'शक्ति' को दबाने की शक्ति राजनीति में होती है पर मैं इतने से दबने वाला नहीं था। मुझे बचपन से ही राजनेताओं से नफरत थी। मैं किसी भी राजनीतिक दल के समर्थन में नहीं था क्योंकि मैं जानता था सब के सब भ्रष्ट हैं। अब इसे भले ही मेरे दिमाग की अल्पव्यस्कता कह लीजिए पर मैं मतदान करने भी नहीं जाता था। मत देते हुए मुझे महसूस होता था कि अपने देश को चोरों के हाथों में सौंप रहा हूँ।

जब भी हम दोस्त मिला करते तो राजनीति पर विस्तृत चर्चाएँ हुआ करती, सभी अपने पसंदीदा राजनीतिक दलों और पसंदीदा नेताओं को श्रेष्ठ सिद्ध करने के लिए एक से बढ़कर एक तर्क देते पर मैं इस वाद-विवाद से हमेशा दूर रहता था। इस मामले में मेरा नज़रिया अलग था, मुझे लगता था कि जो भी नेता देश की जिम्मेदारी उठाएगा, कहीं ना कहीं और किसी ना किसी रूप में तो लूट मचाएगा ही क्योंकि सभी के बारे में कुछ ना कुछ फसाद और घोटाले तो सुनने को ही मिलते थे।

मैं प्रजातंत्र का हिस्सा जरूर था पर राजतंत्र से दूर रहना चाहता था। सच्चाई मुझे किसी में कभी नजर आई ही नहीं, सभी ने कहीं ना कहीं

किसी ना किसी रूप में खुद की और अपने दल की स्वार्थसिद्धि तो की ही थी।

अब इसपर कुछ विद्वान मुझसे कहते कि तुम्हारी एक की सोच से क्या परिवर्तन आ जाएगा? हाँ यह सही भी है, मैं अपनी आवाज़ लोगों तक पहुँचाकर करूँगा भी क्या? मैंने लोगों को आवाज़ उठाते हुए देखा है, वे एक से शुरु होकर दस तक पहुँचते हैं, दस से सौ तक फिर सौ से हज़ार लोगों को अपनी सोच से जोड़ लेते हैं और काफिला बढ़ता जाता है। लेकिन नतीजा तो वही निकलता है, या तो आगे जाकर वो किसी राजनीतिक दल का हिस्सा बन जाते हैं या फिर स्वयं का अलग दल बनाकर राजनीति में उतर आते हैं और यह एक ऐसा दलदल है जो लोगों के उसूलों को डूबाने में जरा भी देर नहीं लगाता। अंत में होता यही है कि वो भी कहीं ना कहीं किसी ना किसी रूप देश को बेचते हुए नजर आते हैं। इससे बेहतर तो यह है कि बिना किसी दबाव में रहे चुपचाप अपना कर्तव्य पूरा करते रहो और खुद को इतना काबिल बनाओ कि इस तरह की शक्तियों को समाज का शोषण करने से रोक सको। मैं भी वही करने में लगा था और आरंभ में ही तोहफे के रूप में मिला तबादला।

आज मुझे इतना तो समझ आ चुका था कि मैं जीवन में कभी किसी भी स्थान पर ज्यादा समय टिक कर नौकरी नहीं कर पाऊँगा, या किस्मत 'मेहरबान' रही तो नौकरी से कभी ना कभी हाथ धो बैठूँगा। खैर यहाँ से जाने का दुःख तो था पर पछतावा बिल्कुल नहीं। किसी जगह को गर्व के साथ छोड़कर जाना अपने आप में बड़ी बात होती है। मैं कागज़ी औपचारिकताओं को पूरा करने में लग गया, तभी रामनिवास ने मेरे दरवाज़े पर दस्तक दी।

"क्या मैं अन्दर आ सकता हूँ सर?" उसने पूछा।

"जरूर आइए रामनिवास जी", मैंने कहा।

"सर बुरा ना मानें तो आज आपसे एक बात कहूँ?" उसने पूछा।

"आज खुलकर कहिए फिर शायद आपको मौका ना मिले", मैंने कहा।

"सर इस कुर्सी पर आपसे पहले जिसे भी बैठे देखा मैंने उन सभी में अनावश्यक घमण्ड देखा। लेकिन आप सबसे अलग हैं। आपके अधीन काम करके मुझे बहुत ख़ुशी और तसल्ली मिली पर मुझे इस बात का बेहद अफसोस है कि उस दिन आपने मेरी बात नहीं सुनी और नतीज़ा यह निकला कि आज मुझे आपको खोना पड़ रहा है", उसने कहा।

"इस बात पर अफसोस करने कि बजाय आपको इस बात से अधिक खुश होना चाहिए कि मेरी और आपकी वजह से किसी पीड़ित को उसका हक़ मिला", मैंने कहा।

"आपके यहाँ से जाते ही वो लोग फिर से उसके सामने होंगे और उससे इस बार शायद उसका सब कुछ छीन लेंगे। आपको शायद लगता है कि हम जीते पर मेरी नजर से देख रहा हूँ तो लग रहा है हम यह लड़ाई हार गए हैं", उसने कहा।

"इसीलिए तो मैं आपके ऊपर भरोसा करके उन्हें आपके हवाले छोड़कर जा रहा हूँ। आप भी अपने तबादले के आदेश आने तक उनकी और उनकी तरह जीवनयापन करने वाले यहाँ के सैंकड़ो लोगों की रक्षा करना",

"जब हम ही इनकी ढाल नहीं बनेंगे तो फिर कौन बनेगा, मैं तो दूसरी जगह जाकर भी यही सब करने वाला हूँ और तब तक करता रहूँगा जब तक यह सिस्टम मजबूर होकर मुझसे मेरी शक्तियाँ ना छीन ले", मैंने कहा।

रामनिवास मेरी बात सुनकर कुछ वक्त के लिए निःशब्द हो गया और टकटकी लगाए मुझे देखता रहा। कुछ मिनट की चुप्पी के बाद आख़िरकार उसका मौन टूटा।

"आप भले ही उम्र में मुझसे छोटे हैं सर पर आज आपने मुझे फ़र्ज निभाना सिखा दिया", उसने कहा।

हमेशा की तरह उसने मुझे सलाम किया पर आज उसकी सलामी में हमेशा की तुलना से बहुत अधिक गर्मजोशी थी। उसकी आँखें भर आईं और वह मेरे दफ्तर से बाहर चला गया। मैं उस दिन जल्दी घर आ गया और अपना सामान ज़माने लगा। अगले दिन सभी ने मुझे अच्छे से विदाई समारोह के साथ नम आँखों से विदाई दी। रामनिवास और मेरे सहकर्मियों के साथ-साथ बृजमोहन जी, उनका परिवार और नगर के कई लोग थे जिनका कभी ना कभी मैंने भला किया था। जाते-जाते मैं आखिरी बार बृजमोहन जी से मिला।

"हिम्मत रखना बृजमोहन जी, इस देश के कानून और संविधान पर भरोसा रखना और कोई भी परेशानी हो तो रामनिवास जी से मिल लेना", मैंने कहा।

वो पचपन साल के बुजुर्ग मेरे गले से लगकर फूट-फूटकर रोने लगे, मैं भी भीतर से थोड़ा भावुक हो गया पर मैंने इस बात का एहसास किसी को नहीं होने दिया।

झील के बाद मैंने मोहब्बत को शराबखानों, वादियों की खामोशियों और अकेलेपन में बहुत तलाश किया पर आज एहसास हो रहा था कि असली मोहब्बत तो यहाँ छुपी हुई थी। अपने फ़र्ज़ को अड़िगता से निभाकर और किसी बेसहारा को सहारा देकर मिलने वाले सुकून को शब्दों में व्यक्त कर पाना बेहद मुश्किल है, भले ही वह सुकून आपसे आपका जीवन ही क्यों ना छीन ले।

खैर मैंने उन्हें सांत्वना दी और अपने जीवन के अगले सफर की ओर निकल पड़ा। मुझे सात दिन के भीतर सवाई माधोपुर की खंडार तहसील में अपनी उपस्थिति दर्ज करवानी थी। मैंने अपना सामान पहले ही वहाँ भिजवा दिया और सोचा दो दिनों के लिए घर पर रुक जाऊँ और सभी से मिल लूँ।

रात होने को थी और मैं कोटा में दाखिल हुआ, मैंने कुछ मिठाइयाँ और थोड़ा सामान लिया और घर की तरफ रवाना हो गया। घर के बाहर पहुँचा तो बाहर मामाजी की कार खड़ी थी, मेरी गाड़ी की आवाज़ सुनकर सभी बाहर आए। मुझे अचानक से घर वापस देखकर सभी चौंक तो गए मगर उन्हें उससे ज्यादा खुशी मेरे घर लौटने की थी।

आज घर के बाहर लाल बत्ती की गाड़ी खड़ी देखकर मेरी मम्मी अपने ख़ुशी के आँसू नहीं रोक पाई, क्योंकि कुछ समय पहले शायद मैं उनकी लगभग सभी छोटी-बड़ी उम्मीदों पर अपनी हरकतों से पानी फेर चुका था। मैं पहले भी श्री कल्पित फाइनेंस के दफ्तर नौकरी करके घर लौटता था पर आज के स्वागत में कुछ अलग ही बात थी।

मैं अन्दर गया, कुछ लोग हमारे बैठक कक्ष में थे जिन्हें मैं जानता नहीं था। एक मेरे माता-पिता की उम्र के दम्पति और एक बहुत ही खूबसूरत लड़की(एक पल को शक हुआ कि यह कोई फ़िल्मी अदाकारा तो नहीं), शायद बेटी थी उनकी। मामाजी ने मेरा उनसे परिचय करवाया, वें मामाजी के रिश्तेदार थे और मुम्बई से आए थे। मैंने सभी का आदरपूर्वक अभिवादन किया। मामीजी ने मुझे अपने पास बैठाया और उन्होंने मुझसे बात करना शुरु कर दिया।

"कैसे हो बेटा?" अंकल जी ने पूछा।

"जी मैं ठीक हूँ, आप कैसे हैं?" मैंने पूछा।

"हम भी अच्छे हैं और नौकरी कैसी चल रही है आपकी?" उन्होंने पूछा।

"बहुत अच्छी अंकल जी", मैंने कहा।

अब तक मैं सारा मामला समझ चुका था। मैंने बहाना मारकर अपने कमरे में जाना ठीक समझा।

"आप लोग बातें कीजिए, मैं कपड़े बदलकर कर आता हूँ", मैंने कहा।

मैं ऊपर आ गया और अपने कमरे के बाहर बरामदे में कुर्सी लगाकर बैठ गया, तभी भाभीजी आई और उन्होंने मेरे पास एक कुर्सी रख दी।

"यह हो क्या रहा है भाभीजी?" मैंने पूछा।

"लड़की बहुत सुंदर है ना भैया", भाभीजी ने कहा।

"मगर मुझे बिना कुछ बताए यह सब चल क्या रहा है? और भैया क्यों नहीं है इनके बीच?" मैंने पूछा।

"थोड़ी देर शांति रखो मैं सब समझा दूँगी और आपके भैया भी दो दिन बाद घर आ रहे हैं", उन्होंने कहा।

भाभीजी नीचे चली गई, मैं थोड़ी देर वहीं बैठा रहा। मैंने विहान को फोन मिलाया ही था कि भाभीजी उसे लेकर ऊपर आई, मैंने तुरन्त फोन रख दिया।

"आप लोग बातें कीजिए, मैं कुछ खाने के लिए लाती हूँ", मेरे उत्तर की प्रतीक्षा किए बिना ही भाभीजी चली गईं। (मैं उनसे कहना चाहता था कि इस हाल में मुझे अकेला मत छोड़ो।)

वो हाथ बाँधे सिर को झुकाए बड़ी ही शालीनता से खड़ी थी, मैंने उसे बैठने के लिए कहा। कुछ देर की चुप्पी के बाद मैंने बात करना ठीक समझा।

"क्या नाम है आपका?" मैंने पूछा।

"शिवानी", उसने नाम बताकर फिर से नज़रें झुका ली।

शादी को लेकर मेरा नजरिया तो एकदम साफ था मगर मैं किसी दूसरे की जिंदगी के साथ खेलना नहीं चाहता था इसीलिए मैंने उसे सबकुछ साफ़ कहना ठीक समझा।

"आप क्या करती हैं?" मैंने पूछा।

"जी मैं भारतीय सर्वेक्षण विभाग वलसाड(गुजरात) में कार्यालय सहायक के पद पर कार्यरत हूँ", शिवानी ने कहा।

"ओह, बहुत खूब। मेरा नाम सागर है और मैं सवाई माधोपुर की खंडार तहसील में उप-प्रभागीय न्यायाधीश के पद पर कार्यरत हूँ", मैंने कहा।

"हाँ जी, मैं जानती हूँ", उसने कहा।

"तो फिर आप यह भी जानती होंगी कि हमें किस संदर्भ में मिलवाया गया है?" मैंने पूछा।

"जी हाँ", उसने कहा।

"आपने शादी का फैसला अपनी इच्छा से लिया है? मेरा मतलब, कोई दबाव तो नहीं है किसी तरह का?" मैंने पूछा।

"सबकुछ मेरी इच्छानुसार हो रहा है", उसने कहा।

"मुझसे शादी करने के फैसले को लेकर आपका क्या विचार है?" मैंने पूछा।

"मैं फिलहाल इस विषय में किसी तरह का जवाब नहीं दे सकती मगर कुछ वक्त सोचने के बाद अगर सबकुछ सही रहा तो मैं हाँ कहूँगी", उसने अप्रत्यक्ष रूप से इस रिश्ते के लिए अपनी सहमति दे दी थी और मुझे भी इस तरह की सुलझी हुई विचारधारा वाली लड़कियाँ पसंद थी।

"कभी किसी दरिया में तैर कर देखा है शिवानी जी?" मैंने पूछा।

"मैं कुछ समझी नहीं", शिवानी ने आश्चर्यभरी निगाहों से पूछा।

"मेरे प्रश्नों का सोच-समझकर उत्तर दीजिए क्योंकि मैं वही कर रहा हूँ जो आपके लिए इस समय सबसे ज्यादा सही है", मैंने कहा।

"नहीं, मुझे तैरना नहीं आता", उसने कहा।

"जब मैं दसवीं कक्षा में था, तो एक झील में गिर गया था। मैं बाहर तो निकल आया, मगर गौर से देखूँ तो लगता है कि मैं आज भी उसी झील में डूबा हुआ हूँ", मैंने कहा।

"आप कहना क्या चाहते हैं?" उसने पूछा।

"कभी किसी से प्यार किया है? बिना किसी संकोच के जवाब दीजिए क्योंकि अतीत सभी का होता है, मेरा भी है", मैंने कहा।

"हाँ कॉलेज के समय, पर अब उन बातों को काफी समय बीत चुका है", उसने हिचकिचाते हुए कहा।

"शादी हो गई क्या उसकी?" मैंने पूछा।

"नहीं वो मुझसे भी छोटा है उम्र में। मुझे तो उससे बात किए हुए भी काफी समय बीत चुका है तो मैं स्पष्ट रूप से नहीं कह सकती", उसने कहा।

(यह लड़की स्पष्टवादी तो थी, मुझे उसके जवाब देने के अंदाज़ से महसूस हो रहा था। किसी से पहली बार में ही इतना खुलकर बात करना हर किसी के बस की बात नहीं होती, खासकर उस जगह जहाँ आपकी शादी तय होने वाली हो।)

"अगर आप मुझसे विवाह करना चाहती हैं तो कर सकती हैं। लेकिन सीधी बात यह है कि आपको मेरा साथ जरूर मिल जाएगा मगर मैं कभी आपसे प्यार नहीं कर पाऊँगा", मैंने कहा।

"मैं किसी और से प्यार करती थी इसीलिए?" उसने पूछा।

"मैं किसी और से प्यार करता हूँ इसीलिए", मैंने कहा।

मेरे जवाब ने माहौल को थोड़ी देर के लिए खामोश बना दिया, कुछ देर सोचने के बाद उसकी चुप्पी टूटी।

"फिर तो आपको उसी से शादी करनी चाहिए, खुशकिस्मत है वो लड़की", उसने कहा।

"आपका शुक्रिया शिवानी जी, लेकिन उसकी शादी हुए तीन वर्ष बीत चुके हैं", मैंने कहा।

"तो क्या आप उस रिश्ते से उभर नहीं पाए अभी तक?" उसने पूछा।

"मैं उस रिश्ते से उभरना ही नहीं चाहता शिवानी जी", मैंने कहा।

"तो क्या आप जानना चाहते थे कि मैं अब भी उस लड़के के संपर्क में हूँ या नहीं?" उसने पूछा।

"अगर आप उसके संपर्क में होती तो यह मेरे लिए फायदेमंद होता", मैंने कहा।

"मैं उसे बहुत पहले ही भुला चुकी हूँ और इंतज़ार करूँगी कि संभव हो तो आप भी अपनी अधूरी मोहब्बत को भुला सकें", उसने कहा।

"तो फिर शायद हम शादी के सिलसिले में आज आखिरी बार मिल रहे हैं। मैं जीवन में कभी किसी समय या स्थान पर आपके किसी काम आ सकूँ तो यह मेरा सौभाग्य होगा", मैंने कहा।

"आपका बहुत-बहुत शुक्रिया। आपसे मिलकर ख़ुशी हुई", उसने कहा।

"मुझे भी बहुत ख़ुशी हुई शिवानी जी", मैंने कहा।

"मेरे मम्मी-पापा को आप पसंद हैं, कोई ऐसा सुझाव देंगे मुझे कि मैं उन्हें इस रिश्ते के लिए मना भी कर दूँ और उन्हें ज्यादा तकलीफ़ भी ना हो?" उसने पूछा।

"कह दीजिएगा कि लड़का देखने में सुंदर नहीं है", मैंने कहा।

"यह सफ़ेद झूठ पकड़ा जाएगा", उसने कहा।

उसकी इस बात पर हम दोनों ही जोर से हँस दिए। शिवानी वाकई बेहद समझदार लड़की थी, ऐसी लड़कियाँ आपकी जिंदगी में आ जाए तो कायापलट कर देती हैं पर मुझे मेरी जिंदगी से कुछ और ही चाहिए था।

"मेरे बारे में उन्हें सच बताइएगा शिवानी जी, सच भले ही कड़वा क्यों ना हो, मगर झूठ से कम तकलीफ देता है", मैंने कहा।

शिवानी ने मेरी बात पर हामी भर दी, थोड़ी देर हम यहाँ वहाँ की बातें करते रहे फिर भाभीजी ने हमें नीचे भोजन करने के लिए बुलवा लिया। भोजन करने के बाद मामाजी और शिवानी के परिवार ने हमसे विदा ली और निकल गए, मैं भी अपने कमरे में लौट आया।

मैंने विहान को फोन किया और उसे आज का सारा वाक़िया सुनाया, जैसा कि मैं पहले से जानता था उसे मेरी हरकत पर जोरदार गुस्सा आ गया। उसने मुझे थोड़ी देर खरी-खोटी सुनाई और फोन रख दिया। नवलगढ़ से कोटा के लंबे सफर के बाद मुझे भी काफी थकान हो गई थी, मैं थोड़ी देर बाद सो गया।

मैं सुबह देर तक सोता रहा और किसी ने मुझे जगाया भी नहीं। करीब दस बजे उठा और तैयार होकर नीचे आया, मम्मी मुझसे बात नहीं कर रही थी और भाभीजी भी थोड़ा उदास लग रही थी। मुझे लगा कि पापा ने कुछ बवाल किया है तभी मेरे फोन पर भैया का कॉल आया।

"सुप्रभात भैया", मैंने कहा।

"तूनें शिवानी से क्या बकवास की, तुझे पता भी है कितना अच्छा रिश्ता था", भैया ने गुस्से में कहा।

"ओह, तभी सुबह से माताजी के मिज़ाज ठीक नहीं है, लगता है वहाँ से सवेरे ही फोन आ गया", मैंने कहा।

"तुझे किसी बात से फर्क नहीं पड़ता ना", उन्होंने कहा।

"और जो मुझसे बिना पूछे आप सभी यहाँ वहाँ मेरी शादी की बातें कर रहे हो वो ठीक है?" मैंने पूछा।

"अब नहीं करेंगे तो कब करेंगे तेरी शादी? छब्बीस वर्ष का हो गया है, अब तेरे बुढ़ापे का इंतज़ार करें क्या हम", उन्होंने कहा।

"आप भले ही कुछ भी समझो मगर मेरी बात सुन लो, मैं सारी उम्र शादी नहीं करने वाला", मैंने कहा।

"अरे यार तू जिससे बोलेगा मैं उससे तेरी शादी करवाऊँगा, पर तू ऐसी बहकी-बहकी बातें मत कर", उन्होंने कहा।

"भैया जिससे मुझे शादी करनी थी उसकी शादी हो चुकी है, मुझे अब मेरी जिंदगी शांति से जीने दो", मैंने कहा।

"तो तू उसके लिए सारी उम्र शादी नहीं करेगा जिसने शादी करने से पहले तुझसे एक बार बात तक करना भी ठीक नहीं समझा", उन्होंने कहा।

"कोई बात नहीं, मैं उसके जैसा नहीं हूँ। आपके हाथ जोड़ूँ, अब किसी से मेरी शादी की बात मत करना", मैंने कहा।

"देखता हूँ कब तक मनमानी करता है। करता रह अपने मन की, जब तक तू थक कर हार नहीं मान लेगा तब तक तेरे लिए रिश्ते ढूँढना बंद नहीं करेंगे हम लोग। सुन लेना कान खोलकर", उन्होंने कहा।

"आपसे मुझे ऐसी उम्मीद नहीं है भैया", मैंने कहा।

"मुझे भी तुझसे ऐसी उम्मीद नहीं थी भाई। मैं घर आ रहा हूँ दो दिन बाद, तब बैठकर बात करते हैं इस बारे में", उन्होंने कहा।

"मैं कल निकल रहा हूँ, मुझे रिपोर्टिंग करनी है सवाई माधोपुर", मैंने कहा।

"सवाई माधोपुर कैसे? क्या बात है?" उन्होंने पूछा।

"भैया मेरा तबादला हो गया नवलगढ़ से, अब मेरी नियुक्ति खंडार में हुई है", मैंने कहा।

"यह सब कैसे हुआ? और किसी को कुछ बताया क्यों नहीं?" उन्होंने पूछा।

"इस विभाग में सत्य के मार्ग पर चलने वालो को इसी तरह से सम्मानित किया जाता है। खैर ऐसी छोटी-छोटी चीज़े बताऊँगा तो हम दोनों काम कैसे करेंगे", मैंने कहा।

"मैं आता हूँ आज ही", उन्होंने कहा।

"चिंता मत करो सब ठीक है, मैं रिपोर्टिंग करके दो-तीन दिनों की छुट्टी पर वापस आ जाऊँगा", मैंने कहा।

"इसीलिए बोल रहा हूँ शादी कर ले, जिंदगी संभल जाएगी तेरी", उन्होंने कहा।

"मैं खुद को संभालने के लिए काफी हूँ, आपकी मेहरबानी के लिए बहुत बहुत शुक्रिया", मैंने चिढ़कर फोन रख दिया !

अध्याय 17

"इत्तफ़ाक"

कुछ समय पहले मैंने आपसे अनजान रास्तों का जिक्र किया था। मैंने कहा था जिंदगी उम्र-भर का एक अनजान सफर है, मैं इसी बात को यहाँ फिर से दोहराता हूँ। मैं अब स्वयं को जान चुका था, मुझे यह भी ज्ञात हो चुका था कि मैं जीवन में आगे चलकर क्या करने वाला हूँ, लेकिन मैं अभी भी एक अनजान रास्ते पर ही चल रहा था और अनजान रास्तों पर कभी कभी इत्तफ़ाक हो जाते हैं।

मेरे साथ भी एक अजीब सा इत्तफ़ाक हुआ जिसने मेरे जीवन की दिशा ही उलटकर रख दी। इस इत्तफ़ाक ने मुझे एहसास करवाया कि आखिर मैं अपने जीवन से चाहता क्या हूँ।

"किस सोच में उलझे हुए हो? वो अब तक दो बच्चों की माँ बन गई होगी। जिंदगी बर्बाद करनी है क्या उसके पीछे?" कियारा ने पूछा।

"मेरे सवालों के जवाब भी सवाल निकले और तुम सोचती हो मैं सोचता बहुत हूँ", मैंने कहा।

"तुम गलत पेशे में हो, तुम्हें दर्शनशास्त्र का प्रोफेसर होना चाहिए था। मुझसे इस तरह की बड़ी-बड़ी बातें मत करो और जो समझा रही हूँ चुपचाप समझो", उसने कहा।

"यार मैं अकेले खुश हूँ बहुत। मेरी ख़ुशी हजम नहीं हो रही क्या?" मैंने चिड़चिड़ाते हुए कहा।

"माना तुम अकेले बहुत खुश हो अभी मगर अकेले जीवनयापन कैसे करोगे सागर?" उसने पूछा।

"जिसे खुद के साथ जीना आता है, वो इंसान कभी अकेले नहीं जीता कियारा। मुझे अपने इस निर्णय पर संतोष है", मैंने कहा।

"तुम्हारी परेशानी क्या है? पहले मैं भी शादी के खिलाफ थी ना और आज देखो मेरी बेटी दो साल की हो चुकी है। खुद को एक मौका देकर देखो सागर, ख़ुशी ना मिले तो कहना", उसने कहा।

"ख़ुशी नहीं मिलेगी कियारा", मैंने कहा।

"तुम्हारे कहने से नहीं मिलेगी क्या", उसने गुस्से में कहा।

"ख़ुशी सही में नहीं मिलेगी कियारा, पिछले महीने ही उसे मना किया है", मैंने हँसते हुए कहा।

"फोन रख रही हूँ मैं... कुछ तरीके की बात बोलूँ तो तुझे मजाक सूझती है, जान से मार डालूँगी दोबारा फोन किया तो", कियारा को मुझपर बहुत जोर से गुस्सा आया।

"हा हा हा... मेरी विशू को मेरा हेल्लो बोलना और सबका ध्यान रखना", मैंने हँसते हुए फोन रखा।

खैर मैं अब अपनी नौकरी में ढल चुका था। पिछले एक साल में सवाईमाधोपुर के बाद मेरे दो तबादले और हो चुके थे और इस वक्त मैं अजमेर जिले की मसूदा तहसील में कार्यरत था।

जिंदगी बड़ी अजीब होती है, जब आप किसी चीज़ के पीछे दिन-रात भाग रहे होते हैं तो उसे आपसे दूर करने की कोशिश करने में लग जाती है, वहीं दूसरी ओर जब आप उससे दूर जाने की कोशिश कर रहे होते हैं तो बार-बार उसे आपके सामने लाकर खड़ा कर देती है।

मेरे साथ भी उस दिन कुछ ऐसा हो गया, जिसने शांत चल रही जिंदगी में फिर से भूचाल ला दिया। आज दिल्ली विधानसभा में होने वाली अन्तरराज्यीय संगोष्ठी में मुझे राजस्थान का प्रतिनिधित्व करने वाले दल में शामिल किया गया था, यह मेरे लिए बड़े गर्व की बात थी।

"पहुँच गए सर। गाड़ी अन्दर ले लूँ?" धनराज ने पूछा।

(धनराज मेरा ड्राइवर था जो मूलतः अजमेर का ही निवासी था।)

"नहीं, मीटिंग शुरु होने में अभी दो घण्टे बाकी हैं धनराज जी। आप पास ही के किसी मॉल में ले चलिए, मुझे थोड़ी सी खरीददारी करनी है", मैंने कहा।

"ठीक है सर", उसने कहा।

अगले महीने विहान और मानसी की शादी थी तो मैंने सोचा उनके लिए एक अच्छा सा तोहफा लेता चलूँ। धनराज पास ही बने एक मॉल में मुझे ले गया, मैंने उसे पार्किंग में इंतज़ार करने को कहा। मैं लिफ्ट के जरिये ऊपर आया और दुकानों के विषय में थोड़ी पूछताछ करके तीसरी मंजिल पर चला गया। यहाँ एक बहुत बड़ी और आलीशान दुकान थी जिसमें लगभग वो सभी चीज़ें थी जिन्हें मैं विहान-मानसी के लिए ले सकता था।

पहले मैंने सोचा कि ज्वैलरी ली जाए पर वहाँ से मुझे पता चला की आजकल ज्वैलरी से ज्यादा, महँगी घड़ियाँ प्रचलन में है। मैंने उन दोनों के लिए एक सुंदर सा घड़ीयों का जोड़ा लेना ठीक समझा। मैं एक के बाद एक काफी घड़ियाँ निकलवाकर उन्हें एक तरफ रखता रहा चूँकि मेरे पास समय की किल्लत नहीं थी इसीलिए मैंने इस मामले में किसी तरह कि कोई जल्दबाजी नहीं दिखाई। काफ़ी कुछ देखने के बाद मुझे तीस हजार का टाइटन का एक जोड़ा पसंद आया जिसमें दो सुनहरे रंग की घड़ियाँ थी जो बेहद खूबसूरत लग रही थी। इनकी कीमत भी इनकी सुंदरता के अनुरूप ही निर्धारित की गई थी।

हालांकि मैं इतनी महँगी चीज़े नहीं खरीदता था मगर मैं विहान-मानसी के तोहफ़े में किसी तरह की कोई कंजूसी नहीं करना चाहता था। मैंने उन्हें बहुत ही खूबसूरत तरीके से पैक करवाया और वहाँ से बाहर निकल आया।

मैं अपने मोबाइल में समय देखता हुआ चल रहा था और सामने से आ रही लड़की का ध्यान भी कहीं और था, हम दोनों आपस में टकरा गए और उसका बैग उसके हाथ से छूटकर गिर गया। वह नीचे झुककर फर्श पर से अपना बिखरा सामान जमाने लगी मगर मैं वहीं पर जम गया जैसे मैं बर्फ का कोई बड़ा सा टुकड़ा हूँ। उससे मिले पूरे चार वर्ष बीत चुके थे पर आज जब उसे छुआ तो मुझे उसे पहचानने में देर नहीं लगी। मेरे खड़े रोंगटे और तेज़ दौड़ती धड़कनें उसकी पहचान बखूबी बता रही थी। उसकी जुल्फें जिन्होंने मेरी जिंदगी में कत्ल-ए-आम मचाया था, हमेशा की तरह उसके चेहरे की हिफाज़त करने में लगी हुई थी, भला फिर मैं इतनी जल्दी उसका चेहरा कैसे देख पाता। गुलाबी रंग का सूट पहने वो कयामत ढा रही थी।

मैं उसके पास झुका और उसका सामान उठाते हुए कहा, "माफ़ करना झील"

उसने फ़ौरन नज़रें उठाई और मुझे देखा, उसकी आँखे जो पहले से ही बड़ी-बड़ी थी वो और फ़ैल गई, वो मुझे देखकर बुरी तरह से चौंक गई। उसके मुँह से एक शब्द भी नहीं निकल पाया, मेरे दिमाग ने तो मानो सोचने की क्षमता ही खो दी।

झील मुझे बिना पलकें झपकाए देखे जा रही थी, मेरे बस में होता तो उन लम्हों को सारी उम्र के लिए वहीं रोक लेता पर मुझे बीता हुआ वक्त और उसकी शादी याद आ गई। मैंने उसका बिखरा हुआ सामान उसके बैग में रखा और आगे बढ़ गया। इसी बीच झील की निगाहें मुझ पर से एक सेकण्ड के लिए भी नहीं हटी और मैंने उससे नज़रें नहीं मिलाई।

मैं चाहता था कि वो मुझे पीछे से आवाज़ देकर रोक ले पर ना उसने आवाज़ दी और ना ही मैंने उसे पलटकर देखा। शायद यही नियति थी, वो अब किसी और की हो चुकी थी, मैं जितना जल्दी इस बात को स्वीकार करता मेरे लिए उतना ही बेहतर था।

वर्ष भर से सूखे पड़े मैदानों पर एक दिन बारिश हो जाए तो अगले ही दिन से उनमें हरियाली नजर आना शुरु हो जाती है, ठीक वैसे ही वो इत्तफ़ाक से मुझसे टकराई और उस इत्तफ़ाक ने फ़ौरन मेरे सभी सूखे जख्मों को हरा कर दिया। उससे अलग हुए चार साल गुजर चुके थे पर इस वक्त लग रहा था मानो कल की ही बात है।

मैं अपनी कार में आकर बैठा और एक सिगरेट जलाई, धनराज चौंक गया क्योंकि उसने मुझे आज से पहले कभी सिगरेट पीते हुए नहीं देखा था।

"कहाँ चलना है सर?" उसने पूछा।

"विधानसभा की तरफ ले लो", मैंने कहा।

आज दिल्ली की सड़कों पर मेरा दिल जोरों से धड़क रहा था। बाहर अनगिनत वाहनों ने धुआँ फैला रखा था तो अन्दर मैं धुआँ उड़ा रहा था, हम सभी इस शहर को प्रदूषित करने में लगे हुए थे। मैं चाहकर भी झील के सिवाय कुछ और नहीं सोच पा रहा था। मेरी सिगरेट खत्म होने लगी तो मैंने दूसरी निकाल कर उसी से जला ली, धनराज मुझे तिरछी नज़रों से देख रहा था, आखिरकार उसका सब्र टूटा।

"सर आप ठीक हैं?" उसने पूछा।

"हाँ मैं बिल्कुल ठीक हूँ", मैंने कहा।

"आप थोड़े परेशान नजर आ रहे हैं सर", उसने कहा।

"कुछ नहीं धनराज जी, बस मीटिंग की चिंता हो रही है", मैंने कहा।

धनराज चुप हो गया, वह अच्छी तरह से जानता था कि मैं झूठ बोल रहा हूँ क्योंकि उसे मेरे साथ रहते हुए तीन माह से भी ज्यादा समय बीत गया था और उसे अच्छी तरह से मालूम था कि मुझे ऐसी बातों से कभी चिंता नहीं होती।

"पहुँच गए सर", उसने कहा।

मुझे याद तक नहीं कि हम विधानसभा कब पहुँचे और हमें पहुँचे हुए कितनी देर हो चुकी थी।

"कुछ खा लेना धनराज जी क्योंकि यहाँ से फ्री होते ही हम फ़ौरन अजमेर के लिए रवाना होंगे", मैंने उसे अपनी जेब से पैसे निकालकर देते हुए कहा।

"रहने दीजिए सर, पैसे हैं मेरे पास", उसने कहा।

"फिर भी रखो, काम आएँगे", मैंने जबरन उसे एक हज़ार का नोट थमा दिया।

मैं अन्दर गया और अपने साथी अफसरों और आला अधिकारियों से मिला। मीटिंग शुरु होने में अभी आधे घण्टे का समय था और हमारे अधिकारी हमें मीटिंग में उठाए जाने वाले मुद्दों के बारे में समझा रहे थे और दिशा-निर्देश दे रहे थे।

मैं उन्हें सुन रहा था पर मेरा ध्यान कहीं और ही था। मुझे पेयजल की समस्या पर एक छोटा भाषण भी देना था जिसके बारे में मुझे पहले ही सूचना दे दी गई थी, मगर मुझे लग रहा था कि आज मैं सबकुछ खराब कर दूँगा। दो वर्षों की नौकरी में आज पहली बार मैं खुद को अपने कार्यक्षेत्र से विचलित महसूस कर रहा था। तभी मुझे मेरे साक्षात्कार वाले दिन मुझसे कही गई वो बात याद आई, "यह पद अपने आप में ही एक बड़ी ज़िम्मेदारी वाला पद है, उस ज़िम्मेदारी के बीच में अगर आपकी 'वो' वजह आ जाए तो मैं आपको इस पद के काबिल नहीं समझता"

जैसे मेरे मुँह पर किसी ने ठंडे पानी से भरा गिलास फेंका हो, मैं एकदम से होश में आया और अपने काम में लग गया। मीटिंग शुरु हुई और करीब तीन घण्टे चली, इस दौरान मेरा फोन भी कई बार बजता रहा पर मैंने किसी कॉल का उत्तर नहीं दिया।

मीटिंग समाप्त होने के बाद मुझे मेरे अफसरों से बधाई और प्रोत्साहन मिला मगर मैं आज अन्दर ही अन्दर अपने प्रदर्शन से खुश नहीं था।

मैं सभी से विदा लेकर बाहर आया और अपना फोन निकालकर देखने लगा, उसमें करीब सात-आठ मिसकॉल्स थी, कुछ घर से थे, एक भैया का और दो मिसकॉल्स एक अनजान नम्बर से थी।

मुझे लगा इन लोगों ने फिर से कोई रिश्ता देखा है मेरे लिए, मैं चिड़चिड़ाते हुए अपनी कार में बैठा और सबसे पहले उस अनजान नम्बर पर फोन किया, करीब चार-पाँच घंटी जाने के बाद वहाँ से फोन उठाया गया।

"हेल्लो", मैंने कहा।

उस तरफ से थोड़ी देर तक किसी ने कुछ नहीं कहा।

"आप कौन बोल रहे हैं?"मैंने पूछा।

सामने वाला अब भी चुप था, मैं फोन रखने ही वाला था जितने में एक आवाज़ सुनाई दी।

"सागर", यह झील की आवाज़ थी पर यह उसका नम्बर नहीं था।

"जी हाँ, आप कौन बोल रही हैं?" मैंने जानबूझकर नाटक किया।

"मैं जानती हूँ तुम मेरी आवाज नहीं भूल सकते, हमेशा की तरह नाटक करने की कोई जरूरत नहीं", उसने कहा।

"ओह, तो तुम्हें मालूम चल गया", मैंने कहा।

"बहुत सुंदर दिखने लगे हो, इतना अच्छा सूट पहने किसकी शादी में जा रहे थे?" उसने पूछा।

"गनीमत है कि तुमने मुझे पहचाना तो सही", मैंने कहा।

"यह तुम भी जानते हो कि मैं तुम्हें कभी भुला नहीं सकती", उसने कहा।

"खैर यह सब छोड़ो, मुझे फोन करने की कोई खास वजह?" मैंने पूछा।

"दिल्ली में क्या कर रहे हो?" उसने पूछा।

"ऑफिस के काम से आया था, अब वापस निकल रहा हूँ", मैंने कहा।

"वाह ! क्या बात है सागर ! किसी बैंक में मैनेजर बन गए क्या? या किसी अच्छी कम्पनी में नौकरी करने लग गए हो?" उसने पूछा।

"हाँ ऐसा ही कुछ समझ लो", मैंने कहा।

"क्या आज मुझसे मिल सकते हो?" उसने पूछा।

"इतना सबकुछ होने के बाद भी मुझसे क्यों मिलना है तुम्हें?" मैंने पूछा।

"क्योंकि तुम्हारी बेरुखी मैं फोन पर नहीं महसूस करना चाहती", उसने कहा।

"इसकी वजह भी तुम खुद ही हो झील", मैंने कहा।

"मेरे घर का पता भेज रही हूँ। सिर्फ एक बार आ जाओ, फिर कभी ज़िद नहीं करुँगी", उसने कहा।

"नहीं झील, मुझे तुम्हारे घर आकर तुम्हारे वैवाहिक जीवन में आग नहीं लगानी है", मैंने कहा।

"मैं यहाँ अकेली रहती हूँ। अब आ जाओ, मैं इंतज़ार कर रही हूँ", उसने कहा।

"क्यों? तुम्हारा पति कहाँ रहता है?" मैंने पूछा।

"तुम्हें सबकुछ इतना जल्दी क्यों जानना होता है? घर आ जाओ फिर बात करते हैं", उसने कहा।

मैंने फोन रखा और झील ने मुझे उसके घर का पता भेज दिया। यह नेहरू विहार की कोई जगह थी जिसे मैंने धनराज को बताया। मैंने रास्ते में कुछ मिठाईयाँ और फल ख़रीदे और झील के बताए पते की ओर चल दिया। एक घण्टे ट्रैफिक से जूझने के बाद हम जैसे-तैसे उसके घर पहुँचे। झील मुख्य द्वार पर ही खड़ी थी जबकि मैंने उसे कोई फोन तक नहीं किया था।

"सागर, यह लाल बत्ती की गाड़ी? हो कौन तुम? मुझे तो यकीन नहीं हो रहा", उसके लहज़े में ख़ुशी साफ़ झलक रही थी।

"कभी-कभी कुछ बातों पर जबरदस्ती यकीन करना पड़ता है", मैंने मुस्कुराते हुए उस पर तंज कसा।

मैं धनराज की तरफ कार के पास वापस आया और उसे साथ आने के लिए कहा।

"सर यहाँ रेलवे स्टेशन के पास में मेरे भाईसाहब रहते हैं, आप अनुमति दे तो क्या मैं कुछ देर उनसे मिल आऊँ?" धनराज ने पूछा।

उसने तो जैसे मेरी दबी हुई इच्छा पूरी कर दी, मैं भला उसे क्यों रोकता, मैंने उसे भेज दिया।

"आओ मेरे साथ, मेरा फ्लैट छठी मंज़िल पर है", झील ने कहा।

मैं उसके साथ-साथ चलने लगा, हम लिफ्ट में पहुँचे, झील मुझे टकटकी लगाए देखे जा रही थी वो मुझे ऊपर से नीचे ऐसे देख रही थी कि जैसे किसी बॉलीवुड के अभिनेता के सामने खड़ी हो और मैं था कि उससे नजर तक नहीं मिला पा रहा था। लिफ्ट का दरवाजा खुला और मैं उसके पीछे चलने लगा, उसने अपने फ्लैट का दरवाज़ा खोला और मुझे अन्दर आने को कहा। उसके फ्लैट में बिखरी हुई सुगंध से तो मेरा पुराना नाता था, ना मैं इसे भुला पाया ना ही इसमें कोई बदलाव आया, यह खुशबू मुझपर किसी पुरानी शराब के सुरूर की तरह चढ़ रही थी।

"कहाँ खोए हुए हो सागर?" झील ने पूछा।

"कहीं नहीं, तुम यहाँ अकेली रहती हो?" मैंने पूछा।

"हाँ, मैं दिल्ली में ही नौकरी करती हूँ", उसने कहा।

"यह तुम्हारे लिए", मैंने उसे मिठाई और अन्य सामान देते हुए कहा।

"शुक्रिया प्रिय... मगर इन औपचारिकताओं की कोई जरूरत नहीं थी", उसने कहा।

"रख लो, आदत है मेरी", मैंने कहा।

"तुम्हारी आदत के हिसाब से मुझे इसमें रेड वाइन नजर नहीं आ रही", उसने कहा।

"मैं अब सिर्फ अपनों के साथ पीता हूँ", मैंने कहा।

मेरी बात सुनकर झील का चेहरा पीला पड़ गया और उसके चेहरे से मुस्कराहट गायब हो गई। मुझे महसूस हुआ कि मैंने कुछ ज्यादा ही बोल दिया पर ज़्यादती तो उसने कहीं गुना ज्यादा की थी, मुझे इस बात से ज्यादा अफ़सोस नहीं हुआ। उसने माहौल को सामान्य करने की कोशिश की।

"हाँ और मैं भी सिर्फ तुम्हारे साथ पीती हूँ", झील ने कहा।

मैंने उसकी बात का कोई जवाब नहीं दिया, झील पेयजल लेकर आई, मैं पानी पीते हुए उसे ही देखे जा रहा था।

"तुम्हारी शादी हुए चार साल हो चुके हैं पर आज भी तुम्हें देखो तो तुम बीस वर्ष की किसी कॉलेज की छात्रा जैसी लगती हो", मैंने कहा।

"हाँ क्योंकि ठीक से हुई ही नहीं शादी", उसने कहा।

"क्या मतलब?" मैंने पूछा।

"कुछ नहीं, तुम बताओ कि वो लाल बत्ती वाली गाड़ी और इस नए अवतार के पीछे क्या राज़ है?" उसने पूछा।

"तुम्हारा बिना कुछ बताए चले जाना", मैंने कहा।

"क्या मतलब?" उसने पूछा।

"मतलब कि मैं अजमेर में एस.डी.एम. के पद पर आसीन हूँ", मैंने कहा।

झील ख़ुशी से झूम उठी और आकर मेरे गले से लग गई।

"तुम्हारा बहुत बहुत धन्यवाद प्रिय, मुझे इतना प्यारा तोहफा देने के लिए। मैं हमेशा से यही चाहती थी कि तुम अपनी जिंदगी में कुछ बड़ा हासिल करो, मैं जानती थी तुम काबिल हो। आज मेरा सपना पूरा कर दिया तुमने सागर", उसने कहा।

"तुम सबकुछ जानती थी इसीलिए बिना कुछ कहे चली गई", मैंने कहा।

"हाँ तो देखो ना, मेरा छोड़कर जाना कितना असरदार साबित हुआ", उसने कहा।

"सच में? खैर पति कहाँ है तुम्हारा? और अभी तक तो एक-दो बच्चे भी हो गए होंगे?" मैंने पूछा।

"चाय पीना पसंद करोगे या कॉफ़ी बनाऊँ", उसने मेरे प्रश्नों को नज़रंदाज़ करते हुए पूछा।

झील कहकर उठने लगी और मैंने उसका हाथ पकड़ लिया। मैं उसकी निगाहों को पढ़ रहा था, उसकी आँखें छलकने को तैयार थी मगर वह अब भी खुद में इतनी मजबूत थी कि उसने आँसुओं को टपकने नहीं दिया।

"क्या हुआ है झील?" मैंने पूछा।

"कुछ वक्त के हमदर्द बनकर करोगे भी क्या? कुछ सवालों को सवाल ही रहने दो तो बेहतर है", उसने कहा।

"तुम्हारी इसी आदत ने तो मुझे आज तक सवालों से रिहा नहीं होने दिया", मैंने कहा।

"हा हा हा... अपनी बीवी से किया करो ऐसी गहरी बातें, अब रिश्ते बदल चुके हैं सागर", उसने चेहरे पर दिखावटी मुस्कराहट बनाते हुए कहा।

"मैंने शादी नहीं की", मैंने कहा।

झील के चेहरे से एक बार फिर रंग उड़ गया। वो पता नहीं कैसे खुद को रोक रही थी पर उसकी निग़ाहों में आँसुओं का सैलाब उमड़ रहा था।

"तुमने शादी क्यों नहीं की", उसने भारी आवाज़ में पूछा।

"इसकी वजह तुम मुझसे बेहतर जानती हो", मैंने कहा।

अब झील खुदपर काबू नहीं रख पाई, वह मेरे गले से लिपटकर फूट-फूटकर रोने लगी।

"मुझे माफ़ कर दो सागर, मैंने तुम्हारी जिंदगी बर्बाद करने में कोई कसर नहीं छोड़ी", झील रोते रोते बोले जा रही थी।

मैंने उसे जैसे-तैसे चुप करवाया। मेरा बस चलता तो उसे अपनी बाँहों से तब तक जुदा नहीं करता जब तक कि वो दर्द से पूरी तरह से रिहा ना हो जाए। मैंने उसे पानी पिलाया और उसके आँसू पोंछे।

"क्या हो गया है तुम्हें सागर? इतनी अच्छी जिंदगी है, इसे एक मौका तो दो, सब कुछ है तुम्हारे पास", झील ने कहा।

"और जो सबसे जरूरी है, वो नहीं है", मैंने कहा।

"और वो क्या है?" उसने पूछा।

"छोड़ो, अब इन बातों के कोई मायने नहीं, रिश्ते बदल चुके हैं", मैंने कहा।

"अब मैं कोटा चलूँगी तुम्हारे घर और तुम्हारे लिए लड़की पसंद करूँगी। अब तुम्हारे जीवन में सबकुछ सही कर देने का समय आ चुका है", उसने कहा।

"नहीं होगा मुझसे। मेरी जिंदगी में सबकुछ सही चल रहा है। किसी और को मेरे साथ बाँधकर एक और जिंदगी बर्बाद मत करो", मैंने कहा।

"मैं तुम्हें ऐसे नहीं देख पाऊँगी", उसने कहा।

"मैंने भी तो तुम्हें किसी और का होते हुए देखा झील तो तुम्हें मुझे अकेला रहते देखने में क्या परेशानी है", मैंने कहा।

"तुम मुझे सजा दे रहे हो, तुम्हें छोड़कर जाने की", उसने कहा।

"सजा देना मेरे या तुम्हारे बस में नहीं है, सजा वक्त देता है। तुम खुश रहो अपने पति और परिवार के साथ, मैं इसी में खुश हूँ", मैंने कहा।

"खाने में क्या पसंद करोगे? पनीर बनाऊँ तुम्हारे लिए, तुम्हें बहुत पसंद है ना", उसने कहा।

अब मुझे थोड़ा शक हुआ, परिवार और पति से संबंधित कुछ भी पूछने पर वह बातों को घुमा रही थी। ना उसके घर में उसके परिवार की कोई तस्वीर थी, ना उसकी माँग में सिंदूर, हाथ में चूड़ियाँ, और ना ही गले में कोई मंगलसूत्र था, जो हमारे हिन्दू धर्म में शादीशुदा महिलाओं के प्रमुख आभूषण माने जाते हैं।

"झील, बार-बार पूछने पर मजबूर मत करो, कहाँ है तुम्हारा पति?" मैंने पूछा।

"उससे मेरा तलाक हुए दो साल हो चुके हैं", उसने कहा।

उसने एकदम से मुझे शब्दहीन कर दिया, मैं उसके इतना पास आकर भी उसका दर्द महसूस नहीं कर सका। मैंने उसे हमेशा किसी गुलाब के फूल की तरह खिलखिलाते हुए देखा था और वह फूल कब मुरझा गया मुझे खबर तक नहीं।

मैं कुछ देर चुपचाप बैठा रहा और किसी गहरी सोच में डूबा रहा, इतनी देर में उसने मेरे लिए कॉफ़ी भी बना दी। वो आई और टेबल पर कॉफ़ी का कप थोड़ी जोर से रखा कि मुझे होश आए।

"यह सब कैसे हुआ?" मैंने पूछा।

"छोड़ो भी ना सागर, इतने समय बाद मिले हैं। मुझे तुम्हें इतना काबिल देख कर बहुत सुकून मिल रहा है, मुझसे यह मत छीनो", उसने कहा।

"तुम बताओगी नहीं तब तक मुझे चैन नहीं मिलेगा, जानती हो ना", मैंने कहा।

"वो शादी थी ही नहीं सागर। प्रभात एक वक्त में एक-साथ दो जिंदगियाँ जी रहा था", उसने कहा।

"शुरु से बताओ", मैंने कहा।

उसकी आँखों से आँसू टपकने लगे, मैंने उसे इतनी तकलीफ में पहले कभी नहीं देखा था। मेरे सीने पर जैसे ढेर सारे साँप एकसाथ लोट रहे थे। मैं उठा और उसके पास जाकर बैठ गया, मैंने उसके कंधों पर अपने हाथ रखे। वह मेरे कंधे पर सिर टिका-कर रोने लगी।

"रो लो, अन्दर जितना भी भर रखा है सब बहा दो मुझपर, मुझे बहुत पहले तुम्हारे पास आ जाना चाहिए था", मैंने कहा।

झील करीब आधे घण्टे तक मेरी बाँहों से लगकर बिना रुके रोई, ऐसा लग रहा था कि उसने अपनी आँखों में एक अरसे से किसी दरिया को रोके रखा है जो आज फूट पड़ा है। ऐसा पहली बार हो रहा था जब मैं उसे रोने दे रहा था, मैं झील का सारा दर्द आँसुओं के जरिये बहा देना चाहता था। मोहब्बत भी बड़ी अजीब चीज़ है, आँसू वो बहा रही थी और रो मैं रहा था। अजीब सा दिन था वो जिसने दो दर्द से भरे दरियाओं को मिला दिया।

"उसने मुझे बहुत कमज़ोर बना दिया सागर", उसने सिसकते हुए कहा।

"पागल हो क्या, तुम कमजोर नहीं हो बस तकलीफ़ में हो। कमजोर तो तुम्हें दुनिया की कोई भी ताकत नहीं बना सकती", मैंने कहा।

"शादी के दो महीने तक सबकुछ ठीक था। ऐसा लग रहा था कि जैसे अब जिंदगी पटरी पर आ गई पर धीरे-धीरे हकीकत सामने आने लगी। वो कई बार रात में घर से बाहर रहता, कभी दोस्तों के साथ पार्टी का हवाला देता तो कभी ऑफिस का। मैंने कभी उस पर किसी तरह का शक नहीं किया। उसके फोन को मैं छूती तक नहीं थी। कुछ माह तक सबकुछ इसी तरह से चलता रहा, अब उसका बाहर रहना काफी बढ़ चुका था",

"एक दिन सुबह वो वॉशरूम में नहा रहा था और मैं घर की सफाई में लगी हुई थी, तभी उसका फोन बजा, मैंने ध्यान नहीं दिया, जब फोन दोबारा बजा तो मैंने सोचा उठाकर बात कर लूँ, मगर उस फोन ने मेरी जिंदगी को तहस-नहस करके पटक दिया",

"मैंने फोन उठाया और कुछ बोलती उससे पहले वहाँ से एक लड़की की आवाज़ सुनाई दी",

"कहाँ रह गए जान, आधे घण्टे से इंतज़ार कर रही हूँ"

मैंने पूछा, 'कौन बोल रहा है' तो उसने फोन रख दिया। अब उसके रातों में बाहर रहने की वजह मालूम चल गई थी, मेरे पैरों तले जमीन खिसक गई, मैंने जीवन में कभी नहीं सोचा था कि प्रभात मुझे धोखा देगा। वो बाहर आया तो मन किया कि इसे जोर से तमाचा जड़ दूँ।

"यह नम्बर किसका है? और कौन है ये लड़की जिससे मिलने जा रहे हो तुम?" मैंने चिल्लाते हुए कहा।

प्रभात सकपका गया और घबराहट के मारे उसके माथे से पसीना टपकने लगा।

"प्रिया नाम है उसका। मेरे साथ में काम करती है, आज उसकी गाड़ी ख़राब हो गई इसीलिए मुझे साथ में ऑफिस ले चलने के लिए बोल रही थी", प्रभात ने कहा।

"मुझे बेवकूफ समझ रखा है क्या तुमने? और तुम्हारे ऑफिस में काम करने वाली लड़की तुम्हें 'जान' कहकर बुलाती है? फिर तो ऑफिस के साथी होने के नाते सो भी जाती होगी वो तुम्हारे साथ", मैं फिर से उसपर चिल्लाई।

मेरे इतना कहते ही प्रभात गुस्से से तिलमिला गया और उसने मुझे खींचकर एक थप्पड़ मारा।

"मेरे निजी मामलों में दख़ल मत देना कभी और मेरे फोन को हाथ मत लगाना", मैं कुछ बोलती उससे पहले उसने मुझे तीन-चार थप्पड़ और मारे और कमरे से बाहर चला गया। मैं वहीं फर्श पर पड़ी-पड़ी सारा दिन रोती रही।

उसके बाद कई दिनों तक ऐसा ही चलता रहा, वो नशे में आता और बिना कुछ खाए सो जाता। कई बार वो आता ही नहीं था, मैंने भी उसे फोन करना बंद कर दिया। मेरे सास-ससुर को जब यह मामला पता चला तो उन्होंने अपने बेटे को समझाने की बहुत कोशिश की मगर उसकी समझ में कुछ नहीं आया।

मेरे पापा लगातार मुझे उससे तलाक लेने की सलाह दे रहे थे पर मैं अब भी उसे मौके दे रही थी कि वह संभल जाए क्योंकि दो महीने से मेरे पेट में हमारा बच्चा पल रहा था।

हमारी शादी की सालगिरह वाले दिन की बात है। सुबह प्रभात जल्दी चला गया और देर रात तक नहीं लौटा। मैं उसका इंतज़ार कर रही थी,

रात के करीब दो बजे वह घर आया। उस दिन मेरी तबियत बहुत ख़राब थी, मैं चलने जैसी हालत में भी नहीं थी। वह मेरे कमरे में आया, फर्श को उल्टियों से सना देख घबरा गया और मुझे फ़ौरन अस्पताल लेकर गया।

डॉक्टर ने मुझे खून की कमी का शिकार बताया, इस बात से सभी घबरा गए, पापा और भाई भी अस्पताल पहुँच गए। मेरे पापा ने उसे चेतावनी दी कि वह मुझे अब उसके पास नहीं रहने देंगे और जल्द ही मेरा उससे तलाक करवा देंगे। इसे आने वाले बच्चे के लिए एक बाप की मोहब्बत समझो या अपने कर्मों पर शर्म मगर कुछ वक्त के लिए प्रभात पूरी तरह से सुधर गया। प्रभात अब एक भी रात मुझसे दूर नहीं रहता और मेरा काफी ध्यान रखता। मुझे लगा कि अब जीवन में खुशियाँ लौट आईं हैं पर यह मेरी गलतफहमी थी।

इकतीस दिसम्बर का दिन था, लोग साल के आखिरी दिन उसे विदाई देने में लगे थे वहीं दूसरी और हमारे घर में नन्हें कदमों का आगमन हुआ, मुझे बेटी हुई थी। उसके दादा-दादी ने उसे 'अनन्या' नाम दिया पर वो तो मेरी राजकुमारी ही थी। कुछ वक्त के लिए उस नन्हीं सी जान ने घर को खुशियों से पूरी तरह से भर दिया पर धीरे-धीरे प्रभात का वही रवैया लौट आया। शायद मेरी बेटी की किस्मत में भी मेरी ही तरह उम्र-भर के आँसू लिखे थे। क्या करूँ, मेरी बेटी को विरासत के तौर पर कुछ तो मिलना जरूरी ही था ना, उसे मेरी तकलीफें विरासत में मिल गई।

प्रभात अब हफ़्तों तक घर नहीं आता, अनन्या और मुझे उसके माता-पिता के घर छोड़कर उसने नोएडा में नौकरी करना शुरु कर दिया। वो महीने में एक या दो बार आता और किसी ना किसी बात पर उसके माँ-बाप के सामने भी मुझे पीटकर जाता।

मैं तो उम्र-भर उसकी मार सह सकती थी मगर मैं मेरी बेटी को ऐसे माहौल में किसी भी कीमत में रहने नहीं देना चाहती थी। मेरे सास-ससुर ने मुझे समझाया कि बच्ची के बड़े होते ही उसमें समझ आ जाएगी, मैं उसे तलाक़ ना दूँ और वक्त के सही होने का इंतज़ार करूँ।

किस्मत से उसी की बिल्डिंग में हर्षिता ने फ्लैट ख़रीदा और उससे मुझे पता चला कि प्रभात वहाँ किसी लड़की के साथ रह रहा है।(हर्षिता झील की बहुत पुरानी दोस्त थी और शादी के बाद नोएडा अपने पति के साथ रहती थी।)

जब उसकी यह घिनौनी हकीकत सामने आई तो मैंने उसे फ़ौरन दिल्ली बुलवाया। हमेशा के विपरीत आज वह बहुत शांति से मुझसे बात कर

रहा था, उसने स्वीकार कर लिया कि वह उस लड़की के साथ नोएडा में रहता है जिसकी वजह से एक साल से हमारा रिश्ता लगभग टूट चुका था। उसने मुझे साफ शब्दों में कह दिया कि वह उससे शादी करने वाला है। उसने मुझसे कहा कि मैं भी इस सत्य को स्वीकार कर लूँ और अनन्या की खातिर इस रिश्ते को बिना किसी शिकायत के निभाती रहूँ।

मुझे यह मंजूर नहीं था, ना मैं ऐसे इंसान के साथ रहती और ना ही अपनी बेटी पर उसका घिनौना साया पड़ने देती। मैंने पापा से बात की और उसे तलाक दे दिया, हमारे तलाक होने के कुछ समय बाद ही प्रभात ने उस लड़की से शादी कर ली।

मैंने कभी अनन्या को उसके पिता से दूर नहीं करना चाहा मगर क्या करूँ, प्रभात ने मेरे सामने दूसरा कोई विकल्प नहीं छोड़ा था। उसके बाद अपने बैंकिंग क्षेत्र के पुराने अनुभव से यहाँ के एक निजी बैंक में अच्छे पद पर नौकरी मिल गई और मैं अनन्या के साथ इस घर में आकर बस गई", झील ने कहा।

"मुझे अभी के अभी उससे मिलना है", मैंने कहा।

"प्रभात से?" उसने पूछा।

"नहीं झील... मेरी आखिरी मोहब्बत से", मैंने कहा।

मेरी बात सुनकर उसकी आँखों में फिर से आँसू आ गये। वो मेरे गले लगकर और ज्यादा रोने लगी।

"अब बस भी करो झील। भीगा दिया पूरा, ऐसे लेकर जाओगी क्या मुझे अनन्या के सामने", मैंने कहा।

"अनू अपने दादा-दादी के घर पर है, हम उसे कल लेने चलेंगे", उसने कहा।

"क्या अब भी तुम प्रभात के माता-पिता के संपर्क में हो?" मैंने पूछा।

"हाँ वो पास में ही रहते हैं और अनन्या से बहुत ज्यादा प्यार करते हैं। मैं उनसे उनकी ये खुशियाँ नहीं छीनना चाहती। वह छोटी बदमाश भी मुझसे ज्यादा उन दोनों को पसंद करती है", उसने कहा।

"क्या बात है... तुमने सब पर दया दिखाई है, सिर्फ मुझे छोड़कर", मैंने कहा।

"कब तक मुझे ताने देते रहोगे सागर, जिंदगी के किसी मोड़ पर मुझे माफ़ भी कर सकोगे या नहीं", उसने कहा।

"मैंने तुम्हें बहुत पहले ही माफ़ कर दिया है झील। मुझे तो इस बात का अफसोस है कि तुम्हारे जीवन के सबसे दुःखद समय में तुम्हें संभाल ना सका", मैंने कहा।

"तुम्हारे बारे में सोचने मात्र से ही मुझे बहुत हिम्मत मिलती है, तुम्हें याद करते करते मैं कब इस मुश्किल दौर से गुज़र गई मुझे मालूम ना चला", उसने कहा।

"ओह, ऐसा क्या", मैंने मुस्कुराते हुए कहा।

"शाम होने वाली है, क्या बनाऊँ तुम्हारे लिए?" उसने पूछा।

"कुछ भी नहीं, मुझे रात में वापस अजमेर निकलना है, तुम बस एक बार अनन्या से मिलवा दो", मैंने कहा।

"नहीं ! तुम कहीं नहीं जा रहे, प्लीज आज-आज यहीं रुक जाओ, फिर चले जाना मैं नहीं रोकूँगी। इतने दिनों बाद मेरे चेहरे पर खुशी नजर आई है, इसे फिर से उदासी में मत बदलो, मैं हाथ जोड़कर विनती करती हूँ तुमसे", उसने कहा।

मैं उसके इस स्नेहिल आग्रह को ठुकरा नहीं पाया और मैंने आज दिल्ली ही रुकने का निर्णय किया। सच कहूँ तो झील के पास रुकने से ज्यादा मैं अनन्या से मिलने के लिए उत्साहित था इसीलिए मैंने झील की बात पर हामी भर दी !

अध्याय 18

"मेरी परी"

क्या आपके साथ कभी ऐसा हुआ है कि आपने किसी को बस एक नजर देखा और उसी वक्त उसपर अपना सबकुछ हार बैठे। मेरे साथ ऐसा हुआ है मगर झील को देखकर नहीं, वो परी तो कोई और ही थी।

झील की आँखें मुझे नशे में चूर कर देती थी, मैं आज भी किसी तरह के नशे की गिरफ्त में चला गया था। मैं उसे देखे जा रहा था और वह शर्म से मुझसे नज़रें तक नहीं मिला रही थी।

वैसे भी यहाँ कौन आया था उसकी निग़ाहों में फिर से कैद होने? मुझे तो बस कुछ वक्त का सुरूर लेकर निकल जाना था, यह बात इस समय तक मेरे अन्दर स्पष्ट थी।

"आज तुम दिल्ली की जिस जगह पर चलना चाहोगे मैं तुम्हें लेकर चलूँगी सागर", झील ने कहा।

"दिल्ली में तो तुम रहती हो, अपनी इच्छा से जहाँ भी ले चलोगी मुझे वो जगह पसंद ही आएगी झील", मैंने कहा।

"तो ठीक है, आज तुम्हें तुम्हारी पसंद की जगह लेकर चलते हैं। अब मैं तैयार होकर आती हूँ", उसने कहा।

झील अपने कमरे में चली गई और मैं उसके घर की बॉलकनी में आ गया। सूरज बादलों में छुपकर ढलने चला था और पंछी अपने घरों की ओर वापस लौट रहे थे। हर सेकण्ड दौड़ता रहने वाला शहर यहाँ से थमा हुआ नजर आ रहा था।

मुझे नहीं पता था मैं यहाँ कर क्या रहा हूँ? ना ही मैं जानता था कि जिंदगी मुझे कहाँ ले जाने वाली है? बस ऐसा लग रहा था कि किसी ने मेरे बीते

चार सालों को मेरी जिंदगी से मिटाकर मुझे फिर से वहीं लाकर खड़ा कर दिया है।

"क्या सोच रहे हो", झील ने मेरे करीब आकर पूछा।

मैंने उसकी तरफ देखा और देखता ही रह गया। गहरे लाल रंग की साड़ी में वह बला की खूबसूरत लग रही थी। उसे देखकर उसकी उम्र का अंदाज़ा लगा पाना तो लगभग नामुमकिन था। वह आज भी मुझे ठीक वैसी ही लग रही थी जब मैंने उसे हमारी स्कूल के विदाई समारोह में पहली बार साड़ी पहने देखा था।

"साड़ी में बहुत सुंदर लगती हो", मैंने कहा।

"बहुत समय बाद पहनी है", झील ने कहा।

"क्यों, आज कोई खास वजह?" मैंने पूछा।

"हा हा हा... आज तुम आए हो ना सागर इसीलिए", उसने कहा।

"बाहर सभी तुम्हें मेरी पत्नी समझेंगे", मैंने कहा।

"सभी को जो समझना है समझे, मायने यह रखता है कि तुम क्या समझते हो", उसने कहा।

"क्या मतलब है तुम्हारा?" मैंने पूछा।

"कुछ नहीं, चलो अब देर हो रही है", उसने कहा।

अपनी बातों से मुझे सोच में डाल देने की उसकी पुरानी आदत थी। खैर हम उसकी कार में रवाना हुए, झील बहुत अच्छी तरह से ड्राइव कर रही थी, अब उसमें काफी नए परिवर्तन देखने को मिल रहे थे। भीड़-भाड़ और शोर-शराबे से उठा-पटक करते हुए आख़िरकार हम एक होटल तक पहुँचे। लिफ्ट के जरिये हम ऊपर पहुँचे, यहाँ छत पर एक बेहद खूबसूरत सा रेस्टोरेन्ट था। यहाँ से दिल्ली शहर बेहद खूबसूरत नजर आ रहा था, ऐसे स्थानों पर बैठना मुझे हमेशा से ही पसंद था और ताज्जुब की बात यह थी कि इसे मेरी पसंद का अंदाज़ा था।

"तो बताओ क्या खाना पसंद करोगे सागर?" झील ने पूछा।

"जो तुम चाहो", मैंने कहा।

झील ने सबसे पहले रेड वाइन मँगवाई। मैं अब भी इस शहर की ख़ूबसूरती को निहारने में लगा था।

"तुम्हें पसंद आई यह जगह?" उसने पूछा।

"बहुत ज्यादा", मैंने कहा।

"मैं जानती हूँ तुम्हें क्या पसंद है हमेशा से", उसने कहा।

"इतना सबकुछ जानती हो तो बिना बताए क्यों दूर चली गई मुझसे?" मैंने पूछा।

झील खामोश हो गई, ऐसा लगा जैसे मैंने उसकी दुःखती रग पर हाथ रख दिया हो। थोड़ी देर तक हम दोनों ने एक-दूसरे से कुछ नहीं कहा। मैं वाइन पी रहा था और उसके शब्दों की प्रतीक्षा कर रहा था। तभी उसने मेरे हाथ पर अपना हाथ रखा।

"मैं जानती हूँ मैंने तुम्हारी जिंदगी के साथ बहुत खिलवाड़ किया है सागर मगर मेरा यकीन मानों मैंने प्रभात से शादी सिर्फ और सिर्फ मेरे पापा के दबाव में की", उसने कहा।

"तुम बचपन से मेरे साथ बड़ी हुई हो, मुझे झुठलाना तुम्हारे बस का नहीं। शादी को लेकर तुमपर दबाव डाला गया होगा मैं मानता हूँ मगर तुम्हारी शादी तुम्हारी सहमति से ही हुई थी मैं यह भी जानता हूँ झील", मैंने कहा।

"मोहित की गंदी गालियाँ सुनकर भी वो मुझे कुछ नहीं बोले, मैं पापा का इतना अपमान करवाकर खुद की नज़रों में बहुत गिर चुकी थी सागर, मैं उनकी खुशी के लिए चुपचाप उनकी शर्तें मानती रही", उसने कहा।

"क्या अब वो खुश हैं तुम्हें इस हाल में देख कर झील?" मैंने पूछा।

"अपने कर्मों का फल भोग रही हूँ। शायद तुम मुझे कभी माफ ना कर पाओ मगर फिर भी हो सके तो माफ करना", उसने कहा।

"तुम्हें माफ़ी माँगने की जरूरत नहीं है झील", मैंने कहा।

"मैं कुछ माँग लूँ आज तो क्या तुम दोगे मुझे?" उसने पूछा।

"हाँ जरूर, बोलो", मैंने कहा।

"शादी कर लो ना अब सागर, मम्मी-भैया का इतना दिल दुःखाना ठीक नहीं। बहुत रह लिए तुम अकेले, अब उनकी बात मान लो", उसने कहा।

"नहीं हो पाएगा मुझसे झील, अब मैं अकेले ही खुश हूँ", मैंने कहा।

"जब ऐसा कहते हो तो लगता है कि श्राप दे रहे हो मुझे", उसने कहा।

"श्राप तो मैंने खुद को दिया है झील", मैंने कहा।

"किस बात का?" उसने पूछा।

"तुमसे मोहब्बत करने का", मैंने कहा।

"सबकुछ वाकई बदल गया है, हमारी मोहब्बत को तुम 'श्राप' कहने लगे हो", उसने कहा।

"ओह ! क्या तुम्हें लगता है वो 'हमारी' मोहब्बत थी?" मैंने पूछा।

"तुम्हें यह हमेशा से पसंद है ना", उसने कहा।

"क्या?" मैंने पूछा।

"शब्दों से खेलना और मुझे अपने विचारों से बाँधना", उसने कहा।

"चिंता मत करो झील, अब नहीं बाँधूगा तुम्हें", मैंने कहा।

झील मेरी बातों से उदास हो गई, मैंने भी इस तरह की बातें ज्यादा ना करना ठीक समझा। उसके बाद हम यहाँ वहाँ की बातें करते रहे और मैं उससे अनन्या के बारे में पूछने लगा, उसने मुझे अनन्या की तस्वीर तक नहीं दिखाई। झील चाहती थी मैं सीधे ही मिलूँ उससे। भोजन करने के बाद हम वहाँ से उठे और बिल देकर लिफ्ट में आए। झील मुझे देखकर मुस्कुराए जा रही थी।

"क्या हुआ झील?" मैंने पूछा।

"कुछ नहीं, लिफ्ट अच्छी है इस होटल की", उसने मुस्कुराते हुए कहा।

मैं भी मुस्कुरा दिया और हम वापस उसके घर की तरफ चल दिए। रास्ते में हमने ज्यादा बातचीत नहीं की। यह ख़ामोशी अपने अन्दर बहुत कुछ समेटे हुए थी। हम घर पहुँचे, मैं लिफ्ट को एक-एक मंज़िल ऊपर चढ़ते हुए देख रहा था। वह अब भी चुप थी, ना मुझे इसकी वजह पता थी, ना ही मैं इसे जानना चाहता था।

उसने ताला खोला और हम अन्दर आ गए। मैं सीधा बॉलकनी में जाकर बैठ गया और वो कपड़े बदलने चली गई।

"कॉफ़ी पीनी है सागर?" उसने पूछा।

"नहीं झील, यहाँ बैठो बहुत अच्छी हवा चल रही है", मैंने कहा।

वह एक छोटी चारपाई लाई और उसे बॉलकनी में बिछा दिया।

"अब अच्छे से पैर फैलाकर बैठ जाओ, तुम्हें आराम मिलेगा", उसने कहा।

"कितना परेशान हो रही हो मेरी वजह से", मैंने कहा।

"मैं तुम्हारे लिए परेशान हो रही हूँ सागर। आज जब तुम्हें इतने समय बाद देखा तो दिल ख़ुशी से भर गया, पर अब भारी हो रहा है", उसने कहा।

"सब ठीक है झील, हमारी जिंदगी ऐसे ही चलेगी", मैंने कहा।

"क्या मैं तुम्हारी गोद में सिर रखकर लेट सकती हूँ?" उसने पूछा।

"तुम्हें लगता है क्या मैं रोकूँगा तुम्हें", मैंने कहा।

झील मेरी गोद में अपना सिर रखकर लेट गई, थोड़ी देर वो कुछ नहीं बोली पर उसकी आँखों से फिर से आँसू निकलने लगे। मैं उसके बालों को सहला रहा था और उसकी आँखों से बहते आँसू पोंछ रहा था।

"क्या सोच रही हो झील?" मैंने पूछा।

"कितना दर्द दिया है मैंने तुम्हें सागर... फिर भी तुम कभी मुझसे अलग नहीं हुए", उसने कहा।

"तुमसे अलग होकर मैं भला जाता भी कहाँ, तुमसे जितना वक्त भी दूर रहा, लावारिस सा रहा", मैंने कहा।

"मैंने तुम्हें बेवजह कैद में रखा है ना", उसने कहा।

"कोई बात नहीं, मुझे एक दिन इससे रिहाई मिल ही जाएगी, मेरी साँसों के थमने के...

"श्श्श्शह्ह्ह्ह् ! चुप एकदम", उसने मेरे होंठो पर अपनी अंगुलियाँ रख दी और मुझे आगे नहीं बोलने दिया।

झील ने मेरे गाल पर हाथ रखा और पास आकर अपने होठों को मेरे होंठो से मिला दिया। ऐसा लग रहा था जैसे एक अरसे से मैं किसी घुटन-भरे कमरे में बंद था और मुझे अब जाकर साँस आई हो। हम ऐसे ही थोड़ी देर एक-दूसरे में खोए रहे और कुछ देर बाद मैं उससे अलग हुआ।

"मैं तुमसे बहुत प्यार करती हूँ सागर", उसने कहा।

(यह क्या बोल दिया इसने अचानक से, इसके मुँह से इन शब्दों को सुनने के लिए तो मैं सारी उम्र तरसता रहा। आज तो इसने इन शब्दों के साथ 'दोस्त' का इस्तेमाल भी नहीं किया। मुझे तो ख़ुशी से झूम उठना था और उसे बाँहों में भर लेना था, पर मैंने ऐसा नहीं किया।)

"मुझ पर तरस मत खाओ झील", मैंने कहा।

"तुम मुझे फिर से गलत समझ रहे हो", उसने कहा।

"नहीं झील, बस इसी सोच में हूँ कि तुम्हें यह सब अभी क्यों महसूस हो रहा है? इतने वर्षों बाद", मैंने कहा।

"महसूस तो मैं हमेशा से करती थी सागर, तुमसे ज्यादा करीब भला कौन था मेरे", उसने कहा।

"हमेशा से महसूस किया और हमेशा ठुकराती रही, अजीब बात है", मैंने कहा।

"बचपन से तुम्हारे साथ खेलती हुई बड़ी हुई हूँ, तुम्हारे जीवन के हर एक दौर से गुज़री हूँ मैं। कैसे हालातों में पले हो मालूम है मुझे",

"अच्छी तरह से जानती थी कि सभी को कितनी उम्मीदें है तुम से। हमेशा बस यही चाहती थी कि तुम अपना सपना पूरा करो, जिंदगी में काबिल बनो",

"मैं डरती थी कि कहीं मेरा पास रहना तुम्हें बर्बाद ना कर दे, बस यही वजह थी कि मैं हमेशा तुमसे दूर भागती रही", उसने कहा।

"तो क्या आज आबाद हूँ मैं झील?" मैंने पूछा।

"मेरी नजर से देखूँ तो आज तुम मुझे सबसे क़ाबिल नजर आते हो, इससे अच्छा भला क्या हो सकता है", उसने कहा।

"पद और पैसा मायने नहीं रखता झील, मायने रखता है कि इंसान अपनी जिंदगी से खुश कितना है। हम दोनों कितने खुश हैं वो तो नजर आ ही रहा है",

"यह कैसी जिंदगी है जिसमें सबकुछ पाकर भी कुछ नहीं है मेरे पास", मैंने कहा।

"सब ठीक हो जाएगा सागर। तुम यहाँ से जाने के बाद बस एक बार अपने परिजनों का कहा मान लेना, देखना सब बदल जाएगा। अपने दिल का सारा दर्द तुम्हारी बाँहों में बहा दिया आज मैंने, अब मैं ख़ुशी से जी लूँगी", उसने कहा।

"बहुत ज्यादा बोल रही हो, अपनी आँखें बंद करो और सो जाओ चुपचाप", मैंने कहा।

उसने बिना कुछ कहे अपनी आँखें बंद कर ली और वहीं मेरी गोद में सिर रखकर सो गई। नींद में वो थी पर आराम मुझे मिल रहा था। मैं बहुत देर तक उसकी जुल्फों में अपनी अंगुलियाँ घुमाता रहा और उसके माथे को सहलाता रहा। उसे देखते-देखते मेरी भी आँख लग गई और मैं वहीं सो गया। सुबह जब आँख खुली तो खुद को उसी पलंग पर एक कम्बल ओढ़े लेटे हुए पाया, जो शायद रात में झील ने ओढ़ाया था।

सुबह के छः बज रहे थे। मैं कमरे में आया तो देखा कि झील पूजा करने में लगी है, एक पल को मुझे थोड़ा आश्चर्य हुआ।

"सुप्रभात प्रिय", झील ने कहा।

"यह नया अवतार कब से झील?" मैंने पूछा।

"हा हा हा... तलाक के बाद से। चलो जल्दी से तैयार हो जाओ मैं नाश्ता तैयार करती हूँ", उसने कहा।

मैं भी फ़ौरन तैयार होने चला गया क्योंकि मुझे आज किसी भी हाल में अजमेर पहुँचना था। स्नान कर, कपड़े बदलकर जब मैं वापस लौटा तो उसने मेरे लिए नाश्ता तैयार कर लिया था, झील आज फिर से थोड़ी सी उदास नजर आ रही थी।

"अरे बड़ी जल्दी तैयार हो गए", उसने कहा।

"हाँ झील, अनन्या से मिलकर अजमेर निकलना है, आज देर नहीं कर सकता", मैंने कहा।

"मेरे बस में हो तो तुम्हें यहाँ से जाने ही ना दूँ पर जानती हूँ तुम नहीं रुकोगे", उसने कहा।

"मन छोटा मत करो, मेरा जाना जरूरी है", मैंने कहा।

झील और मैं नाश्ता करके नीचे आए। धनराज वहाँ मौजूद था, मैंने पहले से ही उसे फोन करके बुला लिया था। मैंने अपना और झील का बैग कार

में रखा और उसे अन्दर बैठने को कहा। वह दो दिनों के लिए अनन्या के साथ अपने पापा के घर जाने वाली थी। मैं झील के साथ पीछे वाली सीट पर बैठा और हम रवाना हो गए। झील धनराज को रास्ता दिखाने में व्यस्त थी और मैं फोन पर अपने कनिष्ठ अधिकारियों से बात करने में। करीब आधे घण्टे में हम वहाँ पहुँच गए और झील ने एक घर के बाहर गाड़ी रुकवाई।

"चलो सागर, अब तुम्हें अनन्या से मिलवाती हूँ", उसने कहा।

मेरी धड़कनों ने फिर से रफ़्तार पकड़ ली। हम गाड़ी से उतरे और झील ने दरवाज़े की घंटी बजाई, प्रभात की माताजी ने दरवाज़ा खोला, दरवाज़ा अभी पूरी तरह से खुला भी नहीं था कि उसमें से एक छोटी सी परी निकलकर झील की ओर दौड़ती हुई आई, झील ने उसे अपनी गोद में उठाकर चूम लिया।

अनन्या को आज जिंदगी में पहली बार देखा मैंने। यह मेरे जीवन का सबसे सुखद लम्हा था, ऐसा तो मैंने तब भी महसूस नहीं किया जब झील से पहली बार मिला था। मैं उस नन्हीं सी परी पर अपनी नज़रें टिकाए खड़ा था, यह तो पूरी झील की ज़ेरॉक्स कॉपी लग रही थी, झील उसे मेरे पास लेकर आ रही थी और मेरा दिल ऐसे धड़क रहा था मानो निकलकर बाहर आ जाए।

इतनी सुंदर बच्ची मैंने शायद ही जीवन में पहले कभी देखी थी। जब उसके मख़मली गालों को छुआ तो लगा कि मेरे रौंगटे खड़े हो गए। मैंने उसे गोद में लेने के लिए अपने हाथ बढ़ाए और अनन्या फ़ौरन मेरी गोद में आ गई। मैंने उसके छोटे से गालों पर जोर से चूम लिया। आज शायद अपने आँसुओं को छुपा पाना मेरे बस में नहीं था और झील तो सिर्फ मुझे ही देखे जा रही थी। तभी अनन्या के दादा-दादी आ गए, मैंने खुद को संभाला और झील ने मेरा परिचय उनसे करवाया।

"यह हमारा सौभाग्य है कि आप हमारे निवास स्थान पर पधारे", प्रभात के पिताजी ने कहा।

"प्रणाम अंकल जी, यह आपका बड़प्पन है", मैंने कहा।

"हम चाहेंगे कि आज रात्रि का भोजन आप हमारे साथ करें", उन्होंने कहा।

"आपका बहुत बहुत शुक्रिया पर मुझे आज अजमेर निकलना है, कभी फुर्सत में आऊँगा तब जरूर रुकूँगा", मैंने कहा।

"सागर... तलाकशुदा बहु को भी अपनी बेटी की तरह संभाला है इन्होंने", झील ने कहा।

"आज के समय में आपके जैसे माता-पिता ढूँढने पर भी शायद ही मिले", मैंने कहा।

उन दोनों ने मेरा शुक्रिया अदा किया और थोड़ी देर यहाँ वहाँ की बातें करते रहे या सीधे शब्दों में कहूँ तो झील और मेरे रिश्ते के बारे में सवाल करते रहे, शायद उन्हें लग रहा था कि अब झील ने शादी करने का विचार बना लिया है।

समय के आभाव की वजह से हमने उन लोगों से विदा ली और अपनी गाड़ी में बैठकर रवाना हो गए। मैंने अपने बैग से अनन्या को चॉकलेट का बॉक्स निकालकर दिया जो मैंने कल ही उसके लिए ले लिया था। वह भी झील की ही तरह चँचल थी, चॉकलेट खाने से ज्यादा मज़ा उसे मेरे गाल नोचने में आ रहा था।

अनन्या जब तुतलाते हुए अपनी मम्मी से बात कर रही थी तो लग रहा था मानों मेरे हाथों में कोई छोटी सी गुड़िया हो। उसे देखकर आज महसूस हुआ कि परियाँ कहानियों में ही नहीं असल जिंदगी में भी होती हैं। झील के पापा के घर से जयपुर-दिल्ली हाईवे पास ही था। हमें वहाँ पहुँचने में करीब आधे घण्टे का समय लगा, तब तक मैं अनन्या के दोनों गालों को चूम-चूमकर लाल कर चुका था।

आख़िरकार हम पहुँच गए, झील के पापा बगीचे में पौधों को पानी देने में व्यस्त थे।

अनन्या झील की गोद से उतरी और दौड़ लगाकर चिल्लाते हुए उनके पास गई, 'अले नानू'

झील के पापा तो उसे देखकर ख़ुशी से झूम उठे और उसे अपनी गोद में लेकर हवा में झूला देने लगे। हम लोग उनके पास आए और मैंने उनके पैर छुए।

"इसे पहचाना पापा?" झील ने पूछा।

अंकल जी ने मुझे गौर से देखा और मेरे कंधे पर हाथ रखते हुए कहा, "तुम्हें कैसे भूल सकता हूँ बेटे"

"क्या आपने वाकई पहचान लिया पापा", झील ने आश्चर्य से दोबारा पूछा।

"हाँ बेटी। बहुत बड़े हो गए हो सागर और सुंदर भी। बहुत ख़ुशी हो रही है इतने वर्षों बाद तुम्हें फिर से देखकर", अंकल जी ने कहा।

मुझे और झील को जरा भी उम्मीद नहीं थी कि वह मुझे पहचान लेंगे। मैं उनसे गले मिला और उनके हाल-चाल पूछने लगा।

"अन्दर आओ बेटा, सारी बातें बाहर ही करोगे", उन्होंने कहा।

"नहीं अंकल जी, मुझे निकलना होगा। आज बहुत सारे कार्य विलंबित पड़े हैं", मैंने कहा।

"कम से कम अनू के साथ चाय तो पीकर जा ही सकते हो", झील ने कहा।

मैं अन्दर आ गया और झील रसोई में चाय बनाने चली गई, तब तक अंकल जी मुझसे बातें करते रहे। उनकी बातों में झील और अनन्या के लिए चिंता साफ़ नजर आ रही थी। झील हमारे लिए चाय लेकर आई और मैंने धनराज को भी अन्दर बुलाया। झील अनन्या के लिए छोटी बोतल में दूध लाई पर वो बदमाश पूरे घर में यहाँ से वहाँ भाग रही थी, झील बोतल लेकर उसके पीछे-पीछे भाग रही थी। मेरी नज़रें और मेरा दिल उन दोनों पर ही ठहर गया। अब तक मैंने झील के साथ रहने का कोई विचार नहीं बनाया था पर अनन्या से मिलने के बाद मुझे लगने लगा कि इन दोनों के बिना मैं अधूरा हूँ।

"अब मेरे जाने का वक्त हो गया झील", मैंने चाय का कप टेबल पर रखते हुए कहा।

मेरे इस वाक्य ने झील के चेहरे से उसकी मुस्कराहट छीन ली, उसने खुद को संभाला और अनन्या को गोद में लेकर मेरे पास आई।

"अनू, बेटा अंकल को बाय करो", झील ने कहा।

अनन्या अपने छोटे से हाथ को दाएँ बाएँ हिलाकर मुझे बाय कर रही थी। मैंने उसे गोद में लिया और एक बार जोर से उसके गालों को चूम लिया। शायद उसे यह अच्छा नहीं लगा और वह उतरकर अपने नानाजी के पास चली गई।

तभी बाहर बारिश शुरु हो गई। झील अन्दर से छाता निकालकर लाई और मुझे छोड़ने मेरी कार तक आई। धनराज गाड़ी चालू किए बैठा था पर मेरे कदम थे कि अपनी कार में जाने को राज़ी ही नहीं थे।

"तुम्हारी यादें चैन से नहीं रहने देगी, वादा करो जल्द ही फिर से मिलने आओगे", झील ने कहा।

"क्या तुम मुझसे शादी करोगी झील?" मैंने पूछा।

मेरे इस सवाल को सुनकर झील स्तब्ध रह गई, उसे उम्मीद नहीं थी कि मैं इतना कुछ होने के बाद भी उससे इस तरह की बात कहूँगा। थोड़ी देर तक झील कुछ नहीं बोल पाई और चुपचाप मेरी आँखों में देखती रही।

"पागल हो गए हो क्या सागर? ऐसी बातें क्यों कर रहे हो?" उसने पूछा।

"तुमने ही कहा था ना कि प्यार करती हो मुझसे", मैंने कहा।

"हाँ करती हूँ और हमेशा करती रहूँगी। मगर मेरे लिए तुम्हें अपनी जिंदगी के साथ इतना बड़ा समझौता नहीं करने दूँगी", उसने कहा।

"मैं यह तुम्हारे लिए नहीं अनन्या के लिए कर रहा हूँ", मैंने कहा।

"सभी अपना-अपना नसीब लिखवाकर लाते हैं, मैं मेरी बेटी की अच्छी परवरिश के स्वार्थ में तुम्हारा जीवन नर्क नहीं करुँगी", उसने कहा।

"अभी जैसे जी रहा हूँ वो तो शायद स्वर्ग है, है ना", मैंने कहा।

"अब तुम्हें जाना चाहिए, वरना मैं कमजोर पड़ जाऊँगी। मुझे मेरे गलत फैसलों के नतीजे भोगने दो। यही मेरी नियति है। अब हमें दोबारा कभी नहीं मिलना चाहिए", उसने कहा।

"मैं तुम्हारी कसम खाकर कहता हूँ तुम्हें यह सबकुछ अकेले नहीं झेलने दूँगा। अपना और अनन्या का ध्यान रखना झील, जल्दी वापस आऊँगा", मैंने कहा।

"तुम मेरी बात समझने की कोशिश..."

उसकी बात ख़त्म होने से पहले ही मैंने उसके माथे पर चूम लिया।

"जा रहा हूँ झील, तुम्हें दलीलों की जरूरत नहीं। तुमसे प्यार करता हूँ मैं और अब उससे भी ज्यादा अनन्या से हो गया है", मैंने कहा।

उसने कुछ नहीं कहा और उसकी आँखों से आँसू टपकने लगे। मैं अपनी कार में बैठ गया और अजमेर के लिए रवाना हो गया। मैं पीछे वाली सीट पर बैठा-बैठा खिड़की पर गिरती बौछारों को देख रहा था। अब मैं ठान चुका था कि अनन्या को पिता के बिना बड़ा नहीं होने दूँगा। ऐसा कभी

नहीं होगा कि कोई उससे उसके पिता के बारे में पूछे और उसके पास कोई जवाब ना हो।

यह फैसला मुझसे कहीं गुना ज्यादा झील के लिए मुश्किल था क्योंकि जिस वजह से वो मुझसे उम्र भर दूर रही मैं उसे वही करने को कह रहा था पर यह उसकी सोच थी मेरी नहीं। मेरे लिए तो वो दोनों अब मेरी जिंदगी से बढ़कर थे।

"धनराज जी आगे से एक सिगरेट और लाइटर देना", मैंने कहा।

उसने मुझे सिगरेट दी और मैं सिगरेट सुलगाकर बैठ गया। धनराज दो दिन से जो कुछ देख रहा था वो सब उसके लिए बहुत ही अलग और अजीब था क्योंकि उसने मुझे पहले कभी सिगरेट पीते हुए नहीं देखा था। आखिरकार उससे रहा नहीं गया।

"सर छोटा मुँह बड़ी बात मगर बोले बिना रहा भी नहीं जा रहा", धनराज ने कहा।

"मेरे सामने ऐसी बातें मत किया कीजिए धनराज जी, मैं भी आप ही की तरह एक साधारण इंसान हूँ, ईश्वर नहीं। निःसंकोच बोलो जो भी कहना चाहते हो", मैंने कहा।

"सर जैसे दो दिन से नजर आ रहे हो, इतनी चिंता में मैंने आपको पहले कभी नहीं देखा। यहाँ तक कि सिगरेट तो आपने तब भी नहीं पी जब प्रधान के मामले को लेकर अपने ऑफिस के बाहर तोड़फोड़ हुई और आपकी कलेक्टर साहब से भी बहस हो गई", उसने कहा।

"यह चिंता नहीं है धनराज जी, यह तो बीते वक्त का दर्द है जो वक्त गुज़रने के साथ भी कम नहीं हो रहा", मैंने कहा।

"सर, वैसे आप और मैडम साथ में बहुत अच्छे लगते हैं", उसने कहा।

"लगेंगे क्यों नहीं धनराज जी, बचपन से एक-दूसरे के साथ बड़े हुए हैं हम", मैंने कहा।

"तो फिर आपने उनसे शादी क्यों नहीं की सर?" उसने पूछा।

"लंबी कहानी है धनराज जी, आज सुना ही देता हूँ आपको, देखना इसके खत्म होने से पहले हम अजमेर पहुँच जाएँगे", मैंने कहा।

मेरी बात पर धनराज हल्के से मुस्कुरा गया !

अध्याय 19

"दरारें"

कभी टूटे हुए शीशे के टुकड़ों को जोड़कर देखा है, चाहे कितना ही बेहतर ढंग से क्यों ना जोड़ा जाए दरारें तो नजर आती ही हैं। मेरा जीवन तो था ही शीशे सा, इसके बिखरने पर दरारें कैसे नजर ना आती। मुझे नहीं पता था इन दरारों को भरते भरते मेरी उम्र गुज़र जाएगी।

खैर मैं अजमेर लौटकर अपने कार्य में फिर से जुट गया, मेरे दो ही काम थे, सुबह से शाम अपने प्रशासनिक कार्यों में उलझे रहना और शाम को घर आते ही देर रात तक झील से बातें करते रहना, मैं जब तक फोन पर अनन्या की आवाज़ ना सुन लूँ मुझे नींद नहीं आती थी।

अब विहान की शादी का दिन भी नज़दीक आ गया, मैं बहुत खुश था और उसकी शादी में जाने के लिए बहुत उत्साहित भी, आखिरकार मेरा भाई परिणय सूत्र में बँधने वाला था, ख़ुशी होना तो लाजिमी ही थी।

इसी बीच फिर से एक बवाल मचा, हमेशा की तरह मैं एक नए कीचड़ की सफाई में उतरा और खुद पर दाग लगवा बैठा। खैर मुझे इसकी आदत हो चुकी थी मगर इस बार दाग गहरे थे। मुझे रिश्वत के झूठे मुकदमे में फँसा दिया गया, विहान की शादी से ठीक तीन दिन पहले मेरे लिए जाँच समिति नियुक्त कर दी गई और मेरे मामले पर सरकारी जाँच-पड़ताल शुरु हो गई, नतीजा यह निकला कि मैं अपने भाई की बारात में भी शामिल नहीं हो पाया, मेरे लिए मुख्यालय छोड़ना लगभग असंभव था लेकिन मैं जैसे-तैसे उसके आशीर्वाद समारोह के लिए कोटा आ ही गया क्योंकि अब नहीं आता तो शायद सारी उम्र खुद को माफ़ नहीं कर पाता।

विहान के शादी-समारोह का दिन :

"आप सभी को ले आना मैं जा रहा हूँ", मैंने कहा।

"इतनी जल्दी जाकर क्या करेगा? शाम के छः बजे है, थोड़ी देर बाद हमारे साथ ही चल लेना", भैया ने कहा।

"मुझे अभी जाना है भैया, आज किसी से मिलवाना है आपको, समय से आ जाना", मैंने कहा।

"अरे किसी लड़की से ही मिलवाना यार, दिल को तसल्ली मिलेगी", उन्होंने कहा।

"हा हा हा... ठीक है, चलता हूँ अब", मैंने कहा।

(ना कजरे की धार, ना मोतियों के हार ना कोई किया सिंगार फिर भी कितनी...)

"कहाँ मर गया था तू?" विहान ने फोन उठाकर गुस्से में पूछा।

"हा हा हा... अबे सुनने तो देता तेरी बीवी कितनी सुंदर है", मैंने हँसते हुए कहा।

"गलती से लगा है वो गाना", उसने कहा।

"हाँ बेटा, बिल्कुल सही जा रहा है", मैंने कहा।

"अपने भाई की बारात में नहीं चला तू, फिर आज किस मुँह से फोन कर रहा है मुझे", उसने कहा।

"माफ़ कर दे भाई, रिश्वत के झूठे मुकदमे में फँसा हुआ हूँ। उस दिन जाँच चल रही थी, अभी भी मुख्यालय ना छोड़ने के सख्त आदेश है, लगी पड़ी है अभी मेरी", मैंने कहा।

"तुझे किसने फँसाया, बता मुझे?" उसने पूछा।

"कीचड़ साफ़ करने उतरो तो कपड़ों पर दाग तो लगते ही है, यह सब छोड़ तू", मैंने कहा।

"अब शर्म बची है थोड़ी बहुत तो आ जा। चुपचाप और मानसी के सामने तो अपनी खुद की जिम्मेदारी पर आना, कच्चा चबा जाएगी वो तुझे, बहुत गुस्सा है", उसने कहा।

"अरे मेरे भाई की शादी है, आज तो जश्न में डूबने का दिन है। आ रहा हूँ थोड़ी देर में, एक विशिष्ट उपहार है तेरे लिए", मैंने कहा।

"अरे तेरे खास तोहफे बहुत भारी पड़ते है भाई, तू जल्दी आ जा बस", उसने कहा।

"आ रहा हूँ थोड़ी देर में, सब्र रख। चल तैयार हो जा अब", मैंने कहा।

मैं अपनी कार में रेलवे स्टेशन के लिए निकल गया, आज मेरा दिल जोरों से धड़क रहा था। मेरा यह फैसला मेरी जिंदगी को किस मोड़ पर लाकर खड़ा कर देगा ये मैंने सोचा तक नहीं था। मेरे फोन की घंटी बजी और मैंने धनराज को गाड़ी पार्किंग में लगाने के लिए कहा।

"हम पहुँचने वाले हैं सागर, कहाँ हो तुम?" झील ने पूछा।

"मैं रेलवे स्टेशन ही हूँ, तुम्हें प्लेटफॉर्म पर मिलता हूँ", मैंने कहा।

झील ने फोन रख दिया और मैं प्लेटफॉर्म पर अनन्या के लिए चॉकलेट और खिलौने खरीदने लगा। कुछ देर बाद मुझे ट्रेन के हॉर्न की आवाज़ सुनाई दी। ट्रेन आने के कुछ देर बाद तक तो आँखें उन दोनों को इस तरह तलाशती रही जैसे भीड़ में खोया बच्चा अपने परिजनों को ढूँढता है, फिर झील नजर आई। उसने एक हाथ से अपना सामान उठाया हुआ था और दूसरे हाथ से उन नाज़ुक हाथों को मजबूती से पकड़ा हुआ था।

मैं फ़ौरन उन दोनों के पास गया और अनन्या को अपनी बाँहों में भर लिया। वह शायद मुझे पहचान नहीं पाई इसीलिए थोड़ा सा डर गई पर जैसे ही मैंने उसके नन्हें से हाथों में एक बड़ी सी चॉकलेट थमाई वह खुश हो गई। अब मैं उठा और झील से गले मिला, उसकी बाँहों में कोई जादू ही था कि उसे गले से लगाते ही मेरी सारी तकलीफें, चिंता, डर और नाराज़गी सब छू-मंतर हो जाती थी। बड़े ऊँचे दर्जे का सुकून था उसकी बाँहों में, जो शायद दुनिया के सबसे महँगे ड्रग में भी नहीं।

"तुमसे मिलकर दिल को बहुत सुकून मिलता है", झील ने कहा।

"तो मेरे साथ ही रह लो ना", मैंने कहा।

"काश कि सबकुछ हमारे बस में होता सागर... यह सब छोड़ो और मेरी बात ध्यान से सुनो, हमारी वापसी की ट्रेन रात्रि ग्यारह बजे की ही है", उसने कहा।

"हमने तय किया था कि आज साथ में रहेंगे, तुम आज नहीं जा सकती", मैंने चिड़चिड़ाते हुए कहा।

"बड़ी मुश्किल से आज की छुट्टी मिली है। कल बजट दिवस है, किसी भी हाल में बैंक पहुँचना है सागर, वरना मैं तो खुद रुकना चाहती थी तुम्हारे पास", उसने कहा।

"चलो फिर चलते हैं, देर हो रही है", मैंने कहा।

"अजीब सा लग रहा है सागर, यहाँ बिन बुलाई मेहमान हूँ मैं", झील ने कहा।

"भाई है वो मेरा, इतना तो हक़ है मेरा उस पर झील, तुम ज्यादा मत सोचो", मैंने कहा।

हम बाहर आए और रिसोर्ट की तरफ रवाना हो गए। आज अनन्या के मिजाज बिगड़े हुए थे, झील ने बताया कि वह उसके दादा-दादी से दूर जाना पसंद नहीं करती थी।

हम सीधे समारोह स्थल पहुँचे, शाम ढल चुकी थी और मेहमान आना शुरु हो चुके थे। मैंने एक कमरे की चाबी ली और उन दोनों को तैयार होने भेज दिया। थोड़ी देर बाद ढोल नगाड़ों के साथ दूल्हा-दुल्हन का प्रवेश हुआ, मैं दूर खड़ा खड़ा उन दोनों को देख रहा था, विहान और मानसी बेहद खूबसूरत लग रहे थे, मानो जैसे दुनिया की सबसे सुंदर जोड़ी हो। तभी मेरे फोन पर भैया का कॉल आया।

"कहाँ है तू? हम पहुँच गए हैं, और तेरा प्यारा दूल्हा भी आ गया है", भैया ने कहा।

"आ रहा हूँ भैया। रिसोर्ट में ही हूँ, कुछ काम कर रहा हूँ", मैंने कहा।

मैंने झील को फोन किया, वह तैयार हो चुकी थी। थोड़ी देर में झील अनन्या के साथ नीचे आई। हमेशा की तरह आज भी मैं उसे देखता ही रह गया, उसने बैंगनी रंग की साड़ी पहनी हुई थी, उसके चेहरे का तेज किसी दुल्हन से कम नहीं था, मुझे हमेशा की तरह आज भी उसे देखकर फिर से नशा चढ़ने लगा।

"किस बात के सदमे में हो सागर", झील ने पास आकर पूछा।

"हमेशा की तरह नशे में हूँ", मैंने कहा।

"बातें बनाना कोई तुम से सीखे, चलो अब", उसने शरमाते हुए कहा।

मैंने अपनी जेब से पेन निकाला और विहान-मानसी के तोहफे पर झील और मेरा नाम लिख दिया।

"मेरा नाम क्यों लिख रहे हो?" झील ने पूछा।

"कहीं तो तुम्हारे नाम के साथ मेरा नाम आने दो झील", मैंने कहा।

"अच्छा चलो अब, मुझे मम्मी से मिलना है", उसने कहा।

"इस छोटी सी परी को तो देखने दो, कहाँ छुप रही है अपनी मम्मी के पीछे", मैंने अनन्या को गोद में लेते हुए कहा।

हम नीचे अतिथियों के समक्ष आ गए। अनन्या मेरी गोद में थी और अधिकतर लोगों की निगाहें हम पर क्योंकि वहाँ मुझे बहुत से लोग जानते थे और शायद वें समझ नहीं पा रहे थे कि यह हो क्या रहा है।

मैंने अपनी नज़रें दौड़ाई, मुझे भैया-भाभी, राघव और मम्मी नजर आए। उन तीनों की नजरें मुझ ही पर टिकी थी। भैया के चेहरे से हँसी गायब हो गई थी। मम्मी को देखकर तो ऐसा लग रहा था मानो मौका मिलते ही रो जाए। मैंने उनकी तरफ चलना शुरु किया, जैसे-जैसे हम उनके पास पहुँच रहे थे मेरी धड़कन बेकाबू हुए जा रही थी।

हम उनके पास पहुँचे और झील ने सभी के पैर छुए। सभी ख़ुशी से उससे मिल रहे थे पर मैं जानता था कि उनके चेहरों की मुस्कराहट नकली है, भैया के अन्दर जो कुछ चल रहा था मैं उसे उनकी आँखों से पढ़ सकता था।

"कैसी हो बेटी? बहुत समय बाद मिली हो", मम्मी ने कहा।

"अच्छी हूँ आंटी जी, आप कैसे हैं?" झील ने पूछा।

"हम भी ठीक हैं और यह तो तुमसे भी ज्यादा सुंदर है", मम्मी ने अनन्या के गालों को सहलाते हुए कहा।

"हाँ जी, तीन साल की हो गई है, अनन्या नाम है इसका", झील ने कहा।

"पति कैसे हैं आपके?" मम्मी ने पूछा।

माँ की इस बात का जवाब झील से नहीं दिया गया और वो मेरी तरफ देखने लगी।

"चलो मम्मी फोटो के लिए चलते हैं स्टेज पर", मैंने बात पलटते हुए कहा।

"तुम लोग चलो मुझे एक जरूरी काम है, थोड़ी देर में आता हूँ", भैया ने कहा।

"अरे फोटो लेने के बाद चले जाना", भाभीजी ने कहा।

"कहा ना मैंने काम है", भैया ने गुस्से में भाभी से कहा।

मैंने बीच में बोलना ठीक नहीं समझा पर मैं जानता था कि उनकी नाराज़गी मुझ पर है। हम मंच पर गए, झील को देखकर विहान के चेहरे का रंग उड़ गया।

"शादी की बहुत बहुत बधाई हो विहान, पहचाना मुझे?" झील ने पूछा।

"क्यों नहीं झील, तुम्हें कैसे भूल सकता हूँ। इतने वर्षों बाद मिलकर बहुत ख़ुशी हो रही है। तुम्हारा बहुत-बहुत स्वागत है", विहान ने कहा।

मैंने विहान को शादी की बधाई दी और गले मिला। मानसी का चेहरा तो गुस्से से लाल हुआ पड़ा था, वो मुझे नज़रंदाज़ करने की कोशिश कर रही थी और मम्मी-भाभीजी से बात कर रही थी।

"बधाई हो मानसी", मैंने कहा।

"मैं नहीं जानती आपको", मानसी ने कहा।

"अरे शादी वाले दिन इतना गुस्सा करना ठीक नहीं है", मैंने कहा।

"शादी दो दिन पहले हो चुकी है, जिसमें आप आए नहीं", उसने कहा।

"उसके लिए बाद में माफ़ी माँग लूँगा अच्छे से, अभी इससे मिलो", मैंने झील की तरफ इशारा करते हुए कहा।

"बहुत-बहुत बधाई हो प्यारी दुल्हनिया", झील ने कहा।

"आपका बहुत-बहुत शुक्रिया झील और भैया ने आपके बारे में जितना बताया है आप उससे कई गुना ज्यादा खूबसूरत हो", मानसी ने कहा।

"हा हा हा... शुक्रिया आपका", झील ने अपनी जानलेवा मुस्कराहट के साथ कहा।

मैंने मम्मी की तरफ देखा, जो मुझे ही देखे जा रही थी। उनकी आँखों में बहुत सारे सवाल थे पर उस समय मैं उनसे इस बारे में कोई बात नहीं कर सकता था। तस्वीर लेने के बाद हम नीचे आ गए और विहान ने मुझे फोन करने का इशारा किया। मैं उसकी बात को नज़रंदाज़ करते हुए भोजन के लिए आ गया।

हम सभी साथ में भोजन करने बैठ गए पर भैया अभी तक नहीं आए थे, भाभीजी उन्हें लगातार फोन कर रही थी और मेरी ओर व्याकुल आँखों से देख रही थी। मैंने अलग जाकर भैया को फोन किया।

"कहाँ हो भैया? सभी इंतज़ार कर रहे हैं भोजन के लिए", मैंने कहा।

"भोजन के बाद सभी को बाहर पार्किंग में भेज देना", भैया ने कहा।

"आपको नहीं आना अन्दर?" मैंने पूछा।

"तुझसे जितना कहा जाए उतना कर, अपना दिमाग मत चला", भैया ने गुस्से में कहा।

मैंने फोन रख दिया और सभी के पास लौट आया।

"कहाँ है तेरे भैया?" मम्मी ने पूछा।

"भैया किसी जरूरी काम से गए हैं, आप लोग भोजन करना शुरु करो, उनको आने में देर हो जाएगी", मैंने कहा।

सभी ने भोजन करना शुरु किया, राघव और अनन्या की अब तक दोस्ती हो चुकी थी, वो दोनों अपने ही खेल में मग्न थे। भाभी और मम्मी अपने अपने चेहरे पर से चिंता के भावों को छुपाने की नाकाम कोशिश करने में लगी थी। झील मेरे पास बैठी थी और थाली में भोजन मेरे सामने था मगर मैं अपने ही विचारों में डूबा हुआ था। उधर विहान का ध्यान तस्वीरों में कम और मेरी ओर ज्यादा था। कोई किसी से ज्यादा बात नहीं कर रहा था, शायद यह किसी तूफान से पहले की ख़ामोशी थी।

"क्या हुआ सागर? कुछ खा क्यों नहीं रहे तुम?"झील ने पूछा।

मैंने उसका मन रखने के लिए थोड़ा बहुत खाना शुरु किया, भोजन करने के बाद मम्मी ने झील से घर चलने का आग्रह किया, झील ने उन्हें बताया कि उसकी वापसी की ट्रेन अभी ग्यारह बजे की है। झील ने सभी से विदा ली और अनन्या को लेकर कमरे में कपड़े बदलने चली गई।

मैं भाभी-मम्मी और राघव को पार्किंग तक छोड़ने गया, भैया कार में ही थे, उन्होंने मुझसे किसी तरह की कोई बात नहीं की ना ही मेरी तरफ देखा। गाड़ी में बैठकर भाभीजी ने पूछा कि मैं कितनी बजे तक आऊँगा तो भैया ने मेरा जवाब सुने बिना ही गाड़ी आगे बढ़ा दी, उनका गुस्सा चरमसीमा पर था और किसी भी वक्त फूट सकता था।

मैं वापस अन्दर लौट आया, झील जाने को तैयार थी और अपना सामान लिए मेरा ही इंतज़ार कर रही थी।

"अब मुझे चलना चाहिए सागर, यहाँ से टैक्सी कितनी दूर मिलेगी?" झील ने पूछा।

"दिमाग खराब हो गया है क्या तुम्हारा, मेरे होते हुए टैक्सी की जरूरत है क्या तुम्हें", मैंने कहा।

"नहीं सागर... आज तुम्हारे सबसे खास दोस्त की शादी है। तुम्हें यहाँ होना चाहिए, मेरे साथ नहीं", उसने कहा।

"मैं चल रहा हूँ झील, चलो एक बार विहान से मिल लो", मैंने कहा।

"नहीं सागर, वह व्यस्त है अभी, उससे फोन पर बात करवा देना मेरी", उसने कहा।

मैं झील और अनन्या को लेकर रेलवे स्टेशन की ओर रवाना हो गया। हम वहाँ ट्रेन आने से लगभग बीस मिनट पहले पहुँच गए। अनन्या सो चुकी थी और मेरी गोद में लेटी हुई थी, झील और मैं प्लेटफार्म पर एक बड़ी कुर्सी पर बैठे हुए थे। मेरे चेहरे पर शांति थी मगर मेरा हृदय बुरी तरह से विचलित था।

"आज सभी के चेहरों की बनावटी मुस्कान को देख पाए सागर?" झील ने पूछा।

"नहीं, मुझे यह सब नहीं दिखाई देता", मैंने चिड़चिड़ाते हुए कहा।

"मगर मुझे तो दिख रहा है। सिर्फ एक बार तुम्हें मेरे साथ देखने पर तुम्हारे परिजन इतना दुःखी हो गए तो सोचो तुम जो चाह रहे हो उससे उनके दिल पर क्या बीतेगी?" झील ने कहा।

"और जो तुमसे दूर रहकर मुझपर बीती उसका क्या?" मैंने पूछा।

"कुछ भी हो, मैं मेरी खुशियों की खातिर इतनें लोगों का दिल नहीं दुःखा सकती", उसने कहा।

"ठीक है तो फिर तुम मेरा दिल शौक से दुःखा सकती हो", मैंने कहा।

झील की आँखें भर आई और वह अपने बैग में रुमाल तलाशने लगी, मैंने उसके मोती जैसे आँसुओं को अपने हाथों से पोंछा और चुपचाप बैठ गया।

"मत करो मेरे लिए यह सब, तुम्हें इतनी तकलीफ में नहीं देखा जाएगा मुझसे", उसने कहा।

"तुम दोनों मेरे हर दर्द की दवा हो झील, तुम्हें क्यों समझ नहीं आता", मैंने कहा।

"मैं जानती हूँ सागर जितना प्यार तुम मुझसे करते हो उससे कहीं गुना ज्यादा प्यार तुम अनन्या से करते हो, पर क्या वो तुम्हें कभी अपना सकेगी?"

"तुम्हारी जिंदगी तो अभी-अभी शुरु हुई है, मुझे डर है कि कहीं हम दोनों की वजह से यह खराब ना हो जाए",

"जिंदगी में तुमसे ज्यादा प्यार मुझे किसी ने नहीं दिया तो फिर मैं बदले में तुम्हें जिंदगी-भर का दर्द कैसे दे सकती हूँ?" उसने कहा।

"अनन्या बड़ी होकर भले ही मुझे ना अपनाए मगर अपने छोटे भाई को तो अपना लेगी ना झील", मैंने मुस्कुराते हुए कहा।

"और अगर मैं कहूँ कि मैं तुम्हें अनन्या के अलावा कोई और बच्चा नहीं दे सकती तो?" उसने पूछा।

"यह तो तुम पर निर्भर करता है कि तुम अनन्या को किसी का साथ देना चाहती हो या नहीं", मैंने कहा।

"इसे मेरी बचकानी ज़िद ही समझो मगर जिस दिन मेरा तलाक हुआ था प्रभात ने अनू की तरफ एक बार देखा तक नहीं। उस दिन मैं पूरी तरह से टूट गई, उसी दिन मैंने इस नन्हीं सी परी से वादा किया कि मैं इसके हिस्से का प्यार कभी नहीं बंटने दूँगी। मुझे माफ़ करना सागर, तुम जो चाहते हो वो मैं तुम्हें कभी नहीं दे पाऊँगी", उसने भारी स्वरों में कहा।

"ऐसा है तो फिर हम अनन्या को कभी किसी की कमी महसूस नहीं होने देंगे झील", मैंने साँस छोड़ते हुए कहा।

झील के गालों पर मोतीयों के सदृश बूँदें फिसलने लगी। वो मुझे मजबूती से गले लगाकर रोना चाहती थी, तभी ट्रेन आ गई और मैं अनन्या को गोद में लेकर खड़ा हो गया। झील अपना बैग उसकी सीट पर रखकर दरवाज़े पर वापस आई। मैंने अनन्या को धीमे से उसकी गोद में दिया, मैं अब मेरी बेटी से दूर नहीं रह सकता था। मैंने उसके माथे को चूमा और उसके छोटे से हाथों को कसकर थाम लिया। झील भावुक मन से यह सब देख रही थी।

"इसे मत छीनो मुझसे, यह मेरी बेटी है झील, मेरे पास तुम दोनों के सिवाय कुछ नहीं है", मैंने कहा।

"हाँ सागर, यह तुम्हारी ही बेटी है। यह तो उसी दिन से तुम्हारी हो गई थी जब तुमने पहली बार इसे अपनी गोद में उठाया था। अब खुद का मन हल्का करो और ख़ुशी ख़ुशी अपने दोस्त के पास जाओ", उसने कहा।

"फैसला ले लो झील, मैंने हम दोनों के रिश्ते का यह हिस्सा हमेशा से तुम्हारे पास ही रखा है, अब भी जो तुम चाहोगी वही होगा", मैंने कहा।

ट्रेन ने सिग्नल दिया और रवानगी के लिए तैयार हो गई, तभी झील ने मेरे माथे पर प्यार से चूम लिया, वो मेरे दिल का बोझ हल्का करना बखूबी जानती थी। मेरा बस चलता तो उसे वहाँ से जाने ही नहीं देता पर अभी तो जिंदगी हम दोनों को एक अलग पड़ाव पर ले जाने को तैयार खड़ी थी। ट्रेन रवाना हो गई और मैं उन्हें वहाँ खड़ा खड़ा उन्हें तब तक देखता रहा जब तक वो दोनों मेरी आँखों से ओझल नहीं हो गए।

थोड़ी देर हम फोन पर बात करते रहे और मैं अपनी गाड़ी में लौट आया। अगला फोन विहान का था और उसने मुझे तुरन्त पहुँचने को कहा। मैं रिसोर्ट पहुँचा तो कार्यक्रम लगभग समाप्त हो चुका था। करीब-करीब सारे मेहमान जा चुके थे और वहाँ सिर्फ परिवार के लोग बचे थे। मैं विहान के पास गया।

"झील कहाँ है?" विहान ने पूछा।

"उसे अभी ट्रेन में बैठाकर आया हूँ", मैंने कहा।

"सब ठीक तो है? बिना मिले कैसे चली गई?" उसने पूछा।

"अभी तक तो सब ठीक ही है भाई। झील फोन पर बात कर लेगी तुझसे, अब चलूँ मैं विहान?" मैंने पूछा।

"इतनी भी क्या जल्दी है भाई, ऊपर चल, मैं थोड़ी देर में आता हूँ", उसने कहा।

मैं छत पर चला गया और फिर से झील से बात करने लग गया, थोड़ी देर बाद विहान ऊपर आया।

"एक सिगरेट मिलेगी भाई?" विहान ने पूछा।

चूँकि विहान सिगरेट नहीं पीता था इसीलिए मुझे थोड़ा आश्चर्य हुआ और मैंने उसे अपनी जेब से एक सिगरेट निकाल कर दी।

"क्या हुआ, परेशान नजर आ रहा है तू?" मैंने पूछा।

"कुछ नहीं सागर, तू अपना बता", उसने कहा।

"साले यह सब बातें बाद में होती रहेगी, तू अभी निकल यहाँ से, सुहागरात है तेरी आज", मैंने कहा।

"मजाक मत कर भाई। मुझे बता यह सब क्या चल रहा है? झील कैसे मिल गई तुझे?" उसने पूछा।

"मैं शादी करने वाला हूँ उससे विहान", मैंने कहा।

विहान का चेहरा जो पहले ही उतरा हुआ था और बिगड़ गया। उसे मुझपर बहुत गुस्सा आ रहा था या मेरी फिक्र हो रही थी, उसके चेहरे के हावभावों से समझ पाना मुश्किल था।

"तुझे लगता है घर पर सभी इस रिश्ते को मंज़ूर करेंगे", उसने कहा।

"शुरु में थोड़ा वक्त लगेगा विहान पर मैं उन लोगों को जरूर मना लूँगा मुझे यकीन है", मैंने कहा।

"तुझे पता भी है सागर तू क्या बोले जा रहा है? तू एक शादीशुदा लड़की के साथ शादी करने की बात कर रहा है। दिमाग खराब हो गया है तेरा", उसने ऊँचे स्वरों में कहा।

"शादीशुदा नहीं तलाकशुदा। प्रभात से उसका तलाक हुए दो साल से ज्यादा समय बीत चुका है", मैंने कहा।

"उसकी बेटी है सागर... एक वक्त था जब मैं खुद चाहता था कि तुम दोनों साथ रहो पर इतना सब होने के बाद अब तू उसे अपनाएगा तो मैं इसके खिलाफ हूँ क्योंकि मुझे अभी सिर्फ तेरे परिवार वाले दिख रहे हैं जिन्होंने तेरे लिए कितना कुछ किया है", उसने कहा।

"काश तू मुझे समझ पाता भाई... खैर छोड़ चलना चाहिए अब हमें", मैंने कहा।

"एक खींच कर थप्पड़ मारूँगा तुझे अभी, आज मुझसे ऐसी बात कहेगा तू", उसने गुस्से में कहा।

"तुझे उसकी तकलीफ नहीं नजर आ रही, तुझे लगता है मैं उसे इस हाल में जीने के लिए छोड़ दूँगा?" मैंने कहा।

"एक बार अच्छे से सोच लेना भाई, तू अब समझदार है और जिम्मेदार भी। जिंदगी कैसे जीनी है तू मुझसे बेहतर जानता है, फिर भी मेरी यही सलाह है कि अपनी खुशियों की खातिर उनका दिल मत तोड़ना जो तुझ पर बहुत भरोसा करते हैं", उसने कहा।

"एक बात बताना सच सच, क्या तू मेरे इस फैसले के खिलाफ जाएगा?" मैंने पूछा।

"मेरे लिए तेरी ख़ुशी से बढ़कर कुछ नहीं। अगर तू झील के साथ खुश है तो मैं तुझे कैसे रोक सकता हूँ सागर", उसने कहा।

"यही तो बात है भाई... मैं जानता हूँ जो मेरे अपने हैं उनके लिए मेरी ख़ुशी से बढ़कर और कुछ नहीं। मैं उन्हें मना लूँगा", मैंने कहा।

"मैं उम्मीद करता हूँ कि ऐसा ही हो भाई, मैं हमेशा तेरे साथ हूँ", उसने कहा।

हम बात कर ही रहे थे कि मेरे फोन की घंटी बजी, यह भैया का कॉल था।

"हाँ भैया, बोलो", मैंने कहा।

"घर आ, बात करनी है", भैया ने कहा।

मैं विहान से गले मिला, उसे शादी की ढेर सारी बधाई और शुभकामनाएँ दी और अपने घर की तरफ रवाना हो गया।

अब मेरी जिंदगी में भूचाल आने वाला था। अब वक्त था कि खुद के फैसलों की कीमत चुकाई जाए। जो हुआ, ना मैं चाहता था ना झील, ना ही सभी, पर हुआ वही।

मैं घर पहुँचा, शायद यह दुनिया की एकमात्र अदालत थी जो आधी रात को शुरु हो गई। सभी मेरा ही इंतज़ार कर रहे थे, मैं जानता था कि मुझे क्या कहना है पर कहाँ से शुरु करूँ मेरी समझ में नहीं आ रहा था। खैर यह काम भैया ने खुद कर दिया।

"तो यह था तेरा तोहफा, वाकई देखकर मज़ा आ गया... तुझे हमारी उम्मीदों पर पानी फेरते हुए देखकर अच्छा लग रहा है भाई", भैया ने कहा।

"आप अभी गुस्से में हो, हम इस बारे में बाद में बात करते हैं भैया", मैंने कहा।

"तेरा 'बाद' कब आएगा? कल सुबह तू चला जाएगा, शायद अगली बार जब आए तो क्या भरोसा उसे अपनी पत्नी बनाकर ले आए", मम्मी ने कहा।

"आपको वाकई लगता है मैं ऐसा करूँगा मम्मी?"मैंने पूछा।

"अब तो भरोसा उठने लगा है बेटा", मम्मी ने कहा।

"क्या मैं अपनी जिंदगी का एक फैसला भी अपनी मर्ज़ी से नहीं ले सकता मम्मी?" मैंने पूछा।

"हमने तो सोचा था तू बात करने आया है, तू तो फैसला सुनाने आया है", भैया ने कहा।

"मैं आज भी आपके खिलाफ नहीं जाऊँगा भैया पर सच यह भी है कि मैं एक माँ से उसकी बेटी का सहारा बनने का वादा कर चुका हूँ। आप चाहो तो मैं उससे शादी नहीं करूँगा मगर मैं उसके सिवाय किसी और से शादी कभी नहीं करूँगा", मैंने कहा।

"अपनी सारी जिंदगी तू खुद की मर्ज़ी से जिया, जो मन में आया किया, जिसे चाहा पाया, जिस ओर जाना चाहा गया, पर मैंने तुझे आज तक नहीं रोका। इसके पीछे क्या वजह है जानता है? छोड़ अब मायने नहीं रखता",

"हमने तेरी हर गलत ज़िद भी पूरी की है। तुझे नीचे से नीचे गिरते देखा है तुझे ऊपर से ऊपर चढ़ते देखा है। तुझे सड़क से उठाकर तुझे आसमान तक पहुँचाया है पर तुझे यह कदम उठाते नहीं देख पाएँगे। वो लड़की कभी इस घर का हिस्सा नहीं बन सकती", भैया ने कहा।

"वो लड़की मेरे जीवन का हिस्सा है भैया", मैंने कहा।

"तू हमें चाहता है या उस लड़की को, आज चुन ले। क्योंकि यह तो स्पष्ट है कि वो इस घर का हिस्सा कभी नहीं बनेगी। तू जिससे बोलेगा मैं उससे शादी करवाऊँगा तेरी, तू कहेगा तो किसी मोम के पुतले को भी तेरी पत्नी बनाकर ले आएँगे पर झील से शादी करने के स्वप्न देखना छोड़ दे", भैया ने कहा।

"फिर तो आपने इस घर को छोड़कर जाने के अलावा मेरे पास कोई और रास्ता नहीं छोड़ा", मैंने कहा।

"देख रहे हो मम्मी... इसे हाथ पकड़कर चलना सिखाया था मैंने, इसे सारी उम्र संभाला, इसे गलत रास्तों पर चलने के बावजूद कभी कुछ नहीं कहा, इसे कीचड़ से उठाया मैंने, इसकी हर गलती को बचपना समझकर भुलाया मैंने और आज यह इतना बड़ा हो गया है कि किसी और की ख़ातिर इस घर को छोड़ने की बात भी इसके मुँह से आसानी से निकल गई", भैया ने कहा।

"अब कर भी क्या सकता हूँ? उन्हें आप लोग अपनाना नहीं चाहते और मैं उन दोनों को अकेला नहीं छोड़ सकता", मैंने कहा।

"बच्चे जब बड़े हो जाते हैं, ज़िम्मेदारी समझ जाते हैं। कोई बात नहीं हमारी ज़िम्मेदारी छोड़कर तू उसकी निभा रहा है, भगवान तुझे हमेशा खुश रखे",

"आज उम्र भर का प्यार, कुछ वर्षों पुराने प्यार से हार गया, बहुत बहुत शुक्रिया बेटा", मम्मी ने कहा।

"झील मायने नहीं रखती मम्मी... आपके लिए मैं एक बार नहीं हज़ार बार उसे छोड़ सकता हूँ मगर अनन्या को कैसे छोड़ दूँ? मैं झील के बिना तो रह सकता हूँ लेकिन अनन्या के बिना एक पल भी नहीं रह सकता", मैंने कहा।

"यह लड़का पागल हो गया है। तू मिला कितनी बार है उस बच्ची से? तेरी बेटी है क्या वो? उन दोनों के सामने आज तुझे अपने परिवार का प्यार भी नजर नहीं आ रहा", मम्मी ने चिल्लाते हुए कहा।

"हाँ वो मेरी ही बेटी है मम्मी और वैसे भी मुझे आज दिखाई दे रहा है... इतना प्यार करते हो आप लोग कि अपने बच्चों की खुशियाँ भी सहन नहीं कर पा रहे..."

मैं कुछ और कहता उससे पहले भैया ने एक जोरदार तमाचा मेरे गाल पर जड़ दिया। उस थप्पड़ की गूँज ने सभी के होठों पर ताला जड़ दिया, भाभीजी गुस्से में भैया पर चिल्लाई और मेरे कंधे पर हाथ रखकर रोने लगी। वहीं माँ की आँखें भी छलक उठी। आज मैंने अनायास ही अपने शब्दों से मेरे परिजनों के दिलों पर इतना बड़ा घाव कर दिया कि यह नौबत आ गई।

भैया का दिल दर्द से कराह उठा और वह अपने आँसू छिपाते हुए कमरे से बाहर चले गए। मैं थोड़ी देर चुपचाप वहीं पर खड़ा रहा। मम्मी रोए जा

रही थी, मैंने उन्हें सोफे पर बैठाया और सीधा अपने कमरे में आ गया। मैंने अन्दर से दरवाज़ा बंद कर लिया।

तभी मेरा फोन बजा, मैं इतना गुस्से में था कि मैंने बिना देखे ही उसे जोर से फर्श पर फेंका जिससे उसके टुकड़े-टुकड़े हो गए। मेरा फोन पूरी तरह से टूट चुका था और मैं भी। मैंने अपना बड़ा बैग निकाला और अपना सामान उसमें जमाने लगा, जिसमें मेरे कपड़े कुछ किताबें और हमारे परिवार की एक प्यारी सी तस्वीर शामिल थी। मैं सारा सामान लेकर नीचे लौटा, सोते हुए राघव के माथे को चूमा और हॉल में आया जिसमें सभी मौजूद थे। मेरे हाथों में बैग देखकर मम्मी जोर-जोर से रोने लगी, मैं उनके पास गया और उनके पैर छुए।

भैया सामने वाले सोफे पर हताश बैठे मुझे देख रहे थे। मैं उनके पास गया और उनके पैर छुए, उन्होंने अपने दोनों हाथों से अपने चेहरे को छिपा लिया, शायद वो भी अपने आँसुओं पर नियंत्रण नहीं कर पा रहे थे। आज पहली बार मेरी वजह से उनकी आँखों में आँसू आए, मेरे लिए इससे ज्यादा बुरा और क्या हो सकता था।

"आज मैं जो कुछ भी हूँ सिर्फ आपकी वजह से हूँ। मैं सौ जन्म आपकी सेवा करके भी आपका कर्ज़ नहीं चुका पाऊँगा भैया, मैंने आपका बहुत दिल दुःखाया है, हो सके तो मुझे माफ़ करना", मैंने कहा।

शायद भैया खुद पर नियंत्रण नहीं कर पा रहे थे, मुझे लगा मैं उन्हें और ज्यादा तकलीफ दे रहा हूँ, मैं फ़ौरन वहाँ से उठा और बाहर की तरफ आ गया। बाहर मुख्यद्वार पर भाभीजी मेरा रास्ता रोके मेरे सामने हाथ जोड़े खड़ी थी, मैंने भाभीजी के हाथ पकड़े और उनके पैर छुए। भाभीजी रोने लगी और मुझे रोकने लगी, मैंने उन्हें सांत्वना दी और बाहर निकल गया जहाँ धनराज गाड़ी में ही सोया हुआ था।

"कार घुमाकर लाओ धनराज जी", मैंने कहा।

धनराज सकपकाकर नींद से जागा और कार घुमाने लगा। मैंने नजर घुमाकर एक बार हमारे सुंदर से घर को ऊपर से नीचे देखा, भाभीजी को हाथ से इशारा करके विदा ली और कार में बैग रखकर बैठ गया।

मम्मी दौड़ती हुई मुझे वापस बुलाने आई पर मैंने धनराज को कार चलाने का इशारा कर दिया। मैंने मुड़कर देखा तो नजर आया कि वो दोनों ही दरवाज़े पर खड़े खड़े रोती हुई मुझे जाते देख रही हैं।

मेरी आँखों में आँसुओं का सैलाब उमड़ रहा था पर मैं धनराज के सामने नहीं रोया, यह वक्त मजबूती से जिंदगी के उतार-चढ़ाव झेलने का था। अभी कुछ रिश्तों का जुड़ना और कुछ का टूटकर बिखर जाना बाकी था।

मैंने कभी नहीं सोचा था कि मुझे ऐसा दिन भी देखना पड़ेगा। जिंदगी इतना नुकीला मोड़ लेगी मुझे इस बात का जरा भी अंदाज़ा नहीं था, पर क्या करें? कुछ चीजें हमारे बस में नहीं होती, बस हम उन्हें होते हुए देख सकते हैं।

हाईवे पर आकर मेरी कार ने भले ही रफ़्तार पकड़ ली हो मगर यहाँ से मेरी जिंदगी बहुत धीमी पड़ गई !

अध्याय 20

"जब उसने हाथ थामा"

मुझे आज भी याद है जब बचपन में हम मेला देखने जाते थे, मैं अपने छोटे-छोटे हाथों से भैया और मम्मी का हाथ कसकर पकड़ लेता था, मुझे डर लगता था कि कहीं भीड़ में खो ना जाऊँ। भैया और मम्मी ने मेरा हाथ कभी नहीं छोड़ा मगर समय की धार देखिए, आज मेरा वही बचपन लौट आया पर दुर्भाग्य से इस बार भीड़ में मेरा हाथ उनसे जा छूटा, अब मुझे खो जाने का डर फिर से सताने लगा था।

"उलझते जाओगे सागर कुमार, वर्मा जी शहर की जानी मानी हस्ती हैं, हम जैसे अफसरों के तबादले करवाना उनके लिए साँप-सीढ़ी का खेल है", शुक्ला सर ने कहा।

विपिन चन्द्र शुक्ला मेरे आला-अधिकारी थे और 'जिलाधीश अजमेर' के पद पर कार्यरत थे। उनका कार्य करने का तरीका कुछ अलग था, वह मीठी छुरी चलाकर जीतने में विश्वास करते थे।

"तो आपके कहने का मतलब है कि मैं चंद दौलतमंदों के डर से अपने फर्ज़ को भुला दूँ सर", मैंने कहा।

"तुम उम्र में मुझसे काफी छोटे हो सागर। तुम्हें अपने व्यक्तिगत अनुभव के आधार पर एक बात समझाता हूँ, समझ गए तो जीवनभर सुकून से नौकरी करोगे",

"राजनीति और प्रशासन किसी शतरंज के खेल कि दो सेनाओं की तरह होते हैं, जिसमें एक को नियमों के उल्लंघन की पूरी छूट होती है वहीं दूसरा नियम कानूनों से पूरी तरह बँधा होता है",

"हम शक्ति से उन्हें शायद ही दबा पाएँ पर यदि बुद्धि का प्रयोग करें तो उन्हें दबाने में कामयाब हो सकते हैं",

"हमेशा उन पर ऐसे वार करो कि साँप भी मर जाए और लाठी भी ना टूटे। यह तुम्हारी सामने से वार करने की आदत एक दिन तुम्हें ले डूबेगी", उन्होंने कहा।

"तो मुझे अब क्या करना चाहिए सर?" मैंने पूछा।

"कैलाश वर्मा ने तुम्हें रिश्वत के झूठे मुक़दमे में फँसा दिया क्योंकि तुमने उनके तीनों अवैध निर्माणों को ठप्प किया और उनका लाखों रुपयों का नुकसान कर दिया। सरकारी जाँच की प्रक्रिया से तुम खुद को फिलहाल बचा तो लोगे पर वो तुम्हारे पीछे तब तक पड़े रहेंगे जब तक तुम्हारा कोई बड़ा नुकसान ना कर दें",

"मेरी राय यही है कि मिलकर राजीनामा कर लो, वैसे भी तुम उनका बहुत नुकसान कर चुके हो और उनपर लगा मुक़दमा भी लंबा चलेगा जिससे उन्हें काफी हद तक नुकसान और होगा। देखा जाए तो जीत एक तरह से तुम्हारी हुई है। अगर तुम मेरा कहा मानते हो तो मैं उनसे बात करके तुमपर लगवाया मुकदमा भी यहीं खत्म करवा सकता हूँ", उन्होंने कहा।

"सर आपकी बात का सीधा मतलब यही है कि खुद के नुकसान और तबादले के डर से उस इंसान के आगे झुक जाऊँ जिसने समाज के कमजोर लोगों का शोषण किया है। माफ़ कीजिएगा सर मुझसे यह नहीं होगा", मैंने कहा।

"इसे झुकना नहीं कहते सागर कुमार, इसे पीछे हटकर पलटवार करना कहते है। खैर मुझे लगा था तुम समझदार व्यक्ति हो पर जो उसूलों का पिटारा लिए भाग रहे हो... देखते जाओ वो तुम्हें कहाँ लाकर खड़ा करता है", उन्होंने कहा।

"मेरे लिए क्या आदेश है सर?" मैंने पूछा।

"इस तरह के आरोपों से जनता के सामने प्रशासन की छवि खराब होती है। हमें जनता को यह दिखाना होगा कि हम सही कार्यवाही कर रहे हैं इसीलिए जब तक सरकारी जाँच पूरी ना हो जाए हम तुम्हें अवकाश पर जाने का आदेश देते है", उन्होंने कहा।

"जो आज्ञा सर। जय हिन्द", मैंने कहा।

मैं गुस्से से पैर पटकते हुए बाहर आ गया, मुझे मालूम था कि जाँच के चलते मुझे अवकाश पर रखना जनता को नहीं कैलाश वर्मा को दिखाना

था कि मुझ पर कार्यवाही हुई है। घर से अलग हुए एक दिन भी नहीं हुआ कि यहाँ नौकरी से भी लात पड़ गई। अब कितनें दिन अलग-थलग पड़े रहना था भगवान जाने।

मैंने एक फोन ख़रीदा और अपने घर आ गया, उसे चालू किए एक मिनट भी नहीं हुआ था कि घंटी बजने लगी, यह झील का कॉल था।

"कहाँ हो तुम? कल से फोन क्यों बंद है तुम्हारा?" झील ने पूछा।

"शांत रहो झील, मैं सबकुछ बताता हूँ। कल रात में मेरा फोन गिरकर टूट गया", मैंने कहा।

"झूठ बोल रहे हो तुम, तुमने अपना फोन तोड़ा है। वह गलती से नहीं टूटा", उसने कहा।

"मेरा फोन गलती से टूटा है झील, यकीन करो", मैंने कहा।

"नहीं मैंने रात में कॉल किया था, दो-तीन घंटी जाने के बाद कट गया और तभी से बंद आ रहा है। तुमने मेरा कॉल देखकर अपना फोन तोड़ दिया", उसने कहा।

"हाँ तोड़ दिया... पागल हो गया हूँ मैं... शांति से बात नहीं सुनी जा रही तो रख दो फोन", मैं गुस्से में चिल्लाया।

"क्या हुआ प्रिय? इतने परेशान क्यों हो?" उसने पूछा।

"अब हिम्मत नहीं है मुझमें और भागने की, अपनों के पीछे, रिश्तों के पीछे, फर्ज़ के पीछे, नौकरी के पीछे, मैं थक गया हूँ भागते भागते झील। हार मान लेना ठीक है अब", मैंने कहा।

"मेरे पास आ जाओ, कुछ वक्त के लिए थम जाते हैं। मैं तुम्हें इतनी जल्दी हार मानने नहीं दूँगी", उसने कहा।

"नहीं आ सकता झील, मैं दलदल में फँसा हुआ हूँ जिससे बाहर निकलने का रास्ता फिलहाल मुझे दिखाई नहीं दे रहा", मैंने कहा।

"तो मैं आ जाऊँ सागर?" उसने पूछा।

"आ जाओ झील, वैसे भी किसी भी वक्त निलंबित किया जा सकता है मुझे। इस बार नौकरी गई लगता है", मैंने कहा।

"अब तुम्हारा हाथ थामने का सही वक्त आ चुका है, मैं आ रही हूँ सागर", उसने कहा।

"मेरे पास नौकरी नहीं रही तब भी शादी करोगी मुझसे?" मैंने पूछा।

"मुझे तुमसे मोहब्बत है, तुम्हारी नौकरी से नहीं। मैं शादी तब ही करूँगी जब तुम्हारे माता-पिता और भैया-भाभी हमें आशीर्वाद देंगे", उसने कहा।

"ऐसा कभी नहीं होगा। मैं कल रात ही अपना घर हमेशा के लिए छोड़कर निकल आया हूँ", मैंने कहा।

"अभी तो ठीक से आई भी नहीं थी तुम्हारी जिंदगी में और देखो कितना कुछ बिगड़ गया। इसीलिए दूर भागती थी मैं तुमसे सागर",

"अब जाओ अपने परिजनों से माफ़ी माँगो और उन्हें गले लगाओ। मैं भी उनसे माफ़ी माँग लूँगी, उन्होंने मुझसे कई गुना बेहतर साथी ढूँढ़ रखा होगा तुम्हारे लिए। अब इस रिश्ते को यहीं खत्म करते हैं सागर... इसी में सबकी भलाई है", उसने कहा।

"अब शादी करते हैं झील... तुम्हारा इंतज़ार कर रहा हूँ मैं, कल तक नहीं आई तो समझ जाऊँगा तुमने ठुकरा दिया", मैंने कहा।

"तुम समझने की कोशिश क्यों नहीं कर रहे हो, छोटे बच्चे की तरह ज़िद... (उसकी बात सुने बिना ही मैंने फोन रख दिया।)

झील करीब दस मिनट तक लगातार फोन करती रही पर मैंने नहीं उठाया। थोड़ी देर बाद उसका संदेश प्राप्त हुआ।

"मुझे माफ़ करना सागर, मेरी खुशियाँ तुम्हारे परिवार की खुशियों से कीमती नहीं है। मैं ऐसा कोई कार्य नहीं कर सकती जिससे उनके हृदय को ठेस पहुँचे। हम दोनों बहुत मजबूत हैं। हम तो एक-दूसरे से अलग होकर भी जीवनयापन कर सकते हैं लेकिन तुम्हारे परिजन तुमसे अलग नहीं रह पाएँगे। उनका सहारा बनना प्रिय, उनसे तुम्हें छीन लेने का पाप मुझसे नहीं होगा। ख्याल रखना अपना।"

इस संदेश को पढ़ने के बाद मेरे अन्दर बहुत कुछ उमड़ रहा था, बाहर आ जाता तो शायद झील के हृदय को बहुत ठेस पहुँचती, लेकिन मैंने उसे एक छोटा सा संदेश लिखकर इस मुद्दे को विराम दिया।

"शुक्रिया झील, एक बार फिर से वही करने के लिए जो आज तक करती आई हो। बहरहाल तुम्हारे पास कल तक का समय है, मुझे आखिरी बार ठुकराने के लिए।"

इसके बाद ना मेरा फोन बजा ना ही उसका कोई प्रत्युत्तर मिला। मैं हमेशा की तरह अपनी शराब की बोतल लेकर बैठ गया और दिन से रात तक पीता रहा। घर से भी कोई फोन नहीं आया, मैं पीते पीते नशे में चूर होकर कब सोफ़े पर ही सो गया मुझे पता नहीं चला।

अगले दिन दरवाज़े पर लगातार बजती घंटी से मेरी नींद खुली,

"आज दूध नहीं चाहिए रतन काका", मैं अन्दर से ही चिल्लाया।

लेकिन घंटी बार बार बजती रही, अब मुझे जोर से गुस्सा आया और मैं दाँत भींचते हुए बाहर आया।

दरवाज़ा खोलते ही मैं चौंक गया, बाहर मेरी प्यारी सी परी खड़ी थी पर झील नजर नहीं आई। मैं ख़ुशी से झूम उठा। मैंने अनन्या को गोद में उठा लिया और उसके छोटे छोटे गालों को मेरे होंठो से गीला कर दिया। पीछे से झील निकलकर आई और उसने मुझे कस कर गले लगा लिया। हम दोनों को होश अनन्या के चिल्लाने से आया।

"छोड़ो, गंदी बदबू आ रही है।"

मैंने फ़ौरन अनन्या को नीचे उतारा और वह झील की गोद में चली गई। यह मेरी जिंदगी का सबसे यादगार दिन था, आखिर वो आ ही गई, मेरे लिए, मेरे पास, मेरा साथ निभाने।

"मेरी जिंदगी का सबसे कीमती तोहफा दिया है तुमने मुझे झील, समझ नहीं आ रहा तुम्हारा शुक्रिया कैसे अदा करूँ", मैंने कहा।

"शादी की रस्म निभाकर सागर", झील ने कहा।

"हाँ झील, आखिरकार इस रिश्ते को नाम मिल ही गया", मैंने कहा।

"अनू... बेटा हम कहाँ आ गए?" झील ने अनन्या से पूछा।

"पापा पास", अनन्या ने तुतलाते हुए कहा।

यकीन मानो अनन्या के मुँह से इन दो शब्दों को सुनकर मिली ख़ुशी मेरी जिंदगी की बड़ी से बड़ी खुशी से कहीं गुना बड़ी और कहीं गुना अधिक थी।

उसके मुँह से यह सुनना वाकई किसी ख़्वाब के हकीकत बनने जैसा था। मैं झुका और अनन्या के गाल पर एक बार फिर से चूम लिया।

"इस रिश्ते को अब जाकर नाम मिला है", झील ने कहा।

"तुम्हारा बहुत बहुत शुक्रिया झील", मैंने अपने आँसू पोंछते हुए कहा।

"किस बात का शुक्रिया सागर? तुम्हारी ही बेटी है, भला और क्या कहकर पुकारेगी तुम्हें", उसने कहा।

मैंने ख़ुशी से उसके होठों को चूम लिया और झील ने अनन्या की आँखों पर हाथ रख लिया।

"लगता है महीने भर की शराब कल रात में ही पी ली तुमने", उसने कहा।

"तुम जब-जब छोड़ देती हो तो यही सहारा बनती है", मैंने कहा।

"ना मैं अब कभी छोड़कर जाऊँगी, ना अब तुम्हें इसका सहारा लेना पड़ेगा", उसने कहा।

"कॉफ़ी पियोगी?" मैंने पूछा।

"नहीं सागर, तुम्हें हमारा हाथ थामने से पहले हमसे कुछ वादे करने होंगे", उसने कहा।

"कहो ना झील, अनन्या के लिए मैं कुछ भी कर सकता हूँ", मैंने कहा।

"सबसे पहले तुम वादा करो कि आज से कभी शराब को हाथ नहीं लगाओगे, तुम्हें मेरे सिवाय किसी और के साथ पीने की इजाजत नहीं है", उसने कहा।

"हा हा हा... ठीक है झील, मैं अब कभी नहीं पियूँगा", मैंने कहा।

"दूसरा वादा करो कि आज हमें घर लेकर चलोगे", उसने कहा।

"कोई फायदा नहीं है वहाँ जाने से झील। मेरे परिजन इस रिश्ते को मंज़ूर नहीं करेंगे, बार बार उनके सामने जाकर उनका दिल दुःखाना ठीक नहीं", मैंने कहा।

"आज बस एक बार ले चलो, फिर कभी ज़िद नहीं करुँगी तुमसे वादा करती हूँ", उसने कहा।

मैं झील की जिद के आगे बेबस था। मैंने उसकी बात मान ली और हम तीनों तैयार होकर कोटा की ट्रेन में बैठ गए। रात के करीब दस बजे वहाँ पहुँचे तो ना जाने क्यों मुझे घर जाना ठीक नहीं लगा। हम रात में स्टेशन के पास ही एक अच्छे से होटल में रुक गए और अगली सुबह तैयार होकर घर के लिए रवाना हुए।

टैक्सी में घबराहट के मारे मेरा बुरा हाल था। मेरे माथे से पसीने की बूँदें टपक रही थी, मेरे हाथ काँप रहे थे और पैर थरथरा रहे थे। मुझे डर था कि मेरे किये की सजा कहीं झील को ना मिल जाए, तभी छोटी अनन्या ने मेरा हाथ पकडा और मेरे विचलित मन को कुछ देर के लिए शांत कर दिया।

थोड़ी देर में हम घर पहुँच गए, मेरे चेहरे पर अब चिंता के भाव और अधिक गहरे हो चुके थे। जैसे ही झील और मैं टैक्सी से उतरे मेरे परिवार के सभी सदस्य बाहर निकलकर आ गए। उसे भैया-भाभी और मम्मी के सिवाय किसी और ने नहीं देखा था। सभी मेरे साथ गोद में तीन साल की बच्ची लिए झील को देखकर आवाक् रह गए, तभी मेरे पापा निकलकर बाहर आए, उन्हें इस बारे में कुछ नहीं पता था इसीलिए उनका चौंकना तो लाज़िमी ही था। हम अन्दर आए और झील ने मेरे पिता के पैर छुए, उन्हें कुछ समझ में नहीं आ रहा था, वह उसे आशीर्वाद देते हुए भी मुझे ही घूरे जा रहे थे।

मैंने किसी से कोई बात नहीं की और हम सीधे अन्दर आ गए। भैया जाने की तैयारी कर रहे थे और भाभीजी उनके बैग में सामान जमा रही थी। भाभीजी ने जैसे ही मुझे देखा उनका चेहरा ख़ुशी से भर गया, तभी उनकी नजर झील और अनन्या पर पड़ी और उनकी खुशी के भाव चिंता में परिवर्तित हो गए।

झील ने भैया और भाभीजी के पैर छुए, उसके सिर पर हाथ रखते हुए भी भाभीजी के हाथ काँप रहे थे, भैया ने कोई खास प्रतिक्रिया नहीं दी और हॉल में चलने का इशारा किया।

हम हॉल में आए जहाँ मम्मी बैठकर अख़बार पढ़ रही थी। हमारे अन्दर आते ही मम्मी हड़बड़ाहट में उठकर खड़ी हो गई और मेरी ओर देखने लगी। मैं अनन्या का हाथ थामे खड़ा था और झील ने उनके पैर छुए।

"खुश रहो बेटी", मम्मी ने कहा।

मैं सभी के हताश चेहरों को देख सकता था, मैं देख सकता था कि जब कोई अपना भरोसा तोड़ दे तो कैसा लगता है? मैं भैया की नाराज़गी महसूस कर सकता था, मैं मम्मी के हृदय में चुभ रहे कंटक देख सकता था, मैं भाभी की बेबसी देख सकता था और अपने पिता के मन में उठ रहे सवालों को देख सकता था।

झील मम्मी के पैरों में फर्श पर बैठ गई, सबकी नजरें उसी पर टिकी थी।

"जाने-अनजाने में मैंने आप सभी का बहुत दिल दुःखाया है, मैंने आपसे सागर को छीन लिया, मैं जानती हूँ कि मैं माफ़ी के लायक भी नहीं मम्मी जी",

"मैंने इन्हें समझाने की बहुत कोशिश की। मैंने इस रिश्ते को तोड़ने के हर संभव प्रयास किए मगर मैं सागर के हृदय को परिवर्तित करने में असमर्थ रही। मैं तो बहुत समय से अनन्या के साथ अकेले जी रही थी और यकीन मानिए मैंने सागर को कभी तलाशने की कोशिश भी नहीं की पर ना जाने क्यों मेरे नसीब ने मुझे फिर से इनके सामने लाकर खड़ा कर दिया", झील ने कहा।

"यह अब बड़ा हो चुका है बेटी, इसे अपने अच्छे-बुरे का एहसास हम से ज्यादा है। यह अपनी जिंदगी को हम से बेहतर समझता है। इसीलिए हमने इसकी जिंदगी के सभी फैसले लेने का दायित्व इसी के हाथों में सौंप दिया है। तुम्हें यह सब कहने की जरूरत नहीं है", मम्मी ने कहा।

"उन फैसलों से क्या हम खुश रह पाएँगे मम्मी जी जो आप सभी को तकलीफ दें। इन्होंने यहाँ से जाकर जो गलती दो दिन पहले की थी मैं आज उसके लिए आपसे माफ़ी माँगने आई हूँ",

"सागर की जिंदगी पर हमेशा से पहला अधिकार आपका ही है, आपकी अनुमति के बिना यह कोई फैसला नहीं लेंगे मैं आपसे वादा करती हूँ। आज मैं सागर को आपसे छीनने नहीं आई हूँ, मैं तो आपसे विनती करने आई हूँ",

"मैंने जीवन की सबसे बड़ी भूल की थी इन्हें ठुकरा कर और आज दूसरी भूल नहीं करुँगी इन्हें आपसे छीनकर। हम एक-दूसरे के साथ रहना चाहते हैं पर तभी जब आप सभी का आशीर्वाद हमारे सिर पर हो। मैं सिर्फ सागर की पत्नी नहीं बनना चाहती, मैं चाहती हूँ कि आपकी पुत्रवधू कहलाऊँ",

"आपका आदेश ही अंतिम निर्णय है, वो जैसा भी हो, हमें मान्य होगा मम्मी जी", झील ने कहा।

झील की बातें सुनकर सभी दंग रह गए। भैया ने अब जाकर मुझसे नजर मिलाई और मैं गुस्से में झील की तरफ देख रहा था।

"तुमसे कोई बैर नहीं है बेटी... तुम बहुत छोटी थी तभी से इस घर में तुम्हारा नाम हर वक्त गूंजा है, इस कमरे की दीवारें गवाह है, यहाँ तुम्हारा कितना ज़िक्र हुआ है",

"मगर यह भी कड़वा सच है कि तुमने इसे कभी नहीं अपनाया, तुम आज क्यों अपना रही हो यह मुझसे बेहतर तुम खुद जानती हो", मम्मी ने कहा।

"हाँ मम्मी जी मैं जानती हूँ कि मैंने सागर के साथ कितना गलत किया है पर अब इन्हें आपसे छीनकर और गलत नहीं करना चाहती",

"इस पाप की भागीदार बनी तो उम्र-भर सजा भोगती रहूँगी। अगर आज आप इस रिश्ते को नामंजूर करते हैं तो मैं आपसे वादा करती हूँ कि सागर की जिंदगी से हमेशा के लिए दूर चली जाऊँगी", झील ने कहा।

"मैं नहीं चाहती सागर सारी उम्र हम सभी को उसके जीवन का दोषी समझे। तुम्हें जैसा ठीक लगे करो बेटा", मम्मी ने कहा।

"हमें जो ठीक लग रहा है वह आपकी नजर में सही होना चाहिए मम्मी जी", झील ने कहा।

"सही-गलत के कोई मायने नहीं है अब बेटी। सही तो इसका घर छोड़कर चले जाना भी ना था मगर यह फिर भी गया ना",

"मेरे पास इस बारे में कहने को ज्यादा कुछ नहीं है झील, तुम दोनों कर सकते हो शादी। हमारी शुभकामनाएँ तुम्हारे साथ है मगर हम इस विवाह में शामिल नहीं हो पाएँगे", मम्मी ने कहा।

"आपको लगता है मैं आप लोगों की गैर-मौजूदगी में शादी कर लूँगा?" मैंने पूछा।

"लगता तो बहुत कुछ नहीं था बेटा पर फिर भी... चल छोड़ अब इन बातों का क्या फायदा",

"तुम दोनों आशीर्वाद लेने आए हो, मैं तुम्हें आशीर्वाद देती हूँ, हमेशा खुश रहो और साथ रहो", मम्मी ने कहा।

"यह मेरे सवाल का जवाब नहीं है मम्मी", मैंने कहा।

"जवाब यही है कि हम नहीं आ पाएँगे सागर। तुझे जैसा ठीक लगे करना। किसी चीज़ की जरूरत हो तो माँग लेना। हमारी शुभकामनाएँ तुम दोनों के साथ है", भैया ने कहा।

इस तरह की बातें सुनकर मेरा खुद पर काबू कर पाना मुश्किल हो गया। मैं बहुत ज्यादा भावुक हो गया और मेरा हृदय निराशा से भर गया।

"रोका था ना मैंने तुम्हें झील... मिल गया क्या तुम्हें जो तुम माँगने आई थी? मैं बाहर गाड़ी में तुम दोनों का इंतज़ार कर रहा हूँ", मैंने भारी स्वरों कहा।

मैं दिल पर पत्थर लिए झील और अनन्या को अन्दर ही छोड़कर बाहर गाड़ी में आकर बैठ गया। थोड़ी देर बाद झील और अनन्या बाहर आए। झील के हाथ में एक बैग था जो उसका नहीं था, झील गाड़ी में बैठ गई।

"एक बार सबसे मिल आओ सागर", झील ने कहा।

"नहीं... मुझसे नहीं जाया जाएगा", कहते हुए मेरा गला भर आया।

"यहाँ आओ मेरे पास", उसने कहा।

मैं उसके पास आया, उसने मेरी आँखों पर बिछे आँसुओं को अपने हाथों से पोंछा और मेरे माथे पर चूम लिया।

"सब ठीक हो जाएगा प्रिय, चिंता मत करो", उसने कहा।

"इस बैग में क्या है झील?" मैंने पूछा।

"मम्मी जी ने कहा कि उन्होंने अपनी होने वाली बहु के लिए शादी का जोड़ा और कुछ गहने लेकर रखे हुए थे। उन्होंने कहा इन्हें मैं अपने साथ ले जाऊँ तो उन्हें ख़ुशी होगी", झील ने कहा।

"जब दिल से बहु मानते नहीं तो यह औपचारिकता क्यों? तुमने क्यों लिया यह सब?" मैंने कहा।

"मैंने मना किया था सागर पर मम्मी जी नहीं मानी। मैंने उनका और दिल दुःखाना ठीक नहीं समझा इसीलिए ले आई", उसने कहा।

"इसे उनका आशीर्वाद समझकर रख लेना झील, चलो अब चलते हैं यहाँ से", मैंने भारी स्वरों में कहा।

हम घर से अजमेर के लिए रवाना हो गए। झील पूरे रास्ते मेरे बालों में हाथ फेरती रही और मैं किसी छोटे बच्चे की तरह उसके कंधे पर सिर रखकर आँसू बहाता रहा। धीरे-धीरे ही सही मगर यह संवेदनशील समय भी बीत गया।

अजमेर जाते ही मैंने सबसे पहले कियारा और विहान से बात की और उन्हें मेरे फैसले से अवगत कराया। विहान को मेरी शादी से कोई आपत्ति नहीं थी मगर कियारा इस निर्णय से खुश नहीं थी, उसने मेरी बात ठीक

से सुने बिना ही फोन रख दिया। कियारा का गुस्सा भी जायज था क्योंकि वो मेरे परिवार के पक्ष में सोच रही थी।

मैं अब इस मामले में सबसे बहस करते-करते और अपने पक्ष में दलीलें पेश करते करते थक चुका था। मैं सलाह-मशवरों से भी तंग आ चुका था। हमने झील के पिताजी की सलाह से शादी के लिए एक शुभ दिन चुन लिया।

चूँकि अब मुझे नौकरी में बहाली मिल चुकी थी और मेरे तबादले के पूरे पूरे आसार थे इसीलिए हम दोनों ने फैसला किया कि अनन्या और झील दिल्ली में ही झील के फ्लैट में रहेंगे। यह एक कटु सत्य था कि इस नौकरी में मुझे किसी भी शहर में स्थाई रूप से टिकने नहीं दिया जाता था, इसीलिए झील ने अनन्या की पढाई दिल्ली से ही शुरु करवाने का फैसला लिया। हमारे पास इससे बेहतर कोई दूसरा सुझाव नहीं था जब तक कि मुझे किसी शहर में स्थाई पद ना दे दिया जाए।

दिल्ली में झील के पिता और भाई भी रहते थे इसीलिए मुझे यह निर्णय उचित लगा मगर शायद यह मेरे जीवन की बहुत बड़ी भूल सिद्ध होने वाली थी। मैं ऐसा क्यों कह रहा हूँ इस बात की व्याख्या यह कहानी आगे चलकर अपने आप कर देगी।

खैर झील के परिजनों ने हमारी शादी की सारी तैयारियाँ कर ली, शादी की तारीख से लेकर समारोह स्थल तक सब कुछ तय हो चुका था, सभी मेहमानों को न्योते भेज दिए गए थे, कमी थी तो सिर्फ मेरे अपनों की मौजूदगी की। हमारी शादी से तीन दिन पूर्व मैं कार्यालय से छुट्टी लेकर झील के घर दिल्ली चला गया !

अध्याय 21

"मिलन"

आपने नदी और समंदर को मिलते देखा होगा मगर कभी किसी झील और सागर के मेल को ना देखा और ना ही सुना होगा। लेकिन सच्चे दिल से किसी को चाहो तो कभी ना कभी हम उसे पाने में कामयाब हो ही जाते हैं। देर से सही मगर ईश्वर को मेरी चाहत पर दया आ ही गई और उसने इस सागर से उसकी झील का मिलन करवा ही दिया।

हमारी शादी का दिन:

मैं तैयार होकर बैठा-बैठा मम्मी और भैया को फोन किए जा रहा था कि एक बार मुझसे बात कर लें पर वो लोग मेरा फोन नहीं उठा रहे थे।

"तुम दोनों ने कभी कोई काम सही वक्त पर किया है क्या? कोर्ट चलने का वक्त हो चुका है और तुम्हारा अभी तक सजना-सँवरना पूरा नहीं हुआ", झील के पापा ने हॉल में से चिल्लाते हुए कहा।

"मैं तैयार हूँ पापाजी, आपकी बेटी देर कर रही है", मैंने कहा।

"झूठ मत बोलो, मैं तुमसे पहले तैयार हो गई थी, मैं अनन्या को तैयार कर रही हूँ पापा", झील ने कहा।

"शादी अनन्या को नहीं करनी है झील, तुम दोनों जल्दी नीचे आ रहे हो या नहीं", झील के पापा फिर से चिल्लाए।

मैं फ़ौरन नीचे आकर उनके पास खड़ा हो गया, कुछ देर में झील भी अनन्या को लेकर नीचे उतरी। झील के पिताजी उसे नम आँखे लिए निहार रहे थे।

"शुक्रिया बेटा... जो गुनाह मैंने चार साल पहले इसकी मर्ज़ी के खिलाफ इसकी शादी करके किया था, आज तुमने उसका प्रायश्चित्त करवा दिया", झील के पापा ने हाथ जोड़ते हुए कहा।

"अरे ऐसा क्यों कह रहे हैं पापाजी? माँ-बाप का कार्य बच्चों को आशीर्वाद देना है, उनसे विनती करना नहीं", मैंने कहा।

"चलो अब चलते हैं समय निकला जा रहा है", उन्होंने कहा।

हम कार में बैठे और न्यायालय की ओर चल दिए। रास्ते में मैंने विहान को फोन किया।

"कहाँ है तू? सीधे कोर्ट आएगा क्या?" मैंने पूछा।

"नहीं... मैं अभी नहीं आ रहा। शाम को सीधे कार्यक्रम में ही आऊँगा, तेरा तोहफा लेकर", उसने कहा।

"मुझे किसी तोहफे की जरूरत नहीं है भाई, मेरी शादी में तेरा होना बहुत जरूरी है, मेरे पक्ष से कोई भी नहीं है वहाँ", मैंने कहा।

"तेरे पक्ष से है ना, तू जाकर तो देख वहाँ", उसने कहा।

विहान की बातों ने मेरी धड़कनों को तेज़ कर दिया, मुझे लगा कि शायद मेरे परिजन आ चुके हैं। मैंने फोन रखा और ड्राइवर को थोड़ा तेज़ चलने के लिए कहा।

हम करीब ग्यारह बजे न्यायालय में विवाह अधिकारी के दफ्तर पहुँच गए। गाड़ी से उतरा तो उन्हें देखा, वो मेरे सबसे अजीज लोग थे। कियारा और सुधीर जी, साथ में उनकी प्यारी सी बेटी विशू(विशाखा) जो अनन्या की हमउम्र ही थी। मैंने उनके पास जाते ही सबसे पहले विशू को गोद में उठा लिया जो पूरी तरह से कियारा पर गई थी। तत्पश्चात मैं सुधीर जी और कियारा से गले मिला, उन्होंने हम दोनों को बधाई देते हुए झील के हाथों में एक खूबसूरत सा गुलदस्ता थमा दिया। झील ने कियारा को आज पहली बार देखा था, हालांकि मैं तो उसकी तस्वीर कियारा को कई बार दिखा चुका था। कोई मेरे दिल के अगर उससे भी ज्यादा करीब है तो वो सिर्फ कियारा है, यह बात झील अच्छी तरह से जानती थी।

कियारा अपने चेहरे पर प्यारी सी मुस्कराहट लिए झील की ओर बढ़ी और उसे गले से लगा लिया।

"मैं उम्मीद करती हूँ झील कि तुम्हारे होते हुए सागर को कभी किसी बात की परेशानी नहीं होगी", कियारा ने कहा।

"मैं आपसे वादा करती हूँ कियारा, जैसे आपने इनका ख्याल रखा है, मैं भी रखने की पूरी कोशिश करूँगी", झील ने कहा।

"सागर खुशकिस्मत है झील कि उसे तुम्हारे जैसी समझदार पत्नी मिली", कियारा ने कहा।

"सागर खुशकिस्मत है कियारा कि उन्हें आपके जैसी काबिल दोस्त मिली", झील ने कहा।

कियारा मुस्कुरा गई और झील ने उसे दोबारा गले से लगा लिया, इन दोनों को साथ देखकर आज मेरा हृदय करुणा से भर आया।

कियारा को देखकर नहीं कहा जा सकता था कि वह तीन वर्ष की बच्ची की माँ है, वो बिल्कुल भी नहीं बदली थी। मुझे वह आज भी ठीक वैसी ही नजर आ रही थी जैसा मैंने उसे पहली बार उदयपुर रेलवे स्टेशन पर देखा था। मुझे लगा था आज कियारा नहीं आएगी पर मेरी जिंदगी के सबसे अहम समय पर उसे मेरे पास देखकर मेरा हृदय गदगद हो उठा।

"तो सागर आख़िरकार", कियारा ने शरारत भरी मुस्कान के साथ कहा।

"हाँ प्रिय", मेरे पास इस बात का कोई विशेष जवाब नहीं था।

झील के भैया-भाभी भी वहाँ पहुँच गए और हमें बधाई और ढेर सारी शुभकामनाएँ देने लगे। मैंने कियारा और सुधीर जी से उनका परिचय करवाया।

उसके बाद हम सभी विवाह अधिकारी के दफ्तर में दाखिल हुए। सभी औपचारिकताएँ पूरी करने के बाद वो पल भी आया जब हमें विवाह हेतु शपथपत्र पर हस्ताक्षर करने थे, मैंने एक बार झील की ओर देखा, हस्ताक्षर करते समय उसके चेहरे पर आज वो मुस्कराहट थी जो मैं हमेशा से मेरे लिए देखना चाहता था। मैंने भी फ़ौरन शपथपत्र पर हस्ताक्षर कर दिए, उसके बाद हमने एक-दूसरे को वरमाला पहनाई और पूरा दफ्तर तालियों से गूँज उठा। मैंने अनन्या को गोद में उठाकर ख़ुशी से चूम लिया।

इस विवाह के गवाह के रूप में मेरे पक्ष से कियारा और सुधीर जी ने हस्ताक्षर किए। आज सागर-झील कानूनी तौर पर भी एक हो गए। आज मुझे मेरे परिवार की कमी बहुत खल रही थी, मुझे उनकी छोटी-मोटी हर बात याद आ रही थी, मेरे लिए उनका प्यार और त्याग याद आ रहा था। आज मैं झील को पाकर जितना खुश था उससे कहीं गुना ज्यादा मेरे अपनों को खोकर दुःखी था।

मैं फिर भी झील की तरफ देखकर लगातार मुस्कुरा रहा था जिसकी वजह उसे समझ में नहीं आ रही थी, आख़िरकार उसने मुझसे सवाल कर ही लिया।

"क्या बात है? यकीन नहीं हो रहा क्या अपनी शादी पर?" झील ने पूछा।

"वो तुम्हारी 'दोस्त की तरह मोहब्बत' वाली बात याद आ रही है झील। आज तो 'दोस्त की तरह' तुमने मुझसे शादी भी कर ली", मैंने हँसते हुए कहा।

झील ने मजाक में मेरे पेट पर जोर से एक घूँसा मार दिया। हम दोनों ने एक-दूसरे का हाथ थामा और बाहर अपनी अपनी गाड़ियों के पास आ गए। मैंने कियारा और सुधीर जी को अपने साथ ले लिया और हम समारोह स्थल की ओर चल पड़े।

अपने परिवार के बिना किसी तरह का आशीर्वाद समारोह आयोजित करने का मेरा तो जरा भी मन नहीं था पर मुझे झील के परिजनों के ज़िद करने पर इस बात पर रजामंदी देनी पड़ी।

खैर कार्यक्रम ज्यादा बड़ा भी नहीं था। निमंत्रण सिर्फ परिवार के सदस्यों और करीबी रिश्तेदारों को ही दिया गया था। मैंने अपने विभाग में से भी किसी को आमंत्रित नहीं किया।

थोड़ी देर में हम वहाँ पहुँच गए। यह एक आलिशान पाँच सितारा होटल था जिसके बारे में झील ने मुझे कुछ नहीं बताया था। मुख्य द्वार पर बड़े बड़े सुंदर अक्षरों में लिखा था 'सागर संग झील' उसके नीचे आज की दिनांक '4 जुलाई' भी लिखी हुई थी।

"इतना खर्चा करने की कोई जरूरत नहीं थी झील, मैं तो वैसे भी किसी तरह का उत्सव करने के पक्ष में नहीं था", मैंने कहा।

"शादी का दिन जिंदगी का सबसे खूबसूरत दिन होता है सागर, तुम्हें लगता है हमारे इस दिन को मैं साधारण रहने देती?" उसने कहा।

"आज हमारी शादी हो गई, इससे ज्यादा विशेष और कुछ नहीं हो सकता", मैंने कहा।

"तुमसे ज्यादा मुश्किल यह मेरे लिए है। कोई भी लड़की नहीं चाहती वो अपने जीवन में दूसरी बार उसके लिए यह समारोह होता देखे। मैंने यह सब सिर्फ तुम्हारी खुशी के लिए किया है", उसने कहा।

"तुम्हारा साथ होना ही मेरे जीवन की सबसे बड़ी खुशी है, इसे सिद्ध करने के लिए इतना कुछ करने की जरूरत नहीं थी", मैंने कहा।

"जरूरत से ज्यादा भावुक हो रहे हैं आप मेरे प्रिय पतिदेव। अब आप चुप रहें और अन्दर चलें", उसने कहा।

मैंने मुड़कर देखा तो कियारा झील और मेरे नाम की तस्वीर लेने में लगी थी, मैंने उसे साथ आने का इशारा किया और हम अन्दर चले गए। एक जोरदार स्वागत के बाद हम हॉल में एकत्रित होकर बैठ गए।

अब मुझे विहान पर बहुत जोर से गुस्सा आ रहा था, वह अभी तक नहीं पहुँचा था और ना ही मेरा फोन उठा रहा था। मैंने कियारा और सुधीर को उनके कमरे की चाबी दी और कुछ देर आराम करने के लिए कहा क्योंकि वो लोग लंबा सफर तय करके आए थे। कार्यक्रम तो वैसे भी शाम को था और अभी शाम होने में काफी समय बाकी था।

अनन्या को मेरे पास छोड़कर झील भी उसकी भाभी के साथ पार्लर चली गई जिससे मैं मेहमानों के बीच में अकेला पड़ गया। थोड़ी देर उसके रिश्तेदारों से बात करके मैंने अनन्या के साथ अपने कमरे में जाना ठीक समझा। अनन्या थक चुकी थी, मैंने उसे दूध पिलाकर सुला दिया और उसके पास ही लेट गया। मेरी आँख लगी ही थी कि मेरा फोन बजने लगा। यह कियारा का फोन था।

"क्या कर रहे हो दूल्हे राजा?" कियारा ने पूछा।

"अनन्या को सुला रहा था कियारा", मैंने कहा।

"झील कहाँ है?" उसने पूछा।

"अपनी भाभी के साथ पार्लर गई है", मैंने कहा।

"मिल सकते हो?" उसने पूछा।

"हाँ क्यों नहीं, मैं वैसे भी तुम दोनों को याद कर रहा था, पर मुझे लगा आराम कर रहे होंगे", मैंने कहा।

"पाँच मिनट में आती हूँ, तुम्हारे कमरे का नम्बर क्या है?" उसने पूछा।

"चार सौ नौ", मैंने कहा।

अनन्या को चादर ओढ़ाकर मैं सोफ़े पर बैठ गया और कियारा का इंतजार करने लगा। कुछ ही देर में दरवाज़े की घंटी बजी और मैंने उठकर दरवाज़ा खोला।

"मेरी शादी के बाद से तुम्हें तो फुर्सत मिलती नहीं हम लोगों से मिलने की" कियारा ने अन्दर आते हुए कहा।

"ऐसा नहीं है, मैं बहुत याद करता हूँ तुम्हें। तुम जानती हो कि मेरी नौकरी मुझे समय नहीं निकालने देती", मैंने कहा।

"हाँ वो तो है... यह तो झील की ज़ेरॉक्स कॉपी है सागर", कियारा ने अनन्या के पास बैठते हुए कहा।

"हाँ पूरी की पूरी उसी पर गई है", मैंने कहा।

"इसकी परवरिश में किसी तरह की कोई कमी मत छोड़ना", उसने कहा।

"क्या अब तुम्हें ठीक लग रहा है मेरा यह फैसला?" मैंने पूछा।

"यह निर्णय अगर तुम्हारे लिए अच्छा है तो हमारे लिए भी अच्छा ही है", उसने कहा।

"कैसे छोड़ देता उसे तीन साल की बच्ची के साथ इस ज़माने से अकेले लड़ने के लिए कियारा", मैंने कहा।

"क्या पाने के लिए लिया था यह फैसला सागर?" उसने पूछा।

"परिवार...", मैंने कहा।

"और क्या खो दिया इस फैसले से?" उसने पूछा।

"परिवार...", मैंने भारी स्वरों में कहा।

"हम यहाँ आने से पहले कोटा गए थे, एक दिन वहीं रुके मम्मी के पास", उसने कहा।

कियारा की बात सुनकर मेरी आँखों में चमक आ गई।

"क्या वो सभी यहाँ आ रहे है कियारा?" मैंने पूछा।

"नहीं सागर... उन्होंने साफ़ मना कर दिया। तुम्हारे इस निर्णय से कोई खुश नहीं है। यह कड़वा सच है मगर शायद अब तुम उस घर में अपना पुराना स्थान खो चुके हो", उसने कहा।

"मैं जानता हूँ मगर अब चाह कर भी पीछे नहीं हट सकता। चार साल बाद जब झील से मिला तो मेरे अन्दर इस तरह का कोई विचार नहीं था। मैं तो एक अच्छी मुलाक़ात के बाद वापस लौट जाना चाहता था",

"झील भी नहीं चाहती थी कि मैं उसके पीछे सबकुछ छोड़कर उसके पास चला आऊँ। मगर जब मैंने अनन्या को देखा तो मैं खुद को रोक नहीं पाया, इसे बाँहों में भरते ही मैं खुद को हार गया। यह झील के लिए नहीं है कियारा, यह अनन्या के लिए है", मैंने कहा।

"तुम्हारे नाम की भाँति ही विशाल हृदय है तुम्हारा प्रिय", उसने कहा।

"नहीं कियारा ऐसा कुछ नहीं है... मुझे अनन्या से मोहब्बत है, हद से ज्यादा। मैं झील से जुदा रह सकता हूँ मगर मेरी बेटी से एक पल भी नहीं", मैंने कहा।

"तुम्हारी नहीं हमारी बेटी... अनन्या अब हमारे परिवार का हिस्सा है सागर, देखना हम सभी हमारी बेटी को कितने लाड़-प्यार से बड़ा करेंगे", उसने कहा।

"तुमसे यह सुनने के बाद मेरे हृदय में पीड़ा का एक अंश भी बाकी नहीं रहा, मैं एक बार फिर से मेरे जीवन में आने के लिए तुम्हारा शुक्रिया अदा करता हूँ प्रिय", मैंने कहा।

"अब ज्यादा भावुक होने की जरूरत नहीं है। मेरी शुभकामनाएँ हमेशा तुम्हारे साथ है", उसने कहा।

कियारा के साथ सुख-दुःख की बातें करते करते दिन बीत गया और वह तैयार होने चली गई, झील भी कुछ देर में आने वाली थी। मैं अनन्या को तैयार करके उसके नाना जी के पास छोड़कर अपने कमरे में लौट आया।

तैयार होकर जब नीचे आया तो मुझे रिश्तेदारों और झील के दोस्तों ने घेर लिया। वहाँ मौजूद सभी लोगों के शब्द करीब करीब एक से ही थे, मैं इतने लोगों के बीच में बहुत असहज महसूस कर रहा था।

तभी मेरी नजर अनन्या पर पड़ी, वह प्रभात के माता-पिता के साथ बड़ी खुशी से खेल रही थी। उन लोगों को वहाँ देखकर मुझे बड़ा अचम्भा हुआ, ना जाने क्यों मुझे अनन्या को उनके साथ देखकर कुछ अच्छा महसूस नहीं हुआ। अब निगाहें झील को तलाश करने लगी और थोड़ी ही देर में वह अपनी भाभी और सहेलियों के साथ प्रवेश द्वार पर नजर आई।

झील ने मेरी मम्मी द्वारा भेजा हुआ लाल जोड़ा पहन रखा था। कोई माने या ना माने पर आज झील मेरे परिवार का ही हिस्सा नजर आ रही थी। मैं बिना पलक झपकाए उसे यूँ ही निहारता रहा जब तक वो मेरे पास आकर खड़ी ना हो गई।

"कैसी लग रही हूँ?" झील ने पूछा।

"बिल्कुल मेरी माँ की बहू जैसी", मैंने कहा।

"अनन्या कहाँ है सागर?" उसने पूछा।

"वो रही, पर इन्हें यहाँ किसने बुलाया?" मैंने प्रभात के माता-पिता की ओर इशारा करते हुए कहा।

"मैंने बुलाया है, तुम्हें ठीक नहीं लगा?" उसने पूछा।

"नहीं सब ठीक है", मैंने कहा।

मुझे उनका यहाँ आना सही नहीं लगा मगर मैंने उस समय झील से कुछ नहीं कहा और हम दोनों मेहमानों से मिलने में व्यस्त हो गए। सभी एक-एक करके हमें शुभकामनाएँ देने आ रहे थे और कुछ ना कुछ तोहफे दिए जा रहे थे। कियारा और सुधीर जी भी हमारे पास आए और झील के हाथ में एक तोहफा देते हुए हमें बधाई देने लगे। हमने साथ में कुछ तस्वीरें भी ली। कियारा ने झील को गले से लगाया और उसके कान में कुछ कहा जो मुझे उस वक्त समझ नहीं आया। उन्हें नीचे उतरे कुछ पल ही हुए थे कि मुझे सामने विहान और मानसी दिखाई दिए, विहान को देखकर मुझे थोड़ा सा गुस्सा आया मगर उन दोनों के पीछे जब मेरे परिजन दिखाई दिए तो मैं ख़ुशी से झूम उठा।

"सब आ गए झील", मैंने झील का हाथ पकड़ते हुए कहा।

झील ने नज़रें दौड़ाई और जैसे ही उन्हें देखा तो उसकी खुशी का कोई ठिकाना नहीं रहा। मम्मी-पापा, भैया-भाभी और राघव, सभी हम दोनों की तरफ चले आ रहे थे।

अनायास ही मेरी नजर कियारा पर पड़ी, वो मुझे ही देखकर मुस्कुरा रही थी, जो मुझे महसूस करवा रही थी मानो जैसे उसे पहले से ही सबकुछ मालूम हो।

"कहा था ना सबसे अच्छा तोहफा दूँगा तुझे", विहान ने मेरे पास आकर कहा।

मैंने उसे गले लगाकर धन्यवाद दिया और हम दोनों सभी से आशीर्वाद लेने लगे।

"मैं जानता था आप जरूर आओगे भैया", मैंने कहा।

"तूनें भले ही हमारी इज़्ज़त का कोई ख्याल ना किया हो, पर हम तो तेरी इज़्ज़त का ध्यान रखते हैं ना। अपना फर्ज़ निभाने आए हैं बस", भैया ने मुझे गले लगाते हुए कहा।

भैया की बात सुनकर मेरे दिल को बहुत ठेस पहुँची मगर यह तकलीफ उस तकलीफ के सामने बहुत छोटी थी जो मैंने झील से शादी करके मेरे परिवार को पहुँचाई थी।

मैंने मम्मी की तरफ नजर घुमाई, उनके चेहरे की मुस्कराहट भी दिखावटी ही थी, अब तो मैं मेरे अपनों के बीच भी खुद को अकेला महसूस कर रहा था।

सभी ने झील को गले से लगाकर शुभकामनाएँ दी, तब तक अनन्या भी हमारे पास आ गई और मानसी ने उसे गोद में ले लिया। झील के परिजन भी मेरे परिवार को देखकर बहुत खुश हो गए और उनसे मिलने हमारे पास आ गए।

कार्यक्रम की सभी औपचारिकताएँ पूरी करने के बाद हम साथ में भोजन करने बैठ गए। मम्मी और भाभीजी झील के पास बैठी थी और मेरे पास कियारा-सुधीर और विहान-मानसी थे, भैया सबसे अलग कोने में बैठे हुए थे।

सभी भोजन करते करते एक-दूसरे से बातें करने में व्यस्त थे और मैं बैठा बैठा उनके चेहरों को पढ़ने की कोशिश में लगा था। यह वाकई कड़वा सच था कि मेरी शादी की दिल से ख़ुशी किसी को भी नहीं थी, मुझे अब इसी सच के सहारे चुपचाप चलना था और अनन्या को अच्छी परवरिश देनी थी।

अपनों का दिल दुःखाकर भला कोई कैसे खुश रह पाता है, यह केवलमात्र मेरा वहम था कि अब सबकुछ ठीक हो जाएगा, वास्तविकता तो मुझसे कुछ और ही कहना चाहती थी।

भोजन करने के बाद सभी जाने की तैयारी करने लगे पर मैं चाहता था कि मेरे परिजन मेरे साथ घर चलें, जो अब झील और मेरा घर था। मैं इसी मंशा से मम्मी के पास गया।

"मुझे आपसे कुछ कहना है मम्मी", मैंने कहा।

"हाँ बोल बेटा", मम्मी ने कहा।

"क्या आज रात आप हमारे साथ मेरे घर रुक सकते हो?" मैंने पूछा।

"हम तेरे ही घर जा रहे है बेटा। तू भले ही उसे छोड़ दे पर वहाँ तेरी जगह हमेशा वैसी ही रहेगी", उन्होंने कहा।

"आज आज यहीं रुक जाओ, कल सुबह निकल जाना कोटा मैं ज़िद नहीं करूँगा", मैंने कहा।

"यहाँ आने को दिल गवाही नहीं दे रहा था फिर भी तेरे लिए आ गए, पर अब रुका नहीं जाएगा बेटा", मम्मी ने कहा।

मम्मी की इस बात ने फिर से मुझे निःशब्द कर दिया। अब मैं चुपचाप झील के पास जाकर खड़ा हो गया। तभी कियारा और सुधीर जी पास आए।

"अब आज्ञा दीजिए सागर जी। हम ईश्वर से प्रार्थना करते हैं कि आपका वैवाहिक जीवन मंगलमय हो", सुधीर जी ने कहा।

"अरे नहीं... आप दोनों कही नहीं जा रहे, अभी तो मैंने आपको हमारा घर तक नहीं दिखाया", मैंने कहा।

"नहीं सागर, दो घण्टे में फ्लाइट है हमारी पुणे के लिए", कियारा ने कहा।

"यह बहुत ही गलत बात है कियारा", मैंने नाराज़गी जताते हुए कहा।

"हाँ सागर ठीक कह रहे हैं। आपको कुछ भी करके यहाँ रुकना ही चाहिए", झील ने कहा।

"अब आप दोनों जल्द ही हम से मिलने पुणे आएँगे, मेरे देवर जी की शादी है दो महीने बाद। अभी हमें आज्ञा दीजिए, बाहर टैक्सी हमारी प्रतीक्षा में है", कियारा ने कहा।

कियारा ने झील को गले लगाया और मेरे परिजनों से मिलने के बाद वो बाहर की ओर बढ़े। मैं उनके साथ बाहर आया, मुझे कियारा का इस तरह इतनी जल्दी जाना अच्छा नहीं लग रहा था। बाहर टैक्सी चालक तैयार खड़ा था, सुधीर जी गाड़ी में सामान रखने लगे, विशू कियारा की गोद में ही सोई थी, मैंने प्यार से उसके माथे पर चूमा।

"खुश हो ना अब तो सागर?" कियारा ने पूछा।

"तुम जानती हो कियारा... इस सवाल का जवाब नहीं है मेरे पास", मैंने मंद स्वरों में कहा।

"कोई बात नहीं... मैं जानती हूँ तुम झील के साथ सुखी रहोगे। जो हुआ उसे भूल जाओ और अपनी नई जिंदगी में आगे बढ़ो। मैं हमेशा तुम्हारे साथ हूँ", उसने कहा।

उसकी बात सुनकर मेरी आँखें नम हो गईं, उसे आज भी मेरी पहले जितनी ही परवाह थी। कियारा ने मुझे गले लगाया और अपने आँसू छुपाते हुए गाड़ी में बैठ गई, सुधीर जी ने मुझसे अपना ध्यान रखने को कहा और गाड़ी में बैठ गए।

मैं वहाँ तब तक खड़ा रहा जब तक उनकी कार मेरी आँखों के सामने से ओझल ना हो गई। हमारी जिंदगी में कुछ रिश्ते बेहद पवित्र, मजबूत और खूबसूरत होते हैं, कियारा से मेरा वही रिश्ता था।

मैं अन्दर लौटने ही वाला था कि विहान-मानसी और मेरे परिजन बाहर आ गए, साथ में झील का परिवार भी था।

"तू भी नहीं रुकेगा मेरे पास", मैंने विहान के कंधे पर हाथ रखते हुए कहा।

"अरे मुझे रोक कर करेगा भी क्या भाई? आज तेरी सुहागरात है, उसपर ध्यान दे", विहान ने कहा।

"मैं मजाक करने के मूड में नहीं हूँ विहान, तू अच्छी तरह से जानता है आज मुझपर क्या बीत रही है? इसके बावजूद भी तू जाना चाहता है तो जा सकता है", मैंने कहा।

"तू मेरी सोच से कहीं गुना ज्यादा मजबूत है। हौसला रख सब ठीक होगा और भाभी को लेकर जल्दी घर आना। अभी जाना जरूरी है", उसने कहा।

आज कोई भी रुकने को राज़ी नहीं था। खैर किस-किस पर मेरा जोर चलता, मैंने उन्हें रोकने की व्यर्थ कोशिशें करने के बजाय खुद के दिल को समझा लेना ही ठीक समझा।

मैंने भैया-भाभी मम्मी-पापा के पैर छुए और राघव को गले लगाया।

"जा रहे हैं हम, झील और अनन्या को किसी प्रकार की परेशानी नहीं होनी चाहिए", भैया ने कहा।

बेबसी के इस मंज़र में जाते जाते भैया के मुँह से यह सुनकर मेरे दिल को काफी हद तक सुकून मिला। मैंने कुछ नहीं कहा सिर्फ गर्दन हिलाकर हाँ में उनकी बात का जवाब दिया।

हमसे विदा लेकर सभी अपनी अपनी गाड़ियों में बैठे और कोटा के लिए रवाना हो गए। अभी तक करीब-करीब सभी रिश्तेदार भी जा चुके थे और हम भी रवानगी की तैयारी में थे, तभी झील के पापा और भैया-भाभी मेरे पास आए।

झील के पापा ने मेरे हाथ में एक छोटा सा बॉक्स थमाते हुए कहा कि यह उनकी तरफ से हम दोनों के लिए शादी का तोहफा है। मैंने उसे खोला तो उसमें तीन चार चाबियों का एक गुच्छा पाया।

"यह क्या है पापा जी?" मैंने पूछा।

"पापा ने जनकविहार में हमारे लिए नया घर ख़रीदा है", झील ने कहा।

"क्या ! नहीं मैं इसे नहीं ले सकता, आपने मुझसे इस बारे में बात क्यों नहीं की? हम दिल्ली में स्थाई रूप से नहीं रहेंगे पापाजी", मैंने कहा।

"हाँ बेटा मैं जानता हूँ पर जब तक यहाँ हो तब तक के लिए तो हमारा तोहफा स्वीकार कर लो", उन्होंने कहा।

"नहीं पापाजी... माफ करना मगर मैं यह नहीं ले सकता और तुमने पापाजी को ऐसा करने से क्यों नहीं रोका झील", मैंने नाराजगी जताते हुए कहा।

"मैंने पापा को समझाने की बहुत कोशिश की पर इन्होंने मेरी एक नहीं सुनी। अब ख़ुशी ख़ुशी अपना तोहफा ले लो। आज से हम वहीं रहेंगे", झील ने कहा।

भले ही यह मेरे आत्मसम्मान को स्वीकार्य नहीं था मगर नए रिश्तों की जिद के चलते मुझे यह उपहार लेना ही पड़ा। वैसे भी यह घर उन्होंने झील और मेरे लिए लिया था, मैंने सोचा कि जब भी यहाँ से जाएँगे उन्हें यह लौटा देंगे।

"अपना सामान तो घर पर है और तुम्हारा आधे से ज्यादा सामान तुम्हारे नेहरुविहार वाले फ्लैट में है", मैंने कहा।

"तुम्हारे दिल्ली आने से पहले ही मैं सारा सामान वहाँ शिफ्ट करवा चुकी हूँ सागर", झील ने कहा।

"अजीब बात है... तुम तो अभी से ही बहुत कुछ छुपाने लगी हो", मैं बड़बड़ाते हुए हमारे बैग लेने कमरे की ओर चल दिया।

लौटा तो देखा झील के परिजन भी जाने को तैयार खड़े थे। मैंने सभी के पैर छुए और उनसे विदा ली। सभी हमें शुभकामनाएँ देते हुए अपने अपने घरों की ओर प्रस्थान कर गए। अब वहाँ सिर्फ मैं अनन्या और झील ही बचे थे।

"मैं कार चलाऊँगी सागर। चाबी दो मुझे", झील ने कहा।

"तुम दुल्हन के जोड़े में कार चलाओगी?" मैंने पूछा।

"तो क्या हुआ? तुम भी तो दूल्हे होकर गाड़ी चलाते ही", उसने कहा।

"हा हा हा... यह ड्राइविंग करने वाली दुल्हन पहली बार देखी है", मैंने हँसते हुए कहा।

मैंने उसे हमारी कार की चाबी दी और अनन्या को गोद में लेकर पास वाली सीट पर बैठ गया। रात का समय था पर अभी भी दिल्ली में ट्रैफिक कम नहीं था, हमें नए घर तक पहुँचने में एक घण्टे से भी ज्यादा का समय लग गया। यह एक बहुत ही शानदार कॉलोनी थी जो शहर के बीचों बीच थी। पूरी गली में एकमात्र घर हमारा ही था जो रंग बिरंगी रोशनी से सजा हुआ था, मैं इसे एक नजर में देखकर ही समझ गया कि यह हमारा नया घर है। मैं गाड़ी से उतरा और दरवाज़े के पास सुंदर प्लेट पर लिखे मेरे और झील के नाम को पढ़ने लगा।

"यह सब कब किया तुमने झील?" मैंने पूछा।

"अन्दर चलो, अभी तो बहुत कुछ है", उसने कहा।

झील ने घर के बाहर बनी पार्किंग में गाड़ी लगाई और हम ताला खोलकर अन्दर आए। अन्दर का नज़ारा बेहद खूबसूरत था। यह एक बहुत ही सुंदर घर था जो रंग बिरंगी रोशनियों से पूर्णतः जगमगाया हुआ था, फर्श पर जगह जगह बिखरी गुलाब की सुंदर पत्तियां इसकी खूबसूरती में चार चाँद लगा रही थी।

मैंने बारी बारी सभी कमरे, रसोईघर और बालकनी का दौरा किया, कुल मिलाकर हम तीनों के लिए यह बहुत ही प्यारा घर था। झील ने बैडरूम

का दरवाज़ा खोला और लाइट जलाई, मैंने पाया कि घर की सजावट में अगर सबसे ज्यादा किसी हिस्से में मशक्कत हुई थी तो वो यही कमरा था।

"क्या बात है, तुमने तो बड़ी तैयारी की है झील", मैंने मुस्कुराते हुए कहा।

झील ने शर्म से अपने चेहरे पर हाथ रख लिए। मैंने मेरी गोद में सो रही अनन्या को हमारे पलंग पर लेटाया ही था कि फूलों की ठंडी छुअन और नमी से उसकी नींद खुल गई।

खुद को अनजान जगह पाकर और अधूरी नींद में जागने की वजह से वह बहुत जोर से रोने लगी, झील और मैं उसके पास बैठकर उसे चुप करवाने में लग गए।

झील ने उसे फिर से लेटा दिया और उसे सहलाने लगी, अनन्या का रोना जब कम हो गया तो मैं भी उन दोनों के पास वहीं लेट गया। झील उसे सहलाती खिलाती रही जिससे थोड़ी देर में ही वह गहरी नींद में चली गई। अनन्या को सुलाते सुलाते हम दोनों कब वहीं उसके पास सो गए हमें मालूम ना चला। ऐसी खूबसूरत सुहागरात शायद ही किसी जोड़े ने अपने जीवन में देखी हो।

अगली सुबह बेहद खूबसूरत थी, गुलाब के खिले पुष्पों सा खिलखिलाया हुआ अनन्या का चेहरा, उसका वो अपनी छोटी-छोटी शोर मचाने वाली जूतियाँ पहनकर पूरे घर में यहाँ से वहाँ भागना, बार बार आकर मेरे बाल खींचना, मुझे देर तक सोता देख अपनी मम्मी से तुतलाते हुए शिकायत करना और झील का मेरे माथे को चूमकर मुझे नींद से जगाना, बस इन्ही कुछ खूबसूरत लम्हों को पाने के लिए जिंदगी से लड़ गया मैं।

मगर खूबसूरती स्थाई कहाँ होती है? यह तो क्षणिक है, एक निश्चित उम्र पर आकर तो जिस्म भी अपनी खूबसूरती खो देता है, तो यह खूबसूरत लम्हा तो महज़ मेरा अच्छा वक्त था, इसका बदल जाना भी लाज़िमी ही था।

कुछ दिन मैं उनके साथ रहा, इसी बीच वह कार्य भी किया जो सबसे जरूरी था, अनन्या का विद्यालय में दाखिला। छोटी अनन्या को जब हम पहली बार विद्यालय छोड़ने गए तो वह झील से ज्यादा मुझसे लिपटकर रोई। उसे लगा की मम्मी-पापा अब उससे प्यार नहीं करते इसीलिए उसे यहाँ छोड़कर जा रहे है। उसके आँसू मुझसे कहाँ देखे जाते थे, झील को बैंक छोड़कर मैं सारा दिन अनन्या के विद्यालय में ही बैठा रहा। कभी

उसकी कक्षा के बाहर से चुपके चुपके उसे देखता रहता तो कभी उसकी अध्यापिका के यहाँ वहाँ होते ही उसे इशारे करने लगता।

इसी जद्दोजहद में दिन बीत गया और अनन्या की छुट्टी हो गई, बाहर आकर तो वह मुझसे ऐसे लिपटी जैसे हमने लंबे समय के लिए उसे किसी डरावने कमरे में बंद करके बाहर निकाला हो। मैंने रास्ते में उसे ढ़ेर सारी चॉकलेट और उसकी पसंद की उसी की तरह दिखने वाली छोटी सी गुड़िया भी दिलाई, जिसने अनन्या की दिनभर की नाराज़गी को क्षण-भर में दूर कर दिया।

अगले दिन भी हम दोनों उसे स्कूल छोड़ने गए पर पहले दिन के विपरीत वह ख़ुशी ख़ुशी अपनी कक्षा में गई, शायद इसी उम्मीद में कि मैं बाहर ही हूँ और आज उसे फिर से खेलने को एक नई गुड़िया मिलेगी।

जिंदगी एक खुशहाल पड़ाव पर थी पर यह खुशियाँ कब तक स्थाई रहती, मेरी छुट्टियाँ समाप्त हो गई थी और अब मुझे फिर से अपने फर्ज़ की ओर लौटना था। दिल पर पत्थर रखकर मैं दिल्ली से वापस लौट आया और अपने काम में लग गया !

अध्याय 22

"बिखरते रिश्ते"

रिश्ते पेड़ की सूखी पत्तियों से होते हैं, हम इन्हें कितना ही समेटने की कोशिश कर लें बस एक हवा का झोंका इन्हें फिर से बिखेर देता है।

दूर से सीधे नजर आ रहे रास्तों पर ही इंसान सबसे ज्यादा ठोकर खाता है, मेरी जिंदगी इस बात की गवाह है। सरल दिखने वाला समय आगे चलकर बहुत कठिन रूप लेने वाला था।

फिलहाल हमारी शादी को अब दो वर्ष होने वाले थे और अब सबकुछ सामान्य और शांत सा नजर आने लगा था। जिंदगी सुकून से कट रही थी, अनू झील से ज्यादा मेरे साथ रहना पसंद करती थी और मुझसे बेहद प्यार करने लगी थी। मैं हर महीने में दो या तीन बार मेरी पत्नी और बेटी से मिलने जाया करता था।

अब मेरे परिजनों की नाराज़गी भी थोड़ी बहुत कम होने लगी थी, सिर्फ भैया को छोड़कर सभी मुझसे और झील से नियमित रूप से फोन पर बात किया करते।

बदक़िस्मती से मेरी नौकरी की वजह से भले ही मुझे मेरे परिवार से दूर रहना पड़ता हो मगर अब हमारे जीवन में सबकुछ व्यवस्थित ढंग से चलने लगा था, ठीक जैसा कि झील और मैं चाहते थे।

मेरी मनोदशा इस बार दिल्ली जाने से पहले तक काफी अच्छी थी। मैं अधिक कार्यभार के चलते पिछले महीने घर नहीं जा सका था इसीलिए इस माह दो दिन के साप्ताहिक अवकाश के अलावा तीन दिन का अतिरिक्त अवकाश लेकर मैं मेरे परिवार के पास दिल्ली चला गया।

हर बार की तरह स्टेशन पहुँचकर मैंने अनन्या के लिए चॉकलेट खरीदी और अपने घर की ओर चल दिया। शाम के लगभग सात बज रहे थे। जैसे ही मैंने दरवाज़े की घंटी बजाई झील फ़ौरन बाहर आई, दरवाज़ा

खोल कर उसने मुझे गले से लगा लिया और मेरा महीने भर का तनाव कुछ ही पलों में छू-मंतर हो गया।

"अनन्या कहाँ है?" मैंने पूछा।

"अन्दर ही है, चलो", झील ने कहा।

मैंने अन्दर जाकर बड़े ही प्यार से उसे आवाज़ लगाई पर वो एक कोने में मुँह को छुपाए बैठी थी और आँसू टपका रही थी। मुझे उसे देखकर झील पर गुस्सा आया और मैं गुस्से में उसकी ओर मुड़ा।

"झील मैंने तुमसे हज़ार बार कहा है ना कि इसे नहीं डाँटोगी तुम", मैंने गुस्से में कहा।

"मैंने इसे जरा भी नहीं डाँटा, यह बहुत ज़िद्दी हो गई है, अपनी ज़िद की वजह से ही रो रही है", उसने कहा।

"अरे बस इतनी सी बात, मेरी गुड़िया की हर ज़िद पूरी करूँगा मैं। जरा देखो तो पापा तुम्हारे लिए क्या लाए हैं", मैंने अनन्या को उसकी पसंदीदा चॉकलेट दिखाते हुए कहा।

अनन्या ने फ़ौरन उसे मेरे हाथ से छीना और बॉलकनी से बाहर फेंक दिया। मैं उसका ऐसा व्यवहार देखकर आवाक् रह गया।

"नहीं चाहिए मुझे", अनन्या ने चिल्लाते हुए कहा।

"अब तुमने हद पार कर दी अनन्या", झील गुस्से में उसकी ओर बढ़ी।

झील उसके गाल पर एक थप्पड़ मारने ही वाली थी कि मैंने उसका हाथ पकड़ लिया।

"ऐसी गलती कभी मत करना झील", मैंने कठोर लहजे में कहा।

"यह लड़की मेरा सिरदर्द बनते जा रही है और तुम इसे सिर पर चढ़ा लो", झील चिल्लाई।

"अनन्या किस बात से नाराज़ है?" मैंने पूछा।

"कल इसकी छुट्टी थी तो यह अपने दादा-दादी के पास चली गई थी। आज दिन में ही लाई हूँ वहाँ से इसे, इसीलिए इसने यह नाटक मचा रखा है",

"इसे मैं पसंद नहीं हूँ सागर, इसे मुझसे ज्यादा वो लोग पसंद है। हर छुट्टी वाले दिन यह उनके पास जाने की ज़िद पकड़ लेती है। उन्हीं के लाड-प्यार ने इसे इतना ज़िद्दी बना दिया है", उसने कहा।

"तुम अब भी मेरी बेटी को वहाँ भेजती हो, और मुझे इस बात की खबर तक नहीं", मैंने गुस्से में कहा।

"वें इसके दादा-दादी हैं, उनका बेटा तो उनपर ध्यान तक नहीं देता, उन्होंने इसे बड़ा किया है। अनन्या की ख़ुशी की ख़ातिर भेज देती हूँ वहाँ इसे कभी-कभी", उसने कहा।

"वो इसके दादा-दादी 'हैं' नहीं 'थे', अब इसके दादा-दादी मेरे माता-पिता हैं, तुम्हें किस भाषा में समझाऊँ यह बात", मैंने चिल्लाते हुए कहा।

"छोटी सी बात पर इतना क्यों चिल्ला रहे हो?" उसने कहा।

"मुझे बिना बताए इस तरह के निर्णय लेना तुम्हारे लिए छोटी सी बात हो सकती है, मेरे लिए नहीं", मैंने कहा।

"उसकी खुशी के लिए करती हूँ जो भी करती हूँ अगर उसकी खुशी तुम्हें इतनी तकलीफ देती है तो क्यों थामा उसका हाथ", झील ने आवेश में आकर कहा।

झील की यह बात सुनकर मेरा शरीर सुन्न सा हो गया। मेरे मुँह से एक शब्द भी नहीं निकला। आज जीवन में पहली बार मन हुआ कि इसे एक तमाचा जड़ दूँ मगर यह मेरे संस्कारों में नहीं था। मैंने गुस्से में अपने कमरे का दरवाज़ा इतनी जोर से बंद किया कि उसकी आवाज़ शायद आस-पड़ोस के घरों में भी गूँज गई।

झील को भी महसूस हुआ कि वो गुस्से में कुछ ज्यादा ही बोल गई। वह रात-भर दरवाज़ा खटखटाती रही, भोजन के लिए आवाज़ देती रही, रोती रही और मुझसे माफ़ी माँगती रही पर मैंने दरवाज़ा नहीं खोला।

सुबह जब बाहर आया तो देखा झील दरवाजे के सहारे ही फर्श पर बैठी-बैठी सो रही है। मैंने उसे उठाया तो वह रोते हुए मुझसे लिपट गई और उसकी कही बात के लिए माफी माँगने लगी।

मुझे भी लगा कि मैं छोटी सी बात पर जरूरत से ज्यादा प्रतिक्रिया दे रहा हूँ। आखिर अनन्या पाँच साल की छोटी सी बच्ची थी, उसे उन लोगों के पास अगर अच्छा महसूस होता है तो इस में क्या बुराई है? इसी विचार

के साथ उस झगड़े को वहीं ख़त्म करके मैं चार दिन बाद फिर से अजमेर लौट आया।

अब अनन्या हर महीने उनके घर जाने लगी, महीने में एक बार का जाना धीरे-धीरे दो बार और फिर तीन बार में बदल गया। अब आलम यह था कि रविवार और अन्य प्रत्येक अवकाश के दिन अनू प्रभात के माता-पिता के पास रहने लगी।

एक बार छुट्टी वाले दिन जब मैं उन दोनों से मिलने दिल्ली गया तो देखा अनन्या उसी ज़िद में झील से नाराज़ है। अनन्या में इतने दिनों बाद मुझसे मिलने की उत्सुकता जरा भी नजर नहीं आ रही थी।

हद तो तब हो गई जब झील और मैंने उसकी बात नहीं मानी तो उसने गुस्से में आकर अपनी किताबें फाड़ना शुरु कर दिया। झील से यह सब बर्दाश्त नहीं हुआ और उसने अनन्या को एक जोरदार थप्पड़ मार दिया। मुझे झील पर बहुत जोर से गुस्सा आया और मैंने उसका हाथ पकड़ कर उसे पीछे धकेल दिया।

मैंने उसे बहुत खरी-खोटी सुनाई और वह नाराज़ होकर अपने कमरे में चली गई।

मैं वहीं सोफ़े पर बैठा बैठा अनन्या को चुप करवाता रहा और थोड़ी देर में वो मेरी गोद में सो गई। उसे सुलाकर मैं झील के कमरे में वापस आया तो उसे भी सिसकता हुआ पाया।

"कोई बात नहीं झील... बच्ची है, वक्त आने पर समझ जाएगी", मैंने उसके कंधे पर हाथ रखते हुए कहा।

"मुझे अपनी गलती का एहसास हो रहा है, मुझे महसूस हो रहा है कि तुम्हारी बातों के मायने क्या थे। मुझे माफ़ कर दो", उसने कहा।

"अब गलतियाँ सुधारने का वक्त है झील पछतावे का नहीं, अब उसका वहाँ जाना बंद करवाओ और उन लोगों को यह बात स्पष्ट शब्दों में समझा दो, तुम से ना हो सके तो यह मुझे करने दो", मैंने कहा।

"हाँ मैं बात करती हूँ कल उनसे, तुम किसी से कुछ मत कहना, मैं अपने तरीके से उन्हें समझा दूँगी", उसने कहा।

झील ने उन्हें स्पष्ट शब्दों में समझा दिया और हमने अनन्या के उनके पास जाने पर पूर्णतया रोक लगा दी। कुछ महीनों के गुस्से और नाराजगी के बाद अनन्या ने भी वहाँ जाने की ज़िद को त्याग दिया।

हमें लगा कि हम इस मुद्दे को यहाँ से खत्म कर रहे हैं, पर यह हमारी गलतफहमी थी। दरअसल यह तो शुरुआत थी, मेरी जिंदगी के सबसे बड़े भूचाल की।

समय गुज़रता गया और हम उसके अनुसार चलने के प्रयासों में जुटे रहे। ईश्वर की अनुकंपा से मेरे प्रभावशाली कार्यों और कठोर परिश्रम के फलस्वरूप मेरी समय से पूर्व ही पदोन्नति हो गई और मुझे जिलाधीश के पद पर आसीन कर दिया गया। पदोन्नति के बाद भी मेरी जीवनशैली में कोई परिवर्तन नहीं आया। मैं कोल्हू के बैल की तरह राजस्थान के अलग अलग शहरों में अलग अलग समय तक चक्कर लगाता रहा। कुछ गंभीर मामलों ने मुझे इतना व्यस्त कर दिया कि मैं अपने परिवार पर ज्यादा ध्यान नहीं दे पाया। यही कारण था कि मैं उन दोनों को दिल्ली से अपने पास नहीं ला सका और यही कारण था कि परिस्थितियाँ मेरे हाथ से निकलती गईं।

जीवन की कशमकश में तीन वर्ष और गुज़र गए। इस दरमियान विहान दो जुड़वाँ बच्चों का पिता बन चुका था और कियारा भी दूसरी बार माँ बन चुकी थी, अनन्या को राघव के अलावा एक छोटा भाई माधव और मिल चुका था जिसके जन्मोत्सव पर झील और अनन्या को मेरे परिवार और भैया-भाभी की ओर से ढेर सारा प्यार मिला।

मैं अनन्या की पुरानी हरकत को लगभग भुला चुका था मगर ना जाने क्यों वो अब मुझे पसंद नहीं करती थी। वो मुझसे बहुत कम बात किया करती थी। मैं इस बारे में विचार करके कभी-कभी बहुत चिंतित हो जाया करता क्योंकि मेरे प्रति उसके ऐसे व्यवहार का कारण झील को भी समझ नहीं आता था।

एक दिन मैं अपने दफ्तर में बैठा-बैठा अपने सहकर्मियों से किसी विषय पर बातचीत कर रहा था कि मेरे फोन की घंटी बजी, यह झील का फोन था। मैं किसी जरूरी विषय पर चर्चा कर रहा था इसीलिए मैंने उसका फोन काट दिया पर उसी समय उसने दोबारा फोन किया जैसा कि वह कभी करती नहीं थी। अब मुझे थोड़ी चिंता हुई और मैंने उसका फोन उठाया।

"कहाँ हो तुम?" झील ने रोते हुए पूछा।

"क्या हुआ झील? तुम रो क्यों रही हो?" मैंने घबराहट में पूछा।

"वो अनन्या...", उसने कहा और रोने लगी।

"अनन्या क्या झील? कहाँ है अनन्या?" मैंने पूछा।

झील ने बोलना बंद कर दिया और जोर-जोर से रोने लगी। मैं तो चिंता के मारे पागल हो गया। बदहवासी में मुझे ध्यान तक नहीं रहा कि मैं उस वक्त कहाँ हूँ और क्या कर रहा हूँ? मैं फ़ौरन बाहर निकलकर अपनी कार में बैठ गया।

"शांत रहो झील और रोना बंद करो, मुझे बताओ क्या हुआ अनन्या को?" मैंने अपनी कार चालू करते हुए पूछा।

"आज सुबह मैंने खुद उसे विद्यालय के बाहर छोड़ा था और वो मेरे सामने ही अन्दर गई थी, अभी उसे लेने आई तो यह लोग बता रहे हैं कि आज अनू विद्यालय आई ही नहीं। आठ वर्ष की छोटी बच्ची कहाँ जा सकती है सागर? कल मैंने उसे डाँट दिया था, नाराज़ होकर कहाँ चली गई? मेरी बेटी किस हाल मैं होगी... मुझसे बहुत बड़ी गलती हो गई सागर..."

यह सुनकर मेरे दिमाग से मेरा नियंत्रण हट गया और मैं गुस्से से तिलमिला उठा।

"डाँटने के अलावा और क्या क्या किया तुमने उसके साथ", मैंने चिल्लाते हुए कहा।

"अनू खाना नहीं खा रही थी। विद्यालय से आते ही वीडियोगेम लेकर बैठ गई और शाम तक नहीं उठी। कल दिन-भर से उसने कुछ खाया तक नहीं था, मैंने उसे डाँटते हुए खिलाना चाहा तो गुस्से में मेरे ऊपर भोजन की थाली फेंक दी। मैंने आवेश में आकर उसे तीन-चार थप्पड़ मार दिए, बस तभी से नाराज़ है", झील ने सिसकते हुए कहा।

"किस भाषा में समझाऊँ तुम्हें कि चाहे कुछ भी हो उस पर हाथ नहीं उठना चाहिए", मैं उसपर बुरी तरह से चिल्लाया।

"मुझसे बहुत बड़ी गलती हो गई, मैंने नहीं सोचा था अनू मुझसे इतना नाराज़ हो जाएगी", उसने कहा।

"मेरी बेटी को तो मैं कहीं से भी ढूँढ़ निकालूँगा पर मेरे वहाँ पहुँचने के बाद जो तुम्हारे साथ होगा तुम उसके लिए तैयार रहना झील। कुछ करता हूँ मैं, फोन ना करूँ तब तक हिलना मत वहाँ से", मैंने गुस्से में कहते हुए फोन रख दिया।

मेरे औहदे ने मुझे इतनी ताकत तो दे दी थी कि मैं देश के किसी भी कोने में अपने परिवार का संरक्षण कर सकूँ। मैंने फ़ौरन नारकॉटिक्स विभाग दिल्ली में कार्यरत इंस्पेक्टर विनोद शर्मा को फोन किया जो मुझसे उदयपुर में एक तस्कर की गिरफ़्तारी मामले के दौरान मिले थे और मेरे अच्छे मित्र भी थे।

मैंने उन्हें पूरा वाक़िया बताया और वह फ़ौरन अपने दल के साथ झील के पास रवाना हो गए। उन दिनों दिल्ली में छोटे बच्चों के अपहरण जैसी वारदातें बहुत हो रही थी जिनके बारे में सोच-सोचकर मेरा सिर फटा जा रहा था। मुझे हर हाल में अनन्या सुरक्षित मेरी बाँहों में चाहिए थी। मैं दफ्तर में बिना किसी को सूचना दिए सीधे अपनी कार से दिल्ली की ओर रवाना हो गया।

मैं हद से ज्यादा तेज़ रफ़्तार से आगे बढ़ रहा था। मैंने जीवन में इससे पहले कभी इतनी तेज़ रफ़्तार में गाड़ी नहीं चलाई थी मगर उस समय मेरे लिए अनन्या की सुरक्षा से बढ़कर और कुछ नहीं था।

कुछ देर बाद झील ने फिर से मुझे फोन किया।

"कहाँ हो सागर? विनोद जी आए हैं", झील ने कहा।

"हाँ अब उनके साथ जाओ, उन्होंने सभी पुलिस थानों में सूचना दे दी है। कुछ नहीं होने दूँगा मैं अनन्या को, ठंडे दिमाग से काम करो और मेरे पहुँचने तक हर जगह उसे ढूँढ़ो, हर संभव जगह उसकी तलाश करो", मैंने कहा।

झील ने सिसकते हुए फोन रख दिया और अनन्या की तलाश में जुट गई, उसके साथ में अनन्या के विद्यालय के दो अध्यापक भी थे। मैं भी शहर से निकलकर दिल्ली हाईवे पर पहुँच गया और अपनी रफ़्तार को और बढ़ा दिया।

मैं हर दस मिनट में झील से बात कर रहा था पर दो घण्टे बीतने के बाद भी जब अनन्या की कोई खबर नहीं मिली तो मेरी चिंता बढ़ने लगी।

मैं एक-दो घण्टे तक यूँ ही बिना रुके चलता रहा, मेरी चिंता के साथ-साथ मेरी कार की रफ़्तार भी लगातार बढ़ती जा रही थी तभी फिर से मेरे फोन की घंटी बजी यह झील का ही फोन था।

"कहाँ हो सागर?" उसने पूछा।

"अनन्या का कुछ पता चला?" मैंने पूछा।

"हाँ सागर, अनू मिल गई", उसने कहा।

मैंने एक तरफ गाड़ी रोकी और एक गहरी साँस भरी। ऐसा लगा जैसे मेरे सीने में कोई बड़ा सा खंजर घुसा हुआ था और अब जाकर उसे बाहर निकाला गया हो।

"कहाँ मिली वो झील? मेरी बेटी ठीक तो है ना?" मैंने पूछा।

"यह आज हमें छोड़कर प्रभात के माता-पिता के घर आ गई थी सागर, वो दोनों हमसे बढ़कर हैं इसके लिए", उसने कहा।

"अब बहुत सहन कर लिया मैंने, अब मैं आकर अपने हिसाब से बात करूँगा तुम सब से। तुम अपना सामान बाँध लेना मेरे आने से पहले, आज तुम्हें उन्हीं लोगों के पास छोड़कर आऊँगा जो तुम दोनों को मुझसे अधिक प्रिय है। विनोद जी को फोन दो", मैंने कहा।

झील ने विनोद जी को फोन दिया।

"बेटी मिल गई है सागर जी, अब आप चिंता ना करें", विनोद जी ने कहा।

"आपका किस तरह शुक्रिया-अदा करूँ समझ नहीं आ रहा विनोद जी, आपका यह एहसान मैं कभी नहीं उतार पाऊँगा", मैंने कहा।

"ऐसी बातें करके मुझे शर्मिंदा ना करें सागर जी, यह तो मेरा फर्ज़ था। मैं भाभीजी को घर छोड़ देता हूँ, आप जब भी दिल्ली आएँ, फुर्सत निकालकर जरूर मिलने आएँ", उन्होंने कहा।

"बहुत बहुत शुक्रिया विनोद जी, मैं कल आता हूँ आपके पास", मैंने कहते हुए फोन रख दिया।

मैंने ईश्वर को धन्यवाद दिया और फिर से दिल्ली की ओर रवाना हो गया। पिछले तीन वर्षों से हमने उसे उन लोगों से मिलने तक नहीं दिया फिर अनन्या उनके घर कैसे पहुँची? और आठ साल की बच्ची में अपनी मम्मी को छोड़कर इस तरह से बिना कुछ बताए चल देने की हिम्मत कैसे आई? मैं इस तरह के कई सवालों से उलझता-जूझता कार चलाता रहा।

शाम के करीब सात बजे मैं दिल्ली शहर में दाखिल हुआ, नागौर से दिल्ली का आठ घण्टे का सफर मैंने उस दिन पाँच घण्टों में कैसे पूरा कर लिया यह तो ईश्वर ही जाने।

करीब आधे घण्टे बाद मैं हमारे घर पहुँचा। मेरी कार का हॉर्न सुनकर झील सहमी सी दरवाज़े पर आकर खड़ी हो गई। झील के पापा और

भैया-भाभी भी दरवाज़े पर आ गए। मैं कार से उतरा भी नहीं और झील को आवाज़ देकर अन्दर से अनन्या को लाने का आदेश दिया।

"वो सो रही है सागर", झील ने कहा।

"उसे उठाकर लाओ और तैयार होकर मेरे साथ कार में बैठो", मैंने कहा।

"पहले अन्दर तो आओ... कहाँ चल रहे हैं हम?" झील ने मेरे पास आकर पूछा।

"तुम्हारे पूजनीय सास-ससुर के घर", मैंने कहा।

झील ने रोना शुरु कर दिया पर मुझे कोई फर्क नहीं पड़ा, उस समय मुझपर मेरा गुस्सा हावी था। मैं गुस्से में बाहर आया और कार के दरवाज़े को बहुत जोर से धक्का देते हुए बंद किया।

"मैंने क्या कहा सुना नहीं क्या तुमने", मैं उसपर बुरी तरह से चिल्लाया।

झील मेरे सामने हाथ जोड़कर फूट-फूटकर रोने लगी तभी उसके परिजन मेरे पास आए और माहौल को शांत करने की कोशिश करने लगे।

"शांत हो जाओ बेटा... गुस्से में हमेशा परिस्थितियाँ बिगड़ती है। अन्दर चलो, बैठकर बात करते हैं", झील के पिताजी ने मेरे कंधे पर हाथ रखते हुए कहा।

"बात करूँगा पापाजी... आज सबसे बात करूँगा, सबसे पहले आपकी बेटी के उन दोनों चाहने वालों से बात करूँगा", मैंने कहा।

"गलती अनन्या की है बेटा... वैसे भी झील उन बुजुर्ग दम्पत्ति को बहुत कुछ बुरा-भला कह चुकी है। अब वहाँ जाना तुम्हें शोभा नहीं देगा, अगर मुझे कुछ समझते हो तो अपने गुस्से को शांत करो और अन्दर चलो", उन्होंने कहा।

मैंने अपने गुस्से पर काबू किया और झील की तरफ देखा, वो रोती हुई मेरे पास आई और मेरे गले लगकर रोने लगी, मैंने उसे चुप करवाया और अन्दर लेकर आया।

कुछ देर दिलासा देने के बाद झील के परिजन अपने अपने घर लौट गए। झील और मैं बैठक-कक्ष में सोफ़े पर चुपचाप बैठे हुए थे तभी अनन्या

की नींद खुली और वो अपने कमरे से बाहर आई। मैंने झील को इशारे से चुप रहने को कहा।

इस बार मेरे हाथों में उसके लिए कोई चॉकलेट या खिलौना नहीं था, क्या पता वह इस बात से नाराज़ होती या नहीं मगर अब जो हुआ उसके बाद में खुद से जरूर रूठ गया।

"नींद खुल गई बेटा?" मैंने पूछा।

"ओह, तो आप भी आ गए 'अंकल' मुझे मारने", अनन्या ने कहा।

सुनने में तो यह एक छोटे से वाक्य का महज़ छोटा सा शब्द था, पर इस छोटे से शब्द ने कुछ वक्त के लिए झील और मुझे निःशब्द कर दिया।

"बेटा तुमसे किसने कहा, कि मैं अंकल हूँ?" मैंने पूछा।

"दादी ने सब बताया मुझे। आप मेरे पापा नहीं हो। मुझे मेरे पापा के पास जाना है, मम्मी हमेशा मुझे मारती है", उसने कहा।

"मैं ही हूँ पापा बेटा, मेरे साथ चलना है तुम्हें?" मैंने भारी स्वरों में पूछा।

"झूठ बोलते हो आप। आप मेरे पापा नहीं हो", अनन्या चिल्लाते हुए फिर से अपने कमरे में चली गई और हमारे कमरे में एक जहरीला सा सन्नाटा छा गया।

मैं अपनी आँखें बंद करके सोफ़े पर निढ़ाल सा बैठ गगा। जेहन में सवालों की कतार सी लगी थी। ऐसा लग रहा था कि जीवन में मिली हर एक ख़ुशी, मुक़म्मल हुआ हर एक ख़्वाब और दिल से जुड़ा हर एक रिश्ता, एक पल में धुआँ हो गया।

कुछ देर बाद झील की तरफ देखा तो उसे आँसुओं में लिपटा पाया।

"मैं सोचती थी कि वो इसे प्यार दे रहे हैं, वो तो इसमें ज़हर भर रहे थे, बहुत कड़वा ज़हर। मैं जीवन में इस हद तक गलत कैसे हो सकती हूँ", झील ने रोते हुए कहा।

"तुमने क्या सोचा, क्या किया और क्या हुआ, यह अब मायने नहीं रखता। सोचने वाली बात यह है कि अब तुम्हें क्या करना चाहिए?"मैंने कहा।

"तुम ही तो मुझे रास्ता दिखाओगे प्रिय", झील ने मेरे हाथ पर अपना हाथ रखते हुए कहा।

"रास्ता साफ है झील, यह तुम पर निर्भर करता है कि तुम इस पर चलने को तैयार हो या नहीं", मैंने कहा।

"तुम्हारे फैसलों को नकारने का परिणाम भोग रही हूँ सागर, मैं तुमसे वादा करती हूँ कि अब वही होगा जो तुम चाहोगे", उसने कहा।

"तो सुनो... सामान बाँधो, कल हम इस शहर को हमेशा के लिए छोड़ रहे हैं", मैंने कहा।

झील की आँखें फटी रह गई। वह गंभीर सोच में पड़ गई, शायद उसे मेरे इस तरह के निर्णय का जरा भी अंदाज़ा नहीं था।

"अचानक से दिल्ली कैसे छोड़ सकते हैं? उसकी पढाई को बीच में कैसे छुड़वा सकते हैं? मेरी नौकरी का क्या होगा? और इस घर का क्या होगा?" झील ने लगातार प्रश्न उठाए।

"परिवार बचाना चाहती हो तो करना होगा, वरना जल्द ही तुम अनन्या को मुझसे अलग होते देखोगी और शायद खुद को भी", मैंने कहा।

"ऐसा मत कहो, मैं तुम दोनों में से किसी एक से भी दूर नहीं रह सकती सागर", उसने कहा।

"आने वाले समय में यदि तुम्हें अनन्या और मुझमें से किसी एक चुनना पड़े तो तुम किसे चुनोगी झील?" मैंने पूछा।

"ऐसे बकवास सवाल का कोई जवाब नहीं है मेरे पास", उसने गुस्से में कहा।

"तुम अनन्या को चुनना झील, मेरी यह बात हमेशा याद रखना, चाहे कुछ भी हो जाए तुम हम दोनों में से हमेशा अनू को ही चुनना", मैंने कहा।

झील हताश होकर बैठ गई और मैं बॉलकनी में चला गया। उस रात हम दोनों नहीं सोए, हमने सारी रात सामान बाँधने में गुज़ार दी।

अगली सुबह जब अनन्या को इस बात का एहसास हुआ कि हम दिल्ली छोड़ रहे हैं तो वह बुरी तरह से बौखला गई। अनन्या मेरे साथ जाने को बिल्कुल भी राज़ी नहीं थी, उसने जोर जोर से रोना शुरु कर दिया और अपने सारे खिलौने तोड़ने लगी। उसको सामान फेंकते देख झील ने उसके दोनों हाथ पकड़ लिए और सोफ़े पर बैठ गई।

अनन्या के मुँह से लगातार बस यही वाक्य निकल रहे थे "मैं कहीं नहीं जाऊँगी, मुझे दादा-दादी और पापा के पास जाना है" वगैरह वगैरह।

यह सब सुनकर मुझे नहीं मालूम मैं वहाँ कैसे खड़ा रह पाया पर मैं हिम्मत करके वो सब मेरी आँखों से देखता और कानों से सुनता रहा।

आठ साल की छोटी सी बच्ची को नियंत्रण में लाने में झील और मेरे पसीने छूट गए। यह सब मेरी सोच और उम्मीद से परे था।

कुछ देर की जद्दोजहद के बाद उसने सामान तोड़ना बंद कर दिया और शांत बैठ गई मगर उसका गुस्सा जरा भी शांत नहीं हुआ।

झील के भैया-भाभी के पहुँचने के बाद हम अनन्या को उनके पास छोड़कर उसके विद्यालय गए, अनन्या का स्थानान्तरण पत्र लेने।

विद्यालय में उसकी अध्यापिका और प्रधानाचार्य से पता चला कि वो बुजुर्ग दम्पत्ति उससे अक्सर मिलने आया करते थे, सभी को लगता था कि वे मेरे माता-पिता यानि अनन्या के दादा-दादी हैं।

हम दोनों को अच्छे से समझ आ चुका था कि पिछले कुछ वर्षों से हो रही घटनाएँ और अनन्या का मुझसे इस तरह का व्यवहार करना कोई इत्तफ़ाक नहीं था। यह एक सोची समझी साजिश के तहत किए कार्यों का परिणाम था।

साजिश थी हमारी बच्ची के अमृत से स्वच्छ हृदय में ज़हर भरने की, जिसमें वो लोग कामयाब हुए और अनन्या का हृदय परिवर्तन हो ही गया।

खैर मेरे दिमाग में अब भी यह गलतफहमी थी कि मैं सबकुछ ठीक कर दूँगा इसीलिए हम एक दिन भी दिल्ली में नहीं रुके और सीधे जयपुर आ गए, देर रात जयपुर पहुँचे और सीधे भैया-भाभीजी के घर गए। हमारे बिना बताए सबकुछ छोड़कर वहाँ से आ जाने पर भैया-भाभी बहुत चिंतित हो गए।

मैंने उन्हें दिल्ली में घटित हुई इस घटना के विषय में कुछ नहीं बताया और उन्हें झूठी दिलासा देकर वातावरण को थोड़ा शांत करने की कोशिश की, मगर मैं भैया से क्या छुपाता? वो तो मेरी आँखों से ही सबकुछ पढ़ लिया करते थे। उन्होंने स्पष्ट रूप से कह दिया कि अब से झील और अनन्या उन्हीं के साथ रहेंगे चाहे मेरा तबादला जयपुर शहर में ही क्यों ना हो जाए।

मैं उन्हें भैया के पास छोड़कर कुछ दिनों के लिए नागौर लौट गया। इसी बीच भैया-भाभी ने अनू का दाखिला जयपुर के सबसे अच्छे विद्यालय में

करवा दिया। झील और अनू करीब छः महीने तक भैया-भाभी के पास ही रहे, उसके बाद मैं जैसे-तैसे भैया को समझा पाने में सफल रहा और मैंने पास ही के इलाके में हमारे लिए एक अच्छा सा घर किराए पर ले लिया !

अध्याय 23

"कड़वे घूँट"

"हम इस में जितनी मिठास घोलने की कोशिश करते हैं यह हमें और अधिक कड़वे घूँट पिलाती है, यह जिंदगी की विशेषता है। मेरी जिंदगी भी मुझे लंबे समय तक कड़वे घूँट पिलाते रहने से बाज़ नहीं आई और मैं अपनी पत्नी और बेटी के लिए चुपचाप यह कड़वे घूँट पीता रहा।

"इतनी सुबह फोन किया, सब ठीक तो है?" मैंने पूछा।

"यह सवाल तो मेरा होना चाहिए, तुम अचानक से उन दोनों को जयपुर ले आते हो, झील ने नौकरी छोड़ दी, तुमने दिल्ली छोड़ दिया और यह सब मुझे तीन महीने बाद मालूम चल रहा है, वो भी तुम्हारी मम्मी से",

"आखिर चल क्या रहा है तुम्हारे साथ सागर?" कियारा ने पूछा।

"आखिरी कोशिश कर रहा हूँ, अपने बिखरते परिवार को बचाने की", मैंने कहा।

"क्या मतलब? कुछ बताना चाहोगे अब?" उसने पूछा।

"शुरु से सुनाता हूँ", मैंने कहकर उसे मेरी जिंदगी के सबसे मुश्किल दौर की शुरुआत का सारा वाक़िया सुनाया।

मेरी बात ख़त्म हुई और कियारा का चिल्लाना भी, वह ना जाने कोनसी सोच में डूब गई।

"अब कुछ बोलोगी भी?" मैंने पूछा।

"डर लग रहा है सागर, यह मुश्किल वक्त जाता क्यों नहीं है तुम्हारी जिंदगी से", उसने कहा।

"यार मेरा ही फैसला था बहाव के विपरीत बहने का, अब तैर जाऊँ या डूब जाऊँ परवाह नहीं है", मैंने कहा।

"कुछ नहीं होगा, हमारे पास छोड़ दो झील और अनन्या को, मैं सब संभाल लूँगी", उसने कहा।

"बस तुम से यह बात सुन लेता हूँ ना, तो अपने आप संभल जाता हूँ मैं। तुम चिंता मत करो, अपना और सबका ध्यान रखना प्रिय", कहते हुए मैंने फोन रख दिया।

मगर वो कियारा थी, मुझे परेशानी में कहाँ देखा जाता था उससे। एक महीने बाद ही अनन्या के शीतकालीन अवकाश शुरु होने वाले थे। उसने जिद करके झील और अनू का टिकट आरक्षित कर दिया और उन्हें अपने पास पुणे बुलवा लिया।

अनन्या और झील चले गए। मुझे झील ने बताया कियारा और सुधीर जी ने उन्हें कितना प्यार दिया। अनू का भी विशाखा के साथ मन लग गया और छोटी वेदांशी से मिलकर वह बहुत खुश हुई, इन सभी बातों से मेरे हृदय को काफी हद तक सुकून मिला।

जैसे-तैसे एक वर्ष और उन दोनों से अलग बिताने के बाद मैंने अपना तबादला जयपुर में करवा लिया इसी उम्मीद के साथ कि अब हम तीनों साथ में खुशहाल जीवन व्यतीत कर पाएँगे।

लेकिन जीवन का सत्य सबसे कड़वा होता है। अब तक सबकुछ बदल चुका था और अनन्या मानसिक रूप से मुझसे दूर जा चुकी थी। यह मेरे जीवन का एक कड़वा सच था, जिसे मैं कुछ वक्त तक नकारने की कोशिश करता रहा।

हम उस किराए के मकान को छोड़कर हमारे सरकारी बंगले में रहने लगे जो हम तीन लोगों के छोटे परिवार के हिसाब से बेहद बड़ा और आलीशान था।

मैं अनन्या को महसूस करवाना चाहता था कि वह किसी आम इंसान की बेटी या कोई आम बच्ची नहीं है इसीलिए मैंने उसकी परवरिश में कोई कमी नहीं छोड़ी।

झील को यहाँ आईसीआईसीआई बैंक में अच्छी नौकरी भी मिल गई। अब वह भी सुबह की निकली शाम को घर लौटा करती, और मेरा आने का समय तो निश्चित था ही नहीं, कभी कभी तो लौटते हुए आधी रात हो जाया करती थी।

हमें दिल्ली छोड़कर आए काफी समय बीत चुका था पर अब अनन्या के व्यवहार में काफ़ी हद तक परिवर्तन आ गया, जो हम दोनों को साफ़ नजर आने लगा था।

अनू मुझे जरा भी पसंद नहीं करती थी, वह झील के सिवाय किसी से बात नहीं करती थी, ना राघव ना माधव ना ही हमारे परिवार के किसी अन्य सदस्य से।

मैं अनन्या के लिए ढेर सारे खिलौने लाता मगर वो उन्हें छूती भी नहीं। वह सिर्फ झील के लाए खिलौनों से खेलना पसंद करती। उसे मुझसे बात तक करना पसंद नहीं था। वह मुझसे बोलती भी तब ही थी जब उसे मुझसे कोई काम होता या उसे मेरी किसी बात का जवाब देना होता।

अनन्या ने मुझे अब 'पापा' कहकर पुकारना बंद कर दिया था, सबसे ज्यादा चुभने वाली बात तो यही थी, फिर भी मैं ना जाने कैसे वो कड़वे घूँट पीता रहा।

यहाँ तक कि अनन्या, झील और मुझे साथ देखना भी पसंद नहीं करती थी। मेरे दफ्तर से घर आने पर झील जब दरवाज़ा खोलकर मेरे गले लगती तो वह कुछ ना कुछ सामान गिराकर या किसी तरह की आवाज़ करके हमारा ध्यान हटाने की कोशिश करती।

अनन्या खुद के कमरे में ना सोकर रोज़ाना झील के पास सोया करती थी। अगर रात में उसकी आँख खुल जाए और वह अपनी माँ को मेरे कमरे में देख ले तो रोने लगती या फिर झील पर बुरी तरह से बरस जाती।

देखा जाए तो यह बातें बहुत छोटी थी पर मेरे लिए इन छोटी-छोटी बातों का मतलब बहुत ही बड़ा और गहरा था। मैं उलझन में था कि आखिर दस साल की बच्ची के दिमाग में इस तरह की बातें आती कहाँ से है।

अभी से इसका यह हाल था तो यह बड़ी होने के बाद मुझसे कैसे पेश आती? मुझे महसूस होने लगा था कि जैसे जैसे अनन्या बड़ी होती जा रही है वैसे वैसे उसके मन में मेरे प्रति नफरत बढ़ती जा रही है। वो नफरत जो ना जाने किस वजह से पैदा हुई थी? क्योंकि मैंने तो अनन्या को जिंदगी में सिवाय बेइंतहा मोहब्बत के और कुछ दिया ही नहीं था।

मेरी बेटी की मेरे प्रति बढ़ती नफ़रत अब झील को भी नजर आने लगी थी पर वो चुप थी। आखिर झील और कर भी क्या सकती थी, सबकुछ तो किया था उसने मेरे लिए। मेरे सिर्फ एक बार कहने पर झील ने दिल्ली

शहर, अपना परिवार, यहाँ तक कि अपनी नौकरी भी छोड़ दी थी। यह सब मेरे लिए बेहद मायने रखता था।

फिर भी डगमगाते रिश्तों को संभालने के लिए मैंने झील को एक सुझाव दिया, जिसे उसने नकार दिया। हालांकि हम शादी से पहले भी इस बारे में चर्चा कर चुके थे मगर अब परिस्थितियाँ पहले की अपेक्षाकृत अत्यधिक बदल चुकी थी।

एक दिन ऐसे ही बातों बातों मैं मैंने झील के सामने दोबारा यह मुद्दा रख दिया जबकि वह चाहती थी कि हम इस बारे में कभी चर्चा ना करें। अनू अपने कमरे में सोयी हुई थी और झील और मैं हॉल में बैठे बैठे शतरंज खेल रहे थे।

"आजकल अनू बहुत चिड़चिड़ी सी रहती है झील, तुमने ध्यान दिया?" मैंने पूछा।

"हाँ जानती हूँ... और सच कहूँ तो यह बात मुझे काफी समय से परेशान कर रही है",

"मुझे लगता था उसे दिल्ली से दूर ले आएँगे तो सबकुछ ठीक हो जाएगा, पर उसका गुस्सा तो यहाँ पहले से और ज्यादा बढ़ चुका है", झील ने कहा।

"फिर तो शायद तुम्हें इसका कारण भी मालूम होगा", मैंने कहा।

"जानती हूँ... वो अब तुम्हें जरा भी पसंद नहीं करती। हमारी छोटी सी परी के मन में पता नहीं कौनसा जहर घोला है उन दोनों ने दिल्ली में", उसने कहा।

"मेरे पास एक सुझाव है जो शायद तुम्हें हमेशा की तरह सही ना लगे पर अब मुझे ठीक लगता है", मैंने कहा।

"नहीं सागर... मैंने शादी से पहले भी कहा था यह नहीं होगा मुझसे। अब तो बिल्कुल भी नहीं जब इसका बर्ताव ऐसा हो चुका है", उसने कहा।

"वही तो कह रहा हूँ झील... हमें अनू को एक छोटा भाई देना चाहिए, यकीन मानो वो खुश रहने लगेगी", मैंने कहा।

"यह हम दोनों को साथ तक देखना पसंद नहीं करती, आने वाले बच्चे को क्या अपनाएगी",

"मैं नहीं चाहती हमारी गलतियों की सजा आने वाले समय में हमारे बच्वें भोगते रहें",

"तुम वादा करो कि आज के बाद इस बारे में मुझसे कोई चर्चा नहीं करोगे", उसने कहा।

"जैसी तुम्हारी मर्जी, तुम्हें जैसा ठीक लगे वैसा करते हैं", मैंने कहा।

"वैसे छोटा भाई ही क्यों, तुम बहन भी तो कह सकते थे?" उसने मुस्कुराते हुए पूछा।

"हाँ हाँ बहन भी चलेगी झील, वो तो उत्सुकतावश मेरे मुँह से निकल गया", मैंने कहा।

'"हा हा हा... पर मुझे कोई नहीं चलेगा", झील हँसते हुए रसोई में चली गई।

समय के साथ ऐसे ही एक दिन एक छोटी सी घटना घटी जिसने मेरे दिल पर बड़ा-सा घाव कर दिया और मैंने एक और संतान को जन्म देने का विचार भी अपने दिमाग से निकाल दिया। रविवार का दिन था, झील रसोईघर में अनन्या और मेरे पसंदीदा आलू के पराँठे बना रही थी। मैं टी.वी. पर चल रहे एक रूचिकर फुटबॉल मुकाबले पर नज़रें गड़ाए बैठा था और अनू पलंग पर अपनी चित्रकला-पुस्तिका में बैठी-बैठी कोई चित्र बना रही थी। टी.वी. का रिमोट अनन्या के पास पलंग पर ही रखा था तभी झील ने मुझे इसकी आवाज़ कम करने को कहा, मैंने अनन्या से कहा तो उसने टी.वी. ही बंद कर दिया, मैं उठा और उसके पास गया।

"आवाज़ कम करने को कहा था बेटा, तुमने तो टी.वी. ही बंद कर दिया", मैंने कहा।

"सॉरी मुझे ध्यान नहीं रहा", अनन्या ने रिमोट मुझे थमाते हुए कहा।

"ओह ऐसा क्या करने में व्यस्त है मेरी बच्ची, जरा मुझे भी दिखाना तो", मैंने उसके बनाए चित्र की तरफ झाँकते हुए कहा।

"मैं नहीं दिखाऊँगी आपको", उसने अलग हटते हुए कहा।

"अरे दिखा भी दो बेटा... तुम अपना चित्र दिखाओगी तो मैं शाम को तुम्हारे लिए तुम्हारी पसंदीदा स्ट्रॉबेरी आइसक्रीम लेकर आऊँगा", मैंने कहा।

आइसक्रीम का नाम सुनकर अनन्या ने वह किताब मुझे थमा दी। उसने एक खूबसूरत चित्र बनाया था जिसमें एक आदमी एक औरत और उनके साथ एक छोटी बच्ची थी, अनन्या ने बच्ची के नीचे खुद का नाम और औरत के नीचे 'मम्मी' लिखा था।

मैं उसके बनाए चित्र को देखते-देखते उसके पास बैठ गया। मुझे वो चित्र बेहद पसंद आ रहा था मगर अनन्या ने चित्र में बनाए आदमी के नीचे कुछ नहीं लिखा था।

"अनू यहाँ खाली जगह क्यों छोड़ी है बेटा, यह तो मैं हूँ ना तुम्हारे और मम्मी के पास", मैंने कहा।

अनन्या ने मेरी बात का कोई जवाब नहीं दिया और उस चित्र की ओर देखने लगी। मैंने पास ही पड़ा एक रंगीन पेन उठाया और उस आदमी के नीचे 'पापा' लिख दिया।

"लो अनू, अब परिवार पूरा हो गया बेटा", मैंने अनन्या को उसकी पुस्तक लौटाते हुए कहा।

अनन्या ने कोई प्रतिक्रिया नहीं दी और अपनी किताब लेकर दूसरे कमरे में चली गई। मैं भी फिर से टी.वी. चालू करके फुटबॉल मैच देखने में व्यस्त हो गया।

कुछ देर बाद अनन्या पड़ोस के बच्चों के साथ खेलने चली गई और झील उसके कमरे में जाकर साफ़ सफाई करने लग गई। मैच समाप्त होने के बाद मैं उठा और झील के पास चला गया। मैं पलंग पर बैठा-बैठा झील से बातें करने लगा तभी मेरी नजर अनू की पुस्तक पर पड़ी। मैंने उसे खोला, उस चित्र को देखा और देखता ही रह गया।

अनन्या ने उस चित्र में मेरे किरदार का चेहरा बुरी तरह से बिगाड़ दिया था, उसने वहाँ इतनी बुरी तरह से पेन रगड़ा था कि वहाँ का मोटा कागज़ तक फट गया और नीचे जहाँ मैंने अपने हाथ से 'पापा' लिखा था अनन्या ने उसे रंग से पूरी तरह से कुरेद दिया।

मेरी अंगुलियाँ उस चेहरे पर घूमने लगी जिसे अनन्या ने मुझे याद करके खरोंचा था।

झील बहुत देर से मुझे बिना पलकें झपकाए उस चित्र को ताकते हुए देख रही थी, कुछ देर बाद उसका सब्र टूटा और उसने मेरे हाथ से वह किताब छीन ली।

"ऐसा क्या है इसमें जो इतनी देर से इसे घूर रहे हो", उसने कहा।

"मत देखो, तकलीफ होगी तुम्हें", मैंने कहा।

झील ने मेरी बात नहीं सुनी और जैसे ही उस चित्र को देखा उसकी आँख से आँसू टपक आया।

"कहा था ना मैंने, तकलीफ होगी तुम्हें", मैंने झील से वह पुस्तक लेते हुए कहा।

"बिना नींव का मकान बना दिया हमने, देखते हैं कितने तूफ़ान झेल सकेगा", मैंने कहा।

"ऐसा मत कहो सागर, मेरा दिल बैठने लगता है", उसने कहा।

"अभी तो बहुत कुछ झेलना है झील, थोड़ी हिम्मत आने वाले वक्त के लिए भी बचा कर रखो", मैं साँस भरते हुए कमरे से बाहर निकल गया।

जब भी कोई ऐसी घटना होती थी मुझे मेरा गुज़रा वक्त आता था। मैं मेरे परिजनों, दोस्तों और कियारा के बारे में सोचता, मैं झील के बारे में सोचता, और हमेशा की तरह खुद के लिए फैसलों को सही-गलत के तराजू में तोलने लगता।

मैं झील से कहीं गुना ज़्यादा मोहब्बत अनन्या से करता था। मैंने कभी उसे डाँटा नहीं, ना ही झील को उससे किसी तरह का कठोर व्यवहार करने दिया। मैंने उसकी हर छोटी-बड़ी गलती को नजरअंदाज किया। मैंने बस उसे हर वक्त हँसते खिलखिलाते हुए देखना चाहा तो फिर उसे मुझसे इतनी नफरत कैसे हो गई?

जब भी काम से परेशान होकर घर लौटा करता और अनन्या को बाँहों में भरता तो सारी परेशानियाँ मानों चंद पलों में गायब हो जाती। मुझे देर तक उसे सोते हुए देखते रहना पसंद था। मुझे मजाक-मजाक में उसका मेरे बालों को खींचना पसंद था, मुझे अच्छा लगता था जब वह मासूम सा चेहरा लिए मुझसे अपनी माँ की शिकायत किया करती, मुझे मोहब्बत थी उन लम्हों से जब वो मुझपर अपना हक समझते हुए बाजार में मेरा हाथ खींचकर मुझे खिलौनों की दुकान पर ले जाया करती, यह सब मेरी जिंदगी में होता, हकीकत में यह सब मेरी जिंदगी में होता था जब अनन्या छोटी थी।

वक्त ने बढ़ती उम्र के साथ साथ उसे मुझसे जुदा कर दिया, वो जैसे-जैसे बड़ी होती गई, उसकी मोहब्बत नफरत में बदलती गई। एक सच यह

भी था कि कहीं ना कहीं इन सभी चीज़ों का जिम्मेदार मैं खुद ही था, मगर कैसे यह मुझे भी नहीं पता।

भले ही मैंने शराब पीना छोड़ दिया हो पर जिंदगी मुझे कड़वे घूँट पिलाने से बाज़ नहीं आई। मैं लड़खड़ाते हुए आगे बढ़ता रहा, इसी उम्मीद में कि शायद आने वाला सफ़र आसान हो। इसी उम्मीद में कुछ वर्ष और बीत गए।

मेरी जिंदगी की एक ख़ासियत थी, यहाँ जब भी परिस्थितियाँ थोड़ी बहुत सामान्य और शांत हो जाती थी तो एक भूचाल जरूर आता था जो सबकुछ अव्यवस्थित बना जाता था जैसा की मेरी जिंदगी को पसंद था।

इस भूचाल ने मेरे साथ साथ झील के जीवन को भी बुरी तरह से प्रभावित कर दिया। उस दिन झील को एक बहुत जरूरी काम से शहर से बाहर जाना था और अनू के विद्यालय में हमें अभिभावक-अध्यापक संगोष्ठी के लिए बुलाया गया था।

मैं अपने दफ्तर जाने के लिए तैयार हुआ और नाश्ता करने बैठा, अनन्या भी मेरे पास ही बैठी-बैठी नाश्ता कर रही थी।

"अभी तक तुम्हारी स्कूल बस कैसे नहीं आई बेटा?" मैंने पूछा।

"आज इसके विद्यालय में अभिभावक-अध्यापक संगोष्ठी है सागर और मेरी तुमसे एक छोटी सी प्रार्थना है", झील ने कहा।

"हाँ कहो क्या बात है", मैंने कहा।

"मुझे जयपुर से बाहर जाना है आज बहुत आवश्यक कार्य है, मैं शाम तक ही लौट पाऊँगी। क्या तुम अनू के विद्यालय जा सकते हो?" उसने पूछा।

"तुम्हें यह बात पहले बतानी चाहिए थी ना, मैं कैसे जा पाऊँगा झील मुझे भी तो समय पर पहुँचना है", मैंने कहा।

"प्लीज सागर... बस आज आज की बात है, आज मेरे पास वहाँ जाने जितना समय नहीं है", उसने कहा।

"हाँ मेरे लिए समय होता ही कब है आपके पास", अनन्या ने चिढ़कर कहा।

"हमेशा जाती हूँ ना अनू, तुम ऐसा क्यों कह रही हो?" झील ने पूछा।

"मुझे बहस नहीं करनी आपसे", अनन्या ने कहा।

"नाराज मत हो गुड़िया... बस आज-आज पापा के साथ चली जाओ, वादा करती हूँ अगली बार मैं खुद चलूँगी तुम्हारे साथ", झील ने कहा।

"हाँ तुम चिंता मत करो, मैं विद्यालय से अनू को घर छोड़ता हुआ ऑफिस निकल जाऊँगा", मैंने कहा।

अनन्या खीझते हुए उठी और अपने जूते पहनने लगी।

"जल्दी करो अनू, मुझे भी तुम्हें फिर से घर छोड़कर अपने दफ्तर जाना है", मैंने गाड़ी का हॉर्न बजाते हुए कहा।

अनन्या बाहर निकलकर आई और पीछे वाली सीट पर बैठ गई।

"अरे आगे बैठ जाओ बेटा", मैंने मुड़कर कहा।

"नहीं मैं पीछे ही ठीक हूँ", अनन्या ने कहा।

"ठीक है, जैसी तुम्हारी इच्छा", मैंने कहा।

"वैसे आज पहली बार मौका मिला है मुझे मेघना मैडम से तुम्हारी शिकायत करने का, आज मैं अनू की बहुत डाँट पड़वाने वाला हूँ", मैंने उसे छेड़ते हुए कहा।

"हाँ यही तो पसंदीदा काम है आपका, मेरा बुरा करना", उसने कहा।

"अरे मैं तो बस मजाक कर रहा हूँ बेटा, ऐसा क्यों कह रही हो", मैंने कहा।

अनन्या ने मेरी बात का कोई जवाब नहीं दिया और खिड़की से बाहर की ओर देखने लगी। मैं भी चुपचाप गाड़ी चलाता रहा और शीशे से उसके हाव-भाव समझने की कोशिश करता रहा।

कुछ ही देर में हम अनन्या के विद्यालय पहुँच गए, उसके आगे जो कुछ भी हुआ वो मैं दोहरा कर माहौल में कड़वाहट नहीं घोलना चाहता।

****

मैं अपनी कार से नहीं उतरा और बहुत देर तक उसी में जिंदा लाश की तरह जमा रहा। मुझे ऐसा लग रहा था जैसे एक लम्हे में मेरे मन में हज़ारों की तादाद में विचार उमड़ रहे है और मैं हमेशा की तरह खुद के लिए फैसलों को सही गलत के तराजू में तोलने में व्यस्त हो गया।

मेरे जेहन में एक सवाल था, जो हर तरह के सवाल-जवाब पर भारी था और वो यह था कि "क्या मैंने झील से विवाह करके सही किया?"

मेरे मन में यह विचार पहले भी कई बार आया था पर आज जब अनू के मुँह से वो बात निकली तो मुझे इसका सही जवाब मिल गया, जो नीम के किसी पत्ते से भी अधिक कड़वा था।

आज मुझे महसूस हुआ कि मैंने झील से शादी करके बहुत बड़ी गलती की थी। वजह थी अनन्या, जाने अनजाने में उनकी जिंदगी में आकर मैंने अनन्या से उसकी सारी खुशियाँ छीन ली और मुझे महसूस तक नहीं हुआ। अनन्या ने अपना सारा बचपन सिर्फ और सिर्फ घुटन में निकाल दिया और अफ़सोस कि उसकी उस घुटन का जिम्मेदार मैं था।

बीते वक्त पर तो मेरा बस नहीं था पर मैं आने वाले समय को जरूर बदल सकता था और अब मुझे अनन्या के हक़ में फैसला करना था। चाहे वो फैसला झील और मेरे खिलाफ ही क्यों ना हो।

अब मैं अनन्या के साथ और ज्यादती नहीं कर सकता था। उसके ना चाहने पर भी उसके पास रहना और उसे वो रिश्ता महसूस करवाने की नाकाम कोशिशें करते रहना जिसे वह मन ही मन ठुकरा चुकी है, यह सभी चीज़ें एक तरह से उस पर ज्यादती ही थी।

मेरे लिए अनन्या और झील के प्रति मेरी मोहब्बत और भावनाओं से कहीं ज्यादा बढ़कर अनन्या की खुशियाँ थी, और मैं समझ चुका था कि अनू मेरे साथ खुश नहीं है।

दिल पर पत्थर रखकर मैंने उस दिन एक फैसला किया जिसने मेरे जीवन को पूरी तरह से अव्यवस्थित कर दिया। मैंने फैसला किया कि मैं अब झील और अनन्या के साथ नहीं रहूँगा लेकिन उन दोनों को छोड़कर मैं जाता भी कहाँ?

मेरे हृदय की व्यथा को झील समझ नहीं पाती और मैं शायद उसे समझा भी नहीं पाता इसीलिए मुझे इस समस्या का एकमात्र उपाय सूझा।

मैंने सोचा मैं जयपुर से अपना तबादला किसी दूसरे शहर में करवा लूँ ताकि अनू से दूर भी रह सकूँ और उसका ध्यान भी रख सकूँ। मैंने झील से इस बारे में बात करना ठीक नहीं समझा।

शाम को दफ्तर से तो जल्दी छूट गया पर मेरा घर जाने का मन नहीं हुआ। मैं जलमहल के बाहर गाड़ी लगाकर अन्दर ही बैठ गया।

मेरे हाथ में सिगरेट जल रही थी और दिमाग में बवाल चल रहे थे। अपने ख्यालों से लड़ते-उलझते और धुआँ उड़ाते मैंने वहाँ करीब दो से तीन घण्टे गुज़ार दिए तभी झील के फोन से मुझे होश आया।

"कहाँ हो? घर क्यों नहीं आए?" झील ने पूछा।

"तुम आ गई क्या? आज काम ज्यादा था इसीलिए थोड़ी देर हो गई", मैंने कहा।

"सब ठीक है ना सागर?" उसने पूछा।

"हाँ सब ठीक है झील, ऐसे क्यों पूछ रही हो?" मैंने कहा।

"कुछ नहीं, जल्दी घर आ जाओ", उसने कहा।

मैंने झील का फोन रखा और घर की ओर रवाना हो गया। घर पहुँचकर सबसे पहले झील को गले से लगाया, अनन्या तो सो भी चुकी थी। झील की हमेशा से यही आदत रही है, वो मुझसे पहले मेरी आँखों से बात कर लिया करती थी। उस दिन भी मेरे बिना कुछ बोले ही उसने सबकुछ जान लिया।

मैं सोफ़े पर आँख बंद करके थोड़ी देर बैठा ही था कि झील मेरे पास आई और मुझसे बात करने लगी।

"आज अनू ने फिर से दिल दुःखाया ना", उसने कहा।

"नहीं ऐसा कुछ नहीं है, मेरी बेटी से भला कभी दिल दुःख सकता है क्या मेरा", मैंने कहा।

"तुम जानते हो ना तुम मुझसे झूठ नहीं बोल सकते, क्योंकि तुम्हारी यह दिलकश आँखें पहले ही राज़ खोल देती हैं", उसने कहा।

"मैं तुम दोनों से दीवानों की तरह मोहब्बत करता हूँ पर मेरी इस मोहब्बत ने अनू के साथ बहुत बुरा किया है। आज खुद की नज़रों में गुनाहगार बनकर खड़ा हूँ झील", मैंने कहा।

"इस दुनिया में अगर अनू को कोई मुझसे भी ज्यादा प्यार करता है तो वो सिर्फ तुम हो। उसे एक जिम्मेदार पिता की तरह परवरिश देकर बड़ा किया है तुमने और इसे तुम गुनाह कहते हो सागर", उसने कहा।

"यही तो गुनाह किया है मैंने... मैं तुमसे शादी नहीं करता तब भी उसे ऐसी ही परवरिश देता, मगर मैंने तो जबरन उसपर एक 'पिता' को थोप

दिया और वह बचपन से आज तक इस बात से अन्दर ही अन्दर घुटती रही", मैंने कहा।

"ऐसा क्यों कह रहे हो सागर?" उसने पूछा।

मैंने झील को आज का सारा घटनाक्रम सुनाया और फिर चुप हो गया। हमेशा की तरह वह रो पड़ी और मैं अपने आँसू छुपाता रहा।

"हम यह शहर छोड़ देंगे सागर। मैं आज तुमसे यही बात करने वाली थी, अब उसे उसकी पुरानी यादों से बहुत दूर ले चलते हैं", झील ने अपने आँसू पोंछते हुए कहा।

"शहर छोड़ देना कोई उपाय नहीं झील आखिर कब तक अलग अलग शहरों में भागते रहेंगे, सच तो हमेशा ही साथ चलेगा हमारे", मैंने कहा।

"तो फिर क्या करना चाहिए?" उसने पूछा।

"हमारी जिंदगी के मौजूदा हालातों की वजह सिर्फ मैं हूँ, और मैं चाहता हूँ इस वजह का अब अंत हो, मैं अनू को अब और घुटने नहीं दूँगा", मैंने कहा।

"तुम कहना क्या चाहते हो?" उसने पूछा।

"मैंने फैसला किया है कि मैं पास के किसी शहर में अपना तबादला करवा लूँ, ताकि अनू को कम से कम रोज़ाना मेरा चेहरा देखने से राहत मिल जाए", मैंने कहा।

"पहली बात तो यह है कि इस तरह के फैसले तुम अकेले नहीं ले सकते और दूसरी बात यह है कि तुम्हें अनन्या के बुरे बर्ताव की सज़ा 'हमें' देने का कोई हक नहीं",

"तुम सिर्फ अनन्या की वजह से मुझसे दूर नहीं हो सकते", उसने चिल्लाते हुए कहा।

"तुम मेरी पहली मोहब्बत हो झील... तुमसे दूर जाना मेरे बस में नहीं पर अनू मेरी आखिरी मोहब्बत है, उसकी ख़ुशी लिए जो कुछ करना पड़े मैं करूँगा। चाहे यह हम दोनों के खिलाफ ही क्यों ना हो", मैंने कहा।

झील ने गुस्से में टेबल पर पड़ा गिलास जोर से दीवार की ओर फेंका। तेज़ आवाज़ के साथ फर्श पर काँच के टुकड़े बिखर गए और कमरे में सन्नाटा पसर गया।

झील उठी, रोते हुए अनू के कमरे में चली गई और दरवाज़ा बंद कर लिया, मैं उसी सोफ़े पर रात-भर बैठा बैठा धुएँ से बातें करता रहा।

अगले तीन दिनों तक झील ने मुझसे जरा-सी भी बात नहीं की पर शायद किस्मत को भी यही मंज़ूर था। झील को पदोन्नति मिली और साथ ही उसे मुम्बई जाने के निर्देश भी। उसने नौकरी से इस्तीफा देना चाहा पर मैंने उसका हृदय परिवर्तन कर दिया।

झील दिल पर पत्थर रखकर मुम्बई जाने के लिए तैयार हो गई और अनू ख़ुशी ख़ुशी मुझसे अलग होने को तैयार हो गई।

मैंने उन दोनों के लिए मुम्बई में एक सुंदर सा फ्लैट किराए पर लिया और उनका सामान वहाँ पहुँचा दिया। हमने मुम्बई में अनन्या का दाखिला एक अच्छे विद्यालय में करवा दिया।

अब मुझे जयपुर लौटना था। यह वियोग की घड़ी थी जो मुझे भीतर ही भीतर नर्क के सामान यातना दे रही थी, अनन्या और झील उस दिन मुझे मुम्बई-हवाई अड्डे पर छोड़ने आए।

"अनू बेटा अपना और मम्मी का ध्यान रखना", मैंने कहा।

"हाँ, आप भी अच्छे से रहना", उसने कहा।

"अनू को यहाँ किसी तरह की परेशानी नहीं होनी चाहिए झील", मैंने कहा।

"हाँ मैं वादा करती हूँ", झील ने कहा।

झील से अब सहा नहीं गया और वह मुझसे गले लगकर ज़ोर ज़ोर से रोने लगी। अनन्या मुँह बिगाड़कर दूसरी ओर देखने लगी। मैंने झील को संभाला और उसे 'सब जल्द ही ठीक हो जाएगा', इस तरह की झूठी सांत्वनाएँ देकर मैं उन दोनों के पास से चला आया।

हवाईजहाज़ ने उड़ान भरी। समय के साथ साथ मुम्बई शहर मुझसे पीछे छूटता गया, साथ ही मेरी बीवी और बेटी भी !

अध्याय 24

"जब बच्चे बड़े हो जाते हैं"

वक्त भी हमारे साथ अजीब खेल खेलता है, उम्र के खूबसूरत पल पलक झपकाने के साथ ही गुजर जाते हैं जबकि उम्र का सबसे मुश्किल दौर अपने आप में ही एक अलग उम्र नजर आता है।

कभी-कभी वक्त हमारी सोच से कहीं गुना तेजी से बदलता है, यहाँ तक कि इतना तेज कि हमें संभलने का मौका तक नहीं मिलता। मैं भी अपनी उम्र के कुछ इसी तरह के पड़ाव से गुज़र रहा था जहाँ मैं लगभग अपनी आधी जिंदगी जी चुका था।

रात के करीब ढाई बजे अपने फोन की घंटी सुनकर मुझे घबराहट हो गई।

"क्या बात है झील, तुम ठीक हो?" मैंने पूछा।

"तुम कहाँ हो?" उसने सहमी सी आवाज़ में पूछा।

"रात के ढाई बजे है झील, घर के सिवाय और कहाँ हो सकता हूँ मैं", मैंने कहा।

"बहुत बुरा सपना देखा सागर", झील कहकर रोने लगी।

"अरे सपना ही तो था... रो क्यों रही हो? ऐसे बच्चों की तरह कब से डरने लगी हो तुम", मैंने कहा।

(झील ने अब भी रोना बंद नहीं किया, बड़ी मुश्किल से कुछ देर बाद बहला फुसलाकर मैंने उसे चुप करवाया)

"अब बताओ मुझे, ऐसा क्या देख लिया सपने में जो नींद उड़ गई तुम्हारी और होश उड़ गए मेरे?" मैंने पूछा।

"नहीं बता सकती तुम्हें, रूह काँप रही है मेरी", उसने कहा।

"बुरे सपनों से डरने लगी हो... इतनी कमजोर कब से पड़ गई तुम?" मैंने कहा।

"हाँ हो गई हूँ कमजोर, तुमने जब से साथ छोड़ा है मैं कमजोर पड़ गई हूँ। हमें मुम्बई आए दो साल बीत गए पर ना तुम हमसे मिलने आए ना हमें वहाँ आने दिया। हाँ तुम्हारे विभाग के कुछ लोग और कुछ पुलिस वाले जरूर हमारा हाल-चाल लेने आते हैं, तुम्हारे भेजे हुए पैसे भी हर महीने आते हैं, तुम्हारे तोहफे भी हमेशा आते हैं और तुम्हारे फोन कॉल भी सुबह-शाम आते हैं, पर तुम नहीं आते",

"आने वाले वक्त में इतना ही कठोर बनना था तो क्यों आए मेरी जिंदगी में लौटकर? क्यों शादी की मुझसे? क्यों अनन्या का हाथ थामा तुमने? क्यों हमें यह झूठी दिलासा दी कि तुम सारी उम्र हमारे साथ रहोगे?"

"दिल नहीं पसीजता कभी तुम्हारा? मैं तो खैर तुम्हारे लिए अब कुछ भी नहीं मगर अपनी बेटी के लिए कब से सोचना बंद कर दिया तुमने? उसे देखने का भी मन नहीं करता क्या तुम्हारा?"

(मैं चुपचाप सुनता रहा और उसके सवालों का कोई जवाब नहीं दिया)

"हमेशा की तरह चुप हो जाया करो, इतना ही परेशान करती हूँ तो छोड़ ही क्यों नहीं देते मुझे", उसने रोते हुए कहा।

"अनन्या अब कैसी है झील?" मैंने पूछा।

"वो बहुत खुश है सागर", उसने कहा।

"बस इसीलिए दूर हूँ तुमसे", मैंने कहा और फोन रख दिया।

दो साल... सच कहा झील ने, जिन्हें देखे बिना दो मिनट भी चैन नहीं आता था मुझे, उन दोनों से मिले बिना दो साल गुज़र गए थे। ना मैं मेरी पत्नी और बेटी से मिलने मुम्बई गया और ना ही उन्हें मुझसे मिलने यहाँ आने दिया। सुनने में आसान लगता है, पर यकीन मानिए यह वक्त बहुत मुश्किल होता है। पानी का स्वाद ज़हर से बदतर लगता है, साँस लो तो दम घुटता है, खुद को कच्चा चबा जाने का मन करता है मगर एक निवाला भी गले से नहीं उतरता, सुबह उठते हैं तो आँखें रात के सूखे आँसुओं से जलती है, सारी रात नींद आँखों से खफा होती है, थक-हारकर आँख लग भी जाए तो दुआ करते हैं कि अगली सुबह आँख ही ना खुले, मैंने बहुत लंबे समय तक महसूस किया है यह सब।

अपनों की ख़ुशी की ख़ातिर उनसे दूर होने की तकलीफ क्या होती है, मुझसे बेहतर शायद ही कोई समझ पाए।

मैं मजबूर था, मेरे लिए अनन्या की ख़ुशी से बढ़कर कुछ नहीं था। मैं चाह कर भी उन दोनों के पास नहीं जा सकता था क्योंकि मेरी चाहत की कीमत उसकी मुस्कराहट से बढ़कर नहीं थी।

जिंदगी ऐसे ही गुज़रती रही। मैं एक शक्तिशाली रुतबे के लिबास में एक हद से ज्यादा बेबस इंसान का जीवन व्यतीत करता रहा, इस इंतज़ार में कि कब अनन्या बड़ी हो जाए और हमारे रिश्ते की गहराई जानकर मुझे अपना सके, पर बच्चे अक्सर हमारी उम्मीद से पहले बड़े हो जाते है।

यह मेरे जीवन का सबसे मुश्किल और कठोर फैसला था कि अनू से दूर हो जाऊँ, मुझे उसकी ख़ुशी के लिए यह सब करना ही पड़ा। मुझ जैसे कोमल हृदय वाला आदमी इस तरह के कठोर फैसलों पर कैसे अमल कर गया यह मैं खुद नहीं जानता मगर कड़वा सच भी यही था कि मुझसे दूर रहकर अनू बहुत खुश थी।

महीने में कभी एक-आधा बार बेमन से अनू मुझसे फोन पर बात कर लिया करती तो मैं उसकी आवाज़ को रिकॉर्ड कर लेता था और हर रोज़ हर सुबह हर रात उसकी कोयल सी प्यारी आवाज़ सुनता रहता।

झील भी अब मेरे बिना रहना सीख चुकी थी, मैं सदैव उसकी नज़रों में अनन्या को सर्वोपरि बनाए रखने का प्रयास करता रहा जो उचित भी था।

समय का पहिया बिना रुके घूमता रहा और एक दिन उस विकट मोड़ पर आकर थम गया जिसकी आज भी केवल कल्पना मात्र से ही मेरा शरीर थर्रा उठता है, रूह काँप जाती है और कलेजा मुँह को आ जाता है। यदि इस समय को मेरे जीवन का सबसे बुरा समय कह दिया जाए तो इसमें कोई अतिशयोक्ति नहीं होगी।

मैं पिछले पाँच वर्षों में सिर्फ एक बार अनन्या से मिला था वो भी जब वह बहुत ज्यादा बीमार हो गई थी, मैं अपने दफ्तर से छुट्टी लेकर करीब एक सप्ताह मुम्बई उसके पास रुका था, और उसके ठीक होते ही लौट आया।

हर वर्ष उसके जन्मदिन पर मैं उसे उसके पसंदीदा उपहार भेजा करता। उसकी प्रत्येक जरूरत को पूरा करना मेरा दायित्व था, मेरी नज़रों ने कभी उसकी मुस्कुराहट से महँगा और कुछ देखा ही नहीं। झील और मैंने उसे कभी किसी चीज के लिए परेशान होने ही नहीं दिया।

बहुत से लोग इस दिन को खास मानते हैं और इस दिन खुद से तरह तरह के वादे करते हैं। स्वयं के द्वारा की गई गलतियों को याद करते हैं और बीते वक्त की बात करते हैं, इसी उम्मीद में कि जीवन में यह गलतियाँ फिर दोबारा कभी ना दोहराई जाएँ।

जी हाँ मैं साल के आखिरी दिन की ही बात कर रहा हूँ। इकतीस दिसम्बर, जो मेरे लिए सिर्फ इसीलिए अहम नहीं कि यह साल का आखिरी दिन है अपितु यह मेरे लिए इसीलिए सर्वाधिक मायने रखता है क्योंकि आज ही के दिन मेरी प्यारी परी ने इस दुनिया में अपने नन्हें कदम रखे।

वैसे तो पिछले कुछ वर्षों से मैं अपने फैसलों से बाध्य होने के कारण अनन्या के जन्मदिन पर भी उससे मिलने नहीं गया पर इस बार उसके जन्मदिवस की एक विशेष भूमिका थी। अब अनन्या अठारह वर्ष की होने वाली थी, इसीलिए इस खास जन्मदिन पर मैं खुद उसके पास जाकर उन दोनों के साथ उसका जन्मोत्सव मनाना चाहता था।

मेरे आने की खबर से झील काफ़ी खुश थी पर मैंने उसे अनू को बताने से मना कर दिया। मैं पाँच वर्ष बाद अनू से अचानक मिलने पर उसके चेहरे की ख़ुशी को खुद अपनी आँखों से देखकर महसूस करना चाहता था। मैं तीस दिसम्बर की शाम को मुम्बई पहुँच गया और होटल पहुँचकर मैंने झील को फोन किया।

"मैं एक दुविधा में हूँ, क्या तुम मेरी मदद करोगी?" मैंने पूछा।

"अरे यह भी कोई पूछने वाली बात हुई? बताओ मैं तुम्हारे लिए क्या कर सकती हूँ?" उसने कहा।

"बहुत लंबे समय के बाद अपनी बेटी से मिल रहा हूँ झील, उसके लिए क्या तोहफा लूँ बस इसी उलझन में हूँ", मैंने कहा।

"सबकुछ तो दे चुके हो, तुम्हारे दिए तोहफों से तो सारा घर सजा हुआ है, तुम्हारा हमसे मिलने आना ही मेरी नजर में सबसे बड़ा तोहफा होगा", उसने कहा।

"फिर भी कुछ तो ऐसा होगा जो उसे पसंद हो और अब तक मैंने लाकर ना दिया हो?" मैंने पूछा।

"मेरी नजर में फिलहाल तो ऐसा कुछ भी नहीं है, तुम अपनी इच्छा से जो चाहो ले लेना। मैं घर की सजावट करके दिन में तुम्हारे पास आ जाऊँगी फिर साथ में लेने चलेंगे कुछ जो अनू को पसंद आए", उसने कहा।

मैंने उसकी बात पर हामी भरते हुए फोन रखा और अपने बिस्तर पर जाकर लेट गया। सोलह घण्टे का सफर तय करने के बावजूद उस रात मैं देर तक सो नहीं पाया। इतने लंबे समय के बाद अपनी प्यारी बेटी से मिलने की उत्सुकता ने मुझे सोने ही नहीं दिया।

मैं हर साल तीस दिसम्बर की रात के ठीक बारह बजे अनू को फोन करके जन्मदिन की बधाई देता था मगर इस बार मैंने उसे फोन नहीं किया। मैं बधाई उसे मिलकर देना चाहता था और उसका तोहफा भी।

दिन-भर होटल में टीवी देखने के बाद दोपहर के करीब दो बजे झील मुझे लेने आई और हम उसकी कार में बैठकर अनू के लिए कोई अच्छा सा तोहफा लेने निकल पड़े। काफी विचार विमर्श करने के बाद हमने उसके लिए एक लैपटॉप कम्प्यूटर ख़रीदा जिसे पसंद करने में शाम के पाँच बज गए।

थोड़ी देर बाद अनू ने झील को फोन किया और उसे जल्दी घर आने को कहने लगी। हमने और देर ना करते हुए उसके लिए एक खूबसूरत सा केक बनवाया और घर की तरफ रवाना हो गए। मुम्बई सेंट्रल के ट्रैफिक से उलझते-जूझते हमें इस्कॉन चौपाटी स्थित हमारे फ्लैट पर पहुँचते पहुँचते शाम के करीब सात बज गए। अनन्या की सभी सहेलियाँ और दोस्त वहाँ पहुँच चुके थे और झील के सहकर्मी भी लगभग आने को ही थे।

"तुम अन्दर जाओ, मैं यहीं कार में बैठा हूँ", मैंने कहा।

"बाहर बैठने आए हो क्या? अब अन्दर चलो मेरे साथ", उसने कहा।

"बात को समझो झील, जाकर व्यवस्था संभालो, मैं केक काटने के समय ऊपर आऊँगा", मैंने कहा।

झील ने मुस्कुराते हुए गाड़ी में से केक निकाला और फ्लैट में चली गई। मैं बैठा-बैठा बेसब्री से झील के फोन का इंतज़ार करने लगा कि कब केक काटने का वक्त हो और मैं मेरी बेटी के सामने जाऊँ।

मैं कार में बैठा-बैठा अनू के बचपन की बातों को याद कर रहा था। मुझे बीते वक्त का हर एक खूबसूरत लम्हा याद आ रहा था, उसका मेरे साथ

खेलना, रविवार को देर से सोने पर अपने नन्हें हाथों से मेरे बाल खींचकर मुझे नींद से जगाना, मुझसे रूठ जाना, मुझे हँसाना और वो सभी बातें जो मेरे हर एक जख्म पर मरहम का काम करती हैं। तभी पार्किंग में दो गाड़ियाँ और रुकी जिनमें से चार महिलाएँ और दो पुरुष हाथ में कुछ तोहफे लिए लिफ्ट की ओर बढ़ते हुए दिखाई दिए।

मैं समझ गया कि झील के सहकर्मी भी आ चुके हैं। अब जल्द ही केक काटा जाएगा और पाँच साल के लंबे इंतज़ार के बाद मुझे अचानक से मेरी बेटी के सामने जाकर उसे चौंका देने का अवसर मिलेगा।

मैं कार के शीशे में खुद को देख रहा था। मैंने सफ़ेद बालों को छुपाने के लिए बालों में रंग तो लगा लिया मगर चेहरे पर ढलती उम्र के पनप रहे निशान मानो शोर मचाने को बेताब थे। मुझे जीवन में आज पहली बार अपनी ढलती उम्र का एहसास हुआ जब अरसे बाद खुद पर नजर डालने की फुर्सत मिली।

झील तो देखने में आज भी तीस वर्ष से अधिक प्रतीत नहीं होती थी जबकि वह उम्र में मुझसे दो साल बड़ी थी। हमारा समय बीत चुका था अब तो बस कुछ ज़िम्मेदारियाँ बाकी थी जिनका निभाया जाना बेहद जरूरी था।

कुछ देर और इंतज़ार करने के बाद आखिर झील का फोन आ ही गया और उसने मुझे घर में आने को कहा। मैंने अनू का तोहफा व अपना बैग लिया और लिफ्ट की ओर ऐसे लपका जैसे कोई पाँच वर्ष का बालक चॉकलेट को देखकर दौड़ता है। धीरे-धीरे ऊपर की ओर बढ़ती लिफ्ट में मेरी तेज़ गति से चलती धड़कनों को आसानी से महसूस किया जा सकता था।

सोलहवी मंज़िल पर स्थित हमारे फ्लैट के बाहर पहुँचते पहुँचते तो मैं इतना बेचैन हो गया था जितना तो ना अपने साक्षात्कार के वक्त हुआ, ना ही झील से पहली दफा अपनी मोहब्बत का इजहार करते वक्त।

चमकीली बत्तियों से सजा दरवाज़ा अन्दर के खुशनुमा माहौल को बाहर ही बयाँ कर देने को आतुर था। मैंने एक गहरी साँस ली और दरवाजे की घंटी बजाई, दरवाजा झील ने ही खोला। अन्दर करीब पंद्रह से बीस लोग मौजूद थे और उनके बीच मेरी सुंदर सी परी खिलखिला रही थी, जिसे इतने समय बाद देखकर मेरी आँखें भर आई।

अनू वाकई बड़ी हो चुकी थी, उसे देखकर ऐसा लग रहा था मानो झील अपनी उम्र में फिर से पीछे लौट गई हो और हम उसका अठारहवाँ जन्मोत्सव मना रहे हो। अनू पूरी तरह से अपनी मम्मी के ऊपर ही गई थी।

शोर शराबे और हँसी ठहाकों से भरे माहौल के बीच मेरे कदम अनू की ओर बढ़ ही रहे थे कि उसकी नजर मुझ पर पड़ी। मुझे लगा वह ख़ुशी से झूम उठेगी और मुझे गले से लगा लेगी पर उस दिन मेरे नसीब को कुछ और ही गवारा था। मुझे देखते ही अनू की हँसी गायब हो गई और उसके चेहरे का रंग उड़ गया।

मैं उसे जन्मदिन की बधाई देने ही वाला था कि वह झील पर जोर से चिल्लाई और घर का सारा शोर एक भयावह सन्नाटे में तब्दील हो गया। उसके सारे दोस्तों और वहाँ मौजूद सभी लोगों की नजरें अनन्या पर जम गई।

"ये यहाँ क्या कर रहे है माँ", अनन्या ने चिल्लाते हुए कहा।

"मम् मैं तुमसे मिलने आया हूँ बेटी", मैंने हकलाते हुए कहा।

ऐसा लग रहा था मानो किसी ने मुझसे मेरी आवाज छीन ली हो।

"बेटी? किसकी बेटी? ऐसी बातें बोलकर कम से कम सबके बीच में तो मेरा अपमान मत करो", अनन्या ने कहा।

"यह क्या बकवास कर रही हो अनन्या", झील ने चिल्लाते हुए कहा।

"बकवास मैं कर रही हूँ? और मेरी अनुमति के बिना इन्होंने यहाँ आकर जो किया है उसे क्या कहोगे आप", अनन्या ने कहा।

"इतने प्यार-दुलार से बड़ा किया तुम्हें, तुम्हारी हर जरूरत हर शौक पूरे किए, तुम्हारा सबकुछ उनका है, यहाँ तक कि जिस घर में रह रही हो वो भी उनका है। अब यहाँ आने के लिए भी तुमसे पूछना पड़ेगा क्या उन्हें", झील ने कहा।

"अच्छा तो इस हक़ से यह मुझसे बिना पूछे मेरे दोस्तों के बीच आ गए, जिनसे मुझे आप लोगों का यह काला सच छुपाते छुपाते इतना समय बीत गया", अनन्या ने ऊँचे स्वरों में कहा।

"मैं तो एक पिता के हक़ से आया हूँ अनन्या और तुम इस बात को अपने दोस्तों से क्यों छुपाती आई हो?" मैंने कहा।

"मिस्टर सागर कुमार, सबसे पहले तो आप अपने दिमाग में से यह गलतफहमी निकाल दीजिए",

"आप भले ही किसी शहर के डी.एम. होंगे जो खुद को मेरा पिता समझता आया है मगर मेरे लिए आप मेरी माँ के दूसरे पति से ज्यादा और कुछ नहीं", अनन्या मुझपर चिल्लाई।

उसकी इस बात ने मेरे होंठो पर ताला जड़ दिया। झील भी उसकी बात सुनकर सुन्न पड़ गई, घर में गहरा सन्नाटा पसर गया और वें सभी लोग जो यहाँ तमाशबीनों की भूमिका निभा रहे थे एक-एक करके जाने लगे।

"बहुत शर्म आ रही है आज मुझे तुम्हें अपनी बेटी कहते हुए, काश थोड़ी बहुत तुम्हें भी आई होती तो आज उस इंसान के लिए इतना कुछ गलत ना कहती जिसने सिर्फ तुम्हारा जीवन सँवारने की कोशिशों में अपना सारा जीवन बिता दिया", झील ने कहा।

"शर्म मुझे आनी चाहिए? इन्हें शर्म नहीं आई एक शादीशुदा लड़की का घर उजाड़ते हुए? किसी की मज़बूरी का फ़ायदा उठाते हुए इन्हें शर्म नहीं आई? एक तीन साल की बच्ची को अपने पिता से छीनते समय इन्हें शर्म नहीं आई?" उसने कहा।

"चुप हो जा, यह शब्दों से ज़हर उगलना कहाँ से सीखा अनन्या?" झील चिल्लाई।

"आज सुना नहीं जा रहा ना माँ, मुझसे बचपन से ही नहीं सुना जाता था जब यह बिना किसी हक़ के मुझे बेटी कहकर बुलाते थे",

"आप दोनों ने सिर्फ और सिर्फ अपने मतलब के पीछे बहुत सी जिंदगियाँ तबाह की है, जिसमें से पहला स्थान मेरा और मेरे पापा का है", अनन्या ने कहा।

"हम दोनों ने तुम्हारे पापा का जीवन तबाह किया? तुम नाम तक भी जानती हो उसका? तुम हमारे बीते वक्त की हकीकत जानती भी हो? मैंने तो आज तक तुम्हारे सामने कभी तुम्हारे पिता का ज़िक्र सिर्फ इसीलिए नहीं किया क्योंकि मैं नहीं चाहती थी उस इंसान का घिनौना सच तुम्हारे सामने आए और तुम पर इसका कोई गलत असर पड़े", झील ने चिल्लाते हुए कहा।

"हाँ मैं जानती हूँ उनका सच, उन्होंने भी दूसरी शादी कर ली और करते भी क्यों ना?"

"यह जो मेरे सामने आज महानता का झूठा नक़ाब पहने खड़े हैं, आप इन से सवाल कीजिए",

"आपकी शादी से पहले तो समझ आता है, क्या यह इतने बेशर्म थे कि शादी के बाद भी आपका पीछा नहीं छोड़ा?"

"आप दोनों के प्रेम-प्रसंग से परेशान होकर जब मेरे पापा ने आपको छोड़ दिया, क्या तब भी इन्हें शर्म नहीं आई? एक छोटी बच्ची को अपने पिता से अलग करते हुए क्या इनका दिल जरा भी नहीं पसीजा?" अनन्या ने मेरी तरफ अपनी अंगुली तानते हुए कहा।

"उसने मुझे छोड़ दिया वो भी सागर की वजह से? वो तो सागर को जानता तक नहीं। किसने भरी है इस तरह की बक़वास तुम्हारे मन में अनन्या?" झील ने कहा।

"आपने क्या सोचा माँ, आप छुपाने की कोशिश करोगे तो मुझे मालूम नहीं चलेगा? आप दोनों ने तो जबरदस्ती मुझे मेरे दादा-दादी से अलग कर दिया, जिन्हें मैं आपसे भी ज्यादा चाहती थी",

"आपको लगा कि उनके साथ रही तो आप दोनों की हकीकत जान लूँगी इसीलिए आपने अपना शहर अपना परिवार तक छोड़ दिया और मुझे यहाँ ले आए सबसे दूर", अनन्या ने कहा।

"तुम्हारे भले के लिए ही किया जो भी किया। तुम्हारी ख़ुशी के लिए ही सागर ने इतने वर्ष तुमसे दूर रहने का फैसला किया, यह नजर नहीं आ रहा तुम्हें?" झील ने कहा।

"किसी का सबकुछ छीनकर उससे दूर हो जाओ, अच्छा तरीका है यह अपने पाप छुपाने का माँ, और वैसे भी इन्होंने तो छीनने में महारत हासिल की है",

"सबसे पहले मेरी माँ फिर पापा फिर दादा-दादी फिर नानू फिर मेरा घर तक मुझसे छीन लिया, इनका बस चला तो एक दिन मुझसे मेरी साँसें तक छीन लेंगे",

"मैंने जिंदगी में इनसे बड़ा लालची और बेशर्म इंसान आजतक नहीं देखा माँ", उसने कहा।

मैं चुपचाप खड़ा खड़ा उसकी बातें सुन रहा था या एक तरह से कहा जाए तो खुद पर लग रहे सभी आरोप सुन रहा था, मैं झील को मेरे पक्ष में गवाही देते सुन रहा था।

उसके मुँह से निकलता हर एक शब्द मेरे हृदय पर किसी खंजर की भाँति घाव कर रहा था, मेरे कानों को भीतर से ज़ख्मी कर रहा था, मैं खड़ा-खड़ा काँप रहा था मगर फिर भी अनन्या को और सुनना चाहता था। लेकिन अनन्या की यह बात सुनकर झील की सहनशक्ति ने जवाब दे दिया, वह गुस्से में उसके पास गई और खींचकर उसके गाल पर एक थप्पड़ जड़ दिया। मैं फ़ौरन उन दोनों के बीच में कूदा और गुस्से में झील को धक्का देते हुए अनन्या से दूर किया जिस वजह से वो लगभग गिरती गिरती बची।

"इसे जरा सी भी चोट पहुँचाई तो मुझसे बुरा कोई नहीं होगा झील", मैंने चिल्लाते हुए कहा।

"आपसे बुरा तो कोई हो भी नहीं सकता", अनन्या ने पीछे से जोरदार धक्का देते हुए मुझे हटाया और रोती हुई झील के सामने खड़ी हो गई।

"चाहो तो और थप्पड़ मार सकती हो माँ। इस इंसान की वजह से आपने आजतक मेरे साथ यही तो किया है, मेरे जन्मदिन के इस खूबसूरत तोहफ़े के लिए आपका बहुत-बहुत शुक्रिया, इसे मैं जीवन में कभी नहीं भुला सकूँगी", उसने रोते हुए कहा।

यहाँ आकर जाने-अनजाने में आज जो मुझसे घोर अपराध हुआ था मैं उसका प्रायश्चित बस अनन्या के आगे हाथ जोड़कर उससे हमेशा के लिए अलविदा कहते हुए कर सकता था पर समय ने यह मौका भी मुझसे छीन लिया। वह रोती हुई अपने कमरे में चली गई, मैं उसके दरवाज़े तक पहुँचा ही था कि उसने जोर से ठोकर देते हुए दरवाज़ा अन्दर से बंद कर लिया। मैंने अपने काँपते हुए हाथ उसके दरवाज़े पर रख दिए। मैं उससे बहुत कुछ कहना चाहता था और उसके हर एक सवाल का सही जवाब देना चाहता था मगर मेरे आत्मसम्मान ने मुझे ऐसा करने से रोक लिया।

ना जाने कैसे मगर एक ही झटके में मोहब्बत का स्थान नफरत ने ले लिया और ऐसा जीवन में पहली बार हुआ जब मुझे अनन्या पर बहुत जोर से गुस्सा आया। आखिर वह मेरे इतने वर्षों के त्याग को किस प्रकार लालच और बेशर्मी का नाम दे सकती थी? वह मेरी मोहब्बत को आखिर कैसे मेरा स्वार्थ बता सकती थी?

मैं झील की तरफ मुड़ा, वह हाथों से अपने चेहरे को छुपाए घुटनों के बल बैठी हुई रो रही थी, मैंने उसके सिर पर हाथ फेरा और बाहर जाने लगा तभी झील ने रोते हुए मेरा हाथ पकड़ लिया।

"अब भी मुझे रोकना चाहती हो क्या झील?" मैंने पूछा।

"उसकी बदसलूकी के लिए मैं माफ़ी माँगती हूँ सागर... वो हमारे अतीत के बारे में कुछ नहीं जानती, वो अपने पिता की हकीकत नहीं जानती",

"तुम उसकी बातों से नाराज़ होकर हमें छोड़कर मत जाओ... मैं हाथ जोड़कर माफ़ी माँगती हूँ, जब उसे सच्चाई का पता चलेगा वो भी इसी तरह तुमसे माफ़ी माँगेगी", झील ने एक ही साँस में कहा।

"दूसरी बात तो यह कि तुम मुझसे वादा करो कि उसे कभी हमारा सच नहीं बताओगी। वो बचपन से आज तक नफरत की आग में जलती रही, मैं नहीं चाहता अब पछतावे की आग में जले", मैंने कहा।

"उसे आईना दिखाना जरूरी है वरना वो जिंदगी भर उस इंसान को गलत समझती रहेगी जिसने उसकी जिंदगी बनाई है", झील ने कहा।

"समझने दो, मैंने अपना फर्ज अच्छे से निभाया बस मुझे इस बात का सुकून है",

"मगर तुम्हें मुझसे वादा करना होगा कि आज के बाद उसके सामने मेरा जिक्र कभी नहीं करोगी ना ही उसे कुछ बताने की कोशिश करोगी", मैंने कहा।

"ठीक है मैं वादा करती हूँ मगर तुम भी मुझसे वादा करो कि मुझे छोड़कर कहीं नहीं जाओगे", उसने कहा।

"पहली बात यह है कि अब तक जिस रिश्ते को तुम्हारी बेटी झूठा समझती आई है आज मैं उसे उस रिश्ते से आज़ाद करता हूँ", मैंने कहा।

"तुम्हारी बेटी मतलब? क्या वो अब तुम्हारी बेटी नहीं रही सागर?" झील मेरे पास आकर चिल्लाई।

"अब और जबरदस्ती रिश्तों को घसीटा नहीं जाएगा मुझसे। मैं थक गया हूँ झील... अब और सहन करने की हिम्मत नहीं है", मैंने कहा।

"मैंने पूछा क्या अनू अब तुम्हारी बेटी नहीं रही", झील ने एक बार फिर से अपना सवाल दोहराया।

"मैंने तो हर संभव प्रयास किया था उसका पिता बनने का, पर सच यही है कि वो मेरी बेटी नहीं है, अगर होती तो आज यह दिन नहीं देखना पड़ता मुझे", मैंने कहा।

"आखिरी बार उसे माफ़ कर दो सागर... उसके शब्दों को मैं वापस लेती हूँ, उसके बचपने की इतनी बड़ी सजा मत दो हमें, मैं हाथ जोड़कर विनती करती हूँ", उसने कहा।

"दस साल की छोटी बच्ची होती तो माफ़ भी कर देता उसे झील, मगर अब बहुत देर हो चुकी है। अनन्या ने आज वो किया जो मैं सपने में भी नहीं सोच सकता था, अब बेहतर यही होगा की तुम मुझे जाने दो", मैंने कहा।

"उसे जाना है ना अपने दादा-दादी और पापा के पास, मैं उसे भेज दूँगी अब। वो नहीं चाहती हमारे साथ रहना तो मैं उसे नहीं रोकूँगी। जाना ही चाहते हो तुम तो मुझे अपने साथ ले चलो सागर, अब नहीं रहा जाएगा मुझसे", झील ने सिसकियाँ लेते हुए कहा।

"नहीं, तुम इतनी जल्दी अपने फर्ज से मुँह नहीं फेरोगी, अनन्या कितनी ही बड़ी क्यों ना हो जाए पर उसे हर वक्त तुम्हारी जरूरत पड़ेगी, उसका साथ कभी मत छोड़ना झील", मैंने कहा।

"सुना ना तुमने अभी, वो जरूरत से ज्यादा बड़ी हो चुकी है, उसे अब मेरी जरूरत नहीं, मुझे छोड़कर मत जाओ मैं तुम्हारे पैर पड़ती हूँ", कहते हुए झील मेरे पैरों में गिर पड़ी।

मैंने उसे फ़ौरन उठाया, उसके रेशम से कोमल गालों पर बहते पिघले मोतियों को पोंछा और उसे अपने गले से लगा लिया। जब वह थोड़ा शांत हुई तब मैंने उसे समझाया और उससे अनन्या को जीवन की हर एक ख़ुशी देने का वादा लिया। मैंने उसे अनन्या का साथ कभी ना छोड़ने को कहा और हर वो झूठी दिलासा दी जिससे कुछ वक्त के लिए वातावरण शांत हो सके।

झील के आँसू रुकने का नाम नहीं ले रहे थे और मेरे लिए उन्हें बहते देखना जहर के घूँट पीने समान था पर मैंने अपने मन को थोड़ा कठोर करते हुए उसे वो कह दिया जिसके बाद झील शायद पूरी रात आँसू बहाती रही।

"मेरे जाने का सही वक्त आ गया है झील... शायद जीवन में हमारा साथ यहीं तक था, अनन्या का ध्यान रखना", मैंने कहा।

झील ने मेरी शर्ट को इतना कसकर पकड़ लिया कि यदि वो कोई सजीव वस्तु होती तो उस वक्त उसकी मुट्ठी में ही दम तोड़ देती।

मैंने खुद को उसके हाथों की गिरफ्त से दूर किया और उसके माथे पर चूमकर दरवाज़े की तरफ बढ़ गया।

"मत जाओ मुझसे दूर, मैं जी नहीं पाऊँगी सागर", झील ने मुझे रोकने का अंतिम प्रयास करते हुए कहा।

"अलविदा झील, हो सके अनू से मेरी तरफ से माफ़ी माँग लेना और हो सके तो तुम भी मुझे माफ़ करना", मैंने कहा और अपना बैग लेकर बाहर निकल आया।

हमारे रिश्तों में पड़ चुकी दरार शायद इस घर को भी नजर आ चुकी थी। कुछ देर पहले तक दरवाजे पर सजी बत्तियाँ जो मेरे स्वागत के लिए जगमगा रही थी मानो अब उदासी भरे चेहरे से रोशनी के रूप में अपने आँसू टिमटिमाते हुए मुझे विदाई देने लगी। जब लिफ्ट का दरवाज़ा खोला तो ऐसा लगा कि कोई संगीन अपराध करके किसी कैदखाने की ओर बढ़ रहा हूँ।

मुझे आज भी याद है, मैं उस दिन मुम्बई सेंट्रल रेलवे स्टेशन पर बैठा-बैठा किसी पागल इंसान से कम नजर नहीं आ रहा था जो बार बार पलटकर पीछे की ओर देख रहा था कि कहीं से उसकी बेटी नजर आ जाए और वह उससे लिपटकर उसे जाने से रोक ले मगर यह केवलमात्र एक झूठी दिलासा से अधिक और कुछ नहीं था।

मैं रोना चाहता था मगर मेरे क्रोध ने मेरे आँसुओ को अन्दर ही सोख लिया। ऐसा ही होता है जब आपको उम्र भर की मोहब्बत के बदले बेहिसाब नफरत मिले, रिश्तों के मायने पल भर में बदल जाते हैं और आज की रात तो हमारे जीवन के सबसे बड़े बदलाव की चश्मदीद थी।

मेरे सामने खड़ी रेलगाड़ी शोर मचाती हुई मुझे संबोधित कर रही थी। क्या वह मुझे फ़ौरन उसमें सवार होकर इन रिश्तों के बंधन से बहुत दूर निकल जाने को कह रही थी? या वह जोरदार आवाज़ के साथ मुझे क्रोध की निद्रा से बाहर लाने की कोशिश में लगी थी कि मैं अनन्या को मेरे साथ आने एक आखिरी मौका दूँ।

मगर शायद अब मौका देने का समय नहीं था, मेरे क्रोध ने मुझपर हावी होकर मुझे एक पल और सोचे बिना उस शहर से रवाना हो जाने के लिए विवश कर दिया।

झील सारी रात फोन करती रही शायद साथ ही अपने आँसू भी लगातार बहाती रही। अनन्या भी मेरी वजह से रोती रही।

जिन हाथों ने उसे पहली बार अपनाया, जिन हाथों ने उसे गोद में खिलाया, जिन हाथों ने रातों जागकर उसे सुलाया और जिन हाथों ने उसकी हर-छोटी बड़ी गलती को भुलाकर उसे सीने से लगाया आज मन कर रहा था कि उन्हीं हाथों से अपनी जीवनलीला समाप्त कर लूँ, मगर मैं इतना कायर भी नहीं था।

समय ने मेरी बच्ची को समय से पूर्व ही बड़ा कर दिया, इतना बड़ा कि उसके सामने आज उसका यह पिता माफ़ करना 'उसकी माँ का दूसरा पति' भी छोटा लगने लगा। मेरे जीवन का हर एक सपना, सारी आशाएँ और हर एक ख़ुशी, मैं इस शहर में छोड़ आया।

मेरे साथ लौटे तो बस दर्द और नाराज़गी। मैं अनू से, झील से, खुद से या मेरी जिंदगी नाराज़ था मुझे नहीं मालूम मगर इस नाराज़गी ने मेरी जिंदगी को एक बहुत ही दुःखद पड़ाव पर ला खड़ा किया !

अध्याय 25

"बहाव"

बहाव के विपरीत तैरना अपने आप में ही एक बहुत बड़ी चुनौती के समान होता है लेकिन मैं इस चुनौती से कभी डरा नहीं। मैंने अपनी सारी जिंदगी इस बहाव के विपरीत तैरने में गुज़ार दी, परन्तु कभी-कभी ऐसा होता है ना कि इंसान भले ही जिंदगी के आगे कमजोर ना पड़े मगर रिश्तों के आगे कमजोर पड़ ही जाता है।

मेरे साथ भी कुछ ऐसा ही हुआ, मुझे मेरे सबसे अजीज रिश्तों ने ही सबसे कमजोर बना दिया। मैं हिम्मत हार चुका था। मेरे जीवन को अब निराशा ने घेर लिया था। अब मेरे पास बहाव के साथ बहते रहने के सिवाय और कोई चारा नहीं बचा था।

समय गुजरने के साथ जिंदगी देखने में लगभग सामान्य हो गई, मैं देखने में भले ही शांत नजर आता था मगर मेरे मन में सुलग रहे विचारों की तपन को मेरे कार्यक्षेत्र में सरलता से महसूस किया जा सकता था।

मेरे उग्र, चिड़चिड़े और कठोर व्यवहार का नकारात्मक प्रभाव मेरे प्रतिद्वन्द्वियों के साथ साथ मेरे सहकर्मियों पर भी पड़ने लगा, फलस्वरूप धीरे धीरे मेरे सभी सहकर्मियों और दोस्तों ने मुझसे किनारा करना शुरु कर दिया, यहाँ तक कि अधिकतर लोगों ने मेरे ऐसे बर्ताव के कारण मुझसे बात करना भी बंद कर दिया।

मेरे कनिष्ठ तो मुझसे बात करने से डरने लगे थे, उन्हें लगता था कि मेरे अन्दर हर समय कुछ ना कुछ बवाल चलते हैं जिनका गुस्सा मैं दूसरों पर उतारता हूँ।

मैंने कियारा, विहान और मेरे परिजनों के भी फोन उठाना बंद कर दिए। झील से भी बात करना लगभग खत्म कर दिया और धीरे-धीरे खुद को पूरी तरह से अकेला कर लिया।

इस प्रकार के तनावपूर्ण जीवन में मैंने सहसा खुद को उसी अंधकार से घिरा हुआ पाया जिससे मुझे झील और अनन्या ने काफी समय पहले खींचकर बाहर निकाला था।

अब बाहर निकलने का कोई रास्ता नजर नहीं आता था, मैं खुद की बनाई दुनिया में ही एक कैदी की तरह जीवनयापन करने लगा। दिन-भर मशीन की तरह काम करते रहना, रात को घर आकर शराब पीना, और भोजन करके बिस्तर पर किसी शव की तरह बिछ जाना, इससे ज्यादा उस समय का शायद कुछ मुझे याद नहीं आता।

किस्मत ने मुझे जिलाधीश के पद से नवाजा था, मेरा कार्य रोज़ाना लोगों को न्याय दिलवाना और समाज के हक़ में लड़ना था परन्तु सबसे बड़ी विडम्बना तो यह थी कि मेरी जिंदगी ने कभी मेरे साथ न्याय किया ही नहीं, और ना ही खुद से किए इतनें वर्षों के सँघर्ष में मुझे जीत मिली।

जीवन की इसी कशमकश में कुछ वर्ष और बीत गए जिसके दौरान मैंने अनन्या से कभी बात नहीं की ना ही कभी उसने मुझसे बात करने की कोशिश की।

इसे मेरे अन्दर का अहम् कहूँ या नाराजगी पर मैंने अनन्या के निजी और बाहरी मामलों पर नजर रखना और उसके जीवन में हस्तक्षेप करना बंद कर दिया।

उसके विषय में झील जब मुझसे किसी तरह का परामर्श माँगती तो मैं खुद के होंठो पर ताला जड़ देता हालांकि मैं अब भी उसकी बेहद परवाह करता था पर अपने लहजे से झील या उसे इस बात का एहसास नहीं होने देता था।

नीरस से व्यतीत हो रहे जीवन में मुझे झील से एक बहुत बड़ी खुशखबरी मिली कि अनन्या भी अपने पैरों पर खड़ी हो गई। झील ने मुझे बताया कि उसका चयन एक बहुत बड़ी बहुराष्ट्रीय कम्पनी गें हुआ(जिराका मैंने नाम तक ठीक से नहीं पढ़ा) और उराकी प्रथम नियुक्ति कोलकाता शहर में हुई।

देखा जाए तो एक पिता होने के नाते मेरा फर्ज़ बनता था कि उसके जीवन के इस नए पड़ाव पर उसका मार्गदर्शन करूँ, उसके साथ अपने जीवन के समस्त अच्छे बुरे अनुभवों का साझा करूँ जिनसे वह जीने का तरीका और काम करने का सलीका सीख सके पर इसके विपरीत मैंने

इस सुखद अवसर पर अनन्या से बात तक नहीं की और ना ही उसे नौकरी मिलने की बधाई दी।

अनन्या जल्द ही मुम्बई और अपनी माँ से दूर अपने नए शहर में रहने लगी। अनन्या बहुत समझदार और जिम्मेदार लड़की थी मगर फिर भी एक अनजान शहर में उसे अकेले रहता देख हम दोनों के हृदय सदैव व्याकुल रहते।

महीने में एक या दो बार अनन्या अपनी माँ से मिलने मुम्बई आती और छुट्टी के दिनों में झील भी उसके पास चली जाया करती, कम्पनी ने उसके रहने के लिए अच्छा घर और गाड़ी जैसी हर छोटी बड़ी सुविधाओं का वहाँ बेहतर प्रबंध किया था जिसके बारे में मुझे झील से पता चला।

कुछ समय बाद कम्पनी द्वारा उसे तीन माह के प्रशिक्षण हेतु दिल्ली भेजना तय हुआ जहाँ उसने उसके मामा-मामी के पास जाने के बजाय अपने दादा-दादी(जो अपनी उम्र के लगभग अंतिम दौर से गुज़र रहे थे) के पास रहने की ज़िद पकड़ ली। झील ने मुझसे इस विषय में परामर्श माँगा तो मैंने हमेशा की तरह चुप्पी साध ली और सिर्फ इतना कहा कि मैं उसके निजी मामलों में हस्तक्षेप नहीं करूँगा।

चूँकि अब अनन्या पहले से अधिक परिपक्व हो गई थी तो झील ने भी उसे मना करना ठीक नहीं समझा और उसे वहाँ रहने की अनुमति दे दी। मैं भलीभाँति जानता था कि अनन्या के मुझसे इतना नफरत करने के पीछे वही लोग उत्तरदायी थे परन्तु मैंने इस बारे में उन दोनों से कोई बात नहीं की क्योंकि कहीं ना कहीं शायद अब मैं भी अनू और मेरे रिश्ते के बीच सामंजस्य और समझौते की हर उम्मीद खो बैठा था।

वहाँ रहने के बाद यह संभव था कि वह मुझसे और अधिक नफ़रत करने लगती मगर यह तय था कि मुझे फर्क नहीं पड़ता। मैं अपनी नियति को स्वीकार चुका था।

अनन्या को दिल्ली गए करीब दो महीने हो चुके थे। सबकुछ सामान्य चल रहा था सिवाय मेरे अव्यवस्थित जीवन के, फिर अचानक कुछ ऐसा हुआ जिसने मुझे गंभीर सोच में डाल दिया।

मैं रोजाना की तरह ढलती शाम से नज़रें मिलाए अपने बंगले की छत पर बैठा-बैठा शराब से बातें कर रहा था तभी झील का फोन आया।

"कैसे हो प्रिय?" उसने पूछा।

"वैसा ही जैसा नहीं होना चाहिए था", मैंने कहा।

"यह रोज़ाना का शराब पीना बंद नहीं होगा ना तुम्हारा सागर", उसने कहा।

"अब अकेलेपन से उभरने के लिए किसी ना किसी सहारे की तो जरूरत होगी ना झील", मैंने कहा।

"याद भी है तुम्हें, तुमने अपनी बेटी से एक वादा किया था शादी से पहले?" उसने पूछा।

"बेटी ने तो इतना बड़ा रिश्ता आसानी से तोड़ दिया, तो क्या मैं मामूली सा वादा नहीं तोड़ सकता?" मैंने कहा।

"तुम्हारी इस तरह की बातें बहुत चुभती हैं आजकल, मत कहा करो ऐसा कुछ", उसने कहा।

"शायद आदत हो जानी चाहिए थी अब तक तो तुम्हें", मैंने कहा।

"अच्छा यह सब छोड़ो, मुझे कुछ बात करनी है तुमसे", उसने कहा।

"हाँ कहो झील", मैंने कहा।

"आज अनन्या का फोन आया था सागर, पिछले चार वर्षों में उसने मेरे सामने तुम्हारा ज़िक्र तक नहीं किया, पर आज..."

"पर आज क्या... आगे बोलो झील", मैंने प्याले को एक तरफ रखते हुए कहा।

"उसने तुम्हारे बारे में पूछा कि कैसे हो तुम", झील ने बहुत धीमे स्वरों में कहा।

कुछ देर चुप रहने के बाद झील ने फिर से बोलना शुरु किया,

"मैंने कहा आज उनके बारे में कैसे पूछा तुमने? उसने मेरी इस बात का कोई जवाब नहीं दिया", झील ने कहा।

"उसे अपने दादा-दादी के घर में मेरी याद कैसे आई? ठीक तो है अनू वहाँ? उन लोगों ने किसी तरह का बुरा बर्ताव किया क्या उसके साथ?" मैंने एक के बाद एक प्रश्न किए।

"हाँ अनू ठीक है सागर... बहुत खुश है वहाँ, पर मुझे समझ नहीं आ रहा कि उसने वहाँ जाकर ही तुम्हारे बारे में क्यों पूछा? कुछ ना कुछ तो

अलग महसूस किया है उसने वहाँ, आखिर उसके दिमाग में चल क्या रहा है?" झील ने कहा।

"मुझे नहीं पता और ना ही जानना चाहता हूँ", मैंने कहा।

"तुम उसे अभी तक माफ़ नहीं कर पाए?" उसने पूछा।

"हाँ नहीं किया उसे माफ़ और कभी करूँगा भी नहीं। यह कोई फिल्मी कहानी नहीं जिसमें अंत में जाकर सब ठीक हो जाता है और रिश्ते अपने आप सुधर जाते हैं, यह वास्तविक जिंदगी है झील जो वास्तविकता का अनुकरण करती है", मैंने कहा।

"मुझे यकीन है कि एक दिन अनू को अपने बर्ताव पर पछतावा होगा, वह तुमसे माफ़ी माँगेगी और तुम सबकुछ भुला कर उसे अपने गले से लगा लोगे", उसने कहा।

"अब मैं नहीं चाहता ऐसा कोई दिन आए", मैंने नाराज़गी भरे लहजे में कहा।

"अपना ध्यान रखना सागर, शुभरात्रि", झील ने चिढ़कर फोन रख दिया।

किसी सिक्के की भाँति मेरा ह्रदय भी दो पहलूओं में बंट चुका था, जिसमें एक तरफ तो अनू के प्रति नाराज़गी भरी थी जो शायद जायज़ भी थी और दूसरी तरफ उसके लिए हमेशा की तरह ढेर सारा प्यार और अपनापन भरा हुआ था, फिलहाल तो नाराज़गी वाला हिस्सा मेरे दिल-ओ-दिमाग पर हावी था।

कुछ ही दिनों में अनू अपना प्रशिक्षण पूरा करके लौट आई और फिर से कोलकाता चली गई, झील ने बताया कि दिल्ली से लौटने के बाद उसके व्यवहार में काफ़ी हद तक बदलाव आ गया जिसका कारण उसे भी नहीं पता था, उसके गुस्से में बहुत ज्यादा गिरावट आ गई।

अगले दो वर्षों में ऐसा कुछ भी खास नहीं हुआ जिसके बारे में कुछ लिखा जाए, सिवाय इसके कि अनू और मेरे रिश्ते के बीच की खट्टास थोड़ी और अधिक बढ़ गई।

समय की धारा के साथ बहते पता ही ना चला कि मेरी बेटी कब विवाह के लायक हो गई। जी हाँ अनू चौबीस वर्ष की हो चुकी थी और इस बात का एहसास मुझे उस दिन हुआ जब मैं झील से हमारी शादी की इक्कीसवीं वर्षगाँठ पर उदयपुर(जहाँ मैं तत्काल कार्यरत था) में मिला।

वो शाम हमेशा की अपेक्षाकृत थोड़ी शांत जरूर थी मगर वीरान नहीं। आज झील मेरे पास बैठी थी। बहुत समय के बाद उसे जी-भरके देखने का और उसकी आँखों से बातें करने का मौका मिला था। मेरे जैसा अवसरवादी तो उस मौके का पूरा फायदा उठाने में लगा था, वहीं झील भी हमेशा की तरह मेरी टाँग-खिंचाई करने में लगी हुई थी।

"हमें मिले इक्कीस वर्ष पूरे हो गए सागर, तुम्हारे साथ इतना वक्त कैसे गुज़रा यह महसूस तक नहीं हुआ", उसने कहा।

"इक्कीस वर्ष तो सिर्फ हमारी शादी को हुए हैं झील, मैं तो बचपन से तुम्हें झेल रहा हूँ", मैंने उसे छेड़ते हुए कहा।

"अच्छा तो तुम अब तक झेल रहे थे मुझे?" उसने मुँह बिगाड़ते हुए कहा।

"और नहीं तो क्या... मेरी आधी जिंदगी तुम्हें और आधी जिंदगी तुम्हारी बेटी को झेलते हुए बीत गई", मैंने उसके हाथ पर थपकी लगाते हुए कहा।

"दरअसल यही तो बताना था तुम्हें, मैं अब और नहीं झेलने देना चाहती तुम्हें अपनी बेटी को", झील ने व्यंग्यात्मक मुस्कान के साथ कहा।

"मैं कुछ समझा नहीं", मैंने कहा।

"तुम्हें नहीं लगता अब अनू शादी के लायक हो चुकी है?" उसने पूछा।

"नहीं तो... मेरे लिए तो अब भी वो छोटी सी बच्ची ही है", मैंने कहा।

"तुम्हारी वो छोटी सी बच्ची अब किसी को पसंद करने लगी है", उसने कहा।

"किसे", मैंने भौहें उचकाते हुए पूछा।

"अनिरुद्ध नाम है उसका... मेरी भाभी का भतीजा है, अनन्या और अनिरुद्ध बचपन से अच्छे दोस्त हैं", उसने कहा।

"तुम फिर से दोस्ती और प्यार के बीच उलझ रही हो झील, बचपन से दोस्त हैं इसका मतलब यह नहीं कि अनू उसे पसंद करती हो", मैंने कहा।

"अच्छा जी, तो यह बात आप कह रहे हो", झील ने मेरे कंधे पर नोंचते हुए कहा।

"मम्म् मेरा मतलब हमारा मामला थोड़ा अलग था, पर हमेशा ऐसा ही हो यह जरूरी नहीं। कभी-कभी दोस्ती सिर्फ दोस्ती होती है", मैंने कहा।

"जो भी हो मगर अनू उसे पसंद करती है मैं सिर्फ इतना जानती हूँ। मैंने चुपके से उसकी डायरी पढ़ी है और उसके फोन में उन दोनों का संवाद भी देखा है, जिसे देखकर मुझे लगा कि यह दोनों एक-दूसरे को बहुत पसंद करते हैं", उसने कहा।

"किसी के निजी जीवन पर इस तरह से निगरानी करना गलत होता है झील, भले ही वह तुम्हारी बेटी ही क्यों ना हो", मैंने कहा।

"हमारी बेटी है इसीलिए कर रही हूँ, वरना नहीं करती", उसने कहा।

"अनिरुद्ध क्या करता है? तुम अनन्या और उसके विषय में वाकई गंभीर हो?" मैंने पूछा।

"बहुत अच्छा लड़का है सागर। हाल ही में उसने अपनी वकालत पूरी की है और अभी दिल्ली सेशन कोर्ट में वकील है। काफ़ी मेहनती है वो और सुंदर भी, एक बार मिल लोगे तो तुम्हें भी पसंद आ जाएगा", उसने कहा।

"नहीं झील... मैं नहीं मिलूँगा किसी से, बहुत समय पहले ही अनन्या के जीवन में किसी भी तरह का हस्तक्षेप ना करने का फैसला कर चुका हूँ मैं", मैंने कहा।

"क्या तुम्हारे फैसले तुम्हारे फर्ज़ से बढ़कर है सागर?" उसने पूछा।

"मैं अपना फर्ज निभा चुका हूँ, और उससे दूर होकर भी एक तरह से फर्ज ही निभा रहा हूँ। यह ज़िम्मेदारी मैं तुम पर छोड़ता हूँ, मुझे यकीन है तुम उसके लिए बेहतर चुनोगी", मैंने कहा।

"मैं जानती हूँ सागर उसके व्यवहार ने तुम्हें बहुत ठेस पहुँचाई है, मैं आज भी उस शाम को याद करके रो पड़ती हूँ, बुरा तो हम दोनों के साथ ही हुआ था, पर इसका यह मतलब तो नहीं है ना कि तुम उससे पूरी तरह से मुँह मोड़ लो", उसने कहा।

"मैं सिर्फ वही कर रहा हूँ जो तुम्हारी बेटी चाहती है झील", मैंने कहा।

"जिस दिन उसे दुल्हन के जोड़े में देखोगे, तुम्हारी सारी नाराज़गी दूर हो जाएगी", उसने कहा।

"हाँ तुम मुझे उसकी शादी की तस्वीरें जरूर भेजना", मैंने कहा।

"क्या मतलब? अब इसे मैं तुम्हारा गुस्सा समझूँ या घमण्ड", उसने गुस्से में कहा।

"तुम्हें जो समझना है समझ सकती हो पर उसके कहे शब्दों के लिए मैं शायद उसे कभी माफ नहीं कर पाऊँगा", मैंने कहा।

"तो तुम मुझे हमारे जीवन की सबसे बड़ी ज़िम्मेदारी निभाने के समय अकेला छोड़ रहे हो सागर, बहुत बहुत शुक्रिया तुम्हारा", उसने कहा।

"नहीं झील... मैं तुम्हें कभी अकेला नहीं छोड़ सकता। यह ज़िम्मेदारी भी हम दोनों मिलकर ही निभाएँगे। मैं सबकुछ करूँगा, उसके विवाह समारोह में सजाया एक-एक पुष्प हमारी पसंद का होगा मगर उसकी शादी वाले दिन मैं वहाँ नहीं रहूँगा और मेरे आत्मसम्मान के लिए तुम्हें यह स्वीकार करना होगा", मैंने उसका हाथ अपने हाथों में लेते हुए कहा।

"उसका अहंकार और तुम्हारा आत्मसम्मान, इन दोनों के बीच के संघर्ष में हमेशा मैंने ही सजा पाई है। खैर तुम्हें शादी की सालगिरह मुबारक हो सागर", उसने कहा।

झील उठी और अपने आँसू छुपाते हुए नीचे चली गई, मैं बहुत देर तक छत पर बैठा-बैठा अपनी बेबसी को महसूस करता रहा।

अगली सुबह मैं उसे अपनी कार में हवाईअड्डे पर छोड़ने गया, उसने मुझसे ज्यादा बात नहीं की बस शराब कम पीने की नसीहत देते हुए मुम्बई लौट गई।

जिंदगी के बड़े ही अजीब दौर से गुज़र रहा था मैं, बाहर से खुश और अन्दर से बेबस, हालात सामान्य नजर आने का सिर्फ ढोंग रचते थे वास्तविकता तो उम्मीद से कहीं ज्यादा कठोर थी।

अगले कुछ दिनों में मैं अनिरुद्ध की जाँच पड़ताल करने में जुट गया, उसके विषय में मालूम चली सकारात्मक बातों ने मुझे पूर्णतया आश्वस्त कर दिया और इस रिश्ते के लिए मैंने झील के समक्ष अपनी सहमति प्रस्तुत कर दी।

झील मेरे परिजनों को अनिरुद्ध और उसके माता-पिता से मिलवाने दिल्ली लेकर गई। मेरी मम्मी को भी अनन्या-अनिरुद्ध का जोड़ा पसंद आया, हालांकि उस समय मेरी गैरमौजूदगी ने सभी को हैरत में डाल दिया मगर हमने हमारे बिखरे रिश्तों की वास्तविकता को उस समय मेरे परिजनों के सामने प्रकट नहीं होने दिया।

अनिरुद्ध एक अच्छे और सभ्य परिवार से संबंध रखता था। उसके परिजन भी अनन्या को बहुत पसंद करते थे। अब सबकुछ अनन्या की इच्छा पर निर्भर करता था। झील ने जब उससे इस बारे में बात की तो उसने अपनी उत्सुकता और ख़ुशी को छुपाते हुए सामान्य शब्दों में अपनी स्वीकृति दे दी।

जिस दिन अनन्या ने इस रिश्ते के लिए हाँ कहा मैं ख़ुशी से झूम उठा और झील को बिना बताए सारी रात अपने सहकर्मियों के साथ जश्न मनाता रहा, मगर खुशियाँ तो क्षणिक होती है स्थाई सिर्फ दुःख ही होते हैं और अपनी बेटी के विवाह में ना जा सकने से बड़ा दुःख भला और क्या हो सकता था।

झील का मेरी पत्नी होने के नाते अनन्या और अनिरुद्ध के विवाह को कुछ अनावश्यक सलाहकार अन्तरजातीय विवाह के रूप में देख रहे थे मगर इन सभी बातों का झील और मुझ पर कोई असर नहीं पड़ा। हमारे लिए अनन्या की ख़ुशी से बढ़कर कुछ नहीं था, उच्चस्तरीय समाज की निम्नस्तरीय विचारधारा भी।

दोनों ही परिवार सक्षम और सम्माननीय थे, उस परिवार में झील से ज्यादा सम्मान मुझे मिलता था, अनू को सभी मेरी बेटी की नजर से देखते थे, हमारे लिए इससे बढ़कर भला और क्या था।

मेरे परिवार से सलाह-मशवरा करने के उपरान्त हमने अनन्या का विवाह समारोह दिल्ली में ही करने का निर्णय लिया, हालांकि मम्मी की इच्छा थी कि हम उसका विवाह कोटा से ही करें मगर भैया के समझाने के बाद मम्मी राज़ी हो गई।

विवाह का शुभ मुहूर्त सोलह अप्रैल का निकाला गया जिसमें अब पाँच महीने ही शेष थे। हम सभी शादी की तैयारियों में जुट गए, मुझे झील से किया वादा और एक पिता का फर्ज दोनों ही अच्छी तरह याद थे।

लगभग एक महीने पहले तक सारी तैयारियाँ हो चुकी थी। समारोह स्थल से लेकर शादी के निमंत्रण पत्रों तक सबकुछ सुनिश्चित कर लिया गया था। हमारी इकलौती बेटी के विवाह में हम दोनों किसी भी तरह की कमी नहीं छोड़ना चाहते थे।

मैं झील के साथ अपने ससुराल में बैठा(अनन्या को मेरे दिल्ली ही होने की बात नहीं पता थी) अनन्या की शादी के निमंत्रण पत्रों को समेटने में लगा हुआ था जो विशेषकर अनन्या की पसंद के ही थे। हम इस रविवार

को विवाह की लगभग सारी खरीददारी भी कर चुके थे। सारा घर विवाह की सज्जा-सामग्रियों से भरा पड़ा था और दुल्हन कोलकाता में बैठी-बैठी अपनी माँ को रोज़ाना नए नए आदेश देने से बाज नहीं आ रही थी। हम दोनों चाहते भी यही थे कि वह दिल खोलकर अपनी सारी इच्छाएँ हमारे सामने व्यक्त कर दे।

"कुछ दिनों का अवकाश और नहीं ले सकते क्या? अभी तो हमने विवाह के न्योते देना भी शुरु नहीं किया, मैं अकेले यह सब कैसे कर पाऊँगी", झील ने कहा।

"नहीं झील... अब और छुट्टी नहीं ले सकता। मैं अगले हफ्ते लौट आऊँगा, तुम मुझे कोटा के सभी निमंत्रण पत्र दे दो, मैं उन्हें बाँटता हुआ आऊँगा", मैंने कहा।

"हाँ, अपने सभी दोस्तों और सहकर्मियों के निमंत्रण पत्र भी ले जाओ क्योंकि अगली बार आओगे तो शादी से पहले जाने नहीं दूँगी तुम्हें", उसने कहा।

"नहीं झील बस परिवार में निमंत्रण देना है, दोस्तों और सहकर्मियों को नहीं", मैंने कहा।

"दोस्तों को नहीं से तुम्हारा क्या मतलब?" कियारा-विहान-अर्जुन-पंकज और बाकी सभी को भी नहीं?" उसने आश्चर्य से पूछा।

"नहीं झील, मैं किसी को निमंत्रण नहीं दूँगा, तुम भी किसी को कुछ मत बताना", मैंने कहा।

झील मेरी बात सुनकर चुप हो गई और आँखें फाड़कर मुझे ऐसे घूरने लगी जैसे मैंने कुछ दूसरी भाषा में कह दिया हो।

"आखिर चल क्या रहा है तुम्हारे अन्दर सागर?" उसने पूछा।

"कुछ नहीं झील... मैं समझा नहीं पाऊँगा", मैंने कहा।

"कियारा और विहान का क्या? वो लोग तो परिवार का हिस्सा ही हैं ना", उसने कहा।

"वो लोग तो मेरे लिए परिवार से भी बढ़कर हैं, इसीलिए मैं अपनी पीड़ा में उन्हें भागीदार नहीं बनाऊँगा। मैं जो करने जा रहा हूँ उसके लिए बहुत हिम्मत चाहिए, मुझे सवालों से बाँधकर कमजोर मत बनाओ झील", मैंने कहा और उठकर बाहर आ गया।

अगली सुबह सूर्योदय से पूर्व मैं दिल्ली से रवाना हो गया और फिर से अपने काम में लग गया मगर हर समय मेरे मन को अनन्या के विवाह की चिंता घेरे रहती थी।

मैंने तय किया था कि उसकी शादी में मेरे किसी दोस्त को आमंत्रित नहीं करूँगा, मेरे दिल के सबसे करीब और मेरे जीवन में सबसे अजीज कियारा और विहान के परिवार को भी नहीं।

मैं नहीं चाहता था कि अपने जीवन के सबसे महत्वपूर्ण और सुखद अवसर पर कोई अनन्या को मेरी जरा भी याद दिलाए। कियारा, विहान और मेरे दूसरे दोस्तों को देखकर उसे महसूस होता कि शायद मैं भी वहीं उपस्थित हूँ और उसकी खुशी, गम में परिवर्तित हो जाती, जो मैं किसी भी परिस्थिति में नहीं होने देना चाहता था।

मैं उसके जन्मदिन पर उसके पास जा कर एक बार उसकी खुशियाँ छीन चुका था, अब दोबारा यह सब नहीं दोहराना चाहता था।

मैं जानता हूँ ऐसे मौके पर ऐसा सोचना बेवकूफी भरा था मगर क्या करें, अपने बच्चों की खुशियों की खातिर कभी कभी बेवकूफी भी करनी पड़ती है।

मैं एक-एक करके अनन्या की शादी में बचे दिन गिन रहा था। यह अपनी बेटी के प्रति मेरी सबसे बड़ी और शायद आखिरी जिम्मेदारी थी। मैं उसकी तैयारी भी कर चुका था जो मैंने उसकी शादी के बाद सोचा था और मैं अब शायद मेरे जीवन का सबसे कठोर फैसला करने के बेहद करीब था।

उसकी शादी में अब दस दिन शेष बचे थे। आज अनू अपने दफ्तर में सहकर्मियों और अपनी सी.ई.ओ. मैडम को निमंत्रण देकर शाम की फ्लाइट से दिल्ली लौटने वाली थी, और आज कुछ ऐसा घटित हो गया जिसकी मुझे और उसे कदाचित उम्मीद नहीं थी। इस वाकिये ने वाकई हमारी जिंदगी में बहुत बड़ा बदलाव कर दिया।

सुबह नियमित रूप से अनन्या अपने दफ्तर पहुँची। आज यहाँ लगभग सभी को मालूम था कि वह अपनी शादी का निमंत्रण देने आई है। प्रवेश करते ही सभी ने उसे शादी की बधाई और शुभकामनाएँ देना शुरु कर दिया जिससे उसका फूल-सा चेहरा खिल उठा।

अनन्या अपने सभी सहकर्मियों और दोस्तों को निमंत्रण देने के बाद हाथ में एक कार्ड और छुट्टी की अर्जी लिए उसकी सी.ई.ओ. मैडम के कक्ष की ओर बढ़ी और अनुमति लेकर अन्दर प्रवेश कर गई।

"सुप्रभात मैडम", अनन्या ने कहा।

"सुप्रभात अनन्या, कैसी हो तुम?" उन्होंने पूछा।

"मैं ठीक हूँ मैडम, आज आपको आमंत्रित करने आई हूँ", अनन्या ने कहा।

"ओह, किस उपलक्ष में?" उन्होंने पूछा।

"आने वाली सोलह अप्रैल को मेरी शादी है मैडम और मैं चाहती हूँ आप मुझे आशीर्वाद देने उस दिन सपरिवार पधारें", अनन्या ने उनके हाथों में निमंत्रण पत्र थमाते हुए कहा।

"विवाह की बहुत बहुत शुभकामनाएँ अनन्या, मैं ईश्वर से प्रार्थना करती हूँ तुम्हारा वैवाहिक जीवन मंगलमय हो", उन्होंने कहा।

"बहुत बहुत शुक्रिया मैडम, मैं आपसे प्रार्थना करती हूँ कि आप मुझे आशीर्वाद विवाह के दिन वहीं आकर दें", अनन्या ने कहा।

"मैं जरूर आऊँगी अनन्या", कहते हुए उन्होंने निमंत्रण पत्र खोल कर देखा।

मैडम कुछ देर तक कार्ड को बड़े गौर से देखती रही और उन्होंने अनन्या से कुछ नहीं कहा। अनन्या उनके चेहरे के बदलते भावों को पढ़ने की कोशिश में लग गई। उन्होंने कुछ देर बाद अनन्या से नज़रें मिलाई और कुछ ऐसा सवाल किया कि अनन्या सोच में पड़ गई।

"तुम सागर और झील की बेटी हो?" उन्होंने पूछा।

"झील अग्रवाल मेरी माँ है मैडम, मगर आप उन्हें कैसे जानती हैं", अनन्या ने उत्सुकतावश पूछा।

उन्होंने अपने बैग में से अपना मोबाइल फोन निकाला और अनन्या को एक तस्वीर दिखाई जिसे देखकर उसकी त्योरियाँ चढ़ गई, यह तस्वीर मेरी थी।

"तुम सागर की ही बेटी हो ना अनन्या?" उन्होंने फिर से पूछा।

"नहीं मैडम, यह मेरी मॉम के पति हैं, मेरे पिता नहीं", उसने गुस्से में कहा।

"तुम मुझे वाकई पहचान नहीं पाई या ना पहचानने का नाटक कर रही हो अनन्या?" उन्होंने पूछा।

"मैं सच में आपको नहीं पहचान पा रही हूँ मैडम", अनन्या ने कहा।

"अच्छा एक बार मेरा नाम लो अनन्या, शायद तुम्हें कुछ याद आ जाए", उन्होंने कहा।

"कियारा मैडम... (कहते हुए अनन्या ने कुछ सोचा और चुप हो गई।)

"आप कियारा आंटी हो", अनन्या ने धीमे स्वरों में पूछा।

बड़ा ही अजीब संयोग था, वह कियारा थी। मैंने सपने में भी नहीं सोचा था अनन्या उससे इस प्रकार मिलेगी। कियारा की नजर सबसे पहले उस निमंत्रण पत्र पर छपे झील के नाम पर पड़ी (हालांकि मैंने निमंत्रण पत्र में अपना नाम कहीं नहीं छपवाया था ताकि अनू को ठेस ना पहुँचे मगर झील के नाम के नीचे मेरा ही मोबाइल नम्बर था जो कियारा को मुँह जुबानी याद था) और उसे यकीन हो गया अनन्या हमारी ही बेटी है।

बड़े अफसोस की बात थी कि रिश्तों के पीछे की भागदौड़ में मैं अपने सबसे अजीज दोस्तों से काफी दूर निकल आया था, इसीलिए मुझे कियारा जिस कम्पनी में काम करती थी उसका नाम तक याद नहीं रहा, ना ही झील को यह ध्यान रहा और अनन्या कियारा से आखिरी बार तब मिली थी जब वह आठ या नौ वर्ष कि थी, भला अनू भी इतने समय बाद उसे कैसे पहचान पाती।

"कितनी बड़ी हो गई हो अनन्या, मैं तो तुम्हें पहचान ही नहीं पाई", कियारा ने कहा।

"मैं भी आपको पहचान नहीं पाई, इसके लिए माफ़ी चाहती हूँ", अनन्या ने सिर झुकाते हुए कहा।

"कोई बात नहीं बेटी... मुझे ख़ुशी है कि तुम शादी करने जा रही हो और दुःख भी है कि यह खुशखबरी मुझे तुम्हारे पिता के बजाय तुमसे मिल रही है", कियारा ने कहा।

"माँ आपको बताने ही वाली होगी मैडम और उन्हें बार बार मेरा पिता कहकर मुझे शर्मिन्दा ना करें, मेरे पिता का नाम..."

"हाँ जानती हूँ तुम्हें प्रभात सक्सेना ने जन्म दिया है अनन्या मगर तुम्हारे पिता सागर ही हैं। मुझे खेद है कि तुम इतने वर्षों के बाद भी यह समझने में नाकाम रही", कियारा ने उसकी बात काटते हुए कहा।

"मैं जानती हूँ मैडम आप सागर अंकल की करीबी मित्र हैं, इसीलिए शायद आपको मेरे जीवन की सच्चाई का बस वही पहलू मालूम है जो उन्होंने आपको दिखाया है", अनन्या ने कहा।

"मैंने गोद में खिलाया है तुम्हें अनन्या... तुम्हारे इस दुनिया में आने से पहले से रिश्ता है मेरा सागर और झील से, यह तुम्हारी गलतफहमी है कि मैं तुम्हारे बारे में कुछ नहीं जानती", कियारा ने कहा।

"ताज्जुब है मैडम, आप मेरे बारे में मेरी माँ से भी ज्यादा जानने का दावा करती हैं", अनन्या ने कहा।

"तुम्हारा तो नहीं पता मगर मैं सागर को तुम्हारी माँ से भी बेहतर जानती हूँ। उसके जीवन के हर दौर से उसके साथ गुज़री हूँ मैं। जीवन में जितना त्याग उसने तुम्हारे लिए किया है कोई अपनी सगी बेटी के लिए भी नहीं करता अनन्या", कियारा ने कहा।

"उनके 'स्वार्थ' को 'त्याग' का नाम मत दीजिए मैडम", अनन्या ने कहा।

"बिल्कुल सही कहा तुमने बेटी... वह स्वार्थी ही है, तुम्हारा जीवन सँवारने के पीछे उसका बहुत बड़ा स्वार्थ था", कियारा ने कहा।

"उन्होंने मुझसे मेरे जीवन की हर ख़ुशी छीन ली, मुझसे मेरे पिता को छीन लिया, मुझसे मेरा परिवार छीन लिया, मुझसे मेरी माँ को भी छीन लिया सिर्फ अपनी खुशी के लिए, तो क्यों ना कहूँ मैं उन्हें स्वार्थी मैडम", अनन्या ने रोते हुए कहा।

"क्या कहा तुमने? सागर ने तुमसे तुम्हारे पिता को छीन लिया", कियारा ने गुस्से में कहा।

"अनजान मत बनिए मैडम, इतना ही पुराना रिश्ता है उन दोनों से आपका तो जिस समय उनकी वजह से मेरे पिता ने मेरी माँ को तलाक दे दिया आप वहाँ जरूर मौजूद होंगी",

"आप जरूर जानती होंगी कि उन्होंने मेरे पिता को किस हद तक मजबूर कर दिया कि उन्हें अपनी बीवी के साथ-साथ अपनी एक साल की छोटी बच्ची को भी छोड़ना पड़ा",

"बस इतने से उनका मन नहीं भरा, मेरी माँ के जीवन से दूर जाने के बजाय जब उन्होंने बड़ी बेशर्मी दिखाते हुए उनसे शादी कर ली उस समय की गवाह आप जरूर होंगी",

"बदले में जो उन्होंने मुझे पढ़ाया-लिखाया और सभी सुख-सुविधाएँ प्रदान की, मैं उन सब चीज़ों को खुद पर एक कर्ज समझती हूँ जिसे एक दिन ब्याज सहित उन्हें लौटा दूँगी", अनन्या ने कहा।

"हाँ बड़े मजबूर थे तुम्हारे पिता अनन्या, अभी भी बड़े मजबूर हैं और शायद उससे ज्यादा बेशर्म कि तुम्हें अपना घिनौना सच बताने की हिम्मत नहीं कर पा रहे",

"लेकिन आज मैं तुम्हें उनका सच जरूर बताऊँगी, बशर्ते तुम में सच सुनने की हिम्मत हो", कियारा ने कहा।

"बोलिए मैडम, मैं देखना चाहती हूँ कि सागर अंकल आखिर किस हद तक गिरे हुए हैं", अनन्या ने कहा।

"गिरा हुआ सागर नहीं तुम्हारा पिता प्रभात सक्सेना है अनन्या, उसने हमेशा झील को धोखा दिया, झील के होते हुए भी अपने दफ्तर की महिलाओं से संबंध थे उसके",

"झील जहर के घूँट पीती हुई एक के बाद एक उसकी गलतियाँ माफ़ करती रही कि पिता बनने पर वो सुधर जाएगा मगर उसने तो तुम्हारे पैदा होने के ठीक बाद ही किसी और से शादी कर ली क्योंकि शायद उसे अपनी अय्याशियाँ अपनी बेटी से भी ज्यादा प्यारी थी", कियारा का गुस्सा फूट पड़ा।

"मैडम आप आदर्श रहे हो मेरे लेकिन आज आपसे मेरे पिता के लिए इस तरह के अपशब्द सुनकर मेरा दिल बैठ गया है। आज आपने मुझे इस नौकरी से इस्तीफा देने पर विवश कर दिया है", अनन्या ने कहा।

"मैं झील नहीं हूँ जो मेरे सामने तुम सागर के विषय में कुछ भी बकवास करोगी और मैं चुपचाप सुन लूँगी। अभी के अभी छोड़कर चली जाओ मुझे इससे फर्क नहीं पड़ता अनन्या, फर्क पड़ता है तो तुम्हारी घृणित मानसिकता से, तुम्हारा क्रोध तुम पर इतना हावी था कि तुम उस इंसान के त्याग को नहीं देख पाई जिसने तुम्हारी ख़ुशी के लिए अपने जीवन के हर एक सुख का त्याग कर दिया",

"उसने तुम्हारा हाथ तब थामा था जब तुम बिल्कुल अकेली थी। एक तुम्हारे पिता थे जिन्होंने अपने स्वार्थ के पीछे तुम दोनों को ज़माने भर की ठोकरें खाने के लिए छोड़ दिया, एक सागर था जिसने बस तुम्हें पहली बार गोद में उठाया और तुम्हारे लिए ज़माने को ठुकरा दिया",

"तुम्हारे लिए कड़वा है मगर सच यही है कि तलाक़ तुम्हारे पिता ने नहीं बल्कि झील ने उन्हें दिया क्योंकि वो तुम्हें इस तरह की असामाजिक परवरिश से बचाना चाहती थी, तुम्हारे जन्म लेने के थोड़े समय बाद ही झील ने यह फैसला ले लिया, और सागर... वो तो झील से दोबारा तब मिला जब तुम तीन साल की हो चुकी थी। उस समय तक सागर झील के जीवन में दूर-दूर तक कहीं नहीं था। तुम्हारी माँ की ऐसी दुर्दशा देखकर वो बुरी तरह से बिखर गया और तुम दोनों का हाथ थाम लेने का निर्णय कर बैठा",

"मैं जानती हूँ तुम्हारी आँखों पर पड़ा पर्दा तुम्हें अब भी मेरी बातों पर यकीन करने से रोक रहा है लेकिन यहाँ से जाने के बाद अपनी माँ से उनके तलाक के दस्तावेज़ माँगना, तुम्हें मालूम चलेगा कि तलाक किसने किसे दिया",

"अगर अब भी मेरी बातों पर यकीन ना आए तो उठाओ अपना फोन और सवाल करो अपने आदर्शवादी पिता से जिन्होंने तुम्हारे मन में सागर और झील के लिए ऐसा ज़हर भरा, उनमें अगर अब जरा सी शर्म बची होगी तो वह तुम्हें जवाब नहीं दे पाएँगे", कियारा ने कहा।

अनन्या ने सिसकते हुए अपनी जेब से अपना फोन निकाला और काँपते हाथों से प्रभात का नम्बर डायल किया शायद घंटी जाने से पूर्व ही अनन्या ने फोन रख दिया।

"क्या हुआ बेटा? तुम अब अपने पापा से क्यों बात नहीं कर पा रही?" कियारा ने पूछा।

"हिम्मत नहीं हो रही आंटी", अनन्या ने कहा और बिलखने लगी।

उसकी ऐसी हालत देख कियारा का क्रोध शांत हो गया और हृदय करुणा से भर आया और वह अनन्या के पास आकर बैठ गई और उसे चुप करवाने लगी।

"सागर ने तुम्हारे अलावा जीवन में सबसे ज्यादा प्यार अपने भैया और अपनी माँ से किया है बेटी। एक वक्त ऐसा आया था जब भैया और मम्मी भी उसके फैसले से नाखुश होकर उसके खिलाफ हो गए, यहाँ तक कि

मैं खुद उसके इस फैसले के पक्ष में नहीं थी, मगर उसे सिर्फ तुम्हारी परवाह थी जिसने उसे हम सभी के खिलाफ जाकर झील का हाथ थामने पर मजबूर कर दिया",

"शायद तुम्हें इस बात पर यकीन ना हो बेटी मगर झील स्वयं इस शादी के खिलाफ थी। किसी ने सागर को अगर ऐसा करने से सबसे ज्यादा रोकने की कोशिश की है तो वो सिर्फ झील ही है क्योंकि उसे मालूम था कि तुम दोनों का हाथ थामकर सागर को जीवन भर अतुल्य कष्ट भोगना पड़ेगा",

"मगर वो सागर था बेटी... जिसका हृदय भी उसके नाम की भाँति सागर सा विशाल है, उसने तुम्हारे उज्जवल भविष्य के लिए उन सभी दुःखों को बिना सोचे अपने हिस्से में ले लिया",

"उसके बारे में जितना बताऊँ कम लगता है। तुम अब शादी करने जा रही हो अनन्या, तुम परिपक्क हो गई हो, तो तुमसे इस तरह की बात कहने में कोई हर्ज नहीं है। तुमने कभी सोचा है कि शादी के बाद भी सागर ने अपनी संतान को जन्म क्यों नहीं दिया?" कियारा ने पूछा।

"नहीं मैंने इस बारे में कभी कुछ नहीं सोचा आंटी", अनन्या ने भारी स्वरों में कहा।

"झील ने शादी से पहले शर्त रखी कि उसे तुम्हारे सिवाय कोई दूसरी संतान नहीं चाहिए, तुम्हें मिलने वाला प्यार बंट ना जाए और भविष्य में यह तुम्हें ठेस ना पहुँचाये सिर्फ इसीलिए सागर ने झील की यह बात भी मान ली",

"ऐसा नहीं था कि वें दोनों सक्षम नहीं थे मगर तुम अल्पायु में ही उन दोनों की नजदीकियों से परेशान रहने लगी इसीलिए उन्होंने यह विचार तक अपने दिमाग से निकाल दिया",

"इतना ही नहीं, जब सागर को महसूस हुआ कि तुम उसके साथ खुश नहीं हो तो स्वयं ही तुमसे और झील से दूर चला गया। याद करो तुम लोगों का मुम्बई चले जाना",

"याद करो जब तुम अठारह वर्ष की हुई थी और तुम्हारे जन्मोत्सव पर सागर पाँच साल बाद तुम्हारे पास आया, उस दिन सबके सामने उसके साथ तुमने किस तरह का बर्ताव किया? किस तरह से उसे अपने शब्दों से उसे जलील किया? मैं तो उसी दिन से तुमसे नफरत करने लगी थी मगर किस्मत में शायद यही लिखा था कि तुम्हें आईना मैं ही दिखाऊँ",

"तुम्हारी बड़ी से बड़ी गलतियों को भी हमेशा तुम्हारा बचपना समझकर भुला दिया उसने। उसने कभी तुम्हें तुम्हारे पिता की वास्तविकता नहीं बताई, इसीलिए नहीं कि वह गलत था, अपितु इसीलिए कि तुमपर उन बातों का कोई गलत असर ना पड़े",

"अपनी सौतेली बेटी से भी इस हद तक की मोहब्बत करना अगर तुम्हारी नज़रों में स्वार्थ है तो मेरी नजर में सागर से बड़ा स्वार्थी इस दुनिया में कोई नहीं है अनू", कियारा ने कहा।

कियारा की बातों से अनन्या की शेष बची हिम्मत भी जवाब दे गई और वह कियारा से लिपट गई। अपने जीवन में शायद ही अनन्या इतना रोई होगी जितना वह आज कियारा की बातें सुनकर रोई। कियारा की सहनशक्ति भी जवाब दे गई और वह अनन्या को गले से लगाकर सुबकने लगी।

अनन्या को आज हमारे जीवन की वह सच्चाई मालूम चली जिसे अगर हमने बहुत पहले ही उसे बता दिया होता तो आज हमारा रिश्ता टूटे काँच के टुकड़ों सा बिखरा ना होता, मगर समय ने हमें कभी सही समय दिया ही नहीं कि हम उससे यह सब बातें कर सकें।

"इन सब गुनाहों के लिए क्या वो मुझे कभी माफ करेंगे आंटी?" अनन्या ने रोते रोते पूछा।

"शायद तुमने लौटने में बहुत देर कर दी अनू, अब तो प्रायश्चित करने का समय भी बीत चुका है। अब बेहतर यही होगा कि तुम बीते वक्त को भूलकर अपनी माँ के प्रति अपने कर्तव्य का निर्वहन करो और ख़ुशी ख़ुशी एक नए जीवन की शुरुआत करो", कियारा ने अनन्या के सिर पर हाथ रखते हुए कहा।

"मैं आज भी विशू और वेदांशी को बहुत याद करती हूँ आंटी, आप मेरी शादी में जरूर आओगे ना?" अनन्या ने पूछा।

"जिस कार्यक्रम में सागर नहीं होगा भला हम लोग वहाँ कैसे आ सकते हैं बेटी", कियारा ने कहा।

"आपको कैसे पता कि वो मेरी शादी में नहीं आएँगे? माँ बताती नहीं मगर मुझे मालूम है कि सिर्फ वो हैं इसीलिए मेरा विवाह इतनी अच्छी तरह से संपन्न हो पा रहा है", अनन्या ने कहा।

"वो अब होकर भी नहीं है अनू इसीलिए उसने मुझसे इस बात का ज़िक्र तक नहीं किया। उसे मुझसे बेहतर कोई और नहीं जानता", कियारा ने कहा।

"क्या आप मुझे माफ़ कर पाएँगे आंटी?" अनन्या ने पूछा।

"अपनी गलती का एहसास है तुम्हें बेटी, यह मेरे लिए सबसे ज्यादा मायने रखता है। सागर के लिए बहते तुम्हारे इन आँसुओं ने आज मेरी सारी नाराज़गी को बहा दिया। मैं भला अपनी बेटी से नाराज रह सकती हूँ क्या", कियारा ने कहा।

अनन्या की प्रसन्नता उसकी आँखों से छलकने लगी। अनन्या कुछ देर और वहाँ बैठी बैठी कियारा की ममता ग्रहण करती रही। अपनी शादी में आने की विनती करने के बाद अनन्या ने कियारा के पैर छुए और वहाँ से चली आई। शाम की फ्लाइट पकड़कर वह दिल्ली आ गई और आते ही हवाई-अड्डे पर झील के गले लगकर बहुत रोई, झील ने उसके इतना दुःखी होने का कारण पूछा मगर अनन्या कुछ नहीं कह पाई। वहीं दूसरी ओर कियारा ने भी अनन्या और उसकी मुलाकात का मुझसे कोई जिक्र नहीं किया। हम दोनों को उसके आँसुओं ने लंबे समय तक चिंता में रखा!

अध्याय 26

"जिम्मेदारियाँ"

इंसान अपने दायित्वों से मुक्त कब होता है? शायद जीवन के अंतिम क्षणों तक मगर मैं तो मेरा जीवन जी चुका था। अब बाकी रहा था एक अंतिम फर्ज़ निभाना, जो मैंने निभाया या नहीं मैं नहीं जानता। खैर इंतज़ार की घड़ी समाप्त हुई, और मेरी परी के जीवन का सबसे महत्वपूर्ण दिन आ गया।

अनन्या की शादी का दिन :

पिछले चार दिनों से मैं राजहंस वाटिका के पास एक होटल में ठहरा हुआ था और अनन्या के विवाह की सभी व्यवस्थाओं का जायजा ले रहा था। झील बहुत गुस्से में थी क्योंकि अभी तक मैं सगाई से लेकर महिला संगीत तक के किसी भी कार्यक्रम में शामिल नहीं हुआ था। वह रिश्तेदारों और परिजनों के सवालों से और उनके लिए बनाए बहानों से तंग आ चुकी थी। हमारे रिश्तों के बीच पड़ी दरारें अब शायद सभी को नजर आने लगी थी।

अंधकार से ढके कमरे की दीवार पर लगी घड़ी जिसकी रोशनी से चमचमाती सुईयाँ रात भर शोर करती सुबह के चार बजे का समय दर्शा रही थी। मैं झील के जागने का इंतज़ार कर रहा था।

पाँच बजे के आस पास मेरे फोन ने बजना शुरु किया। यह झील का ही फोन था, जीवन में शायद पहली बार मैं मेरे फोन की तरफ इतना तेजी से लपका।

"सुप्रभात झील, सबसे पहले तुम्हें आज के दिन के लिए मेरी ओर से बहुत बहुत बधाई", मैंने कहा।

"तुम्हें भी बधाई देने का बहुत मन कर रहा है सागर मगर मैं नहीं दूँगी। जो अपनी बेटी की शादी को गंभीरता से ना ले भला उसे उसकी बधाई क्या देनी", उसने कहा।

"किसने कहा मुझे उसकी शादी की कोई परवाह नहीं, मगर..."

"हाँ जानती हूँ तुम्हारा आत्मसम्मान, तुम्हारा स्वाभिमान और वो सभी कारण जो हमारी बेटी की शादी के सामने मुझे तुच्छ प्रतीत हो रहे हैं मगर मैं आज तुमसे किसी तरह की बहस नहीं करना चाहती",

"मेहमानों, रिश्तेदारों और सभी परिजनों के सवालों की मुझे परवाह नहीं, मैं बहाना बना लूँगी जैसे पिछले पाँच दिनों से बना रही हूँ पर तुम ही बताओ मैं मेरी अनू को क्या बहाना मारुँगी?" उसने मेरी बात काटते हुए कहा।

"उसके लिए बहाना बनाने की जरूरत नहीं झील, वो मेरे ना आने से ही खुश है", मैंने कहा।

"पता नहीं सागर, सबकुछ उसकी इच्छा से हो रहा है फिर भी वो खुश नहीं है। वह कोलकाता से आ तो गई मगर उसका मन शायद कहीं और ही है। मैं उसे रात-भर चुपके से रोते हुए देखती हूँ। पिछले दो दिनों से तो उसने खाना तक नहीं खाया, पूछती हूँ तो कुछ बताती भी नहीं, मुझे पता नहीं क्यों ऐसा लग रहा है कि शायद हमसे कोई गलती हुई है", उसने कहा।

"शायद मैं जानता हूँ कि हम क्या गलती कर रहे हैं", मैंने कहा।

"वो क्या सागर?" उसने पूछा।

"हमने उसके दादा-दादी और पिता के पास कोई निमंत्रण नहीं भेजा है झील, अनन्या को उनकी ही कमी खल रही है", मैंने कहा।

"उन लोगों को निमंत्रण देना तुम्हारी नजर में सही है क्या?" उसने पूछा।

"मेरी नजर में वह प्रत्येक कार्य सही है जिससे अनन्या को ख़ुशी मिले झील। उसे ख़ुशी ख़ुशी विदा करने की जिम्मेदारी मैंने तुम्हें सौंपी है, अब यह तुम पर निर्भर करता है कि तुम उसे कैसे पूरा करती हो", मैंने कहा।

"ठीक है... मैं इस विषय में अनू से बात करती हूँ मगर मैं अकेले इस जिम्मेदारी को निभाने में सक्षम नहीं हूँ, मुझे इसमें तुम्हारा साथ चाहिए।

मैं आखिरी बार तुमसे हाथ जोड़कर विनती करती हूँ, बस आज आखिरी बार मेरा कहा मानकर आ जाओ सागर", उसने कहा।

"मैं हमेशा तुम्हारे साथ हूँ। तुम्हें किसी तरह की चिंता करने की आवश्यकता नहीं है। मैं आज शाम मिलता हूँ तुमसे, जैसा तय हुआ है तुम ठीक उसी समय वहाँ पहुँच जाना", मैंने कहा।

"ठीक है, मैं आ जाऊँगी, मगर सिर्फ एक बार मेरी बात पर जरूर विचार करना", उसने कहा और फोन रख दिया।

मैं उठा और तैयार होने में लग गया। शादी अनन्या करने जा रही थी और सज-धज मैं रहा था, लेकिन क्यों पता नहीं? क्योंकि उसकी शादी में तो मैं वैसे भी नहीं जा सकता था। सुबह के करीब नौ बजे मेरा ड्राइवर मुझे लेने होटल पहुँच गया और मैं सीधे अनन्या के विवाह समारोह-स्थल की ओर रवाना हो गया।

मैंने सभी को निर्देश दिए और व्यवस्थापक से कार्यक्रम की व्यवस्था से सम्बंधित सभी विषयों पर चर्चा करने लगा, करीब ग्यारह बजे मुझे राघव ने फोन किया। मेरी साँसें तेज़ हो गई और मैं सोचने लगा कि भैया के सवालों का सामना कैसे करूँगा?

"चाचू... चरणस्पर्श", राघव ने कहा।

"जीता रह मेरे शेर, दिल्ली पहुँच गए तुम लोग?" मैंने पूछा।

"बस आधे घण्टे में पहुँच जाएँगे, आप कहाँ हो?" उसने पूछा।

"ठीक है बेटा, मैं गाड़ी भेजता हूँ, जल्दी घर पहुँचो, सभी इंतज़ार कर रहे हैं", मैंने कहा।

"चाचू पापा से बात करो", उसने कहा और मेरे पसीने छूट गए।

"राघव पहले मेरी बात सुन", मैंने कहा।

"हाँ चाचू बोलो", उसने कहा

"मैं किसी जरूरी मामले की वजह से शहर से बाहर हूँ, दोपहर या शाम तक पहुँच जाऊँगा। तेरे पापा से अभी कुछ मत कहना भड़क जाएँगे मुझपर, तू सबसे पहले सभी को सीधे तेरी चाची के पास लेकर जा", मैंने कहा।

"ठीक है चाचू", उसने कहा और फोन रख दिया।

मैंने चैन की साँस ली, एक गाड़ी में ड्राइवर को उन्हें लेने भेज दिया और अपने बारे में बताने से मना कर दिया। अब कुछ समय के लिए मैं खुद को भैया की डाँट से सुरक्षित महसूस कर रहा था।

तभी मेरा मोबाइल फिर से बजा यह झील का फोन था।

"कहाँ हो तुम?" उसने पूछा।

"समारोह स्थल में ही हूँ, क्या बात है?" मैंने पूछा।

"सारी व्यवस्थाएँ पूरी हो चुकी है ना वहाँ?" उसने पूछा।

"हाँ झील मैं उसी कार्य में लगा हूँ, प्यारी दुल्हन क्या कर रही है?" मैंने पूछा।

"अपने कमरे में बैठी है, मैंने उससे कह दिया कि तुम चाहो तो प्रभात और दादा-दादी को निमंत्रण भेज सकती हो", उसने कहा।

"क्या कहा अनन्या ने?" मैंने पूछा।

"अजीब बात है सागर, वह बुरी तरह से चिढ़ गई और कहने लगी कि उन्हें यहाँ बुलवाने की कोई जरूरत नहीं", झील ने कहा।

मैं सोच में पड़ गया, यह वाकई अजीब बात थी, अनन्या अपने पिता और दादा-दादी से भला क्यों नाराज़ होती? हो ना हो दिल्ली में प्रशिक्षण के दौरान उसके साथ उन लोगों ने अच्छा बर्ताव नहीं किया।

"कहाँ खो गए?" झील ने पूछा।

"कुछ नहीं, मुझे थोड़ा काम है। कुछ देर में मेरे परिजन आने वाले हैं तुम सब संभाल लेना और तुम्हारे पापा से कहना कि भैया को ज्यादा से ज्यादा व्यस्त रखें", मैंने कहा और फोन रख दिया।

समारोह स्थल पर व्यवस्थाओं का निरीक्षण करने के बाद मैं वहाँ से निकल गया और सीधे अपने होटल लौट आया क्योंकि अधिक समय तक वहाँ रहकर मैं किसी रिश्तेदार या मेहमान की नजर में नहीं आना चाहता था।

बेटी के साथ उपहार स्वरूप भेजा जाने वाला सारा सामान पहले ही समारोह स्थल पर पहुँचा दिया गया था। शाम के भोजन, अग्निफेरों का मंडप और बारात के स्वागत जैसे छोटे-बड़े सभी कार्यों का प्रबंध हो चुका था। अब मेरे पास मेरी तेज गति से दौड़ रही धड़कनों को नियंत्रित

करने के सिवाय और कोई विशेष कार्य नहीं बचा था। मैं झील से लगातार संपर्क में था और घर के वातावरण का जायजा ले रहा था। मेरे भैया-भाभी, वृद्ध माता-पिता और दोनों भतीजे वहाँ मेरा बेसब्री से इंतज़ार कर रहे थे। झील को मेरी वजह से उनसे झूठ बोलना पड़ा कि मैं शाम तक पहुँच जाऊँगा।

आज मुझे कियारा और विहान की बहुत याद आ रही थी, मेरे जीवन के सबसे महत्वपूर्ण उत्सव में उन्हें न्योता ना देकर मेरा हृदय बुरी तरह से पसीज रहा था मगर मैं अपने हालातों के आगे मजबूर था।

इसी ऊहापोह में सारा दिन गुज़र गया कि वहाँ जाऊँ या नहीं। मेरा हमेशा से सपना रहा था कि एक दिन अनू को अपने हाथों से डोली में बैठाकर उसे विदा करूँगा मगर मैं हिम्मत नहीं जुटा पाया। मैं अपनी खुशियों के स्वार्थ में उसकी खुशियों की बलि कदापि नहीं दे सकता था।

इन्हीं विचारों की कश्ती में गोते खाते खाते समय बीत गया और शाम के करीब चार बजे मैंने झील को फोन किया।

"कहाँ हो तुम?" मैंने पूछा।

"घर पर ही हूँ सागर, भैया बहुत गुस्से में हैं अब और झूठ नहीं बोल सकती मैं उनसे", उसने कहा।

"उन्हें कुछ बताने की जरूरत नहीं है, मैं बात कर लूँगा उनसे, तुम अब मुझसे जल्द ही मिलो", मैंने कहा।

"हाँ मैं तैयार हो चुकी हूँ, अनू को पार्लर छोड़कर पाँच बजे तक होटल पहुँच जाऊँगी", उसने कहा।

"ठीक है, मैं इंतज़ार कर रहा हूँ", मैंने कहा।

मैं अपने कमरे में बैठा-बैठा उसकी राह देख रहा था। कुछ देर के इंतज़ार के बाद आखिरकार मेरे दरवाज़े पर दस्तक हुई। संभवतः यह झील ही थी, दरवाज़ा खोला तो कुछ वक्त के लिए किसी मूर्ति की तरह दरवाज़े पर ही ठहर गया, गुलाबी और हरे रंग के बेस में सजी हुई वह किसी दुल्हन से कम नहीं लग रही थी। मैंने उसे देखा तो आँखें फाड़कर उसे ऐसे देखने लगा मानो पहली बार देख रहा हूँ।

"क्या हुआ, कोई भूत देख लिया क्या?" झील ने चुटकी बजाते हुए कहा।

"नहीं... आज शादी अनन्या की है और मुझे डर है कि कोई तुम्हें पसंद ना कर बैठे", मैंने कहा।

"ज्यादा मक्खन लगाने की जरूरत नहीं हैं, तुम भी किसी दूल्हे से कम नहीं लग रहे हो",

"अब चलो मेरे साथ हमारे पास ज्यादा समय नहीं है", उसने कहा।

"नहीं झील... मैं नहीं चल पाऊँगा और मैं जानता हूँ तुम मुझे इसके लिए कभी माफ नहीं कर पाओगी", मैंने कहा।

उसका फूल सा खिला चेहरा मुरझा गया और उसकी झील सी गहरी आँखों से आँसू टपकने लगे। मैंने फ़ौरन उसके आँसू पोंछे और कहा, "बहुत रो चुकी तुम, आज तुम्हें नहीं रोना है झील, आज तुम्हें ख़ुशी ख़ुशी उसे अपने वर के साथ विदा करना है"

"ठीक है सागर... मैं इतनी कमजोर नहीं कि तुम साथ ना दो तो अपनी बेटी को विदा भी ना कर पाऊँ और तुमने बिल्कुल सही कहा, इसके लिए मैं तुम्हें जीवन में कभी माफ नहीं कर पाऊँगी", झील ने थोड़े सख्त अंदाज़ में कहा।

"तुम्हें जैसा ठीक लगे वैसा करना झील। यह मेरा दुर्भाग्य है कि अनन्या का कन्यादान अपने हाथों से नहीं कर पाया, लेकिन यह हमारा सौभाग्य होगा अगर उसका कन्यादान मेरे माता-पिता और भैया-भाभी के द्वारा किया जाए", मैंने कहा।

"तुमने आजीवन खुद की ज़िम्मेदारियाँ भैया-भाभी के ऊपर थोपने के सिवाय और किया भी क्या है सागर", झील का क्रोध चरमसीमा पर था।

"तुम अभी गुस्से में हो, इसीलिए बोलने से पहले सोच भी नहीं रही, मगर मैं तुमसे विनती करता हूँ झील, तुम मेरे लिए यह कर दोगी तो मैं समझूंगा मैंने अपना फर्ज निभा दिया", मैंने कहा।

झील के लिए अब अपने आँसू रोक पाना नामुमकिन सा था, उसने मुझे हाथ के इशारे से धन्यवाद किया और शीघ्रता से कमरे से बाहर चली गई। इस वक्त उसके दिल पर क्या बीत रही थी यह मैं अच्छी तरह समझ सकता था।

समय ने फिर से फिसलना शुरु किया और शाम के करीब सात बज गए। संबंधी जी ने मुझे फोन पर बताया कि बारात रवाना हो चुकी है और एक-डेढ़ घण्टे में समारोह स्थल पर पहुँच जाएगी। मैंने झील को तुरन्त

इसकी सूचना दी, उसने बताया कि अनन्या भी तैयार हो चुकी है और वो लोग कुछ ही देर में समारोह स्थल के लिए रवाना होंगे।

इसी बीच इन दोनों(माँ-बेटी) के बीच ऐसा संवाद हुआ जिसकी मैं कभी कल्पना भी नहीं कर सकता था। मैं अनन्या को दुल्हन बने देखने के लिए तड़प रहा था और झील को बार बार बाध्य कर रहा था कि वह उसकी एक तस्वीर लेकर मुझे भेजे।

झील उसकी तस्वीर लेने उसके कमरे में गई पर उसे देखकर मायूस हो गई। यह शादी अनन्या की पसंद के लड़के से ही हो रही थी परन्तु फिर भी उसके चेहरे से वो उदासी जाने का नाम ही नहीं ले रही थी जिसका खुलासा ना चाहते हुए भी वह आज झील के सामने कर ही बैठी।

"क्या बात है बेटा? जब से लौटकर आई हो मैंने तुम्हें एक बार भी मुस्कुराते हुए नहीं देखा और आज के दिन जब तुम्हारे चेहरे पर मुझे ख़ुशी की सबसे ज्यादा जरूरत है यह कहीं दिखाई ही नहीं दे रही",

"हमसे किसी प्रकार की भूल हुई हो तो बोलो बेटा, अभी भी वक्त है", झील ने कहा।

"नहीं माँ, सबसे बड़ी भूल तो मुझसे हुई है", अनन्या ने कहा।

"ऐसा क्यों कह रही हो अनू?" झील ने पूछा।

"पापा वाकई नहीं आएँगे क्या माँ?" अनन्या ने पूछा।

"अरे यह कैसी बात है? जब मैंने तुम्हें प्रभात को निमंत्रण देने के लिए कहा था तब तो तुमने स्वयं इसके लिए मना कर दिया", झील ने कहा।

"मैं उनकी बात नहीं कर रही हूँ माँ, मैं मेरे पापा की बात कर रही हूँ", अनन्या ने भारी स्वरों में कहा।

अनन्या की बात सुनकर झील खामोश हो गई, उसके शब्दों ने झील के मन में बहुत बड़ा द्वंद्व छेड़ दिया, उसे समझ नहीं आ रहा था कि उसकी बात पर उस समय किस प्रकार की प्रतिक्रिया दे।

"अचानक से तुम्हारा हृदय परिवर्तित कैसे हो गया बेटा? तुम्हारे जीवन के सबसे बड़े शत्रु आज अचानक से तुम्हारे पिता कैसे बन गए?" झील ने पूछा।

"मैं इस अपराध के लिए खुद को पहले ही बहुत जलील कर चुकी हूँ माँ, आपका हक़ बनता है, कहो जितना बुरा कह सकते हो मुझे, सजा दो मुझे माँ, मुझे आज इसकी बहुत ज्यादा जरूरत है", अनन्या ने कहा।

"गलतियाँ करने और सजा भोगने का समय अब गुज़र चुका है अनन्या, अब तो बस कर्तव्य-पालन करने का समय है। मैं तुमसे सागर के बारे में कोई बात नहीं करना चाहती, तुम्हारे बर्ताव ने तुमसे यह हक़ बहुत पहले ही छीन लिया है", झील ने कहा।

"अपने गुनाहों का प्रायश्चित करके कर्तव्य निर्वहन ही तो कर रही हूँ माँ। मैं तो उनके पैरों में गिरकर उनसे अपने किये की क्षमा माँगना चाहती हूँ मगर मैं जानती हूँ यह सब करने से भी उनके वो सारे जख्म नहीं भरेंगे जो उन्हें मैंने दिए हैं और ना ही मेरे पाप धुलेंगे", अनन्या ने सिसकते हुए कहा।

"तुमने अपने लिए खुद चुना था यह रास्ता अनन्या, पलटकर मत देखो, सबकुछ भूल जाओ और आगे बढ़ो, आज एक नया जीवन तुम्हारी प्रतीक्षा कर रहा है", झील ने कहा।

"नहीं चाहिए ऐसा जीवन जिसमें सिर पर उनका आशीर्वाद नहीं हो माँ। जितना उन्होंने मेरे लिए किया है उतना तो कोई अपनी खुद की संतान के लिए भी ना करे",

"उन्होंने मेरी परवरिश में कोई कमी नहीं छोड़ी। मेरा भविष्य उज्जवल बनाने के लिए सबकुछ किया और बदले में मैं उन्हें मेरे कड़वे शब्दों से घायल करती रही",

"मैंने हमेशा उनका तिरस्कार किया, उनके प्यार को नकारा और उन्हें कभी वो सम्मान नहीं दिया जिसके वें हकदार थे। मैंने कभी उन्हें सीधे मुँह जवाब तक नहीं दिए",

"मैंने आप दोनों के पवित्र रिश्ते पर भी घिनौने आरोप लगाए, इतना कुछ किया है मैंने, तो मुझ जैसी लड़की को सजा क्यों नहीं मिलनी चाहिए माँ", अनन्या ने कहा।

"तुम हमारी बेटी हो अनन्या और माता-पिता बच्चों को सजा नहीं आशीर्वाद देते हैं। सागर और मेरा आशीर्वाद हमेशा तुम्हारे साथ रहेगा", झील ने कहा।

"मेरी हैसियत से कहीं गुना ज्यादा दिया है मुझे आप दोनों ने, मुझे माफ कर दो माँ। मैंने उनका बहुत दिल दुःखाया है, मैं उनसे माफी माँगकर उन्हें आज यहाँ लेकर आऊँगी, मुझे उनके पास ले चलो माँ", अनन्या कहते हुए झील के सामने हाथ जोड़कर रोने लगी।

"एक माँ होने के नाते ऐसा कहने की वजह से ईश्वर मुझे कभी माफ नहीं करेंगे मगर आज पहली बार तुम्हें रोते हुए देखकर मुझे ख़ुशी हो रही है अनू", झील ने अनन्या को गले से लगाते हुए कहा।

"मुझे उनके पास ले चलो माँ, मैं विनती करती हूँ आपसे", अनन्या ने कहा।

"सुबह से तड़प रही हूँ उन्हें यहाँ लाने के लिए मेरी बच्ची मगर अब मैं खुद नहीं चाहती वो यहाँ आए। अब मैं उन्हें यहाँ आने के लिए जरा भी बाध्य नहीं करूँगी", झील ने कहा।

"आप ऐसा क्यों कह रहे हो?" अनन्या ने पूछा।

"तुमने उनके होते हुए कभी भी उनकी कद्र नहीं की... अब उनका ना होना ही तुम्हें उनकी मौजूदगी की एहमियत का एहसास करवाएगा अनन्या", झील ने कहा।

"मुझे बहुत पहले ही एहसास हो चुका है माँ, हर वक्त एहसास हो रहा है। ऐसा लग रहा है किसी ने सुलगती आग की भट्टी में फेंक दिया हो मुझे। इस जलन से बचा लो मुझे", अनन्या ने कहा।

"माफ करना मेरी बच्ची, मैं तुम्हारे लिए उन्हें यहाँ नहीं ला पाऊँगी। अब चलो मैं तुम्हें उस समारोह स्थल पर ले चलती हूँ जहाँ का एक-एक तिनका तुम्हारे पापा ने खुद तुम्हारे लिए सजाया है", झील ने कहा।

अनन्या बैठी-बैठी आँसू बहा रही थी तभी झील के मोबाइल की घंटी बजी, यह मैं ही था जो पागलों की तरह उसे हर दस मिनट में फोन कर रहा था। मेरा फोन देखकर झील थोड़ा मुस्कुराई और अनन्या से थोड़ा दूर आ गई।

"हाँ बोलो", उसने कहा।

"कैसी लग रही है वो झील?" मैंने पूछा।

"आज वो बिल्कुल तुम्हारी बेटी जैसी लग रही है", उसने कहा।

"क्या मतलब?" मैंने पूछा।

"कुछ नहीं... आँसू बहा रही है बैठी-बैठी", उसने कहा।

"क्यों ! सब ठीक तो है ना झील, किसी तरह की परेशानी तो नहीं उसे", मैंने हड़बड़ाहट में पूछा।

"सब ठीक है सागर, उसे बस उसके पापा की याद आ रही है", उसने कहा।

"तुम चाहो तो मैं उसके पिता से बात कर सकता हूँ", मैंने कहा।

"नहीं... मगर तुम चाहो तो यहाँ आकर उसके पिता की कमी पूरी कर सकते हो", उसने कहा।

"तुम अच्छी तरह से जानती हो यह जगह मेरी नहीं है, चलो अब समय रहते उसे लेकर समारोह स्थल पहुँचो", मैंने कहा और फोन रख दिया।

थोड़ी देर बाद झील ने मुझे अनन्या की तस्वीर भेजी, मैंने जैसे ही उसे देखा मुझे लगा कि मेरी साँसें और धड़कनें एकसाथ थम गईं। यह वही नन्हीं सी परी थी जिसे मैंने पहली बार गोद में लिया और सबकुछ भुला बैठा, यह वही परी थी जो मेरा हाथ पकड़कर मुझे अपने जीवन के सबसे सुखद लम्हों के चक्कर लगवाती थी, यह वही परी थी जिसको तुतलाते हुए बात करते देख मैं अपने सारे दर्द भूल जाया करता था, यह वही परी थी जिसका गुस्सा उसकी प्यारी सी नाक पर किसी आभूषण की भाँति सजा रहता था, यह वही परी थी जिससे ज्यादा मोहब्बत मैंने अपने जीवन में किसी और से नहीं की, यह वही परी थी जो ना जाने कब इतनी बड़ी हो गई कि आज दुल्हन बने मेरी आँखों के सामने आ गई। झील ने सही कहा, आज यह वाकई मेरी ही बेटी लग रही थी। यहाँ से मेरी आँखों ने भीगना शुरु कर दिया जो सुबह होने तक भी नहीं रुक सका।

कुछ ही देर में झील अनन्या को लेकर समारोह स्थल पहुँच गई और उसे उसके कमरे में छोड़कर नीचे मेरे परिजनों के पास आई, उसने भैया से कह दिया कि मैं नहीं आऊँगा। भैया-भाभी और मेरे माता-पिता चिंता में पड़ गए कि मैं यहाँ उपस्थित क्यों नहीं हूँ, भैया ने मुझे तुरन्त फोन किया और इस बार मैं उनके फोन को नजरअंदाज करने की हिम्मत नहीं जुटा पाया।

"इस वक्त कहाँ है तू?" भैया ने गुस्से में पूछा।

"एक केस के सिलसिले में दिल्ली से बाहर हूँ भैया", मैंने कहा।

"जरा बताना मुझे ऐसा कौनसा मामला है जो तुम्हारी बेटी की शादी से भी ज्यादा जरूरी है", भैया ने कहा।

"भैया अभी इतना वक्त नहीं है कि आपको सब समझा सकूँ, आप अपनी बेटी को अच्छे से विदा कर दीजिए मैं आपसे विनती करता हूँ", मैंने कहा।

"सब समझता हूँ मैं, अपने गलत फैसलों के नतीजे झेल रहे हो तुम लोग", भैया ने कहा।

"हाँ भैया, मैं हमेशा से ही गलत था, अब समझ में आता है मुझे", मैंने कहा।

"तेरी जिंदगी मुझे किसी नुक्कड़ के किनारे चलते तमाशे से कम नहीं लगती। तेरी इच्छा तू अपनी बेटी की शादी में आए ना आए मगर हम हमारी बेटी के प्रति दायित्व को पूरा करके जाएँगे", भैया ने कहा और फोन रख दिया।

"बात इच्छा की नहीं भैया... बात मोहब्बत की है, काश मैं आपको बता पाता मैं उससे कितना प्यार करता हूँ", मैं कॉल कटने के बाद भी बड़बड़ाता रहा।

बारात पहुँच चुकी थी, पटाखों व ढोल नगाड़ों की धुन ने आसमान को गुंजायमान बना दिया। घोड़ी पर बैठा अनिरूद्ध बहुत ही सुंदर लग रहा था, अनन्या के जीवन की तमाम खुशियाँ उसके दरवाज़े पर दस्तक दे रही थी। मैं भले ही वहाँ मौजूद नहीं था मगर झील की आँखों से यह सब देख पा रहा था।

मेरे परिजनों और रिश्तेदारों की आँखें गंभीरता से वहाँ मुझे तलाश कर रही थी और मेरा फोन भी चुप होने का नाम नहीं ले रहा था। मेरे संबंधी जी, रिश्तेदार और मेहमान मुझे लगातार फोन कर रहे थे पर मैं झील और भाभीजी के सिवाय किसी से बात नहीं कर रहा था।

बारात के भव्य स्वागत के बाद झील अपने जँवाई राजा को मंच पर लेकर आई। अनिरुद्ध ने भी आते ही सबसे पहले मेरे बारे में पूछा और जवाब में झील एक झूठे बहाने के सिवाय कुछ नहीं कह पाई।

अब बारी थी हमारी परी के मंच पर आने की, झील और मेरा फोन जुड़ा हुआ ही था तभी मैंने उसे निर्देश दिया कि अब अनन्या को मंच पर ले

आने का सही समय हो चुका है। झील ने अब भी कटाक्ष करना नहीं छोड़ा और मुझसे अपनी ज़िम्मेदारी ना निभाने का शुक्रिया अदा किया।

हमारे परिवार में एक रस्म प्रचलित थी कि शादी वाले दिन दुल्हन को उसके कमरे से मंच तक सभी रिश्तेदारों और उसके वर के समक्ष लाने का कार्य उसके भाई का होता है, वह हाथ थामकर अपनी बहना को अपने होने वाले जीजाजी के समक्ष लाता है जो अपनी बहन के प्रति प्रेम और समर्पण को प्रदर्शित करता है। झील इस रस्म से भलीभांति परिचित थी।

बदक़िस्मती से अनन्या का कोई सगा भाई तो नहीं था मगर उसके दो ममेरे और एक मौसेरा भाई जरूर था, जिनसे उसकी काफ़ी अच्छी बनती भी थी। वहीं दूसरी और राघव और माधव जो उसके चचेरे भाई थे, जिनसे पिछले दस वर्षों में मुझे ठीक से याद तक नहीं आता कि अनन्या ने अच्छे से बात भी की हो। इन बच्चों के रिश्तों में इस प्रकार की दूरियों का एकमात्र कारण मैं स्वयं को ही मानता था।

खैर झील ने अनन्या से कहा कि वह अपने भाइयों के साथ नीचे मंच पर आए, मैंने सोचा कि वह साथ आने के लिए आर्यन, प्रितिश या मोनिश(उसके मौसेरे और ममेरे भाई) में से किसी एक को चुनेगी मगर उस दिन अनन्या ने जो किया उसे देखकर मेरा हृदय गदगद हो उठा उसने झील से कहा कि वह राघव भैया और माधव के साथ आना चाहती है, झील करुणा से भर उठी और उसने फ़ौरन मुझे यह बात बताई।

अनन्या अपने दोनों भाइयों(राघव और माधव) का हाथ थामे मंच की ओर बढ़ रही थी, उसके ऊपर चुन्नी से छत्र बनाए आर्यन, प्रितिश और मोनिश भी उसके साथ चल रहे थे। चारों ओर से हो रही पुष्प वर्षा ने वातावरण में सौंदर्यता घोल दी। जगह-जगह से सितारे और फर्रियाँ बरसाई जा रही थी और वहाँ मौजूद प्रत्येक व्यक्ति की नजरें हमारे बच्चों पर आ टिकी थी।

यह पहली बार हुआ था जब हमारे परिवारों ने हमारे बच्चों को एकसाथ देखा। इस दृश्य को देख झील, मेरे ससुराल पक्ष के लोग, भैया-भाभी और यहाँ तक कि मेरे वृद्ध माता-पिता की आँखों में भी आँसू आ गए, मानो एक ख़ुशी की अदृश्य लहर ने सभी के हृदय करुणा से भर दिए।

यह प्रत्येक कहानी का एक सुखद अंत होता है, जहाँ दिल मिल जाते हैं, अपनों से सारे गिले-शिकवे दूर कर लिए जाते हैं, सभी अपने-अपने दिलों के बीच की दूरियाँ मिटाकर एक-दूसरे से जुड़ जाते हैं। जीवन का कठोर

समय गुज़रने के बाद कभी ना कभी यह वक्त जरूर आता है जब हम हमारे अपनों को हमारे नज़दीक पाते हैं। कायदे से तो यहाँ मेरी कहानी को विराम मिल जाना चाहिए था मगर इस कहानी में अभी वो होना बाकी था जो लगभग सभी की उम्मीद से परे था।

"मैं समझती थी कि जीवनभर अनन्या तुम्हें समझ नहीं पाएगी मगर देखो ना आज उसने यह कैसी पहल की है कि हमारे परिवार का कोई भी सदस्य अपने आँसू नहीं छुपा पा रहा... और मैं जानती हूँ तुम भी वहाँ बैठे-बैठे यही करने की कोशिश में लगे हो", झील ने कहा।

"सब जानती ही हो तो पूछ क्यों रही हो", मैंने अपने आँसू पोंछते हुए कहा।

"इसीलिए कि इतने समय बाद तुम्हारी बेटी ने आज खुद तुम्हारी ओर हाथ बढ़ाया है, क्या तुम उसका हाथ नहीं थमोगे जैसे तब थामा था जब वह तीन साल की थी",

"शाम को जब अनन्या ने कहा कि वो तुम्हारे पास आना चाहती है तो मैंने खुद उसे मना कर दिया। शायद उस वक्त तक मेरे अन्दर भी नाराज़गी के कुछ अंश बाकी थे मगर हम ही अपने बच्चों को माफ नहीं करेंगे तो कौन करेगा सागर?"

"बड़ा वक्त ले लिया इन खुशियों ने हमारी चौखट पर आते-आते, ऐसे वक्त में तुम हमसे दूर रहकर इन्हें अधूरा ना छोड़ो मैं प्रार्थना करती हूँ", झील ने कहा।

"तुम्हारी इन बातों से मैं कमजोर जरूर पड़ सकता हूँ लेकिन मुझे मेरा आत्मसम्मान तो वापस नहीं मिल सकता ना झील", मैंने कहा।

"क्या? तुम्हें अब भी अपने परिवार के आगे यह सब चीज़ें बड़ी नजर आ रही हैं। धिक्कार है तुम्हारे उस अहंकार पर जिसे तुम आत्मसम्मान का नाम दे रहे हो। यह आत्मसम्मान से आगे की अवस्था है सागर जिसे अहंकार कहा जाता है", उसने गुस्से में कहा।

"तुम्हारा गुस्सा जायज़ है झील मगर आखिरी बार कह रहा हूँ मैं नहीं आऊँगा", मैंने कहा।

"ठीक है... तो इसे मेरा आखिरी फोन ही समझना, अब समय आ गया है कि तुम्हें तुम्हारे घमण्ड के साथ अकेले जीवनयापन करने छोड़ दिया जाए", उसने कहा।

मैं कुछ और कहता इससे पहले ही कॉल कट चुका था, मैंने दोबारा उसे फोन करके परेशान करना ठीक नहीं समझा। मैं इस सोच में डूबा था कि अचानक आज ऐसा क्या हुआ जिसने अनन्या को इतना बदल दिया? वो तो मेरी सूरत देखना भी पसंद नहीं करती थी तो आज कैसे मेरे पास आने की ज़िद करने लगी? आखिर ऐसी क्या वजह हो सकती है जिसने अनन्या के हृदय को इतना परिवर्तित कर दिया?

फिलहाल मेरे पास इन प्रश्नों के सिवाय और कुछ नहीं था, झील ने अब मेरा फोन उठाना बंद कर दिया, मैं मेरी भाभीजी और राघव से फोन पर सभी व्यवस्थाओं का जायजा लेता रहा।

वरमाला और आशीर्वाद समारोह के समापन के पश्चात अग्निफेरों का समय हो गया। अब मेरे शरीर में खून ऊपर से नीचे तेजी से दौड़ने लगा, ऐसा लग रहा था जैसे हज़ारों की तादाद में चींटियाँ मेरे शरीर पर यहाँ से वहाँ दौड़ रही हैं। यह विवाह की सबसे महत्वपूर्ण घड़ी थी जहाँ अनन्या के पास मेरी उपस्थिति अनिवार्य थी। मैं वहाँ जाने के लिए बुरी तरह से छटपटा रहा था मगर मैंने खुद को जैसे तैसे रोक लिया और अपने निर्णय पर अड़िग रहा।

भैया-भाभी के रहते अनन्या-अनिरुद्ध के फेरों की रस्म कुशलता से संपन्न हो गई। सुबह के लगभग चार बज चुके थे। समारोह स्थल पर दोनों पक्षों के परिवारों के अलावा शायद ही कोई और मौजूद था। वहाँ मौजूद लगभग सभी लोग मेरे विषय में ही बात कर रहे थे, कोई मुझे अपनी नौकरी के प्रति कर्तव्यनिष्ठ बता रहा था तो कोई परिवार के प्रति लापरवाह मगर वास्तविकता से तो सभी अनजान थे, लोग सिर्फ अपने अपने हिसाब से अंदाज़े लगाते रहे।

मैं अपने कमरे में बैठा-बैठा चाय पी रहा था और सभी कार्य अच्छे से पूर्ण होने के लिए ईश्वर का धन्यवाद कर रहा था तभी मेरे फोन पर एक संदेश आया, आखिर कौन था जो इतनी सुबह मुझे संदेश भेज रहा था? मैं इसी जिज्ञासा में अपने मोबाइल की ओर लपका और मुझे देखकर बहुत ताज्जुब हुआ कि यह अनन्या का संदेश था।

"मैं जानती हूँ आप मुझसे बहुत ज्यादा नाराज़ हो, जानती हूँ कि इस विवाह के इतने शानदार ढंग से संपन्न होने के पीछे एकमात्र कारण आप ही हो। मुझे पता है इस जन्म में जितना आपने मुझे दिया है उतना मैं सात जन्म और लेकर भी आपको लौटा नहीं पाऊँगी, हमेशा से बिना माँगे ही इतना कुछ दे दिया तो क्या आज माँगने पर भी नहीं दोगे? यह शादी तो

आपके बिना जैसे-तैसे संपन्न हो गई मगर मैं आपके बिना यहाँ से विदा नहीं हो पाऊँगी। मेरी विनती स्वीकार कीजिए, मुझे आपसे बहुत सी बातें करनी है बहुत कुछ कहना है मगर इस तरह से नहीं। सिर्फ एक बार एक आखिरी बार मेरे लिए मेरे पास आ जाईए। मैं जानती हूँ आप हमारे आसपास ही मौजूद हैं, बस मैं इस घर से जाने से पहले एक बार आपको देखना चाहती हूँ, हो सके तो अपनी बेटी को उसकी शादी पर यह तोहफा दे दीजिए।"

इस सुखद घड़ी में अनन्या का यह संदेश पढ़कर मैं काफी ज्यादा भावुक हो गया। मैं जैसे-तैसे अपने आँसुओं पर काबू करने में लगा था मानो किसी बाँध की दीवारें तोड़कर सैलाब बाहर आने को थी। वाकई मुझे इस बात पर यकीन नहीं था कि कभी अनन्या के मुँह से भी ऐसा कुछ सुन सकूँगा। अब तो उसके पास जाना बनता ही था। मैं उससे महज सौ मीटर की दूरी पर था। अब तो खुद को रोक पाना मेरे लिए नामुमकिन सा था मगर मैंने पहले भी कहा ना यह असल जिंदगी है कोई फ़िल्मी किस्सा नहीं। ना जाने क्यों उस समय याद आया मगर मुझे उसका जन्मोत्सव याद आ गया।

मैं नहीं गया। अनन्या मेरी राह देखते-देखते विदा हो गई, झील का दिल टूट गया, मेरे परिजन भी हताश होकर कोटा लौट गए और मेरे सभी अपने मायूस पड़ गए। वजह यही थी कि मैं अनन्या की शादी में नहीं गया!

अध्याय 27

"आखिरी पड़ाव"

सफर जितना लंबा होता है मंज़िल उतनी ही खूबसूरत होती है। ऐसा अधिकतर होता है, बस इसी उम्मीद में काफी लंबा सफर तय किया था मैंने। अब मेरी मंज़िल कैसी थी यह तो खुदा ही जाने।

अनन्या की शादी को पाँच महीने बीत चुके थे शायद वह अपने ससुराल में बहुत खुश भी थी। उसकी शादी के बाद से झील ने मुझसे बिल्कुल भी बात नहीं की और ना ही इसके लिए मैंने उसे ज्यादा बाध्य किया।

अनन्या की शादी के बाद मैंने विहान से बात की और उससे अपने द्वारा किए अपराध के लिए क्षमा माँगी। वह अब भी मुझसे इतना प्यार करता था कि मुझे उसे किसी तरह की सफाई देने की जरूरत ही नहीं पड़ी।

यद्यपि मुझे अभी तक अनन्या और कियारा की मुलाकात के बारे में जरा सी भी भनक नहीं थी मगर फिर भी मैं कियारा से बात करने की हिम्मत नहीं जुटा पाया। अब इसे चाहे तो उसके लिए मेरे मन में भरा स्नेह ही समझ लीजिए मगर मेरी लज्जा ने मुझे उससे एक बार बात कर लेने तक का हौसला नहीं दिया।

इसी बीच मैं दो बार मालदीव के चक्कर लगा आया, जिसकी खबर ने झील के हृदय को थोड़ा विचलित जरूर किया। वह भले ही मुझसे बात नहीं करती थी मगर मेरी प्रत्येक गतिविधि पर उसकी नजर जरूर रहती थी।

फिलहाल तो मैं एक बहुत बड़े बदलाव की तैयारी में लगा हुआ था और इसकी शुरुआत मैंने इस सफेद कागज़ के टुकड़े से की। यह साधारण सा दिखने वाला कागज़ मेरी जिंदगी के सबसे बड़े और अंतिम बदलाव का प्रमाण था। यह मेरा इस्तीफा था जिसे सुंदर सी लेखनी में तैयार करने में मुझे लगभग आधे घण्टे का समय लग गया और यकीन मानिए इतना

बड़ा फैसला करते हुए मेरे हाथ जरा भी नहीं काँपे क्योंकि बहुत समय पहले मैंने खुद से वादा किया था कि जिस दिन इस पद के काबिल नहीं रहा इसे खुद ही छोड़ दूँगा। मेरी मनोदशा अब ऐसी नहीं थी कि मैं इस वृहत् जिम्मेदारी को और अधिक समय तक अपने कंधो पर लेकर चल सकूँ। मुझे अब इस नौकरी और इस जगह का जरा भी मोह नहीं था क्योंकि ज़िम्मेदारियाँ पूरी हो चुकी थी, सारी भागदौड़ और उठापटक ख़त्म हो चुकी थी, रिश्ते निभा लिए गए थे और जीवन के लगभग सभी महत्वपूर्ण दायित्व पूरे हो चुके थे।

वैसे तो मैंने सोचा था कि अनन्या की शादी होते ही यह नौकरी छोड़ दूँगा मगर मैं इस दिन को यादगार बनाना चाहता था इसीलिए मैंने तय किया कि आज के दिन अपनी नौकरी से इस्तीफा दे दूँगा। आज आठ सितम्बर का दिन था, मेरा जन्मदिवस, एक नए जीवन के प्रारंभ हेतु इससे बेहतर दिन भला हो भी क्या सकता था।

झील हमेशा सात सितम्बर की रात को बारह बजे मुझे फोन करके जन्मदिन की बधाई देती थी मगर इस बार मेरे पास उसका कोई भी फोन या संदेश नहीं आया। वह मुझसे इस हद तक नाराज़ हो जाएगी मैंने सोचा भी नहीं था।

मैंने इस तरह अचानक से नौकरी छोड़ देने का जिक्र फिलहाल किसी से भी नहीं किया था। मैं जानता था मेरा यह कदम मेरे अपनों को बड़ी हैरत में डाल देगा मगर अब सबकुछ लगभग तय था। मेरे जीवन की इस कथा का यह अंत मैं बहुत पहले ही तय कर चुका था।

रोजाना की तरह आज सुबह भी मैं निश्चित समय पर तैयार हुआ। बाहर सरकारी वाहन में ड्राइवर हमेशा की तरह मेरी प्रतीक्षा में बैठा था, मेरे बाहर आते ही उसने मेरा अभिवादन किया जिससे मेरी आँखों में फिर से वही चमक लौट आई जो अपने पदग्रहण के दिवस पर थी।

मैं अपने दफ्तर की ओर रवाना हो गया, मेरे प्रवेश करने पर रोज़ाना की तरह सभी ने अपने अपने स्थान से खड़े होकर मेरा अभिवादन किया। आज मैं उन सभी छोटी-छोटी बातों पर भी गौर कर रहा था जिनपर रोजमर्रा के जीवन में शायद ही मेरा ध्यान जाता था। हमेशा की तरह आज भी मेरी टेबल पर मुझे एक नए मामले की फाइल रखी हुई मिली जिसे मैंने बिना खोले ही एक तरफ रख दिया।

मैंने दरवाजा अन्दर से बंद कर लिया और कुछ देर तक मेरी कुर्सी के सामने शांत खड़ा रहा। मुझे आज यहाँ ढेर सारा गर्व, कर्तव्यनिष्ठता और

ईमान नजर आ रहा था जो मैंने अपने कार्यकाल में अर्जित किया था। मेरे लिए सदैव ही अपना फर्ज सर्वोपरि रहा और यह विडम्बना देखिए कि मैं स्वयं आज अपने फर्ज का परित्याग करने को आतुर खड़ा था।

मैंने अपनी जिम्मेदारी से इस प्रकार मुँह मोड़ लेने के लिए सबसे पहले अपनी कुर्सी के सामने नतमस्तक होकर क्षमा माँगी, तत्पश्चात जेब से अपना इस्तीफा पत्र निकालकर उस फाइल में रख दिया। इतने बड़े पद से बिना किसी सूचना के इस प्रकार इस्तीफा देने से मैं परेशानी में भी पड़ सकता था मगर मुझे अब किसी भी बात की परवाह नहीं थी। मैंने अपने कनिष्ठ अधिकारी को बुलाकर उसे यह फाइल सचिवालय पहुँचाने का निर्देश दिया और वहाँ से चला आया।

यह मेरे दफ्तर और उदयपुर शहर में मेरा आखिरी दिन था, घर आकर मैंने अपना सामान लिया(जिसे मैं पहले ही बाँध चुका था), मेरे सरकारी बंगले को अलविदा किया और कोटा के लिए रवाना हो गया। मैंने अभी तक इस बारे में किसी से कोई बात नहीं की थी, ऐसा जीवन में पहली बार हुआ था कि मैं इतने बड़े निर्णय पर भी इतना शांत रहा।

जैसा कि मेरा फर्ज़ बनता था मैंने सबसे पहले भैया को फोन करके इसकी सूचना दी, जिसकी खबर ने उम्मीद के अनुसार उन्हें अचम्भे में डाल दिया। वह अचानक से समझ ही नहीं पाए कि आखिर मेरे दिमाग में चल क्या रहा है?

खैर इस समय मेरी भावनाओं को समझ पाना किसी के लिए भी आसान कार्य नहीं था और जो कार्य मैंने किया था उसके लिए तो हर कोई मुझे पागल ही समझता।

मेरी सेवानिवृति में तो अभी लगभग दस वर्ष का समय और शेष था। इतना बेवकूफ भला कौन हो सकता है जो इतनी विशेष नौकरी को भी इतनी आसानी से छोड़ दे मगर परिस्थितियाँ इंसान को बहुत कुछ कर देने पर विवश करती हैं, मैं भी अपनी परिस्थिति और मनोस्थिति के आगे विवश था।

काफी देर तक प्रयास करने के बावजूद भी मैं भैया को अपनी दलीलों से संतुष्ट नहीं कर पाया। जैसे-तैसे अपने भविष्य के लिए बनाई योजना को विस्तारपूर्वक बताकर मैं उन्हें थोड़ा शांत कर ही पाया था कि झील और अनन्या के विषय में मेरी चुप्पी से वह फिर से आग बबूला हो गए। अब फोन पर बात करने का कोई औचित्य नहीं बचा था इसीलिए मैंने उनसे मिलकर बात करना ही ठीक समझा।

मैं रात में देर तक घर पहुँचा, मम्मी अभी तक मेरी प्रतीक्षा कर रही थी, भैया-भाभी जयपुर से अगले दिन आने वाले थे। इतने वर्षों के बाद माँ के हाथों का बना भोजन करके हृदय तृप्त हो गया। आज लंबे समय के बाद अपने घर के बिस्तर पर मैं सुकून से सो पाया, नींद आती भी क्यों ना जिंदगी की भागदौड़ ने मुझे इतना थका जो डाला था।

खैर अगले दिन मैंने भैया से इस विषय पर खुलकर विचार विमर्श किया। अपने मौजूदा और बीते हालातों से उन्हें अवगत करवाया जिससे कि वह झील और मेरे साथ ना होने की वजह को समझ सकें, मैंने अपनी नौकरी छोड़ने और अनन्या की शादी में ना जाने की वजह का भी अच्छी तरह से बखान किया। इसके बाद हमेशा की तरह वह मेरी ख़ुशी में राजी हो गए और मुझे परिवार की ओर से विदेश जा बसने की अनुमति मिल गई।

बहुत मुश्किल होता है अपने परिवार, दोस्त और करीबी लोगों को छोड़कर कहीं एकांत में जा बसना मगर कभी कभी जिंदगी हमें यह कदम उठाने पर मजबूर कर ही देती है। मुझे तो इसका एहसास शायद बहुत पहले से हो चुका था।

अब झील से इस बारे में बात करने का सही वक्त आ चुका था, मैं जानता था वह नहीं मानेगी मगर फिर भी मैं एक आखिरी प्रयास करके देखना चाहता था।

झील इन दिनों दिल्ली में ही मेरे ससुराल में ठहरी हुई थी, मैं उसी रात बस से दिल्ली के लिए रवाना हो गया और और सुबह वहाँ पहुँचकर बस अड्डे के पास ही एक होटल में किराए से कमरा लेकर ठहर गया, सुबह तैयार होकर मैंने झील को फोन किया मगर एक-दो घंटी जाने के बाद उसने मेरा फोन काट दिया।

जीवन में मुझसे इतना अधिक नाराज़ वह शायद ही पहले कभी हुई होगी मगर फिर भी प्रयास तो मुझे हर हाल में करना ही था, इसीलिए मैंने उसे एक संदेश भेजा।

"मैं जानता हूँ तुम मुझसे बहुत नाराज हो, इतनी नाराज कि शायद कभी मुझसे बात भी ना करो, मगर तुम्हारे विषय में मेरे स्वार्थ की कोई सीमा ही नहीं है, इसीलिए तुमसे ऐसी उम्मीद करने की हिम्मत कर रहा हूँ",

"मैं दो दिन पहले नौकरी छोड़ चुका हूँ, और भी बहुत कुछ छोड़ने जा रहा हूँ मगर इसके लिए मुझे तुम्हारा साथ चाहिए, क्योंकि झील के बिना

सागर हमेशा अधूरा है। बस एक बार तुमसे मिलना चाहता हूँ झील, दिल्ली ही हूँ, तुम्हें ठीक लगे तो आ जाना।"

मैं जानता हूँ इतने लंबे-चौड़े संदेश में उसकी नजर सिर्फ नौकरी छोड़ने वाली बात पर गई होगी और उसने यह पढ़ते ही तुरन्त मुझे फोन मिला दिया।

"दिमाग तो खराब नहीं हो गया है तुम्हारा? नौकरी क्यों छोड़ दी? क्या हुआ है सागर? और अचानक से तुम दिल्ली कैसे आ गए?" झील ने एक साँस में पूछा।

"तुम थोड़ी देर के लिए शांत रहो तो मैं कुछ बोलूँ", मैंने कहा।

"नहीं मैं शांत नहीं बैठ सकती, मुझे अभी के अभी मेरे सवालों के जवाब चाहिए", उसने कहा।

"मैं यहाँ तुमसे मिलने आया हूँ झील", मैंने कहा।

"अच्छी बात है मगर नौकरी क्यों छोड़ दी? क्या हुआ है बताओ मुझे?" उसने पूछा।

"तुम मिलोगी तो बताऊँगा ना", मैंने कहा।

"हाँ मैं क्यों नहीं मिलूँगी? घर आओ जल्दी, मैं इंतज़ार कर रही हूँ", उसने कहा।

"नहीं झील, क्या हम कहीं बाहर मिल सकते हैं?" मैंने पूछा।

"हाँ बोलो, मैं कहाँ आऊँ?" उसने पूछा।

"मुझे रात के बारह बजे की ट्रेन से वापस निकलना है झील। तुम मुझे शाम सात बजे 'दी क्यूब रेस्तरा' में मिलो, आज रात भोजन साथ में करते हैं", मैंने कहा।

"मैं शाम तक इंतज़ार नहीं कर सकती, मुझे इसी वक्त तुमसे मिलना है", उसने कहा।

"थोड़ा धैर्य रखो प्रिय, शाम को मिलते हैं", मैंने कहा।

"ठीक है, मैं आ जाऊँगी", उसने कहा।

मैं करीब साढ़े छः बजे वहाँ पहुँच गया। मैंने झील को फोन किया, अजीब बात थी, वह पहले से ही रेस्टोरेंट में मेरा इंतज़ार कर रही थी। मैंने जैसे ही हॉल में प्रवेश किया झील मुझे देखकर खड़ी हो गई।

एक तो यह बला की खूबसूरत और ऊपर से सुनहरा सूट पहनने के बाद तो यह कयामत ही ढा रही थी, आज अपनी पत्नी पर मुझे थोड़ा घमण्ड महसूस हो रहा था।

"नौकरी क्यों छोड़ी?" झील ने पास आकर पूछा।

"ओह... पहले ठीक से देख तो लेने दो। आखिर तुम इस उम्र में भी इतनी हसीन कैसे लग सकती हो प्रिय", मैंने कहा।

"क्या तुम्हें अभी मजाक सूझ रहा है", उसने मेरी आँखों में आँखें डालकर कहा।

"अरे नहीं, मैं मजाक नहीं कर रहा। तुम्हारी उम्र वाकई तीस वर्ष से अधिक नहीं लगती", मैंने कहा।

झील ने कुछ नहीं कहा बस अपनी आँखों को जरूरत से ज्यादा बड़ी करके मुझे देखने लगी। अवश्य ही उसे लग रहा था मैं अपना दिमागी संतुलन खो बैठा हूँ, मगर इसमें कोई दोराय भी तो नहीं थी, मैंने तो अपना मानसिक संतुलन उसी दिन खो दिया था जब इस लड़की को पहली बार विद्यालय में देखा था।

"मैंने सुना था बुढ़ापे में लोग थोड़े पागल हो जाते हैं मगर तुम उनचास वर्ष की आयु में ही हो जाओगे इसकी उम्मीद नहीं थी", आखिरकार उसने चुप्पी तोड़ी।

"चलो बैठो, मैं तुम्हें शुरु से बताता हूँ", मैंने उसे बाँहों में भरते हुए कहा।

झील रुआँसी हो रही थी। मैं जानता था उसे चिंता और भय ने बुरी तरह से जकड़ रखा था। उसे लग रहा था मेरे साथ कुछ ना कुछ गलत हुआ है।

"झील, मैं तुमसे बहुत प्यार करता हूँ और उससे भी कहीं गुना ज्यादा अनन्या से", मैंने कहा।

"मैं जानती हूँ और हम भी तुमसे बहुत प्यार करते हैं शायद यह बात तुम नहीं जानते", उसने कहा।

"ऐसा कैसे कह सकती हो? मैं जानता हूँ तुम करती हो मगर अनन्या का पता नहीं", मैंने कहा।

"इन सब बातों का नौकरी छोड़ देने से क्या संबंध है सागर?" उसने पूछा।

"संबंध है ना झील... मैंने आजीवन अनन्या की जिम्मेदारी उठाने का वादा किया था तुमसे, क्या तुम्हें याद है?" मैंने पूछा।

"हाँ याद है और तुमने आजीवन उस जिम्मेदारी को बहुत अच्छे से निभाया है, सिवाय उसके विवाह वाले दिन को छोड़कर, मैं मानती हूँ सागर", उसने कहा।

"तो तुम भी मानती हो ना कि हमारी जिम्मेदारियाँ अब पूर्ण हो चुकी हैं", मैंने कहा।

"तो तुमने यह बहाना सोचा है अपनी नौकरी छोड़ने के पीछे", उसने कहा।

"जीवन में कब तक भागते रहते झील, कभी ना कभी तो रुकना जरूरी था ना", मैंने कहा।

"तुमने रुकने में बड़ी जल्दी दिखाई है मगर मैं तुम्हें बचपन से जानती हूँ। तुम इतनी जल्दी ठहर जाने वालों में से नहीं हो। अब बातों को घुमाए बिना मुझसे साफ़ साफ़ कहो आखिर बात क्या है", उसने कहा।

मैंने एक मिनट के लिए कुछ सोचा फिर अपना मोबाइल निकालकर झील को मालदीव की तस्वीरें दिखाने लगा।

"बहुत सुंदर जगह है और मैं जानती हूँ तुम अपनी पत्नी को बिना बताए यहाँ दो बार जाकर आ गए", उसने कहा।

"तो तुमने कभी इसका कारण नहीं जानना चाहा?" मैंने कहा।

"बढ़ती उम्र के साथ-साथ तुम्हारी बातें बड़ी पेचीदा हो गई हैं। अब मैं तुम्हें समझ नहीं पाती हूँ सागर", उसने कहा।

मैंने फिर से अपने फोन में उसे एक बहुत ही छोटे से रेस्टोरेन्ट की तस्वीर दिखाई जो 'माले' टापू पर हिन्द महासागर के किनारे बहुत ही छोटी लेकिन बहुत ही खूबसूरत जगह पर बना हुआ था। उसके साथ ही जुड़ा एक छोटा सा सुंदर मकान भी था जिसकी सभी तस्वीरें मैं झील को

दिखाने लगा। कुल मिलाकर दो लोगों के रहने के हिसाब से यह एक पर्याप्त और बहुत ही खूबसूरत मकान था।

"अरे वाह, बड़ी ही खूबसूरत जगह है, तो तुम यहाँ गए थे?" उसने पूछा।

"मैंने अपने जीवनभर की बचत की संपूर्ण राशी लगाकर इसे तुम्हारे लिए ख़रीदा है झील, यही मेरे जीवन का आखिरी पड़ाव है", मैंने कहा।

झील मेरी बात सुनकर आवाक् रह गई, उससे एक दो मिनट तो बोला तक नहीं गया, उसका चेहरा पीला पड़ने लगा, उसने टेबल पर रखा पानी का गिलास उठाया और ऐसे पानी पिया मानो लंबे समय से उसका गला सूख रहा हो।

"इस तरह के निर्णय तुम अकेले कब से करने लगे? ताज्जुब तो इस बात का है इस बारे में तुमने मुझसे बात तक करना ठीक नहीं समझा",

"तुम आज भी मुझसे कोई सलाह-मशवरा करने नहीं आए हो, तुम तो मुझे अपना निर्णय बताने आए हो। मुझे अब महसूस ही नहीं होता कि मैं तुम्हारी पत्नी भी हूँ", उसने गुस्से में कहा।

"तुम मुझे गलत समझ रही हो झील, हम दोनों ने मिलकर जीवन में कितना कुछ सहा है? कैसे-कैसे दिन देखे हैं? जीवन के सभी अच्छे-बुरे अनुभव साथ में लिए हैं। भला मैं तुमसे अलग कैसे हो सकता हूँ?" मैंने कहा।

"तुम मुझसे अलग ही हो सागर यह तय है, तभी तो इतना कुछ करने से पहले तुमने एक बार मुझसे बात तक करना ठीक नहीं समझा", उसने कहा।

"ऐसा मत कहो झील, यह सब मैंने तुम्हारे लिए ही तो किया है", मैंने कहा।

"मेरी आड़ में खुद की गलतियों पर पर्दा डालने की कोशिश मत करो और अगर तुम्हें यह गलतफहमी है कि मैं हमारे परिवार और बच्चों की जिम्मदारियों से मुँह मोड़कर तुम्हारे साथ आऊँगी तो तुम इसे अपने दिमाग से निकाल दो", उसने कहा।

"और कितनी जिम्मेदारियाँ निभाना बाकी रहा है? सबकुछ तो पूरा हो चुका है, मुझे लगता था इन सभी कर्तव्यों के पूर्ण हो जाने के बाद हम दोनों सुकून से जीवनयापन करेंगे", मैंने कहा।

"परिवार के साथ रहने से बड़ा सुकून और कुछ नहीं होता सागर। खैर तुम इस बात को नहीं समझोगे, तुम्हें तो अपनों को छोड़ जाने की आदत है", उसने कहा।

"यकीन नहीं होता, तुम भी ऐसा कुछ कह सकती हो", मैंने कहा।

"यकीन तो मुझे भी नहीं होता, तुम भी ऐसा कुछ कर सकते हो", उसने कहा।

मैं चुप हो गया और झील की आँखों में देखने लगा। वह मुझसे नजर नहीं मिला रही थी मगर उसकी नज़रों में मेरे लिए क्रोध साफ झलक रहा था। अब मैं उससे ज्यादा बहस नहीं करना चाहता था। मैंने वेटर को आवाज़ दी और उसे भोजन परोसने के लिए कहा।

"तुम खुद को ऐसा कैसे बना सकते हो सागर? मेरी नाराज़गी से तुम्हें फर्क तक नहीं पड़ रहा, आखिर तुम्हारा घमण्ड तुम्हें इतना कैसे बदल सकता है?" उसने कहा।

"जिसे तुम घमण्ड का नाम देती हो वह असल में क्या है यह तुम शायद ही समझ पाओ। मैं बस तुमसे इतना चाहता हूँ कि सोच-समझकर मेरे सवाल का जवाब दो", मैंने कहा।

"हाँ पूछो अब और कुछ भी बाकी रहा हो तो", उसने कहा।

"क्या तुम मेरे साथ आगे का जीवन बिताने वहाँ चलोगी?" मैंने पूछा।

"बिल्कुल नहीं। ना मैं तुम्हारे साथ चलूँगी, ना ही तुम्हें यहाँ से जाने दूँगी", उसने कहा।

"शुक्रिया झील, तुमने अपनी आदत के अनुसार आज फिर से मुझे ठुकराया है। शायद अब आगे का सफर अकेले ही तय करना होगा", मैंने गहरी साँस लेते हुए कहा।

"हमारे बीच पति-पत्नी जैसा कोई संबंध तो तुमने छोड़ा नहीं, इसीलिए अब मुझे तुम्हें रोकने का कोई अधिकार भी नहीं। इस बात से दुःखी मत होना सागर, मैं वैसे भी तुम्हारे ही आदर्शों का पालन कर रही हूँ", उसने कहा।

"इस बात से क्या मतलब है तुम्हारा?" मैंने पूछा।

"तुमने ही सिखाया है चाहे कुछ भी हो जाए अपनों का साथ नहीं छोड़ना और याद करो तुमने ही मुझसे कहा था कि जीवन में कभी अनू और

तुम्हारे बीच चुनना पड़े तो मैं अनू का ही चुनाव करूँ, अब चुनाव करने की घड़ी आ चुकी है", उसने कहा।

"हाँ झील... मुझे याद है। चलो अब तुम यही चाहती हो तो यही सही, मगर मैं अब यहाँ नहीं रुकने वाला। तुम्हें तुम्हारी बेटी का साथ मुबारक", मैंने कहा।

"ठीक है... मैं भी नहीं चाहती तुम यहाँ से किसी तरह की बुरी याद अपने साथ लेकर जाओ। आज मैं मेरी जान को अपने हाथों से खाना खिलाऊँगी", उसने मेरे गाल नोंचते हुए कहा।

"हाँ, फिलहाल माहौल को साधारण बनाने के लिए यह काफी है झील", मैंने कहा।

झील मुस्कुराकर रह गई, उसकी दिखावटी मुस्कुराहट को भला मुझसे बेहतर और कौन पहचानता था। मुझसे दूर होने का भय उसकी आँखों में साफ नजर आ रहा था और उसके सूखते होठों ने बता दिया था कि वह अन्दर से कितनी विचलित हो उठी है। मैं जानता था कि मेरे इस कार्य ने उसे एक बहुत बड़े द्वंद्व में ला खड़ा किया है, मगर इस बार इस द्वंद्व में मेरा पलड़ा बहुत कमजोर दिखाई दे रहा था।

उस दिन झील ने मुझे बड़े प्यार से खाना खिलाया, मानो जैसे हम आखिरी बार मिल रहें हो। किसी जानलेवा बीमारी से ग्रस्त अपनी आखिरी साँसें गिनते किसी व्यक्ति से इसी प्रकार का व्यवहार किया जाता है ताकि वह ख़ुशी-ख़ुशी इस दुनिया से जाए। मैं तो सिर्फ देश ही छोड़ रहा था, फिर भी ना जानें क्यों स्वयं की तुलना इस प्रकार के व्यक्तियों से कर रहा था।

खैर ख़ुशी, दर्द, असमंजस और भय की मिलावट से परिपूर्ण इस खूबसूरत संध्या की आभा समाप्त हुई, हमने साथ में भोजन किया और झील के लौटने का समय हो गया। उसने मुझे कसकर गले लगाया और मेरे माथे पर चूमते हुए मुझसे आखिरी बार अपना निर्णय बदल देने की विनती की।

"इस रास्ते से अब मैं वापस नहीं आ पाऊँगा झील, मगर मैं आखिरी वक्त तक तुम्हारा इंतज़ार करूँगा", मैंने उसके हाथों में उसका टिकट और पासपोर्ट थमाते हुए कहा।

"यह मेरे दस्तावेजों का बोझ बढ़ाने के सिवाय और कुछ काम नहीं आएँगे। मैं अनू को छोड़कर तुम्हारे साथ नहीं आऊँगी सागर, हो सके तो मुझे माफ़ करना", उसने कहा।

"ठीक है झील। अपना और अनू का ख्याल रखना, अब चलना चाहिए मुझे। पंद्रह दिन में देश छोड़ना है, बहुत सी तैयारियाँ करनी है", मैंने कहा।

"मेरी शुभकामनाएँ और प्यार तुम्हारे साथ है", उसने कहा।

हम एक बार फिर से गले मिले और झील चली गई। मैं भी रेलवे स्टेशन की ओर निकल पड़ा। अगले दिन कोटा पहुँचकर जाने की तैयारियों में जुट गया और वहाँ के लिए जरूरी सामान एकत्रित करने लगा।

मैंने इस बारे में मेरे दोस्तों से जरा सी भी बात नहीं की। जिस दिन मुझे जयपुर के लिए निकलना था उससे एक दिन पहले शाम को राघव, माधव और भैया-भाभीजी ने मिलकर मेरे लिए एक बहुत ही प्यारी सी पार्टी का आयोजन किया और मुझे बड़े ही खूबसूरत तोहफे भी दिए। परिवार के स्नेह ने मुझे गदगद कर दिया और मेरी हिम्मत जवाब देने लगी।

अपने परिवार और दोस्तों को छोड़कर अकेले बहुत दूर निकल जाना, जहाँ झील भी साथ ना हो, मेरे जीवन की सबसे बड़ी दुखान्तिका यही तो थी, मगर अब मैं विवश था, मैं पलटकर नहीं देख सकता था। मैंने अगले दिन अपना सामान बाँधा, अपने माता-पिता का आशीर्वाद लिया और भैया-भाभी के साथ जयपुर उनके घर के लिए रवाना हो गया। आगे का सफर जयपुर से ही तय किया जाना था अगले दिन सुबह ग्यारह बजे की फ्लाइट से मुझे मालदीव निकलना था।

सबकुछ पूरा हो चुका था सिवाय एक चाहत के, मेरे हृदय में मेरी बेटी से मिलने की चाहत बाकी थी। मैं अनू को बहुत ज्यादा याद कर रहा था। उसे बाँहों में भरने को तड़प रहा था। मैं जाने से पहले एक बार उससे मिलना चाहता था, अनिरुद्ध से बात करना चाहता था और उसे प्यार से कुछ हिदायतें भी देना चाहता था, मगर यह संभव नहीं था। मुझे तो मालूम भी नहीं था कि इस समय वो दोनों कहाँ है।

खैर मैंने अपने हृदय की आकांक्षाओं को दबा दिया। हम शाम को जयपुर पहुँचे, मेरा शरीर अब शिथिल सा पड़ गया था। एक पानी का गिलास उठाने में भी मेरे हाथ काँप रहे थे। मेरा मन बैठा जा रहा था,

आँखें हर पल झील और अनन्या का इंतज़ार कर रही थी और मेरा मस्तिष्क मेरे हृदय को झूठी दिलासा देने में लगा हुआ था।

मैं सारी रात करवटें बदलता रहा और देखते-देखते यह भी गुज़र गई। आज पहली बार सुबह का होना अच्छा नहीं लग रहा था, आज मीलों दूर का सफर तय करना था और दिल था कि एक कदम चलने को भी राज़ी नहीं था।

मैं तैयार हुआ और अपने बैग लेकर नीचे बैठक कक्ष में आया, भैया-भाभी और बच्चे मेरा ही इंतज़ार कर रहे थे, मुझे यह देखकर बहुत ताज्जुब हुआ और बड़ा प्यार भी आया।

"अरे इन दोनों आलसियों की सुबह इतनी जल्दी कैसे हो गई आज", मैंने मेरे भतीजों से कहा।

"इनकी ज़िद है कि अपने चाचू को हवाई-अड्डे तक छोड़ने हमारे साथ चलेंगे", भाभीजी ने कहा।

"आप भी ना भाभीजी... परेशान होने की जरूरत नहीं है, मैं टैक्सी से चला जाऊँगा", मैंने कहा।

"आप तो कुछ कहो ही मत। एक तो छोड़कर जा रहे हो, ऊपर से जाते वक्त भी इतरा रहे हो। अब जल्दी से नाश्ता करो कोई वहाँ हमारा इंतज़ार कर रहा है", भाभीजी ने कहा।

"झील आ गई ना", उनकी बात सुनकर मेरी आँखों में चमक आ गई।

भाभीजी ने मेरी बात का कोई जवाब नहीं दिया बस मुस्कुराकर रह गई, मेरी उत्सुकता चरमसीमा पार कर रही थी। हम सभी ने साथ में नाश्ता किया और मैंने कार में सामान जमाना शुरु कर दिया। करीब नौ बजे हम घर से हवाईअड्डे के लिए रवाना हो गए। आधे घण्टे में हम हवाईअड्डे पर पहुँच गए। मैं उतरा और अपने बैग निकालने लगा, मेरी आँखें बेसब्री से झील को तलाश रही थी।

तभी भाभीजी ने मेरा हाथ पकड़ा और मुझे सामने खड़ी एक कार की ओर इशारा किया। मैंने नजर उठाकर देखा और देखता ही रह गया, मेरे सामने अनन्या और अनिरुद्ध खड़े थे।

मुझे देखकर अनू अपनी भावनाओं पर नियंत्रण नहीं कर पाई और दौड़ती हुई मेरी ओर आई। भले ही इस एक लम्हे के इंतज़ार में सारी उम्र बीत गई मगर अब शायद अपनी बेटी को बाँहों में भरने की मेरी

तमन्ना पूरी होने वाली थी। वह मेरे पास तेज़ गति से दौड़ते हुए आई और मुझे गले लगाने के बजाय मेरे पैरों में गिरकर जोर जोर से रोनें लगी। मैंने उसे फ़ौरन उठाकर अपने सीने से लगा लिया। यकीन मानिए इसके बाद वहाँ मौजूद हर एक इंसान की आँखों से आँसू छलकने लगे।

"अरे बेटा, विदा करने आई हो या मुझे रुलाने आई हो", मैंने उसके माथे पर चूमते हुए कहा।

मगर अनू इतने से चुप कहाँ होने वाली थी। वह फूट-फूटकर रोए जा रही थी और उसके मुँह से एक शब्द भी नहीं निकल रहा था। भाभीजी ने उसे पानी पिलाया और उसे प्यार से थपकियाँ दी मगर मेरी बेटी तो मानो आज अपनी आँखों में मोतियों का सागर सा भरके लाई थी। वह मुझसे लिपटकर बहुत देर तक रोती रही और तब भी चुप नहीं हुई जब मेरी आँखें छलक पड़ी।

उसके आँसू तब ही थमे जब भैया ने आकर उसे गले लगाया। मैं उससे अलग हुआ और बोतल से ठंडा पानी अपने चेहरे पर उंडेलने लगा। उस समय अपने आँसुओं को छुपाने का इससे बेहतर कोई और उपाय मेरे पास नहीं था।

अनू फिर से मेरे पास आई और मेरे सामने अपने हाथ जोड़कर खड़ी हो गई, यकीन मानो आज यह लड़की मुझे संभलने का मौका तक नहीं दे रही थी।

"मैं जानती हूँ मैं माफ़ी के काबिल नहीं मगर फिर भी क्या आप मुझे माफ़ कर सकते हो 'पापा', उसने सिसकते हुए कहा।

अब मैं खुदपर एक पल भी काबू नहीं कर पाया। उसके शब्दों ने मेरे दिल-ओ-दिमाग से मेरा नियंत्रण छीन लिया। मैंने उसे कसकर गले लगा लिया और सिसकने लगा।

"ऐसे रोती रहोगी तो कभी माफ नहीं करूँगा, तुम जानती हो ना मुझे तुम्हारे आँसुओं से नफरत है मेरी परी", मैंने कहा।

"आप भी तो रो रहे हो पापा", उसने सिसकते हुए कहा।

"अरे जीवन में पहली बार ख़ुशी के आँसू निकले हैं, इन्हें बहने दो बेटा", मैंने कहा।

"आप मेरे बर्ताव के लिए अभी तक मुझसे नाराज़ हैं ना", उसने कहा।

"मैं तुमसे कभी नाराज़ था ही नहीं मेरी बच्ची, मैं बस इन लम्हों का इंतज़ार कर रहा था", मैंने कहा।

"झूठ बोल रहे हो आप, नाराज़ थे इसीलिए तो अपनी बेटी की शादी में भी नहीं आए", उसने कहा।

"मैं वहाँ आकर तुम्हें बुरा महसूस नहीं करवाना चाहता था बेटा", मैंने कहा।

"आपकी गैरमौजूदगी से बुरा और क्या हो सकता था पापा", उसने कहा।

"कोई बात नहीं... मैं तुम्हारे लिए बहुत खुश हूँ बेटा और नाराज़ तो बिल्कुल भी नहीं", मैंने कहा।

"तो फिर अकेला क्यों छोड़कर जा रहे हो मुझे? आपने तो मुझसे वादा किया था ना कि हमेशा मेरे साथ रहोगे", उसने कहा।

"सब है ना यहाँ बेटा और अब अनिरुद्ध के होते हुए मुझे तुम्हारी चिंता करने की जरूरत नहीं है", मैंने कहा।

तभी अनिरुद्ध मेरे पास आया और झुककर मेरे पैर छुए, मैंने उसे गले लगाया और हमेशा अनन्या का ध्यान रखने के लिए कहा।

मेरी निगाहें अब भी झील को ढूँढ़ रही थी और मैं सवालिया नज़रों से अनू की तरफ देख रहा था। तभी किसी ने जोर से मेरी कमर पर घूँसा मारा। मैंने पलटकर देखा तो ख़ुशी दोगुनी हो गई, मेरे सामने कियारा थी और उसके साथ विहान और मानसी भी।

ख़ुशी से मेरी आँखें एक बार फिर से छलक पड़ी और मैंने कियारा को गले से लगा लिया। तभी उसने मेरे पेट पर एक और घूँसा मारा और मुझसे दूर हो गई। उसका बचपना अभी भी नहीं गया था। वह मुझसे बहुत ज्यादा नाराज़ थी मैं यह बात अच्छी तरह से जानता था।

"सालों एक-एक करके सामने आकर मेरा मखौल बना रहे हो तुम लोग", मैंने कहा।

"मुँह मत खोलना अपना, वरना मैं तुम्हारा मुँह तोड़ दूँगी", कियारा ने कहा।

"अरे मेरी जान... मुझे पता है तुम मुझसे बहुत नाराज़ हो। तुम चाहो तो मैं सबके सामने अपने कान पकड़कर तुम्हारे पैरों में गिरकर तुमसे माफ़ी माँग सकता हूँ", मैंने कहा।

"वाकई तुम बदल चुके हो। तुम वो सागर नहीं हो जिससे मैं छब्बीस वर्षों पहले मिली थी। वो मुझसे इतना कुछ तो नहीं छुपाता था। बिना बताए बेटी के हाथ पीले कर दिए, बिना बताए नौकरी छोड़ दी, बिना बताए देश छोड़ रहे हो, मुझे गर्व है तुमपर", उसने कहा।

"और यह नौकरी छोड़कर बाहर निकल जाने की बात से तूनें मेरा भी बहुत दिल दुःखाया है सागर", विहान ने कहा।

"मुझे माफ़ कर दो दोस्तों... कुछ समय के लिए मेरी हिम्मत जवाब दे गई थी, मैं एक के बाद एक कायरतापूर्ण निर्णय लेता रहा", मैंने कहा।

"अब माफ़ी माँगने की जरूरत नहीं है। मैं सब समझती हूँ, मैं तुम्हारे इस नए जीवन के लिए अत्यधिक प्रसन्न हूँ सागर", कियारा ने कहा।

"मगर तुम्हें कैसे पता चला मैं जा रहा हूँ? और तुम्हें अनू की शादी के बारे में कैसे पता चला?" मैंने पूछा।

मेरे सवाल का जवाब देने के बजाय कियारा और अनन्या एक-दूसरे का चेहरा देखने लगे। मुझे अब दाल में कुछ काला नजर आया। मुझे कुछ समझ नहीं आ रहा था तभी अनू ने मेरा हाथ पकड़ा और मुझे कियारा और उसकी कोलकाता में हुई मुलाकात और संवाद का सारा घटनाक्रम बताया। उसकी बात सुनकर मेरी आँखें फटी रह गई और कान किसी खरगोश की तरह खड़े हो गए। कुल मिलाकर मेरे होश उड़ गए।

"ओह ! मैं इतना लापरवाह कैसे हो सकता हूँ कियारा? मैंने सोचा भी नहीं कि अनू को तुम्हारी वाली कम्पनी में ही नौकरी मिली है", मैंने कहा।

"हाँ हाँ... तुम क्यों याद रखोगे मैं कहाँ जॉब करती हूँ", कियारा ने कहा।

"मुझे माफ़ कर दो यार और तुम्हारी वजह से मुझे मेरी बेटी वापस मिल गई कियारा। मैं तो हर उम्मीद हार चुका था। तुम नहीं होती तो सारी उम्र इसी वेदना में बीत जाती। मैं तुम्हारा यह एहसान जीवनभर नहीं चुका पाऊँगा", मैंने कहा।

"अब ज्यादा भावनाओं में बहने की जरूरत नहीं है। ध्यान रखना अपना, हम सभी की शुभकामनाएँ तुम्हारे साथ है", उसने कहा।

"यहाँ आने के लिए बहुत बहुत शुक्रिया मेरे प्यारे दोस्तों, अब मैं ख़ुशी-ख़ुशी यहाँ से जा पाऊँगा", मैंने कहा।

"भाभी कहाँ है? वो आपके साथ नहीं जा रही?" मानसी ने पूछा।

मैंने कुछ नहीं कहा और सवालिया नज़रों से अनू की ओर देखने लगा। झील की अनुपस्थिति से कियारा भी परेशान थी।

"माँ नहीं आई पापा, उन्होंने यह आपको देने के लिए कहा है", अनन्या ने मेरे हाथ में एक लिफाफा थमाते हुए कहा।

मैंने उसे खोला, इसमें एक खत था जो झील ने मेरे लिए लिखा था जिसे पढ़कर मेरे चेहरे की वास्तविक मुस्कराहट ने फिर से बनावटी मुस्कराहट का रूप धारण कर लिया।

"प्यारे सागर,

मुझमें इतनी हिम्मत नहीं है कि तुम्हें जाते हुए देख सकूँ। क्या करूँ तुमसे मोहब्बत जो इतनी करती हूँ। मैं अनू को छोड़कर नहीं आ पाई और मैं जानती हूँ तुम कुछ नहीं कहोगे मगर तुम्हारा दिल टूट जाएगा। मैं जानती हूँ तुमसे बेहतर मुझे कोई नहीं समझ सकता इसीलिए मैं यह भी जानती हूँ कि तुम मुझे कभी ना कभी माफ कर ही दोगे। मैं तुम्हारे नए जीवन के लिए ईश्वर से कामना करती हूँ कि तुम जहाँ भी रहो खुश रहो और स्वस्थ रहो। जीवन में इतना प्यार देने के लिए शुक्रिया सागर। मैं बहुत ख़ुशनसीब हूँ कि मुझे इस जन्म में ईश्वर ने तुम्हारे जैसा पति दिया। मुझे अपनी पत्नी के रूप में चुनने के लिए तुम्हारा बहुत बहुत शुक्रिया प्रिय। अब मुस्कुराते हुए अपने सफर में आगे बढ़ो। मैं हमेशा तुम्हारे साथ हूँ। अपना ख्याल रखना सागर।

तुम्हारी झील।"

मैंने उस कागज़ को तह करके अपनी जेब में रखा और एक मुस्कुराहट के साथ नजर उठाकर अनन्या की ओर देखा।

"अनू... माँ का ध्यान रखना बेटा। मैं उसे तुम्हारे भरोसे ही यहाँ छोड़ रहा हूँ", मैंने कहा।

"आप चिंता ना करें पापा, उन्हें कोई परेशानी नहीं होगी। बस आप अपना ध्यान रखना और हमसे मिलने जल्द ही वापस आना", अनन्या ने कहा।

"झील की चिंता मत करो सागर, उसके लिए यहाँ हम सब हैं", कियारा ने कहा।

"तुम सभी के होते हुए मुझे भला उसकी चिंता क्यों होगी कियारा", मैंने कहा।

"क्या आप अब माँ से नाराज़ हैं?" अनन्या ने पूछा।

"बिल्कुल भी नहीं मेरी बच्ची। मेरी जान बसती है तुम्हारी माँ में। उससे नाराज़ हो गया तो मैं जी कैसे पाऊँगा? मुझे तो इस बात की ख़ुशी है कि आज उसने अपना फर्ज़ निभाया", मैंने कहा।

उसके बाद मैंने अनन्या और वहाँ मौजूद हर एक इंसान को गले से लगाया जो मुझे अपनी जान से भी प्यारे थे। मैंने भैया-भाभी के पैर छुए, राघव, माधव और अनन्या के माथे पर चूमा, विहान को थपकियाँ दी, कियारा के गालों को नोंचा और चल दिया। पलटकर देखा तो सभी नम आँखों से मुझे विदाई दे रहे थे। जीवन में इससे ज्यादा चाहत मुझे किसी और चीज़ की थी भी नहीं।

मैंने अपने सामान, टिकट और पासपोर्ट की जाँच करवाई और नियत समय पर अपने हवाईजहाज़ में चढ़ गया। मैं मुश्किल से ही अपने आँसुओ पर नियंत्रण कर पा रहा था। मैंने अपनी सीट देखी, '25A और 25B' जो मैंने झील और मेरे लिए आरक्षित करवाई थी। मैं भारी मन से किनारे वाली सीट पर एक पुस्तिका से अपने चेहरे को ढक कर बैठ गया। दिल का दर्द अब बर्दाश्त से बाहर था। मेरी आँखों से आँसू निकलकर मेरे गालों पर फिसल रहे थे। विमान उड़ान भरने को तैयार ही था तभी एक आवाज़ ने मेरा ध्यान खींचा।

"खिड़की की तरफ आप खिसकेंगे या मैं वहाँ जाऊँ?"

मैंने अपने चेहरे पर से किताब हटाई और ऊपर देखा। यह कोई और नहीं मेरी पागल पत्नी ही थी जिसने कुछ देर पहले के खुशनुमा से माहौल को इतना गंभीर और नम बना दिया था। उसे देखकर मेरी ख़ुशी का कोई ठिकाना नहीं रहा, मन कर रहा था कि उसे कसकर अपने सीने से लगा लूँ मगर मैंने मेरी भावनाओं पर नियंत्रण रखा।

झील मेरी ओर देखकर मुस्कुराए जा रही थी और मेरे मुँह से एक शब्द भी नहीं निकल रहा था।

"ऐसे क्यों घूर रहे हो? बहुत निभा ली ज़िम्मेदारियाँ, अब मुझे बस तुमसे मोहब्बत निभानी है", उसने कहा।

"समझ नहीं आ रहा मैं कैसे तुम्हारा शुक्रिया-अदा करूँ प्रिय। इस नए सफर पर तुम्हारा बहुत बहुत स्वागत है", मैंने कहा।

"तो मुझे बताओ मिस्टर सागर कुमार, इस नए सफर पर आप मुझे किस तरह से ले चलना चाहते हैं?"

"अपनी पत्नी की तरह... या अपनी गर्लफ्रेंड की तरह...?" झील ने पूछा।

"दोस्त की तरह", मैंने मुस्कुराते हुए कहा !

उपसंहार

प्रिय बेटी विशाखा... यह थी मेरी कहानी। माफ़ करना यह थी हमारी कहानी। सागर, झील और कियारा की कहानी। मैं आशा करता हूँ यह तुम्हारे हृदय के किसी संवेदनशील भाग को ठेस ना पहुँचाए।

जीवन में कभी भी तुम्हें पवित्रता की मिसाल पेश करनी पड़े तो अपनी माँ का नाम लेना। कभी तुमसे आदर्शों के संदर्भ में पूछा जाए तो अपने पिता का नाम लेना।

जैसा कियारा सोचती है, मैं नहीं मानता। मैं नहीं मानता कि तुम्हें मुझसे किसी तरह की प्रेरणा लेनी चाहिए क्योंकि यह तुम्हें कठोर बना देगी। मैं नहीं चाहता तुम इतनी कठोर बन जाओ कि तुम्हें अपने पीछे छूटते रिश्ते तक नजर नहीं आए। हाँ अगर कुछ सीखना चाहो भी तो मेरी गलतियों से सीखना। मेरे हर एक गलत निर्णय और उसके परिणाम पर गौर करना। तुम सही समय पर सही निर्णय लेना सीखना। तुम सही और गलत के बीच के फर्क को समझना। तुम किसी भी प्रकार के नशे को अपनी कमजोरी मत बनने देना। तुम जीवन के मुश्किल दौर से लड़ना सीखना। तुम प्रत्येक परिस्थिति में अपनी मम्मी की तरह मुस्कुराते रहना सीखना।

इतना कुछ कह चुका हूँ मेरी बच्ची कि अब मेरे पास और शब्द नहीं बचे। मैं सिर्फ इतना चाहता हूँ कि तुम हमेशा खुश रहो और अपनी मम्मी की तरह हँसती खेलती रहो। तुम जीवन में बहुत प्रगति करोगी बेटा हम सभी का आशीर्वाद तुम्हारे साथ है।"

"प्रिय कियारा, तुम्हारा शुक्रिया। मेरे जीवन के हर विकट मोड़ पर मुझे सही रास्ता दिखाने के लिए तुम्हारा शुक्रिया। मुझे रिश्तों के मायने समझाने के लिए तुम्हारा शुक्रिया। मेरे अंधकार से घिरे जीवन में रोशनी बनकर आने के लिए तुम्हारा शुक्रिया। मेरे डूबते परिवार का सहारा बनने के लिए तुम्हारा शुक्रिया।

आज जब अनन्या को तुम्हारे साथ देखता हूँ तो मन को बहुत तसल्ली मिलती है। मुझे अब उसकी जरा भी चिंता नहीं सताती क्योंकि अब वह उसके पास है जिसने जीवनभर उसके पिता का मार्गदर्शन किया।

अगर तुम इसे विशाखा की शादी के तोहफे के रूप में देखती हो तो यही सही। ऐसा कभी नहीं होगा कि तुम कुछ माँगो और मैं तुम्हें दे ना सकूँ, फिर भी यह उसके आगे कुछ भी नहीं जो तुम मुझे देकर गई हो।

मेरी ओर से यह भेंट स्वीकार करो। हमेशा खुश रहो और मेरे पास रहो। मैं झील और अनन्या को लेकर विशाखा के विवाह में आने के लिए बहुत उत्सुक हूँ। तुम्हें ढेर सारा प्यार और सुधीर जी को पुत्री के विवाह के लिए ढेर सारी शुभकामनाएँ।

तुम्हारा सागर !"

जज़्बात

मेरी नज़र में इंसान के किसी भी कार्य को करने के पीछे दो कारण होते है। एक 'जरूरत' और दूसरा 'जज्बात'।

कुछ जज्बात ऐसे थे जिन्होंने मुझे यह उपन्यास लिखने पर विवश कर दिया। यह जज्बात कुछ चुनिंदा लोगों के लिए है जिन्होंने मेरे जीवन में फैले अंधकार को अपने प्रेम और आशीर्वाद की रोशनी से दूर किया।

मैं जानता हूँ मैं कभी आपसे यह कह नहीं पाऊँगा इसीलिए यहाँ अपनी भावनाएँ व्यक्त कर रहा हूँ।

मैं क्या पा सकूँगा मैं नहीं जानता मगर इस उपन्यास को लिखने के दरमियान जो मैंने खो दिया उसे शब्दों में समेट पाना मेरे लिए संभव नहीं है। काश आप आज इसे पढ़ पाते पापा तो थोड़ा ही सही मगर आपको अपने बेटे पर गर्व होता। आप मेरे जीवन में वो स्थान खाली करके गए हो जिसकी पूर्ति समय के अंत तक नहीं की जा सकेगी। कुछ मांगने के लायक नहीं हूँ मगर फिर भी आपसे आशीर्वाद मांग रहा हूँ। मुझे अपने बेटे के रूप में चुनने के लिए आपका शुक्रिया पापा।

यह किताब आपको श्रद्धांजलि तो नहीं हो सकती क्योंकि मैं जानता हूँ आप मुझसे क्या चाहते थे। मैं वादा करता हूँ कि एक दिन वो कार्य जरूर करूँगा जो सही मायनों में आपके लिए श्रद्धांजलि कहा जा सके। मैं आपकी उम्मीदों पर खरा उतरने की पूरी कोशिश करूँगा पापा।

मम्मी, यह आपके लिए है। इसे पूर्वजन्म के सत्कर्म कहें या हमारा सौभाग्य कि हम दोनों भाइयों को माँ के रूप में आपकी गोद प्राप्त हुई। आपकी शिक्षा हमारे कार्यों में झलकती है और आपकी परवरिश हमारे व्यवहार में नज़र आती है।

आज हम जहाँ भी हैं, हमें उस स्थान तक पहुंचाने के लिए आपका शुक्रिया। आप सदैव हमारे लिए आदर्श रहे हो और मैं जानता हूँ हमारी भावी पीढ़ी के लिए भी आप एक आदर्श भूमिका निभाएंगी।

भैया, ठोकर खाने का आदी हो चुका था मैं, फिर भी आपने कभी मेरे रास्तों से पत्थर हटाने का कार्य बंद नहीं किया। जहाँ खड़े रहना भी

संभव ना हो ऐसे मार्ग पर मुझे मजबूती से चलना सिखाने के लिए आपका शुक्रिया। मुझ पर हमेशा भरोसा दिखाने के लिए आपका शुक्रिया। मुझसे मेरी पहचान करवाने के लिए आपका शुक्रिया। एक पिता की तरह सदैव मेरा मार्गदर्शन करने के लिए आपका शुक्रिया। मुझे जीना सिखाने के लिए आपका शुक्रिया।

अंत में मैं धन्यवाद देता हूँ 'Bluerose Publishers' को, जिनके सराहनीय कार्य और अथक प्रयासों की वजह से आज मैं अपने लेखन को समाज के समक्ष प्रस्तुत कर सका। आशा करता हूँ कि जब जब समाज में विचारधाराओं और परंपराओं में परिवर्तन का समय आएगा, आपका नाम सबसे पहले लिया जाएगा।

FCW - #0248 - 061026 - C0 - 203/127/22 - PB - 9789354272295 - Gloss Lamination